ROBERT SHEA

La Dame aux paravents

★★

LES AILES DU DRAGON

roman

traduit de l'américain par Yves Malartic

ÉDITIONS ROBERT LAFFONT
PARIS

Titre original : SHIKE
2/ Last of the zinja

ISBN 2-221-00787-5 (éd. complète)
ISBN 2-221-01006-X (tome 2)
(édition originale :
ISBN 0-515-05944-7 Joye Publications, Inc., New York)

Ce qui s'est passé dans le premier tome : LA DAME AUX PARAVENTS

Taniko, une adolescente de treize ans, fille d'un riche négociant du nord du Japon, a été envoyée par son père à la capitale, au sud, épouser le prince Horigawa. Dans les îles du Soleil Levant en ce XIIIe *siècle, les familles nobles, par samouraïs interposés, se déchirent entre elles sous la bannière des Takashi qui règnent ou celle des Muratomo qui intriguent.*

Un moine zinja, Jébu, tout récemment initié aux mystères de cet ordre à la fois guerrier et mystique, a été choisi pour accompagner Taniko. Au cours de ce voyage, un amour passionné naît entre eux, qui durera tout au long de leurs existences, sans cesse contrarié par les malheurs, les malentendus, les séparations, la guerre.

Taniko, violée par Horigawa, sera utilisée par lui dans sa soif d'enrichissement. Elle lit et écrit le chinois ; il l'emmènera en Chine après qu'il eut tué de ses mains la fille nouveau-née de Taniko, dont la crinière rousse était pareille à celle de Jébu.

Avant de partir, Taniko aura eu le temps de participer à la vie quotidienne de la Cour et d'avoir un fils, Atsue, du capitaine Kiyosi, qui appartient au clan des Muratomo, alors que la famille de Taniko dépend des Takashi.

Déportée en Chine par Horigawa et vendue comme prostituée aux Mongols, Taniko arrive à séduire Koubilay khan lui-même, le petit-fils de Gengis khan, et à devenir une espèce de conseillère concubine.

Or, à ce moment-là, Jébu et son ami Yukio, accompagnés du

charpentier Moko, sont en Chine pour se battre contre les Mongols avec d'autant plus d'enthousiasme de la part de Jébu que son père, un Mongol, a été tué par un fidèle du khan, Arghum, et que ce dernier le recherche pour le tuer également. Parce qu'il a pris le parti de Koubilay khan contre un frère ennemi, Jébu parvient à arracher à Koubilay khan Taniko qu'il a retrouvée et à la ramener saine et sauve chez son père qui avait recueilli le frère aîné de Yukio, Hideyori, pour avoir un gage au cas où le sort changerait...

Sur la jonque qui ramène en Chine Taniko, qui ne sait pas encore que c'est Jébu qui a tué Kiyosi pour sauver Yukio au cours d'un combat naval, Jébu médite et, lors de leur départ pour la Chine, se demande ce qu'il va trouver en débarquant. Son père adoptif, l'abbé Taïtaro, sa mère, sont-ils en vie ? Quant au destin des Muratomo auquel le lie son serment à Yukio, il peut sembler précaire. Que va devenir Taniko, qui n'est pas veuve, dans la demeure paternelle après ces mois d'absence ? Où est son fils que lui a arraché Sagaro, le régent, grand-père de l'enfant ?

Quant à l'Empire du Soleil Levant, Jébu et Yukio qui ramènent avec eux des fidèles, samouraïs et guerriers mongols, savent qu'ils y transportent la guerre civile et que, derrière elle, quand la succession du khan aura été réglée, se profile la menace terrible d'une invasion.

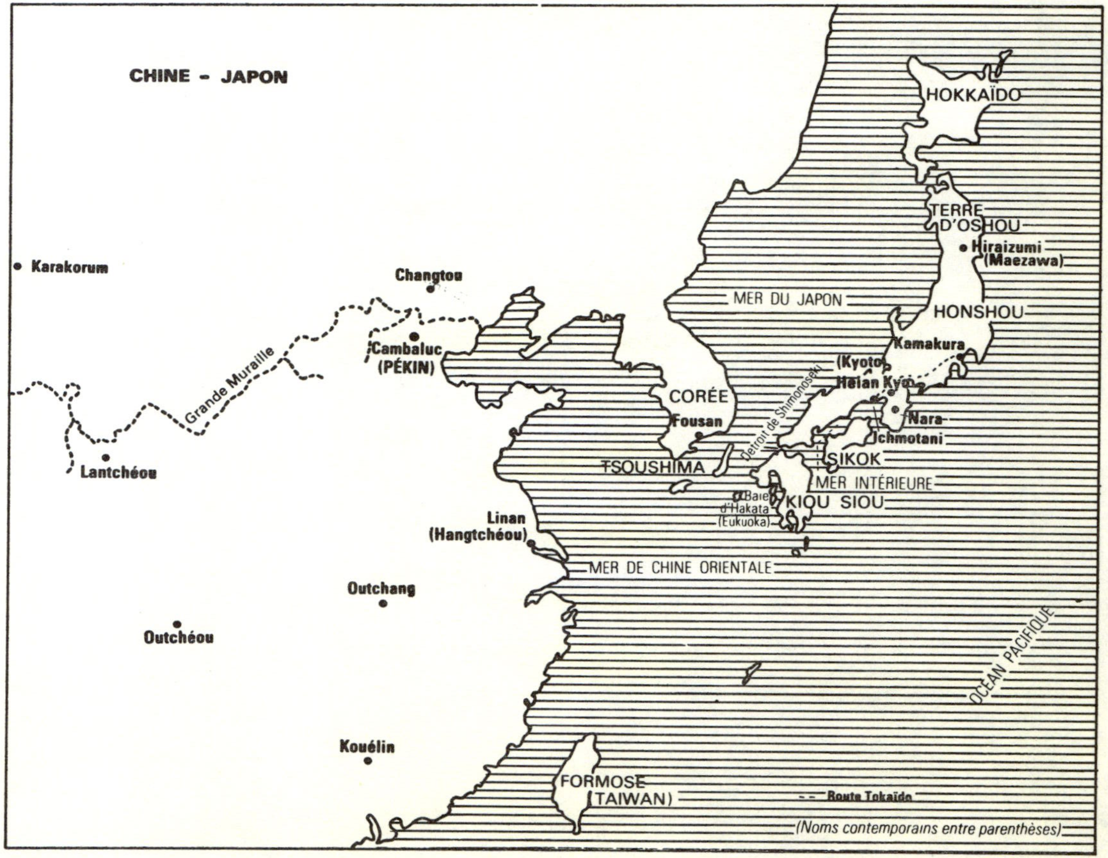
CHINE - JAPON
Karakorum
Changtou
Cambaluc
(PÉKIN)
Grande Muraille
Lantchéou
Linan
(Hangtchéou)
Outchang
Outchéou
Kouélin
HOKKAÏDO
TERRE
D'OSHOU
Hiraizumi
(Maezawa)
MER DU JAPON
HONSHOU
Kamakura
(Kyoto)
Heian Kyo
CORÉE
Fousan
Détroit de Shimonoseki
Nara
Ichmotani
SIKOK
TSOUSHIMA
MER INTÉRIEURE
Baie
d'Hakata
(Fukuoka)
KIOU SIOU
MER DE CHINE ORIENTALE
OCÉAN PACIFIQUE
FORMOSE
(TAIWAN)
Route Tokaïdo
(Noms contemporains entre parenthèses)

Première partie

LE LIVRE DE JUKIO

L'État fonctionne toujours au bénéfice de ceux qui gouvernent et aux dépens des gouvernés. En le constatant, les sages se posent cette question : comment se fait-il que le plus capable d'administrer ne soit jamais celui qui le mérite le plus ?

Le Manuel zinja

1

Un sentier sinuant entre de gros rochers noirs conduisait de la côte à une petite maison bâtie sur pilotis au-dessus d'un étang au pied d'une cascade. On n'entendait que les bruits de la chute d'eau et du vent dans les pins. Le site avait été choisi et la maisonnette construite dans un but de réclusion et de méditation.

Leur hôte, Fujiwara Hidehira, racontait que, des siècles plus tôt, un de ses ancêtres, banni d'Heian Kyo, avait failli mourir de nostalgie jusqu'au jour où il avait construit cette cabane et y avait trouvé la paix. Depuis lors, des générations successives de Fujiwara du Nord l'avaient maintenue en état et s'en servaient à l'occasion.

Jébu retira ses sabots et les posa sur le quai moussu. Il craignait de glisser sur les pierres humides. Arrivé au but, il gravit les marches de bois, s'arrêta sur le seuil et s'écria : « Ohé, Yukio.

— Entre, Jébu-san. »

Assis les jambes croisées devant une table basse, Yukio portait une robe violette brodée d'un grand papillon jaune. Cette tenue parut étrange à Jébu qui avait pris l'habitude de voir son compagnon en vêtements chinois ou mongols. Pinceau, encre et papier se trouvaient sur la table. Quand Jébu entra et s'assit, Yukio lui tendit un rouleau.

« Tu seras le premier à lire ça, dit-il. Je me propose de l'envoyer immédiatement dans toutes les provinces. »

Jébu déroula le document et lut. Yukio observa ses changements de physionomie. Il s'agissait d'une proclamation qui se terminait ainsi : « L'illustre famille Muratomo est durement opprimée par Sogamori et son clan. Sogamori a spolié et assassiné mon grand-père, mon père Doméi, tous mes frères ainsi qu'un grand nombre d'autres membres de ma famille. Moi seul, Muratomo no Yukio survis pour les venger. Je réclame la direction du clan Muratomo et j'en appelle à tous ses parents et alliés des provinces les plus lointaines comme de la capitale pour qu'ils rallient la bannière du Dragon blanc. »

Yukio enjoignait à tous ceux qui liraient ce message de se soulever sur-le-champ et d'assaillir leurs oppresseurs Takashi. Il promettait que toutes les actions d'éclat seraient consignées et récompensées.

Il concluait : « Nous nous engageons à secourir la personne sacrée de Sa Majesté Impériale et à l'arracher aux serres des Takashi. Toujours loyaux envers Sa Majesté Impériale, le clan des Muratomo dissipera les nuages qui obscurcissent la gloire de la maison régnante et lui rendra un éclat aussi vif que celui du soleil. »

Yukio demanda : « Alors ?

— Un style superbe, Yukio-san, surtout dans la dernière phrase. »

Yukio s'inclina. « Merci, dit-il. Ai-je oublié quelque chose ? »

Jébu hésita à répondre. Depuis un certain temps, Yukio ne cessait de lui demander des conseils et n'en tenait aucun compte. C'était d'ailleurs conforme à la nature des Muratomo, gens opiniâtres. Doméi, père de Yukio, n'avait jamais suivi aucun avis et avait vaillamment conduit sa famille et ses samouraïs au désastre. Son grand-père, décapité pour avoir combattu dans le camp des vaincus lors d'une guerre entre deux empereurs rivaux, avait dû se conduire de la même manière. Maintenant Yukio avait amené des Mongols sur les Iles sacrées en dépit des conseils de Jébu et de son père adoptif Taïtaro. Il avait également tenu à débarquer à l'extrême nord de la terre d'Oshu contrairement à leurs avis. Jébu, Taïtaro et nombre de samouraïs étaient convaincus de trouver dans le sud un plus grand nombre de guerriers prêts à les rejoindre. Jugeant la proclamation désastreuse, Jébu soupira intérieurement mais estima devoir parler :

« En répandant des exemplaires de ce texte d'un bout à l'autre du pays, tu indiques à Sogamori et aux Takashi que tu es de retour dans l'intention de les combattre. A quoi bon perdre l'avantage de la surprise ? Ils sont vingt fois plus nombreux que nous. »

Yukio sourit. Pour une fois, au moins, il ne s'emporte pas, pensa Jébu, comme il l'a fait si souvent quand nous n'étions pas d'accord avec lui.

« Nous avons déjà perdu l'avantage de la surprise, dit Yukio. Il nous a fallu presque un mois pour rassembler tous nos hommes ici. Les agents de Sogamori lui ont annoncé notre présence. La bataille de la baie d'Hakata à notre départ m'a servi de leçon. Étant donné que nous n'avons pu garder le secret sur le départ d'un millier de samouraïs, comment aurions-nous pu cacher l'arrivée de douze mille guerriers ? Les Takashi nous savent de retour. Il importe donc d'en avertir également tous ceux qui pourraient se joindre à nous. Taïtaro et toi m'avez aussi mis en garde au sujet de la présence des Mongols parmi nous. Vous craignez que bien des gens me considèrent comme un envahisseur. Cette proclamation effacera leurs soupçons.

— Comment ?

— Ce texte indique clairement que je suis un enfant du pays et que je combats pour une cause nationale. Tout le monde doit voir en moi un fidèle sujet de l'empereur. Je le suis d'ailleurs. »

Yukio adressa à Jébu un regard de défi, comme s'il s'attendait à une objection :

« Tu parles d'arracher Sa Majesté aux Takashi. Quand nous sommes partis, le gendre de Sogamori était empereur. Qu'est-ce qui te permet de supposer qu'il désire être secouru ? Rappelle-toi comment ton père s'efforça de protéger des Takashi l'empereur Nijo et comment Sa Majesté Impériale se réfugia au Rokuhara dès qu'elle en eut la possibilité.

— La situation est encore pire que tu le crois, dit Yukio en souriant. Fujiwara Hidehira m'indique qu'il y a un nouvel empereur sur le trône : le petit-fils de Sogamori. Quand je parle de me porter au secours de l'empereur, je ne désigne pas l'homme mais la fonction. Il ne s'agirait d'ailleurs pas d'un homme mais d'un gamin. »

Surpris, Jébu demanda : « Tu ne crois pas au caractère sacré de la personne de l'empereur ?

— Et toi ?

— La doctrine zinja ne s'appesantit guère sur ce point mais je croyais sincèrement que tous les samouraïs, et toi en particulier, respectaient le caractère divin de l'empereur. »

Yukio répondit tristement : « J'ai beaucoup gagné au cours de mon voyage en Chine mais j'ai aussi beaucoup perdu. J'ai appris que chaque nation proclame le caractère sacré de son souverain. En réalité ce sont les puissants qui gouvernent partout et qui choisissent le divin souverain. Afin de gagner cette guerre pour ma famille, je dois faire de nouveaux empereurs tout comme Sogamori. »

Jébu se leva. « A cet instant je dois faire un zinja ou un quasi-zinja.

— Taïtaro-senséi t'a donc donné la permission d'instruire certains de nos hommes dans vos arts de combat ?

— Oui. Il estime que les zinjas sont trop peu nombreux. Rien ne s'oppose donc à ce que nous répandions nos connaissances.

— Mais seulement auprès de gens de chez nous, n'est-ce pas ? Tu n'instruiras ni Mongols ni autres étrangers ?

— Tu commences à te méfier des Mongols. Je m'en réjouis.

— Évidemment. » Yukio s'étira et soupira. « Ah ! Jébu-san, quel bonheur de nous trouver de nouveau chez nous, de voir des paysages qui retiennent notre regard au lieu de plaines infinies et désolées, de manger nos bons plats et d'échapper à la puanteur infernale des viandes, de serrer dans nos bras les femmes exquises de nos îles au lieu d'étrangères gauches et malodorantes !

— Je n'ai guère eu de relations avec des femmes étrangères, dit Jébu.

— Tu as toujours appartenu corps et âme à dame Taniko. » Yukio sourit fièrement. « Cela me rappelle que j'épouse dame Mirusu. Taïtaro-senséi, dame Taniko, Moko-san et toi êtes invités à la noce. »

Jébu gravit la colline séparant le camp des samouraïs de la citadelle du seigneur Hidehira. Près de la ville d'Hiraïzumi, les collines étaient couvertes de forêts. Au sud s'élevait une chaîne de montagnes bleues. Hauteurs, rochers, arbres, cours d'eau, tout ravissait les yeux fatigués des plaines brun foncé du nord de la Chine et des steppes grises de Mongolie.

Ainsi Yukio se mariait. Nouvelle surprenante mais qui ne devrait pas l'être. Certes il avait toujours aimé s'entourer de femmes et pendant son séjour à l'étranger il n'avait cessé de regretter celles de son pays. Cette nouvelle réjouissait Jébu. Mais de qui s'agissait-il et comment Yukio s'était-il si vite décidé ?

Si seulement Taniko et lui pouvaient se marier, Taïtaro-senséi serait ravi de bénir leur union. Longtemps auparavant Nyosan, sa mère, lui avait conseillé de prendre femme et d'avoir des enfants. S'il le faisait avec Taniko, elle en serait heureuse, où qu'elle fût.

Mais Horigawa vivait encore. Kiyosi était mort de la propre main de Jébu. Cela importait-il encore à Taniko ? Peut-être ne s'en souciait-elle plus depuis qu'elle l'avait retrouvé ?

Il n'était sûr de rien mais craignait de s'aliéner Taniko en lui révélant la vérité.

Il atteignit le sommet de la colline et vit à travers les pins, au-dessous de lui, dans la vallée, les tentes de l'armée de Yukio. Celles des samouraïs, des Chinois et des autres auxiliaires étrangers paraissaient plantées, de-ci de-là, sans ordre précis. Au-delà, les yourtes des Mongols s'alignaient en rangs réguliers. Jébu repéra quelques chevaux qui paissaient sur les collines parmi les arbres. Par bonheur il y avait dans le nord assez de terres incultes pour fournir le fourrage nécessaire. Mais quand l'armée se mettrait en route vers la capitale, les paysans souffriraient à son passage.

Le zinja s'assit au sommet de la colline, tournant le dos au camp, le regard fixé sur les montagnes lointaines. Ses élèves pouvaient l'attendre un moment. Il ne portait que sa robe grise toute simple. Sans qu'il s'en rendît compte, ses doigts se glissèrent vers la poche secrète. Le Joyau scintilla au soleil de la matinée. Jébu chassa tout souci de son esprit et tendit le shintaï à bout de bras afin de mieux le fixer. Il suivit du regard les nœuds et les courbes de l'Arbre de Vie gravé sur la surface cristalline en faisant lentement tourner la pierre entre ses doigts. Bientôt il distingua les traits qui apparaissaient de l'autre côté du shintaï. Ils s'animèrent sous son regard. La profondeur du cristal les grossissait et leur donnait un aspect de solidité.

Il entendit un battement d'ailes descendre du ciel. C'était le Dragon blanc des Muratomo : l'animal qu'il avait chevauché lors de sa vision initiatique. Il leva la tête et tendit la main pour saisir le dragon qui s'immobilisa au-dessus de lui. De ses yeux marron et ronds, comme ceux de Yukio, l'animal le regardait tristement. Soudain il s'éleva dans le ciel et disparut. Jébu éprouva le sentiment d'avoir perdu quelque chose.

Le Joyau reparut lentement à ses yeux. Au bout d'un moment il le remit dans sa poche et se leva en soupirant. Ses pressentiments quant aux conséquences de l'expédition grandissaient.

Il se mit à descendre la colline. Ce jour-là il enseignerait à ses élèves comment tuer avec n'importe lequel des trente-quatre objets les plus banals qu'on pût trouver dans n'importe quelle maison habitée.

2

Taniko et l'épouse du seigneur Hidehira préparèrent ensemble le repas qu'elles servirent à Yukio, Jébu et le maître de céans. Lorsqu'elle n'avait rien à faire, Taniko s'agenouillait dans un coin près de Mme Hidehira, tête basse, yeux mi-clos, en feignant de ne pas entendre la conversation. Au début elle avait avoué à Jébu qu'il lui déplaisait de jouer le rôle de discrétion et de soumission imposé aux femmes des Iles sacrées. Mais désormais elle s'en accommodait et en éprouvait même du soulagement. Après avoir vécu dans une incertitude constante en Chine et en Mongolie, il lui était agréable de savoir exactement ce qu'elle devait faire en toutes circonstances.

Les murs de la salle dans laquelle les hommes prenaient leur repas étaient construits de troncs d'arbres à peine équarris. Quant aux piliers soutenant le plafond, on les avait sculptés et peints sans grand art. Hidehira aimait à croire que son palais aurait rivalisé avec ceux d'Heian Kyo. Mais la différence était si frappante aux yeux de ses invités qu'ils n'auraient risqué aucune comparaison.

« Je ne l'ai jamais oubliée, dit Yukio. A mon retour, après tant d'années, je m'émerveillai de constater qu'elle était encore célibataire. J'en étais à blâmer, d'ailleurs. Son père avait de nombreuses filles et il lui était difficile de trouver un mari pour Mirusu qui avait mis au monde l'enfant d'un voyageur inconnu.

— Quelle horreur ! » dit le vieil Hidehira en ricanant, l'index pointé sur Yukio. Il n'avait plus de cheveux au sommet de la tête. Quant à ceux qui poussaient sur le tour du crâne, ils tombaient librement jusqu'à l'extrémité de sa barbe luxuriante et de ses moustaches et couvraient toute sa poitrine, comme un grand cours d'eau alimenté par ses affluents. A quatre-vingt-neuf ans, il mangeait de bon appétit en prenant soin de ne pas salir sa barbe blanche.

C'était le dixième chef d'un clan connu sous le nom de Fujiwara du Nord qui s'était installé sur la terre d'Oshu des centaines d'années plus tôt, après avoir été vaincu dans une lutte d'influence par une autre branche des Fujiwara qui dominaient la capitale. Comme les Muratomo et les Takashi, ces Fujiwara du Nord étaient devenus des samouraïs propriétaires fonciers. Pendant des générations ils étaient restés les alliés des Muratomo. Leurs deux clans avaient lancé des expéditions contre les Aïnous : barbares velus, anciens maîtres des régions septentrionales de Zipangu. Fujiwara Hidehira avait déjà donné asile à Yukio, des années auparavant. C'est même lorsqu'il résidait dans la forteresse de Hidehira que Yukio avait eu l'idée de partir pour la Chine.

« Ah ! s'exclama Jébu. Tu épouses donc la demoiselle dont le père possède *L'Art de la guerre* de Sun Tse.

— Tout juste », répondit Yukio qui raconta à leur hôte comment il avait séduit la jeune Mirusu afin d'avoir accès au célèbre ouvrage classique chinois. Il avait partagé ensuite ses nuits entre la lecture et les délices de l'amour.

« Les jeunes ont tant d'énergie, dit Hidehira qui porta prudemment à ses lèvres une crevette serrée entre deux baguettes. Faire l'amour pendant la moitié de la nuit et étudier ensuite jusqu'à l'aurore !

— Et tu as cherché cette jeune fille dès ton retour ? demanda Jébu. J'avais cru autrefois que tu ne t'intéressais à elle que pour Sun Tse.

— Loin de là ! s'exclama Yukio. C'était une créature exquise, diaphane et délicate comme un rayon de lune. Elle n'a d'ailleurs guère changé depuis.

— Son père était un partisan des Takashi. Il te l'accorde sans objection ?

— Apparemment les Takashi l'ont spolié de quelques terres dans la province d'Omi. Désormais il les déteste. Il estime aussi, sans doute, qu'un gendre maître de dix mille hommes de troupe a un avenir prometteur.

— Avez-vous beaucoup appris dans ce célèbre livre ? » demanda Hidehira.

Yukio sourit et hocha la tête. Taniko se dit : dommage que ses dents pointent ainsi lorsqu'il sourit car il le fait bien souvent. S'il n'avait pas les dents aussi saillantes et les yeux globuleux, il serait bel homme. Tout compte fait, la jeune épousée n'est pas à plaindre. Yukio est presque aussi attrayant que Jébu.

« J'ai appris que la ruse donne la clé de la victoire, dit Yukio. J'ai eu la confirmation de ce principe en combattant parmi les Mongols. »

Hidehira fit de la main un geste de refus. « Les samouraïs ne combattent pas ainsi.

— Je le sais, dit solennellement Yukio. J'espère battre toute armée de samouraïs qu'on enverra contre moi.

— Vos Mongols ne me plaisent pas », dit Hidehira en abaissant son regard vers la petite table sur laquelle se trouvait son repas. Taniko pensa que bien des gens du pays du Soleil Levant partageraient ce sentiment, dans les classes élevées comme chez les paysans. Néanmoins, Hidehira avait permis jusqu'alors aux Mongols de camper près de sa capitale provinciale, Hiraïzumi, et leur avait vendu des vivres. En outre, il ajoutait un détachement de ses samouraïs à l'armée de Yukio.

« Nos compatriotes n'aiment aucun étranger, dit le jeune Muratomo avec bonne humeur. Mais nous avons beaucoup à apprendre des Mongols. Leur manière de combattre leur a permis de conquérir des territoires tellement vastes, seigneur Hidehira, que pour aller d'une extrémité à l'autre de l'empire gouverné par Koubilay khan, la plupart des voyageurs en ont pour une année entière. Évidemment, il y a aussi les courriers de la poste qui peuvent effectuer le même trajet en vingt jours.

— Koubilay khan..., dit Hidehira. Quel nom absurde ! Qui sont ces courriers de poste ? »

Yukio se tourna vers Jébu, haussa les sourcils et secoua discrètement la tête. « Ces courriers montent les chevaux les plus rapides. Tout le monde doit s'écarter à leur passage. Ils chevauchent d'une poste à l'autre et changent de monture à chaque étape. Ils ne s'arrêtent ni de jour ni de nuit. La possibilité d'envoyer et de recevoir aussi rapidement des messages permet au grand khan de maintenir l'unité de son empire.

— Heureusement qu'il n'existe rien de tel ici, dit Hidehira. Les Fujiwara du Nord n'auraient pas joui d'autant d'indépendance si les messages pouvaient y circuler à la vitesse de l'éclair.

— Cet isolement est bon pour vous mais fâcheux pour moi, dit

Yukio. Il me faut encore beaucoup de renseignements avant de mettre mon armée en marche.

— Il vous suffit de savoir que tout le monde déteste Sogamori, dit Hidehira. Il donne les ordres qui lui passent par la tête sans se soucier des lois et aucun fonctionnaire ne peut s'y opposer. Même mes cousins, les fiers Fujiwara d'Heian Kyo, sont obligés de baiser les semelles de sa sandale. Depuis un an, son petit-fils, Antoku, est empereur. »

Taniko se rappela une conversation qu'elle avait eue longtemps auparavant avec Kiyosi. En ce temps-là, Sogamori préparait le mariage de sa fille avec Takakura, un des princes impériaux. Ce Takakura avait un frère aîné dont il avait fallu éliminer les prétentions au trône pour que le gendre d'abord, puis le petit-fils de Sogamori ensuite, deviennent empereurs.

Se laissant emporter par sa curiosité, elle demanda tout de go : « Comment a réagi le prince Mochihito quand Antoku est monté sur le trône ? »

Hidehira tourna si vivement la tête que sa barbe et ses cheveux parurent s'envoler. Du coin de l'œil Taniko vit l'épouse de leur hôte la considérer avec stupéfaction.

« Est-ce bien la dame qui a parlé ? » demanda Hidehira. Il n'en croyait pas ses oreilles.

« Dame Taniko n'avait aucune mauvaise intention, seigneur, répondit Jébu. Elle revient d'une ambassade de plusieurs années à la cour du grand khan mongol où les femmes participent aux discussions avec les hommes.

— Des barbares ! » dit Hidehira qui secoua la tête.

Vieux crétin pompeux, pensa Taniko.

« Alors qu'en est-il du prince Mochihito ? demanda vivement Jébu. D'abord il dut céder la place à son plus jeune frère et ensuite à son neveu. A-t-il protesté ?

— Le bruit court qu'il est hors de lui, répondit Hidehira. Mais il ne manifeste rien en public. Tout le monde en est là actuellement. Chacun doit feindre de se soumettre à Sogamori et à sa famille mais au fond on déteste les Takashi.

— C'est sur cela que je compte, dit Yukio. Quand ma proclamation se répandra, il y aura un soulèvement général d'un bout à l'autre du pays.

— Les temps paraissent en effet mûrs pour cela, dit Hidehira. Dans chaque province le gouverneur nommé par Sogamori extorque des impôts exorbitants et emprisonne ceux qui tardent à payer. Les propriétaires fonciers ne laissent même pas de quoi vivre à leurs paysans. Chaque fonctionnaire nommé par les Takashi abuse de son pouvoir. Sogamori aurait dit un jour que seuls les Takashi sont des êtres humains. Mieux vaudrait dire que tout Takashi est un tyran, un assassin et un voleur. La population est exaspérée. Nous autres, Fujiwara du Nord, avons toujours été leurs adversaires. Désormais tout le monde les hait. Mon fils, Yerubutsu, reviendra bientôt d'une mission commerciale à Maïzuru qui n'est pas éloignée de la capitale. Il nous apportera des nouvelles.

— Espérons qu'il n'aura pas une armée de Takashi à ses talons, dit Jébu.

— Les Takashi ne sont pas capables de se déplacer aussi rapidement, dit Yukio. Mais leur arrivée m'enchanterait. S'ils venaient ici, je vous ferais une démonstration d'art martial, seigneur Hidehira. Ceux de nos adversaires qui survivraient s'enfuiraient jusqu'à mourir d'épuisement. »

« Hidehira se prend pour un grand seigneur parce que personne ne s'attaquerait à cette citadelle de montagnes, dit Taniko.

— Il est en effet arriéré et ignorant », répondit Jébu.

Ils étaient allongés côte à côte dans la petite maison réservée aux invités dans l'enceinte du château de Fujiwara. Elle passa la main sur les muscles durs de la poitrine de Jébu. « Il a refusé de répondre à une question banale parce qu'elle était posée par une femme.

— Préférerais-tu te retrouver parmi les Mongols ? »

Dans l'obscurité Jébu ne différait guère du jeune homme qu'elle avait serré dans ses bras bien des années auparavant, sur le mont Higashi. Son corps restait mince et dur, et sa voix douce et calme. Sa formation de zinja comportait tant de positions qu'il semblait à Taniko ne pas s'être unie deux fois de la même façon avec lui depuis leurs retrouvailles à Cambaluc.

« Je préférerais que les gens de mon pays apportent quelques modifications intelligentes à leurs usages, dit-elle. J'ai passé une trop grande partie de ma vie à l'arrière-plan au cours des dîners. Pourtant, ce que je pensais me paraissait souvent plus intéressant que les conversations des hommes. »

Jébu éclata de rire. « C'est précisément pour ça qu'ils ne veulent pas te laisser parler. Ils craignent que tu ne leur fasses honte. Il se pourrait qu'aucun autre homme que moi ne se rende compte de la puissance de ton esprit. » Il poursuivit sur un ton plus sérieux. « Taniko, nous ne tarderons pas à nous mettre en route. Il faudra donc te trouver un asile sûr. Peut-être pourrais-tu rester ici, à Hiraïzumi.

— Je préférerais retourner chez mon oncle Ryuichi à Heian Kyo. De tous les hommes âgés de ma famille, c'est avec lui que je m'entendrai le mieux. Oui, je lui ai reproché de laisser Sogamori m'enlever Atsue et de ne pas m'avoir protégée d'Horigawa. Mais il n'y pouvait rien. A l'instant où une flèche cruelle pénétra la poitrine de Kiyosi, mon destin fut scellé. »

La voix qui lui répondit dans l'ombre trahissait un certain malaise. « Si Kiyosi vivait encore, nous ne serions pas ensemble aujourd'hui.

— Évidemment, dit Taniko. Mais le monde où vécut et mourut Kiyosi et où naquit Atsue me paraît différent de celui d'aujourd'hui. A t'entendre, on croirait que je devrais être reconnaissante envers celui qui tua Kiyosi. Or je ne pourrai jamais éprouver que de la haine pour lui. »

Jébu resta muet longtemps. Enfin elle lui caressa la joue qu'elle trouva froide, dure et lisse sous sa main, comme un masque de jade. Il se dit qu'il doit son bonheur à la mort d'un homme bon et il en a honte, pensa-t-elle. Ce n'est pourtant pas de sa faute.

Au bout d'un moment Jébu lui dit : « Tu ne peux pas te réfugier dans la capitale où tu serais au centre des combats. Où désires-tu aller ?

— En réalité, je n'ai guère le choix, répondit Taniko. Si je trouve un moyen de faire le trajet, je veux retourner à la maison de ma famille, à Kamakura. C'est là que nous avons fait connaissance. »

3

Fujiwara Yerubutsu, fils et héritier d'Hidehira, arriva à Hiraïzumi à la fin du troisième mois, quand le soleil eut séché la boue des averses printanières. Les trente samouraïs qui escortaient son convoi de poteries et de soie provenant des provinces du sud, soulevèrent sur la route un nuage de poussière comme en été.

Quelques heures après son retour, Hidehira envoya un domestique demander à Yukio de le rejoindre dans la salle d'honneur du château. Accompagné de Jébu, Yukio traversa le jardin séparant la maison des invités du donjon. L'ambiance avait changé. Les samouraïs, qui leur manifestaient encore de l'amitié la veille, les accueillirent sèchement ou feignirent de ne pas les voir. Les hommes sous armure étaient plus nombreux dans l'enceinte.

Quand ils entrèrent dans la grande salle, les sens de Jébu étaient en alerte, comme ceux d'un animal traqué. Hidehira trônait sur une plate-forme en robe d'apparat de tissu raide, aux épaules rembourrées. Conseillers et chefs militaires, vêtus avec autant de recherche, siégeaient sur des coussins à sa droite et à sa gauche. Les poignées de leurs deux sabres de samouraïs, un long et un court, pointaient sous leur robe. Tous étaient d'une impassibilité inquiétante, sauf le vieil Hidehira qui s'efforçait de sourire comme pour détendre l'atmosphère.

Il commença par présenter son fils aîné à Yukio et à Jébu. Yerubutsu avait près de soixante-dix ans et son chignon était gris sur une tête parfaitement ronde comme un boulet de *hua pao* chinois. Sa large bouche semblait une fente sans lèvres. Il avait les yeux très bridés. Des serviteurs apportèrent du saké. Une succession de questions et réponses courtoises au sujet du voyage d'Yerubutsu jusqu'aux provinces méridionales et sur le séjour de Yukio en Chine semblèrent à Jébu occuper toute la matinée.

Enfin, Yerubutsu déclara : « Heureusement que je me trouvais seulement à Maïzuru et pas à la capitale, sinon votre proclamation aurait pu me mettre en grand embarras, seigneur Yukio. J'eus à peine le temps de quitter la province de Tango avec mes marchandises avant l'arrivée d'un détachement de Takashi à Maïzuru. Ils venaient m'arrêter.

— Je regrette que mon arrivée vous ait nui, seigneur Yerubutsu, dit Yukio en s'inclinant profondément. J'ai commis une erreur impardonnable.

— Pas du tout, s'exclama Hidehira. Je savais Yerubutsu en danger si près de la capitale quand vous avez envoyé vos proclamations, mais je me suis dit : s'il ne peut pas se tirer d'affaire, ce n'est pas mon fils.

— J'apprécie votre confiance, mon père, dit froidement Yerubutsu. Pourtant vous auriez pu me perdre. Évidemment depuis le retour du seigneur Yukio, vous estimez peut-être pouvoir vous passer de moi.

— Doméi, père du seigneur Yukio, était un frère pour moi, dit sévèrement le vieillard. Son fils est donc mon fils et tu n'as pas le droit d'en prendre ombrage. »

Soucieux d'interrompre cet échange de répliques acerbes, Yukio prit la parole. « Seigneur Yerubutsu, j'ai hâte d'apprendre l'effet qu'a eu ma proclamation dans les provinces du Sud. »

Yerubutsu toisa Yukio d'un regard hostile. « Je n'ai guère eu le temps de constater son impact sur les autres, étant donné qu'elle m'a obligé à fuir. Soyez sûr, cependant que les Takashi vous sachant sur la terre d'Oshu, une puissante armée ne tardera pas à approcher.

— Qu'elle vienne, dit farouchement Hidehira dont la barbe trembla.

— La générosité et la fidélité de mon père envers ses vieux amis sont légendaires en Oshu, dit Yerubutsu. Parce que tant de nos aïeux furent camarades de combat, il vous a accordé son hospitalité. » Le regard de Yerubutsu étincela de haine. « Mais excusez-moi, seigneur Yukio, je crains que vous ayez abusé de cette générosité... involontairement, j'en suis sûr. »

Un homme plus emporté, ainsi provoqué, aurait dégainé son sabre. Yukio se contenta de répondre : « Si je croyais que vous dites vrai, seigneur Yerubutsu, je me sentirais obligé de mettre fin à mes jours. »

Ayant longtemps vécu avec Yukio, Jébu comprit le caractère menaçant de cette réponse. Si Yukio s'ouvrait le ventre en raison des accusations injustifiées de son interlocuteur, ce dernier perdrait la face.

« Cette affaire n'implique pas une mesure aussi extrême », dit Yerubutsu en s'agitant, mal à l'aise sur son coussin. Il voudrait couper la tête de Yukio pour en finir au plus vite, pensa Jébu. « Je voulais seulement dire qu'en vous réfugiant chez mon père et en lançant votre appel à la rébellion contre Sogamori, vous nous avez tous mis en grand danger.

— Sogamori a toujours été mon ennemi, bougonna Hidehira.

— Je vous assure, seigneur Yerubutsu, que les forces dont je dispose suffisent amplement à protéger votre domaine contre les Takashi, dit Yukio.

— Nous n'avons que faire de votre protection », rétorqua Yerubutsu dont le masque de politesse s'effaça. La rage donnait une teinte rouge orangé à sa tête ronde. De quoi s'inquiétait-il donc ? Sans doute avait-il des projets personnels que contrecarraient les activités de Yukio ?

Il reprit : « En parlant de vos forces, vous désignez sans doute la nuée de barbares qui campent sur nos terres. Je regrette de le dire, seigneur Yukio, mais je suis profondément choqué que le rejeton d'une famille aussi illustre que la vôtre conduise une armée étrangère à la conquête de notre sol. Même Sogamori n'en appellerait pas à des troupes venues de l'extérieur. »

Jébu se dit : tout se passe exactement comme Taïtaro et moi en avions prévenu Yukio. Personne n'aura confiance dans les Mongols.

Yukio continua à sourire, comme si on ne l'accusait pas de trahison envers la patrie. « Nos premiers empereurs invitèrent des artisans coréens et des missionnaires bouddhistes à gagner nos côtes. L'honorable fondateur de votre famille, le grand ministre Fujiwara no Kamatari, introduisit la législation chinoise dans les Îles sacrées ainsi que des érudits de ce pays étranger pour enseigner et administrer la loi. Il ne s'agissait pas d'invasion. Comme ces illustres prédécesseurs, j'entends seulement recourir aux talents particuliers des étrangers, pour la plus grande gloire du pays du Soleil Levant. Les Mongols ne sont ni artisans, ni missionnaires, ni érudits. Mais ils maîtrisent mieux que n'importe quel autre peuple au monde l'art de la guerre. »

Jébu intervint : « Que mes seigneurs permettent à un humble moine de s'exprimer. Sogamori amena au moins un étranger combattre contre les gens de son pays. Voilà bien des années, le chef mongol Arghun Baghadur exerça l'autorité d'un fonctionnaire au service de Sogamori.

— Ainsi il a donc combattu autrefois pour Sogamori et maintenant il est à votre service. Voyez combien il serait dangereux de nous fier à ces barbares. »

Yukio haussa les épaules et répondit : « Ne mêlons pas le passé au présent. » Les samouraïs se servaient toujours de cette formule pour justifier leurs renversements d'alliance en plein combat.

Yerubutsu ne se laissa pas démonter. « J'ai entendu dire que ces Mongols ont conquis la moitié de la terre. Excusez-moi de vous interroger, seigneur Yukio, mais n'est-il pas insensé d'en amener dix mille chez nous ? »

Jébu se dit que la politesse cultivée au pays du Soleil Levant présentait des avantages. Alors que Yukio et Yerubutsu discutaient, dans les mêmes circonstances, deux chefs mongols se seraient déjà sauté à la gorge.

Yukio émit un petit rire : « Je vois que vous êtes bien renseigné sur les effectifs de mon armée. Il y a, au pays du Soleil Levant, cent fois plus de guerriers que de Mongols à mon service. Ces étrangers sont experts en matière de stratégie et de tactique. J'estime que nous avons beaucoup à apprendre d'eux. En tout cas ils resteront sous mes ordres.

— Lorsque mon père vous autorisa à camper sur nos terres, il ignorait sans doute l'importance de votre armée, fit Yerubutsu. Vos sauvages prennent tout ce qu'ils veulent sans rien payer. Ils laissent leurs chevaux paître où il leur plaît. Plusieurs de nos paysans ont été blessés au cours de rixes avec ces barbares. »

Yukio s'inclina. « J'ai déjà assuré votre noble père que nous sommes prêts à payer ce que nous réquisitionnons. Nous avons de l'or, de l'argent, du cuivre et quantité de marchandises négociables.

— Les cultivateurs qui ont perdu tout leur riz ne peuvent pas manger du cuivre, grogna Yerubutsu.

— Assez, mon fils ! s'exclama Hidehira. Je ne suis pas encore mort et je reste le chef du clan. » Il se redressa sur son siège. Son fils et les courtisans de la famille s'inclinèrent à l'unisson.

« Je savais parfaitement que le seigneur Yukio débarquait avec une forte armée sur notre domaine, poursuivit Hidehira. Je suis fier de voir que le combat en vue de libérer les Îles sacrées du joug des Takashi commence ici, à Hiraïzumi, en Oshu. Yerubutsu, tu parais avoir oublié la longue suite de préjudices subis par notre famille du fait des Takashi. Quant aux Mongols, il faudrait être sot pour refuser une armée de dix mille guerriers bien armés et expérimentés, d'où qu'ils viennent. S'ils étaient un tant soit peu capables de combattre je recruterais des Aïnous pour repousser les Takashi. Tu sais fort bien que nos métayers ne mourront pas de faim. Le seigneur Yukio a déjà généreusement remboursé les frais d'installation de son armée. Tes doléances sont insensées, Yerubutsu. Si tu n'as pas plus de sagesse à ton âge, tu resteras sot jusqu'à la fin de tes jours. » Après cette tirade passionnée, Hidehira se cala sur son trône en considérant d'un œil furieux son fils à cheveux gris.

Il n'est pas nécessaire d'être poli, au moins en une circonstance : quand on morigène son fils, pensa Jébu. Le père, en effet, s'était tant emporté que son visage était devenu aussi rouge que celui de Yerubutsu.

« Excuse-moi, père vénéré, murmura le fils en s'inclinant. Je fais de mon mieux pour le salut de notre clan.

— En enfonçant un coin entre nous et nos alliés de toujours.

— Je ne sais pas si le seigneur Yukio a vraiment le droit d'en appeler à cette alliance. En se proclamant chef des Muratomo, il néglige la vérité. »

Yukio se pencha en avant, prêt à bondir. « Qui oserait dire que mes prétentions sont injustifiées ?

— Votre frère Hideyori est le véritable chef des Muratomo, dit Yerubutsu avec un sourire triomphant. Il voit sûrement une tentative d'usurpation dans votre proclamation. »

Effaré, Yukio se tourna vers Jébu : « Je croyais mon frère mort. Nous avions appris son exécution sur l'ordre de Sogamori. » Il se tourna vers Yerubutsu en souriant. « Voilà une bonne nouvelle.

— Votre frère ne considérera pas comme une bonne nouvelle cet appel à l'insurrection et votre prétention à assurer la direction de votre clan, répondit aigrement Yerubutsu. N'oubliez pas que la famille Shima le garde en otage à Kamakuta, pour le compte des Takashi. »

De nouveau Yukio se tourna vers Jébu : « Il faut écrire immédiatement à Hideyori.

— Vous avez aussi autre chose à faire sans plus tarder, poursuivit Yerubutsu. Nous tenons à ce que votre armée s'éloigne d'ici. Qu'elle prenne le large avant l'arrivée des forces de Sogamori. Depuis deux cents ans nous régnons sur la terre d'Oshu. Je ne veux pas que cette situation soit modifiée par une guerre dans laquelle nous n'avons rien à faire. »

Yukio éleva la main en un geste d'apaisement. « Les guerriers que j'ai amenés ici, particulièrement les Mongols, n'ont guère d'expérience en fait de combats en montagne. Je préfère donc rencontrer les Takashi plus au sud. » Il se leva. « Veuillez m'excuser, seigneur Hidehira, seigneur Yerubutsu. » Il s'inclina. Jébu se leva et s'inclina également.

Yerubutsu leva l'index. « Avant le départ de votre armée je vérifierai les comptes de nos intendants. Vous paierez en totalité vivres et fournitures prélevés sur nos gens. J'en fixerai le montant. Comme je reviens des provinces centrales, je connais mieux que quiconque les prix courants. »

Yukio s'inclina de nouveau. « Votre évaluation sera équitable, j'en suis certain. »

Tête basse, le regard au plancher, le vieil Hidehira murmura : « Le temps des samouraïs à l'esprit noble et désintéressé est révolu. »

4

Le temple Chusonji, monument dont s'enorgueillissaient les Fujiwara du Nord, se trouvait aux environs d'Hiraïzumi. Cet ensemble de quarante bâtiments, somptueusement décorés, ne le cédait en rien aux grands temples d'Heian Kyo. Il contenait d'innombrables œuvres d'art et en particulier deux célèbres statues du Bouddha. Un revêtement de laque noire plaquée d'or couvrait les murs de sa construction la plus splendide : le Konjikido.

Assis sur le lit d'aiguilles de pin, Taniko et Jébu contemplaient ce sanctuaire du haut d'une colline boisée. Le zinja n'avait jamais eu aussi peur avant d'engager un combat. Il était résolu à ne pas laisser cette journée se terminer sans avoir révélé à Taniko le secret qui le hantait.

« Yukio veut que j'aille à Kamakura voir son frère Hideyori, dit-il. S'il le faut, je dois libérer ce jeune homme de ton père. En tout cas je lui porterai un message de Yukio, dans lequel celui-ci indique qu'il s'est proclamé chef du clan parce qu'on lui avait annoncé la mort de son frère. »

Taniko baissa la tête. « C'est moi qui ai trompé Yukio. Si les deux frères s'opposent, j'en serai responsable. »

Jébu secoua la tête. « Tu nous as fourni le seul renseignement que tu possédais. Je l'ai mis en garde contre toute précipitation dans l'envoi de sa proclamation. »

Taniko lui sourit. Ce matin-là, sa beauté rayonnait. Son charme prenait plus de vivacité depuis son retour au pays du Soleil Levant. Cet épanouissement suggérait l'idée d'une fleur conservée trop longtemps à l'abri où elle avait pâli et qui, ramenée en plein air, poussait de nouveau vigoureusement.

« Tu viens donc avec moi à Kamakura, dit-elle. Je l'espérais depuis que je t'ai dit mon intention d'y aller.

— Nous n'avons pas de temps à perdre. Le moindre retard pourrait condamner à mort Hideyori. Sois prête dès cet après-midi. » Il se demanda si elle remarquait l'angoisse de sa voix. L'instant était venu de parler. Chaque jour qui passait pouvait amener des circonstances qui lui interdiraient d'avouer qui avait tué Kiyosi.

Pourtant la crainte le paralysait. Il se rappela qu'en qualité de zinja il devait tout simplement s'exprimer, sans se soucier des conséquences de son aveu. Quelle que fût la réaction de Taniko, ce serait celle que désirait l'Âme et, par conséquent, la bonne.

« Je serai prête à partir à l'instant qui te conviendra, dit Taniko en souriant. Les Mongols m'ont appris à voyager rapidement. Chez eux une dame ne perd pas sa dignité en faisant galoper sa monture. Nous ne sommes d'ailleurs pas obligés de faire tout le trajet par voie de terre. Nous pouvons nous rendre à cheval à Sendaï et prendre un bateau qui nous conduira le long de la côte jusqu'à Kamakura. Le voyage durerait deux fois moins longtemps.

— Que crois-tu que ton père fera d'Hideyori ? »

Elle se rembrunit. « Il agira selon les circonstances. Après la mort de Kiyosi, Sogamori lui a ordonné de lui envoyer la tête d'Hideyori. Je ne sais pas pourquoi il n'a pas obéi. L'aîné des derniers Muratomo présente plus de valeur pour lui vivant que mort. »

En entendant le nom de Kiyosi, Jébu eut l'impression de recevoir un coup de poignard. Taniko s'en aperçut et l'observa avec curiosité, mi-souriante mi-inquiète.

« Jébu-san, tu ne m'as pas amenée sur ce site merveilleux pour m'annoncer notre voyage à Kamakura.

— Évidemment. J'ai autre chose à te dire. J'aimerais mieux l'oublier. Disons plutôt que nous devrions l'oublier tous les deux. Mais je ne peux pas me taire plus longtemps. » Comment s'exprimer ? Il chercha fiévreusement les mots qui heurteraient le moins sa bien-aimée. Enfin il capitula. Dis-le donc tout simplement, à la manière d'un zinja, pensa-t-il.

« Taniko, j'ai tué Kiyosi. »

Cet aveu le soulagea d'abord. Mais quand il vit l'expression de Taniko, l'angoisse l'emporta sur le soulagement. Elle paraissait ne pas le croire. Il avait remarqué bien souvent le même regard incrédule chez ceux qu'il venait de tuer. Alors, il eut hâte de lui raconter tout ce qui s'était passé sur la baie d'Hakata ce jour-là. Mais il se tut. Il fallait d'abord savoir ce qu'elle désirait apprendre.

Lorsqu'elle s'exprima, il fut encore plus décontenancé. « Qu'as-tu dit ?

— J'ai tué Kiyosi », répéta-t-il. Force lui était de se justifier. « C'était dans la baie d'Hakata. Nous combattions d'un bateau à l'autre. Il allait tirer sur Yukio. Je me suis servi d'une flèche à pointe perceuse d'armure. Il est mort instantanément. Il est tombé par-dessus bord. Je ne savais pas de qui il s'agissait. Plus tard Moko me l'a révélé. Yukio fut d'abord furieux. Il avait interdit de tirer sur les samouraïs. J'ai dû lui expliquer que j'avais abattu un homme dont la flèche était pointée sur lui. Tout s'est déroulé très vite. Tu sais comment les choses se passent dans une bataille. L'homme vivant à un instant est mort l'instant suivant. Non, tu ne comprends pas, évidemment. Tu n'as jamais été mêlée à une bataille. » Il se reprocha aussitôt cette parole. C'était exactement ce qu'il ne voulait pas dire. Il avait souhaité la consoler et non libérer sa conscience. Il attendit qu'elle réponde. Le regard de Taniko passa de la stupéfaction à la douleur. Exactement comme celui d'un homme blessé, pensa-t-il.

Elle murmura : « J'ai vu tuer des gens, Jébu. J'ai même tué un homme. » Il attendit qu'elle en dise plus. Les yeux brillants de la jeune femme étaient fixés sur les siens. Au bout d'un moment elle soupira : « Oh ! Jébu-san. Pauvre Jébu. »

Il ne s'en étonna pas. « Tu as pitié de moi ?

— Cette mort t'est restée sur la conscience depuis la bataille et surtout depuis nos retrouvailles. Tu t'es tu et tu en as souffert seul. » Elle posa une main glacée sur celle de Jébu. Après avoir considéré un long moment cette grande main brune sous la sienne, elle se reprit et se redressa.

« Hommage à Amida Bouddha ! murmura-t-elle. Hommage à Amida Bouddha.

« J'ai appris à supporter la mort de Kiyosi, reprit-elle. Je peux même endurer la perte de mon fils. Je ne sais pourtant si je puis accepter que tu l'aies tué. Je viens de regarder ta main et j'ai pensé : c'est elle qui a décoché la flèche. Je ne pourrai plus te toucher. Amida Bouddha, secours-moi. »

Jébu comprit qu'elle ne s'adressait pas à lui mais à elle-même. Pendant une seconde, lorsqu'elle s'était apitoyée sur lui, il avait espéré qu'elle comprendrait. En voyant des larmes sourdre aux yeux de Taniko, il sut que les choses ne se passeraient pas aussi facilement. Souvent il avait constaté que ses pires craintes se révélaient injustifiées et il en était arrivé à croire qu'il suffit de redouter une chose pour qu'elle ne se produise pas. De temps en temps, pourtant, ce qu'il appréhendait se produisait et c'étaient alors les pires moments de son existence. Comme à cet instant-là. Ses doigts remontèrent d'eux-mêmes à sa poitrine. Il sentit une bosse dans les plis de sa robe. Même à travers le tissu, le contact du Joyau le réconforta. Il était dur et froid.

Taniko passa délicatement son index sur ses cils pour effacer ses larmes. Elle tourna vers Jébu un regard insondable.

« Raconte-moi exactement ce qui s'est passé. Je n'ai pas bien compris ton premier récit. »

Lentement, prudemment, Jébu commença son récit à l'instant où la flotte des Takashi était apparue à la sortie de la baie d'Hakata. Il narra toute la bataille jusqu'au passage des galères sur l'immensité de l'océan, cap sur la Chine.

Elle souffla, médusée : « Pendant des années j'ai haï l'homme qui a tué Kiyosi sans jamais soupçonner que ce pût être toi. Je ne puis comprendre pourquoi le karma m'inflige un tel chagrin.

— Ce chagrin n'est plus justifié, Taniko. »

Elle s'éloignait de lui. Il fut pris de panique comme s'il la retenait d'une main au-dessus d'un gouffre et que ses doigts se desserraient.

« Mon chagrin n'est pas justifié ? demanda-t-elle, stupéfaite. Mais, Jébu, je ne souffre pas de mon propre gré. La douleur m'étreint malgré moi. Il me semble que j'ai souffert toute ma vie, sauf en deux occasions. D'abord pendant mes années de bonheur avec Kiyosi. Ensuite au cours des derniers mois que je viens de passer avec toi. C'est toi qui as mis fin à ces deux épisodes heureux de mon existence. »

Il ferma les yeux. Les propos de Taniko lui infligeaient une douleur insupportable. Il eut envie de se lever et de s'enfuir vers le temple doré. Il s'y jetterait par terre et resterait allongé dans la fraîcheur jusqu'à sa mort. Il en arrivait donc à souhaiter périr, tout comme un samouraï. S'enfoncer un sabre dans l'abdomen ne pouvait être plus douloureux que la blessure de son cœur.

« Le Bouddha a dit que la vie est souffrance », murmura Taniko.

De nouveau Jébu s'efforça de serrer plus fermement le poignet de celle qui glissait vers l'abîme. « Le Bouddha a dit aussi que la souffrance peut se terminer, que l'on peut arracher la flèche empoisonnée de la blessure qui guérira. »

Taniko avait désormais les yeux secs. « Oui. D'après lui, en tuant le désir, on guérit la souffrance.

— Le désir de ce qui est passé et ne peut être réparé, dit-il.

— Tout désir, dit Taniko, tranquillement. Du moment que je te désire je souffre, parce que je sais désirer celui qui a tué Kiyosi.

— Alors tue-moi. Je n'ai plus le goût de vivre si tu ne veux plus me désirer.

— La vie et la mort ne se confondent-elles pas pour les zinjas ? »

Jébu répondit : « A cet instant je préfère la mort à la vie. Si cela peut te réconforter ou seulement t'apaiser, je te donnerai mon sabre et tu pourras l'enfoncer dans mon corps. »

Les yeux de Taniko exprimèrent presque de la haine. « La vie ne vaut rien pour les zinjas comme pour les samouraïs. Seule la mort leur importe. Comme c'est facile ! Pour tous, sauf pour ceux qu'ils laissent derrière eux.

— Excuse une suggestion aussi sotte.

— Pas sotte mais typiquement zinja, ce qui vaut d'ailleurs pour tous les guerriers. Même pour Kiyosi. Après tout, il ne valait pas mieux que toi.

— Je sais qu'il était digne d'admiration. »

Taniko continuait à regarder Jébu d'un œil hostile. « C'est pourquoi tu l'as tué. »

Il en éprouva de la colère. Si elle ne comprenait pas comment et pourquoi des hommes qui se respectaient réciproquement pouvaient se combattre et s'entretuer elle ne comprendrait jamais ce drame. Elle n'avait pas le droit de le haïr.

« Écoute-moi, Taniko. Au cours d'une bataille on ne choisit pas sa cible. On cherche à tuer tous les adversaires. Ils en font autant. Je n'avais aucune intention de tuer Kiyosi. Je ne savais même pas que je tirais sur lui. Je savais seulement que je ne pouvais pas laisser tuer Yukio. Il ne m'est pas venu à l'esprit que j'avais le choix. J'ai obéi à l'Ame.

— Ah ! je vois. Ce n'est donc pas toi qui as tué Kiyosi. C'est ton dieu : l'Ame.

— L'Ame n'est pas un dieu. Taniko, rien ne pourrait ressusciter Kiosi. Tu es privée de ton fils Atsue depuis huit ans. Rien ne peut changer cela. Oui, ma main a décoché la flèche. Mais si tu me connais comme tu dois me connaître, tu sais que je n'éprouvais pas de haine envers Kiyosi. Si j'avais su ce qu'il était pour toi, peut-être aurais-je hésité à tirer. J'ai toujours désiré ton bonheur, bien que je n'aie pu te le donner. »

Les rayons du soleil firent étinceler le Konjikido et Jébu en fut ébloui. Il entendit des corneilles crier dans les rhododendrons, au flanc de la colline. Il lui sembla que c'étaient des samouraïs énumérant leurs ancêtres avant d'engager la bataille.

« La dernière fois que j'ai pleuré, ce fut quand Taïtaro-senséi me révéla comment mourut ma mère », dit-il.

Le visage de Taniko était pareil à un masque : la figure poudrée et peinte d'une dame noble des Îles sacrées. Jébu ne put rien y déchiffrer. Elle ne répondit pas.

« Si je pouvais le ramener à la vie, je le ferais tout en sachant qu'ainsi je te perdrais, reprit-il. Je ne t'ai apporté que de la souffrance Quand tu as trouvé une nouvelle existence avec Kiyosi, je l'ai tué. Maintenant que nous sommes de nouveau ensemble, j'ai détruit notre union en te révélant ce drame.

— Il eût été tellement plus facile de ne rien dire ! répondit-elle d'une voix aussi froide qu'une clochette d'argent. Cela nous aurait épargné tant de chagrin. Pourquoi as-tu parlé ?

— Je tiens trop à toi pour te cacher la vérité. Si l'ombre de la dissimulation avait pesé sur nos vies, nous n'aurions jamais été vraiment unis corps et âme. Notre amour en serait resté éternellement terni. Cela m'aurait été aussi pénible qu'une séparation définitive.

— Alors tu m'as parlé pour t'épargner de la peine. J'aurais pu vivre parfaitement heureuse avec toi si tu t'étais tu.

— Voudrais-tu vraiment rester unie à moi en ignorant cela ? »

Elle abaissa son regard sur ses petites mains pâles posées sur ses genoux. « Voilà une question à laquelle il ne sera jamais possible de répondre. Maintenant que je sais, comment pourrais-je dire que je préférerais ne pas savoir ?

— Celui qui boit du vin empoisonné sans le savoir en éprouve du plaisir mais il meurt quand même.

— Peut-être meurt-il heureux sans s'en rendre compte. »

Un moment auparavant elle avait pris sa main. Il tendit les siennes. Peut-être ne la toucherait-il plus jamais. Elle ne résista pas mais ses deux mains restèrent inertes sous son étreinte.

« Taniko, tu peux me détester jusqu'à la fin de tes jours parce que j'ai tué Kiyosi, mais cela ne le fera pas ressusciter. Nous pourrions être heureux ensemble si tu savais pardonner. Sinon tu me perdras, comme tu as perdu Kiyosi. »

Elle esquissa un léger sourire. « Je puis pardonner, Jébu. Je t'ai déjà pardonné. Je sais que tu dis la vérité, que tu n'avais pas de mauvaise intention en tirant une flèche sur la poitrine de Kiyosi. Koubilay khan m'a raconté qu'il est arrivé aux Mongols de massacrer tous les enfants d'une ville conquise. Il m'a expliqué qu'hommes et femmes ayant déjà été exterminés, les enfants seraient morts de faim si les vainqueurs les avaient épargnés. Ces Mongols estimaient que ce massacre était justifié. Toi, tu n'as jamais tué d'enfants, évidemment. Mais je ne puis m'empêcher de constater le mal dont les hommes sont capables, sans mauvaise intention. Ces mains qui tiennent les miennes sont celles qui précipitèrent Kiyosi au fond de la mer, qui me ravirent le père de mon fils, anéantirent mon protecteur, me laissèrent sans défense quand Sogamori me prit Atsue. Je sais que tu n'y es pour rien, Jébu. Je ne pourrai jamais te haïr, je m'en rends compte. Je peux te pardonner. »

Pendant un instant Jébu se reprit à espérer, mais le ton de Taniko avait quelque chose d'inquiétant. Lentement, doucement, elle reprit ses mains.

« Mais je ne puis oublier. »

Elle se leva avec grâce et s'éloigna de lui.

« Tu ne peux pas rappeler la flèche qui tua Kiyosi, dit-elle. De même, tu ne peux reprendre les paroles que tu as proférées. Je ne pourrai jamais oublier ce que je sais.

— Kiyosi comptait-il plus que moi pour toi ? »

Elle secoua la tête. « Cette question est indigne de toi, Jébu. Kiyosi fut presque chaque jour auprès de moi pendant dix ans. Il a engendré Atsue qui m'a donné plus de plaisir qu'aucun être humain ne l'a jamais fait, y compris toi. Pourtant, pendant toutes ces années de bonheur, je ne t'ai jamais oublié. Si Kiyosi t'avait tué, j'éprouverais pour lui les mêmes sentiments que ceux que j'éprouve pour toi actuellement. »

Jébu se dressa devant elle, bras ballants. Si seulement il pouvait franchir le passé qui les séparait, en l'étreignant, en l'étouffant dans ses bras.

« Quels sentiments éprouves-tu envers moi, Taniko ? »

Une ride apparut sur le front poudré de la jeune femme. « En le disant je vais te blesser. Mais puisque tu accordes tant d'importance à la vérité, sache que tu me fais horreur. »

Jébu se détourna pour qu'elle ne vît pas les larmes couler sur ses joues. La voix de Taniko le poursuivit : « Voilà des années, tu as tué Kiyosi. Aujourd'hui, tu as tué Jébu. Le Jébu avec qui j'étais heureuse ce matin même n'existe plus. Je vois un étranger et cet étranger me répugne. »

Jébu s'effondra et porta les mains à son visage. Il lui sembla qu'un rocher l'écrasait sur le sol. A son désespoir s'ajoutait une haine contre lui-même.

La voix de Taniko tinta derrière lui, comme si elle se parlait à elle-même. « Je me suis souvent demandé pourquoi tant de nos samouraïs, hommes et femmes, acceptent si aisément la mort et pourquoi je la refuse. Même à cet instant je m'accroche à la vie. C'est presque une vulgarité digne d'une fille des champs. Je manque peut-être simplement de courage pour me tuer. Je suis quand même tentée de te suggérer qu'ayant tout perdu l'un et l'autre, nous devrions mourir ensemble.

— J'y suis prêt », grogna-t-il d'une voix qu'étouffaient ses mains pressées sur sa figure.

Elle lui toucha l'épaule avec autant de légèreté qu'une feuille tombant d'un arbre. « Lève-toi et regarde-moi, Jébu. »

Il vit alors que les larmes essuyées un instant plus tôt, alors qu'elle éprouvait de l'horreur, coulaient librement en petits ruisseaux qui tranchaient à travers la poudre de son visage.

« C'est une mort qui nous amène à cette atrocité, dit-elle. Kiyosi cherchait la mort et tu la lui as donnée. Je n'ajouterai pas ma mort à la sienne et je t'interdis de provoquer la tienne. Si tu tiens à moi, si tu veux expier la mort de Kiyosi, fais ce que je te dis. Vis, Jébu. »

Jébu fut stupéfait. « Le matin qui suivit mon initiation à l'ordre des zinjas, ma mère a prononcé exactement les mêmes mots », dit-il.

Sans cesser de pleurer, Taniko sourit. « Les femmes qui t'aiment ont les mêmes idées. Même si la vie te paraît intolérable, Jébu, j'exige de toi, comme une personne envers qui tu as une obligation, de supporter ce fardeau. La mort viendra peut-être à toi, au service de ton ordre ou de Yukio. Mais ne la sollicite pas.

— Que t'importe !

— Tout ce que tu dis est vrai et sage. Pourtant, je ne puis oublier ce que tu as fait ni cesser d'éprouver ce que j'éprouve envers toi. Je t'ai dit que j'ai haï pendant des années le meurtrier de Kiyosi. Je me le suis toujours représenté comme un samouraï sans visage, un guerrier au masque de fer. Il ne m'est jamais venu à l'idée que je le connaîtrais un jour. Voir en toi cet homme est une chose trop nouvelle, trop choquante pour que je la tolère. C'est étrange. Jusqu'à maintenant, je n'ai jamais souhaité oublier les torts qu'on m'a faits. Je n'ai jamais espéré pouvoir me venger d'Horigawa ou de Sogamori mais je n'ai jamais eu à leur pardonner ni à oublier ce qu'ils m'ont fait. Je ne suis pas habituée à l'oubli. Le temps aidant, nous en reviendrons peut-être où nous en étions ou à des relations du même genre. Nous retrouverons peut-être une part du bonheur que nous éprouvions ensemble jusqu'à ce matin. »

Le poids qui écrasait Jébu lui parut s'alléger quelque peu. « Tu voudrais essayer de vivre comme avant ?

— Ce n'est pas tout à fait possible. Sans doute partons-nous aujourd'hui pour Kamakura ?

— Immédiatement.

— Nous voyagerons ensemble. Nous dormirons sous la même tente. Mais tu ne me toucheras pas. » Elle se tut et le fixa d'un regard perçant. « Acceptes-tu ? »

Les épaules de Jébu s'affaissèrent. « Je comprends. Oui.

— Arrivée à Kamakura, je vivrai dans ma famille si elle veut bien de moi. Toi, quand tu auras communiqué à Hideyori le message de Yukio, tu retourneras auprès de ce dernier. Vous ferez ensemble la guerre aux Takashi. Quand elle sera terminée, tu reviendras à moi. Alors nous verrons.

— Peut-être ne retournerai-je pas à toi.

— Si tu es tué, je détesterai ton meurtrier, comme j'ai toujours haï celui de Kiyosi. Peut-être ne me pardonnerai-je jamais de t'avoir envoyé à la guerre. Mais je ne puis agir autrement. Je suis maîtresse de mes actes et de mes paroles mais non de ma mémoire ni de mes sentiments. Acceptes-tu mes conditions ?

— J'accepte tes conditions. Dis-moi pourtant, Taniko, si j'ai eu raison de te révéler la vérité au sujet de Kiyosi ? »

Elle réfléchit un moment. « Tu m'as toujours dit que les zinjas n'admettent aucune différence entre le bien et le mal. Alors, comment savoir ce qui nous aurait le plus blessés : passer nos vies ensemble, séparés par un mensonge, ou bien briser notre bonheur en révélant la vérité ? Voilà une question que je me poserai souvent dans ma solitude, à Kamakura. »

5

Kamakura était déjà vaste quand Taniko quitta sa famille pour épouser le prince Horigawa. A son retour, la ville couvrait les collines avoisinantes sur une surface deux fois plus grande que dans ses souvenirs. La plupart des bâtiments neufs appartenaient à des familles riches. Ils étaient construits au milieu de parcs clos de murs. Pourtant ce nouveau Kamakura lui faisait l'impression d'un hameau, comparé aux vastes agglomérations chinoises.

Elle constata que le manoir des Shima s'était étendu lui aussi. Il avait englobé les domaines contigus, si bien que son mur entourait un parc trois fois plus grand que ne le faisait la vieille palissade de bois. Quand elle arriva au portail de l'enceinte, elle eut le souffle coupé. Une tour de trois étages dominait tous les autres bâtiments. Des dauphins dorés se dressaient à son sommet pour la protéger du feu et de la foudre.

« A coup sûr les affaires de mon père ont bien marché », dit-elle à Jébu.

Le drapeau qui flottait au-dessus de l'allée centrale n'arborait plus le dragon rouge qui avait audacieusement proclamé la loyauté des Shima aux Takashi, quand les Muratomo étaient maîtres des provinces orientales. Y figurait désormais l'emblème de la famille Shima : un petit triangle blanc renversé dans un grand triangle orange. Les liens de mon père avec les Takashi ont changé, pensa-t-elle. Il prétend affirmer sa propre puissance. Autre signe de la nouvelle importance que se donnaient les Shima : pas moins de dix samouraïs montaient la garde à l'entrée. Tous paraissaient alertes, détendus et sûrs d'eux. Chacun portait deux sabres et une armure complète dont les plaques de métal étaient unies les unes aux autres par des lacets orange. Un panache de crin blanc ornait le casque de leur capitaine.

Outre Jébu et Moko, cinq samouraïs escortaient Taniko. Originaires des environs de Kamakura, ils s'étaient joints à eux afin d'assurer l'arrivée de Jébu et de Taniko à la ville. Tous étaient montés, trois chevaux portaient les bagages.

Taniko se dit qu'à première vue personne ne les aurait soupçonnés d'être riches des dépouilles de guerre ramenées de Chine ni d'être les avant-coureurs d'une armée récemment débarquée sur les Iles sacrées. Ils étaient las et leurs tenues de voyage, poussiéreuses. Il leur avait fallu douze jours de chevauchée pour arriver d'Hiraïzumi par les montagnes d'Oshu jusqu'à Sendaï d'où une galère les avait amenés à Kamakura. Les paysages pittoresques du nord de la péninsule avaient empêché Taniko de trop réfléchir.

Pics élancés, précipices vertigineux, torrents écumants dévalant de cascade en cascade l'avaient même impressionnée car elle n'avait encore jamais vu de décors aussi sauvages. Quand ils avaient atteint la côte, ils avaient vu d'innombrables îlots rocheux rongés par les vagues et le vent. Des pins s'y accrochaient de manière précaire, tordus dans toutes les directions. Un courtisan d'Heian Kyo aurait trouvé ce spectacle grossier, mais après avoir vécu chez les barbares, Taniko en reconnaissait la beauté. En chevauchant, Jébu et elle restèrent la plupart du temps silencieux. Ils n'avaient plus rien à se dire et plaçaient leur espoir dans l'écoulement du temps. Elle exprima cette idée dans un poème, qu'elle lui remit à bord et que lui avaient inspiré les lieux parcourus.

Creuser un trou dans le roc d'une île,
Abri pour les oiseaux de mer
Pendant maint hiver et maint été.

Elle le lui remit en silence, avant que la galère accoste à Kamakura. Il le lut, hocha la tête et le glissa sous sa robe.

Le capitaine des samouraïs, gardiens du domaine des Shima, s'approcha d'eux avec assurance. Jébu descendit de cheval et alla à sa rencontre.

« Encore un moine, par Hachiman ! ricana le fier-à-bras avant que Jébu eût ouvert la bouche. Tous les loqueteux d'ici à Kiou Siou ont entendu dire qu'il y a des gens riches et généreux à Kamakura. Mais pas dans cette maison. Le seigneur Shima Bokuden a donné des ordres stricts. Nous renvoyons les moines sans remplir leur bol. Allez-vous-en ! » Il posa la main sur la poignée en argent de son sabre.

Insolent et grossier, pensa Taniko. C'est bien un samouraï des provinces orientales.

Elle vit Jébu pivoter sur lui-même pour présenter au capitaine le flanc auquel pendait son sabre, mais sans faire le moindre geste de menace.

« Excusez-moi, capitaine, dit-il poliment. J'escorte dame Taniko, fille du seigneur Bokuden. Elle a fait un long voyage pour venir chez son père. Auriez-vous la bonté de nous laisser entrer et d'annoncer au seigneur Bokuden l'arrivée de sa fille ? » Jébu ne dit rien du message qu'il apportait à Hideyori. Avant de manifester de l'intérêt pour ce dernier, il fallait se rendre compte de sa situation chez les Shima.

« Oh, oh ! un moine armé, hein ? grogna le capitaine. A quelle espèce appartenez-vous ? Bouddhiste, shintoïste, zinja ? Aucun de vous n'est saint ni aguerri dans les arts martiaux. Nous ne craignons ni vos malédictions ni vos sabres. Cette femme à cheval se prétendrait fille du seigneur Bokuden ? La fille de mon maître est une grande dame qui vit à la capitale. Elle ne viendrait pas ici à cheval comme une catin.

— Ne faites pas attention à ce qu'il dit, dame, murmura Moko. Sa mère était une vache de Tartarie. »

Soucieuse d'éviter une algarade entre son escorte et les gardiens du domaine de son père, Taniko décida de prendre les choses en main. Elle fit avancer son cheval et s'adressa au capitaine d'une petite voix aussi aiguë que le poignard des dames samouraïs.

« Dame Shima Taniko n'habite plus Heian Kyo depuis sept ans, capitaine, et vous devriez le savoir, dit-elle. Quant au fait que je voyage à cheval, rien de plus normal car je suis samouraï par ma naissance et mon éducation. Peut-être suis-je même meilleure cavalière que vous. Je vous conseille de changer de ton et de nous laisser entrer immédiatement, sinon vous aurez à en répondre devant mon père. J'espère au moins que vous êtes à son service et non quelque misérable vagabond qui errait devant le portail des Shima lorsque nous sommes arrivés. »

Des samouraïs de l'escorte ricanèrent. Quelques gardiens en firent autant. Le capitaine rougit.

« J'accomplis mon devoir, madame. Des assassins pourraient essayer d'entrer, déguisés en voyageurs. Si vous descendez de vos montures et si les hommes nous remettent leurs armes, je vous laisserai entrer et vous attendrez dans l'enceinte que nous vous ayons identifiés. »

Le seigneur Bokuden avait toujours craint le pire de ses voisins mais ne s'était jamais soucié d'assassins. Taniko constata donc un changement de plus dans la famille depuis son départ.

Des palefreniers firent franchir le double portail aux montures et les conduisirent aux écuries. Deux des gardiens rassemblèrent les sabres.

Admis dans l'enceinte, les visiteurs passèrent à la queue leu leu par un labyrinthe de palissades et de bâtiments destinés à prendre au piège les assaillants qui franchiraient le portail pendant un siège. Enfin, ils se trouvèrent dans une vaste cour encombrée de caisses et de barriques. La famille Shima continuait à commercer et encore plus activement qu'auparavant.

« Vous avez de bons chevaux et de bons sabres, dit le capitaine. Si vous êtes une bande de brigands, vous choisissez aussi des victimes de qualité. »

Ce fut trop pour Moko qui rougit, se tourna vers le capitaine et lui dit : « N'étant pas homme de qualité vous-même, on ne saurait espérer que vous la reconnaissiez chez autrui. »

Le capitaine en fut médusé. Le cœur de Taniko battit plus vite. Moko avait oublié son rang. Il avait échappé à son monde d'artisans, voyagé avec Yukio et ses samouraïs, parlé avec eux sur un pied d'égalité. Chacun s'exprimait librement chez les Mongols, quel que fût son statut social. Or, sur les Iles sacrées, un homme du commun ne parlait pas ainsi à un samouraï et Moko mettait sa vie en danger.

Sans un mot, le capitaine s'approcha de Moko en dégainant son plus long sabre. Le charpentier pâlit mais ne recula pas. Le capitaine éleva son arme, la tenant à pleines mains pour couper Moko en deux à la ceinture.

Jébu s'interposa.

« Arrière, moine, dit le capitaine. L'homme de rien qui insulte un samouraï ne survit pas.

— Je vous prie de réfléchir, capitaine, répondit Jébu avec calme. Sinon vous paraîtrez encore plus ridicule qu'à cet instant.

— Écartez-vous de mon chemin ou vous mourrez le premier !

— Rengainez votre sabre, je vous prie, capitaine. »

Taniko était terrifiée. Jébu avait remis son arme. Elle craignait de le voir tranché en deux sous ses yeux.

Le capitaine fonça sur Jébu en faisant décrire un arc de cercle à son sabre. Jébu parut ne pas bouger mais la lame tailla dans le vide et le capitaine fut emporté par son élan. Jébu changea de position pour rester entre Moko et son adversaire. Le capitaine chercha à lui couper les jambes mais Jébu fit un bond sur place. Désormais, le samouraï avait oublié Moko, il entendait tuer Jébu.

Le zinja gravit une pyramide de caisses qu'il fit tomber à coups de pied. L'une d'elles atterrit sur le capitaine qui tituba. Il se redressa et avança vers Jébu.

Esquivant facilement les coups de sabre, le zinja conduisit le capitaine jusqu'à l'extrémité de la cour où il s'adossa à une palissade de bois. Le capitaine abattit furieusement son arme. La lame s'enfonça dans une planche épaisse. Le capitaine s'acharna à l'arracher. Jébu lui tomba dessus comme le faucon sur un lapin, le souleva et l'obligea à laisser son sabre fiché dans la palissade.

Il éleva son adversaire à bout de bras et l'accrocha par la ceinture à un croc de fer qui servait à suspendre une lanterne, la nuit. Il tira le plus court des deux sabres du fourreau, le posa par terre, arracha le grand de la palissade et le mit en croix sur le court. Il s'inclina devant le capitaine qui se débattait frénétiquement pour se libérer du crochet, fit demi-tour et s'éloigna. Tout le monde riait. Enchantée par la victoire de Jébu sur le samouraï, Taniko battit joyeusement des mains.

« Taniko ! »

L'oncle Ryuichi apparut sur la plus haute marche du perron donnant accès à la tour. Le cœur de la jeune femme battit de joie. Elle se demanda ce qu'il faisait là au lieu d'être à Heian Kyo. Puis elle se rappela avec chagrin qu'elle l'avait accusé de l'abandonner et l'avait quitté fâchée, sept ans plus tôt. Pourtant elle était heureuse de le revoir.

Ryuichi avait grossi. Ses yeux et sa bouche avaient rapetissé dans son visage rond et blanc comme la lune. Poudré et fardé à la manière des courtisans, il arborait une robe somptueuse brodée de fils d'or.

Taniko s'inclina. « Oncle vénéré. Je suis revenue de Chine. »

Ryuichi la considéra avec stupéfaction, puis son visage se rembrunit brusquement. « Que se passe-t-il ici ? Pourquoi cet homme est-il pendu ainsi ? »

Le capitaine parvint à déboucler son ceinturon et tomba par terre dans un retentissement de plaques d'armure. Taniko remarqua que tout le monde s'était tu à l'apparition de Ryuichi. Elle ne lui avait jamais vu un tel air d'autorité.

« Le capitaine de votre garde allait tuer un de mes hommes d'escorte, dit-elle. Ce moine zinja qui m'accompagne aussi l'a suspendu pour lui donner le temps de se calmer. »

L'oncle Ryuichi renvoya les gardiens au portail en écrasant d'un regard réprobateur le capitaine qui s'était ridiculisé. Il donna des ordres pour que l'escorte fût logée et nourrie dans la maison des hôtes.

« Ma nièce, dit-il, excuse-moi. Je crois qu'il faut nous entretenir immédiatement. Viens avec moi. Tu pourras te rafraîchir ensuite. »

Sans même jeter un coup d'œil à Jébu, Taniko gravit les marches du perron et suivit son oncle dans la tour. Ils montèrent au premier étage par un escalier obscur. Il l'attira dans une petite pièce dont les fenêtres dominaient la cour. Tous deux s'agenouillèrent de chaque côté d'une table basse.

« Mon honorable frère sera étonné d'apprendre que sa fille est de retour. Je suis heureux de te revoir. » Il la considéra avec un rien d'inquiétude. « J'espère que toi aussi tu es heureuse de me retrouver.

— Certainement, mon oncle. Très heureuse. »

Des larmes coulèrent sur les joues blanchies de Ryuichi. « Je n'espérais plus te revoir ! J'étais convaincu que tu mourrais en Chine et je me le reprochais. Je te considérais comme ma fille et je n'ai pourtant pas pu te sauver. Un dilemme me tourmentait : céder à la force ou périr comme les hommes qui s'opposent à de telles atrocités. A la réflexion, je me suis jugé indigne de mourir. Depuis je m'efforce d'être meilleur. »

Elle sourit. « J'ai remarqué que tu n'es plus le même, mon oncle. »

Il hocha la tête. « Je suis moins craintif. J'ai appris qu'il y a pire à redouter que la mort. Débarrassé de la peur, je peux regarder les samouraïs droit dans les yeux et leur imposer ma volonté. Je m'habille en courtisan pour impressionner les gens de Kamakura.

« Maintenant, parle-moi de toi. Nous vivons dans des temps agités et je veux savoir où tu en es, afin de te conseiller. Que t'est-il arrivé en Chine ? Quelles sont tes relations avec Horigawa ? Ce moine que j'ai vu avec toi dans la cour et qui a ridiculisé le capitaine de notre garde, n'est-ce pas le zinja qui t'a escortée d'ici à Heian Kyo, voilà bien des années, pour ton mariage avec le prince ? Es-tu revenue de Chine avec Muratomo no Yukio ? Que sais-tu au sujet de sa proclamation ? »

Taniko tira de sa manche son éventail d'ivoire et l'agita vivement devant son visage. « Tant de questions à la fois, mon oncle ! Le voyage m'a fatiguée. Mais je ferai de mon mieux. »

Comme ils en étaient convenus avec Jébu, elle ne parla pas de ses relations avec lui. Rien ne l'obligeait à révéler quoi que ce fût qui pourrait déplaire à sa famille. Elle expliqua à Ryuichi qu'Horigawa l'avait abandonnée chez les Mongols mais qu'elle était devenue dame d'atours de l'épouse de Koubilay khan. Yukio et Jébu combattaient alors dans l'armée de ce dernier. Ils avaient consenti à la ramener aux Iles sacrées quand ils arrivèrent à la fin de leur service chez les Mongols. En l'écoutant, Ryuichi sembla s'émerveiller. Même écourtée de certains détails intimes, c'était une histoire étonnante.

« Et maintenant à toi, mon oncle. Comment se fait-il que tu sois ici ?

— La plus terrible guerre qui ait jamais ravagé nos îles va éclater, Taniko-san. Dès le début des hostilités, Sogamori me fera tuer de même que ma famille ou bien nous prendra en otages. Je me suis donc réfugié ici.

— Est-ce mon père qui t'a envoyé chercher ? »

Ryuichi éclata de rire. « Pas du tout. Il était même furieux à mon arrivée. Il espérait que je resterais là-bas pour veiller jusqu'au bout sur les affaires des Shima. Bien que je ne craigne plus la mort, je n'ai pas envie de sacrifier les miens à la cupidité de mon frère et je le lui ai dit. »

Un domestique apporta un plateau avec du saké et deux tasses. Heureuse de servir cet alcool comme on le lui avait enseigné dans son enfance, Taniko emplit une des tasses pour Ryuichi et la lui présenta sur ses deux mains. Puis elle lui offrit un gâteau d'algue au bout de deux baguettes. Mais il secoua la tête.

« Restaure-toi, mon enfant. Tu as voyagé et tu as besoin de te remettre. Je vais te dire quelle est notre situation ici. Comme tu le vois, notre famille est beaucoup plus riche que lorsque tu nous as quittés. D'abord, nous avons prospéré en raison de nos relations avec les Takashi. Mais désormais, nous nous développons par nos propres moyens. Nous avons étendu nos propriétés dans le Kanto. Richesse et puissance vont la main dans la main. Bien des samouraïs convergent vers nous. Nous avons tissé un réseau d'alliances qui couvre les provinces orientales. La famille Shima est la plus éminente du Nord-Est parce que Hideyori est notre hôte.

— Votre hôte et non votre captif ?

— Depuis bien des années. Sogamori a ordonné à deux reprises à ton père d'exécuter Hideyori. Mais nous sommes si loin de la capitale que nous avons pu éluder cet ordre. Hideyori aussi a gagné en puissance. Il s'est lié d'amitié avec bien des familles du Kanto. Les époux de tes deux sœurs aînées, qui possèdent de grands biens dans le Nord, arborent désormais le Dragon blanc. Ton cousin, mon fils indigne Munetoki, porte l'emblème de notre famille parce qu'il est héritier du chef de notre clan mais il adore Hideyori autant que ce dernier adore Hachiman, dieu de la guerre. Cependant les problèmes de Sogamori se multiplient.

— Quels sont-ils ?

— A part les Takashi, presque tous les nobles le détestent. Il a chassé des centaines d'hommes de leur fonction pour les remplacer par des parents à lui. Il s'est querellé avec Go-Shirakawa, l'empereur en retraite. On lui reproche les malheurs du pays : épidémies, disettes, mauvaises récoltes, développement du banditisme. Bien des gens le disent poursuivi par les fantômes de ceux qui ont péri des mains des Takashi. Depuis la mort de Kiyosi, il gouverne inconsidérément. Notaro, le frère cadet de Kiyosi, est le premier conseiller de Sogamori. Mais il n'a pas les aptitudes de son aîné. » Ryuichi marqua un temps d'arrêt et considéra tristement sa nièce. « Excuse-moi d'évoquer un sujet qui doit t'être pénible. »

Taniko soupira. « Je souffre encore chaque jour de la perte de Kiyosi. Qu'est-il advenu d'Atsue ? »

Ryuichi secoua la tête. « Je sais peu de chose à son sujet. Il paraîtrait que Sogamori raffole de lui. Il vit au Rokuhara et, de temps en temps, séjourne sur d'autres domaines des Takashi. Ceux qui le connaissent assurent que c'est un jeune homme charmant et accompli. Je l'ai aperçu à plusieurs reprises lors de cérémonies publiques. Il est très beau, et a l'air d'un jeune prince, comme tous les Takashi. Excellent cavalier, il porte le sabre avec grâce.

— Peut-être fut-il heureux pour lui que Sogamori me l'enlève ?

— Je ne le croirai jamais. Dis-moi, Taniko-san, quels sont tes projets maintenant que tu es de retour parmi nous ? Entends-tu rester ici ?

— Pour le moment, oui, mon oncle. Je n'ai aucun projet précis pour les mois à venir. Comme tu le dis, nous vivons des temps redoutables. Je voudrais voir mon père ainsi que le seigneur Hideyori et m'arranger pour qu'ils accordent audience au moine zinja Jébu. »

6

Après son entretien avec Ryuichi, Taniko passa l'après-midi dans la somptueuse maison des femmes du nouveau domaine Shima et se réjouit de retrouver sa mère ainsi que sa tante Chogao. Elle prit un bain et choisit un ensemble de robes pour la soirée. Quand vint le moment où Jébu devait remettre le message de Yukio à Hideyori, elle sortit de sa chambre vêtue de ses plus belles soies. Ses compagnes protestèrent. Elles trouvaient inimaginable que Taniko dîne avec des messieurs qui discuteraient d'affaires importantes. Elle écarta leur réprobation, Taniko quitta la maison des femmes et franchit le pont couvert conduisant à la salle principale.

A la porte de la salle à manger d'honneur de Bokuden, deux samouraïs cherchèrent à lui interdire l'entrée.

« Je suis Shima Taniko, fille du seigneur Bokuden, et on désire ma présence. » Les gardiens la laissèrent passer.

Elle revit son père pour la première fois depuis vingt et un ans. La rage qu'il avait toujours suscitée chez elle la bouleversa à nouveau, mais elle s'efforça de la dissimuler. Il se leva lorsqu'elle entra dans la pièce où l'on devait servir le dîner. Trois petites tables basses étaient disposées en demi-cercle. Des paysages peints en vert et or ornaient les murs.

Vêtu de sa simple robe de moine, Jébu était agenouillé en face du seigneur Bokuden. Il leva la tête vers elle sans que son regard exprimât quoi que ce fût. Elle éprouva une bouffée de désir pour lui. Une place était restée vacante. Ryuichi se joindrait-il à eux ?

Le sourire de Bokuden s'effaça lorsqu'il reconnut Taniko.

« Ma foi, mon père, étant donné que vous avez trop à faire pour m'envoyer chercher, j'ai cru bon de vous rendre visite, dit-elle tranquillement. J'aiderai à servir vos invités. »

Si Ryuichi avait pris du poids, Bokuden s'était ratatiné. Striées de blanc, sa barbe et sa moustache s'étaient allongées et se clairsemaient. D'agacement, il plissa les paupières.

« Je ne puis t'accueillir convenablement ce soir, Taniko. Va-t'en, s'il te plaît. Je te parlerai demain quand j'en aurai le temps.

— Je n'ai pas fait un long voyage pour me cacher dans la maison des femmes. J'ai participé à bien des décisions qui nous ont conduits à la situation actuelle. Je sais ce qui se passe à Hiraïzumi. Peut-être pourrais-je me rendre utile. »

Bokuden lui jeta un regard furibond. « Tu t'es toujours imaginée que j'ai besoin de tes conseils. Regarde autour de toi. Tu verras que nous avons assez bien réussi pendant tes années d'absence.

— Je crois qu'Hideyori est la clé de votre prospérité. Qui vous a conseillé de l'accueillir quand il cherchait refuge ? »

Bokuden rougit. « Nous délibérons sur des affaires d'État. La présence d'une femme serait inconvenante. Retire-toi, s'il te plaît, avant l'arrivée du seigneur Hideyori sinon tu me ferais honte. » Il se tourna vers Jébu. « Vous qui l'avez escortée, pourriez-vous lui conseiller de s'en aller ?

— J'ai donc bien compris, dit une voix forte au seuil de la porte. Dame Taniko est de retour à Kamakura. »

En cette journée je revois bien des visages du passé, pensa Taniko. Pourtant il lui eût été difficile de se rappeler les traits d'Hideyori lorsqu'elle l'avait vu pour la dernière fois.

Le chef du clan Muratomo était devenu un bel homme, de forte stature, qui se comportait avec l'assurance d'un chef. Bien qu'il ne fût ni aussi grand ni aussi âgé, il rappela Koubilay à Taniko. Il n'était pas non plus aussi puissant, bien sûr. Il avait les yeux globuleux des Muratomo, le front haut, les sourcils droits, un nez de faucon, un menton proéminent. Sa petite moustache était taillée avec soin. C'est seulement lorsque leurs regards se croisèrent qu'elle retrouva la mémoire. Les yeux noirs et froids n'avaient pas changé.

Taniko s'agenouilla avec grâce et s'inclina profondément. Son père fit de même. Jébu s'inclina à peine, selon la coutume zinja.

Hideyori rendit son salut à Jébu. « Le moine guerrier qui m'amena sain et sauf d'Heian Kyo à Kamakura ! Je suis heureux de le revoir vivant. Un homme qui mène une existence comme la vôtre dépasse rarement vingt-cinq ans.

— Votre jeune frère Yukio m'a aidé à survivre, seigneur, dit Jébu en souriant.

— Bien, répondit sèchement Hideyori en se détournant de Jébu. Dame Taniko, je n'ai jamais eu l'occasion de vous complimenter pour l'habileté avec laquelle vous m'avez trompé à Daïdoji. Si vous n'étiez pas aussi bonne actrice, le prince Sasaki no Horigawa serait mort depuis dix-neuf ans.

— J'espère que vous m'excuserez de vous avoir abusé, seigneur Hideyori. J'ai eu des raisons de le regretter depuis, dit-elle avec un sourire malicieux.

— Moi je ne le regrette pas, dit Hideyori en s'agenouillant devant la table d'honneur. Le prince m'a été très utile. »

De quelle manière ? se demanda Taniko. Horigawa qui flagornait tant les Takashi aurait rendu service au chef des Muratomo !

« Eh bien ! maintenant que tu as rendu hommage au seigneur Hideyori, tu peux te retirer, ma fille », dit Bokuden. Il la regardait d'un air furieux. Sa barbe en tremblait.

« Faut-il que vous nous quittiez, dame Taniko » ? demanda Hideyori.

Se moquant secrètement de son père, Taniko répondit : « Je suis à vos ordres, seigneur.

— Si j'ai bien compris, vous venez d'arriver de Chine avec mon frère et son armée de barbares. Peut-être pourriez-vous me parler des aventures de Yukio car son saint ami n'en connaît peut-être pas tous les détails. »

Le sous-entendu était évident. Il n'aime pas Yukio et se méfie de lui, pensa la jeune femme. Il n'a guère confiance en Jébu non plus. Peut-être pourrai-je servir de lien entre ces deux frères ? S'ils veulent unir leurs efforts, il faut que quelqu'un les rapproche l'un de l'autre.

« Je vous dirai volontiers tout ce que vous désirez savoir, seigneur », dit Taniko. Rien ne l'en empêchait : Yukio voulait tout expliquer à Hideyori.

Ce dernier se tourna vers Jébu et lui dit : « Mon frère cherche à me séduire en me dépêchant une charmante dame et un vieux camarade de combat. Mais je trouve curieux qu'il ne vienne pas en personne. »

Les yeux gris clair de Jébu soutinrent le regard d'Hideyori et il répondit : « Votre frère, seigneur, commande une armée. La menace d'une attaque des Takashi lui impose de rester auprès de ses hommes. Voulez-vous, s'il vous plaît, lire cette lettre qu'il vous envoie ? Il vous reconnaît comme seul chef des Muratomo et se déclare prêt à vous rencontrer dès que les circonstances le rendront possible. » Jébu tira de sa manche un tube de bambou scellé et l'offrit à Hideyori qui le posa sans l'ouvrir, sur la table, devant lui.

« Yukio se sent plus en sécurité au milieu de son armée, dit sèchement l'aîné des Muratomo. Dînons. Vous pourrez nous parler tous les deux de la Chine et des Mongols. »

Hideyori hocha la tête en direction de Bokuden qui claqua des mains. On fit glisser l'écran shoji et des serviteurs déposèrent les plats sur les tables. Obéissant à un nouveau geste d'Hideyori, Bokuden commanda d'apporter une table pour Taniko, ce qui l'exaspéra visiblement.

La jeune femme raconta la version édulcorée de ses aventures en Chine qu'elle avait mise au point afin d'en éliminer les épisodes scabreux. Bokuden et Hideyori savaient peut-être qu'Horigawa avait d'autres raisons qu'une mission diplomatique pour l'emmener en Chine. Mais ni l'un ni l'autre ne serait probablement assez grossier pour la contredire.

Hideyori manifesta une vive curiosité au sujet de Koubilay khan, de la stratégie et des tactiques des Mongols ainsi que de leurs ambitions. Il interrogea tour à tour Jébu et Taniko. Cette soirée rappela à la jeune femme son premier entretien avec Koubilay qui lui avait posé bien des questions sur le pays du Soleil Levant.

« Croyez-vous que les Mongols aient l'intention d'envahir nos îles ? » demanda Hideyori.

Bokuden éclata de rire. « Comment pourraient-ils transporter par mer une armée assez nombreuse ?

— Yukio y est parvenu, répondit tranquillement Hideyori.

— Oui, mais votre frère a débarqué sur un territoire où il fut bien accueilli et où il se procura facilement des vivres, dit Jébu. Son armée a pris pied sur nos îles petit à petit. Il lui a fallu un mois pour rassembler tous ses effectifs. Ils ne suffiraient pas pour constituer une force d'invasion agissant indépendamment. Le seigneur Yukio entend s'en servir seulement pour appuyer un soulèvement général contre les Takashi. »

Le repas terminé, Taniko fit signe aux servantes de s'éloigner et versa elle-même le saké aux hommes.

« Très bien, dit Hideyori. Il est bon que nos tasses soient emplies par une personne que nous connaissons et à qui nous nous fions. » Il descella le tube de bambou, en tira la lettre qu'il déroula et lut lentement.

« Il s'excuse au sujet de sa proclamation, dit-il. Il a raison. Il a commis une grave sottise en la diffusant précipitamment sans savoir si j'étais vivant ou mort. Il ne se rend pas compte de ce qu'il a provoqué. Je vais lui répondre et vous lui rapporterez ma lettre. Il importe de joindre nos efforts afin que les Takashi soient assaillis de toutes parts, au même moment. »

Une expression de crainte apparut sur le visage de Bokuden. « Vous n'allez pas vous engager dans une guerre, seigneur Hideyori ? demanda-t-il.

— Jamais un moment plus propice ne se présentera. L'armée de Yukio vient du nord par la côte ouest, la capitale va se soulever et nos forces s'y dirigeront par la côte est. Pensez-vous que je resterai ici jusqu'à ce que Sogamori se sente assez puissant pour m'attaquer?

— Un soulèvement dans la capitale? demanda Taniko.

— Le petit-fils de Sogamori, Antoku, un enfant de quatre ans, porte actuellement le collier impérial, dit Hideyori. Le prince Mochihito, l'oncle de cet empereur enfant, a été écarté du trône bien qu'il y ait plus droit que son neveu. » Taniko hocha la tête. Elle savait tout cela. « Une opposition sourde s'est constituée autour de Mochihito, poursuivit Hideyori. En font partie l'ancien régent, Fujiwara no Motofusa, des bataillons de la garde palatine et Go-Shirakawa, l'empereur en retraite, ainsi que le prince Sasaki no Horigawa. » Ce disant, Hideyori regarda Taniko.

Jébu intervint : « Excusez-moi de parler crûment, seigneur, mais je dois vous dire que si je rencontre le prince Horigawa, je le tue. »

Hideyori fronça les sourcils. « Pourquoi? Que lui reprochez-vous? »

Jébu resta impassible. « Je ne suis pas libre de le révéler. Il a commis des actions abominables et impardonnables contre... ceux que j'aime.

— J'avais toujours cru les moines zinja totalement détachés des choses de ce monde et impartiaux », dit Hideyori.

Jébu esquissa un mince sourire non dénué d'amertume. « Je passerai le reste de mon existence à me repentir et à me libérer de mes remords, après avoir tué Horigawa. »

Bokuden blêmit. « Le prince Sasaki no Horigawa est un allié de cette maison et l'a toujours été. Je ne permettrai pas que l'on profère des menaces contre lui en ma présence. » Il se tourna vers Taniko et ajouta : « C'est ton mari, ma fille. »

Taniko brûla de désir pour Jébu. C'est elle qui aurait eu le droit de menacer Horigawa de mort. Si Jébu le tuait, ce ne serait que pour la venger. Pourquoi fallait-il que les femmes ne puissent régler leurs comptes elles-mêmes au lieu d'en charger les hommes? En suggérant qu'elle devrait défendre son mari, son père l'indignait. Elle minimisa poliment ses griefs. « Le prince m'a maltraitée, dit-elle calmement.

— Ton devoir t'impose de lui rester fidèle, lui dit son père. Peu importe la manière dont il t'a traitée. »

Hideyori intervint : « Bien que j'aie cherché à le tuer jadis, le prince Horigawa m'a rendu service. Dame Taniko sait que voilà longtemps, j'ai conduit un groupe de samouraïs Muratomo au domaine rural du prince dans l'intention de l'exécuter. Il m'a échappé. Bien des années plus tard, quand Kiyosi a été tué par les hommes de Yukio, Sogamori en éprouva une telle rage qu'il ordonna au seigneur Ryuichi, frère du seigneur Bokuden, de me faire décapiter. » Taniko ne put s'empêcher de jeter un coup d'œil à Jébu qui observait attentivement

Hideyori sans que son expression révélât ses sentiments. Hideyori poursuivit : « Horigawa demanda à Ryuichi de le laisser s'occuper personnellement de mon exécution. Il écrivit alors une lettre au seigneur Bokuden pour le dissuader de me tuer et lui conseilla même de me protéger. Il lui suggéra les prétextes qu'il devrait offrir à Sogamori et persuada ce dernier que j'étais inoffensif, loyal, opposé aux méfaits de Yukio. Enfin il lui dit qu'il serait inutile de me tuer. Ainsi, voyez-vous, lorsque mon frère faillit provoquer ma perte en tuant Kiyosi, mon vieil ennemi Horigawa me sauva la vie. » Le visage d'Hideyori exprimait néanmoins une vieille rancune.

« Vous étiez alors le dernier chef Muratomo du pays, dit Jébu. Pourquoi Horigawa aurait-il désiré vous sauver ?

— Il pressentait le revirement de l'opinion. Celui qui a tiré une flèche dans la poitrine de Kiyosi sur la baie d'Hakata a précipité la chute des Takashi. Si Kiyosi avait survécu pour conseiller Sogamori et lui succéder, le règne des Takashi sur les Iles sacrées se serait consolidé et aurait pu durer à jamais. Cette famille n'avait qu'un seul membre qui soit à la fois guerrier et homme d'État. Sogamori n'est qu'un tyran insensé ; ses autres fils sont stupides et insolents. Les Takashi sont condamnés. Ils se sont fait trop d'ennemis. Horigawa s'en est aperçu et il a deviné que moi seul pouvais amener la chute des Takashi.

— Mais pourquoi aurait-il désiré cette chute ? demanda Taniko. Il paraît avoir consacré toute sa vie à leur politique.

— Il ne manque pas de raisons, dit Hideyori avec un petit rire. Il aspire à la destruction des samouraïs et au retour au pouvoir des vieilles familles de courtisans, comme les Sasaki et les Fujiwara. Il espère que les grands clans de samouraïs s'entre-extermineront. » Hideyori sourit. « Je lui donnerai la guerre qu'il souhaite mais elle n'aura pas les résultats qu'il désire.

— Excusez-moi, dit Jébu. Seigneur Hideyori, je sens que vous reprochez au seigneur Yukio d'avoir mis votre vie en danger. J'étais à la bataille où périt Kiyosi. Le seigneur Yukio ne fut pour rien dans sa mort. Maintenant il se soumet à vous et vous offre douze mille soldats aguerris qui n'ont cessé de combattre durant les sept dernières années alors que les Takashi se sont amollis. Vous ne pouvez faire autrement que d'accepter le dévouement obéissant de votre frère. »

Hideyori serra les lèvres. « J'ai failli être décapité par sa faute. A son retour, il me croyait mort et s'est proclamé chef de notre clan. Maintenant il ne se présente pas en personne pour aplanir nos différends mais envoie une lettre par un de ses acolytes. Ne prenez pas cela mal, shiké. J'accepterai sa soumission mais nous avons bien des choses à régler entre nous. »

En disant que les troupes de Yukio avaient combattu pendant des années, Jébu rappelait à Taniko qu'Hideyori menait à Kamakura une vie oisive depuis l'âge de quinze ans. Pendant tout ce temps-là, il avait vécu dans la crainte constante d'être exécuté par ordre de Sogamori. Il n'avait jamais considéré Bokuden et Horigawa comme des protecteurs en qui il pût avoir confiance. Vivre dans une telle crainte, si longtemps, avait sûrement marqué Hideyori. Mais de quelle façon ?

« J'écrirai une lettre à mon frère, dit Hideyori. Je lui dirai que je suis prêt à lever une armée et à me mettre en campagne immédiatement. Je lui ordonnerai d'attaquer au nord-ouest par la route Hokurikido et moi je marcherai sur la capitale par la Tokaïdo. Au même moment Mochihito et ses partisans soulèveront Heian Kyo. »

Il leva sa tasse de saké en regardant Taniko droit dans les yeux. Elle se sentit rougir. « A la fin de l'été nous serons dans la capitale et on ne pensera pas plus aux Takashi qu'à la neige de l'hiver dernier. »

Pourquoi s'adresse-t-il particulièrement à moi en parlant ainsi ? se demanda Taniko.

7

Takashi no Atsue ouvrit le coffre de son trésor dans sa chambre et en tira le sabre de son père : Kogarasu. L'arme était enveloppée d'une épaisse soie rouge. Atsue la déroula, posa le sabre à double tranchant sur une tablette d'ébène dans l'alcôve tokonoma et fit brûler de l'encens dans un petit brasero. Kogarasu rayonna comme un lac sous la pleine lune. Atsue s'était imposé de le fourbir chaque jour. A cet instant, il pria Kogarasu de faire de lui un guerrier digne de son père dans les batailles à venir. L'esprit de Kiyosi ne pouvait en effet résider que dans son sabre.

Ensuite il alla voir son grand-père. Il le trouva dans la principale salle d'audience du Rokuhara, vêtu d'une robe orange de moine. Gros et gras, la tête rase, Sogamori braillait des ordres aux oncles et aux cousins d'Atsue, ainsi qu'à quelques officiers de haut rang.

Le prince Mochihito, l'oncle du souverain régnant, s'était proclamé empereur et avait aussitôt fui la capitale. Une partie des gardes du corps impériaux l'avait suivi, sous le commandement d'un Muratomo qui avait échappé à l'épuration de la garde parce qu'il ne s'était pas mêlé à l'insurrection de Doméi. L'ancien régent, Fujiwara no Motofusa, vieil ennemi des Takashi, accompagnait aussi Mochihito. Des hommes de Motofusa avaient provoqué la rixe qui avait terrifié Atsue dans son enfance.

Mochihito avait diffusé et approuvé la proclamation de Muratomo no Yukio appelant à un soulèvement général contre les Takashi et exposant que les adversaires de Sogamori n'agiraient pas en mutins mais en partisans fidèles de l'empereur légitime : lui-même. Le prétendant et ses quelques fidèles se dirigeaient vers Nara, à deux jours de marche au sud-est d'Heian Kyo, pensait Sogamori. Sans doute se réfugieraient-ils chez les moines guerriers bouddhistes et zinjas qui soutenaient leur cause. Peut-être s'efforceraient-ils de tenir à Nara jusqu'à ce que les rejoigne l'armée qu'Hideyori levait dans l'Est.

Sogamori ordonna la mobilisation de trente mille samouraïs qu'il envoya à la poursuite de Mochihito. Ils devaient se rendre à Nara et attaquer les monastères favorables aux Muratomo. De Nara, ils se dirigeraient vers le nord afin de rencontrer Hideyori sur la Tokaïdo. Après avoir vaincu ce dernier, ils reviendraient à la capitale pour se reformer, recevoir des renforts et partiraient ensuite vers les provinces du nord-ouest par la Hokurikido, afin d'écraser les forces de l'autre frère Muratomo.

« Ils espèrent nous vaincre en attaquant de trois côtés à la fois, grogna Sogamori. Mais je ferai face à chaque menace successivement et je vaincrai leurs armées l'une après l'autre. » Il leva l'index et répéta : « Une par une. Voilà le secret de la victoire. » Ses fils et ses officiers s'inclinèrent.

« Je me suis montré trop magnanime, poursuivit Sogamori. Après avoir reçu les ordres sacrés, j'ai cherché à vivre selon l'enseignement du Bouddha. J'ai épargné les frères Muratomo. J'ai toléré la présence, dans la garde impériale, d'officiers d'une fidélité douteuse. J'ai laissé en paix les Fujiwara du Nord. » Il se leva brusquement et renversa d'un coup de pied un superbe écran de quatre panneaux. « Quand cette guerre sera finie, tous les parents et descendants de Muratomo no Doméi seront expédiés vers le grand Au-delà, même les nourrissons. Les Muratomo sucent le goût de la trahison au sein de leur mère. Tous les fonctionnaires et les samouraïs soupçonnés d'infidélité, si minime soit-elle, seront exterminés. Nous supprimerons les ordres de moines guerriers. Nous déposséderons de leurs terres les Fujiwara du Nord. Takashi no Sogamori n'aura plus de compassion. » Il piétina l'écran et le réduisit en miettes.

Les officiers de Sogamori se précipitèrent hors de la salle dans un froufrou de soie. Les fourreaux en or de leurs sabres d'apparat tintèrent. Sogamori se tourna vers Atsue et un sourire fendit son large visage.

« Atsue-san. Que désire mon cher petit-fils ? »

Atsue se prosterna. « Grand-père vénéré, je veux combattre les Muratomo.

— Debout, mon enfant ! Viens t'asseoir auprès de moi. » Sogamori reprit place sur son siège et désigna un coussin auprès de lui. Son visage exprima alors du chagrin. « La guerre est une boucherie, un travail répugnant. Mes ancêtres étaient samouraïs. Je suis samouraï, mes fils sont samouraïs. Maintenant, pourtant, j'ai un petit-fils sur le trône impérial et j'ai toujours espéré que mes autres petits-fils ne s'abaisseraient pas à combattre, qu'ils serviraient le pays en qualité d'érudits et d'hommes d'État.

— Grand-père vénéré, vous craignez qu'il m'arrive malheur », dit Atsue en souriant à Sogamori. Il savait que son sourire lui permettait d'obtenir tout ce qu'il désirait de son grand-père.

« Allons donc, dit Sogamori en riant. Que pourrait-il t'arriver de fâcheux ? Tu es protégé par le kami.

— L'esprit de mon père m'appelle à la guerre, grand-père, dit Atsue. Depuis que je suis venu vivre auprès de vous, vous m'avez maintes fois répété comment mon père a chassé les rebelles Muratomo du palais impérial. Je veux participer à une grande bataille contre les Muratomo, comme vous l'avez fait et comme l'a fait mon père. Ensuite je servirai mon cousin impérial à sa cour.

— Les Takashi ont toujours combattu. » Sogamori poussa un profond soupir. « As-tu des armes et une armure ?

— Je possède une superbe armure à lacets bleus, grand-père. Vous me l'avez donnée l'an dernier à l'occasion de mon accession à l'âge viril. » Atsue toucha le chignon noir qui se dressait au milieu de sa tête. « Quant aux armes, j'espère que vous me permettrez de prendre Kogarasu. »

Sogamori soupira de nouveau. « Prends Kogarasu. Sers-t'en pour tuer beaucoup de Muratomo. Je veux voir tous les Muratomo partir pour l'autre monde avant moi.

— Bien, grand-père.

— J'ai autre chose à te dire, Atsue-san. Comme tu le sais, j'entends que tu épouses la princesse impériale Kazuko. Peut-être partiras-tu pour la guerre dès demain. Ce soir même, tu dois rendre une première visite à la princesse dans sa chambre à coucher, au palais. Je suis convaincu que tu as autant envie de te distinguer avec cette demoiselle qu'à la guerre. »

Atsue s'inclina. Le sang coula plus vite dans ses veines. Coucher avec une belle princesse cette nuit-là et partir à la guerre le lendemain... c'était trop beau. Le monde devenait un paradis.

Atsue arriva en retard et fatigué sur le champ de bataille. La princesse Kazuko l'avait tenu éveillé toute la nuit. En vérité, il avait tenu à rester éveillé auprès d'elle. Bien qu'elle se plaignît de douleurs — elle était vierge lorsqu'il s'était glissé dans sa chambre au début de la nuit — il n'avait pu s'empêcher de la prendre une dernière fois.

Il avait triché un peu et écrit l'après-midi précédent sa lettre et son poème de lendemain matin. Il n'aurait pas eu le temps de rédiger une lettre et un poème de qualité entre le moment où il quittait la princesse et celui où il partait pour Nara armé de pied en cap. Il lui avait dit qu'il s'en allait poursuivre le prince rebelle qui s'était enfui de la capitale. Les derniers mots de la princesse résonnaient encore dans son esprit : « Tu es aussi beau et grand qu'un héron. Reviens vers moi à tire-d'aile, sain et sauf. »

Il commença à voir des cadavres avant d'atteindre l'Uji au bord duquel avait eu lieu le principal combat. On avait déjà dépouillé la plupart des morts de leur armure. Ils ressemblaient à des tas de hardes jetées au bord de la route. La monture d'Atsue s'en écartait avec crainte. Le jeune homme était crispé et agacé parce que son grand-père lui avait donné une escorte de douze samouraïs et qu'il ne voulait pas passer pour mauvais cavalier devant des guerriers expérimentés. Ces derniers paraissaient ne pas remarquer les cadavres. Quant à Atsue, il était impressionné par les corps tranchés en deux et les membres épars. Presque tous les morts étaient décapités. Chaque samouraï recevait une récompense honorifique et une prime en fonction du nombre de têtes qu'il exhibait après la bataille. Des samouraïs Takashi blessés qui retournaient vers la capitale apprirent à Atsue que les combats étaient terminés. Il fut déçu. La bataille avait commencé la nuit précédente et s'était achevée au matin. Beaucoup plus nombreux que les partisans du prince Mochihito, les Takashi avaient triomphé au lever du soleil. Pendant la nuit, bon nombre de rebelles s'étaient égaillés dans la campagne. La plupart de leurs chefs s'étaient ouvert le ventre dans le temple du Phénix sur la rive sud de l'Uji. Les vainqueurs avaient capturé vivant Fujiwara no Motofusa. Quant au prince Mochihito, il s'était réfugié dans un sanctuaire shintoïste au-delà de Nara. Les Takashi l'avaient rejoint et abattu sous une volée de flèches. Cours d'eau large et rapide, aux eaux gris-vert, l'Uji coulait entre des collines boisées. Les sanctuaires shintoïstes et les temples bouddhistes aux façades peintes s'alignaient le long de ses deux rives. Atsue et son escorte franchirent un pont de bois qui résonna sous les sabots des chevaux. Ils tournèrent vers l'aval pour atteindre le camp des Takashi.

Ils le trouvèrent devant le temple du Phénix. Assis par terre auprès de leurs chevaux attachés à des piquets, les samouraïs rafistolaient leur armure et fourbissaient leur sabre. Bon nombre d'entre eux reconnurent Atsue et l'accueillirent avec des propos respectueux mais cordiaux car il avait toujours été populaire dans l'armée.

Le temple du Phénix était bâti à la chinoise avec deux ailes. Son toit était relevé aux angles. Ancienne résidence rurale d'un aristocrate qui l'avait léguée à un ordre religieux, elle était devenue ce matin-là le quartier général de l'armée victorieuse. La bannière au Dragon rouge flottait sur le toit. Les oncles d'Atsue et des officiers se reposaient, à l'ombre, sur les marches du perron.

Dans la cour poussiéreuse, devant le temple, un homme solitaire était lié à un poteau, les mains attachées derrière le dos. Mince et de petite taille, il portait une robe foncée couverte de poussière. Il baissait la tête, l'air abattu et le torse penché en avant.

Atsue le reconnut aussitôt bien qu'il n'eût pas le visage poudré et qu'il fût pauvrement vêtu. C'était l'ancien régent Fujiwara no Motofusa. Ses petits yeux noirs soutinrent le regard d'Atsue sans manifester de curiosité. A coup sûr, bien d'autres s'étaient approchés de lui pour le dévisager.

Le jeune Takashi avait souvent vu Motofusa en public après la bagarre de rue. Au fur et à mesure que la mainmise des Takashi s'appesantissait sur l'État, Motofusa avait été écarté du pouvoir puis il avait perdu son titre de régent et avait été remplacé par un jeune membre de sa famille plus docile aux ordres de Sogamori.

Face à face avec Motofusa, Atsue estima qu'il serait grossier de ne pas lui adresser la parole. Il s'inclina donc profondément et lui dit : « Mes respects, seigneur Fujiwara no Motofusa. Je suis fâché de vous voir dans une situation aussi désagréable. »

Motofusa sourit en révélant ses dents noircies. « Vous avez de fort bonnes manières, comme tous les Takashi de la dernière génération. » Cela sous-entendait que les bonnes manières ne suffisaient pas.

Vexé, Atsue lui dit : « Vous ne me reconnaissez sûrement pas, seigneur Motofusa. Je suis Takashi no Atsue, fils de Takashi no Kiyosi, petit-fils de Takashi no Sogamori. En l'année du cheval, votre carrosse rencontra fâcheusement la chaise à porteurs dans laquelle je me trouvais avec ma mère. »

A cet instant, Atsue songea qu'il n'avait pas pensé à sa mère depuis des années. La nostalgie qu'il éprouvait lorsqu'elle apparaissait dans sa mémoire lui était tellement pénible qu'il la chassait aussitôt de son esprit. Au cours des derniers temps, il s'était répété à lui-même qu'elle ne lui manquait pas, mais il la revoyait souvent en rêve.

« Ah oui, dit Motofusa. Vous êtes donc le fils de Kiyosi et de la petite dame de province mariée au prince Sasaki no Horigawa. J'avais mis Horigawa en garde contre son mariage avec une personne d'un rang inférieur au sien. Pardonnez-moi de vous le dire car je n'ai aucune intention de vous vexer, jeune homme. L'événement que vous me rappelez me valut bien des ennuis par la suite. Peut-être vous le rappelez-vous ?

— Considérez, seigneur, que vous aviez offensé ma famille, dit Atsue.

— Voilà en quoi nous différons, jeune homme. Votre famille peut être humiliée. Quant à moi, je puis subir tous les affronts et être mis à mort sans cesser d'être un Fujiwara. »

Atsue avala sa salive. « Va-t-on vous exécuter ?

— N'ayez pas l'air aussi choqué, jeune seigneur Atsue. Vous êtes samouraï et les samouraïs aiment verser le sang. Votre génération de Takashi n'a pas encore eu l'occasion d'en voir couler beaucoup. Vous vous poudrez le visage, vous noircissez vos dents, vous peignez, vous écrivez des poèmes en jolis caractères, vous dansez, vous jouez de la musique. La puissance des Takashi, elle, ne repose pas sur de tels divertissements mais sur des prouesses militaires. Vous, les plus jeunes, manquez d'expérience sanglante. Ne craignez rien pourtant. » Le regard de Motofusa se durcit. « Vous verrez couler beaucoup de sang avant la fin de cette guerre. Des océans de sang. Je regrette seulement qu'ensuite le monde que j'ai connu et aimé sera encore plus lointain qu'il ne l'est déjà aujourd'hui. » Tout à coup il s'exprima en chinois :

Mais quand je regarde derrière moi et parle des choses qui furent,
Je m'indigne et je maudis ma vie.
Cours d'eau et collines abritent maintenant voleurs et brigands,
Les champs sont abandonnés aux ronces et aux épines.

Il se tut et contempla tristement le temple du Phénix. Atsue ne put s'empêcher de réciter les deux derniers vers du poète Liu Yin :

Notre héritage est un fardeau d'obligations morales
Mais il nous manque un chef qui répugne au meurtre.

Motofusa sourit, sincèrement satisfait. « Merci, dit-il. Vous avez des connaissances littéraires. Je me suis abstenu de terminer ce poème parce que vous auriez pu y voir une allusion offensante à votre grand-père. »

Atsue se raidit. « Je sais ce que les ennemis de mon grand-père disent de lui. Je ne le considère pas comme un homme d'État qui approuve le meurtre. Il est féru de religion, de noblesse et d'érudition. La nécessité de tuer lui fait horreur. Mais il combat pour préserver la paix. »

Le sourire de Motofusa suggéra qu'Atsue ne pouvait croire ce qu'il disait. « Vous devez connaître l'histoire de notre pays, jeune homme.

Pendant des siècles, à partir de la fondation d'Heian Kyo jusqu'aux désordres des vingt-cinq dernières années, la paix régnait sur les Iles sacrées. Vous, les samouraïs, vous ne la protégez pas. C'est vous qui l'avez détruite. »

Atsue fut ravi de constater qu'il pouvait prendre l'ancien régent au piège. « Excusez-moi, monsieur, mais ce sont les branches rivales de votre propre famille, les Fujiwara, qui enrôlèrent des bandes de samouraïs pour régler leurs différends. »

Motofusa inclina la tête. Atsue eut pitié de lui. Peu lui importait de l'emporter dans une discussion avec un vieillard qui avait si peu de temps à vivre.

« Excusez-moi de ne pas être d'accord avec vous, seigneur. Que pourrais-je faire pour votre réconfort et pour la paix de votre esprit ?

— Moi seul peux apaiser mon esprit, hélas, répondit Motofusa en soupirant. Mais les cordes autour de mes bras et de mes poignets me blessent d'une manière épouvantable. Je transpire et ne puis même pas m'essuyer le front. Je vous promets sur l'honneur de mes ancêtres que si vous me débarrassez de ces liens, je ne chercherai pas à m'échapper. D'ailleurs, un homme de mon âge ne pourrait s'évader parmi des milliers de samouraïs.

— Je vais demander la permission de libérer vos bras, seigneur. »

Atsue traversa la cour poussiéreuse jusqu'au parvis du temple où se trouvaient les chefs Takashi. Tous avaient abandonné leur armure pour endosser des robes rouges, vertes et bleues. Ils buvaient du saké et l'un d'eux jouait du luth.

Notaro, l'oncle d'Atsue, deuxième fils de Sogamori, était au milieu d'eux. Il avait hérité de son père une tendance à l'embonpoint mais sans la musculature que recouvrait la graisse de Sogamori. Même là, en ce lieu d'un massacre, son visage était poudré et fardé et sa tenue choisie avec autant d'attention que s'il allait se présenter à la cour.

« Nous nous demandions si tu finirais par nous rattraper, mon neveu. N'est-ce pas la nuit dernière que tu as rendu ta première visite à la princesse Kazuko ? » Le plus jeune frère de Notaro, le beau Tadamori, éclata de rire. Atsue rougit.

« Oncle vénéré, je voudrais vous demander une faveur pour le régent Motofusa. Ses liens le blessent. Puis-je l'en libérer ? Il jure de ne pas chercher à fuir.

— Pourquoi l'ai-je laissé en vie ? J'ai dû l'oublier. Tous les autres prisonniers ont été envoyés dans le Vide dès ce matin. Peu importe. S'il n'est pas satisfait de son sort, tuons-le tout de suite pour mettre fin à ses souffrances. »

Un des fils aînés de Kiyosi, demi-frère d'Atsue, prit la parole. « Oncle vénéré, peut-être pourrait-on l'épargner parce que c'est un Fujiwara, un non-combattant ?

— Peut-être l'ai-je pensé tout à l'heure, dit Notaro. Mais nous avons déjà exécuté des Fujiwara. Non combattant, en effet, ces aristocrates ne se salissent jamais les mains. Oh non ! Ils confient cela à d'autres. Cet homme contribua à déclencher la rébellion. Il mérite de mourir. Faisons-lui sentir immédiatement le fil du sabre. » D'un geste de la main, Notaro envoya deux officiers veiller à l'exécution de Motofusa.

Atsue insista. « Pourrais-je le délier d'abord, oncle vénéré ? Quoi qu'il ait fait, il serait honteux qu'il meure ligoté comme un vulgaire malfaiteur. »

Notaro sourit avec indulgence. « Va avec ces officiers et délie le prisonnier, Atsue-san. »

Les cordes étaient tellement serrées autour des bras de Motofusa qu'Atsue renonça à défaire les nœuds. Il dégaina Kogarasu. Les officiers qui l'accompagnaient retinrent leur souffle en voyant cette arme célèbre. Atsue avait appris le maniement du sabre dès l'âge de quatre ans. Les liens de Motofusa tombèrent au contact de la lame à deux tranchants.

« Merci, jeune seigneur Atsue, dit Motofusa en souriant de ses dents noircies. Aucun sabre ne m'a approché d'aussi près... jusqu'à maintenant. »

Un des officiers s'inclina. « Je dois vous demander de vous préparer à la mort, seigneur. »

En se frottant les bras et les poignets, Motofusa fronça légèrement les sourcils. « Cela doit-il se passer immédiatement ? J'ai quelques faveurs à demander, si les seigneurs Takashi sont assez bons pour me les accorder.

— Nos ordres nous obligent à vous aider à passer sur-le-champ dans le Vide, seigneur.

— Pourrait-on me donner de quoi écrire ? Je voudrais rédiger un poème avant ma mort.

— Ce n'est hélas pas possible, seigneur. »

Atsue rougit de colère. « Quelle barbarie ! Ancien régent, cet homme fut le porte-parole de la personne impériale sacrée. Nous lui prenons la vie. Donnons-lui au moins l'occasion de faire quelque chose qui lui survivra. Qu'on lui apporte encre et papier. »

L'officier rougit à son tour mais claqua des doigts pour appeler un domestique. En un instant, Motofusa disposa d'une petite table, d'un pinceau, d'encre et de papier vert pâle. A ce moment-là, le bruit avait couru dans le camp qu'on allait exécuter Motofusa et qu'il écrivait un dernier poème. Les samouraïs formèrent un cercle à distance respectueuse du vieil aristocrate qui s'agenouilla devant la table, réfléchit un moment puis fit voltiger son pinceau sur la page. Son œuvre achevée, il la considéra un moment puis la tendit à Atsue, sans se lever.

Les yeux du jeune Takashi s'embuèrent lorsqu'il lut.

Comme un arbre fossile qui ne donne pas de fleurs,
Triste fut ma vie, vouée à la stérilité.

« Très beau », dit Atsue en hochant la tête.

Motofusa fit signe d'emporter la table et resta agenouillé au milieu des guerriers. Même les chefs Takashi quittèrent le parvis du temple sous la conduite de Notaro et de Tadamori en robes flottantes, pour assister à la mort de Motofusa.

« A mon âge, il m'est difficile de m'agenouiller, me relever et m'agenouiller de nouveau. Si vous n'y voyez pas d'objection, je resterai dans la position où je suis... pour le reste de ma vie. » Motofusa sourit. « L'usage des samouraïs permet à celui qui s'immole de se faire aider par un ami intime. Je souhaite, moi aussi, mourir de la main d'un ami. Je n'en ai pas dans ce camp. Mais la bonté et la courtoisie du jeune Takashi no Atsue m'ont réconforté quelque peu. S'il y consent et si ses chefs le permettent, je désire qu'il me rende ce dernier service. »

Atsue en eut froid dans le dos. Il n'avait jamais tué. Une image apparut soudain dans sa mémoire : sa mère penchée sur un samouraï mort, une dague à la main, la robe souillée de sang. Il se rappela sa terreur, comme si à cet instant sa mère s'était transformée en un diable meurtrier. Depuis lors, il croyait avoir oublié cette épouvante. Mais, à cet instant, elle s'empara de lui.

Notaro sourit et hocha la tête. « Mon neveu sera honoré de trancher une tête aussi distinguée. »

Les yeux graves de Motofusa se tournèrent vers Atsue. « Cela complétera votre éducation en fait d'effusion de sang, seigneur Atsue. »

Tous les regards convergeaient sur le jeune homme. S'il refusait, il en supporterait la honte toute sa vie. Il avait demandé à Sogamori de l'envoyer à la guerre pour y tuer des ennemis de sa famille. Il s'était attendu à ne le faire que dans la chaleur du combat, non à abattre son sabre sur le cou d'un homme sans défense avec qui il venait de s'entretenir amicalement. Or il y était obligé, sinon il déshonorerait le nom de son père autant que lui-même.

Il inclina la tête et déclara d'une voix aussi ferme qu'il le put. « J'en serai honoré, seigneur Motofusa. »

Et si ma main tremble ? se demanda-t-il. Et si je rate ? Et si je n'ai pas la force de le décapiter d'un seul coup et qu'il souffre ?

Il se rappela ce que sa mère murmurait toujours lorsqu'elle était perplexe et, pour la première fois depuis bien des années, il murmura : « Hommage à Amida Bouddha. »

Il lui fallait oublier qu'il tuait un homme, s'imaginer qu'il était de retour au Rokuhara et qu'il s'entraînait à frapper d'estoc et de taille un sac bourré de paille suspendu au plafond. Il savait porter des coups et y mettre exactement la force nécessaire. Il pouvait exécuter le condamné à la perfection, pourvu qu'il chasse résolument de son esprit l'idée qu'il tuait un être humain.

Il s'efforça d'oublier que des centaines et des centaines de samouraïs, dont bon nombre à coup sûr avaient combattu sous les ordres de son père, l'observaient.

Il dégaina son sabre. « Voici Kogarasu, seigneur Motofusa. Cette arme fut offerte à mon ancêtre, l'empereur Kammu, par une prêtresse, au sanctuaire de Grand Ise, et resta depuis lors dans ma famille. » Il l'offrit au regard de Motofusa.

« Vous vous en êtes servi avec dextérité pour couper mes liens, dit ce dernier. Je suis sûr que le sabre et vous me servirez bien. S'il vous plaît, veillez à ce qu'une copie de mon poème parvienne à mon fils. Vous pourrez conserver l'original.

— Merci, je ne mérite pas un tel honneur, murmura Atsue. Puissiez-vous renaître au pays de Pureté, seigneur Motofusa.

— Je n'en suis guère digne. Il me faudra souffrir bien des vies encore avant d'atteindre le pays de Pureté, hélas. »

Motofusa inclina la tête et tendit le cou.

Atsue prit une profonde inspiration, écarta largement les pieds pour assurer son équilibre, serra à deux mains la poignée de son sabre qu'il rabattit par-dessus son épaule droite. Il s'était exercé à ce geste des milliers de fois. Rien ne l'obligeait à réfléchir. Il fixa son regard sur un point au milieu du mince cou blanc et dit d'une voix forte et claire : « Hommage à Amida Bouddha. » Il abattit l'arme de toute sa force et sépara la tête du corps.

Son épreuve était terminée; la vie de Fujiwara no Motofusa aussi.

Respirant péniblement, il resta immobile, le regard fixé sur le toit doré du temple. Il entendit à peine les acclamations des samouraïs. On emporta le cadavre en le traînant dans la poussière. Atsue en eut à peine conscience.

« Bravo ! dit Notaro qui était venu auprès de lui. Tu es un Takashi, digne fils de ton père.

— Merci, oncle vénéré. »

L'ordonnance d'Atsue s'approcha. « Permettez-moi de fourbir Kogarasu, seigneur. Vous savez combien le sang entame rapidement l'acier. »

Atsue lui remit son arme sans un mot.

Atsue fouilla son coffre de voyage tenu par des courroies à son cheval de somme, afin d'y trouver sa flûte, Petite Branche. Il gravit un sentier de roches plates ombragé par de gigantesques rhododendrons, et arriva sur une crête d'où la vue s'étendait sur le cours de l'Uji, le temple du Phénix, les sanctuaires environnants et le camp des samouraïs.

Pendant l'après-midi, il resta sur la colline et joua tous les airs qu'il connaissait. Ses oncles et demi-frères, eux, festoyaient sur le parvis du temple et les autres samouraïs réparaient leur équipement.

Bien des hommes interrompirent ce qu'ils faisaient loin au-dessous de lui pour l'écouter. Il jouait magnifiquement.

8

Extrait du journal intime de Shima Taniko

Dès qu'il apprit le soulèvement du prince Mochihito, Hideyori conduisit un cortège rutilant de samouraïs Muratomo et Shima jusqu'au sanctuaire d'Hachiman, dieu de la guerre et patron des Muratomo depuis des générations. Hideyori avait fait construire ce sanctuaire quelques années auparavant à un prix que mon père considère comme une dépense ridicule. Mais il croit à la puissance des kami et des prières, alors que mon père ne croit qu'à celle de la richesse.

Au retour de cette cérémonie, le chef des Muratomo rassembla tous les guerriers du voisinage et les pressa de marcher vers le sud avec lui, en affirmant qu'Hachiman lui avait promis la victoire. Je me rappelai alors ce que m'avait dit Koubilaÿ : les grands khans des Mongols communient toujours avec les esprits avant d'envoyer leurs armées en campagne. Hideyori dit aux samouraïs que leur nombre s'accroîtrait pour atteindre la centaine de milliers avant leur arrivée à Heian Kyo. Il leur rappela que les guerriers des provinces orientales passent pour les plus farouches de toutes les Iles sacrées.

J'ai écouté d'une fenêtre de la tour. Le discours d'Hideyori n'était guère impressionnant. Il manque de flamme. Il a vécu dans la crainte pendant plus de la moitié de sa vie, ça se voit. Au moins pour moi. Pourtant il est très ambitieux, très intelligent et résolu à éliminer les Takashi pour rétablir à tout prix la gloire des Muratomo.

Après avoir ainsi harangué les samouraïs, Hideyori les a emmenés hors de Kamakura pour attaquer Takashi Kanetake, le plus puissant seigneur Takashi de la région.

Huitième mois, dix-septième jour
ANNÉE DU BŒUF

« Je ne comprends pas qu'une dame de ton rang s'entretienne avec un charpentier, dit Chogao. Surtout ce charpentier-là. Ses énormes dents blanches lui donnent l'aspect d'un requin. Et ses yeux ! On ne sait jamais ce qu'ils regardent.

— Moko est un très vieil ami, ma tante.

— On ne se lie pas d'amitié avec des charpentiers. »

Taniko reçut Moko dans sa chambre, derrière un écran d'apparat peint de pivoines. Dans la pièce où régnait la pénombre, le petit bonhomme paraissait abattu. Il regardait le plancher.

« C'est ridicule, dit Taniko. Je ne veux pas vous parler à travers cet écran. » Elle se leva.

Moko dressa la main en signe de mise en garde. « Non, dame. Restez où vous êtes. Tout ce que nous faisons et disons peut être épié. Si vous me parlez sans ce paravent, cela provoquera un scandale et il me sera difficile de vous voir à l'avenir.

— Très bien, Moko, dit-elle en se rasseyant sur ses coussins. Avez-vous trouvé un logement à Kamakura ?

— Je me suis acheté une belle pièce de terre sur une colline qui domine la plage. J'y construis une maison. J'ai envoyé chercher à Hakata mon fils et sa mère que je me propose d'épouser. Peut-être aurai-je enfin les cinq enfants... que je prétendais avoir lors de notre première rencontre, voilà bien des années. J'ai aussi été admis à la guilde des menuisiers de Kamakura. Cela n'a pas été facile. Ces artisans forment un noyau étroitement uni. Je ne pouvais pas travailler sans leur accord. J'ai promis d'offrir un nouveau siège à la guilde et je leur ai enseigné un schéma de construction que j'ai appris en Chine. Le temps aidant, j'espère m'établir charpentier naval. »

Un silence s'établit entre eux. Tout à coup Moko déclara : « Je regrette que le shiké et vous n'ayez pu rester ensemble. »

Taniko soupira. « Jébu doit partir pour la guerre et j'ai un combat à mener en moi-même.

— J'y étais, dit Moko à mi-voix. Je l'ai vu tuer Kiyosi.

— Jébu me l'a dit.

— Je fus le premier en ce monde qui pleura la mort de Kiyosi, dame. Le seigneur Kiyosi était un homme grand et bon. Mais permettre à sa mort d'infliger tant de souffrances à ceux qui survivent aujourd'hui est une folie.

— C'est aussi mon avis, Moko. Mais la folie nous prend parfois. Elle ne s'en va pas quand nous le lui ordonnons. Je puis seulement espérer que le temps l'éloignera. Je le crois, même. »

Quelqu'un toucha l'épaule de Taniko. Elle s'éveilla aussitôt et vit une de ses servantes qui lui faisait signe de la suivre. Taniko se leva en serrant son kimono autour d'elle. Un violent orage d'été tambourinait sur le toit de la maison des femmes. Taniko estima qu'il était plus de minuit. Elle suivit la servante jusqu'à un écran entrouvert qui dominait la cour du domaine des Shima.

Une petite troupe de cavaliers venait de franchir le portail principal. La pluie leur faisait baisser la tête. Leurs capuchons leur couvraient le visage. Mais autre chose que la pluie les avait abattus. Ils paraissaient las, désespérés. Quand ils descendirent de leurs montures, un éclair illumina le ciel et Taniko reconnut Hideyori.

« Ce seigneur a-t-il une épouse ou quelque autre femme pour s'occuper de lui ? » demanda-t-elle à la servante.

Cette dernière secoua la tête. « Son unique épouse est morte en couches il y a deux ans.

— Va lui dire que dame Shima Taniko offre de le servir et de veiller à son confort s'il le désire. » La bonne parut scandalisée mais ne dit rien et s'en fut précipitamment. Je ne vais pas coucher avec lui, idiote ! pensa Taniko ; mais après ce qu'il vient de subir, cet homme a besoin de vêtements secs, de nourriture, de saké chaud et d'une personne à qui parler. Le chef du clan Muratomo mérite bien cela.

Hideyori grelottait. Il vida d'un trait quatre tasses de saké et, chaque fois, tendit la coupe vide à Taniko sans un mot. Le regard au plancher, il avait une expression impénétrable.

Elle n'était encore jamais entrée dans l'appartement d'Hideyori. La chambre était nue, hormis la présence d'un bureau, d'un simple oreiller de bois et d'un fouton roulé contre le mur. Dans une alcôve tokonoma, se dressait une petite statue d'ébène représentant le dieu de la guerre Hachiman, le visage sinistre, à cheval, armé d'un arc et de flèches. Jusqu'à présent Hachiman ne l'a guère favorisé, semble-t-il, pensa Taniko.

Enfin il releva la tête et la regarda. « Je ne mérite pas de vivre », dit-il d'une voix affaiblie par la fatigue.

Il veut savoir ce que je pense de lui, se dit-elle. « Vous devez vivre, seigneur, c'est une obligation. Tout l'avenir des Muratomo dépend de vous. »

Il secoua la tête. « J'ai vu mon père conduire notre clan au désastre. J'ai juré de ne pas commettre les mêmes erreurs. Dix-neuf ans plus tard, à ma première occasion de conduire une armée de Muratomo au combat, à ma première chance de riposter aux Takashi... un autre désastre ! » Il agita d'un geste vague sa main en direction du sud. « J'avais cinq mille hommes sous mes ordres. J'en ai perdu quatre mille. »

Malgré son désir de le réconforter, Taniko ne trouva rien à dire. « Les guerriers de l'Est ont sûrement manifesté le courage qui les rend célèbres, dit-elle enfin.

— Courage ! » Il rit amèrement. « Ils se sont enfuis dans la nuit. J'ai fui avec eux. Mais d'ordinaire, les femmes ne s'intéressent pas aux histoire de guerre.

— Moi non plus, seigneur. Pourtant je trouve qu'elle importe trop pour ne pas m'y intéresser.

— Je vous ai toujours trouvée extraordinaire. J'ai quitté Kamakura au début de ce mois comme vous l'avez vu. J'étais plein d'espoir. Bien des propriétaires fonciers se sont joints à moi avec leurs hommes, en cours de route. Lorsque nous fûmes prêts à assiéger la forteresse de Takashi Kanetake, nous étions trois mille. Nous prîmes le château et passâmes tous les ennemis au fil du sabre. »

Taniko ressentit la même crispation que lorsque Koubilay lui parlait des massacres perpétrés par les Mongols. « Vous n'avez pas fait de prisonniers ?

— Les samouraïs n'en prennent jamais. J'entends qu'à la fin de cette guerre, il ne reste plus un seul Takashi vivant. C'était tout au moins mon but avant Ishibashiyama.

— Qu'est-il arrivé là-bas ?

— Après notre victoire sur le gouverneur Takashi, nous nous sommes crus invincibles. De nombreux samouraïs nous ont ralliés. J'en eus cinq mille sous mes ordres. J'appris alors que Mochihito, Motofusa et leurs partisans avaient été balayés par les Takashi. Je n'avais plus de raison de poursuivre en direction du sud, me sembla-t-il, sauf si Yukio continuait à avancer dans cette direction. Nous aurions pu prendre la capitale ensemble. Dans le cas contraire, mieux valait rester ici pour consolider notre puissance dans les provinces du Nord-Est et sur la plaine de Kanto. Pour nous atteindre, l'ennemi serait obligé d'allonger sa ligne.

« Puis un message nous arriva : les Takashi se dirigeaient vers le nord par la Tokaïdo. Mes officiers déclarèrent unanimement que nous devions aller à leur rencontre pour les empêcher d'envahir nos provinces natales, d'y massacrer et piller. J'aurais préféré reculer pour attirer l'ennemi sur notre territoire afin d'y monter une embuscade. Mes vaillants guerriers de l'Est refusèrent d'en entendre parler. Tous voulaient attaquer sur-le-champ. Je ne pouvais trop m'y opposer. Tout compte fait, je n'avais encore jamais donné la preuve de mes qualités militaires. Or, si les samouraïs soupçonnent leur chef de couardise, ils cessent de combattre pour lui. Je me suis donc laissé conduire par ceux qui auraient dû me suivre.

« Nous marchâmes vers le sud à travers les monts Hakone. Nous franchîmes l'extrémité de la péninsule Izu. Je m'arrêtai pour demander la victoire à Hachiman en priant au sanctuaire de Mishima. Enfin, nos éclaireurs nous annoncèrent que les Takashi se trouvaient à Shimizu. Ils estimaient leurs effectifs à une trentaine de milliers d'hommes. Nous étions à six contre un. Je m'opposai à l'attaque en disant que c'était folie. Certains des officiers restaient convaincus que nous l'emporterions. Les Takashi ne sont pas des combattants mais des courtisans efféminés, disaient-ils. Cinq mille véritables samouraïs pouvaient aisément vaincre dix et même vingt fois ce nombre de bellâtres décadents.

« Enfin, un officier qui connaissait les parages a fait une proposition qui a satisfait tout le monde. Près de la côte, au nord du mont Fuji, la vallée d'Ishibashiyama tranche à travers les monts Hakone. Elle est si étroite qu'à son point le plus large plus de cent hommes ne peuvent s'y tenir de front. C'est là que nous résisterions. Les Takashi ne pourraient pas nous contourner car, dans ce cas, nous attaquerions leurs arrières. Ils chercheraient à franchir cette passe mais, sur une surface aussi étroite, ils perdraient leur avantage numérique. Nous comptions leur infliger un tel échec qu'ils battraient en retraite. Quand la nouvelle se répandrait, bien plus de samouraïs se rallieraient à nous.

« Il nous fallut près de deux jours pour prendre position à Ishibashiyama. Nous étions alors arrivés au vingt-troisième jour du mois. L'avant-garde des Takashi nous avait poursuivis. Avant de nous engager dans la passe, nous fîmes demi-tour et les massacrâmes. Cela augmenta encore notre confiance. »

Atsue aurait pu faire partie de cette avant-garde dont Hideyori annonçait tranquillement l'extermination, pensa Taniko. Je dois m'interdire d'y penser.

« Les Takashi allaient-ils nous suivre ou bien avions-nous mal prévu leurs mouvements ? Pourraient-ils chercher à contourner cette vallée ? C'est seulement à la tombée de la nuit que nous entendîmes des tambours taïko et des flûtes jouer des airs martiaux. Nous vîmes des samouraïs à cheval monter en rangs serrés vers nous.

« Nos deux armées campèrent cette nuit à proximité l'une de l'autre. Je pensai que nous devrions battre en retraite sous le couvert de l'obscurité. Mes officiers refusèrent de m'écouter.

« Puis, vers le milieu de la nuit, un bruit infernal retentit derrière nous, à l'extrémité nord de la passe. Nos hommes se levèrent d'un bond. Quelqu'un brailla : « Les Takashi nous attaquent. Il y en a des centaines de milliers ! » On s'imagina que les Takashi avaient contourné les montagnes dans l'obscurité et nous prenaient à revers. A demi armés, à demi vêtus, nos samouraïs foncèrent en avant, droit sur le camp des Takashi qui en massacrèrent des centaines.

« A ce moment-là, certains d'entre nous comprirent l'origine du bruit qui avait déchaîné la panique : les battements d'ailes d'un vol d'oiseaux aquatiques prenant leur essor en pleine nuit sur le lac situé à l'extrémité nord de la vallée. Nous battîmes en retraite. Mais l'étroitesse de la gorge ralentit notre marche. Ces Takashi qu'on prétendait efféminés se jetèrent sur nous comme des ours sur des daims. Moins de la moitié de mes hommes quittèrent la vallée.

« Je courus vers la forêt, au-delà de la gorge. Désormais, c'était chacun pour soi. Je me trouvai seul et m'aplatis dans la boue. J'entendis les ennemis battre la broussaille à quelques pieds de moi. »

Hideyori regarda Taniko. Il n'avoua pas que la terreur avait failli lui faire perdre la tête mais elle le lut dans ses yeux.

« Pendant cinq jours, les Takashi ratissèrent collines et forêts en massacrant tous les samouraïs Muratomo qu'ils trouvèrent. C'est surtout moi qu'ils cherchaient. Je me défis de mon armure, ne gardai que mon sabre et m'enfuis de cachette en cachette. » Son visage s'éclaira. « Le pire moment de ces cinq jours fut aussi le meilleur. Depuis, je sais que les kami me protègent. Blotti dans le tronc d'un arbre creux, j'entendais une bande de Takashi avancer à grand bruit dans la broussaille. Il y en avait tout autour de moi. L'un d'eux s'approcha de l'arbre. Je le reconnus. Il avait appartenu à la garde du palais sous les ordres de mon père. Il se pencha au-dessus de mon abri et nos regards se croisèrent. Je serrai les deux poings sur la poignée de mon sabre, résolu à le tuer avant qu'il ne me tue, quitte à être ensuite massacré par ses camarades. Il sourit, s'écarta de l'arbre qu'il frappa deux fois du plat de son sabre. Trois colombes perchées sur les plus hautes branches prirent leur essor. « Il n'y a personne, par là », s'écria-t-il en s'éloignant. Comprenez-vous ? Les dieux me protègent. »

Taniko se rappela que longtemps auparavant Kiyosi avait aperçu Moko perché sur un arbre au-dessus de Sa Majesté Impériale et l'avait épargné. Ce même jour, Kiyosi avait décapité le père de l'homme assis en face d'elle à cet instant.

« Même au cours des combats les plus acharnés, certains hommes ont des mouvements de bonté, dit-elle.

— Bonté ? demanda Hideyori, étonné. Pas du tout. Ce guerrier ne m'a pas sauvé la vie. Je dois mon salut à Hachiman. La colombe est la messagère de ce dieu et il y en avait trois sur cet arbre. Hachiman a obscurci l'esprit de ce Takashi pour qu'il ne me vît pas. C'est le kami qui m'a souri à travers le visage de cet homme. » Hideyori se dirigea vers l'alcôve, s'agenouilla et se prosterna devant la statue.

« Les Takashi viendront-ils ici ? demanda Taniko quand il fut revenu s'asseoir en face d'elle et but encore quelques gorgées de saké.

— Non. Après cinq jours de recherches, ils se rassemblèrent et repartirent par la Tokaïdo. Sans doute Yukio menace-t-il la capitale. »

Hideyori se retourna, l'air furieux, vers la statue d'Hachiman. « L'idée que mon insolent demi-frère arrive à Heian Kyo avant moi me donne envie de m'ouvrir le ventre. »

Il n'a jamais eu confiance en quiconque, pensa Taniko. Il a passé la plus grande partie de sa vie à redouter que quelqu'un le tue pour porter sa tête à Sogamori. « Votre frère Yukio n'a jamais parlé de vous qu'en des termes de profond respect, seigneur, dit-elle.

— Que savez-vous de lui ?

— J'ai fait connaissance avec le seigneur Yukio au début de cette année, répondit-elle. J'étais liée d'amitié avec sa mère à la cour longtemps auparavant.

— Je crois le connaître mieux que vous, dit Hideyori, avec un dur sourire de certitude. Je l'ai vu grandir. C'était un affreux petit serpent perfide dont la mère fit perdre la tête à mon père. Elle l'éloigna de sa véritable famille. Il ne prêta plus attention qu'à cette femme et à son enfant. Encore adolescent, Yukio s'enfuit du Rokuhara et erra dans la campagne où il vécut comme un bandit. Ses crimes mettaient ma vie en danger mais il ne s'en est jamais soucié. Par deux fois Sogamori a ordonné mon exécution en raison des méfaits commis par Yukio. Seule mon habileté à nouer des alliances m'a sauvé. Comprenez-vous alors pourquoi je voulais arriver avant lui à la capitale ? J'y tenais tant que cela m'a poussé à commettre une de ces erreurs que ma famille répète depuis des générations et qui nous conduisent de défaite en défaite.

« Nous sommes impétueux. Nous agissons précipitamment. Voilà pourquoi mon grand-père et mon père sont morts. Ce même défaut provoqua la défaite des Muratomo qui suivirent le prince Mochihito. J'ai failli périr moi-même à Ishibashiyama parce que j'étais trop pressé d'atteindre Heian Kyo. J'aurais dû prendre le temps de rassembler une armée plus nombreuse ici, à Kamakura, avant de partir à l'attaque des Takashi. Mieux encore, je n'aurais jamais dû m'engager dans ce combat. Un chef ne peut dresser de plans cohérents dans la fièvre des batailles. Il envoie ses fils ou ses généraux combattre pour lui et reste à l'arrière comme une araignée au milieu de sa toile. Il profite des fautes de ses adversaires et se repaît de leurs cadavres. Cette expédition est la dernière à laquelle je me livrerai à la tête de mes troupes. Dorénavant, je dirigerai tout d'ici, j'organiserai mes partisans, j'enverrai mes troupes à l'attaque sous la conduite de mes généraux, en priant Hachiman qu'il me donne la victoire. Je suis convaincu de pouvoir terminer d'ici cette guerre, mieux qu'en parcourant à cheval la campagne comme un prince des temps jadis.

— Peut-être avez-vous raison, dit Taniko. D'autant plus que vous disposez d'un bon général comme Yukio pour faire campagne à votre place. »

Hideyori la regarda froidement. « Vous continuez à prétendre que Yukio peut m'être utile. Or je le considère comme un être dangereux. Si vous ne parliez pas aussi franchement, je vous soupçonnerais d'être une espionne à son service. »

Taniko sourit et secoua la tête. « Je n'espionne pour personne, dit-elle.

— Évidemment. Vous êtes ici dans votre famille, n'est-ce pas ? Nous resterons ensemble pendant toute cette guerre, dame Taniko. » Il lui sourit. Son regard n'exprimait pas la sympathie mais seulement le désir. Tout à coup Taniko se sentit mal à l'aise. En venant dans la chambre de cet homme, elle s'était placée dans une situation compromettante, parce qu'elle ne croyait pas qu'il s'intéressât à elle.

« Je n'ai jamais oublié notre rencontre à Daïdoji, dit-il à mi-voix. Pour sauver la vie de votre mari, vous avez contourné l'écran d'apparat, votre visage pâle, modestement tourné de côté et dissimulé par votre éventail d'ivoire. Dès cet instant vous m'êtes apparue comme la plus belle femme du monde. Maintenant il n'y a pas de paravent entre nous et vous restez la plus belle femme que j'aie jamais vue.

— Vous êtes trop aimable, seigneur », dit Taniko dont le cœur battit plus vite. Cet homme arrivé désespéré après sa défaite, en proie à une colère glaciale, l'esprit perturbé par des souvenirs épouvantables, l'effrayait. Apparemment il détestait Yukio parce qu'au cours de leur petite enfance, ce dernier lui avait dérobé l'affection de son père. D'autre part, il était obsédé par leur rencontre à Daïdoji, dix-neuf années plus tôt. Il voyait celle qu'elle était alors et pas celle qu'elle était devenue. Elle n'avait aucun désir de coucher avec lui, surtout après les derniers mois passés avec Jébu. Mais elle devait s'y prendre prudemment pour l'évincer sans l'outrager.

« Excusez-moi, seigneur. Je ne puis être aussi belle que vous le dites. J'ai trente-quatre ans. Il faudrait une fille d'une quinzaine d'années, telle que j'étais alors, pour répondre à l'image qui est restée dans votre esprit. »

Hideyori tendit la main par-dessus la table. « Certaines femmes ne vieillissent pas ou bien l'âge les rend plus désirables. »

Taniko s'éloigna d'un geste gracieux en se gardant de paraître alarmée. « Je crois avoir fait tout ce que je pouvais pour vous, seigneur. Vous avez besoin de repos. Je vous souhaite bonne nuit. »

Hideyori se leva en même temps qu'elle. « Vous n'avez pas fait tout ce que vous pouvez pour moi, dit-il d'une voix rauque. Je ne vous ai jamais oubliée. Je vous désire depuis dix-neuf ans. Même quand vous vous donniez à Kiyosi, le fils de mon pire ennemi, j'avais envie de vous. Vous êtes venue ici, cette nuit, de votre propre gré. Vous n'avez pas disposé d'écran entre nous. Vous avez dit que vous désiriez me réconforter. » Il contourna la table, prit Taniko par la taille, puis la poussa vers le fouton.

Il était beaucoup plus fort qu'elle. Taniko ne se faisait pas d'illusion : s'il cherchait à la prendre de force, elle ne pourrait lui résister. Hideyori savait qu'elle s'était donnée à d'autres hommes que son mari. Il était au moins au courant de sa liaison avec Kiyosi. Elle ne pouvait donc pas arguer de sa fidélité au prince Horigawa. En le repoussant, elle l'offenserait, ce qui pourrait avoir des conséquences désastreuses. Cependant, elle ne voulait pas de lui. Quelle folie elle avait commise en se séparant de Jébu !

« Hommage à Amida Bouddha, murmura-t-elle.

— Que dites-vous ? » demanda Hideyori d'une voix sourde, pleine d'inquiétude.

Elle se rappela que cet homme était convaincu de faire triompher sa cause en priant Hachiman mieux qu'en conduisant une armée au combat. Cela lui donna une idée.

« J'en appelais au Bouddha, seigneur. J'espère que vous ne me forcerez pas à rompre mon vœu. Cela pourrait nous valoir un mauvais karma à tous les deux. »

Hideyori lui lâcha la taille. « Qu'est-ce que ça signifie ? demanda-t-il.

— Comme vous l'avez sans doute deviné, mon union avec le prince Sasaki no Horigawa ne fut pas heureuse. Aigrie par mon sort et en proie à une passion juvénile, j'ai accueilli Kiyosi quand mon mari se sépara de moi. Puis mon amant fut tué. Il m'apparut clairement alors qu'en m'unissant à lui j'avais irrité les dieux et provoqué sa mort. J'ai promis au Bouddha que, dès lors, je n'aurais plus de contact avec aucun autre homme que mon mari. »

Hideyori la regarda fixement. « Des milliers de femmes ont couché avec d'autres hommes que leur mari et ces derniers n'en sont pas morts. » Il éclata de rire. « Sauf si l'époux les a tués. Pourquoi vos faveurs seraient-elles aussi redoutables ? »

Les yeux baissés, Taniko répondit : « Plaisantez si vous le voulez, seigneur. Je sais que Kiyosi était votre ennemi. Mais sa mort fut un des grands chagrins de ma vie. » C'est la pure vérité, pensa-t-elle, bien que ce ne soit pas la raison pour laquelle je ne veux pas d'Hideyori. La véritable raison c'est un vivant qui s'appelle Jébu.

Tout se passait comme elle l'avait espéré : elle commençait à oublier que Jébu avait tué Kiyosi. Quand ils se retrouveraient, ils s'uniraient comme au cours des meilleurs moments passés ensemble.

La rage de la frustration flamba dans le regard d'Hideyori. « Dites-moi au moins que vous m'accepteriez si ce vœu ne nous séparait pas. Me trouvez-vous désirable ?

— Je n'ai plus connu d'homme depuis si longtemps que j'ai presque oublié ces choses-là », dit Taniko. Là elle mentait. « Néanmoins, seigneur, je vois en vous un homme attirant. Si je devais prendre un amant à Kamakura, ce serait vous. » Ce n'était plus un mensonge. Il appartenait au genre d'homme qui l'impressionnait, comme Kiyosi et Koubilay. Il lui rappelait même un peu Jébu. Il avait la même qualité d'individu obsédé.

« Bon, eh bien je veux que personne d'autre que moi ne vous approche tant que vous serez à Kamakura, dit Hideyori. Peut-être trouverons-nous un jour le moyen de vous libérer de votre vœu. »

Allongée seule, la tête sur le vieil oreiller de bois dont elle ne s'était jamais séparée, Taniko ne parvenait pas à s'endormir. Hideyori l'effrayait. Elle se sentait entourée par son désir qui l'emprisonnait aussi étroitement que les barreaux d'une cage. Elle était entrée dans cette prison cette nuit-là sans se rendre compte du danger qu'elle courait. Elle se demandait s'il lui serait aussi facile de s'en échapper.

9

Au sommet de la colline appelée Tonamiyama, Atsue arrêta son cheval pour admirer les environs. A l'est s'élevaient plusieurs chaînes successives de montagnes striées de neige que dorait le soleil couchant. A l'ouest s'étendait l'océan qui sépare la Corée du pays du Soleil Levant. Quelque part, au-delà de cette étendue d'eau, se trouvait le pays étrange d'où Muratomo no Yukio avait amené les barbares qui constituaient la plus grande partie de son armée.

Atsue éprouva un élancement de peur. Personne ne savait à quoi ressemblaient les barbares de Yukio, ni même combien ils étaient. Mais tout le monde avait entendu des histoires épouvantables à leur sujet. Ils auraient deux fois la taille d'un homme normal, se nourriraient de viande crue, sentiraient le tigre et auraient la peau noire. Les chefs

Takashi, comme l'oncle Notaro, raillaient l'idée selon laquelle des sauvages ignares pourraient tenir tête à quarante mille samouraïs superbement armés et entraînés. Toutes ces histoires n'étaient que des sottises, disaient-ils. Elles prouvaient que ces barbares n'étaient que des sous-hommes.

Pas loin de là, Takashi no Notaro, commandant de l'armée, monté sur un cheval noir et arborant la robe en brocart rouge de général sous son armure, conférait avec un demi-cercle d'officiers, à cheval comme lui. De temps en temps l'un d'eux désignait une hauteur lointaine sur laquelle une ligne de bannières blanches des Muratomo flottait dans le ciel qui tournait au mauve. Entre la colline de Tonamiyama et ce pic lointain se trouvait le col de Kurikara. D'épaisses forêts de pins couvraient la vallée et les montagnes environnantes. Derrière Atsue quarante mille samouraïs gravissaient péniblement les collines escarpées. Les pins l'empêchaient de voir ces hommes. De temps en temps Atsue apercevait un groupe de guerriers qui passaient par une clairière.

Isoroku, jeune samouraï d'Hyogo, avec lequel Atsue s'était lié en raison de leur âge, arriva auprès de lui. « Elles me paraissent plus nombreuses qu'à Ishibashiyama, dit Isoroku en désignant les bannières blanches.

— Ma foi, nous ne pouvons pas descendre dans cette gorge tant qu'ils occupent la colline d'en face », dit Atsue.

Peu de renseignements étaient parvenus de la région que l'armée de Yukio avait traversée. Les Takashi savaient seulement qu'elle était très nombreuse et menaçait la capitale. Aussi, après leur victoire d'Ishibashiyama à l'automne, ils avaient franchi la partie la plus étroite de l'île d'Honshou pour gagner Heian Kyo où ils avaient appelé des renforts. Apparemment, Yukio avait aussi pris ses quartiers d'hiver. Puis, au cinquième mois de l'année du tigre, la formidable armée des Takashi quitta la capitale en direction du nord pour rencontrer Yukio et le vaincre.

Elle s'était arrêtée une journée pour admirer le lac Biwa, le plus vaste des Iles sacrées. Toute l'armée attendit cependant que Notaro gagnait en bateau l'île de Chikubushima couverte de pins où il chanta et joua du luth dans le sanctuaire dédié au kami de cette île. Il composa même un poème en son honneur. Le bruit courut dans l'armée qu'une déesse lui était apparue sous la forme d'un dragon rouge et lui avait promis la victoire.

La veille, ils avaient entrepris l'ascension des montagnes formant un rempart entre les provinces centrales entourant la capitale et le pays moins peuplé et moins cultivé du Nord. A midi, Atsue se trouva sur un pic d'où il put de nouveau en se retournant, admirer le lac Biwa. Il lui apparut comme une immense feuille argentée. Devant lui il y avait l'océan, la longue côte rocheuse et une succession de montagnes. Il regretta Heian Kyo. D'un instant à l'autre Kazuko mettrait au monde l'enfant conçu après qu'Atsue fut revenu de la grande victoire d'Ishibashiyama. Quand l'armée descendit du pic et que le lac Biwa disparut, Atsue eut l'impression de laisser derrière lui foyer et sécurité pour s'engager à l'aventure dans un territoire inconnu et plein de périls.

Bien qu'il répugnât à se l'avouer, Atsue n'aimait pas la guerre. Il ne redoutait pas la bataille elle-même. Il craignait les heures d'attente, d'avance, peut-être de recul. Puis, tout à coup, quelqu'un lui sauterait à la gorge et c'en serait fini brusquement. A ses yeux, la guerre consistait surtout en pillages, viols et massacres. En se rappelant la destruction des temples autour de Nara, il était bouleversé. On avait même brûlé vifs les femmes et les enfants qui vivaient dans ces sanctuaires ou on les avait coupés en deux à coup de sabre. Notaro avait ordonné d'incendier le grand Todaïji vieux de cinq cents ans. Une statue gigantesque du Bouddha avait fondu dans l'incendie.

Atsue s'efforçait de ne pas regarder quand ses hommes maltraitaient des paysans ou torturaient à mort des samouraïs prisonniers. Mais il était obligé de le voir et en était profondément affecté. Certaines des horreurs auxquelles il avait assisté restaient à jamais dans sa mémoire. Seule sa flûte chassait ces souvenirs de son esprit.

L'ordre arriva de dresser le camp sur la crête de Tonamiyama. « Nous nous sommes pourtant assez reposés l'autre jour au lac Biwa, dit l'impatient Isoroku.

— Préférerais-tu descendre dans la vallée et charger l'armée ennemie en gravissant ces montagnes ? demanda Atsue. Regarde tous les drapeaux des Muratomo. Il pourrait y en avoir cinquante mille, voire cent mille. Voilà pourquoi nous nous arrêtons. »

A la tombée de la nuit, Atsue et Isoroku s'assirent en cercle avec les domestiques qui suivaient Atsue au combat. Ils dînèrent de riz bouilli et de truites pochées. Les hommes d'Atsue savaient se procurer des vivres, et c'était une bénédiction car l'armée avait commencé à en manquer dès après le départ de la capitale. Depuis lors, elle vivait sur le pays comme un vol de sauterelles. C'était honteux car cette région, que traversait l'armée, avait toujours été fidèle aux Takashi. Atsue se demanda pourquoi les choses étaient si mal organisées. Il se plaisait à croire que si son père, le grand Kiyosi, avait commandé cette armée, il lui aurait assuré dès le départ assez de vivres pour atteindre au moins les provinces hostiles du Nord. Maintenant ils arrivaient aux montagnes où il y avait peu de fermes, éloignées les unes des autres. La disette devenait une véritable épreuve.

Après le repas, Atsue tira de sa ceinture la flûte dont il ne se séparait plus et joua une mélodie appelée *Fleur de pêcher*. Son entourage resta silencieux longtemps après qu'il eut fini.

« Tu joues si bien que tu nous porteras bonheur, je crois, dit Isoroku. Les kami nous remarqueront et nous accorderont la victoire.

— La victoire reviendrait donc aux meilleurs musiciens ? dit Atsue en souriant.

— Les Takashi ne sont-ils pas plus cultivés que les Muratomo ? demanda Isoroku avec conviction. C'est pourquoi ils les ont toujours vaincus.

— Nous l'avons toujours emporté par le nombre, dit Atsue. Au temps de mon père, nous les avons aussi vaincus par notre habileté. Mais nous ne savons pas ce qui nous attend au-delà de cette chaîne. » Il désigna de l'index les hauteurs sur lesquelles avaient flotté les bannières des Muratomo et que l'obscurité rendait invisibles.

« Voudrais-tu mourir à la guerre, Atsue ? » demanda Isoroku.

Atsue secoua la tête. « J'aimerais vivre. Évidemment mieux vaudrait mourir en combattant que d'être fait prisonnier et traité de manière indigne. Sinon personne n'aurait envie de mourir.

— Pas forcément. Parfois il me semble que j'aimerais mieux périr jeune, beau, fort, dans l'action, plutôt que de devenir vieux et laid, dit Isoroku. On coupe les fleurs lorsqu'elles sont le plus belles, non quand elles sont fanées. Ton père est mort en héros, c'est ainsi que tout le monde se le rappelle. S'il vivait, on le respecterait mais on ne le vénérerait pas chez les Takashi à l'égal d'un kami.

— Je suis assez vieux pour savoir que je suis très jeune, Isoroku-san. Je sais peu de chose de la vie. Je veux en connaître plus et agir plus avant de mourir. Peu m'importe qu'on me considère comme un héros ou non. Quant à mon père, je préférerais qu'il soit vivant et respecté plutôt que mort et adoré. Il me manque terriblement. »

Les flèches à boule sifflante se mirent à tomber sur le camp des Takashi aussitôt après le lever du soleil. Elles sifflèrent au passage comme des faucons mais ne tuèrent personne. Accroupi, un peu nerveux, Atsue regarda, au-delà du col de Kurikara, la colline couverte de drapeaux blancs. Une rangée de quelque cent archers se dressait là-bas, l'arme pointée vers le ciel afin que leurs flèches survolent la vallée.

« Ils sont bien bons de nous réveiller, dit Isoroku en riant. Ils auraient pu commencer par des flèches silencieuses. Voilà un geste digne des Takashi.

— Ça ne ressemble pas, en effet, à la manière d'agir des Muratomo », répondit Atsue, mal à l'aise. L'ennemi était maître de la situation, lui semblait-il. Il avait déployé ses étendards sur la colline opposée, décidant ainsi de l'endroit où les Takashi bivouaqueraient pour la nuit. Puis il choisissait le moment et la manière d'engager le combat. Où étaient ces troupes barbares dont tous parlaient ? Les archers alignés sur la colline avaient l'air de samouraïs pareils aux autres.

Les Takashi se formèrent en ligne, bandèrent leurs arcs aussi haut qu'un homme et lâchèrent leurs flèches sifflantes. Au bout d'un moment le premier sang coula : un archer Muratomo tomba et une acclamation s'éleva de la colline Tonamiyama. Atsue et Isoroku rallièrent la foule assemblée à quelques pas derrière les archers. Personne ne tenait à s'approcher trop d'eux car même une flèche à boule sifflante pouvait tuer si elle atteignait un point vital. Mais s'en tenir trop loin pouvait suggérer une certaine lâcheté.

Deux archers Takashi furent atteints. Cette fois, un murmure de colère s'éleva. Quelqu'un suggéra d'en passer aux flèches à pointe en feuille de saule. Un autre déclara qu'il était trop tôt. Deux hommes prirent la place de ceux qui étaient tombés mais n'étaient que blessés. On les avait emportés à l'arrière pour y être soignés. Atsue avisa Notaro et quelques officiers qui observaient, légèrement à l'écart. Le général en chef cria ses félicitations quand un autre archer Muratomo tomba.

Je me demande ce qu'il prévoit pour la bataille, se dit Atsue. Comment se faisait-il qu'on ne voyait de toute l'armée Muratomo qu'une centaine d'archers ? Peut-être les ennemis étaient-ils moins nombreux que ne l'avaient cru les Takashi ? Atsue s'efforça de mieux distinguer la ligne de bannières blanches. En tout cas, l'ennemi avait eu une bonne idée de commencer le combat à l'arc alors que le soleil levant aveuglait les Takashi.

Quand les sifflements des flèches devinrent plus agaçants qu'intimidants, les Muratomo décochèrent des flèches en feuille de saule et des flèches perceuses d'armure. Les archers Takashi firent de même et d'autres samouraïs participèrent au tir.

Quelques guerriers particulièrement hardis enfourchèrent leur monture et dévalèrent jusqu'à mi-côte. Aussitôt, les Muratomo poussèrent une pointe d'une même force dans leur direction. Atsue continuait à observer le sommet de la colline occupée par l'ennemi. Allait-il attaquer ? Les drapeaux blancs restaient immobiles. Seuls quelque deux cents archers Muratomo faisaient face à des adversaires deux fois plus nombreux.

La distance diminua entre les cavaliers qui dévalaient des deux hauteurs. Ils se mirent à tirer. Des hommes tombèrent, d'abord par un ou deux, puis par quatre ou cinq. Enfin, plusieurs Takashi firent demi-tour. A peu près autant de Muratomo les imitèrent.

La bataille à l'arc continua toute la matinée. De temps en temps un samouraï Muratomo réussissait un tir exceptionnellement allongé et précis et atteignait un Takashi dans la foule des assistants. Mais ce furent surtout les archers qui tombèrent.

Atsue et Isoroku étaient aussi férus de combat au sabre l'un que l'autre et n'avaient pas trop à s'enorgueillir de leur habileté au tir à l'arc. Alors que les autres samouraïs rejoignaient la ligne de tir ou la quittaient au gré de leur caprice, nos deux jeunes gens se tinrent à l'écart.

Quand le soleil atteignit son zénith, les Muratomo cessèrent de tirer. Ceux qui restaient à mi-côte des collines remontèrent dans leur camp. Puis, trois cavaliers redescendirent vers le col. L'un d'eux brandissait une bannière blanche. Ils s'arrêtèrent dans une clairière au fond de la vallée. Des samouraïs Takashi, à pied ou à cheval, allèrent à leur rencontre.

« Je suis Saïto Kiji de Nakatsu, vociféra le samouraï qui portait un drapeau. J'ai combattu en Chine et au pays des Mongols et j'ai remporté bien des victoires. » Kiji poursuivit en racontant les exploits militaires de son père, son grand-père et son arrière-grand-père. Il se proclama descendant de Yamato le Vaillant, fils légendaire d'un empereur de jadis qui avait vaincu les kami maléfiques et les barbares. Il mit au défi les Takashi d'envoyer contre lui un guerrier de même lignée.

« Allons-y, dit Atsue à Isoroku. Je veux voir ça de près. »

Un officier Takashi descendit de la colline et échangea quelques mots avec le Muratomo qui avait lancé le défi. Les deux hommes s'éloignèrent au trot puis foncèrent l'un vers l'autre, sabre au poing. Atsue et Isoroku faisaient partie de la foule qui acclamait le combattant Takashi. L'excitation fit trembler le jeune Atsue.

Porter un coup de sabre mortel n'est pas facile pour un cavalier. Les deux samouraïs décrivirent des cercles en combattant. Leurs coups manquaient leur but ou bien la lame rebondissait sur l'armure. Puis Kiji se dressa sur ses courts étriers. Il abattit à deux bras son sabre sur l'épaule du Takashi. Étourdi, ce dernier tomba de sa monture.

Il se redressa à l'instant où Kiji fonçait sur lui. Ce dernier arrêta brusquement son cheval, saisit le Takashi sous le menton, l'attira contre sa selle et, d'un rapide coup de sabre, lui trancha le cou.

La tête resta casquée. En la tenant à bout de bras par une des cornes qui décoraient le casque, Kiji fit le tour de la clairière. Isoroku, Atsue et les autres Takashi poussèrent des cris de rage et leurs adversaires acclamèrent le vainqueur.

Un Takaski galopa vers Kiji pour le défier. D'autres dévalèrent le flanc de la colline en braillant leur généalogie et en réclamant un adversaire digne d'eux. La situation devint confuse dans la clairière. Les samouraïs galopaient en tous sens en énumérant le nom de leurs ancêtres. Tous les Muratomo portaient quelque chose de blanc : leur robe, une flamme à leur casque, voire plus simplement un brassard. Chaque Takashi arborait quelque chose de rouge.

La peur, l'enthousiasme et l'excitation agitèrent Atsue. Il était arrivé trop tard au pont sur l'Uji et dans les derniers rangs à la bataille d'Ishibashiyama. L'heure était venue pour que le plus jeune fils de Kiyosi fonce et rapporte sa première tête de Muratomo. Quelle terreur éprouveraient les ennemis en l'entendant clamer le nom de son père !

« A cheval ! » cria-t-il à Isoroku en gravissant vivement la colline. Il regarda en arrière. Les samouraïs combattaient partout.

De retour au camp, il s'apprêtait à enfourcher son destrier — un cheval gris, moucheté de noir — lorsqu'il entendit quelqu'un l'appeler par son nom. C'était l'oncle Notaro en armure mais tête nue qui accourait vers lui.

« Où vas-tu, malheureux ?

— Lancer un défi, mon oncle, répondit Atsue devinant que Notaro s'y opposerait.

— Ton grand-père m'a fait jurer de te ramener sain et sauf. Je t'interdis de te mêler à cette bataille. »

Atsue fut tellement déçu qu'il faillit éclater en sanglots. « Si je reste à l'abri pendant que tous ces vaillants guerriers combattent, le nom de notre famille sera terni. »

Notaro secoua la tête. « Seuls les samouraïs les plus expérimentés s'engagent dans ces duels qui précèdent la bataille. Ce sont des vétérans qui connaissent toutes les ruses. Les hommes de Yukio sont encore plus redoutables à cause des tactiques diaboliques qu'ils ont apprises à l'étranger. Évidemment tu combattras, Atsue-san. Mais plus tard. Attends la mêlée générale. Si je te laisse partir maintenant, tu ne reviendras pas. »

Atsue retourna tête basse vers Isoroku. « La guerre ne se déroule pas du tout comme je l'avais imaginé. »

10

Atsue oublia sa déception en regardant les maîtres sabreurs des deux camps faire preuve de leur adresse au cours de duels successifs. Voir des hommes tomber morts de leur cheval ou se faire couper la tête après avoir été grièvement blessés n'avait rien d'agréable. Il s'interdit de regarder les flaques qui rougissaient la prairie. Il avait cependant assisté à assez d'effusions de sang les mois précédents pour garder son calme, ne pas s'appesantir sur les aspects les plus fâcheux du combat et fixer son attention sur les exploits des cavaliers sabreurs.

Il lui sembla que le nombre des Takashi diminuait plus vite que celui des Muratomo. Il se rappela que les adversaires n'avaient cessé de combattre en Chine au cours des huit dernières années. Peut-être qu'un des samouraïs Muratomo qui combattait sous ses yeux au pied de la colline avait tué son père. Quel que fût celui qui avait décoché la flèche fatale, Atsue reprochait la mort de Kiyosi à Muratomo no Yukio. Il s'était juré de chevaucher un jour au devant d'une armée Muratomo et de défier ce Yukio en combat singulier. Il lui couperait la tête, l'apporterait à son grand-père et Sogamori le bénirait.

Les Muratomo se désengageaient. Ceux qui venaient de l'emporter dans un duel ne relevaient plus d'autre défi mais trottaient vers le pied de la colline que leurs compagnons occupaient. Atsue se demanda ce qu'ils allaient faire. Attaqueraient-ils ? Il considéra la ligne de drapeaux blancs au sommet de la colline. Rien n'avait changé. Toujours aussi peu de samouraïs sur la crête.

Un Muratomo clama : « Si cent d'entre vous sont assez courageux pour combattre, nous leur opposerons un nombre égal d'adversaires en mêlée générale. »

Maintenant je dois y aller, pensa Atsue. Il repartit vers le sommet de Tonamiyama suivi d'Isoroku, en espérant que cette fois son oncle n'interviendrait pas.

Notaro n'était pas en vue. Atsue se coiffa de son casque et enfourcha son cheval. Isoroku monta son destrier pie. Atsue fit claquer les rênes et tous deux dévalèrent la côte ensemble.

Un officier Takashi qui reconnut le petit-fils de Sogamori s'inclina et lui indiqua une place sur la ligne de combat. Les Muratomo prenaient position de l'autre côté de la prairie, trop loin pour qu'on pût reconnaître leurs visages. Le silence s'éternisait. Atsue entendit une fauvette chanter dans les pins. Puis, de la ligne adverse s'éleva une vocifération aiguë : « Muratomo-o ! »

Un samouraï brandissant une bannière blanche dans la main gauche, agitant son sabre au bout de son bras droit, chargea les adversaires. Aussitôt, derrière lui, la ligne des Muratomo se précipita en avant.

« Takashi ! » cria l'officier qui avait pris le commandement de leur côté. Atsue dégaina Kogarasu de son fourreau doré et cingla Prunier pour le faire galoper. Il jeta un coup d'œil sur sa droite. Isoroku l'accompagnait.

Le cœur d'Atsue fit un bond. Un guerrier au visage basané et à épaisse moustache fonçait sur lui. Machinalement il éleva Kogarasu pour écarter l'arme de l'ennemi. Les deux cavaliers se croisèrent. Atsue se retrouva à l'autre extrémité de la clairière où ne restaient que quelques spectateurs à pied.

Il fit pivoter sa monture et vit un guerrier à robe blanche qui lui tournait le dos en combattant un samouraï Takashi. Avait-il le droit d'attaquer cet homme par-derrière ou devait-il le mettre en garde avant de le frapper ? Il répondit à cette question en décidant que chaque samouraï devait prévoir l'assaut de tout côté. Il éperonna son cheval gris, pointant Kogarasu sur la nuque de l'ennemi, au-dessous du bord du casque. Le sabre n'en frappa pas moins quelque chose de dur et glissa. Atsue n'avait pas prévu cela. Le Muratomo se retourna sur sa selle pour frapper Atsue de son sabre. Le jeune homme tira si violemment les rênes que sa monture se cabra.

« Retire-toi, celui-là est à moi », rugit le Takashi qu'il avait voulu secourir. Gêné, effrayé, ahuri, Atsue s'éloigna du combat pour avoir une vue d'ensemble de la clairière. Un samouraï au casque entouré d'une bande de soie blanche galopa vers lui. Atsue tendit son sabre dans une position défensive et attendit le choc.

« Je suis Tezuka Shiro de la province de Toyoma, cria l'ennemi. Qui êtes-vous ?

— Je suis Takashi no Atsue, fils de Takashi no Kiyosi, petit-fils de Takashi no Sogamori, répondit fièrement le jeune homme.

— Voilà un noble adversaire, dit Shiro. Je suis digne de vos armes. Approchez. »

Murmurant une prière à l'esprit de son père, Atsue fonça. Arrivé à distance propice, il tenta un coup de taille sur le cou de Shiro qui para et, de sa main gauche, saisit le poignet d'Atsue pour l'attirer à lui. Le jeune Takashi se sentit arraché de sa selle et coincé contre celle du Muratomo. Un gantelet de fer et de cuir le frappa à la figure. Il sentit qu'on lui retournait la tête et attendit le coup de sabre.

Shiro poussa un cri bizarre : mi-grognement, mi-gémissement. Il s'immobilisa, refit le même bruit et relâcha son étreinte. Atsue tomba au sol et regarda, affolé, autour de lui. Son cheval gris était là. Il sauta en selle. Alors seulement il vit ce qui s'était passé. Isoroku finissait de décapiter Shiro. Il arracha la tête du casque, l'éleva à bout de bras par son chignon puis l'attacha à sa selle et remonta à cheval.

Malade de peur, Atsue le rejoignit. « Je te dois la vie », dit-il.

Isoroku haussa les épaules. « Quand il s'occupait de toi, je l'ai attaqué sur sa gauche. J'ai soulevé la jupe de son armure et je l'ai frappé deux fois d'estoc. A nous deux nous formons une bonne paire. Allons chercher une autre tête. Cette fois j'attirerai l'attention de l'ennemi et toi tu arriveras sur lui pour l'éventrer. »

J'ai bien failli y passer mais celui qui allait me tuer est mort maintenant, se dit Atsue. Dans de tels moments on ne s'en tire qu'en s'interdisant de penser. Seul compte le combat. Atsue grinça des dents et donna une tape sur l'épaule d'Isoroku. « Allons-y », dit-il.

Un domestique du jeune Takashi le rejoignit au galop.

« Seigneur Takashi no Atsue, votre oncle vous ordonne de quitter le champ de bataille immédiatement. Le seigneur Takashi no Notaro exige votre présence au camp.

— Non.

— Je vous en prie, mon seigneur, dit l'auxiliaire en voyant le visage d'Atsue rougir de colère. Je ne fais que vous apporter un message.

— Vas-y, dit Isoroku. Ton oncle est commandant en chef de l'armée. »

Le visage bouffi de Notaro était presque aussi cramoisi que sa robe de général. « Je t'ai défendu de te mêler à ce combat !

— Excusez-moi, oncle vénéré, mais vous ne m'avez interdit que les combats singuliers. Or, c'était une mêlée générale. »

Outré, Notaro plissa les paupières. « J'ai vu ce qui s'est passé là-bas. S'il m'avait fallu annoncer à mon père qu'un samouraï Muratomo a emporté ta tête parce que je ne regardais pas dans la bonne direction au bon moment, il m'aurait renié. Retire-toi de ma vue et ne retourne pas au combat, à moins que ce ne soit la bataille finale. Si tu es tué à ce moment-là, ce ne sera pas de ma faute. » Notaro pivota sur lui-même, maladroitement, parce qu'il n'était pas habitué au port de l'armure, et s'éloigna à pas saccadés.

Atsue passa le reste de la journée au sommet de la colline à regarder les combats dans la vallée. Écrasé par la honte, il ne parla à personne. Si seulement son oncle Notaro lui avait permis de rester sur le champ de bataille, il aurait pu se racheter en tuant un Muratomo ou bien il serait mort et n'aurait rien à regretter.

La bataille dans le vallon entre les deux collines se poursuivit sans changement notable. Les Muratomo perdirent moins d'hommes que les Takashi mais n'envoyèrent pas de nouveaux guerriers remplacer ceux qui étaient tombés. Quand vint la nuit, cent Takashi combattaient moins de cinquante Muratomo. Si ces derniers cherchent à démontrer leur formidable valeur militaire, ils y réussissent, pensa Atsue. Puis il fit noir. En échangeant des compliments, les samouraïs se retirèrent sur leur colline respective. Des valets descendirent discrètement ramasser les cadavres. L'un de ces corps pourrait être le mien, pensa Atsue. Dans l'obscurité il laissa couler ses larmes. Un de ses domestiques lui demanda s'il désirait manger. Atsue ne répondit pas. Au bout d'un moment, l'autre répéta sa question puis s'en alla, en désespoir de cause. La flûte d'Atsue était accrochée à sa ceinture mais il n'avait pas envie d'en jouer. Il s'efforça d'invoquer le Bouddha mais craignit que la divinité ne prît pas la peine de consoler un jeune homme dépité de ne pas avoir pu couper la tête d'un ennemi. Il s'assit par terre les jambes croisées, les mains sur les genoux et s'efforça de croire que tout irait mieux le lendemain. Au bout d'un moment il constata qu'il avait oublié de retirer son armure. Peut-être la garderait-il sur lui toute la nuit pour se châtier de son inaptitude au combat ?

Un croissant de lune s'éleva au-dessus de la colline où campaient les Muratomo. Atsue chercha à distinguer les bannières blanches mais n'y parvint pas. Le silence régnait dans la forêt. Quelque part, au loin, un bœuf mugit.

Puis des cris retentirent au-dessus et derrière lui. Des sabots claquèrent. Des branches craquèrent. Atsue se dressa d'un bond. Des torches flambaient parmi les arbres sur le côté ouest de la colline. On cria autour de lui : « Les Muratomo ! A cheval ! Aux armes ! »

Atsue se précipita vers le feu de camp au sommet de la colline. Les torches dans la forêt lui parurent innombrables. Peut-être Yukio disposait-il de cent mille cavaliers ? En provoquant des duels et une mêlée limitée dans la clairière, l'ennemi avait détourné l'attention des Takashi pendant que le gros de son armée opérait un mouvement tournant.

« Fuyez, fuyez ! » cria un valet en passant près d'Atsue.

Des cavaliers, apparemment des Takashi, trottèrent autour de lui. Il risquait d'être renversé s'il n'atteignait pas son cheval à temps.

Il distingua le visage d'Isoroku près du feu de camp. Un domestique tenait leurs deux chevaux par les rênes.

« Une nouvelle occasion de combattre, dit Isoroku quand tous deux enfourchèrent leur monture.

— Où est ton armure ? s'écria Atsue.

— Je l'ai retirée au coucher du soleil. Il est trop tard pour la remettre. Mais j'ai mon sabre. » Il l'agita au-dessus de sa tête. « Viens, tout le monde dévale la colline. »

Un officier les rattrapa, la figure rougie par la lumière des torches. « Tous à la passe ! Il faut y arriver avant eux. Nous leur tiendrons tête en rase campagne au-delà de la gorge. Restez ensemble. » Il les dépassa au galop.

Les deux jeunes samouraïs descendirent la colline. Atsue jetait de temps en temps un coup d'œil vers Isoroku pour s'assurer de sa présence. L'armée qui brandissait des torches était à leurs trousses et descendait la côte avec un bruit de tonnerre. Atsue entendit des bœufs mugir.

Isoroku et lui arrivèrent au fond du vallon. La lune était passée derrière la colline. Les poursuivants rattrapaient les derniers Takashi. On entendit des cris, le tintement d'armures cognant le sol, des hennissements de chevaux. Les torches ennemies flambaient, éclairaient les arbres, les samouraïs qui se démenaient... des cornes.

Du bétail !

« Ce ne sont pas des samouraïs, s'écria Isoroku. C'est un troupeau de bœufs en proie à la panique. »

Quelques cavaliers Takashi ralentirent. Atsue vit distinctement au pied de la colline Tonamiyama les silhouettes, les yeux et les cornes brillantes des bœufs.

« Laissez-les passer, crièrent quelques voix. Écartez-vous de leur chemin.

— On leur a attaché des torches aux cornes pour les affoler, dit Isoroku.

— Une ruse déshonorante », répondit Atsue.

Les deux jeunes gens conduisirent leurs chevaux au pied de la colline opposée. Un énorme bœuf gris passa en mugissant auprès d'eux. Les étincelles des torches de pin attachées à leurs cornes piquaient le dos des bêtes. Atsue tapota le cou de son cheval gris qui encensait, effrayé, et menaçait de ruer.

Des rires éclatèrent quand les samouraïs constatèrent, soulagés, que leurs assaillants n'étaient que des bestiaux. Cependant les bœufs continuaient à foncer sur les guerriers et à les repousser dans la gorge de Kurikara. Les centaines de torches qui rougeoyaient encore sur les cornes des gros animaux éclairaient si bien l'armée des Takashi qu'Atsue reconnut des visages de camarades de combat à une demi-longueur de la vallée.

Quelque chose siffla en passant en l'air auprès de lui. Un oiseau nocturne ? Puis un autre sifflement et un autre encore, ensuite des bruits de choc. Quelqu'un cria. On entendit de nouveau le tintamarre d'une armure heurtant le sol.

« Des flèches ! ils nous tirent dessus », s'écria Isoroku.

En relevant la tête, Atsue vit des lanternes sur les collines de chaque côté de la gorge. Des boules de lumière rouges, jaunes, vertes, bleues et blanches, ressemblant à distance à des vers luisants dans les arbres, s'adressaient des signaux d'un côté à l'autre de la vallée.

Quelqu'un hurla et tomba auprès de lui. Alors Atsue comprit tout. Le troupeau de bœufs affolés les avait chassés de leur position sur la crête pour les précipiter dans la vallée. Les torches portées par les bœufs les éclairaient et en faisaient des cibles parfaites.

Aux cris de rage et de douleur répondait le mugissement des bêtes, de part et d'autre de la vallée. L'armée des Takashi n'était plus qu'une horde en fuite mêlée à celle des bovidés. Les samouraïs poussaient leurs chevaux en s'efforçant d'échapper aux flèches qui pleuvaient des deux collines et les attaquaient comme un essaim meurtrier d'abeilles.

« En avant ! Vite, vite ! » criait-on à ceux qui barraient la route de la passe.

Puis des cris s'élevèrent dans les premiers rangs.

« La gorge est trop étroite. Arrêtez ! Vous allez nous écraser. »

Atsue avait espéré voir un pan de ciel étoilé à l'extrémité de la passe mais il n'y avait qu'une obscurité opaque. Les flèches continuaient à pleuvoir. Atsue en reçut plusieurs qui glissèrent sur son casque et son armure ou se fichèrent entre les plaques et la robe ouatinée qu'il portait en dessous. Il jeta un coup d'œil à Isoroku. Il était allongé sur le dos et le cou de sa monture pour offrir moins de prise aux projectiles.

Nous avons laissé tout notre camp derrière nous, pensa Atsue. L'ennemi possède nos tentes, nos bagages, nos armures et nos armes. Comment combattrons-nous demain ? Peu importe, car nous ne sommes pas sûrs de finir la nuit.

Un homme dit, devant Atsue : « On croyait la vallée ouverte de l'autre côté de la gorge mais la passe est tellement étroite qu'un seul homme à la fois peut la franchir. Il nous faudra toute la nuit pour nous tirer de ce piège. »

Des tambours roulèrent quelque part à flanc de colline puis on entendit des cris sauvages, aussi affreux que ceux des mouettes. Le claquement des sabots de cheval éveilla des échos au fond de la vallée.

Quelque chose frappa le flanc ouest de l'armée Takashi avec une telle violence qu'une onde de choc traversa la masse des hommes et des chevaux en les précipitant les uns contre les autres.

Tout à coup, il n'y eut plus assez de place devant Atsue pour faire accélérer son cheval. La tête de la colonne était entassée dans la partie la plus étroite de la gorge. Derrière retentissaient des cris assourdissants. Les armures tintèrent. La main glacée par la peur, Atsue dégaina Kogarasu.

Il entrevit des hommes de haute taille, au casque bordé de fourrure, qui brandissaient des sabres incurvés, des lances, des haches. Leurs vociférations triomphales étouffaient les cris des mourants. Un sabre s'abattit sur Atsue. Kogarasu para le coup.

Un barbare qui venait de tuer Isoroku tourna la tête un instant. Atsue vit distinctement son visage à la lueur d'une torche qui flambait encore près d'eux. Peau foncée, grandes dents blanches, regard d'une férocité démentielle. Une tête sortie de l'enfer ! Bien qu'il voulût fuir, Atsue sauta à bas de son cheval. « Isoroku ! » cria-t-il, en cherchant son ami dans l'obscurité. Pas de réponse. Isoroku est mort, se dit-il. Remonte à cheval et sauve-toi.

Mais fuir dans quelle direction ? Les torches s'éteignaient une à une. Des hommes et des animaux combattaient autour de lui mais il ne voyait rien. Il sentit qu'il marchait sur de la chair sans savoir si c'était celle d'un cheval, d'un homme ou d'un bœuf. Il ne pouvait plus rien pour Isoroku.

Il heurta le poitrail d'un cheval. « Arrière ! cria une voix que la peur rendait suraiguë.

— Au secours ! j'ai perdu mon cheval.

— Takashi ?

— Oui, Takashi. » Si c'est un Muratomo, je suis mort, pensa-t-il.

« Saute en croupe. » Malgré la crainte, la voix dénotait expérience et autorité. Atsue prit la main de l'inconnu et se hissa sur le cheval.

« Je suis sot de faire ça. Deux cavaliers ralentiront ma monture. Comment t'appelles-tu ?

— Takashi no Atsue. Pourquoi vas-tu dans cette direction ?

— Oh ! Le petit-fils du chancelier... Alors, ça vaut la peine de te sauver. Je suis Hino Juro d'Isé. Nous allons droit au sud d'où nous venons.

— Mais c'est là qu'est l'ennemi. » Atsue avait entendu parler d'Hino Juro, guerrier chevronné qui s'était distingué à la bataille du pont de l'Uji. Il se sentit plus en sécurité auprès de lui.

« L'ennemi est maintenant dans la passe et il massacre nos hommes. Impossible de fuir par là. Notre seul espoir est au sud. »

Hébétés par leur défaite, les samouraïs Takashi se rassemblèrent le lendemain matin près d'une courbe d'un ruisseau, loin au sud de la passe du Kurikara. Notaro était parmi les survivants. Sa robe de brocart rouge souillée de sang et de boue, il errait, l'air morne, parmi ses soldats. En passant près d'Atsue il affecta de ne pas le remarquer.

« Seigneur Notaro, j'ai ramené votre neveu sain et sauf, déclara joyeusement Juro. Ça devrait vous ragaillardir un peu. »

Notaro secoua la tête. « Hier je commandais une armée de quarante mille hommes. Il en reste à peine huit mille.

— Que s'est-il passé la nuit dernière, seigneur ? demanda Juro. Quelqu'un a-t-il compris ? »

Notaro fit une grimace qui oblitéra ses dents noircies. « Les Muratomo nous ont trompés en nous faisant croire qu'ils combattraient en honnêtes samouraïs. Les cadavres des nôtres s'entassent dans la gorge de Kurikara. Yukio et ses monstres barbares nous ont écrasés.

— Où est maintenant l'armée de Yukio, oncle vénéré ? » demanda Atsue.

Notaro le regarda d'un air effaré. « Personne ne le sait. » Il s'éloigna à pas lents sans ajouter un mot.

Les restes de l'armée Takashi, encore abasourdie par la défaite, repartirent dès ce matin-là vers le lac Biwa. Il fallait gagner rapidement la capitale. Bien que leur nombre eût diminué, ils ne trouveraient rien à manger sur le chemin du retour parce qu'ils avaient déjà tout raflé à l'aller.

Juro captura un cheval sans cavalier et l'offrit à Atsue. Tout en chevauchant, le jeune homme se retournait fréquemment sur sa selle. Il s'attendait à voir l'armée de Yukio foncer sur eux d'un instant à l'autre dans un bruit de tonnerre. Après avoir assisté à trois batailles, il n'avait pas gagné un seul combat. Je ne suis guère digne de mon père, pensa-t-il. A quinze ans, Kiyosi devait avoir tué des centaines d'ennemis.

Mais, parbleu, aucun des Takashi ne valait ses ancêtres. Ils s'étaient laissé berner et terroriser. Avec des effectifs aussi réduits, comment pourraient-ils défendre la capitale et l'empereur ?

Qu'allait dire son grand-père ? Atsue espérait qu'il n'aurait pas à se présenter devant Sogamori. Quant à l'oncle Notaro, il ne lui restait plus qu'à faire hara-kiri. Comment pourrait-il justifier la perte de plus de trente mille hommes ?

Isoroku, pardonne-moi de t'avoir abandonné, pria Atsue. Père, pardonne-moi. Je suis indigne de toi.

Ils étaient partis, sûrs d'eux, triomphants. Leur bataille contre Yukio devait être la dernière : celle qui assurerait à jamais la mainmise des Takashi sur le pays. Désormais il n'était plus question d'exterminer le dernier des Muratomo. Le problème était tout autre : pouvait-on encore sauver les Takashi ?

11

Une petite lampe rectangulaire illuminait la statue d'Hachiman dans la chambre d'Hideyori. Les traits durs du dieu de la guerre brillaient comme s'il était vivant. Hideyori avait placé devant son dieu un vase bleu contenant un bouquet de belles glycines mauves.

Bokuden et Ryuichi étaient assis auprès d'Hideyori quand Taniko entra. Le chef des Muratomo se tenait aussi raide que la statue d'Hachiman, immobile, impénétrable. Un rouleau de papier gisait devant lui sur le plancher.

« Vous connaissez mon demi-frère mieux que votre père et votre oncle. Alors dites-moi ce qu'il va faire maintenant. »

Taniko s'inclina et s'agenouilla devant les trois hommes. Son père était visiblement effrayé. Sous la poudre blanche le visage de Ryuichi exprimait une tranquille certitude.

« Tout dépend de ce qu'il a fait récemment, seigneur, répondit Taniko en esquissant un sourire.

— Ce qu'il a fait ? Il a réussi ce dont je n'ai pas été capable. » L'indignation étouffait la voix d'Hideyori. « Mon père et mon grand-père sont morts tous les deux en s'efforçant de vaincre les Takashi. Lui, il y est arrivé. »

Hideyori raconta à Taniko la bataille de Tonamiyama. Elle frémit en saisissant l'énormité de l'événement. Quarante mille Takashi — l'armée la plus nombreuse jamais rassemblée sur les Iles sacrées — avaient quitté la capitale en direction du nord. Plus de trente mille gisaient, morts, dans la gorge de Kurikara, exterminés par un seul *tuman* de Mongols et les quelques samouraïs de Yukio. Elle pensa aussitôt que les barbares seraient avant peu dans la capitale. Arghun, le géant roux qui avait si souvent essayé de tuer Jébu, foncerait en brisant tout à travers la ville jusqu'au palais impérial, y entrerait et se saisirait même peut-être du Fils du Ciel. Pour les Mongols, aucun monarque n'était sacré, pas même le leur.

Nous devrions fêter la déconfiture des Takashi, pensa-t-elle. Or, nous avons tous peur.

« Il va prendre la capitale, dit Hideyori. Et ensuite ? Se proclamera-t-il chancelier ? S'installera-t-il à la place de Sogamori ?

— Je suis sûre, seigneur, qu'il agira selon vos ordres, rétorqua vivement Taniko.

— Pourquoi aurait-il besoin de moi ? dit Hideyori d'une voix pleine de dépit. Pendant combien de temps les Muratomo resteront-ils fidèles à un chef qui les conduit à la défaite alors qu'ils peuvent se tourner vers un autre qui a remporté la victoire la plus spectaculaire de l'histoire du pays du Soleil Levant ? »

Ainsi Hideyori craignait moins les Mongols que son frère. « Il a besoin de vous, affirma Taniko énergiquement. Sa légitimité ne peut venir que de vous. Il n'est pas fils de la première femme de Doméi ni chef du clan des Muratomo. Des étrangers constituent le gros de son armée. Sans mandat émanant de vous, il ne sera rien qu'un criminel. »

Ryuichi intervint. « Voyez comment notre petite Taniko a appris à analyser les affaires d'État en Chine et en Mongolie.

— Elle a toujours donné son opinion à ceux qui avaient envie de l'écouter, dit amèrement Bokuden, et même à ceux qui ne désiraient pas l'entendre.

— Les propos de cette femme valent autant que les avis du Grand Conseil d'État tout entier », dit Hideyori sans daigner regarder Bokuden. Le sourire de Ryuichi exprima étonnement et approbation. Bokuden changea vivement son expression de mépris pour sourire avec obséquiosité, comme si les paroles d'Hideyori lui permettaient de découvrir de nouvelles qualités chez sa fille.

Taniko ne put s'empêcher de se sentir flattée. Ambitieux, méfiant, impitoyable, Hideyori n'avait rien de commun avec Jébu ou Kiyosi. Pourtant il était mû par une vision intérieure qu'elle ne pouvait s'empêcher d'admirer et une passion qui l'émouvait. Il avait besoin de quelqu'un qui le conseillerait. Il cherchait cette personne sans s'en rendre compte.

Nul ne peut rien décider de sérieux à lui tout seul. Or Hideyori ne se fierait jamais à un homme. Mais il l'écoutait volontiers, elle, une femme. Il se fiait à elle bien qu'elle vînt du camp de Yukio.

S'il disposait des forces de son frère, Hideyori se trouverait en passe de devenir l'homme le plus puissant du pays.

Un frisson d'enthousiasme parcourut la jeune femme. Mais aussitôt elle se conseilla la prudence. Maintenant qu'il se sent tellement près de son but, ne te laisse pas éliminer, se dit-elle, les yeux modestement baissés.

« Ces Mongols qui suivent Yukio..., dit Hideyori. Pourquoi combattent-ils pour lui ? »

Taniko haussa les épaules. « Pour les raisons qui les poussent toujours à la guerre : le butin, la terre, la puissance. Leur chef, Arghun Baghadur, et ses hommes ont perdu la face chez eux, ils se donnent donc à un autre maître. »

Hideyori secoua la tête. « D'après ce que vous m'avez dit, ils ont l'esprit très pratique. Je les soupçonne d'avoir, en venant ici, d'autres mobiles que le goût de l'aventure et du pillage. Je les considère comme l'avant-garde d'une armée d'invasion. »

Bien qu'elle eût envie de rassurer Hideyori, Taniko savait qu'elle ne s'assurerait sa confiance qu'en lui disant la vérité telle qu'elle la voyait. « C'est fort possible, seigneur. Les Mongols se font une idée exagérée des richesses de nos îles. Les rares fois où je me suis entretenue avec le grand khan, je me suis efforcée de le convaincre que la Chine et les autres pays plus à l'ouest et au sud de cet empire sont beaucoup plus riches que nous. Naturellement, il a cru que je le trompais pour protéger ma patrie. Néanmoins je pense que lorsque ses hommes lui rendront compte de ce qu'ils auront vu ici, il comprendra que j'ai dit vrai. Sans doute alors décidera-t-il qu'une invasion ne couvrirait pas ses frais.

— Le pays du Soleil Levant est-il vraiment tellement pauvre par comparaison à la Chine ? demanda Bokuden, les yeux ronds.

— Oui, mon père. Vous n'êtes pas né dans le pays qui vous conviendrait.

— Si Yukio sait que les Mongols l'ont accompagné pour préparer une invasion, c'est un traître, dit Hideyori. S'il ne s'en rend pas compte, c'est un sot. Un sot extrêmement dangereux.

— Il n'est ni l'un ni l'autre, seigneur, dit Taniko. Il ne conspire certes pas avec les Mongols et sait fort bien quels risques il a acceptés en les amenant ici. Il se l'est permis parce que, sans eux, il n'avait aucun espoir de vaincre les Takashi. Croyez-moi, seigneur, il ne combat pas pour lui mais pour vous. »

Hideyori esquissa un mince sourire. « J'admets que vous parlez sincèrement. Quand je verrai Yukio, il aura l'occasion de me prouver sa fidélité. S'il consent sans réserve à m'obéir dès mon premier ordre, il passera au moins une première épreuve. »

Bokuden fronça les sourcils. « Quel ordre lui donnerez-vous, seigneur ?

— De mettre ses troupes mongoles sous mon commandement. »

Quatre lanternes éclairaient un réservoir de pierre dans une pièce obscure au rez-de-chaussée d'une des tours du Rokuhara. Assis dans un coin, deux prêtres lisaient à haute voix un gros livre de maximes bouddhistes. Chacun chantonnait un verset à son tour. Une paire d'acolytes tenait le livre devant eux. Un prêtre médecin fit signe à Atsue d'avancer. Le jeune homme s'approcha du réservoir et regarda dedans. Un corps massif enveloppé de linge blanc, allongé dans l'eau, soufflait comme une baleine échouée. Seule la tête au crâne luisant émergeait, la nuque appuyée sur un grand oreiller de bois. Les yeux ouverts, il regardait en l'air. Atsue suivit leur direction et constata qu'il contemplait les lueurs que les lanternes réfléchissaient au plafond.

« Chaud ! Chaud ! » Sogamori répéta ces mots d'une voix rauque. « Tout disparaît dans les flammes. »

L'état de son grand-père effraya et affligea Atsue. Depuis qu'il avait perdu son père et qu'on l'avait pris à sa mère il considérait Sogamori comme la seule personne dont dépendait son existence. Il le voyait pareil à la grande tortue sur la carapace de laquelle repose l'univers. Qu'une maladie quelconque pût abattre ce vieillard lui paraissait invraisemblable. Certains disaient que le désastre de Tonamiyama l'avait anéanti. D'autres soutenaient qu'il était maudit parce qu'il avait ordonné la destruction des temples bouddhistes et zinjas de Nara et fait massacrer leurs habitants.

Atsue eut envie de plonger la main dans le réservoir pour secouer

Sogamori et lui demander de sortir afin d'assumer ses fardeaux. Notre armée est détruite, grand-père, songeait-il. L'ennemi est à un jour de marche de la capitale. Vous ne pouvez nous quitter maintenant. Nous comptons sur vous pour nous dire ce que nous devons faire. Il posa doucement la main sur le front de Sogamori qu'il trouva brûlant de fièvre. Il comprit alors pourquoi Sogamori parlait de chaleur et de flammes, pourquoi on le maintenait dans un réservoir qu'on vidait toutes les heures pour le remplir d'eau fraîche amenée du puits de Senshuin, sur le mont Hiei. La fièvre consumait le vieillard.

Au contact de la main d'Atsue, Sogamori roula des yeux striés de jaune dans sa direction. « Je meurs, Kiyosi-san », dit-il.

Kiyosi ! Il me prend pour mon père, pensa Atsue. Dois-je lui dire qui je suis ? « Non, grand-père. Vous allez guérir. »

Sogamori se redressa dans le réservoir et saisit le poignet d'Atsue qui se libéra d'un geste brusque. La main de Sogamori était brûlante.

« Quand je serai mort, Kiyosi, ne chante pas de *soûtras* à ma mémoire. Ne construis pas de temple ni de pagode pour le repos de mon âme. » Sogamori serra ses dents qui étaient restées vigoureuses et blanches. Il ne les avait jamais teintes comme les Takashi de la jeune génération. « Tue Muratomo no Yukio aussi rapidement que possible et pose sa tête sur ma tombe. Tu ne peux rien m'offrir de mieux dans ce monde ni dans l'autre. » Son regard s'égara et il retomba dans l'eau en haletant.

Atsue resta prosterné près du réservoir pendant encore une heure. Sogamori ne parlait plus. Des cris affolés retentissaient à l'extérieur. Atsue entendit aussi charger des caisses sur des chars, mugir des bœufs et claquer les sabots des chevaux. Enfin, désespérant de s'entretenir utilement avec son grand-père, le jeune homme se leva et le quitta.

Peu après, ayant revêtu son armure et enfourché le cheval gris pommelé que le vétéran Hino Juro avait capturé pour lui après la débâcle de Tonamiyama, Atsue s'engagea dans l'avenue du Rouge-Gorge encombrée par une foule dense qui fuyait la capitale. Les gens ne cessaient de se retourner vers le nord comme s'ils s'attendaient à voir d'un instant à l'autre les terribles Mongols grouiller sur les collines. A une ou deux reprises Atsue fut tenté de dégainer son sabre pour se frayer un chemin. Mais utiliser ainsi Kogarasu eût été indigne de l'arme. Il arriva enfin au portail principal du palais impérial.

Il avait hâte de revoir une dernière fois la princesse Kazuko et leur nourrisson, mais il n'y parvint pas. Ayant perdu trop de temps auprès de son grand-père, il se trouvait obligé de rejoindre sur-le-champ l'unité qui lui avait été assignée au palais. La princesse Kazuko avait mis au monde un fils, Sametono, deux mois plus tôt, au moment même où la bataille faisait rage à Tonamiyama. Selon la coutume, elle vivait avec son bébé chez ses parents au palais impérial où Atsue lui rendait visite lorsqu'il le pouvait. Sa femme avec son enfant se trouvaient alors dans le méandre de bâtiments entourant la résidence de l'empereur. Elle ne participait pas à la fuite générale et s'estimait suffisamment en sécurité sous la protection de l'enceinte sacrée. Si grossiers que fussent les Muratomo, ils n'oseraient guère maltraiter une princesse du sang et son rejeton. S'en aller sans voir une dernière fois sa petite famille brisait le cœur d'Atsue, mais la piété filiale l'avait obligé à s'occuper d'abord de son grand-père.

Il traversa à cheval jardins et cours du palais bondés de samouraïs et de fonctionnaires aussi ahuris et effarés que les fuyards dans les rues. Arrivé au château de la Pureté et de la Fraîcheur, il se mêla à un groupe de jeunes gens de l'aristocratie auxquels incombait l'honneur d'escorter l'empereur hors d'Heian Kyo.

Un de ces jeunes samouraïs avait appris de mauvaises nouvelles : l'empereur en retraite, Go-Shirakawa, et le ministre de la Gauche, le prince Sasaki no Horigawa, étaient partis rejoindre Yukio la nuit précédente.

« Le gouvernement légitime est encore ici et les autres ne sont que des hors-la-loi, dit Atsue. L'empereur est avec nous. »

Un carrosse traîné par des bœufs, précédé et suivi par des prêtres shintoïstes montés sur des chevaux blancs et entouré par des centaines de moines guerriers bouddhistes, également à cheval et armés de naguinata, arriva au château. Atsue remarqua que si les temples environnant la capitale n'étaient pas restés fidèles aux Takashi, cette escorte aurait fait défaut. Le carrosse contenait les attributs impériaux : le miroir sacré, le sabre et le collier. Ces trois trésors avaient été offerts au premier empereur par la déesse solaire et restaient depuis lors les symboles de l'autorité impériale. Au cours des cinq cents ans qui s'étaient écoulés depuis la fondation d'Heian Kyo, ils n'avaient jamais quitté le palais. Atsue et les autres samouraïs descendirent de cheval et se prosternèrent au passage du carrosse.

Le petit empereur, porté sur une chaise dorée, apparut sur les marches en bois du château de la Pureté et de la Fraîcheur. Il arborait sa robe d'apparat couleur d'abricot. Des perles brillaient sur sa coiffure noire au-dessous de laquelle tombaient encore les longs cheveux d'un enfant. L'empereur Antoku, petit-fils de Go-Shirakawa et de Sogamori, le plus précieux joyau de la famille Takashi, n'avait que six ans. Les samouraïs de sa garde appliquèrent leur visage sur le gravier blanc de la cour. Quand Atsue se redressa, l'empereur avait disparu dans le gigantesque palanquin impérial à toit d'or. Mais il vit sa tante, l'impératrice douairière Kenreimon, dame à face de lune, d'une trentaine d'années, entrer dans le palanquin derrière Antoku. Les porteurs soulevèrent en douceur l'énorme véhicule. Atsue éprouva une bouffée d'orgueil et de joie en voyant le phénix doré briller sur son toit sur un fond de ciel bleu. Nous avons l'empereur avec nous, se répéta-t-il. Il enfourcha son cheval comme les autres samouraïs qui entourèrent le palanquin et le cortège se mit en marche.

Quand ils eurent quitté l'enceinte impériale, Atsue se dressa sur ses étriers pour mieux voir l'avenue du Rouge-Gorge. Elle était bondée de samouraïs et des véhicules de la noblesse Takashi. Les drapeaux au Dragon rouge flottaient par douzaines, aussi fièrement que s'ils partaient pour la bataille au lieu de fuir dans la panique. On avait repoussé les gens du commun dans les rues latérales.

Bien que sa vue ne s'étendît pas aussi loin, Atsue devina que la tête de la ruée passait déjà sous la porte de Rasho Mon. La cohue s'étendait sur toute la longueur de la voie et d'autres carrosses, d'autres voitures, d'autres guerriers à cheval, d'autres bannières lui emboîteraient le pas. L'après-midi touchait à sa fin, à l'heure du coq, quand le palanquin impérial arriva à la Rasho Mon. Bien que son escorte écartât impitoyablement les réfugiés, il était simplement impossible de dégager véhicules, cavaliers et piétons de l'avenue du Rouge-Gorge. Nul n'avait organisé l'exode. Depuis des heures, Atsue n'avait pas aperçu un seul officier supérieur ni reçu d'ordre de qui que ce fût.

Où allaient-ils ? Il savait seulement que le cortège s'orientait vers le sud, en direction de la mer, et passerait ensuite dans les provinces occidentales. Depuis la fondation de leur clan, les Takashi étaient maîtres de la côte ouest de la mer Intérieure. C'est là qu'ils avaient pris possession de leurs premières terres et construit leurs premiers bateaux. De cette côte, le grand-père de Sogamori s'était lancé au combat contre les pirates qui infestaient la mer Intérieure et avait ainsi établi les fondations de sa puissance.

En passant sous la Rasho Mon, Atsue se retourna pour jeter un dernier coup d'œil sur la ville. Même à cette distance, il distingua les trois tours du Rokuhara au loin à l'est. Il remarqua une vive lueur rouge au sommet de la plus proche. Il crut d'abord que c'était le reflet du soleil sur quelque ornement doré. Puis il reconnut le feu. Le Rokuhara brûlait. Le cœur d'Atsue cessa de battre un instant puis se gonfla de chagrin. L'incendie se développait à une vitesse vertigineuse. Si seulement je ne m'étais pas retourné ! pensa-t-il, en regardant disparaître dans les flammes et la fumée le château où il avait vécu huit ans. Le Rokuhara arbora ses bannières rouges jusqu'à son dernier instant. Puis des colonnes de fumée en maint autre point de la capitale, pareilles à des troncs d'arbres gigantesques, s'élevèrent.

« Brûle-t-on toute la ville ? s'écria-t-il.

— Non, lui répondit un jeune homme qui chevauchait auprès de lui. Rien que nos palais. Pourquoi les abandonnerait-on aux chiens de Muratomo ? »

Atsue se retourna de nouveau et vit un mur de feu et de fumée s'élever à l'autre extrémité de l'avenue du Rouge-Gorge. Il frissonna d'horreur.

« Pas le palais impérial quand même ?

— Pourquoi pas ? Il nous appartenait aussi !

— Mais ma famille y est : la princesse Kazuko et mon fils. »

Le visage du jeune homme exprima la sympathie et l'inquiétude. « Je suis sûr qu'on a évacué tout le monde avant d'y mettre le feu », dit-il. Il tapota l'épaule d'Atsue et s'éloigna vivement.

Partisans et parents des Takashi étaient nombreux au palais impérial. Atsue se dit qu'en effet ils avaient sûrement évacué femmes et enfants. Cependant, détruire en quelques heures l'œuvre de tant d'années lui paraissait une barbarie inutile. Penser que sa famille en avait donné l'ordre et l'avait exécuté lui fit honte. Le palais impérial appartenait aux Iles sacrées et aux dieux, non aux seuls Takashi.

Mais les incendies flambaient dans tous les quartiers. Des milliers d'habitations modestes, tout comme les palais des aristocrates, disparaissaient dans les flammes. Si ces incendies se rejoignaient, la ville serait réduite en cendres avant la tombée de la nuit. Quand le palanquin impérial franchit la porte, Atsue entendit un glas sonner au loin. En se retournant de nouveau, il vit la pagode du temple Gion située au milieu de la ville presque complètement dissimulée par la fumée. Il se demanda si les moines sonnaient l'alerte au feu ou l'adieu aux Takashi. Dans le lugubre bourdon des cloches, il entendit la lamentation accompagnant la disparition de toute chose.

La cohue des Takashi suivit la route Shujaku en direction de la mer Intérieure. Des équipes de porteurs se relayèrent autour du palanquin impérial et la marche se poursuivit toute la nuit. A l'aurore, Notaro et sa garde personnelle arrivèrent au galop. L'un des hommes brandissait une longue flamme marquée du Dragon rouge. Sur l'ordre de Notaro, les porteurs déposèrent le palanquin et tout le monde se prosterna. Le petit empereur, sa mère et un groupe de ses dames d'atours descendirent et s'en allèrent à pied dans un champ au bord de la route. Quand ils se furent de nouveau retirés derrière les rideaux, Notaro rassembla la centaine de jeunes samouraïs de l'escorte impériale.

« Qui est votre chef ? » demanda-t-il. Il avait maigri depuis Tonamiyama et ses yeux s'enfonçaient profondément dans leurs orbites au-dessus de ses pommettes saillantes. Son regard passait vivement d'un homme à l'autre sans s'arrêter sur aucun visage, comme une mouche qui cherche à s'enfuir d'une pièce.

Au bout d'un moment, un des jeunes gens dit timidement : « Je crois que personne ne nous commande, seigneur Notaro.

— Au nom de la Belle Princesse de l'Ile, pourriez-vous veiller efficacement sur l'empereur sans être sous l'autorité directe d'un chef ?

On aurait dû m'avertir. On a donc perdu la tête dans cette armée? Dois-je m'occuper de tout ? »

Le regard de Notaro tomba sur Atsue. « Tu feras l'affaire. Tu es le fils de Kiyosi, tu as l'expérience du combat. Tu escorteras Sa Majesté impériale jusqu'à nouvel ordre. Fais courir les porteurs du palanquin même s'ils doivent en crever. Il nous faut atteindre Hyogo et embarquer Sa Majesté au plus tôt. » Notaro fit signe à son ordonnance de lui amener son cheval.

Atsue s'approcha de son oncle pour lui parler en particulier. « Je vous en prie, oncle vénéré, ma femme, la princesse Kazuko, et mon fils, Sametono, sont restés au palais impérial. Depuis qu'il a brûlé, je m'inquiète pour leur sécurité. »

Notaro regarda son neveu d'un air outré. « Tu te soucies de ton épouse? Tu devrais avoir honte. Je n'ai aucune idée de ce que sont devenus mes femmes et mes enfants. Des choses plus importantes me préoccupent. Es-tu samouraï, oui ou non?

— Excusez-moi, oncle vénéré, murmura Atsue, le visage écarlate. Comment va mon grand-père ? »

Notaro baissa la tête et dit d'une voix à peine audible : « Que personne ne le sache mais le seigneur Sogamori n'est plus avec nous.

— Vraiment ? » murmura Atsue.

Il savait que Sogamori se mourait, mais les paroles de Notaro le bouleversèrent. Le sort le privait de tout. Les Takashi avaient perdu leur puissance. Heian Kyo et le Rokuhara n'existaient plus. Kazuko et Sametono étaient aux mains de l'ennemi. Son père était mort depuis longtemps et voilà que son grand-père le quittait aussi. Il se demanda si sa mère vivait encore quelque part.

« Est-il mort de sa fièvre? demanda-t-il à Notaro.

— Je ne sais pas.

— Quand célébrerons-nous ses funérailles, mon oncle ? »

Notaro ne répondit pas. Un moment plus tard, Atsue répéta sa question.

« Nous n'avons pas son corps, dit Notaro.

— Le cadavre de mon grand-père serait entre les mains de l'ennemi ? » demanda Atsue, stupéfait et horrifié. « Comment avons-nous permis cela, mon oncle ? »

Notaro secoua la tête et ferma les yeux. Des larmes se glissèrent sous ses paupières.

« Il fut un des derniers à quitter la capitale. On a dû trouver un char exceptionnellement grand pour le transporter dans un baquet assez profond et long. Quand tout fut prêt, il ne restait plus qu'un millier de samouraïs pour l'escorter. Nous avons cru qu'ils suffiraient. Je pris la tête du cortège. Au bout de quelques heures, en pleine nuit, les hommes de Yukio nous attaquèrent de flanc et nous coupèrent de l'arrière de la colonne. Ça s'est passé au sud de Takatsuki. Je ne l'ai appris que des heures après, trop tard pour faire demi-tour et essayer de sauver mon père.

— Grand-père était-il déjà mort quand les Muratomo attaquèrent ? »

Notaro releva la tête. Atsue n'avait jamais vu autant d'angoisse ni de honte sur un visage.

« Je ne sais pas. »

Le jeune homme fut sur le point de crier. Puis soudain la nausée le paralysa. L'ennemi s'était-il emparé de son grand-père vivant ? Notaro aurait dû envoyer toute l'armée Takashi à sa recherche. Toute l'armée, tous les Takashi, même l'empereur auraient dû mourir plutôt que d'abandonner Sogamori. Pris de haine pour son oncle, Atsue retint les paroles qui lui venaient aux lèvres. Notaro restait son chef, son seigneur, en remplacement de ses père et grand-père. Manifester un manque de respect envers le chef du clan ajouterait une tache de plus à l'honneur des Takashi.

Il garda son calme et dit seulement : « Quelle horreur que le plus grand homme de son temps, après une vie de victoires, meure seul, entre les mains de ses ennemis ! »

Notaro ne retenait plus ses larmes. « Tu ne comprends pas, Atsue. Tu ne comprendras jamais. Je suis le chef de notre famille désormais. Tous les projets et toutes les décisions m'incombent. Après Tonamiyama, j'ai voulu mettre fin à mes jours mais Père me l'a interdit. D'après lui, aucun membre du clan n'a autant d'expérience et d'ancienneté que moi. Je dois donc vivre et commander, bien que je m'en sois révélé incapable. » Notaro s'écarta d'Atsue, enfourcha sa monture et s'éloigna à travers champs. La fière bannière rouge de son escorte ne pouvait faire oublier l'humiliation infligée aux Takashi.

Atsue resta immobile un long moment pour reprendre son calme avant de retourner auprès de ceux qu'il commandait désormais. Mais il pensa au vieillard mourant seul parmi ses ennemis et se mit à pleurer. Quand les Takashi auraient tous atteint, sains et saufs, les provinces occidentales, Atsue se déchargerait de ses responsabilités auprès de l'empereur et alors il se tuerait. Il n'avait pas d'autre moyen de protester contre le déshonneur qui s'était abattu sur son clan. Ainsi rejoindrait-il son grand-père et son père dans l'au-delà. Ce serait sa manière de porter le deuil.

12

Des cadavres de chevaux et d'hommes criblés de flèches jonchaient les champs de riz au sud de Takatsuki. De-ci, de-là, on voyait les débris d'un véhicule, noircis par les flammes. Les Mongols s'étaient servis de flèches incendiaires pour illuminer leurs ennemis la nuit précédente. Chevauchant sur un étroit chemin de terre battue, Jébu remarqua un mouvement dans un fossé. Bien que percé par tant de flèches qu'il avait l'air d'un oursin, un homme restait vivant. Aucun des projectiles n'avait touché de point vital. Il leva la tête en gémissant et tendit la main vers un sabre qui se trouvait tout près. Le *tuman-bashi* Torluk repéra aussi ce rescapé et le signala à un groupe qui rassemblait les armes et cherchait tout butin qui aurait échappé à la vue des troupes en marche. Les Mongols s'abattirent sur le samouraï, lui arrachèrent l'armure qui lui avait jusqu'alors sauvé la vie et l'achevèrent avec leur coutelas. Jébu se détourna. Une mort misérable.

« C'est là-bas », dit Torluk en désignant un petit temple à mi-hauteur d'une colline en terrasses. Quelques Mongols se prélassaient à l'entrée de ce bâtiment peint de couleurs vives à la manière chinoise.

Chevauchant près de Torluk, Jébu et Taïtaro formaient une drôle de paire. Jébu portait une armure complète sans casque ; il avait préféré un simple turban gris signalant sa qualité de moine. Taïtaro n'avait que sa robe grise de zinja, et sa corde blanche d'abbé autour du cou. Yukio avait délégué Jébu auprès des Mongols en qualité de représentant personnel. Mais notre zinja n'appréciait guère la compagnie d'Arghun ni celle de Torluk. Toutefois il était le seul qualifié pour parler aux Mongols au nom de Yukio.

« Peut-être pourrons-nous au moins tirer une rançon de cette affaire, dit Torluk. Réfléchissez-y. Il faut donner aux hommes une compensation après leur avoir annoncé qu'ils n'entreraient pas à Heian Kyo. C'est nous qui avons livré la capitale à Yukio, maintenant on nous interdit de participer au défilé de la victoire et au pillage de la ville.

— La capitale ne sera pas pillée, dit Jébu. Les Takashi l'ont déjà assez endommagée en s'en allant. Le seigneur Yukio vous donnera bien plus, permettez-moi de vous le dire. Sa Majesté en retraite Go-Shirakawa s'est prononcée en faveur des Muratomo. Il a nommé Yukio connétable et en a fait son porte-parole officiel. Notre chef n'est plus un rebelle. Il lui est ainsi beaucoup plus facile de s'assurer des partisans et de recruter des samouraïs. En échange Yukio ne pouvait faire moins que de céder à l'exigence de Go-Shirakawa, interdisant la présence de troupes étrangères à Heian Kyo. »

Ils étaient arrivés au mur d'enceinte du jardin du temple. Quand ils descendirent de cheval et s'approchèrent du parvis, trois hommes à tête rase, vêtus des robes jaunes des prêtres bouddhistes, leur en barrèrent l'accès. Taïtaro fit signe à Jébu et à Torluk d'attendre, avança d'un pas, sourit aux moines et s'inclina devant eux.

« Est-ce votre temple, saints hommes ?

— Non, senséi, répondit l'un d'eux. Vous êtes ici au temple de Takatsuki dédié à Kwannon. Nous l'avons trouvé vide et il nous a semblé que c'était le lieu le plus sûr pour abriter notre grand seigneur. » Il désigna l'intérieur du temple d'un geste de la tête. « Nous avons veillé sur lui depuis le début de sa maladie. Ses gardes sont morts. Nous n'avons pas combattu parce que nous ne portons pas d'armes. Mais si vous avez l'intention de lui nuire, il vous faudra passer sur nos corps.

— Bien parlé, Suzuki-shiké, dit Taïtaro en souriant. Mais maintenant que votre mission approche à sa fin avec la vie de celui que vous protégez, vous pouvez nous en céder la responsabilité. »

Suzuki lui rendit son sourire. « Est-ce que vous me déchargez officiellement de ma mission, Taïtaro-senséi ? »

Taïtaro s'inclina de nouveau. « Oui », dit-il. Les deux autres prêtres considérèrent Suzuki d'un air effaré et s'écartèrent de lui.

Taïtaro émit un petit rire. « Pardonnez-nous, frères, d'avoir déguisé un membre de notre ordre en l'un des vôtres. Après la destruction de notre temple à Nara, nous jugions nécessaire d'avoir quelqu'un auprès du chancelier.

— Vous l'avez empoisonné ! s'exclama un des deux autres prêtres.

— Pas du tout, dit Taïtaro. Suzuki-shiké est expert en médecine. Ses soins ont probablement prolongé la vie du seigneur Sogamori. Évidemment nous aurions eu de bonnes raisons d'assassiner le chancelier mais nous désirions surtout être avertis en cas de nouvelles attaques contre nos temples. Maintenant, permettez-nous de le voir. »

Torluk attendit sur le parvis. Jébu et Taïtaro entrèrent dans la grande salle obscure. Jébu se rappela son intention d'abattre Sogamori dès qu'il en aurait l'occasion pour venger la mort atroce de sa mère Nyosan. Mais l'homme dont les ordres avaient provoqué la destruction de tant de temples zinjas, dont les paroles faisaient loi sur tout le pays du Soleil Levant, agonisait, aux pieds de Jébu, sur le plancher de cèdre poli d'un temple abandonné. Sa mort n'allait pas tarder et probablement l'accueillerait-il comme une bénédiction. De l'autel éclairé par des cierges, le visage serein de Kwannon, déesse de la miséricorde, regardait Sogamori. Il n'aurait pu trouver de meilleur endroit pour finir ses jours. Il gisait sur le dos, les bras de long du corps. Son gros ventre se gonflait et s'abaissait sous les linges humides qui le recouvraient. Il ne cessait de gémir : « Chaud ! Chaud ! »

Taïtaro s'agenouilla près de lui, posa la main sur la tête rasée. Puis il tira d'une bourse de soie un étui contenant des aiguilles d'or et se mit à piquer les épaules et les bras nus du moribond. L'un des prêtres bouddhistes protesta vivement.

« Je ne le torture pas, dit Taïtaro en souriant. J'emploie un traitement chinois. Ces aiguilles le soulageront de sa fièvre. Je ne puis lui sauver la vie mais je peux au moins adoucir sa mort. »

Pourquoi, au nom du Saule ! Taïtaro voulait-il rendre plus faciles les derniers moments de Sogamori ? se demanda Jébu. Les zinjas exerçaient la médecine parce que tout guerrier doit être capable de soigner ses blessures et celles de ses camarades. Taïtaro versa une poudre dans de l'eau et fit tomber goutte à goutte ce mélange entre les lèvres épaisses, gercées par la fièvre. Petit à petit le patriarche Takashi cessa de gémir. Taïtaro posa de nouveau sa main sur son front et l'y laissa. Au bout d'un moment Sogamori ouvrit les yeux et regarda l'abbé zinja.

« M'as-tu apporté la tête de Yukio ? » demanda-t-il d'une voix faible.

Il délire, pensa Jébu. Taïtaro répondit : « Ce n'est pas l'heure de Yukio qui a sonné, mais la vôtre, seigneur Sogamori. Ceux qui se sont élevés doivent être abaissés.

— Qui êtes-vous ? » demanda Sogamori d'une voix rauque. Il avait le regard plus vif. Le traitement de Taïtaro agissait.

« Je suis l'ancien abbé Taïtaro de l'ordre des zinjas.

— Un zinja ! J'ai interdit de laisser ces moines m'approcher. Sauf évidemment Suzuki qui croit me tromper avec sa robe de bouddhiste. Je l'ai gardé près de moi pour qu'il communique de fausses informations aux gens de son ordre. »

Sogamori chevrota un petit rire. Jébu sourit à Suzuki qui haussa les épaules et leva les yeux au ciel.

« Écoutez-moi, seigneur Sogamori, dit Taïtaro. Vous allez mourir. Il ne vous reste guère plus d'une heure à vivre. Je vous conseille de bien l'employer. Si vous le désirez, nous nous retirerons pour vous laisser seul avec ces deux prêtres bouddhistes qui sont restés fidèlement près de vous quand tous vos gardes ont péri. »

Sogamori écarquilla les paupières. Il avait perdu conscience depuis l'évacuation d'Heian Kyo et ignorait la défaite de son armée. Il posa donc une série de questions à Taïtaro et apprit ainsi que les Takashi avaient perdu la capitale, qu'ils se trouvaient dans un temple bouddhiste au sud de Takatsuki et qu'il était au pouvoir des Muratomo. Le vieux chancelier réagit avec calme et courage. Jébu ne put s'empêcher de l'admirer : Sogamori accueillait ces nouvelles comme l'eût fait un zinja.

« Pourquoi ne me tuez-vous pas ? demanda-t-il en regardant Taïtaro droit dans les yeux.

L'abbé cita *Le Manuel zinja :* « Quand il n'est pas nécessaire de faire une chose, il est nécessaire de ne pas la faire.

— Oui, je suis en train de mourir, dit Sogamori. Mais les Takashi gagneront cette guerre. Le pays nous soutient. Nous avons l'empereur. Hideyori ne dispose que d'une meute de samouraïs campagnards et l'armée de Yukio se compose d'étrangers. Nous nous retrancherons à l'ouest où nous sommes les plus forts. Toutes les grandes familles de samouraïs se rallieront à nous. Le Souverain divin est mon petit-fils. Mes arrière-petits-fils et leurs descendants siégeront sur le trône impérial jusqu'à la fin des temps. Il ne me reste plus rien à désirer en ce monde. Je n'ai qu'un regret : ne pas voir la tête tranchée de Yukio. »

Taïtaro soupira. « Seigneur Sogamori, désirez-vous pénétrer dans le Grand Vide en débitant des mensonges pour vous étourdir ou bien voulez-vous être délivré de vos illusions ?

— Vous, les zinjas, parlez de perspicacité, dit Sogamori. Peut-on en avoir sans appartenir à votre ordre ?

— Une dernière occasion s'offre à vous d'en faire l'expérience sur terre, dit Taïtaro.

— Que serai-je dans ma vie prochaine ? Le savez-vous, zinja ?

— Nous ne prétendons pas connaître ce qui suit la mort.

— Voilà un an, un saint moine vint à moi et me dit qu'il avait visité en rêve le royaume des morts. Emma-O, le roi du monde souterrain, lui révéla que je suis la réincarnation du célèbre prêtre Jie Sojo qui vécut trois siècles avant nous. Emma-O assura que mon mauvais karma servirait l'humanité. S'il en est ainsi, je ne suis pas un être ordinaire et mon existence future ne le sera pas non plus.

— L'avenir n'existe pas, dit Taïtaro. Il n'y a que le présent. Puisque je suis près de vous, permettez-moi de vous aider.

— Je ne crains pas la mort, murmura Sogamori.

— Je ne cherche pas seulement à vous soulager de la peur, dit Taïtaro. Je cherche à vous ramener à votre petite enfance quand vous n'aviez ni biens, ni rang, ni parenté, ni connaissance, ni passé, ni avenir, pas même de langage. Ainsi pénétrerez-vous dans le Vide comme le nourrisson dans les bras de sa mère. »

C'est Sogamori qui a fait tuer ma mère, pensa Jébu. Pourtant ce que disait Taïtaro l'intéressait suffisamment pour qu'il en oublie sa haine.

« Vous n'êtes pas Sogamori, poursuivit Taïtaro. Abandonnez Sogamori, oubliez-le. Sogamori n'était qu'un masque que vous avez porté au cours d'une fête. Le bal est fini.

— Je prendrai un autre masque pour une autre danse », dit Sogamori dont la voix faiblissait.

Taïtaro se pencha au-dessus du moribond et le regarda intensément dans les yeux. « Il n'y aura plus d'autre danse. Il n'y en avait pas auparavant. Le temps se limite à l'instant présent. Vous avez toujours porté ce masque qui n'était pas vous. Abandonnez-le. Tout de suite. »

Il fit claquer ses doigts au-dessus du visage de Sogamori. On entendit un bruit fort et sec comme si un os se fracturait.

Après un moment de silence, Sogamori souffla : « Je vois.

— Que voyez-vous ? demanda Taïtaro passionnément, accroupi près du moribond.

— Je vois Sogamori, jeune homme, tirant à l'arc sur les moines guerriers de Todaïji, leur sanctuaire, sans craindre les dieux. Je le vois avec son fils Kiyosi écraser les ennemis de l'empereur. Je vois le Fils du Ciel le proclamer chancelier et les Fujiwara eux-mêmes s'incliner devant lui. Je le vois fermer le cercle ouvert quand son ancêtre, l'empereur Kammu, était sur le trône. Sogamori, Takashino Sogamori.

— Pas Sogamori, dit Taïtaro à mi-voix. Pas Takashi.

— Pas Takashi ? » murmura plaintivement Sogamori. Sa voix s'affaiblit encore, ses paroles devenaient moins intelligibles. Jébu comprit que Sogamori glissait vers le délire et la mort. « Pas même ça ? Si je ne suis pas un Takashi, je ne suis rien. Si je ne suis rien, alors je suis... »

Au cours d'un long silence Sogamori considéra le visage de Taïtaro puis éleva son regard vers l'ombre qui planait sur le plafond du temple et enfin sur la statue souriante de Kwannon.

« ... Tout », dit-il en fermant les yeux.

Taïtaro, Jébu et les trois autres moines attendirent, assis, les jambes croisées. A l'extérieur du temple, des soldats mongols braillaient. Takashino Sogamori mourut à la fin de l'après-midi, à l'heure du singe. Taïtaro posa la main sur la large poitrine immobile. Il hocha la tête en direction de Jébu puis retira les aiguilles piquées dans le corps de Sogamori.

Les deux prêtres bouddhistes psalmodièrent des prières. Le moine Suzuki conduisit Taïtaro vers un coffre dans un coin du temple. Il contenait les derniers biens de Sogamori. Les prêtres l'avaient recueilli dans le char qui l'avait porté lors de son dernier voyage. Il contenait des tasses, des bols d'or et d'argent, des statues de jade, des rouleaux de soie d'une finesse exquise, des peintures, plusieurs sabres magnifiques. Jébu chercha le célèbre Kogarasu ; il n'était pas là. Il en reconnut toutefois un autre, à lame longue et droite selon une mode très ancienne. Un dragon d'argent s'incurvait autour de la garde laquée de noir.

« C'est Higekiri, le Coupeur de barbes, dit-il à Taïtaro. Le plus vieux sabre des Muratomo. Je l'ai vu à la main de Doméi voilà près de vingt ans quand il m'envoya escorter son fils Hideyori jusqu'à Kamakura. Les Takashi le firent prisonnier peu après et sans doute Sogamori détient-il ce sabre depuis lors. Yukio sera heureux de revoir Higekiri. »

Suivis par les trois prêtres qui portaient le coffre, Jébu et Taïtaro allèrent à la porte du temple où Torluk les attendait.

« Que lui avez-vous fait, saint homme ? demanda le *tuman-bashi.* Vous l'avez empoisonné avec vos aiguilles et votre potion ? »

Taïtaro secoua la tête. « Ce traitement était destiné à le soulager, pas à le tuer.

— Je ne comprendrai jamais les shamans ni les moines, grogna Torluk. Enfin il est mort et je peux porter sa tête au seigneur Yukio. »

Sans un mot, Taïtaro retourna dans le temple, prit les cierges sur l'autel et les jeta l'un après l'autre sur les écrans de papier et les murs de bois. Les prêtres poussèrent des hurlements et à son tour Torluk cria de cesser.

En un instant des tourbillons de flammes et de fumée chassèrent tout le monde du temple.

Le visage écarlate de rage, Torluk vociféra : « Si vous n'étiez pas un homme de religion et si votre fils n'était pas le compagnon du seigneur Yukio, je vous tuerais, vieillard.

— J'estime que le corps de Sogamori méritait d'être brûlé et non mutilé, fit tranquillement Taïtaro.

— Vous avez incendié le temple ! s'écria un des prêtres. Vous n'êtes pas un saint homme mais un diable. »

Taïtaro adressa un coup d'œil entendu à Jébu et répondit au prêtre : « Sogamori a fait bâtir des centaines de temples. Le seigneur Bouddha et la déesse Kwannon peuvent se passer de celui-ci.

— Apporter la tête de Sogamori à Yukio nous aurait valu une récompense, grogna Torluk. Maintenant nous n'aurons rien.

— Yukio n'a pas besoin de la tête de Sogamori, dit Jébu. Il sera satisfait en apprenant que nous l'avons capturé et qu'il est mort. » Il brandit Higekiri. « Il récompensera sûrement ceux à qui il devra de recouvrer ce sabre qui appartient à sa famille. »

« Je ne comprends pas ce que vous avez fait », dit plus tard Jébu à son père alors qu'ils chevauchaient sur la Shujaku. Bien qu'ils ne vissent plus Heian Kyo, un nuage gris au nord leur indiqua qu'elle brûlait encore.

« Une voix intérieure m'a ordonné de ne pas laisser torturer, tuer et mutiler Sogamori, dit Taïtaro. En ce moment nous voyons en lui un monstre qui a ravagé son pays mais peut-être a-t-il dit vrai : l'humanité bénéficiera de son mauvais karma. Peut-être n'était-il pas un homme ordinaire. A certains moments de ma vie, il me semble que nous devons faire fi de notre notion du bien et du mal, de nos usages, du bon sens lui-même et agir de manière étrange, sans toujours comprendre pourquoi. Cette rencontre avec Sogamori a été un de ces moments. Pour mieux comprendre, consacre plus de temps à contempler le Joyau. »

13

Yukio hâta l'allure de son cheval bai le long du sentier ombragé par les pins, qui sinuait sur le flanc est du mont Higashi. C'était l'heure du coq. Du sommet de la montagne il avait vu les rayons du soleil couchant éclairer les toits d'Heian Kyo. Sur l'autre versant, le crépuscule tombait déjà. Il faisait froid en ce neuvième mois ; l'haleine de son cheval et la sienne se transformaient en buée devant eux.

La perspective de revoir Hideyori rendait Yukio nerveux. Enfant, il le trouvait grand et formidable. Hideyori le traitait avec un mépris qu'il ne cherchait pas à dissimuler. Il récapitula tout ce qu'il avait vu et accompli depuis qu'il avait quitté son demi-frère. Ses victoires surpassaient en importance celles de n'importe quel autre général dans l'histoire du pays du Soleil Levant. Hideyori n'avait encore remporté aucun succès militaire. S'il entendait prendre en main le gouvernement du pays, ce serait Yukio qui le lui donnerait.

Je ne suis plus un enfant, pensa le plus jeune des Muratomo. J'ai trente ans. Pourtant, il éprouvait encore envers Hideyori les sentiments d'un cadet envers un aîné respecté et redouté. Pourquoi Hideyori a-t-il insisté dans son message pour que nous nous rencontrions seuls hors de la ville, dans le plus grand secret ? se demanda-t-il. Pourquoi agir aussi furtivement ?

Il remarqua une ligne de colonnes renversées au bord de la route. Jébu lui avait dit qu'un temple zinja avait été détruit par un tremblement de terre à cet endroit plus de vingt ans auparavant. On ne l'avait jamais rebâti. Un cavalier se dressa, immobile, sur le sentier devant Yukio. La silhouette en armure noire sur un cheval gris clair avait quelque chose de fantomatique.

Yukio descendit de sa monture et s'écria : « Hideyori ? Est-ce toi, mon frère ? »

Pas de réponse. Au bout d'un moment le personnage mit pied à terre et marcha lentement vers lui. Dans la pénombre Yukio vit sous le casque un visage énergique et sévère, aux yeux noirs luisants qui lui rappela immédiatement son père Doméi. Yukio en conclut que c'était bien Hideyori. Il tomba à genoux et appliqua son front contre la terre.

« Mon seigneur. Je suis ton jeune frère Muratomo no Yukio.

— Je le sais. Lève-toi. »

Voix dure, mots prononcés sans aménité. Hideyori avait passé les vingt dernières années de sa vie dans les provinces de l'Est, connues pour leur manque de culture, se rappela Yukio. Peut-être y parlait-on ainsi. Yukio se releva et sourit à son frère qui resta impassible.

« Je t'apporte un présent, mon frère. Permets-moi d'aller le chercher. »

Hideyori hocha la tête. Yukio retourna à son cheval et détacha de sa selle un long paquet enveloppé de soie verte qu'il présenta au bout de ses deux bras tendus. Hideyori déroula la soie et vit un sabre ancien ; autour de sa poignée se tordait un dragon d'argent. Il interrogea Yukio du regard.

« Je suis sûr que mon frère vénéré reconnaît cette arme.

— C'est Higekiri », fit Hideyori émerveillé.

Yukio lui raconta comment il l'avait trouvée dans les bagages de Sogamori. « En qualité de chef de notre famille, tu es le propriétaire légitime d'Higekiri. Je suis heureux de te le remettre dès notre première rencontre. » Yukio regrettait que cette restitution ne fût pas l'occasion d'une cérémonie publique. Tout Heian Kyo aspirait à voir et acclamer les chefs du clan Muratomo victorieux. Mais Yukio s'était promis de remettre Higekiri à Hideyori dès la première occasion. Il avait espéré qu'une chaleur en naîtrait qui dissiperait sa nervosité. Mais rien n'avait changé depuis leur enfance. Il subissait le même mépris glacial de son aîné.

Hideyori s'assit, les jambes croisées sur le sol, et fit signe à son frère d'en faire autant. Il enroula le sabre dans la soie et le posa en travers de ses genoux.

« Nous avons bien des choses à mettre au point ensemble, dit-il. Dans un ou deux jours toi, moi et nos officiers aurons une conférence avec l'empereur en retraite et ses conseillers. Qu'il n'y ait pas de désaccord entre nous en leur présence. »

Yukio fut subjugué lorsque Hideyori exposa vivement point par point ses projets. Le cadet devait partir pour la côte, réquisitionner les bateaux qu'il y trouverait afin de chasser les Takashi de leurs retraites insulaires et des ports qu'ils tenaient au bord de la mer Intérieure. L'aîné ferait de son côté campagne contre les Takashi et leurs alliés sur tout le territoire d'Honshou. Momentanément, Go-Shirakawa régnerait à la place du Fils du Ciel. Après la guerre, ils choisiraient ensemble le souverain qui succéderait au gamin Antoku : l'usurpateur Takashi.

Selon toute évidence Hideyori avait longuement médité sur ces problèmes pendant que Yukio allait de bataille en bataille. Ce dernier se sentit sot et estima bon qu'Hideyori fût l'aîné et le chef de la famille.

« Es-tu d'accord avec moi jusqu'à présent ? demanda Hideyori.

— Je suis guerrier, non homme d'État, répondit Yukio. Je suis donc certain que ton jugement est supérieur au mien. Je n'ai eu qu'un but : renverser les Takashi et faire rendre justice aux Muratomo.

— Justice nous sera rendue largement, Yukio-san », dit Hideyori d'un ton plus amical. Le cadet fut heureux de s'entendre appeler Yukio-san. « Je ne sais pas du tout quel genre d'homme tu es, ni ce que tu désirerais, reprit Hideyori. Il semble que nous nous entendons sur la plupart des choses, comme il convient à des frères. Abordons maintenant la question épineuse des Mongols. Bien des gens assurent que tu es venu conquérir notre pays pour l'empereur de Mongolie qui a promis de faire de toi un roi vassal. Le sais-tu ? »

Son aîné allait-il le condamner comme tant d'autres pour avoir amené une armée étrangère sur les Iles sacrées ? « Que dois-je faire ? M'ouvrir le ventre pour prouver ma loyauté ?

— Ne suggère pas une chose pareille, même à la légère, Yukio-san, dit Hideyori. Tu as un moyen très simple de démontrer que tu n'es pas un agent de l'étranger. Abandonne le commandement des Mongols.

— A qui ? demanda Yukio stupéfait.

— A moi, évidemment. Personne ne doute de mon loyalisme car je n'ai jamais quitté le pays du Soleil Levant.

— Tu ne pourrais pas commander les Mongols.

— Cessons de discuter ainsi dans l'obscurité, dit Hideyori en changeant de sujet sur un ton bienveillant. Pourrais-tu allumer une chandelle, Yukio-san ? »

Yukio tira de sa ceinture un étui contenant un briquet et un bout de chandelle qu'il alluma. Il la ficha dans le sol après avoir écarté les feuilles d'érable qui le jonchaient.

« Très bien, dit Hideyori. Maintenant, explique-moi pourquoi je serais incapable de commander les Mongols.

— Évidemment, ils pourraient accepter tes ordres, dit Yukio. Pourtant, pardonne-moi de te parler franchement, frère vénéré, mais je dois te donner mon opinion en qualité de soldat, sinon je manquerais à mon devoir envers toi. Il s'agit de savoir si toi, tu saurais les diriger. Je crains que tu ne connaisses pas assez les manières de combattre des Mongols afin de les utiliser au mieux. Tu ne parles pas leur langue. Ils ne te connnaissent pas. Le chef doit être connu de ses hommes pour éveiller leur esprit combatif. »

A la lueur de la chandelle, Yukio vit le visage de son frère rougir. Hideyori esquissa le geste de lever la main pour manifester sa colère mais il se contint et se frotta la moustache, l'air pensif.

Puis il déclara : « Comme tu l'as dit, Yukio-san, c'est ton opinion de soldat. Si je ne m'en étais pas rendu compte, au moment même où tu parlais, j'aurais été tenté de me méfier de toi comme les autres. Si moi, ton frère, je peux te soupçonner, pense combien c'est plus facile pour ceux qui, ne te connaissant pas, inclinent à croire le pire. Peut-être as-tu raison quand tu dis que je ne saurai pas utiliser les Mongols aussi efficacement que toi. Rappelle-toi cependant que les guerres ne se gagnent pas seulement sur les champs de bataille. Si l'idée se répand que les Muratomo ne sont pas fidèles à leur patrie, les partisans dont nous avons besoin se tourneront vers les Takashi. »

Yukio comprit le raisonnement de son frère et l'approuva, tout en soupçonnant Hideyori d'avoir d'autres raisons de chercher à prendre les Mongols en main. Il eut l'impression qu'on lui demandait de donner son sabre à un autre au milieu d'une bataille. A cette phase des hostilités, les Mongols n'étaient pas aussi utiles qu'au moment où la guerre s'était engagée. Leur présence pouvait même être un inconvénient plus qu'un avantage. Dans la guerre, comme au jeu de go, il y a *fuseki, chuban,* et *yose* — ouverture, milieu et fin de jeu —, chacun impliquant une stratégie différente.

« Il me faudra des samouraïs pour remplacer les Mongols », dit enfin Yukio.

Hideyori esquissa un sourire glacial. « Tu en auras autant qu'il t'en faudra. Ce seront les farouches combattants des provinces orientales, les meilleurs du pays. Mais, à partir de maintenant, il te faut des bateaux plus que des hommes. Nous avons un nouveau constructeur à Kamakura. Il a étudié son art en Chine. Je lui ordonnerai de travailler pour toi. D'après ce que je sais des Mongols, ils ne te serviraient pas à grand-chose sur mer. »

Un réflexe inexplicable de prudence empêcha Yukio de révéler à son frère que ce constructeur de bateaux n'était autre que Moko, son vieux compagnon. « C'est exact, dit-il. La terre natale des Mongols est loin de la mer. »

Il regrettait déjà d'avoir cédé. Il perdait ainsi sa meilleure arme : les Mongols. Il consentait à se charger de la partie la plus difficile des hostilités : combattre les Takashi sur mer. Pourtant, il les avait vaincus sur la baie d'Hakata longtemps auparavant. La perspective de ce qu'il pourrait réaliser avec des bateaux et des équipages nombreux commença à l'enthousiasmer.

« Une question, Yukio-san, dit Hideyori. Je sais que tu n'as pas l'intention de trahir les Iles sacrées. Mais les Mongols, que désirent-ils ? »

Yukio éclata de rire. « J'ai toujours admis qu'ils pourraient être des espions ou l'avant-garde d'une invasion. Cependant servons-nous d'eux pour le moment. Quand ils nous créeront des difficultés, nous nous en occuperons. »

Hideyori frappa cordialement l'épaule de Yukio et se leva. « C'est exactement ce que je pense. Ne perdons jamais de vue que nos alliés d'aujourd'hui peuvent devenir nos ennemis. » Il leva le bras.

Yukio entendit un bruissement dans les érables qui poussaient sur les ruines du temple zinja. Il regarda autour de lui. Des silhouettes apparurent dans l'obscurité. C'étaient des samouraïs armés d'arcs. Ils formèrent un cercle autour des deux frères.

« Tu avais dit que nous devions nous rencontrer seul à seul », dit Yukio.

Hideyori sourit. « Je viens de te dire, Yukio-san, que jusqu'à maintenant j'ignorais tout de toi et de tes intentions. Notre conversation a très bien tourné, honorable jeune frère. Je serai ravi de te revoir, dans un jour ou deux, à la capitale. »

Un des hommes d'Hideyori lui amena son étalon gris. Il l'enfourcha, salua son frère de la main et s'en alla sur le sentier, suivi par ses hommes à pied.

Yukio resta seul parmi les colonnes brisées, se demandant quelle espèce d'homme était cet aîné qui le soupçonnait de fourberie mais le trompait sans la moindre vergogne.

Une bouffée de colère le saisit à l'idée des archers cachés derrière les arbres pendant qu'il s'entretenait avec son frère. Pis encore : Hideyori lui avait demandé d'allumer une chandelle pour faire de lui une cible plus facile à atteindre. Que se serait-il passé s'il avait refusé de remettre le commandement des Mongols à son frère ? Il serait là, allongé sur les feuilles d'érable, percé de flèches. Il frissonna, appela son cheval qui approcha docilement, écrasa la chandelle et sauta en selle.

14

Comme s'ils désiraient se montrer plus destructeurs que les hommes, les dieux décidèrent d'interrompre la Guerre des Dragons par une succession de calamités naturelles. L'année du lièvre commença avec des tempêtes de neige, suivies, au printemps, par des pluies diluviennes qui provoquèrent crues et inondations. L'été venu, ce fut la sécheresse. Bien des propriétaires fonciers et des samouraïs quittèrent les armées des Muratomo et des Takashi pour aller s'occuper de leurs terres. La famine régna dès l'automne. Les deux clans démobilisèrent la plupart de leurs troupes faute de pouvoir les nourrir. Des centaines de milliers de gens périrent de faim. Des corps gisaient dans les rues d'Heian Kyo. Des moines parcouraient la ville et peignaient la lettre « A » sur les fronts des cadavres, dans l'espoir d'expédier ainsi les âmes au Paradis occidental d'Amida. Ils déclarèrent avoir dénombré plus de quarante-deux mille morts, rien que dans la seule ville.

L'année du dragon fut pire. La sécheresse continuant, la famine s'aggrava et se répandit dans les soixante-six provinces. Affaiblie, la population succomba à des épidémies. Puis un terrible tremblement de terre secoua Heian Kyo. Nombre d'habitants furent écrasés sous les poutres de leurs maisons. Ceux qui fuyaient furent engloutis par d'énormes crevasses qui s'ouvraient dans le sol. Pas une seule construction de la capitale ne resta indemne. Les secousses se poursuivirent en s'affaiblissant pendant trois mois. Le Dragon rouge et le Dragon blanc établirent des camps permanents pour attendre le moment où il leur serait possible de reprendre les combats.

Enfin, au premier mois de l'année du serpent, la nature se montra plus amicale et les hommes purent reprendre les hostilités.

Le noyau des forces Takashi s'était rassemblé au camp fortifié d'Ichinotani sur la côte de la mer Intérieure. Notaro, fils aîné de Sogamori, en était le chef. L'empereur-enfant et sa maison, gardés par des milliers de samouraïs, vivaient dans un essaim de bâtisses en bois, sur la plage, derrière une haute palissade. Du côté de la terre, de hautes fortifications s'élevaient. Sur la mer, trois cents jonques construites en Chine et des grandes galères de guerre étaient ancrées au-delà des hauts-fonds et des récifs qui constituaient aussi une protection naturelle. Ces bateaux pouvaient servir de refuge en cas d'attaque réussie par voie de terre.

Un soir, au second mois de l'année du serpent, près de quatre années après leur retour au pays du Soleil Levant, Yukio et Jébu observaient les défenses d'Ichinotani du sommet d'une falaise. Le jeune Muratomo avait divisé ses guerriers des provinces orientales en deux corps d'armée. Sept mille hommes préparaient un assaut d'est en ouest par la plage. Yukio en commandait personnellement un millier sur les hauteurs et cherchait un itinéraire qui lui permettrait de prendre les Takashi à revers. Jébu trouva un chasseur qui indiqua à Yukio une gorge étroite conduisant jusqu'à la plage. La déclivité de ce chemin était plus forte que l'inclinaison d'un toit et convenait mieux à des chèvres qu'à des chevaux et des hommes.

Yukio procéda à un essai préliminaire en envoyant cinq chevaux sans cavalier dévaler cette pente. Deux d'entre eux seulement tombèrent. Le jeune Muratomo se déclara satisfait et dit que s'ils avaient été montés, ces animaux seraient arrivés indemnes à la plage. Il fit venir des renforts et, la nuit même, trois mille hommes campèrent au sommet des falaises sans que les Takashi remarquassent leur présence. Bien qu'on ne fût qu'au début du printemps et qu'il fît froid le soir, les Muratomo n'allumèrent pas de feu de camp.

On avait appris ce jour-là qu'une armée de Mongols et de samouraïs, commandée par Hideyori, avait écrasé les Takashi à Kojima, plus à l'ouest. « Il sera peut-être désormais moins jaloux de toi, dit Jébu à Yukio au retour d'une dernière reconnaissance au bord de la falaise.

— Si je remporte des victoires avec ses guerriers des provinces de l'Est, il pourra toujours dire que c'est grâce aux hommes qu'il me prête », répondit Yukio en riant.

Quand ils s'assirent par terre près de leurs soldats, les yeux de Yukio brillaient de joie. « J'ai reçu une autre nouvelle, Jébu-san. Les désastres infernaux dont souffrit le pays m'ont donné le temps d'aller jusqu'à Hiraïzumi l'an dernier. Ma visite a porté ses fruits. Un message m'apprend que ma ravissante Mirusu a mis au monde un garçon. Tu te souviens de celle qui m'a permis d'apprendre l'art de la guerre dans le livre du vieux stratège chinois ? J'aimerais mieux être auprès d'elle et de mon nouveau-né que de grelotter sur cette hauteur. Je me demande pourquoi Hideyori ne s'est pas remarié afin d'avoir des enfants. Les Muratomo seraient ainsi aussi nombreux qu'au temps de notre père. »

Jébu resta muet. Un zinja descendu du temple de la Perle près du mont Fuji pour rejoindre Yukio lui avait appris que dame Shima Taniko avait quitté sa famille pour vivre au château d'Hideyori où elle jouait le rôle de maîtresse de maison auprès du chef Muratomo resté veuf depuis des années. A Kamakura, tout le monde la soupçonnait d'être la maîtresse d'Hideyori, bien qu'elle fût encore l'épouse légitime d'un allié de ce dernier. Malgré les bruits qui couraient sur elle, Taniko avait une réputation de femme intelligente et énergique. Les samouraïs des provinces orientales la respectaient donc. Jébu ne croyait pas à une intrigue amoureuse entre elle et Hideyori, mais peu lui importait. S'il perdait Taniko, ce ne serait pas parce qu'elle lui préférerait un autre homme mais à cause de son désir de participer aux événements. Et puis, il y avait aussi le fantôme de Kiyosi...

Le son d'une flûte chassa ces préoccupations de l'esprit de Jébu. Quelqu'un jouait dans le camp des Takashi sans soupçonner qu'il ne divertissait pas seulement les siens mais aussi une armée immobilisée au-dessus de leurs têtes, comme un sabre de bourreau. Le flûtiste jouait un air appelé *l'Esprit de Bouddha, paisible comme l'eau qui dort.*

La mélodie se répandait comme un baume dans la nuit froide, chassant les craintes des hommes qui se demandaient si le lendemain ils survivraient, périraient ou seraient estropiés.

« Il joue remarquablement bien, dit Yukio qui posa la main sur l'étui contenant sa flûte glissé dans sa ceinture. J'aimerais l'accompagner. Devenus des courtisans, les Takashi ont acquis le sens du beau. Comme c'est lamentable, tout ça. » Il s'allongea, s'enroula dans son manteau et ferma les yeux pour dormir.

A l'heure du tigre, quand le ciel pâlit à l'Orient, les Muratomo se mirent en selle. Ils constituèrent leur ligne à bonne distance du bord de la falaise, afin que les bruits de leurs préparatifs n'atteignent pas les Takashi. Yukio les avait répartis en unités d'une centaine d'hommes. Chacune arborait un drapeau orné du Dragon blanc surmonté d'une flamme de couleur différente. Ayant commandé les samouraïs campagnards des provinces de l'Est pendant plus d'un an, Yukio était parvenu à leur enseigner certaines des tactiques d'assaut de cavalerie en masse qu'il avait apprises chez les Mongols. Monté sur un cheval blanc, coiffé de son casque surmonté d'un dragon d'argent, il trottait en tête de ses unités.

« Voilà où nous allons, cria-t-il, en désignant de la pointe de son sabre l'entrée de la gorge qui conduisait au camp retranché des Takashi. Je vous montrerai le chemin, suivez-moi. » Il partit au galop et la file des guerriers s'ébranla derrière lui. Jébu se dit : peut-être furent-ils autrefois des hommes d'Hideyori mais Yukio a su gagner leurs cœurs, sinon ils ne le suivraient pas dans un tel gouffre. En faisant décrire à son sabre un moulinet sauvage, le chef des Muratomo disparut. Trente de ses compagnons les plus proches, y compris Jébu, dévalèrent derrière lui.

Son turban flottant au vent, Jébu ne chercha pas à diriger son cheval mais il s'inclina tellement en arrière que sa nuque toucha presque la croupe de l'animal. Il se fiait à l'Ame, présente dans sa monture comme en tout être et toute chose, pour arriver sain et sauf au bas de la falaise. Les bêtes galopèrent d'abord sur du sable et des cailloux. Jébu et ses voisins glissèrent à maintes reprises. Puis la pente devint plus douce pendant quelques mètres. Au-dessous il n'y avait que des rochers couverts de mousse. Passer semblait impossible. Mais Jébu aperçut le Dragon blanc de Yukio au-dessous de lui et il hâta le pas de son cheval. Tout autour de lui, les sabots claquaient sur les rochers et les cavaliers criaient « Ei ! Ei ! » pour soutenir leur courage. Jébu remarqua que plusieurs de ses voisins avaient les yeux fermés. La pente était tellement abrupte que l'étrier d'un cavalier qui le suivait lui heurta la tête. Puis il entendit un cri, un bruit de chute. Il écarta son cheval du milieu de la gorge à temps pour éviter d'être emporté par la masse d'un samouraï et de sa monture qui roulaient sur eux-mêmes. Après un premier cri d'angoisse, le cavalier se tut. Son destrier l'avait écrasé. La vitesse de la chute s'accélérant, le mort et son cheval heurtèrent un guerrier devant Jébu qui lui-même cogna celui qui le précédait, deux autres chevaux et guerriers tombèrent comme une avalanche.

Regardant au-delà de la tête de son cheval, Jébu vit l'intérieur du camp Takashi comme l'aurait fait une mouette le survolant. Derrière la palissade, des silhouettes minuscules se précipitaient d'un bâtiment à l'autre et franchissaient les portes du côté de l'est où ils sautaient à cheval. La fumée s'élevait là-bas. Les sept mille autres guerriers de Yukio attaquaient. Une grosse pierre soulevée par le sabot d'un cheval heurta Jébu à la tête. Étourdi par le choc, il dut faire appel à toute son énergie pour rester en selle. Enfin les glissades cessèrent et les sabots trottèrent sur le sable. La descente terminée, Jébu s'étonna d'avoir pris plaisir à cette dégringolade insensée. Pour l'apaiser, il caressa le cou de sa monture terrifiée.

Les premiers deux cents cavaliers Muratomo qui prirent pied sur la plage poussèrent un cri aussi retentissant que s'ils étaient deux mille. La falaise leur en renvoya écho. Un archer solitaire apparut sur une des tours de bois de la palissade. Sa voix et le bruit de sa flèche à boule sifflante donnèrent l'alarme. Une centaine de projectiles l'atteignirent, il s'abattit derrière les troncs d'arbres. Il y avait peu de ces tours de garde et la palissade n'était guère élevée. Les Takashi s'étaient cru protégés par la falaise.

Poussant son cri de guerre « Muratomo-o ! », Yukio galopa jusqu'à l'enceinte, en brandissant une torche. Il la lança et elle tomba sur le toit de chaume d'une maison contiguë à la palissade. Les Muratomo poussèrent des cris de joie en voyant s'élever une épaisse colonne de fumée noire striée de flammes rouges. Des langues de feu caressèrent la palissade. Très vite une bonne partie de cette dernière s'effondra, carbonisée. Certains des assaillants n'attendirent pas. Tout le long du mur des hommes se hissaient à la force du poignet à l'aide de cordes retenues par des grappins lancés de l'autre côté. Une centaine de cavaliers foncèrent dans la brèche. Ils se heurtèrent les uns aux autres dans leur hâte d'entrer les premiers dans le camp ennemi. Jébu dégaina son sabre et éperonna sa monture pour galoper après eux.

Les Takashi auraient pu sauver Ichinotani s'ils avaient organisé la résistance bâtiment par bâtiment. Ils l'emportaient à trois contre un par le nombre mais ils manquaient de chef. La plupart des samouraïs de l'armée Takashi avaient été recrutés de plus ou moins bon gré sur les îles de Sikok et de Kiou Siou. La cause pour laquelle ils combattaient ne leur inspirait aucun enthousiasme. Ceux qui auraient pu organiser la défense du camp se trouvaient à l'est pour repousser l'autre armée de Yukio. Quand les Muratomo envahirent l'intérieur de l'enceinte et que la fumée noire et les flammes se répandirent dans toutes les directions, les défenseurs paniqués ouvrirent les portes pour se précipiter vers la mer et se réfugier sur les bateaux. Voyant leur camp envahi, les Takashi qui combattaient sur le côté est firent de même.

En peu de temps la mer fut envahie par des hommes qui pataugeaient, nageaient ou poussaient leur monture dans une eau de plus en plus profonde. Des canots surchargés dansaient sur les vagues. Jébu vit trois grandes galères assaillies par des centaines de samouraïs en armure gîter lentement puis chavirer, la quille en l'air. Leurs passagers se noyèrent. Des chefs Takashi chassaient les simples soldats qui cherchaient à se hisser sur les embarcations les plus proches. Ils recoururent aux sabres et aux *naguinatas* pour couper mains et bras. Les fuyards retombèrent à l'eau et coulèrent dans la mer qui rougit.

Les Takashi restés sur la plage combattirent avec la fureur du désespoir, le dos aux vagues, en espérant protéger la fuite de leurs camarades. Yukio se rappela ce qu'il avait appris dans le livre de Sun Tse : priver l'ennemi de toute espérance le rend plus dangereux. Il recommandait depuis longtemps à ses hommes de ne pas massacrer les prisonniers mais c'était en vain avec des guerriers aussi frustes que ceux des provinces orientales. Les derniers Takashi savaient que les Muratomo ne feraient pas de quartier.

Son cheval gris dans l'eau jusqu'aux genoux, Atsue vit s'abattre son oncle Tadanori, frère cadet de Kiyosi et de Notaro. La fin de ce poète et artiste remarquable l'affligea. Il reconnut celui qui l'avait tué : le légendaire shiké Jébu, zinja le géant à cheveux roux, qui combattait auprès de Yukio depuis qu'il était lui-même enfant. Il savait que ce moine avait jadis collectionné cent sabres pour manifester son mépris envers les samouraïs. Atsue enragea. Une fois de plus les Takashi se ridiculisaient. Certes on avait transporté le jeune empereur dès le début du combat dans un des bateaux. Mais cette bataille n'en était pas moins une défaite plus accablante que celle de Tonamiyama, pire même que la perte de la capitale. Partout où se tournait son regard, Atsue ne rencontrait que des spectacles honteux. La citadelle prise à revers par surprise, la fuite immédiate, ses nobles parents abandonnant leurs propres soldats, comme ils avaient abandonné Sogamori mourant. J'allais fuir, moi aussi, pensa-t-il. Pourquoi ? J'avais résolu de périr plutôt que de supporter encore le déshonneur de ma famille. Pourquoi pas aujourd'hui ?

De la plage, le shiké Jébu observait Atsue. Leurs regards se croisèrent. Atsue éperonna son destrier et dégaina Kogarasu. Il ne prit pas la peine de crier un défi. Les moines guerriers n'étaient que canaille sans ancêtres. La longueur du sabre zinja ne dépassant guère le quart de celle de Kogarasu, Atsue espérait atteindre son adversaire en restant hors de sa portée. Le shiké n'avait pas de casque mais un simple turban. Aussi Atsue visa-t-il la tête. Jébu s'aplatit sur le dos de son cheval qui encensa en décrivant des cercles étroits toujours face à Atsue. Ce dernier arrêta sa monture et la fit pivoter sur elle-même. Le duel s'engagea. Les sabres tintèrent l'un contre l'autre. Atsue n'avait encore jamais aussi bien combattu. Tout se passait comme si son adversaire, maître sabreur, faisait d'Atsue un adversaire de même niveau. Pourtant le jeune homme comprit qu'il perdait. Kogarasu lui parut lent et difficile à manier. En combattant de près, Atsue ne pouvait frapper de taille de toutes ses forces. L'arme courte du zinja avec sa lame à double fil franchissait aisément la garde du jeune homme et paraissait attaquer de partout. Les têtes se rapprochèrent de plus en plus. Les étranges yeux gris étaient aussi calmes que la fumée de l'encens. Des rides profondes sillonnaient le visage maigre, hâlé par le soleil. Mais c'étaient les traces de l'expérience, des longs voyages, des travaux pénibles, pas celles de la rage.

La bouche aux lèvres minces n'exprimait que la tension d'esprit. C'était la figure d'un homme de l'art, pas d'un tueur. Je donnerais n'importe quoi pour posséder tes qualités, se dit Atsue. De toute sa force, il piqua d'estoc sur le cou qui dépassait de l'armure. Au lieu de parer, le moine s'inclina, saisit de sa main libre le poignet d'Atsue et l'arracha de sa selle. En tombant sur le sable le jeune homme perdit son casque à cornes d'or. Aussitôt le moine s'accroupit au-dessus de lui, sa lame sur la gorge de son adversaire. Atsue ferma les yeux.

« Qui es-tu ? demanda une voix dure et rauque.

— Vous avez gagné », dit Atsue. Il rouvrit les yeux. Le zinja scrutait son visage, les sourcils froncés, l'air intrigué.

« Montre ma tête à n'importe lequel de tes prisonniers et il te dira qui je suis... si vous laissez vivre vos prisonniers.

— Ton visage ne m'est pas inconnu, dit le shiké. Il me déplairait de tuer un homme aussi jeune que toi. Dis-moi ton nom, je t'en prie ».

Atsue pensa : je ne veux plus vivre, me faudra-t-il en plus supporter la honte de la captivité ? Peut-être la torture et la mutilation ? Non.

D'une voix désespérée il dit : « Je suis Takashi no Atsue, fils de Takashi no Kiyosi, petit-fils de Takashi no Sogamori ».

Le zinja parut étonné. « Atsue, le fils de Kiyosi ? Ta mère ne serait-elle pas dame Shima Taniko ?

— Oui. Si tu veux manifester quelque bonté, envoie-lui un mot lui annonçant ma mort. Mais je ne sais où tu pourras la trouver. Adresse aussi mes adieux à ma femme, la princesse impériale Kazuko. Elle est restée dans la capitale avec notre fils. Les Muratomo s'en sont emparés. » Il faudra désormais que Kazuko trouve un autre père pour Sametono, pensa-t-il.

Le zinja releva lentement son sabre. « Donne-moi ton arme et lève-toi », dit-il.

Atsue obéit et remit son sabre au moine.

« Double fil, courbe qui commence dès la poignée incrustée d'or et d'argent... murmura Jébu. Ça ne peut être que le célèbre Kogarasu. Voilà longtemps je voulais le prendre à ton père.

— Dommage que tu n'aies pas essayé, dit Atsue. Il t'aurait tué.

— Peut-être, répondit le moine en souriant tristement. Je ne suis jamais arrivé jusqu'à lui ».

Atsue remarqua que des flèches pointaient de-ci de-là sur l'armure du moine. Il avait été atteint mais les plaques de métal et les lacets de son armure avaient empêché les projectiles de pénétrer profondément. Comme celle des samouraïs, l'armure du moine ne couvrait pas le flanc droit. La poitrine, le côté gauche et le dos de l'armure *yoroï* couvraient le corps d'un seul tenant, le côté droit se laçait séparément. Selon toute évidence le zinja épargnait sa vie. Il tenait Kogarasu, le regard tourné du côté de la mer.

Une idée vint à Atsue : quelle gloire s'assurerait celui qui tuerait le célèbre shiké Jébu ! Atsue avait déjà abattu quelques ennemis au cours des batailles qui avaient précédé le retrait des Takashi à Ichinotani mais il n'avait jamais vaincu un adversaire dont la mort eût fait honneur à ses armes. Ce moine démon profanait de ses mains Kogarasu mais il avait négligé de prendre le *kodachi* — le sabre court — d'Atsue. Il avait abaissé sa garde. Serait-il honorable de l'attaquer alors qu'il ne s'y attendait pas ? Evidemment ! Un guerrier doit être prêt à parer toute attaque et celui-là n'était pas un combattant ordinaire mais un homme qui avait vaincu des milliers de samouraïs. Atsue dégaina son *kodachi* et prit une profonde inspiration. Il sauta sur Jébu en poussant un cri rauque et plongea de toute sa force la pointe de son sabre court dans une faille de l'armure du côté droit, visant le cœur. Son esprit prit son essor sur les ailes dorées de la gloire.

Atsue ne vit pas le sabre de Yukio décrire un arc de cerle scintillant et lui séparer la tête des épaules.

« Non ! » s'écria Jébu.

Trop tard ! La tête du jeune homme gisait sur le sable. Le joli visage sur lequel Jébu retrouvait les traits de Taniko avait une expression de sérénité. Le riche sang rouge — en partie celui de sa mère — s'écoulait sur la plage. Jébu ressentit une douleur atroce à l'endroit où avait pénétré le *kodachi.* Mais moins cruelle que celle de son cœur. J'aurais préféré qu'il me tue, pensa-t-il. Je n'ai plus envie de vivre.

« Viens, dit doucement Yukio. Tu as de la chance que je me sois trouvé si près et que j'aie vu ce Takashi t'assaillir traîtreusement. »

Il prit Jébu par la taille. « Assieds-toi lentement et prudemment ». Quand son compagnon eut suivi son conseil, Yukio coupa les lacets de l'armure avec son sabre court et déchira la robe grise. « Blessure profonde. Ton sang s'écoule comme une cascade.

— Je ne veux plus vivre, Yukio.

— Que dis-tu, Jébu ? » Yukio scruta le visage de Jébu qui oscillait, affaibli par la perte de son sang. Sa respiration laborieuse révélait que les poumons étaient atteints.

Parler fut une torture. « Excuse-moi de te dire cela, Yukio, haleta-t-il. Ce garçon, c'était Takashi no Atsue, le fils de Taniko.

— Oh non ! » La tête et les épaules de Yukio s'affaissèrent comme si une flèche lui avait transpercé la poitrine. « Pardonne-moi, Jébu. Il éleva sa main bardée de fer jusqu'à ses yeux emplis de larmes. Il s'agenouilla près de Jébu. « Tu as tué le père pour me sauver la vie et maintenant j'ai tué le fils pour sauver la tienne. Notre amitié coûte cher à dame Taniko.

— Retourne au combat, Yukio-san.

— Pas avant de m'être occupé de toi ».

Yukio découpa un morceau de soie blanche au bas de sa robe. D'un sac pendu à sa ceinture il tira un sachet d'herbes hachées que son camarade de combat lui avait donné longtemps auparavant. C'était un remède secret des zinjas, qui empêchait l'infection des blessures et hâtait leur guérison. Il versa cette poudre dans la plaie, acheva de délacer l'armure puis banda étroitement la poitrine de Jébu.

Les valets de Yukio se rassemblèrent autour d'eux. Quelques-uns l'aidèrent à soigner Jébu. D'autres dépouillèrent le corps d'Atsue de son armure. L'un d'eux s'approcha avec un étui couvert de brocart. Yukio l'ouvrit et ferma les yeux, affligé. Il en tira lentement une flûte d'ivoire.

« Peut-être est-ce lui qui jouait hier soir », dit-il. De nouveau il s'essuya les yeux.

« Le sabre que je lui ai pris s'appelle Kogarasu, dit Jébu. Il appartenait à Kiyosi et fait partie du patrimoine sacré des Takashi. Sois assez bon pour l'envoyer à Taniko avec cette flûte.

— Je n'y manquerai pas, Jébu-san.

— Il m'a parlé d'une certaine princesse impériale Kazuko son épouse. Ils ont un enfant. Elle serait à la capitale, m'a-t-il dit.

— Je veillerai à ce qu'elle soit prévenue ».

Jébu pensa : si Taniko est devenue incapable de m'aimer en apprenant que j'ai tué Kiyosi, qu'éprouvera-t-elle quand on lui dira que Yukio et moi avons mis à mort Atsue ? Elle ne voudra plus jamais nous revoir, ni l'un ni l'autre. Le sabre de Yukio n'avait pas seulement mis fin à la vie d'un beau jeune homme, il avait aussi séparé à jamais Jébu de Taniko. Plus je vis et plus je comprends que l'existence n'est que souffrance, se dit-il. J'enverrai une lettre avec le sabre et la flûte. Mais que lui écrirai-je ? Que je ne savais pas avoir affaire à Atsue. Que c'est lui qui m'a attaqué alors que j'entendais l'épargner ? C'est Yukio qui l'a tué, pas moi. Je ne suis pas plus responsable de la mort de son fils que de celle de Kiyosi. J'aurais préféré périr à la place d'Atsue. Elle lira ma lettre et elle comprendra. Elle trouvera bien une place dans son cœur, au milieu de son deuil, pour un rien de pitié. Mais cela ne changera rien. Elle ne peut pas se forcer à m'aimer. Si seulement j'avais parlé plus vite, si j'avais dit à ce garçon que sa mère m'était chère... Si j'avais pu lui faire comprendre, il n'aurait pas essayé de me tuer. Et pourquoi ne lui ai-je pas pris son *kodachi* comme l'aurait fait n'importe quel guerrier prudent. En vérité les zinjas sont des diables, comme me l'a dit Taïtaro voilà bien longtemps. Nous infligeons tant de peines à ceux que nous aimons ! Je ne veux plus participer à cette guerre. Je ne suis plus un moine guerrier. Je suis prêt à agir comme le fit Taïtaro : me retirer dans une hutte au milieu de la forêt. Je ne veux plus provoquer de souffrances. Je ne serai plus un diable.

Jébu regarda les yeux de Yukio et y vit le reflet de petits carrés blancs : les voiles de la flotte Takashi en fuite. Il s'efforça de réciter la prière pour un ennemi abattu mais les mots glissèrent comme de petits poissons à travers le filet de son esprit. Lentement une mer d'obscurité s'éleva autour de lui, sous l'effet de la douleur de sa blessure et de l'angoisse de son esprit.

15

Extrait du journal intime de Shima Taniko

Hideyori m'a révélé comment il se propose de gouverner le pays du Soleil Levant. Cela contraste de manière étonnante avec nos coutumes mais convient à ces temps qui semblent bien être les Derniers Jours de la Loi. D'après lui, les Takashi se sont amollis, corrompus et efféminés en imitant les courtisans de la capitale. Cette idée que mollesse et corruption s'associent avec féminité prouve la grossièreté typique de la province orientale.

Seuls pourront gouverner ceux qui détiennent la puissance, c'est-à-dire les samouraïs. Pour échapper à l'influence d'Heian Kyo, le gouvernement militaire siégera ici, à Kamakura. On l'appellera le Bakufu : gouvernement sous la tente. Cette idée lui serait venue quand je lui ai décrit la cour itinérante des khans. Il a choisi Kamakura comme siège de l'administration parce qu'il considère les provinces orientales, particulièrement la plaine de Kanto grande productrice de riz, comme la région la plus importante de l'empire.

Jadis, quand on donnait à un seul général le commandement de toutes les forces armées pour faire face à une grave menace, on le nommait pour la durée de la crise shogoun : *commandant suprême. Hideyori se propose de prendre ce titre et de le conserver à vie. En qualité de shogoun il tiendra, évidemment, son autorité de l'empereur. Mais étant donné qu'il commandera tous les sabres du pays, Sa Majesté obéira docilement aux humbles conseils de son sujet. Quant à moi, il me répète que je resterai auprès de lui. J'ajoute mentalement : tant qu'il me plaira.*

Hideyori a déjà demandé à Go-Shirakawa de le nommer shogoun. A son grand dépit, ce vieillard madré a répondu qu'étant seulement empereur en retraite il n'a pas autorité pour lui conférer ce titre. Hideyori sera donc obligé d'attendre la fin de la guerre et le moment où un nouvel empereur montera sur le trône.

Il craint qu'entre-temps Yukio soit mis au courant de sa requête et lui mette des bâtons dans les roues. Bien que Yukio lui ait cédé au sujet des Mongols, Hideyori continue à le détester et le redouter.

En ce qui concerne ces Mongols, Hideyori prend des mesures pour les rendre moins dangereux en éclaircissant leurs rangs. Hier, il m'a dit joyeusement que ces barbares ont perdu un tiers de leurs effectifs dans les batailles auxquelles ils viennent de participer. Il estime qu'à la fin de la guerre il en restera moins de cinq mille. Pour la première fois un chef militaire atteint ses buts en se montrant mauvais stratège.

Bon ou mauvais, un général nous gouvernera quand la paix sera venue et Heian Kyo obéira aux ordres de Kamakura. Lorsque j'étais toute jeune, j'ai quitté mon foyer pour aller à la capitale. Maintenant la ville que j'ai abandonnée sera la capitale. La nuit précédant mon arrivée à Heian Kyo, je vis des incendies s'allumer dans cette ville magique. J'ignorais qu'ils annonçaient l'avènement d'une ère nouvelle. Cette ère promet d'être dure et laide.

Troisième mois, vingt-deuxième jour
ANNÉE DU SERPENT

Un soir, au début du quatrième mois, une servante dit à Taniko qu'Hideyori lui demandait de le rejoindre dans sa chambre de prières. Foncièrement religieux, le chef des Muratomo avait aménagé une pièce pour y méditer et lire les livres saints, au sommet de la plus haute tour du gigantesque château qu'il se faisait construire. Deux samouraïs, armés de pied en cap, s'inclinèrent devant la jeune femme et firent glisser les lourdes portes de cet oratoire pour lui permettre d'entrer. Elle se trouva dans une salle aux murs nus, sans mobilier sauf dans l'alcôve : Hideyori y avait fait placer sa précieuse statue d'ébène représentant le grand kami Hachiman. Un unique chrysanthème rouge dans un vase gris clair inclinait sa crinière de lion devant le dieu de la guerre. Vêtu d'une robe noire ornée d'un dragon blanc sur la poitrine et le dos, Hideyori lisait un rouleau, assis sur un coussin. Il y avait près de lui un long étui de bois.

« Que lisez-vous, seigneur ? » demanda-t-elle quand elle s'assit après un échange de salutations solennelles.

Il n'était pas question de paravent entre eux. Jouant le rôle de maîtresse de maison auprès du futur shogoun, elle se considérait comme aussi privilégiée que les dames de la cour impériale qui s'entretenaient face à face avec les hommes.

« C'est un soutra du Lotus, dit Hideyori. Un de mes préférés. Il me donne une grande énergie ». Il éleva ses yeux noirs vers elle et, d'une voix plus douce que d'habitude, il lui demanda : « Auriez-vous une croyance particulière, Taniko-san ?

— Oui, je récite souvent l'invocation « Hommage à Amida Bouddha » quand j'ai besoin de réconfort.

— Très bien. Chacun possède un moyen d'en appeler aux puissances supérieures en temps de grande affliction ». Il lui prit la main : liberté qu'elle lui accordait volontiers puisqu'il ne cherchait plus à l'attirer dans son lit. « J'ai reçu des nouvelles qui vous causeront un terrible chagrin, dit-il. Vous devez le supporter en samouraï ».

Jébu ! pensa-t-elle aussitôt et son cœur se glaça. Puis elle se rappela qu'Hideyori n'était pas au courant de ses relations avec Jébu. Elle serra machinalement la main d'Hideyori. « Parlez, je vous en prie, Hideyori-san. Je peux tout entendre. »

Il ramassa le long étui de cèdre poli, le posa sur ses genoux, l'ouvrit et en tira un sabre dans son fourreau d'or et d'argent.

« Peut-être connaissez-vous cette arme. C'est Kogarasu, le trésor de la famille Takashi ».

Il lui tendit la poignée du sabre. Elle le trouva si lourd qu'elle se demanda comment un homme pouvait le manier au combat. Kogarasu ! Le sabre de Kiyosi. Elle avait cru qu'il était tombé au fond de la baie d'Hakata. Le prendre des mains d'Hideyori, dans le palais du futur Shogoun, la stupéfia. Que cherchait-il à lui dire ?

Il plongea de nouveau la main dans la boîte et en tira une flûte d'ivoire. Elle reconnut aussitôt Petite Branche. Rien qu'en la voyant, il lui sembla entendre Atsue en jouer comme il l'avait fait souvent avant que les hommes de Sogamori ne le ravissent.

La vérité flamboya dans son esprit comme un éclair et déchaîna un torrent de douleurs. Elle se rappela les petits bras minces accrochés à son cou et le regard désespéré de l'enfant quand on le lui avait enlevé. Souvent dans ses prières, elle avait souhaité voir un jour comment il avait grandi, quel genre d'homme il était devenu. Désormais elle ne le connaîtrait pas. Elle vacilla et s'appuya à Hideyori pour ne pas tomber. Pas mon Atsue ! pas mon autre enfant !

« Quand un homme et une femme rapprochent leurs oreillers, le karma des relations qui s'en suivent n'a pas de fin, dit Hideyori. Comment auriez-vous pu deviner tant d'années auparavant que votre fils né de Kiyosi combattrait les amis de sa mère ?

— Il est mort à la guerre ! Ce n'est qu'un enfant. Il n'a pas vécu ».

La voix d'Hideyori retentit : « Dès la première brise, la fleur de cerisier tombe de l'arbre mais nous ne disons pas qu'elle n'a jamais vécu. La fleur qui ne dure qu'un jour n'en est pas moins belle.

— Hommage à Amida Bouddha », souffla Taniko. Elle s'écarta d'Hideyori, lâcha sa main et se leva. Elle avait tant perdu dans sa vie : sa fille Shikibu, Kiyosi, Jébu et Atsue qui lui était enlevé pour la deuxième fois et définitivement. Sogamori en avait fait un samouraï et l'avait envoyé mourir à la guerre, comme il l'avait fait de Kiyosi. Eh bien non, elle ne se laisserait pas briser. Comme le lui rappelait Hideyori, elle était samouraï, elle aussi. Elle pleura sans bruit en sachant pourtant que les larmes n'atténueraient pas sa désolation intérieure : un vide infini, comme le désert de Mongolie.

« Il est tombé de la branche, dit-elle avec calme. Il ne souffrira plus. Mais moi je continue à souffrir. Quel péché ai-je commis pour patauger d'agonie en agonie, d'année en année ?

— Peut-être cela vous réserve-t-il une haute destinée, dit Hideyori. L'acier des meilleurs sabres plonge dans le feu dix mille fois.

— Je n'aspire pas à un destin plus élevé. Si je ne dois pas mourir, que je vive en nonne. Le matin où je quittai Kamakura pour aller me marier à Heian Kyo, mon père me menaça de m'enfermer dans un couvent. Dommage qu'il ne l'ait pas fait.

— Le couvent n'est pas pour une femme aussi intelligente et belle que vous. Pour échapper à votre chagrin recourez au travail. Accomplissez votre devoir envers votre famille, les Iles sacrées et le kami ».

Taniko croisa les bras, serra les dents et s'efforça de reprendre son calme.

« Votre fils, Takashi no Atsue, a quitté ce monde, dit lentement Hideyori. Vous devez l'accepter et poursuivre votre existence ». Le nom complet d'Atsue, que Taniko n'avait jamais prononcé à haute voix, résonna comme celui d'un étranger sur les lèvres du chef des Muratomo. Cela concrétisa pour elle la réalité de ce qu'il s'était passé. Atsue était mort. Tué par un quelconque samouraï Muratomo. Son chagrin éclata. Un long cri jaillit du plus profond de son corps et se termina par un ouragan de sanglots. Elle se courba sur le sabre et la flûte, en proie à des mouvements convulsifs. Hideyori resta silencieux et détourna la tête. Enfin la crise s'apaisa, elle put dire : « Excusez-moi.

— Vous n'avez pas à vous excuser. Vous souffrez beaucoup. »

Taniko se rappela le temps terrible où, à Heian Kyo, personne n'osait lui annoncer la mort de Kiyosi et où, finalement, un secrétaire de Sogamori la lui révéla en bafouillant. « Je vous remercie, seigneur Hideyori, dit-elle solennellement. Rien ne vous obligeait à m'annoncer la mort d'un de vos ennemis. Vous n'aviez aucune obligation de perdre autant de votre temps précieux à me réconforter dans ma douleur. Je vous remercie d'avoir assumé cette tâche.

— Cela aurait pu m'être beaucoup plus difficile, dit-il en lui jetant un coup d'œil en biais. Vous ne m'avez heureusement pas demandé comment il est mort.

— Que voulez-vous dire ? »

Hideyori parut troublé. « Rien de précis.

— Non, non. Vous en avez déjà trop dit. Je veux tout savoir, Hideyori-san. Ne laissez pas quelque horrible vérité me frapper plus tard par surprise. Permettez-moi de souffrir immédiatement tout ce que je dois souffrir.

— S'il vous plaît, Taniko-san, ne m'en demandez pas plus. Vous le regretteriez.

— Est-il mort de manière honteuse ? S'est-il conduit comme un lâche ?

— Non, il ne s'agit pas de ça, Taniko. Vous voulez donc que je parle ?

— Je vous en prie ».

Hideyori soupira. « Mon demi-frère Yukio m'a envoyé ce sabre et cette flûte comme dépouilles de guerre. C'est lui qui a tué votre fils ».

Taniko se mordit la lèvre. « Non ! » Pas Yukio. C'était impossible. Pas le plus cher ami de Jébu. Pas le compagnon souriant de son retour aux Iles sacrées. Elle eut l'impression de tomber dans un abîme de ténèbres sans fond.

Hideyori poursuivit : « Atsue fut fait prisonnier à la bataille d'Ichinotani par le gigantesque moine zinja Jébu qui ne quitte pas Yukio. Ce zinja amena Atsue à Yukio. Quand ce dernier apprit qu'il avait affaire au petit-fils de Sogamori, il coupa immédiatement la tête de l'enfant sans défense.

— Le petit-fils de Sogamori ? Mais Yukio et Jébu savaient tous les deux qu'Atsue était *mon fils* ».

Un frisson glacial l'ébranla.

« Cela ne semble guère avoir eu d'influence sur la mauvaise humeur de Yukio, dit Hideyori. Tout le monde sait qu'il est irascible.

— Hommage à Amida Bouddha », chuchota Taniko. Mais le Seigneur de Lumière illimitée était loin de son gouffre obscur. « Avez-vous reçu une lettre, demanda-t-elle après un long silence, au cours duquel elle s'efforça de surmonter sa douleur.

— Non. Le samouraï qui apporta le sabre et la flûte m'a raconté comment est mort votre fils.

— Si Yukio les a envoyés, c'est parce qu'il regrettait d'avoir tué Atsue.

— Il me les a adressés à moi parce que ce sont des trésors des Takashi. Sachant que je me méfie de lui, il s'efforce de me rassurer. C'est moi qui ai eu l'idée de vous les donner.

— Le moine Jébu a-t-il cherché à empêcher Yukio de tuer mon fils ?

— S'il l'a fait, je n'en sais rien.

— J'aimerais parler au samouraï qui apporta ces dépouilles.

— Je regrette, mais il est déjà parti rejoindre l'armée de Yukio ».

Taniko se redressa en serrant le sabre et la flûte contre sa poitrine. « Excusez-moi, seigneur, mais je dois vous demander la permission de me retirer. J'ai besoin de solitude.

— Que Kwannon vous réconforte, Taniko-san ! »

Sachant que tout le monde était constamment épié au palais sur ordre d'Hideyori, Taniko décida de se rendre à cheval sur les collines où elle défierait son karma : elle se suiciderait. Évidemment elle renaîtrait pour souffrir encore plus mais au moins les amers souvenirs de cette vie, où ceux en qui elle s'était fiée et qu'elle avait aimés l'avaient cruellement trahie, seraient effacés. Elle envisagea de coucher un ultime adieu dans son journal intime mais elle n'avait plus envie d'écrire à quiconque.

Son cheval ne tarda pas à gravir les collines par la route qu'elle avait suivie avec Jébu vingt-deux années plus tôt, lors de leur premier voyage. Les maisons de Kamakura s'étaient répandues sur ces hauteurs et elle mit plus longtemps pour arriver aux forêts de pins. Elle atteignit un site d'où sa vue s'étendit sur l'immensité des bois, la ville et l'océan. D'innombrables petits points de lumière mouchetaient l'obscurité : vers luisants dans les arbres, lanternes dans les rues et les jardins, lames de l'océan phosphorescent, étoiles clignotant dans le ciel. La beauté de cette nuit sans lune était telle qu'elle décida de suivre un sentier forestier jusqu'au point culminant de la colline, de s'y asseoir sous un pin, Kogarasu et Petite Branche sur les genoux, de dégainer la dague cachée sous son kimono et puis... quand elle se sentirait prête, peut-être au lever du soleil, elle se trancherait la gorge afin que son sang coule sur les trésors d'Atsue.

Quand son cheval approcha du but, elle fut déçue : un petit temple s'y trouvait, à peine plus grand qu'une hutte, le toit couvert de chaume. La porte était orientée à l'est, ce qui masquait la lumière aux voyageurs venant de la ville. Taniko n'avait jamais entendu parler d'un temple sur cette hauteur. Mais plus Kamakura grandissait, plus abondaient dans les forêts avoisinantes les *yamabushi :* moines ermites. Peut-être était-ce son destin qui l'amenait là. En disant « Hommage à Amida Bouddha » avec assez de foi, on peut renaître au Paradis occidental d'Amida où il est possible à une personne ordinaire d'atteindre le nirvana interdit à tous en ce monde de corruption. Taniko invoquait le Bouddha depuis de nombreuses années mais rien ne prouvait que ses prières pouvaient la libérer des angoisses de ressusciter sur cette terre. Peut-être qu'une dernière visite à un temple lui donnerait les ailes de grâce qui l'emporteraient vers le paradis d'Amida.

L'intérieur du petit temple était aussi vide que l'oratoire d'Hideyori. Il n'y avait même pas une statue du Bouddha ni de *bosatsu* sur l'autel qu'éclairait une petite lampe à huile. Taniko alla jusqu'à cet autel, s'inclina et claqua des mains pour attirer l'attention de la déité des lieux, qu'elle qu'elle fût. « Hommage à Amida Bouddha, dit-elle à pleine voix.

— Paroles inutiles », dit quelqu'un derrière elle.

Taniko pensa que des brigands s'étaient emparés de cette hutte. Elle pivota sur elle-même, prête à défendre son honneur ou à se tuer avec sa dague sans tarder s'il le fallait. Dans l'ombre du coin de la pièce, un moine à robe noire lui sourit, assis dans la position du lotus. Il était tellement silencieux et immobile lorsqu'elle était entrée qu'elle ne l'avait pas remarqué. Elle s'inclina avec respect bien qu'il eût prononcé des paroles étranges pour un moine.

« Pourquoi inutiles, senséi ? »

Ce moine avait un visage rond et joyeux. Bien qu'il fût parfaitement inerte, son corps dégageait une impression de puissance. Son regard perçant donna à Taniko l'impression qu'il la connaissait parce qu'il savait tout de l'univers et qu'il le contenait lui-même.

« Amida Bouddha n'existe pas, fit-il.

— Comment ? Amida n'existe pas ? Quelle foi professez-vous, moine ?

— Je ne prêche rien du tout. Quel enseignement cherchez-vous ? » Malgré l'étrangeté de ses propos, sa physionomie exprimait tant de bonté qu'il plut à Taniko et qu'elle se fia à lui. Il lui fallait bien croire en quelqu'un. C'est précisément parce qu'elle n'avait plus foi en personne qu'elle désirait mourir.

« Je ne suis pas en quête d'une doctrine, je ne désire que la paix et rien d'autre. »

Elle conta précipitamment toute son histoire. Quand elle eut fini de parler de Kiyosi, Atsue, Yukio, Jébu, ils étaient tous deux face à face devant l'autel sans divinité. Bien qu'il lui fallût s'arrêter à plusieurs reprises pour laisser couler ses larmes, elle était soulagée. Néanmoins elle déclara au moine, qui s'appelait Eisen, qu'elle entendait se suicider lorsqu'elle quitterait le temple.

« Peut-être est-ce le destin qui vous amène ici, dit distraitement Eisen. Ce n'est sûrement pas par coïncidence que j'ai fait connaissance avec le moine Jébu et le seigneur Muratomo no Yukio voilà des années et que je me suis entretenu avec eux juste avant leur départ pour la Chine. Le seigneur Yukio ne m'a pas donné l'impression d'un homme susceptible d'assassiner un adolescent sans défense, vous-même ne paraissez pas une femme capable de mettre fin à ses jours parce que son fils est mort. Le Bouddha en personne avait un fils, vous savez.

— Vous venez de dire que le Bouddha n'existe pas.

— Assurément. Un certain Siddhartha vécut voilà bien des siècles et eut un fils qu'il appela Obstacle parce que, dit-il, l'amour d'un enfant est une grande barrière devant la Lumière.

— J'aimerais mieux aimer mon enfant qu'être éclairée.

— Ce que vous dites là démontre que vous êtes déjà fortement éclairée. Si vous êtes prête à aimer, vous devez vous attendre à souffrir. Si vous êtes prête à souffrir, vous désirez vivre. Vous n'êtes pas maîtresse de votre vie, vous savez.

— Si je ne m'appartiens pas, à qui suis-je ? Au Bouddha ?

— Toutes les vies sont celles du Bouddha et vous êtes le Bouddha lui-même. »

Ces mots éclatèrent pour Taniko, comme une fusée chinoise s'élève dans le ciel puis se disperse en un chrysanthème aux couleurs brillantes. Elle éprouva une intense surprise. Tout était simple. Elle connut paix et joie comme si elle venait de trouver la réponse aux questions qui la tourmentaient depuis des années. Elle aurait été incapable d'exprimer en paroles ce qu'elle venait d'apprendre et pourquoi elle se sentait ainsi. Elle considéra Eisen d'un air stupéfait.

Il lui adressa un sourire ravi. « Certains moines passent toute leur existence à méditer immobiles avant de connaître le phénomène que vous venez de vivre.

— Que m'est-il arrivé ?

— Rien de particulier. Cette sensation s'atténuera avec le temps. Toutefois si vous vous acharnez à la conserver, vous plongerez en enfer. Vous êtes comme une personne perdue dans une forêt. Elle arrive par hasard à un temple caché. L'ayant atteint, il lui serait facile de retrouver le chemin perdu. Mais ne cherchez pas à y rester parce qu'autre chose vous attend. Le travail est le Paradis occidental par lequel nous obtenons le salut. »

Taniko se rappela qu'Hideyori, si différent de ce moine, lui avait dit qu'elle pouvait échapper à son chagrin par le travail. Comme c'était étrange ! Elle se leva et regarda au-delà de la porte du petit temple. L'océan brillait comme un miroir de bronze car le soleil apparaissait à l'horizon.

« Pourrai-je revenir vous voir ? Je sais que vous pouvez encore m'enseigner beaucoup.

— Seule la vie enseigne, dit Eisen. Tout ce qui vous arrive, nous l'appelons *kung-an :* question dont les réponses désignent le Bouddha qui est en nous. La vie vous a déjà posé d'amères *kung-an.* Peut-être vous préparent-elles à un haut niveau de connaissance.

— Je rentre chez moi, maintenant.

— Bien », dit Eisen. Il eut un petit ricanement. « Le samouraï qui vous suivait vous en sera reconnaissant. Rester assis dans la forêt froide et humide n'a guère dû lui plaire. »

Surprise, Taniko suivit le regard d'Eisen et vit un éclat métallique parmi les arbres. Un homme d'Hideyori sans doute. Même si elle l'avait voulu, elle n'aurait pu commettre *seppuku.* Elle pensa, furieuse : Hideyori ne cherche pas à me protéger mais à me gouverner. Cette constatation lui parut triviale après l'euphorie qu'elle venait de vivre. En regardant le soleil se lever, il lui parut que sa lumière intérieure brillait plus vivement. Je ne me suis pas tuée, se dit-elle, mais, cette nuit, je suis morte pour renaître.

16

C'était l'heure du serpent. La mer Intérieure étincelait sous le ciel matinal et tournait à l'indigo chaque fois qu'un nuage masquait le soleil. En armure à lacet noirs, Jébu se tenait à la proue de la jonque de guerre *Grue à l'essor.* Par un aussi beau temps, les deux flottes combattraient sans merci. N'est-il pas étrange que le bien-être des kamis du ciel et de l'eau puisse provoquer tant de souffrances chez les hommes ?

A ce moment-là, les kamis semblaient prendre parti pour les Takashi. Dans un jeu d'ombre et de lumière, sept cents navires arborant le Dragon rouge arrivaient majestueusement de l'ouest suivant le courant de marée dans le détroit de Shimonoseki. Le tonnerre des énormes tambours de guerre venu des gaillards arrière roulait sur les vagues. Les Takashi avaient divisé leur flotte en trois escadres. Allaient à l'avant trois cents gros navires conduits par une ligne de jonques chinoises arborant des bannières rouges, toutes voiles déployées comme des ailes de dragons, des yeux au regard féroce peints de chaque côté de la proue. Venaient ensuite deux cents bâtiments appartenant aux alliés du clan. Enfin à l'arrière-garde, les Takashi de haut rang, y compris Notaro le commandant en chef et son neveu l'empereur, se répartissaient sur deux cents autres bateaux.

Le vent et la marée jouant contre eux, les cinq cents bâtiments des Muratomo avaient du mal à rester en ligne de bataille et dérivaient vers les îles rocheuses de Kanju et Manju. Là, dans l'étroite extrémité occidentale de la mer Intérieure, les vagues déferlaient contre les falaises inabordables de la côte d'Honshou. D'autre part, des milliers de samouraïs à pied et à cheval occupaient en rangs serrés les plages de Kiou Siou. Théoriquement il s'agissait d'alliés des Takashi. Mais au bout de cinq ans de guerre civile, leurs chefs étaient devenus indépendants. Ils rallieraient le vainqueur de la bataille navale.

L'air farouche dans une armure complète de samouraï, Moko se tenait auprès de Jébu. Comme une centaine d'autres bateaux constituant le noyau de la flotte Muratomo, *La Grue à l'essor* avait été construite à Kamakura sous sa direction. C'étaient des jonques naviguant à la voile plutôt qu'à l'aviron, plus petites et plus rapides que celles de construction chinoise des Takashi. Moko avait imité le modèle chinois en s'efforçant de l'améliorer. Ces bâtiments n'avaient participé qu'à une seule bataille, celle de Yashima, où les Muratomo avaient attaqué les Takashi par surprise et remporté une victoire facile. Le combat de ce jour-là serait une épreuve plus sérieuse. Moko avait tenu à embarquer sur *La Grue à l'essor* avec Jébu. Si ses jonques étaient vaincues, expliquait-il, il préférait couler avec elles plutôt que d'affronter la colère du seigneur Hideyori. Jébu l'avait accueilli avec joie mais avait été déçu quand Moko lui avoua que Taniko ne lui avait confié aucun message pour lui.

« Elle ne m'a jamais parlé de la mort de son fils, dit-il. Je n'allais évidemment pas aborder cette question moi-même. Je crois qu'elle ne veut pas me forcer à choisir entre vous et elle, shiké. C'est une grande dame. »

L'avant-garde des navires des Takashi était bondée d'archers épaule contre épaule. Obéissant à un signal, ils lâchèrent des salves successives. Les flèches tombèrent par centaines à la fois sur le pont et la quille de *La Grue à l'essor.* Les archers Muratomo ripostèrent mais le vent soufflait contre eux et le haut pavois des jonques Takashi protégeait leurs archers.

« Il faut y aller à l'abordage et combattre au corps à corps sur ces gros bateaux », dit Jébu à Moko qu'il envoya à l'entrepont. Puis il indiqua aux deux barreurs de mettre le cap sur l'une des plus grandes jonques adverses. Les samouraïs Muratomo s'attroupèrent au bastingage, prêts à lancer des grappins. A l'instant où la collision allait se produire, Jébu reçut une flèche, à l'épaule gauche, sur une plaque de son armure. Le choc fut si violent qu'il faillit tomber sur le pont. Au dernier instant la jonque des Takashi obliqua comme pour les éviter. Mais les deux bâtiments se heurtèrent quand même dans un crissement aigu de bois torturé. La haute coque de l'ennemi se dressa devant Jébu et ses compagnons comme le mur d'une forteresse. Les grappins s'envolèrent.

« Muratomo ! » vociféra Jébu en grimpant le long d'un cordage. Il s'arrêta au sommet du pavois de la jonque Takashi, dégaina son sabre et plongea sur le samouraï ennemi le plus proche.

« Tirez sur Yukio ! » répétait un officier Takashi en splendide armure à lacets rouges. L'ennemi allait être déçu, pensa Jébu car Yukio se trouvait sur un autre bâtiment.

Tous les déserteurs qui s'étaient présentés au camp Muratomo avaient donné la même mise en garde : les Takashi attribuaient leurs défaites au seul Yukio ; ils n'espéraient renverser le sort de la guerre et vaincre les Muratomo que s'ils parvenaient à le tuer. Hideyori leur importait moins ; ils le considéraient comme un simple intrigant. En allant à la bataille, chaque samouraï Takashi priait les kamis de lui donner l'occasion de sauver le clan en éliminant son pire ennemi. Mais leur nombre diminuait constamment. Chaque jour, des guerriers, qui désiraient terminer la guerre dans le camp vainqueur, abandonnaient le Dragon rouge pour s'engager envers le Dragon blanc. Avant la bataille d'Ichinotani, les déserteurs arrivaient par dizaines à l'armée de Yukio. Ensuite c'est par centaines qu'ils se présentèrent. Quand le jeune Muratomo eut presque anéanti la flotte Takashi en l'attaquant par surprise à sa base fortifiée de l'île Yashima, de grands seigneurs de noble lignage lui amenèrent des milliers d'hommes. Le gardien du sanctuaire de Gongen à Kumano, nommé des années plus tôt par Sogamori, organisa un combat entre sept coqs blancs et sept coqs rouges devant l'image du kami. Les blancs tuèrent ou chassèrent les rouges. Alors cet important religieux embarqua deux mille hommes sur deux cents jonques et emporta l'autel de Gongen sur son navire amiral. Il mit bateaux, hommes et dieu au service des Muratomo.

Yukio accueillait volontiers ceux qui se ralliaient à lui et acceptait leur serment de fidélité au nom de son frère. Si la bataille navale de ce jour-là tournait bien, ce serait la dernière car les Takashi n'auraient de refuge nulle part. Yukio les avait poussés inexorablement d'est en ouest sur la mer Intérieure jusqu'au détroit de Shimonoseki. Au-delà il n'y avait que l'océan et le continent dominé par les Mongols. Encore en possession des trois trésors sacrés, l'empereur Antoku, petit-fils de Sogamori, ne régnait plus que sur un empire de bois : les ponts des jonques Takashi. Il se trouvait quelque part, dans la flotte opposée ce jour-là aux Muratomo, commandée par l'incapable Notaro : dernier espoir du Dragon rouge.

Près d'un an s'était écoulé depuis la victoire de Yukio à Ichinotani et le départ d'Atsue pour le Vide. Jébu avait passé la plus grande partie de ce temps au monastère zinja du Renard roux sur l'île de Sikok. Un mois après que les hommes de Yukio l'y eurent déposé, Taïtaro arriva pour le soigner. Sa barbe blanche lui tombait jusqu'à la taille. Sans dire grand-chose il plaça le Joyau de Vie et de Mort à portée de regard de Jébu qui était trop faible pour le tenir lui-même. Le moine guerrier recouvra lentement ses forces. Dès qu'il put tenir un pinceau, il écrivit à Taniko. Il se rappelait confusément que Yukio lui avait promis d'envoyer un message indiquant comment Atsue était mort. Pourtant il voulait le lui expliquer lui-même. Sa lettre lui parut totalement insatisfaisante mais il ne put faire mieux. Il l'envoya parce qu'il se sentait obligé de faire quelque chose. Elle ne répondit pas.

Grâce à son tempérament et à la médecine zinja, Jébu respira normalement après six mois de traitement et put reprendre son entraînement avec les maîtres d'arme du monastère. Neuf mois plus tard, il embarqua de Sikok pour rejoindre la flotte de Yukio, à temps pour participer à la victoire de Yashima.

Debout près du corps de l'officier qui avait ordonné de tirer sur Yukio, Jébu murmura la Prière pour un ennemi abattu. La conquête de la grande jonque Takashi s'était déroulée avec une vitesse surprenante. Le pont était gluant de sang. Les Takashi avaient confié ce bâtiment formidable à leurs guerriers les moins expérimentés, pensant sans doute que les Muratomo ne s'attaqueraient vraisemblablement pas à un navire aussi gigantesque. Bien des morts n'étaient que des gamins. Jébu se dit que chacun serait pleuré par sa mère durant toute la vie de celle-ci, comme Atsue par Taniko.

Il importait alors de faire savoir à Yukio que les grandes jonques de construction chinoise étaient le point faible de la flotte Takashi. Jébu ordonna de jeter les bannières rouges par-dessus bord, avec les cadavres des ennemis, et de hisser aux mâts les drapeaux blancs des Muratomo. Yukio se trouvait à bord du *Château vert,* un de ses plus petits bâtiments où il espérait passer inaperçu. Jébu organisa l'équipage de la jonque capturée et retourna sur *La Grue à l'essor* pour se mettre en quête de Yukio.

La bataille s'était déplacée vers l'est, poussée par le vent et la marée qui favorisaient les Takashi. La fumée des bâtiments incendiés se répandait sur la mer. Jébu enfin avisa le bâteau de Yukio lié par des grappins à une jonque deux fois plus grande qui arborait un Dragon rouge. Peut-être était-ce le navire impérial ou le navire amiral de Notaro, pensa Jébu, ou bien un simple piège comme la jonque qu'il avait capturée. Un sekibune, énorme galère, rallia les deux bateaux accrochés l'un à l'autre et plus de cent guerriers Takashi chargèrent sur la proue du *Château vert* en passant sur des planches. Deux autres galères approchaient. Jébu soupçonna l'ennemi de savoir où se trouvait Yukio. Il ordonna au capitaine de *La Grue à l'essor* de donner plus de toile. En peu de temps, ils furent assez près pour voir Yukio, petite silhouette en armure à lacets blancs, au milieu d'une poignée de samouraïs Muratomo acculés à la rambarde. Le bâtiment de Jébu se rapprochait. Yukio se retourna et le vit. Il agita son sabre et se fraya une voie sanglante parmi les Takashi qui l'entouraient. Flèches et javelots pleuvant autour de lui, il courut et franchit d'un bond l'espace séparant *Le Château vert* de *La Grue à l'essor.* Pendant un bref instant il oscilla sur le sommet du franc-bord puis Jébu le saisit par le bras et l'attira sur le pont où il tomba avec un bruit sourd.

« Magnifique, seigneur Yukio ! s'exclama Moko. Je ne crois pas avoir jamais vu un homme sauter aussi loin.

— La peur m'a métamorphosé en sauterelle, répondit Yukio en riant.

— La bataille tourne mal pour nous », dit Jébu quand ils s'éloignèrent de l'essaim de galères rassemblées autour du *Château vert.*

Yukio éleva son regard vers le soleil qui se trouvait presque au zénith, et se tourna vers Moko. « Il est temps de solliciter la faveur divine avant que le vent ne tourne, dit-il.

— A vos ordres, seigneur ! » Moko descendit dans le navire et en revint, une grande caisse sur les bras. Deux valets le suivaient portant des cages d'osier alignées sur une planche. Moko ouvrit la boîte et en tira un trépied et une énorme fusée chinoise qu'il posa sur le pont. « J'ai essayé cet engin bien des fois à Kamakura, dit-il, et il a fonctionné la plupart du temps. Des centaines de raisons pourraient faire échouer l'expérience mais, si tout se passe comme prévu, je suis convaincu que les kamis seront pour nous.

— De quoi s'agit-il ? demanda Jébu.

— Attendons et regardons », dit Yukio.

Moko alluma la mèche et recula. Un cercle de samouraïs s'était formé autour de lui. Bouche bée, ils s'écartèrent. Crachant des étincelles dorées, la fusée s'éleva. A bord de *La Grue à l'essor,* toutes les têtes basculèrent en arrière pour suivre la trajectoire étincelante qui s'éleva aussi haut que peut voler une mouette, tout en restant visible. L'arc qu'elle décrivit l'amena à mi-chemin entre les deux flottes adverses. Alors retentit un coup de tonnerre et le ciel parut s'embraser. Le bruit fit sursauter les guerriers et le silence régna sur tous les navires. Un grand carré de soie blanche se déroula dans le ciel. Aussi léger qu'un nuage, ce drapeau flotta en ondulant sur les vents en altitude. A bord des navires, les hommes poussèrent des cris d'émerveillement ou de terreur.

« Hachiman s'est prononcé en notre faveur », souffla Moko. Jébu avisa dans la main de l'astucieux charpentier une mince ficelle à peine visible qui guidait la descente de la bannière. Elle dériva lentement vers le bateau de Yukio. Moko fit un signe aux porteurs des cages d'osier. Il les ouvrit une à une. Des colombes blanches prirent leur essor. Ces oiseaux consacrés à Hachiman tournoyèrent avec des battements d'ailes qui faisaient un bruit de tambour. Ils entourèrent le carré de soie blanche puis s'enfuirent vers le nord-est. Un moment plus tard la bannière tomba à la proue de *La Grue à l'essor* et l'enveloppa. Un silence absolu régnait sur le détroit.

« Nous aurions pu utiliser cet engin explosif chinois comme arme, dit Yukio. Mais on me reproche déjà d'avoir lâché des Mongols contre mes compatriotes. Je répugne donc à apporter de nouvelles horreurs sur les Iles sacrées. » Il s'écarta de Jébu, sauta sur le plat-bord de *La Grue à l'essor,* se dressa sabre au poing de toute sa hauteur afin que tout le monde pût le voir. « Hissez la bannière céleste à notre mât. Hachiman accorde la victoire aux Muratomo. » Un matelot grimpa aux étais du mât de misaine et y noua la bannière. Jébu remarqua qu'elle flottait vers l'ouest. Il était midi. Le vent avait tourné. Désormais il soufflait en faveur des Muratomo.

Une heure plus tard, la flotte Takashi reculait en désordre. Grâce à un système de signalisation par fanions que Yukio avait appris chez les Mongols, les bâtiments Muratomo se regroupèrent et foncèrent à l'attaque. Yukio avait ordonné de concentrer le tir sur les matelots des jonques et les rameurs des galères ennemies. Cette tactique ne tarda pas à produire les résultats escomptés. Incapables de manœuvrer, les bâtiments des Takashi tournèrent sur eux-mêmes dans le puissant courant d'est en ouest. Leurs samouraïs devinrent alors des cibles faciles à atteindre pour les archers des Muratomo. Les bâtiments des Takashi se cognèrent les uns aux autres, drossés vers la côte nord du détroit de Shimonoseki, sous le port de Dannoura.

« Quand la marée montait contre nous, dit Yukio, nous avions toute la mer Intérieure derrière et assez d'espace pour fuir en cas de besoin. Maintenant le courant les drosse sur la partie la plus étroite de la passe et ils n'ont plus la place de manœuvrer. »

Certains samouraïs Takashi échouèrent leur bateau et nagèrent vers la côte, ils y périrent sous les volées de flèches tirées par leurs anciens alliés alignés sur les falaises. Tant de bâtiments Takashi furent pris à l'abordage, coulés ou incendiés, que la supériorité du nombre passa aux Muratomo. Yukio envoya une escadre de jonques conçues par Moko, et plus rapides que celles des Takashi, rattraper l'ennemi et lui couper la route vers l'océan.

L'homme qui avait hissé le Dragon blanc était resté au sommet du mât. Soudain il s'écria : « Je vois Sa Majesté Impériale ! Elle était sur la jonque rouge, ornée d'un dragon d'or sur le gaillard d'arrière. Il est sur le pont, entouré par ses courtisans. »

Yukio regarda dans la direction désignée par cet homme. « Ils n'ont plus d'autre atout que l'empereur. Nous devons le capturer. Je vois son navire. » Il cria des ordres au capitaine de *La Grue à l'essor* qui les répercuta vers ses hommes d'équipage. La jonque fonça cap sur la jonque impériale dans le chaos des navires liés bord à bord, des bâtiments qui coulaient.

Un cri d'horreur s'éleva du poste de vigie. « Une femme vient de sauter par-dessus bord avec l'empereur dans ses bras. Sa Majesté est à l'eau. » Jébu regarda leur objectif. Il fut médusé. A distance, il semblait que quelqu'un avait jeté un panier de fleurs à la mer. Hommes et femmes en robes de couleurs vives flottaient pendant un instant. Puis, leurs nombreuses couches de vêtements s'imprégnant d'eau, ils plongeaient vers le fond.

« Sa Majesté Impériale se noie, rugit Yukio à son équipage. Vite ! Plus vite ! » Mais *La Grue à l'essor* filait déjà au maximum de sa vitesse. Quand ils arrivèrent au but, il ne restait personne à bord. Même les matelots, tous des samouraïs Takashi, s'étaient noyés. Un cri s'éleva à tribord. Jébu s'y précipita. Les hommes de Yukio avaient repéré une femme qui flottait encore et la tiraient avec des gaffes. Deux samouraïs se débarrassèrent vivement de leur armure et plongèrent. En peu de temps ils hissèrent la femme à bord. Elle s'agenouilla devant Yukio en pleurant.

« Qui êtes-vous ? demanda le jeune Muratomo.

— Je m'appelle Takashi no Harako. J'étais au service de la grand-mère de Sa Majesté, épouse de feu le chancelier Sogamori. Veuve du général de cavalerie Takashi no Mizoguchi, je porte son enfant. Maintenant que mon empereur, ma maîtresse et mon mari sont morts, je vous prie de me laisser les rejoindre sous les vagues.

— Qu'est-il advenu de Sa Majesté Impériale ? demanda Yukio.

— Sa grand-mère lui a dit que sa cause était perdue et que ses ennemis ne permettraient jamais à un empereur issu des Takashi de rester sur le trône. Il était temps qu'il quitte ce monde de misères, ajouta-t-elle. Elle l'arma du sabre sacré et lui passa le collier impérial autour du cou. Il lui demanda s'il souffrirait en se noyant. Elle lui répondit : « Nous trouverons une autre capitale au fond de la mer. Grand-père Sogamori nous y attend avec tous les ancêtres de Votre Majesté. » Alors il se déclara prêt à partir. En pleurant, elle le serra dans ses bras et sauta par-dessus bord. Ils coulèrent au fond presque immédiatement. » Dame Harako éclata en sanglots. « Le pauvre petit empereur ! Il n'avait que dix ans. »

Un samouraï appela Yukio à bâbord. Il courut, suivi par Jébu. Des têtes innombrables mouchetaient la mer, s'élevant et descendant au gré des vagues. Elles disparaissaient aussi rapidement que des éclaboussures de gouttes de pluie sur un bassin. D'autres les remplaçaient car les ennemis continuaient à sauter à l'eau. Les derniers guerriers Takashi suivaient l'exemple de l'empereur-enfant et de sa cour, en s'abandonnant aux vagues.

« Laissez-moi me noyer aussi, supplia dame Harako.

— Vous avez dit que le sabre et le collier sacrés sont tombés au fond de l'eau avec Sa Majesté Impériale, dit Yukio. Et le miroir ?

— Pour autant que je le sache, il est resté à bord. »

Sans tenir compte de ses supplications, Yukio fit conduire dame Harako à l'entrepont. Il convoqua le prêtre de *La Grue à l'essor* et lui enjoignit de monter à bord du navire impérial afin de ramener le miroir sacré. Puis il retourna assister à la fin des Takashi. Bien des guerriers avaient sauté dans l'eau en étreignant une bannière rouge. Leur armure les entraînant au fond, seuls les carrés de soie restaient à la surface. La bataille se terminait par un suicide général. Les navires vides dansaient sur les vagues. Les drapeaux des Takashi jonchaient le détroit, comme des feuilles d'érable sur l'eau d'un ruisseau à l'automne. Une brume froide s'éleva de la côte. Les cris de victoire des Muratomo éveillaient les mêmes échos que les cris des mouettes sur la mer qui virait au violet.

Un canot se heurta au flanc de *La Grue à l'essor.* Son équipage hissa à bord un homme aux bras liés et le poussa jusqu'à Yukio. Il ne portait pas d'armure. Sa robe de général en brocart d'or s'égoutta sur le pont. Hébété, les joues creuses, les yeux enfoncés dans leurs orbites et le regard terne, il resta muet. Les samouraïs qui l'avaient amené à Yukio l'interrogèrent sans ménagement. Il finit par dire son nom à voix basse.

« Je suis Takashi no Notaro, commandant en chef des forces de Sa Majesté Impériale et fils de feu le chancelier impérial Takashi no Sogamori.

— Le seigneur Notaro ! dit Yukio stupéfait. Comment se fait-il que tous les hommes de votre clan se soient donné la mort et que seul survive leur chef ?

— Nous avons tout vu, seigneur Yukio, dit un des samouraïs qui avaient amené Notaro à bord. Tous les hommes de son bateau sautaient à l'eau. Il hésitait, immobile. Un de ses propres officiers le poussa par-dessus bord. Alors ce lâche se débarrassa de son armure et chercha à nager vers la côte. Nous l'avons repêché.

— Si jamais j'entends encore parler grossièrement du fils du grand Sogamori, je couperai la tête du coupable de mes propres mains, dit lentement Yukio. Nous devons traiter le seigneur Notaro avec la plus grande courtoisie et lui assurer tout le confort dont nous disposons. Escortez-le jusqu'à ma cabine que vous débarrasserez de mes affaires. Déliez-le, évidemment.

— Qu'allez-vous faire de moi ? demanda Notaro.

— Je vous envoie à mon frère, le seigneur Hideyori, qui vous jugera.

— Mon père aurait dû vous faire exécuter tous les deux, votre frère et vous, quand vous étiez enfants, dit Notaro. Sa générosité a causé la perte de notre famille.

— Mais ce n'est pas la générosité qui incita votre père à nous épargner, seigneur Notaro, dit Yukio en souriant. Ce fut la beauté de ma mère. »

Un canot ramena le prêtre du navire impérial abandonné. Un samouraï, marchant devant le saint homme, frappait un petit gong pour attirer l'attention sur l'objet sacré qu'on hissait à bord. Sur *La Grue à l'essor,* tout le monde se prosterna. Dans ses mains tremblantes le prêtre tenait un sac de soie. Jébu savait qu'il contenait un second sac, plus usé, dans lequel il y en avait encore un autre et ainsi de suite, un nombre inconnu. Chaque fois que l'enveloppe du miroir sacré se détériorait, on en mettait une nouvelle sans jamais en retirer aucune. Le reflet de la déesse solaire qui apparaissait sur le miroir sacré tuait tout mortel qui le voyait, disait-on. Le prêtre porta le dernier trésor de l'empire au sanctuaire du navire.

Yukio envoya des hommes d'équipage sur les jonques abandonnées par les Takashi et ordonna à la flotte victorieuse de filer immédiatement sur Hyogo. On lâcha des pigeons voyageurs pour qu'ils portent la nouvelle de la victoire à la capitale et à Kamakura. Appuyé à la rambarde, Yukio regarda les drapeaux rouges disparaître derrière la flotte. Jébu le rejoignit et vit qu'il pleurait.

« Pourquoi pleures-tu, Yukio-san ? demanda gentiment le moine. Est-ce la joie de la victoire qui t'émeut ainsi ?

— Non, je pense aux Takashi et je vois que rien ne dure, répondit lentement Yukio. Ils étaient magnifiques au temps de mon enfance. Toute leur gloire s'est évanouie si rapidement ! Combien de temps les kamis nous permettront-ils de jouir de notre victoire ? »

Le lendemain matin, alors qu'ils doublaient des îlots épars, un samouraï annonça à Yukio que dame Harako avait disparu pendant la nuit.

« Ça vaut mieux pour elle, dit Moko. Elle était enceinte. Avant mon départ de Kamakura, le seigneur Hideyori avait décrété que tous les descendants du grand-père de Sogamori devaient être envoyés dans l'Au-delà. On lui aurait arraché son enfant dès la naissance. Maintenant, ils sont assis ensemble sur la même Fleur de Lotus dans l'autre monde. »

Jébu frissonna en se rappelant ce qu'Atsue lui avait révélé avant de mourir : sa femme restée à Heian Kyo, la princesse Kazuko, lui avait donné un enfant. C'était le petit-fils ou la petite-fille de Taniko.

« Comment ne pas admirer la résolution avec laquelle dame Harako s'est tuée ? dit Yukio. Et Notaro qui s'accroche à la vie, n'est-il pas pathétique lui aussi ? J'espère avoir assez de sagesse pour comprendre, quand je n'appartiendrai plus à ce monde après être passé sans regret dans le Vide. »

17

Le capitaine de garde au pont enjambant la large douve qui entourait le Rokuhara grimaça d'horreur. « Il n'est pas agréable de voir enterrer des enfants vivants et poignarder ou étrangler leur mère.

— Qui ordonne ces exécutions ? demanda Jébu, le cœur plein d'appréhension.

— Un tribunal présidé par le seigneur Shima Bokuden de Kamakura et le prince Sasaki no Horigawa. Ils agissent au nom du seigneur Hideyori. »

Horigawa ! A ce nom, Jébu sentit ses cheveux se dresser sur sa nuque. Il eut envie de serrer entre ses mains la gorge de l'abominable vieillard.

« Je vous l'avais bien dit, shiké », dit Moko.

Tous deux à cheval, ils se trouvaient côte à côte, à l'entrée du Rokuhara. Hideyori avait ordonné de reconstruire le château fort des Takashi. C'était désormais le siège du Bakufu à Heian Kyo. Les trois tours se dressaient aussi menaçantes qu'au temps des Takashi, à cette seule différence près que des drapeaux blancs flottaient sur les toits. Cependant le palais impérial, au nord de la ville, restait en ruine depuis son incendie. Il n'y avait plus de Fils du Ciel ni de trône. Après la victoire des Muratomo au détroit de Shimonoseki, le vieil empereur en retraite, Go-Shirakawa, ne pouvait plus atermoyer. Il avait donc conféré à Hideyori le titre de shogoun : commandant suprême. Le nouveau maître des Iles sacrées prenait son temps pour décider quel candidat serait assez docile pour accéder à la dignité impériale.

« La princesse Kazuko est-elle au Rokuhara ? » demanda Jébu. Il n'avait pas oublié combien Atsue se souciait avant de mourir de sa jeune épouse.

Le capitaine de la garde répondit : « Tous les membres de la famille impériale sont hébergés ici, sous la protection des Muratomo. » Une balafre fendait la joue droite de ce vieux soldat, de la tempe à la mâchoire. Il parlait avec l'accent rugueux des Provinces Orientales mais sa voix exprimait le respect lorsqu'il parlait à Jébu en qui il avait reconnu immédiatement le shiké légendaire, compagnon d'exil de Yukio avant d'être celui de ses triomphes.

« La princesse doit-elle passer devant le tribunal ?

— Oui, fit le balafré. Son fils est un descendant direct du

diabolique Sogamori, dit-on. On ne permettra sûrement pas à cet enfant de vivre. Mais le prince Horigawa et le seigneur Bokuden s'occupent d'abord des cas les plus faciles. Ceux qui concernent la famille impériale sont plus épineux. En quoi cette princesse vous intéresse-t-elle, shiké ? »

Cas épineux, en vérité, pensa Jébu, car l'enfant dont on préparait l'exécution était le petit-fils de Bokuden. Il craignait fort que ce dernier n'hésitât guère à faire mettre à mort un membre de sa propre famille. Si Taniko apprenait ce qui se passait, elle pourrait user de son influence sur Hideyori pour obtenir une grâce. Mais un message prendrait trente ou quarante jours pour atteindre Kamakura et en revenir. Au bout d'un tel délai, l'enfant serait mort et enterré. Il fallait agir immédiatement.

« J'étais à la bataille d'Ichinotani où périt le noble Takashi auquel la princesse Kazuko était mariée, dit Jébu. Je lui ai promis d'exposer à son épouse comment il est mort. Où sont logées les dames de la famille impériale ? »

Le samouraï indiqua une des tours de pierre rebâties depuis peu mais ajouta : « Vous devez demander la permission de la voir au secrétaire du tribunal.

— Ce n'est pas la peine. L'affaire n'a guère d'importance et je ne passerai qu'un moment auprès d'elle.

— Je refuserais le passage à tout autre que vous, shiké Jébu, dit le capitaine. Mais je ne peux dire non à un héros de la guerre des Dragons.

— Je vous remercie de votre courtoisie, capitaine », dit Jébu.

Le guerrier s'inclina. « Nagamori Ikyu, à votre service, shiké.

— J'y vais seul, dit Jébu à Moko. Te rappelles-tu le sanctuaire du Tenno Jimmu sur le mont Higashi ? »

L'inquiétude parut sur le visage de Moko. « Je ne pourrai jamais l'oublier, shiké.

— Sois là-bas avec tes cavaliers, prêts à repartir pour Kamakura dès l'heure du singe. »

Moko utilisait sa fortune, récemment arrondie, pour s'assurer une escorte de samouraïs afin d'être traité respectueusement malgré son manque d'aptitude au maniement des armes.

Jébu mit pied à terre et conduisit par la bride son cheval sur le pont franchissant le fossé, aussi large qu'une rivière, du Rokuhara. « Que les kamis m'accordent de vous revoir, shiké », cria Moko. Jébu traversa un labyrinthe de passages bordés de hauts murs afin de tromper les assaillants. Il attacha sa monture à la base de la tour où se trouvaient les dames de la famille impériale. Les deux gardiens du portail le reconnurent immédiatement, comme le capitaine Ikyu, et le laissèrent passer. Il monta à l'étage où une vieille mégère, ancienne dame d'honneur, siégeait derrière une table de teck encombrée de rouleaux de papier. Elle lui demanda sans ménagement ce qui l'amenait.

« Je désire voir la princesse Kazuko.

— Quel droit un vulgaire moine guerrier aurait-il d'être reçu par une princesse de la famille impériale ? »

Sa férocité amusa Jébu. « La famille impériale ayant tout perdu, cette honorable dame ne m'est guère supérieure.

— La princesse Kazuko n'a pas tout perdu puisque la justice ne s'est pas encore prononcée à son sujet. »

Jébu perçut une certaine sympathie pour la princesse dans la voix de cette vieille femme. « Ne cherchez pas à la protéger contre moi. Je suis venu ici pour lui rendre service dans la mesure du possible.

— Comment pourrais-je en être sûre ?

— Si j'étais envoyé par le seigneur Bokuden ou le prince Horigawa, je ne vous demanderais pas de permission. »

Peu après, Jébu se trouva dans une petite pièce devant un paravent peint d'églantines, derrière lequel il distingua à peine une silhouette. La dame d'honneur se trouvait derrière lui.

« Je ne comprends pas pourquoi vous chercheriez à nous rendre service, dit une voix douce, mélodieuse, la voix d'une femme cultivée. C'est vous qui avez tué Atsue.

— Votre mari est mort au combat, Altesse Impériale. Ce ne fut pas de ma main. De toute l'armée Takashi, Atsue était le seul que je n'aurais jamais tué.

— Pourquoi ? demanda la voix douce.

— Voilà bien des années j'ai voué ma vie au service de la mère d'Atsue : dame Shima Taniko.

— Êtes-vous amoureux d'elle ?

— Votre Altesse Impériale perçoit les sentiments avec une grande perspicacité.

— Mais le père d'Atsue était Takashi no Kiyosi.

— Le karma nous a séparés, dame Taniko et moi, pendant la plus grande partie de notre vie, mais cela n'a pas diminué mon amour pour elle.

— Une dame samouraï et un moine guerrier. Comme c'est triste... Que c'est beau ! »

Jébu revint à des considérations sérieuses. « Le fait que vous appartenez à la maison impériale ne sauvera pas votre fils de la mort, princesse. Il suffit qu'Horigawa et Bokuden signent la condamnation pour que l'enfant soit exécuté légalement. » Un gémissement retentit derrière l'écran.

« Chut !

— Excusez-moi, dit Jébu. Je n'aurais pas parlé aussi franchement si j'avais su l'enfant auprès de vous.

— J'ai entendu dire que les rejetons des samouraïs s'habituent à l'idée de la mort dès leur âge le plus tendre, dit la princesse Kazuko. Si Sametono doit survivre, il lui faudra avoir conscience de son caractère de mortel. J'ai envie de me fier à vous, zinja. Si nous restons ici, Sametono est voué à une mort certaine. Que nous conseillez-vous ?

— Une ruse si vieille et si banale que personne ne vous soupçonnera d'y recourir. Tout compte fait, vous n'êtes jamais sortie d'Heian Kyo. Vous ne sauriez vous adresser à une personne du commun pour demander secours. Vous êtes aussi prisonnière de votre genre de vie que des Muratomo. Quant à ces derniers, leur discipline s'est relâchée. Ils ont combattu cinq ans et aspirent surtout au repos.

— Où pensez-vous nous emmener ?

— A Kamakura, près de la seule personne des Iles sacrées qui puisse sauver la vie de votre fils : dame Shima Taniko, sa grand-mère. On la dit très proche d'Hideyori. » Ces derniers mots prirent un goût amer dans la bouche de Jébu.

La dame d'honneur poussa un cri d'horreur. « C'est la fille du seigneur Bokuden et l'épouse du prince Horigawa. Comment pourrait-elle secourir notre princesse ? »

Jébu se tourna vers elle. « Dame Taniko sait mieux que quiconque combien ces deux hommes sont méprisables. Lorsqu'elle comprendra qu'ils veulent tuer son petit-fils, elle fera tout ce qu'elle pourra pour les contrecarrer.

— Kamakura, gémit la princesse. Le bout du monde ! C'est là-bas qu'est Muratomo no Hideyori. Comment pourrai-je être en sécurité ?

— Si dame Taniko persuade le seigneur Hideyori de vous prendre, vous et votre fils, sous sa protection, Kamakura sera pour vous le refuge le plus sûr des Iles sacrées. Savez-vous monter à cheval ?

— Non.

— Dommage. » Jébu se retourna de nouveau vers la vieille dame. « Pouvez-vous trouver deux serviteurs assez fidèles pour l'emporter avec le petit garçon hors d'ici dans une chaise à porteurs ? Elle revêtira une robe de dame d'atours et l'enfant se dissimulera sous ses jupes.

— Des femmes de rang inférieur entrent et sortent à tout instant du Rokuhara. Comme vous le dites, les gardiens ne sont guère attentifs. Je peux fournir les vêtements dont elle a besoin et je trouverai deux hommes qui l'emmèneront sans savoir qui elle est.

— Bien. Qu'ils prennent l'avenue Sanjo en direction du mont Higashi. Pas loin d'ici, il y a un pont sur un petit cours d'eau. J'y serai. »

Jébu fixa la bride de son cheval à un anneau scellé à l'extrémité du pont qu'il retraversa pour grimper s'asseoir sur un énorme rocher d'où la vue s'étendait sur Heian Kyo. On construisait tant de bâtiments neufs dans la capitale qu'elle lui rappela Cambaluc. L'odeur de bois fraîchement scié et le tintement des marteaux flottaient sur la ville. Des attelages de bœufs traînaient péniblement des fardiers chargés de planches. Un paradis pour les charpentiers. Si Moko n'était pas déjà assez riche et si la guilde des charpentiers d'Heian Kyo ne limitait pas aussi strictement le nombre des gens autorisés à travailler dans la capitale, il pourrait faire fortune.

Au crépuscule, une chaise à porteurs apparut à proximité du Rokuhara et s'approcha du pont. Sa *naguinata* sur l'épaule, Jébu s'avança et donna son nom. Il entendit la voix de la princesse, effrayée, derrière les rideaux de la chaise. Mais au même instant retentirent des cris de guerriers et le claquement de sabots de cheval dans l'enceinte du Rokuhara.

« Franchissez le pont, cria Jébu aux porteurs. Courez ! »

L'air terrifié, les deux hommes ramassèrent la chaise et coururent vers le pont.

« Ohé ! Halte là-bas, avec cette chaise ! » Jébu reconnut la voix. Un groupe de samouraïs franchit le pont sur la douve et fonça dans leur direction. Derrière eux, porté sur les épaules d'un vigoureux serviteur à demi nu, le prince Horigawa les encourageait de la voix.

« Courez ! » répéta Jébu. Mais les porteurs se retournèrent et reconnurent le prince. Ils obéirent à son ordre de s'arrêter. Jébu prit position à la tête du pont. Des badauds formèrent un cercle à distance respectueuse. Jébu regarda fixement Horigawa. Le visage du vieux prince était si ridé qu'il paraissait avoir encore ratatiné. Mais il se tenait droit et ses mains sur la tête du serviteur ne tremblaient pas.

Le zinja n'avait pas revu Horigawa depuis le jour où, vingt ans plus tôt, il s'était échappé au petit matin du poste de garde à Daïdoji. Pendant toutes ces années il avait rêvé de le tuer, tout en sachant d'ailleurs qu'un tel désir lui était interdit par son ordre. Et la contemplation du Joyau n'avait servi à rien. Il avait prié pour que le prince périsse au cours de la guerre des Dragons comme tant de milliers d'autres, afin d'être libéré de ce désir insensé de vengeance. Le karma en avait décidé autrement.

A cet instant, il eut envie de plonger parmi les samouraïs d'Horigawa en les écartant de sa *naguinata* pour faire sauter la tête du prince. Mais il réalisa qu'il ne pouvait à la fois accomplir sa mission et tuer Horigawa. Tout se passait comme autrefois à Daïdoji. Dès qu'il quitterait son poste à la tête du pont, les samouraïs s'empareraient de Kazuko et de son fils Sametono.

« Quand j'ai appris que vous étiez entré au Rokuhara, j'ai pressenti une ruse. Nous n'avons pas agi assez rapidement pour empêcher cette renégate de la maison impériale et son rejeton de nous échapper. Sa servante a payé de sa vie la part qu'elle a prise dans ce complot. En fuyant, la princesse admet sa culpabilité. Elle sera donc jugée sur-le-champ. Écartez-vous, moine, ou vous mourrez sur place.

— Si la princesse est une renégate, que dire d'un prince qui a servi la cause des Takashi pendant un quart de siècle pour passer dans le camp Muratomo dès qu'il fut victorieux ? »

Jébu lut une approbation ironique dans le regard des samouraïs qui lui faisaient face. Ils exécuteraient les ordres du prince par devoir mais avec répugnance.

« Je n'ai pas à me justifier devant un bandit travesti en moine, répondit Horigawa avec un rictus de mépris. Arrière ! »

En guise de réponse, Jébu serra fermement sa *naguinata* et écarta les jambes pour prendre la position de l'ours aux abois.

« Tuez-le, dit Horigawa.

— Mais, Votre Altesse, ce moine a combattu auprès du seigneur Yukio dans tous les grands engagements de la guerre, dit le capitaine Ikyu, au visage balafré, qui avait laissé entrer Jébu au Rokuhara quelques heures plus tôt.

— La guerre est finie, s'exclama Horigawa. Il sera bientôt prouvé que le demi-frère de notre vénéré shogoun et tous ses proches ont trahi la cause des Muratomo et le pays du Soleil Levant. Tuez-le, je vous dis ! »

Un samouraï banda son grand arc et tira une flèche sur Jébu. D'un mouvement vif de sa *naguinata,* Jébu coupa le projectile en deux. Les débris tombèrent à ses pieds. Les jeunes zinjas s'entraînaient chaque jour dès l'âge de huit ans à cet exercice. Au début on tirait sur eux des flèches emboulées de cuir. Puis des projectiles à pointe de métal. Les jeunes moines devaient en trancher jusqu'à douze, décochées simultanément de près. Jébu s'y appliqua avec une concentration totale de son esprit. Sa *naguinata* décrivait des moulinets si rapides qu'elle en devenait invisible. Toutes les flèches des samouraïs tombaient coupées en deux.

Les samouraïs poussaient des cris d'admiration devant une telle virtuosité. La rage rougissait le visage ridé d'Horigawa.

« Tirez sur la chaise ! s'écria-t-il soudain. C'est la princesse que nous voulons arrêter.

— Non ! » hurla Jébu. Mais déjà une volée de flèches passait au-dessus de sa tête. Elles tombèrent sur la chaise aux rideaux verts et sur les porteurs qui moururent instantanément. Un cri étouffé sortit de la chaise. Jébu sentit la rage bouillonner en lui.

« Maintenant je vais vous tuer comme je l'ai toujours désiré », grogna-t-il en avançant vers les archers, sa *naguinata* brandie. Des flèches frappèrent son armure. L'une le blessa superficiellement. Il n'en tint pas compte. Horigawa souffla un ordre au costaud qui le portait. Ce dernier fit demi-tour et partit à toutes jambes sur l'avenue vers le portail est du Rokuhara. Jébu voulut se lancer à sa poursuite mais les samouraïs dressèrent devant lui une barrière de sabres.

« Nous ne voulons pas vous tuer, maître Jébu, haleta Ikyu. Nous avons fait notre devoir, c'est tout.

— Cette femme et son enfant n'avaient fait de mal à personne, rétorqua Jébu.

— La plupart des dizaines de milliers de gens qui tombèrent au cours de la dernière guerre étaient tout aussi innocents, répondit l'officier balafré. Finissons-en, shiké. Nous ne voulons pas verser votre sang et vous ne voulez pas verser le nôtre.

— Un jour, je tuerai Horigawa », fit Jébu. A peine eut-il prononcé ces mots qu'il en eut honte. Pourtant ils exprimaient ses véritables sentiments.

« Une telle intention est indigne de vous, shiké, dit le chef samouraï. Mourir de vos mains serait un honneur pour Horigawa mais un déshonneur pour vous car c'est un vieillard faible et malade.

— Si faible qu'il soit, il a répandu plus de sang durant les trente dernières années que le plus farouche guerrier des Iles sacrées, dit Jébu. Pourtant j'admets votre point de vue. » Il se rappela que des années auparavant il considérait les samouraïs comme des êtres sots, destructeurs et cruels. Ou bien ils avaient beaucoup appris entre-temps, ou bien il les voyait différemment désormais. Il s'inclina devant le capitaine pour manifester son respect.

« Je veillerai sur les corps de la princesse et de son fils jusqu'à ce que vous envoyiez des serviteurs les emporter au Rokuhara, dit-il.

— Très bien, shiké, dit le capitaine Ikyu. Nous laisserons aussi un poste de garde à proximité du pont mais vous pourrez lui dire adieu discrètement. »

Les samouraïs s'éloignèrent. Jébu marcha jusqu'au milieu du pont en murmurant une prière à l'intention des morts. Les deux porteurs gisaient dans des positions grotesques, le dos criblé de flèches. Jébu écarta délicatement les rideaux de la chaise. Une femme vêtue d'une robe prune était affaissée, le torse sur les genoux, sa longue chevelure tombant devant elle comme un voile. Jébu sut aussitôt, à son immobilité absolue, qu'elle était morte. Deux flèches lui étaient entrées dans le dos. Il la prit par les épaules et la souleva. Le visage que cette princesse impériale avait caché au monde était rond, joli, avec des traits fins. La bouche ouverte révélait des dents peintes à la manière de la cour, pareilles à un rang de petites perles noires. Elle s'était conduite courageusement. En livrant son fils aux exécuteurs, elle aurait peut-être survécu. Mais elle avait préféré risquer sa vie en s'efforçant d'emmener Sametono hors du Rokuhara. Sous le corps inerte de la jeune femme, Jébu avisa une petite tête noire et deux mains accrochées aux jupes. Les doigts remuèrent légèrement.

« Je sais que tu es vivant, murmura Jébu. Es-tu blessé ?

— Non, répondit le garçonnet à voix basse.

— Il faut fuir immédiatement. Je vais te prendre sur mon cheval. »

Jébu plongea les deux bras dans la chaise à porteurs et tira l'enfant de sous le corps de sa mère. Le serrant contre sa poitrine, il courut jusqu'à l'extrémité du pont où était attaché son cheval. Les samouraïs qui montaient la garde de l'autre côté du cours d'eau réagirent trop tard. Ils crièrent à Jébu de s'arrêter. Mais ce dernier avait sauté en selle et installé l'enfant devant lui. Quelques flèches sifflèrent quand ils partirent au galop. Deux d'entre elles se fichèrent dans les plaques de l'armure de Jébu sans l'atteindre. Sametono restait muet, pétrifié de peur.

Le cheval plongea dans le crépuscule sur un sentier qui sinuait au flanc du mont Higashi à travers les pins. Les gardes restés à la tête du pont n'avaient pas de chevaux. Il leur faudrait longtemps pour amener des renforts du Rokuhara. Sametono serait alors sain et sauf avec Moko et ses hommes. Voilà vingt ans, pensa Jébu, Horigawa a assassiné notre fille. Maintenant j'ai arraché ce garçon à ses griffes. Cette idée le consola. Mieux valait avoir sauvé une vie que tué Horigawa.

« Où allons-nous ? demanda Sametono dont le corps s'était un peu détendu contre la poitrine de Jébu.

— Auprès de ta grand-mère », répondit le zinja en pensant qu'Hideyori tiendrait peut-être à faire mettre à mort ce fils d'Atsue no Takashi. Même si le sauvetage de Sametono modifiait les sentiments de Taniko envers lui, cela ne servirait à rien si elle devait céder à Hideyori pour sauver la vie de l'enfant.

Le cheval peinait à gravir le sentier abrupt. La lune, en son dernier quartier, dominait les montagnes à l'est d'Heian Kyo. Elle éclairait à peine Jébu et sa monture. Il se rappela qu'elle était pleine la nuit où Taniko et lui s'étaient engagés à s'aimer pour la vie, sur cette même hauteur. Il entendit tinter des sonnailles de chevaux. C'étaient Moko et son escorte.

Moko et Sametono s'attristèrent quand Jébu leur déclara qu'il n'allait pas avec eux à Kamakura. « Je dois rejoindre le seigneur Yukio immédiatement, expliqua-t-il. D'après ce qu'a dit Horigawa, je crains qu'il ne continue à user de la même ruse qu'autrefois pour opposer les samouraïs les uns aux autres. Si je ne mets pas Yukio en garde, il ne lui restera peut-être pas longtemps à vivre. Horigawa et Bokuden enverront des hommes sur la Tokaïdo, convaincus que j'emporte l'enfant. Quand ils apprendront que je suis resté à Heian Kyo, je serai sous la protection de Yukio. Sametono passera plus facilement inaperçu avec toi et tes hommes. Rappelle-toi surtout, Moko, que tu dois le conduire immédiatement à dame Taniko et à nul autre.

— Merci de m'avoir secouru, grand moine, dit Sametono en fixant sur Jébu un regard calme, brillant d'intelligence qui rappelait celui de Taniko.

— Tu es resté immobile jusqu'à ce que je puisse te trouver auprès de ta mère morte, dit Jébu. Cela dénote une grande maîtrise de soi. J'espère que tu comprends ce que je veux dire.

— Je voudrais devenir aussi grand que toi. »

Jébu pensa : je crains qu'aucun d'entre nous ne vive assez longtemps pour te voir grandir, petit homme.

18

Hideyori posa la main sur la poitrine de Taniko. Elle ne bougea pas.

« Commenceriez-vous à me trouver plus attrayant ?

— Vous m'avez toujours plu, seigneur. Je me demande seulement ce que vous voyez d'intéressant dans une femme comme moi. » Elle s'écarta discrètement de lui et versa à son intention du *tch'aï* d'une cruche vieille de trois cents ans, c'est-à-dire du temps où la dynastie Tang régnait en Chine. « Mon seigneur sait-il que je suis grand-mère ?

— Vous ne m'en avez encore jamais rien dit. »

Cette réponse ne signifiait pas grand-chose, car Taniko savait qu'Hideyori n'ignorait rien d'elle.

Il s'assit, les jambes croisées, et arrangea les plis de sa robe noire sur ses genoux. Puis il but à petites gorgées le *tch'aï* vert mousseux dans la tasse de fine porcelaine brillante assortie à la cruche. Sa chambre était meublée de façon aussi austère qu'autrefois mais il ne se servait que d'objets assez précieux pour convenir à un empereur.

Taniko croisa les mains sur ses genoux, abaissa son regard vers elles et dit : « Mon petit-fils est arrivé hier à Kamakura. »

Il fallait aborder cette question avec prudence et cela ne servirait peut-être à rien car Sametono risquait d'être déjà condamné. Elle espérait sauver l'enfant en jouant sur le fait que le shogoun désirait stabiliser l'État. Elle s'en était entretenue la nuit précédente avec Eisen, après l'arrivée de Sametono. Le moine avait convenu que l'idée pourrait être bonne.

« Mais cela vous oblige à sacrifier le reste de votre existence, avait remarqué le maître du zen.

— Je n'ai plus d'avenir à sacrifier, répondit Taniko.

— Vos propos sentent le zen », avait dit Eisen.

Elle avait considéré cela comme un compliment adressé de mauvais gré à son intelligence croissante de la doctrine que professait Eisen. Le moine ne l'encourageait jamais, estimant, disait-il, que la louange est un poison. Elle n'avait d'ailleurs pas besoin de lui pour savoir qu'elle faisait des progrès. Nul ne peut acquérir la véritable connaissance de quiconque et personne ne peut donner la lumière à autrui, de cela elle était sûre. Chacun peut seulement comprendre de mieux en mieux qu'il est un Bouddha, c'est-à-dire un Être éveillé ; chacun ne peut progresser que par lui-même. En passant chaque journée dans un état de connaissance, maintenu, renforcé et approfondi par la méditation zazen, en état d'immobilité, elle constatait que ses décisions étaient toujours bonnes dans chaque circonstance et que leurs résultats devenaient de plus en plus favorables à tous. Parallèlement, pourtant, elle se souciait moins de ces résultats. Elle faisait ce que, selon elle, devait faire une personne éclairée, en refusant de se demander si les choses tourneraient selon son désir.

A ce moment précis de sa vie, la rage menaçait de troubler son calme métaphysique. La blessure ouverte par Horigawa lorsqu'il avait tué sa fille à Daïdoji n'avait jamais guéri. Rien ne soulevait en elle de colère plus dévorante que la nouvelle du meurtre d'un enfant. Or elle savait qu'on noyait et enterrait vivants des enfants à Heian Kyo, que Horigawa dirigeait ces exécutions avec l'assistance de son propre père. Cela rouvrait la plaie ancienne. Que son petit-fils, le fils d'Atsue, ait failli être l'une de ces victimes l'avait mise hors d'elle quand Moko le lui avait révélé en lui présentant l'enfant aux paupières écarquillées, fatigué par le voyage.

D'abord sa colère prit Hideyori pour cible. C'est lui qui avait donné l'ordre du massacre. Après un temps de méditation, elle comprit qu'haïr Hideyori était inutile. Il avait vécu dans la crainte de la mort depuis son enfance et rien ne le changerait. Depuis qu'il avait atteint le pouvoir suprême, il se sentait plus vulnérable que jamais. Combien il différait de Koubilay khan qui était convaincu que le monde lui appartenait par droit de naissance !

« J'ai appris des nouvelles qui m'affligent profondément, dit-elle à Hideyori. Peut-être en serez-vous moins ému puisque vous êtes un homme et un guerrier. Il m'est déjà arrivé qu'on m'arrache une enfant pour la tuer. Or on massacre des nouveau-nés à Heian Kyo. »

Hideyori resta impassible pendant un moment. Puis il prit

délibérément une expression d'indignation apitoyée. « Qui les tue, Taniko-san ? Au nom de quelle autorité ?

— Mon père et le prince Horigawa. Ils disent agir d'après vos ordres. »

D'abord Taniko ne se fia pas à l'air surpris qu'affecta Hideyori. A ce moment-là, il ne se passait rien au pays du Soleil Levant sans qu'il ne le sût et ne l'autorisât.

« J'ai édicté la peine de mort pour tous les Takashi qui menacent la paix de l'empire, dit Hideyori. C'est pourquoi j'ai signé l'ordre d'exécuter Notaro mais je n'ai jamais souhaité que des enfants fussent exterminés.

— Je suis heureuse de l'apprendre, rétorqua vivement Taniko. Mon petit-fils est un Takashi mais il n'a que quatre ans et je suis certaine qu'il n'a pas envie de fomenter une rébellion contre vous. »

Hideyori détourna son regard et resta longtemps silencieux. Taniko pensa qu'en cet instant se décidait la vie ou la mort de Sametono et se dit : Hideyori sait ce que je vais lui demander ; ou bien il avouera qu'il veut sa mort ou bien il le laissera vivre. Enfin Hideyori la regarda. Elle lut l'indécision dans ses yeux noirs. Elle avait donc encore une forte influence sur lui.

« Le sang de Sogamori et de Kiyosi coule dans ses veines. » Hideyori ne feignait plus d'ignorer l'existence de l'enfant.

« Le sang d'Amaterasu Omi Kami coule aussi dans ses veines, dit Taniko. Il mérite donc, à coup sûr, d'être chéri. »

Hideyori secoua la tête. « Cela ne le rend que plus dangereux, fit-il

— Outre tous ces ancêtres illustres, ce petit garçon est le petit-fils de Shima Taniko, murmura-t-elle. J'espère que cela compte pour vous.

— Dans le cas contraire il serait déjà mort.

— Si mon seigneur trouvait une place dans son cœur pour Sametono, ma gratitude n'aurait aucune limite. »

Hideyori ne répondit pas. Chaque fois qu'elle parlait, il pesait et digérait ses mots pour calculer méticuleusement sa réponse. Enfin il émit un petit rire bref.

« Ironie du destin. On trouve, à l'origine, le méfait de Sogamori. N'est-ce pas sa concupiscence pour la maîtresse de mon père, dame Akimi, qui lui fit épargner la vie de Yukio et accidentellement la mienne ? Dois-je, pour vous plaire, laisser vivre un rejeton du Dragon rouge qui dévorera à son tour mon clan, quand il sera grand ? »

L'instant était venu où Taniko devait présenter sa proposition. « Votre puissance vous permet, seigneur, de faire passer la couleur du rejeton du rouge au blanc. Adoptez-le, il sera votre fils. »

Hideyori parut stupéfait et furieux. Il ouvrit la bouche mais elle se hâta de poursuivre : « Pardonnez-moi d'en parler mais votre karma vous prive d'enfant. Vous n'avez pas de fils qui héritera du shogounat, ce titre magnifique que vous avez créé à votre intention. Si vous choisissez votre successeur parmi vos alliés, vous rendrez une famille trop puissante et les autres seront envieuses, donc enclines à la rébellion. Les proches de cet enfant sont tous morts, sauf moi. Faites-en votre fils, sa cause devient la vôtre. Vous n'aurez jamais à craindre qu'il fomente une rébellion. Certes, il descend de Sogamori et de Kiyosi. Mais y a-t-il un meilleur moyen de panser les plaies des années de guerre civile que d'unir les Dragons rouge et blanc en une seule famille ? Si vous n'avez pas de fils de votre propre sang qui soit le plus méritant du pays, vous pouvez au moins choisir votre héritier dans l'autre meilleur lignage, celui du plus grand des Takashi. »

Hideyori se renfrogna encore plus. « Pourquoi devrais-je me soucier de qui me succédera comme shogoun, quand je serai parti ? »

Taniko haussa les épaules. « En vérité, vous n'en avez pas besoin. Mais, dans ce cas-là, les samouraïs se tourneront à coup sûr vers votre cadet Yukio qui a un fils. Peut-être cela vous conviendra-t-il autant. »

La fureur étincela dans le regard d'Hideyori : réaction prévue par Taniko. « Ni mon frère ni l'un de ses rejetons ne me succédera », dit-il. Il marqua un temps d'arrêt. « Peut-être avez-vous raison. Je dois en effet choisir mon successeur et ce garçon pourrait être envoyé par les kamis dans ce but. Si je dois adopter un fils, il lui faudra une mère, n'est-ce pas ? J'aurai besoin d'une épouse. Je vous désire depuis la première fois que je vous ai vue. » Hideyori serra ses deux mains sur ses genoux. Elle comprit qu'il brûlait du désir de l'étreindre mais qu'il se retenait. « Consentez-vous à coucher avec moi et même à m'épouser quand l'obstacle que représente le prince Horigawa sera écarté ? Qu'en est-il du vœu dont vous m'avez parlé ?

— Eisen Roshi m'assure que je puis l'enfreindre pour un motif suffisant. Il dit que le passé ne saurait lier le présent qui seul existe. » En réalité, étant donné qu'elle n'avait jamais prononcé de vœu, elle n'en avait pas discuté avec Eisen. Mais ce dernier lui avait réellement exposé son idée au sujet du passé et du présent.

Hideyori secoua la tête. « Je n'aime pas les enseignements du moine Eisen. Je me suis entretenu avec lui. Il me paraît étrange et nullement religieux. Je soupçonne que la doctrine de cette secte n'ait rien de sacré mais tourne plutôt les dieux en dérision.

— Mes études du zen m'ont fait beaucoup de bien, seigneur.

— Votre petit-fils est vivant pour la seule raison qu'il est votre petit-fils. On a permis à Eisen de s'installer ici et de rassembler des disciples parce qu'il est votre maître à penser. Sans cela il aurait été chassé depuis longtemps. J'entends rétablir l'ordre et la discipline dans l'innombrable racaille de moines plus ou moins pieux qui infeste les Îles sacrées. Je m'y emploierai dès que j'aurai réglé le sort d'autres éléments dangereux. »

Taniko devina immédiatement qu'en parlant d' « éléments dangereux », il désignait son frère. Depuis qu'elle avait appris que Yukio avait tué Atsue, elle ne le défendait plus auprès d'Hideyori. D'une part elle ne pouvait croire que Yukio, comme le pensait Hideyori, était un ambitieux redoutable qui complotait en se servant de ses victoires comme de tremplins vers le pouvoir suprême. Mais, d'autre part, il était difficile de se représenter Yukio en train d'abattre un innocent sans défense. S'il avait commis l'un de ces crimes, il était capable de tout.

« Quoi qu'en dise Eisen, je crois que vous êtes tenue par votre vœu et je ne coucherai pas avec vous. » En disant cela Hideyori sourit. « Comme vous le savez sûrement, je ne manque pas de compagnie dans ma chambre à coucher, bien que mon karma me prive d'enfants. Je vous désire parce que vous êtes la femme la plus belle et la plus sage que j'aie jamais connue. Quand nous serons mariés, nous coucherons ensemble pas seulement pour mon plaisir mais afin que je vous possède totalement. » Les pupilles d'Hideyori parurent grandir et elle les vit comme d'immenses étangs noirs où elle eut l'impression de plonger.

Elle refusa de tenir compte de cette peur parce qu'elle pensait uniquement à sauver la vie de son petit-fils.

« Sametono a-t-il le droit de vivre et de rester près de moi ? demanda-t-elle.

— Dans l'immédiat, oui. Quant à l'avenir, j'y réfléchirai et j'observerai étroitement cet enfant. Si sa conduite éveille le moindre doute en moi, ne serait-ce qu'une seule fois, il sera immédiatement envoyé vers l'oubli. »

Taniko inclina la tête en signe d'approbation. La partie était gagnée. Constatant qu'elle devait sa victoire au projet de mariage d'Hideyori, elle décida de lui arracher d'autres concessions.

« Et les enfants qu'on massacre à Heian Kyo en votre nom ? Leur accordez-vous aussi votre grâce ? »

Hideyori sourit. « Le véritable samouraï a pitié des êtres sans défense. J'ordonnerai l'arrêt de ces exécutions, d'une part pour vous plaire et aussi parce que je veux figurer dans les chroniques de l'avenir comme un homme plein de compassion. »

Taniko fouetta le liquide vert dans le bol de *tch'aï* pour le faire mousser et en versa une tasse à Hideyori. « Voilà un beau geste, seigneur. Mais les chroniques n'en tiendront pas compte si tous les enfants condamnés périssent avant que vos ordres atteignent Heian Kyo. C'est mon père et le prince Horigawa qui ont souillé votre réputation. Si vous les punissiez, cela montrerait au monde qu'ils ont agi contrairement à vos vœux. »

Sincèrement choqué, Hideyori rejeta la tête en arrière et considéra Taniko pendant un instant. « Vous me conseillez de punir votre propre père ? demanda-t-il. Que faites-vous de la piété filiale ?

— Le Sage a dit que l'épouse doit abandonner père et mère pour n'accorder sa fidélité qu'à son seul époux et à la famille de celui-ci. Je place vos intérêts au-dessus de tout en anticipant sur notre mariage.

— Serait-il vraiment dans mon intérêt de m'aliéner votre père ? Les Shima ont toujours été mes plus solides partisans.

— Voilà précisément pourquoi vous ne devez pas laisser mon père devenir trop puissant. Il croit vous avoir donné le shogounat. Il se prend pour votre maître. Qui sait ce que Horigawa, Go-Shirakawa et lui complotent dans la capitale ? » Le meilleur moyen d'influencer Hideyori consistait à jouer sur son caractère soupçonneux. « Mon oncle Ryuichi vous serait plus dévoué que mon père, en qualité de chef du clan Shima.

— Me suggérez-vous de priver votre père du titre de chef de clan ? Par moments il me semble que vos desseins sont plus amples et plus audacieux que les miens. L'heure viendra peut-être de prendre des mesures d'épuration aussi rigoureuses. Pour le moment je me contenterai de manifester mon mécontentement à votre père et au prince mais moins sévèrement que vous ne l'envisagez. Je suis leur obligé. Ils m'ont protégé à maintes reprises quand le sabre de Sogamori menaçait ma tête. »

Taniko répliqua avec mépris. « Seigneur, personne ne connaît mieux que moi ces deux hommes. Horigawa insista nuit et jour auprès de Sogamori pour qu'il vous fasse exécuter. J'ai assisté au banquet au bord de l'eau organisé par mon mari pour fêter la victoire des Takashi sur votre père, le capitaine Doméi. « Les lentes deviennent des poux », a dit alors Horigawa. C'est Yukio et vous qu'il désignait ainsi. Il a changé d'attitude seulement lorsqu'il a compris que vous pouviez lui être utile. Quant à mon père, c'est moi, personnellement, qui fus la première à lui conseiller de vous protéger. Il ne vous en a sûrement rien dit. Je lui ai envoyé une lettre peu après votre départ pour Kamakura, dans laquelle je lui suggérais que vous lui seriez plus utile vivant que mort.

— Je n'en ai rien su, en effet. Je croyais vous avoir effrayée et offensée lorsque je me suis rendu à Daïdoji en quête d'Horigawa. Pourquoi avez-vous agi ainsi ? Est-ce que je vous intéressais déjà ?

— Pour être sincère, je dois vous avouer que non, seigneur. » C'était Jébu et Jébu seul qui occupait son cœur en ce temps-là. « Je me mêlais de politique. Ce fut toujours mon vice.

— Un vice ? Pas du tout. Bien que vous soyez femme, vous êtes plus perspicace que bien des hommes en ce qui concerne les affaires de l'État. Peut-être fûtes-vous empereur ou Premier ministre dans une vie antérieure ?

— Ce besoin incorrigible de me mêler de politique m'incita aussi à ménager un rendez-vous entre Sogamori et dame Akimi, la mère de Yukio, dit Taniko. Comme vous le savez, elle le persuada d'épargner son fils, et vous aussi, accessoirement. Horigawa apprit le rôle que j'avais joué et fut tellement furieux car il tenait, lui, à votre exécution, qu'il me relégua à la campagne : à Daïdoji, où nous avons fait connaissance. Voilà l'homme envers qui vous vous croyez obligé. »

Hideyori semblait aller de surprise en surprise. « J'ignorais que vous vous soyez mêlée de cette affaire. Cela me confirme dans ma résolution de faire de vous l'épouse principale du shogoun. »

Épouse du shogoun ! Taniko en eut un instant de vertige. Même l'impératrice n'avait jamais joui de tant de pouvoir.

« Et que faites-vous d'Horigawa ? demanda-t-elle à mi-voix.

— Pour le punir de sa complicité dans la mort de mon grand-père, de mon père et de tant d'autres de mes proches, il va accomplir un voyage, retardé trop longtemps, vers l'autre monde. Pour le récompenser de l'assistance qu'il m'a apportée et qui a rendu possible la victoire finale des Muratomo, je veillerai à ce que sa veuve éplorée ne soit pas seulement honorée mais glorifiée. » Hideyori sourit. « Cela vous convient-il, Taniko-san ? »

Taniko acquiesça d'un hochement de tête. Eisen lui dirait que le désir de vengeance était une faiblesse dont elle devait se libérer mais elle ne pouvait s'empêcher de se réjouir en pensant que, par amour pour elle, l'homme le plus puissant de l'empire se préparait à ordonner la mort d'Horigawa.

« Cela me convient en effet, seigneur, murmura-t-elle. Pourtant... »

Hideyori secoua la tête. « L'arrière-petit-fils de Sogamori me succéderait en qualité de shogoun ? Il hériterait de ce que j'ai créé ? Un Takashi récolterait la récompense des trente années de combats menés par les Muratomo pour les renverser ? En fin de compte, c'est Sogamori qui triompherait. »

Taniko avait prévu cette objection. « Qui est le véritable père d'un garçon ? demanda-t-elle. N'est-ce pas celui qui l'élève et forme son esprit ? Sametono n'a jamais connu son père. Il n'a que quatre ans. Vous serez son vrai père et les grands chefs Muratomo seront ses ancêtres. C'est donc vous et non Sogamori qui l'emporterez en fin de compte, parce que vous aurez transformé en Muratomo le dernier descendant de sa famille. »

Hideyori considéra Taniko avec admiration. « Votre esprit tranche comme une lame de sabre jusqu'au cœur du problème. C'est pour cela que je ferai de vous ma femme. » Puis son expression durcit. « Mais j'exige de votre part une concession de plus. Je sais que Yukio fut votre compagnon en Chine et que vous le tenez en haute estime. Vous m'avez toujours pressé de me fier à lui. Maintenant j'exige que vous renonciez à votre amitié pour lui par fidélité envers moi. J'ai appris qu'il entend détruire tout ce que j'ai construit. »

Taniko soupira. Les années passées en Chine lui paraissaient tellement lointaines ! Elle n'était plus la même femme. Elle revit Jébu tel qu'il lui était apparu dans le parc de Koubilay à Cambaluc lors de leurs retrouvailles, presque méconnaissable dans sa tenue de Mongol, le visage amaigri, la moustache rousse tombante. C'est Jébu qui avait arraché le petit Sametono du Rokuhara. Mais il n'avait pas envoyé de message. Moko s'était présenté avec l'enfant. C'était tout.

« Je n'ai aucune idée de ce que fait Yukio actuellement, seigneur. Qui vous fait penser qu'il complote contre vous ?

— Il est resté à Heian Kyo depuis la bataille du détroit de Shimonoseki. Sa formidable armée campe auprès de la ville. Il a ordonné, sans ma permission, de reconstruire le palais impérial. Il rend quotidiennement visite à l'empereur en retraite. On raffole de lui à la cour. Go-Shirakawa l'a comblé de titres, d'honneurs, de biens fonciers. Il l'a notamment nommé lieutenant de la garde palatine.

— Le temps que j'ai passé à la cour m'a appris que de tels honneurs n'impliquent aucun pouvoir réel, dit Taniko.

— Tous ces antiques privilèges auraient dû m'être offerts au lieu d'être accordés à Yukio qui m'est inférieur par la naissance. Mon père était capitaine de la garde palatine. D'ailleurs, ces manifestations de la faveur impériale ne sont que les symptômes les plus apparents du mal. J'ai appris que Yukio projette avec mes ennemis une attaque contre moi et le Bakufu.

— Comment l'avez-vous appris, seigneur ?

— J'ai reçu des messages de votre père.

— Il se pourrait que les véritables conspirateurs soient précisément mon père et Horigawa. Je connais mon époux et je sais que rien ne lui plairait plus que de dresser les deux frères Muratomo l'un contre l'autre. Toute sa vie il a rêvé de détruire la caste des samouraïs en les incitant à s'entremassacrer. Il se servirait de mon père. Go-Shirakawa pourrait nourrir le même projet. Si les Muratomo se querellent, la cour impériale verra grandir sa puissance. Peut-être est-ce pour cela que l'empereur en retraite comble Yukio de faveurs.

— Tout le monde complote, dit Hideyori les dents serrées. On ne peut se fier à personne. La seule chose dont je puisse être sûr c'est que les hommes se trahissent les uns les autres. Votre père se prétend allié à Yukio et pourtant il me signale les projets et les ambitions de ce dernier.

— Je connais Yukio et je connais mon père. Ma confiance va à Yukio.

— Il a tué votre fils. »

Taniko soupira. « Je ne pourrai plus le considérer comme un ami mais je le crois quand même homme d'honneur. »

Le visage d'Hideyori s'assombrit. « Vous êtes vraiment opiniâtre. »

Son mécontentement étonna Taniko. Elle se rendit compte du danger mais ne put se retenir de rétorquer vivement. « Seigneur, je fais seulement abstraction de mes sentiments au sujet de Yukio et je vous dis ce que je crois vrai. Voilà un instant, vous m'avez dit que vous tenez ma sagesse en haute estime.

— Yukio est mon ennemi. » La haine brilla dans les yeux d'Hideyori. « Dès son évasion du Rokuhara, il chercha à se faire passer pour le chef des Muratomo. Alors que j'étais captif ici, à Kamakura, il vagabondait à travers le pays. Chacun de ses méfaits incitait Sogamori à me faire exécuter par représailles. Quand Kiyosi a été tué, lorsque Yukio a échappé de la baie d'Hakata, je me suis cru mort. »

Oui, pensa Taniko tristement. Oui. Tant de choses sont mortes avec Kiyosi.

« On m'aurait exécuté si Horigawa n'avait pas commencé à ce moment même à me protéger, poursuivit Hideyori. Des années plus tard, Yukio revint de Chine avec une armée de Mongols et se proclama chef de notre clan, comme si j'étais mort. Puis il constata qu'il ne pouvait disposer de moi aussi facilement. J'ai risqué ma vie pour soutenir sa campagne contre les Takashi tout en étant dans une situation beaucoup plus périlleuse que la sienne. J'ai œuvré dans l'ombre afin de fonder un nouveau gouvernement sans lequel ses victoires n'auraient servi à rien. Je lui ai envoyé les navires nécessaires pour l'emporter au détroit de Shimonoseki. On ignore ou on réprouve ce que j'ai fait, alors que le pays entier retentit de louanges pour Yukio. Il n'est question que de Yukio le puissant guerrier, Yukio le brillant général, Yukio le joyau étincelant de la maison Muratomo. Je vous le dis, Yukio n'est qu'un brigand ; sa mère n'était à la cour qu'une prostituée, et la mienne, la fille d'un grand prêtre. Tous les amis de Yukio sont mes ennemis et j'entends éliminer mes ennemis. Si vous désirez vivre ici avec moi, si vous voulez adopter votre petit-fils Takashi avec mon approbation, vous ne devez vous lier qu'à moi seul. Est-ce bien entendu ? »

Cette diatribe laissa Taniko médusée. La rage d'Hideyori avait déferlé sur elle comme une vague. Une bonne partie de ce qu'il disait n'avait aucun sens mais révélait que sa haine contre son cadet était une obsession dont il ne se libérerait jamais. Quoi qu'elle pût dire pour rectifier ses idées ne pourrait que le contrarier et la condamner à mort ainsi que Sametono. Elle était prisonnière. Hideyori se servirait de son intelligence, oui, mais dans ses buts insensés et meurtriers. L'épouse du shogoun n'aurait aucun pouvoir et ne serait qu'un instrument de son mari.

« C'est entendu, seigneur. » Bien qu'elle se sût obligée de taire ses sentiments, elle ne put retenir ses larmes. Hideyori l'observa un moment puis tendit le bras et lui prit la main.

Il parla d'un ton plus raisonnable. « Taniko-san, je sais que vous vous sentez obligée envers Yukio. Peut-être avez-vous pitié de lui. Moi non plus je n'oublie pas que nous sommes issus du même père. Je le crains parce qu'à la capitale des flatteurs peuvent avoir une influence dangereuse sur son innocence. Il appartient à une race d'hommes autour de laquelle se rassemblent les forces de rébellion. Or, bien des gens puissants sont opposés à l'ordre nouveau que j'impose au pays. Je veux seulement le placer dans une situation qui le rende moins redoutable. »

Pour Taniko, ce changement de ton rendait encore plus incertaines les intentions d'Hideyori. A bien y réfléchir, il était encore plus effrayant que lors de sa crise de rage. Elle se dit mentalement : « Hommage à Amida Bouddha. »

Extrait du journal intime de Shima Taniko

Voilà huit jours que j'ai accepté les conditions d'Hideyori. Je suis allée voir Eisen et lui ai dit l'allure que me paraissait prendre mon avenir. Je lui demandai conseil et il me répondit simplement : « Montrez-moi le visage que vous aviez avant de naître. » Les moines zen aiment méditer sur des problèmes qui paraissent aussi étranges que celui-là. Leurs prédécesseurs chinois les appelaient kung-an : *questions. Eisen m'avait déjà promis une* kung-an *à étudier mais je ne m'attendais pas à ce qu'il me la propose au lieu de me conseiller au sujet d'Hideyori. Serait-ce sa façon de me signifier que je devrais moins me soucier de mes problèmes ?*

« Quand vous reviendrez, amenez l'enfant », me dit Eisen.

Des messagers sont partis porter à la capitale les décrets qui privent mon père et Horigawa de leur pouvoir en qualité de représentants du shogoun et qui les accusent d'excès de zèle dans l'exécution des femmes et des enfants liés aux Takashi. Mon père a ordre de revenir à Kamakura. En pensant qu'il aurait pu faire périr son propre arrière-petit-fils, je suis décidée à l'empêcher de détenir la moindre parcelle de pouvoir.

Hideyori agit aussi contre Yukio. Le lendemain de notre entretien, il a décrété que personne n'avait désormais le droit de recevoir titres, cadeaux ou missions de qui que ce soit sans l'approbation du shogoun. Deux jours plus tard, il a envoyé une lettre de réprimande insultante à Yukio pour avoir accepté sa nomination au cinquième rang de noblesse et le titre de lieutenant de la garde palatine que lui avait conférés Go-Shirakawa. Il lui enjoint de se démettre de ces honneurs sur-le-champ. Il dit qu'au début de l'année, il relèvera Yukio de son commandement. Je crains qu'il ne se mette en danger en offensant tous ses vassaux d'Heian Kyo à la fois. Ne seront-ils pas tentés de s'allier contre lui ? Hideyori ne le croit pas. D'après lui, si celui qui gouverne est amené à mater ses sujets, il doit agir d'un seul coup pour en finir au plus vite, alors que le bien doit être dispensé petit à petit afin qu'on s'en souvienne plus longtemps. Il entend seulement remettre Horigawa et mon père dans le droit chemin en les effrayant. Quant à Yukio, il veut le dépouiller de tout pouvoir.

Tout le monde s'en rendra compte, croit-il, et on l'abandonnera, ce qui l'isolera et le rendra sans défense.

Pour autant que je le sache, Jébu est encore auprès de Yukio. Voilà si longtemps que je n'ai pas vu Jébu ! J'estime qu'en sauvant courageusement mon petit Sametono, il a lavé ses mains du sang de Kiyosi. Je prie pour qu'il ne soit pas emporté par la ruine de Yukio. Pourtant je ne puis pardonner à ce dernier la mort d'Atsue. Pourquoi Jébu ne m'a-t-il jamais envoyé de message ? Peu importe, car il n'y a plus d'avenir pour nous deux. J'appartiendrai bientôt à Hideyori.

Hier, en méditant sur ma kung-an *après mon repas de midi, je me suis rappelé ce qu'Hideyori a dit au sujet d'une de mes vies antérieures au cours de laquelle j'aurais été empereur ou Premier ministre. Je suis allée immédiatement dire à Eisen que j'avais résolu ma* kung-an. *Sametono à califourchon sur la selle devant moi et suivie de l'inévitable paire de samouraïs qu'Hideyori m'impose chaque fois que je quitte le palais du shogoun, j'ai dirigé ma jument préférée sur la colline du temple où vit Eisen. Il comporte désormais trois bâtiments. Quatre jeunes moines et deux vieux samouraïs qui ont cessé de combattre suivent son enseignement. Le senséi m'a reçue immédiatement avec Sametono.*

« Montrez-moi le visage que vous aviez avant de naître », dit-il tout de go sans un mot de salutation dès que je m'assis devant lui. Sa figure était aussi sévère qu'un rocher et j'en eus un peu peur.

« Je crois qu'avant ma naissance j'ai été une personnalité de la cour, voire peut-être un empereur des temps jadis. Cela expliquerait pourquoi les affaires de l'État me fascinent autant.

— Sornettes ! rétorqua Eisen. L'individu ne passe pas d'une vie à une autre. Vous ne comprenez pas le véritable sens de la métempsycose. »

Si je ne le comprends pas, pensai-je, Hideyori non plus. « Qui renaît si ce n'est pas l'individu ? », demandai-je.

Eisen éleva les deux mains et cria : « Kouatz ! » J'en fus stupéfaite, bien que le senséi m'eût déjà traitée ainsi à plusieurs reprises, généralement quand je lui pose des questions au sujet de la religion.

Amusé, Sametono éclata de rire, à tel point qu'il tomba en travers de la natte. Mon cœur fondit en voyant ce petit diable tout rond se tordre de rire par terre. Il ressemblait trait pour trait à Atsue tel que je me le rappelle à l'âge de quatre ans. Les larmes me vinrent aux yeux mais je fronçai les sourcils pour lui indiquer qu'il se conduisait mal chez le senséi.

« Il y a plus de zen en lui qu'en bien des moines âgés, déclara Eisen avec un grand sérieux. C'est lui qui vous enseignera la vérité, dame Taniko. Protégez ses progrès. Ne laissez pas son esprit de Bouddha s'obscurcir quand il grandira. »

Nous quittâmes le temple d'Eisen sans que j'eus répondu à ma kung-an. *Pendant toute la descente de la colline, Sametono ne cessa de crier : « Kouatz ! Kouatz ! »*

Septième mois, quinzième jour
ANNÉE DU CHEVAL

19

Les trois corps gisaient côte à côte sur une estrade : deux hommes et une femme, vêtus de leurs plus belles robes. Seuls leurs visages livides apparaissaient dans les plis de tissus brillants disposés de manière à cacher leurs horribles blessures. Ils avaient commis *seppuku.* D'abord Shenzo Saburo s'était éventré avec son *kodachi.* Puis son meilleur ami l'avait décapité pour mettre un terme à ses souffrances. A son tour, cet ami de Saburo s'était ouvert le ventre et Totomi, fils de Saburo, l'avait décapité. Cependant, l'épouse de Saburo, dans l'appartement des femmes, avait rejoint son mari dans la mort en tranchant l'artère principale de sa gorge avec sa petite dague.

Pendant toute la guerre des Dragons, Shenzo Saburo avait joui de la confiance et du respect de Yukio qu'il servait en qualité d'officier. Il était maintenant mort, allongé près de sa femme et de son meilleur ami, dans la salle principale de sa demeure, à Heian Kyo. Yukio pleurait un de ses plus vieux camarades. Il s'essuya les yeux avec la manche de sa robe et se tourna vers Shenzo Totomi qui se tenait à distance respectueuse, le visage blême, les yeux agrandis par la solennité de ce qu'il avait vu et accompli.

« Pourquoi ton père a-t-il fait ça ?

— Par amour et fidélité envers vous, seigneur, répondit le jeune homme. Quand le nouveau commandant, nommé à la tête de vos troupes par le seigneur Hideyori, vous a déclaré traître à la nation et accusé de conspirer contre le shogoun, mon père estima qu'il devait protester le plus vigoureusement possible. Me permettez-vous, seigneur, de vous présenter son poème funéraire, ainsi que ses dernières volontés ? »

Yukio acquiesça d'un hochement de tête. Totomi s'inclina profondément et tira un rouleau de sa manche. « Le dernier poème de mon père vous est dédié, seigneur Yukio », dit-il.

Yukio le lut, d'abord en silence, puis à voix haute :

Sur une colline à Yamato
Se dresse un pin solitaire
Qui ignore l'approche de l'orage.

Le sens du *haïkaï* parut évident à Jébu, et à toute l'assistance. Yukio ferma les yeux et essuya de nouveau, avec sa manche, les larmes qui coulaient sur ses joues aussi pâles que celles des défunts. Le fils de Saburo lui tendit le testament rédigé sur un autre rouleau. Yukio se mit à le lire. Jébu remarqua qu'en grand nombre, samouraïs et serviteurs étaient entrés dans la salle afin d'écouter. Le texte de Saburo commençait par l'exposé de l'arbre généalogique de la famille Shenzo, comme s'il lançait un défi sur le champ de bataille.

Il continuait en ces termes : « Je me suis efforcé de mettre le lieutenant en garde contre le grand tort qui lui est fait ainsi qu'à sa famille et à ses fidèles. L'honneur lui interdit d'écouter mes avertissements. L'honneur m'oblige à recourir à ce moyen extrême d'atteindre son oreille. Je le supplie de ne pas permettre que ma mort et celle de mes proches soient inutiles. »

Yukio se tut, incapable de continuer car les larmes l'étouffaient. Il tendit le rouleau à Jébu.

Le zinja reprit, là où s'était arrêté Yukio : « Mon seigneur, votre frère vivait tranquillement à Kamakura alors que vous combattiez à l'avant-garde dans toutes les batailles. Il jalouse votre gloire et redoute vos prouesses. Il entend donc vous anéantir. Vos ennemis se rassemblent. Votre frère prétend donner des ordres directement à l'empereur, comme le faisaient les Takashi. Les Îles sacrées doivent-elles subir la tyrannie d'un autre parvenu ? Seigneur, mettez-vous à la disposition de Sa Majesté Impériale avant qu'il ne soit trop tard. Debout ! Aux armes ! Attaquez !

— Ne va pas plus loin, dit Yukio. C'est une félonie.

— Mais c'est vous qu'on trahit, seigneur », dit Shenzo Totomi.

Yukio secoua la tête. « Je n'ai jamais rien désiré d'autre que la victoire des Muratomo ni eu d'autre chef que mon frère aîné : le seigneur Hideyori, le shogoun.

— Lieutenant vénéré, vous devez d'abord être loyal à l'empereur et aux Iles sacrées », dit lentement Totomi.

Yukio fut pris d'une telle rage que ses yeux semblèrent sortir de leurs orbites. « Ne m'appelez pas par ce titre. Je l'ai abandonné. Auriez-vous l'audace de prétendre m'indiquer mon devoir ? »

Son visage s'empourpra et Jébu s'alarma parce qu'il n'avait jamais vu Yukio manifester tant de colère sans mettre la main à la poignée de son sabre. Mais ce dernier sourit et soupira. « Je regrette de vous avoir parlé aussi durement, dit-il à Totomi. Je vous pardonne votre franchise. Vous êtes le fils d'un vieux camarade, vous venez de perdre votre père. Néanmoins, rappelez-vous ceci : le seigneur Muratomo no Hideyori est le protecteur de l'empereur en retraite et des Îles sacrées. Il n'agit que pour le bien de la couronne et de l'empire. »

Le regard de Shenzo Totomi se ternit. « Il y avait autre chose dans le testament de mon père, seigneur. Il vous demandait de m'accepter comme féal à sa place. »

Yukio posa la main sur l'épaule du jeune homme. « Votre père honoré me fait là un grand présent. Mais si je vous acceptais à mon service en ce moment, je vous exposerais à un danger mortel. Je ne ferai pas cela au fils d'un vieil ami. Un jour viendra où je pourrai recevoir votre serment d'allégeance. Pour le moment, soyez patient, Totomi-san. Je vous reverrai à l'enterrement de votre père. »

Cette nuit-là, Jébu et Yukio s'entretinrent jusqu'à l'heure du rat. Yukio était triste. Il semblait incapable de faire des projets ou de prendre des décisions, bien qu'il fût d'accord avec la manière dont Jébu voyait la situation. Selon ce dernier, Hideyori estimait n'avoir plus besoin de Yukio et craignait que son frère devînt le chef de tous les adversaires du nouveau gouvernement militaire. Le cadet des Muratomo se trouvait donc devant un dilemme : passer dans la clandestinité ou agir comme l'entendait son aîné, c'est-à-dire provoquer une rébellion contre le shogoun. S'il s'enfuyait, Hideyori le ferait pourchasser et exécuter sans procès. Il ne lui restait donc qu'une seule solution : riposter sur-le-champ, alors qu'un grand nombre était encore prêt à se rallier à lui.

Quand Jébu lui eut clairement exposé ces évidences, Yukio sourit tristement. « Tu oublies donc les années de sang, d'incendies et de famine. Veux-tu que je plonge notre pays dans une nouvelle guerre civile pour sauver ma vie ? »

Jébu ne sut que répondre. Il regretta que Taïtaro ne fût pas avec eux pour les conseiller. Il plongea la main sous sa tunique et serra entre deux doigts le Joyau de Vie et de Mort.

« Si je dois fuir, dit Yukio, je partirai vers le nord. Ma femme, mes enfants et le seigneur Hidehira, vieil ami de mon père, vivent sur la terre d'Oshu. Il me protégera de la haine de mon frère.

— Tu es le seul homme assez puissant au pays du Soleil Levant pour tenir tête à Hideyori, dit Jébu. Si tu le fuis, je crains que personne ne puisse te protéger longtemps.

— Je ne romprai pas avec mon frère avant d'avoir fait une dernière tentative pour le convaincre de ma loyauté et de lui avoir prouvé qu'il n'a rien à craindre de moi. Je le dois à notre père et à notre famille. »

Jébu eut l'impression de voir Yukio pour la première fois. Ridée et émaciée, sa figure aurait pu être celle d'un saint abbé — bouddhiste, pas zinja — imbu de la certitude que tout est souffrance éphémère. Il n'avait plus l'air d'un homme prêt à mener des guerriers au combat.

Il ne reste rien de la gloire des Takashi que quelques chiffons rouges flottant encore sur la mer, pensa Jébu, et à cet instant je vois la gloire de Muratomo no Yukio se faner sous mes yeux.

Extrait d'une lettre de Muratomo no Yukio à Muratomo no Hideyori :

... Toute ma vie je n'ai désiré qu'une chose : vivre avec ma famille. Notre père nous a été arraché alors que j'étais en bas âge. Depuis lors, mon esprit n'a pas été en paix un seul instant. J'ai grandi orphelin. Maintenant je te prie, frère aîné, d'être un père pour moi. En versant des larmes de sang, je te supplie de détourner ta colère de moi. Je ne demande rien pour moi. Mes victoires furent tes victoires. Si mes succès à la guerre ont suscité ta colère, je regrette de ne pas être mort sur le champ de bataille. Je n'avais qu'une raison de combattre : effacer la disgrâce, la défaite et le chagrin infligés à notre père. J'ai accepté des titres parce que j'estimais qu'ils feraient honneur aux Muratomo. Étant donné que tu succèdes sur terre à notre père, je ne vis que pour te servir. Tout ce que j'ai réussi, je le dépose à tes pieds. Permets-moi d'aller à toi, afin de plaider mon innocence face à face. Ne me repousse pas car, si tu le faisais, où pourrais-je aller sur cette terre ?

Deuxième mois, douzième jour
ANNÉE DU MOUTON

Un mois après que Yukio eut envoyé cette lettre, Jébu déroula son fouton et se coucha pour dormir, comme d'habitude, devant la porte de la chambre à coucher de Yukio. Il entendit le son plaintif de la flûte que jouait son ami pour accompagner la douce voix d'une femme. Celle qui chantait était une jeune beauté, Shizumi, dont Yukio avait fait sa maîtresse lors de son retour triomphal à Heian Kyo après la victoire de Shimonoseki. Elle n'avait pas seulement une voix admirable mais on la considérait aussi comme la meilleure danseuse du pays. Jébu s'assit, les jambes croisées sur sa natte, et alluma une lampe. Il fit tourner le Joyau de Vie et de Mort entre ses doigts en écoutant distinctement chaque note de la musique mélancolique. L'homme et la femme qui se trouvaient derrière la porte pouvaient prendre à pleines mains la glaise grossière de la douloureuse existence humaine pour en faire poésie, musique, art et danse. Voilà ce qui rendait la vie supportable. C'était une nuit de pleine lune dont la beauté séduit toujours les poètes. Jébu éteignit la lampe, se coucha de nouveau mais le sommeil ne vint que difficilement. Il ne pouvait oublier qu'il avait tenu Taniko dans ses bras, pour la première fois, par une nuit de pleine lune.

Un bruit de pas furtifs dans une pièce voisine l'éveilla en sursaut. Pendant un moment, il resta immobile et crut revivre la nuit où, près de vingt ans auparavant, Taniko l'avait doucement arraché au sommeil. Puis il revint à la réalité. Comme toujours, quand il se réveillait en sursaut, il feignit de continuer à dormir. L'oreille d'un zinja ainsi que celle de n'importe quel assassin professionnel distingue la différence entre la respiration d'une personne endormie et celle de quelqu'un qui feint de dormir. Jébu savait imiter la respiration du vrai sommeil. Il fit remuer son corps de temps en temps comme le fait un dormeur, tout en écoutant attentivement ce qui se passait dans la pièce voisine. S'y trouvaient deux, peut-être trois, hommes aux pieds nus. Ils avaient esquivé les lames de plancher grinçantes dispersées dans la maison de Yukio afin de déceler l'arrivée de quelque ennemi. Ils avaient donc un complice dans la maison.

Jébu entendit glisser un écran. Selon toute évidence les intrus étaient insuffisamment entraînés à approcher sans bruit. Les gardes samouraïs de Yukio n'entendaient peut-être rien. Mais pour un zinja, ces gens approchaient aussi bruyamment que s'ils conduisaient un bœuf à travers la demeure. Ils savaient probablement que Jébu couchait sur le seuil de la chambre de Yukio. Ayant écarté l'écran, ils le voyaient sans doute et allaient chercher à le tuer. A cet instant, Jébu perçut le léger crissement d'une flèche que l'on extrait d'un carquois et la vibration d'une corde d'arc que l'on bande. L'archer prit sa respiration avant de tirer. Jébu roula sur lui-même. La flèche se piqua dans le fouton. Jébu poussa un cri d'alerte, saisit sa *naguinata* et se dressa d'un bon. L'archer tenait encore son arme quand Jébu lui enfonça l'extrémité de ses doigts raidis sous la pomme d'Adam et lui écrasa la trachée artère.

« Au loup ! Au loup ! » s'écria un inconnu derrière l'archer qui tombait. A cet appel, d'autres silhouettes apparurent dans la chambre. Jébu fit décrire à son arme un moulinet qui trancha à mi-corps deux des assaillants. La lumière se fit. Shizumi en robe de soie blanche, pareille à la statue d'une déesse, brandissait au-dessus de sa tête une lanterne alors que son amant fonçait dans la mêlée en taillant de son long sabre. Il était nu. Jébu scruta les rangs des adversaires afin de distinguer leur chef. Il importait d'en laisser survivre un, afin de savoir qui cherchait à faire assassiner Yukio. Tous n'étaient que des loqueteux d'Heian Kyo, un seul portait l'armure noire et avait la tête rasée d'un moine bouddhiste. Les gardes de Yukio envahirent l'antichambre. Le sang se répandit sur le plancher et éclaboussa les murs. Jébu fonça sur le moine guerrier et l'assomma avec la hampe de sa *naguinata*.

Un moment plus tard, tous les assaillants, sauf le moine, étaient exterminés. On porta le survivant dans la chambre de Yukio qui lui posa la pointe de son arme sur la gorge. L'autre le regarda d'un air morne. Débarrassé de son armure, il ne portait que sa robe couleur safran. D'après les gardes il y avait douze cadavres dans l'antichambre.

« Dis-moi qui t'a envoyé ou je te tranche la gorge », dit Yukio.

Les yeux du captif demeurèrent aussi ternes et ses lèvres restèrent serrées.

« Je le ferai parler en moins d'une heure, seigneur, dit le capitaine des gardes, soucieux de se faire pardonner sa négligence.

— J'aimerais mieux que tu inspectes la maison, dit Jébu. Tâche de savoir combien de gardiens ces hommes ont soudoyé ou tué pour arriver jusqu'à la porte du seigneur Yukio. » Il sourit au prisonnier. « Nous allons boire du *tch'aï* ensemble et nous entretenir comme il convient entre moines. »

Quand on apporta le thé, Jébu s'assit tranquillement sur une natte de paille auprès du captif qui refusa de parler et même de dire son nom. Jébu emplit deux tasses du breuvage vert fumant. Il versa dans celle du moine une poudre blanche contenue dans un sachet de papier. Quand il l'offrit, le moine serra encore plus étroitement les lèvres et secoua la tête. Sans cesser de sourire, Jébu appuya son doigt sur un point précis au-dessous de l'oreille du moine. La bouche de l'homme s'ouvrit mais il resta assis aussi droit qu'auparavant. Jébu posa la main sur son visage, lui pinça les narines, lui rejeta la tête en arrière et lui versa le *tch'aï* dans la bouche.

« Maintenant tu vas prier avec moi, dit Jébu. Hommage à Amida Bouddha. »

Lentement, Jébu répéta à mi-voix cette invocation. D'abord le moine resta silencieux. Puis, comme si ses lèvres et sa langue échappaient à sa volonté, il pria à l'unisson avec Jébu. « Très bien, dit ce dernier. Continue tout seul, s'il te plaît. » Le moine répéta l'invocation d'une voix morne. « Assez, dit Jébu qui se pencha en avant pour approcher son visage de celui du moine. Comment t'appelles-tu ?

— Yato, dit l'autre de la même voix morne.

— De quel monastère viens-tu, moine Yato ?

— Du Rodojo-ji à Hyogo.

— Ce temple était entretenu par les Takashi, dit Yukio. Hyogo était leur port principal. Ce moine cherchait sans doute à les venger. »

Le jeune Muratomo avait enfilé une tunique et un pantalon. Il était assis sur sa plate-forme de sommeil, son sabre en travers des genoux. Accroupie dans un coin de la pièce, Shizumi le regardait de ses yeux noirs qui, sur son visage pâle, semblaient deux taches d'encre sur une feuille de papier.

« J'en doute, dit Jébu. Écoute, Yato. Tu es un saint homme. Tu as prêté le serment bouddhiste de ne jamais blesser une créature vivante. Tu ne devrais donc prendre les armes que pour défendre ton temple. Pourtant tu as cherché à assassiner ce noble seigneur qui a toujours respecté les lieux saints. Tu as donc enfreint ton vœu, n'est-ce pas ?

— Mon abbé m'en a donné l'ordre, répondit Yato. Je ne pouvais pas lui désobéir.

— Ainsi tu as dû choisir entre ton devoir envers ton abbé et le respect de ton serment, dit amicalement Jébu. Voilà qui a dû t'être pénible. Tu portes un lourd fardeau karmique. Maintenant, si tu nous dis pourquoi ton abbé t'a ordonné de tuer le seigneur Yukio, cela allégera peut-être ton karma. »

La tête rasée du moine luisait de sueur. « Il m'est interdit de le dire.

— Tes supérieurs ont perdu leur droit à t'imposer l'obéissance, dit Jébu. Tu es coupable de bien des crimes odieux. Les hommes que tu as embauchés pour t'aider dans cette attaque sont morts, de même que les gardes que tu as tués pour entrer dans cette demeure. Leurs esprits mécontents te poursuivront jusqu'à ce que tu expies.

— Nous n'avons pas tué de gardiens. Il nous a suffi de soudoyer ceux qui étaient de service pour qu'ils nous laissent passer.

— Nous saurons leurs noms et ils seront exécutés par ta faute, dit Jébu. Qui a incité ton abbé à t'envoyer ici ? » Les lèvres du moine remuèrent mais il se tut. « Il faut me le dire, Yato. »

Les tendons saillirent sur la gorge de Yato, comme s'il luttait contre lui-même. Enfin il dit d'une voix étranglée : « Le seigneur de Kamakura.

— Non ! » s'écria Yukio. La barrière brisée, les paroles de Yato s'écoulèrent de ses lèvres. « Muratomo no Hideyori, le shogoun honoré du pays du Soleil Levant, a promis des privilèges à notre temple pour nous récompenser et nous a menacés de grands malheurs si nous refusions. Mon père abbé me déclara que j'agirai afin de protéger mon temple.

— Ce moine ment », dit Yukio avec une grimace de mépris en serrant la poignée de son sabre.

Jébu leva la main pour l'appeler au calme. « Dans sa situation actuelle, il ne peut pas mentir. Tu ne veux pas admettre l'évidence, Yukio-san ? »

Des larmes montèrent aux yeux de Yukio. « C'est la fin de tous mes rêves. J'ai contribué à délivrer ce pays et maintenant je n'y ai plus de place. Je ne puis me révolter contre mon frère. Je ne veux que le servir. Pourquoi ne m'accepte-t-il pas ? Pourquoi cherche-t-il à me faire assassiner ? Il ne me reste plus qu'une solution : aller à Kamakura, seul et désarmé.

— Crois-tu que ce moine soit le seul assassin envoyé par ton frère contre toi ? Il est bien trop prudent pour ça.

— Le moine zinja dit la vérité », énonça une voix creuse. Yukio et Jébu se tournèrent vers Yato.

« Que peux-tu nous dire de plus ? demanda Jébu.

— Mon abbé nous a dit que notre mission importait peu. Le seigneur de Kamakura envoie une armée s'emparer de Heian Kyo afin d'éliminer les amis et partisans du seigneur Yukio. Les cavaliers barbares du pays du Soleil Couchant sont déjà en route.

— Les Mongols ? dit Yukio, stupéfait. *Mes* Mongols se tourneraient-ils contre moi ?

— Ils n'ont jamais été vraiment pour toi, dit Jébu. Tu ne

commandes plus aucune armée, Yukio-san. Tu ne peux pas résister ici. Tu dois rassembler ceux en qui nous avons confiance et fuir immédiatement la capitale. » Jébu imagina Arghun Baghadur chevauchant à la tête de son *tuman*. Si les Mongols voyageaient à leur vitesse habituelle, ils arriveraient avant même la nouvelle de leur approche.

L'air hébété, les joues trempées de larmes, Yukio se leva lentement. Jébu ne l'avait jamais vu dans un tel état, il dut résister à l'envie de le secouer. Il fit signe à Shizumi, qui rassemblait déjà les vêtements de Yukio, de l'aider à s'habiller et s'en alla donner les ordres nécessaires.

20

Extrait du journal intime de Shima Taniko

Hideyori ne cesse de me répéter combien mes conseils lui seront précieux quand je serai son épouse, mais il ne me consulte que rarement ces temps-ci. Notre mariage ne semble pas approcher. Horigawa vit encore. Je n'apprends de nouvelles que par les divers seigneurs et officiers de samouraïs qui me rendent visite quand ils viennent à Kamakura prendre les instructions du Bakufu. J'admets qu'ils me flattent parce qu'ils me savent proche d'Hideyori mais j'aime aussi croire qu'ils trouvent ma compagnie intéressante.

L'oncle Ryuichi contribue particulièrement à mon information. Il dit que Yukio a disparu avec une douzaine de partisans au maximum car il n'en a pas plus dans tout le pays. Le mois dernier, Yukio a soulevé une rébellion contre Hideyori en affirmant que ce dernier avait envoyé des assassins le tuer. Le shogoun a nié et accusé Yukio d'avoir manigancé ce prétendu attentat pour justifier la guerre qu'il fait à son frère. Cependant Go-Shirakawa croit à la version de Yukio et lui confia la mission de châtier Hideyori en qualité de rebelle au trône et ennemi de la cour. Mais Hideyori avait déjà envoyé les Mongols arrêter Yukio qui l'apprit et fut obligé de fuir la capitale. Quand les barbares s'en approchèrent, Go-Shirakawa annula son ordre de mission et adressa des excuses à Hideyori en prétendant avoir agi sous la contrainte. Yukio s'enfuit en direction du sud pour Hyogo.

Quand il y embarqua, une des grandes tempêtes que les Chinois appellent taïphun *détruisit ses bateaux près de Shimonoseki, à l'endroit même où il remporta sa grande victoire sur les Takashi, il n'y a que deux ans. On dit que les esprits furieux des Takashi déchaînèrent cet ouragan. Je me demande si le fantôme de mon Atsue bien-aimé était parmi eux. Le bruit court chez les pêcheurs de là-bas que les coquilles de crabe ramassées dans les eaux de Shimonoseki portent l'empreinte des visages des guerriers Takashi.*

Yukio laissa sa maîtresse Shizumi à Hyogo, ce qui lui sauva peut-être la vie. Mais les hommes d'Hideyori l'ont arrêtée. Pauvre femme, j'apprends qu'elle est enceinte. Maintenant le shogoun a ordonné à ses hommes de chercher Yukio dans tout le pays. Bien que Yukio fût très aimé, quand la rupture s'est produite entre les deux frères, presque tous les samouraïs se hâtèrent de prendre fait et cause pour l'aîné. C'est lui qui distribue terres et fonctions alors que Yukio n'a rien à offrir sauf un vain combat contre l'injustice.

Car Hideyori commet une injustice contre Yukio. Je l'admets moi-même dans mon cœur.

En affirmant que Yukio reste une menace contre la paix et le bon ordre de l'empire, Hideyori a extorqué d'énormes concessions de la cour. Il s'est fait conférer le droit de prélever une taxe sur la récolte de riz de tous les domaines des Iles sacrées, prétextant qu'il a besoin de fonds pour entretenir les troupes chargées de retrouver Yukio. Il a aussi le droit de nommer intendants et oryoshis dans chaque province, afin de veiller à l'exécution de ses décrets et de percevoir les impôts. Tous les biens viennent de la terre après tout. Or elle est passée tout entière sous le contrôle d'Hideyori et c'est Yukio qui lui a permis d'en arriver là. Enfin le trône resté vacant sera occupé par le candidat de son choix : Kameyama, un jeune petit-fils de Go-Shirakawa. Ainsi, c'est maintenant Hideyori qui fait les empereurs. J'ai connu bien des personnages importants : Sogamori, Kiyosi, Koubilay khan, Yukio. Mais c'est Hideyori qui a commencé avec rien et a récolté le plus.

Il est trop affairé pour m'accorder grande attention mais cela ne me dérange pas. Un autre homme absorbe mon temps et mes pensées bien qu'il n'ait que cinq ans. Je pourrais évidemment confier son éducation à mes dames mais je ne me fie pas à celles qu'Hideyori a chargées de me servir. A coup sûr certaines sont des espionnes qui rapporteraient à Hideyori, en les présentant sous un jour défavorable, la moindre remarque prononcée par distraction et le plus petit geste de Sametono.

Je cherche des professeurs de musique, poésie et calligraphie pour mon petit-fils. Il fut un temps où l'on n'aurait pas trouvé un seul maître vraiment qualifié en n'importe quel art à Kamakura. Mais depuis que le centre du pouvoir est ici, des hommes de talent y affluent comme des abeilles sur un verger en fleurs. Mou cousin Munetoki consent à enseigner les arts martiaux à Sametono. La part la plus importante de son instruction lui est donnée par Eisen.

Nous voyons souvent un autre ami : Moko. Il a maintenant deux enfants : un fils de treize ans, Sakagura, qui naquit l'année où nous partîmes tous pour la Chine, et une fille. Il est en bonne voie pour avoir cinq enfants — ou bien n'était-ce pas six ? — comme il le prétendit à Jébu lors de notre première rencontre. Son chantier de construction navale prospère. Chaque fois qu'il me rend visite, nous nous posons réciproquement la même question : avez-vous des nouvelles de Jébu ? Ni l'un ni l'autre n'en avons jamais et nous secouons la tête, déçus. Si Jébu est encore vivant, il partage sûrement le sort de Yukio.

Cinquième mois, vingt et unième jour
ANNÉE DU MOUTON

Au début de l'été, Hideyori donna un grand banquet au château shogounal de Kamakura, pour célébrer la défaite de Yukio et sa propre accession à de nouveaux pouvoirs. Plus de trois cents *kenins* — les samouraïs du plus haut rang — emplirent la salle de réception du château. La plupart des invités mangèrent, à des tables basses individuelles, des mets de choix. Certes, leurs tenues étaient moins élaborées et gênantes aux entournures que celles de la cour impériale. Mais ces nouveaux maîtres du pays du Soleil Levant portaient des robes d'aussi beaux tissus, aussi richement brodées. Les trésors qu'Hideyori amassait depuis longtemps au château — coupes et cruches d'or et d'argent, porcelaines de la dynastie chinoise Tang, tables d'ébène et de bois de rose, statuettes et vases en jade et en ivoire, rouleaux anciens sur lesquels des vers bouddhistes avaient été peints à la feuille d'or — servirent à décorer la salle. Cinq formations de musiciens appartenant à des familles d'aristocrates se relayèrent.

Ses plus importants vassaux siégeaient avec Hideyori sur une estrade surmontée d'un dais en soie prune ; et parmi eux, les chefs du puissant clan Shima : les frères Bokuden et Ryuichi, ainsi que le fils de Ryuichi, le sémillant jeune Munetoki. On remarquait aussi les chefs des familles Ashikaga, Hiraga, Wada et Miura. Agenouillée derrière Hideyori, Taniko lui versait du saké et lui servait légumes, poisson et riz.

Ce soir-là, le shogoun avait les yeux brillants comme ceux d'un corbeau qui vient d'attraper un bon morceau. Il portait une robe de cérémonie noire et un haut chapeau en soie laquée. Vers le milieu du banquet, il claqua des mains pour attirer l'attention. Le bourdonnement des conversations et le bruit des baguettes cessèrent. Les musiciens s'immobilisèrent.

« J'offre un régal exceptionnel à mes invités ce soir, annonça Hideyori à pleine voix. Voici une femme réputée pour être la meilleure danseuse du pays du Soleil Levant. Elle nous vient de la cour impériale à Heian Kyo où son art fit les délices de notre nouveau Fils du Ciel, l'empereur Kamayama, ainsi que du très vénéré grand-père de Sa Majesté Impériale, l'empereur en retraite. D'autres qui furent récemment à la cour ont aussi eu l'occasion de l'admirer. »

Quelques ricanements retentirent dans la salle : certains savaient en effet qui était cette femme et surtout qui désignait Hideyori en parlant d' « autres qui furent à la cour ». Taniko devina ce qui allait se passer et s'en étonna car elle n'aurait pas imaginé qu'Hideyori offrirait un tel spectacle.

« En échange de notre hospitalité, cette dame consent à nous divertir, poursuivit le shogoun, visiblement satisfait de lui-même. Nobles seigneurs du Bakufu, je vous présente dame Shizumi. »

Les portes coulissèrent à une extrémité de la pièce et une silhouette menue apparut sur la galerie donnant accès à la maison des femmes au château d'Hideyori. Quand elle vit Shizumi, Taniko eut le cœur serré. La maîtresse de Yukio était une superbe créature aux grands yeux noirs et aux lèvres rouges. Sa longue chevelure tombait au-dessous de ses épaules et ses boucles abondantes recouvraient ses petits seins. Elle se tenait très droite dans une robe à traîne d'un blanc immaculé, nouée par une ceinture blanche. Elle est beaucoup plus ravissante que je ne l'étais à son âge, pensa Taniko pleine d'admiration. Elle avait appris que la maîtresse de Yukio était enceinte. Rien ne l'indiquait mais il n'en était pas moins cruel de lui faire subir une telle épreuve.

Marchant à petits pas, les yeux baissés, Shizumi descendit dans la cour puis pénétra dans la salle et gagna un espace libre devant l'estrade du shogoun.

« Pourquoi portez-vous la couleur du deuil ? lui demanda Hideyori. Je vous avais dit de mettre votre plus belle robe.

— Excusez-moi, mon seigneur, répondit Shizumi. Je n'ai pas de plus belle robe que celle-ci. » Elle parlait doucement, respectueusement, mais sa voix dénotait une énergie étonnante de la part d'une personne aussi frêle.

Six musiciens en robe de cour s'assirent près de l'estrade avec leurs tambours, clochettes, flûtes et luths. Shizumi interrogea du regard Hideyori qui hocha brusquement la tête. Elle s'inclina en direction des musiciens, tira un éventail en ivoire de sa manche et l'ouvrit. Les mains croisées sur les genoux, Hideyori souriait, enchanté. Obliger la maîtresse de Yukio à le divertir ainsi que ses amis parachevait son triomphe.

Les musiciens entamèrent un air lent, solennel, retentissant comme une lourde cloche de temple. Taniko comprit immédiatement que Shizumi ne portait pas une robe blanche par hasard. Sa danse se révéla d'une aussi grande tristesse que sa tenue. Ses pas mesurés, les mouvements de son corps aussi souple qu'une tige de bambou au souffle du vent, ses bras ondulant à l'horizontale de l'épaule à la main et l'inclinaison de son éventail, tout indiquait que la vie s'écoule, que le bonheur s'évanouit et qu'en fin de compte chacun de nous est toujours seul. Ce n'était certes pas ce que le chef des samouraïs désirait ce soir-là. Mais le talent de Shizumi était fascinant : les têtes des invités ne bougeaient pas, les yeux convergeaient sur sa silhouette blanche qui paraissait flotter devant l'estrade. On vit apparaître des larmes aux yeux de bien des vétérans de l'Est. La femme en blanc leur semblait pareille à un pétale de fleur de cerisier arraché par un coup de vent et qui tombe lentement en palpitant. Nombre de spectateurs se rappelèrent que le blanc était la couleur des Muratomo. La danse leur suggérait discrètement qu'un jour l'étendard victorieux du Dragon blanc tomberait comme l'artiste au moment où elle s'agenouillait devant Hideyori. La musique cessa sur les mêmes accords lents et retentissants qu'au commencement. Il n'y eut ni acclamations ni applaudissements, un soupir passa sur la salle comme le bruissement des feuilles à l'automne. Approbation bien plus éclatante, pensa Taniko.

Seul Hideyori fut mécontent. Les sourcils froncés, il grommela : « Cette danse ne convient pas aux circonstances.

— Elle n'en est pas moins exquise », remarqua gentiment Shima Ryuichi. Le respect et l'amour de Taniko pour son oncle s'accrurent. Il était devenu bien plus courageux qu'au temps où il tremblait devant Sogamori à Heian Kyo. Hideyori lui jeta un coup d'œil de colère puis s'adressa à Shizumi.

« Chantez maintenant. Quelque chose de plus gai.

— Je chanterai l'amour, seigneur.

— Faites », dit Hideyori avec un mince sourire.

Shizumi inclina la tête vers les musiciens et chanta d'une voix triste et un peu rauque. Ses lèvres rouges formaient un cercle autour de certains mots comme si elle offrait des baisers à un absent.

Les souvenirs d'amour s'écoulent comme la neige
Qui glisse des brumes du mont Hiei.
Je suis seule et la nuit tombe.
Ah ! combien je pleure les beautés perdues.

Au pays des nuées sous un ciel lointain,
Il gît près d'un pin couvert de neige.
Ce pays étrange n'est pas propice à mon amour.
Ah ! combien je pleure les beautés perdues.

Stupéfiant ! pensa Taniko. Quel courage ! Hideyori cherche à l'exploiter pour fêter sa victoire sur Yukio et elle profite de l'occasion pour clamer qu'elle l'aime encore et le regrette.

Dans sa demeure nos oreillers restent
Côte à côte quoique nous soyons séparés.
Je ne le reverrai pas avant ma mort.
Ah ! combien je pleure les beautés perdues.

« Assez ! » vociféra Hideyori. Il se leva d'un bond, le visage écarlate de colère. Les musiciens s'arrêtèrent, effarés. Dans la salle totalement silencieuse tous les regards convergeaient sur le shogoun. Taniko pensa : c'est toi qui triomphes, Yukio.

« Comment osez-vous chanter une telle chanson chez moi ? cria Hideyori. Comment osez-vous chanter votre amour honteux pour un rebelle et un traître ! » Ses doigts se crispèrent sur le dragon ornant la poignée d'Higekiri, le sabre sacré des Muratomo, accroché à sa ceinture dans un fourreau serti de pierres précieuses.

« Seigneur, je ne connais pas d'autre amour », dit tranquillement Shizumi, tête basse, les mains jointes devant sa poitrine. Elle est prête à accepter n'importe quoi, se dit Taniko ; s'il la tue, elle mourra heureuse.

Elle se leva. « Seigneur », souffla-t-elle en saisissant le bras d'Hideyori. Il se tourna vers elle en proie à une fureur tellement sauvage qu'il semblait ne pas la voir.

« Prenez le temps de réfléchir, chuchota Taniko avec insistance. Rappelez-vous qui vous êtes et où vous êtes. Vous perdriez la face en gâchant votre fête par le meurtre de cette enfant. Tout le monde dirait que vous la sacrifiez à votre colère parce que vous ne pouvez pas retrouver Yukio. »

Ils restèrent immobiles, face à face, les yeux dans les yeux. Taniko se demanda : que fais-je ? J'ai aussi perdu la raison.

La colère s'estompa dans le regard d'Hideyori et fit place à une morne tristesse. « Elle sera punie.

— Elle ne doit pas l'être », dit Taniko fermement, stupéfaite par sa propre témérité. « Elle a déjà assez souffert et ne mérite aucun châtiment. Qu'est-elle, sinon un impuissant butin de guerre ? Vous l'avez amenée devant vos invités et vous l'avez obligée à chanter. Elle a le courage de chanter son amour. Quelle sorte de samouraï seriez-vous si vous punissiez le courage ? On n'oubliera pas ce qu'elle a fait ce soir. Que dira-t-on de vous si vous sanctionnez sa fidélité par la mort ? » Tous deux se tournèrent vers Shizumi.

La tête rejetée en arrière, elle les regardait fixement, le visage rouge, une flamme brillant dans les yeux.

« Éloignez-la de ma vue ! dit Hideyori d'une voix étouffée par la colère.

— Je m'en occupe, seigneur », dit Taniko en cachant ses mains dans ses manches pour qu'il ne les vît pas trembler. Elle descendit de l'estrade, prit la jeune danseuse par le bras et la conduisit à travers la foule silencieuse vers la sortie. Qu'ai-je fait ? pensait-elle. Pourquoi m'exposer ainsi à la rage d'Hideyori après tant d'années de prudence ? Je dois être folle.

Son sang se glaça dans ses veines quand elle réalisa l'énormité de ce qu'elle avait osé : tenir tête en public à la fureur du shogoun. Mais elle éprouva aussi une très vive satisfaction.

Lorsqu'elles arrivèrent au seuil de la porte, ce sentiment grossit en une exaltation égalant presque le satori. Elle avait agi impulsivement, sans aucune considération des conséquences possibles. Le zen l'avait inspirée. Les heures de méditation suivies par des conversations animées avec Eisen au cours desquelles il exigeait des réponses instantanées à des questions absurdes, voilà la formation qui lui avait permis d'agir ce soir-là. Les conséquences pour elle-même, pour Sametono, pour tous ses proches, pour la jeune danseuse seraient peut-être épouvantables. Mais elle entendait déjà la voix d'Eisen lui dire : « Quand on fait ce qu'on sait devoir faire, le résultat ne compte pas. »

Mais l'influence d'Eisen n'était pas seule en cause. Taniko se rappela être intervenue longtemps auparavant pour secourir une femme menacée par un tyran. Elle s'appelait dame Akimi, la mère de Yukio. Ce soir-là, Shizumi portait un enfant de Yukio. Décidément, se dit-elle, les méandres du karma sont étranges. Moi, femme sans défense, je me suis dressée devant l'homme le plus puissant du pays et j'ai tenu tête à sa colère pour protéger la fille qui marche à côté de moi à cet instant. Sans défense ? Le suis-je tellement ?

Quand les deux femmes atteignirent ensemble la cour silencieuse, hors de la salle d'honneur où trônait Hideyori, l'excitation donna la chair de poule à Taniko et le sang battit à ses tempes au rythme d'un tambour de guerre.

21

Six têtes coupées fichées au bout de hautes piques se détachaient sur le fond du ciel brumeux. D'abord, en gravissant la colline, Jébu et les hommes qui l'accompagnaient ne virent que les têtes : petits ovales noirs lointains. Puis, quand ils arrivèrent sur la crête, ils aperçurent le fort, entouré d'une palissade marron sur une autre hauteur, située à une demi-journée de marche, presque tout le temps ascendante. Des oiseaux tournoyaient autour des têtes et s'abattaient sur elles pour arracher des morceaux de chair en poussant des cris aigus.

La veille, au pied de ces montagnes, sur la côte nord-ouest d'Honshou, Jébu, Yukio et leurs hommes avaient rencontré des négociants revenant de la terre d'Oshu, le lieu de destination de Yukio. Ces voyageurs leur avaient dit que la garnison du fort d'Ataka avait exécuté six moines en route vers le nord, qu'ils soupçonnaient d'être des partisans de Muratomo no Yukio cherchant à fuir la colère de son frère.

« Le shogoun fait fouiller le pays d'un bout à l'autre pour retrouver son frère en fuite, dit le chef des négociants. Je vous conseille, saints hommes, de remettre à plus tard votre voyage et de faire demi-tour sur-le-champ plutôt que de chercher à franchir la ligne des forts en ce moment. Leurs garnisons préfèrent couper quelques têtes d'innocents plutôt que de laisser passer par négligence un ennemi du shogoun. Évidemment les affaires qui vous appellent dans le nord méritent peut-être que vous risquiez vos vies. » L'homme plissa les paupières et considéra tour à tour d'un œil rusé Yukio, Jébu et les onze hommes de leur suite. Que voit-il ? se demanda le zinja. Un groupe de *yamabushi*, j'espère. Il s'agissait de moines bouddhistes vivant plus ou moins en ermites sur les montagnes. Têtes rases, Yukio et ses compagnons portaient des robes jaunes et de vieux manteaux en loques pour se protéger du froid des montagnes au dixième mois de l'année, froid dont les dents devenaient plus aiguës que celles d'un loup au fur et à mesure qu'ils progressaient vers le nord.

« Bouddha veillera sur nous », répondit onctueusement Jébu. Sans moustache ni cheveux, il ne risquait d'être repéré qu'en raison de sa haute taille et de ses yeux gris. « Si vient notre heure, nous ne craignons pas de mourir, pourvu que nous accomplissions notre devoir.

— Bouddha n'a pas veillé sur les six moines qui moururent ce matin, dit le négociant. Leurs prières ne servirent à rien. Ils supplièrent les soldats d'épargner leurs vies. Vous paraissez plus braves. Plutôt comme un samouraï que comme un moine. » De nouveau, l'homme considéra Jébu et sa suite d'un air dubitatif.

« Je ne suis pas un samouraï, je puis vous l'assurer », répondit Jébu en riant.

Le négociant haussa les épaules. « Ce n'est pas mon affaire, d'ailleurs. Je ne souhaite pas de mal au seigneur Yukio. D'autre part, nous voyagerons plus en sécurité quand l'autorité du shogoun s'imposera partout. Le seigneur Hideyori instaure la paix. »

A la fin de la même journée, Yukio et Jébu examinèrent le fort qui leur barrait la route d'Oshu. Il se dressait au-dessus d'un col, entre deux pics d'un noir violacé, surmontés de neige, pareils à des pagodes construites par des géants.

« Nous ne sommes pas loin de Tonamiyama où nous avons pour la première fois conduit les Mongols au combat contre les Takashi, dit Yukio.

— Nous pourrions essayer de contourner le fort », répondit Jébu l'esprit concentré sur le présent, en suivant du regard l'étroit sentier sinuant entre les rochers et les pins vers le col. « Nous pourrions gravir les pics ou passer plus à l'est ou à l'ouest.

— Ce serait trop long, dit Yukio. Nous n'avons pas assez de nourriture et nous ne trouverons pas de vivres sur les montagnes. En outre, il y a d'autres fortifications à l'est et à l'ouest. »

Le Yukio qui mena l'assaut à Ichinotami sauterait par-dessus ces montagnes comme un daim, pensa Jébu. « Mieux vaut souffrir de la faim pendant quelques jours que de perdre nos têtes, dit-il.

— Rappelle-toi ce que nous a dit le négociant, dit Yukio. Ma mort amènerait la paix à l'empire. Même si elle n'y parvient pas, elle mettra au moins un terme à mes souffrances. »

Le désespoir qui s'était emparé de Yukio à Heian Kyo, lorsqu'il avait enfin compris que son frère n'admettrait jamais son existence, s'était aggravé à chaque revers subi depuis lors. De plus en plus Jébu prenait les décisions à sa place. Il avait notamment trouvé un monastère zinja où ils s'étaient réfugiés après le naufrage dans le détroit de Shimonoseki. Les moines de cet ordre assistaient volontiers Yukio. Bien qu'ils eussent soutenu la cause des Muratomo pendant la guerre des Dragons, Hideyori avait commencé à les harceler et les menaçait. Pendant leur séjour à ce monastère, Yukio avait appris que le samouraï auquel il avait confié Shizumi l'avait trahi à la première occasion et avait livré la jeune femme aux hommes d'Hideyori. Cette nouvelle avait provoqué une crise de larmes intarissable.

N'ayant plus que quelques rares partisans, Yukio était condamné à vivre caché. Peu de gens se seraient risqués à résister ouvertement au shogoun. Pourtant le gros de la population conservait une forte sympathie pour « le lieutenant » comme on l'appelait en souvenir du titre dont l'avait privé Hideyori.

Pendant deux ans Yukio et ses compagnons parvinrent à passer d'un refuge à l'autre, déguisés en moines. Ils s'arrêtaient à des temples, aux châteaux de samouraïs restés fidèles, voire chez les gens du commun. Cependant Hideyori déchaînait la plus vaste chasse à l'homme de toute l'histoire des Iles sacrées. Des détachements de l'armée du Bakufu poussaient des pointes dans toutes les directions jusqu'aux villages les plus reculés, perquisitionnaient dans tous les foyers de la capitale et menaçaient même le vieux Go-Shirakawa ainsi que le jeune empereur Kamayama de « certains événements indésirables » s'ils ne collaboraient pas de tout leur cœur avec Hideyori. Ce dernier arguait d'une prétendue menace de rébellion pour justifier les mesures de rigueur contre tous ceux qui auraient pu menacer le gouvernement établi. Même les partisans de Yukio répugnaient de plus en plus à l'aider. Il ne lui restait donc que la terre d'Oshu, à l'extrême nord du pays, tellement lointaine et puissante qu'elle constituait presque un royaume indépendant.

Jébu et Yukio se trouvaient ainsi sur une hauteur dans la province de Kaga devant une barrière de fortifications barrant le passage vers le nord. Leurs hommes étaient assis, alignés le long de l'étroit sentier : aspect que prenait à cet endroit la route Hokurikudo. Le jeune Shenzo Totomi, déguisé en porteur, s'agenouilla et fit glisser de ses épaules un coffre doré : autel bouddhiste portatif. Bien que Yukio eût refusé son allégeance, le fils du général Shenzo n'avait pas hésité à le suivre. Il posa l'autel sur ses quatre pieds près de Yukio.

« Ces tueries inutiles ne cesseront qu'avec ma mort », dit Yukio en considérant les six têtes fichées au bout des piques à quelque distance d'eux.

Les yeux de Shenzo Totomi étincelèrent comme ceux d'un fauve. « Quiconque meurt pour vous meurt bien, seigneur », dit-il.

Jébu intervint en s'adressant à son ami. « Crois-tu vraiment, Yukio, que ta mort, ou celle de qui que ce soit, mettra un terme à ces tueries ? Comme des milliers d'autres, tu te laisses prendre au jeu d'Hideyori qui réclame une seule tête pour assurer la paix totale. Si tu périssais, Hideyori trouverait d'autres morts nécessaires. Un temps viendra où d'autres guerriers se soulèveront pour le défier. Quand il mourra, de nouveaux prétendants se disputeront son pouvoir. Cesse de t'imaginer que tu pourrais sacrifier utilement ta vie. Ton devoir exige que tu fasses tout pour survivre. »

Pour la première fois depuis des mois, une lueur apparut dans les yeux de Yukio. « Il suffit que tu te déguises en moine bouddhiste pour radoter comme eux, dit-il à Jébu. Alors, que devons-nous faire immédiatement, saint homme ?

— Puisque tu parais y tenir, nous passerons par le fort, au lieu de le contourner, répondit Jébu. Peut-être est-ce l'innocence de ces six malheureux moines qui éveilla des soupçons ? Nous pourrons être plus convaincants parce que nous serons plus prudents. » Jébu pivota sur lui-même pour s'adresser à leurs compagnons. « Si vous avez des armes, il faut vous en débarrasser immédiatement. Nous risquons d'être fouillés. Elles nous trahiraient et, de toute façon, ne serviraient à rien dans le fort dont la garnison est trop nombreuse pour nous. »

Quelques-uns des faux moines tirèrent des coutelas de sous leurs robes et les jetèrent à regret sous les cèdres qui poussaient à flanc de colline. Jébu se tourna de nouveau vers Yukio. « Je veux que tu changes de tenue et de fonction avec Shenzo Totomi.

— Non ! s'exclama aussitôt le jeune Totomi. Nous nous déshonorerions en faisant travailler notre seigneur comme porteur, même pour sauver nos vies.

— Voilà exactement ce que pensent les gens d'Hideyori, répondit Jébu. Si nous habillons le seigneur Yukio en porteur et si nous le chargeons de cet autel, il risque moins d'être reconnu parce qu'aucun chef samouraï n'adopterait un déguisement aussi dégradant. Actuellement il porte le manteau le plus épais et la plus belle robe de nous tous. Il a l'air de notre maître. Si les soldats de ce fort possèdent une bonne description de lui, ils le reconnaîtront à coup sûr. Peut-être même quelqu'un parmi eux l'a déjà vu.

— C'est intolérable ! insista Totomi.

— Fais ce que l'on t'ordonne, Totomi, dit tranquillement Yukio. Le samouraï n'accomplit jamais rien à demi. Si nous voulons tromper nos ennemis, trompons-les aussi parfaitement que nous le pouvons. »

Un moment plus tard, Yukio portait la robe en loques et le manteau de paille de Totomi à qui il abandonnait aussi ses solides sandales en bois pour marcher pieds nus. Hormis Jébu, tous avaient les pieds en sang.

« Il y a un rouleau de poèmes dans la manche de ma robe, dit Yukio à Totomi. Prends-en soin mais ne les lis pas, car j'en serais gêné. »

Avec les plus grandes prévenances, les hommes de Yukio posèrent le lourd autel sur les épaules de leur seigneur. Plié sous le poids de ce fardeau, vêtu de haillons trop grands pour lui, Yukio paraissait plus petit et triste. Il parvint à sourire. Plusieurs samouraïs se détournèrent, les larmes aux yeux. Une longue trique à la main, Jébu prit la tête du cortège en enjoignant aux hommes d'oublier leurs pieds endoloris et de prendre l'attitude et l'expression de véritables *yamabushi* qui avaient passé la plus grande partie de leur vie à circuler, pieds nus, sur les montagnes au cours de voyages spirituels. Yukio allait le dernier. Il tituba et faillit tomber puis se redressa et avança, l'air résolu. Totomi gardait les yeux fixés sur Jébu. Quand leurs regards se rencontrèrent, celui du jeune homme exprima la colère. Ces samouraïs ! pensa Jébu. Ce petit Totomi préférerait voir son seigneur décapité plutôt que de lui laisser supporter quelques heures de fatigue en jouant le rôle de porteur.

Le kami de la montagne rendit leur marche plus pénible en leur envoyant une pluie froide mêlée de neige puis une chute de grêle qui tambourina sur leurs chapeaux de paille et leur glaça pieds et mains. Leur destination, le fort au sommet du col, disparut dans des tourbillons gris. Ils ne virent plus qu'à quelques pas devant eux.

Au moment même où ils arrivèrent à un avant-poste, trempés et épuisés, la tempête s'en alla, chassée par un vent violent qui traversa leurs robes mouillées et les colla à leur peau. Un drapeau de soie, à l'effigie du Dragon blanc des Muratomo, flottait au-dessus du poste. Le ciel était redevenu bleu et le soleil qui plongeait derrière les dents d'une chaîne rocheuse fit briller les casques argentés de six sentinelles qui s'alignèrent, l'air morne, devant la barrière placée en travers de la route. En temps de paix, les soldats s'habituent vite au confort, pensa Jébu. Ceux-là regrettaient visiblement d'être obligés de quitter leur abri et la chaleur du brasero.

« Encore des moines, dit l'un d'eux. Décapitons-les tout de suite comme les autres et retournons au chaud. » Il parlait avec l'accent dur des Provinces Orientales, base de départ d'Hideyori.

« Tuer des moines inflige un mauvais karma, dit un autre soldat.

— Pas s'ils ne sont pas des vrais moines », répondit celui de l'Est.

Pendant cet échange de propos, Jébu resta serein, les mains croisées, comme s'il n'entendait pas discuter de sa fin prochaine. Ceux qui le suivaient attendirent aussi patiemment. Tout est dans la main des kamis maintenant, pensa Jébu.

Après avoir discuté encore un moment, les soldats désignèrent Jébu et Shenzo Totomi pour les accompagner dans le fort qui se trouvait à quelque distance de la route, à flanc de montagne.

« Si notre capitaine ne croit pas à l'histoire de votre chef, les corbeaux feront encore ripaille », dit le guerrier des provinces orientales à ceux qui restèrent sur la route. Il désignait, en riant, les six crânes presque totalement décharnés.

A la pensée que Yukio ne passerait pas sous le regard de la garnison, Jébu fut soulagé. Désormais tout dépendait de son habileté à convaincre le chef de la garnison qu'ils étaient d'authentiques moines. Quand ils gravirent le sentier conduisant au fort, Jébu perçut la tension chez les hommes qu'il laissait derrière lui. Quant à lui, il était ravi d'être chargé de la responsabilité de leurs existences. Il ne redoutait qu'une chose : que le jeune samouraï qui l'accompagnait ne gâche tout.

Le fort n'était en réalité qu'un vieux manoir composé d'un essaim de petits bâtiments en bois, construits une cinquantaine d'années auparavant, en des temps plus paisibles, pour servir de retraite à quelque gentilhomme. Seuls éléments de fortification, des palissades en rondins et quelques tours de guet carrées. Dans les salles délabrées, samouraïs et fantassins prenaient leurs aises, riaient, bavardaient, jouaient à des jeux de hasard et se querellaient. D'une des maisons venaient le tintement d'instruments de musique et des voix de femmes. La discipline se relâchait visiblement. Quelques soldats étaient ivres. Toutes les têtes se tournèrent vers Jébu et Totomi quand ils arrivèrent à la cour centrale.

« Avec une carrure pareille, celui-là devrait être lutteur et pas moine, dit une voix dans la foule.

— Il sera plus court d'une tête quand le bourreau se sera occupé de lui », répliqua quelqu'un d'autre.

Le commandant de la garnison sortit du bâtiment principal, vêtu d'une robe bleue somptueusement brodée en fils d'argent. Visage carré et dur, tout os et muscles, bouche crispée en une expression sévère, lèvres minces comme Jébu en avait vu sous le casque de bien des samouraïs au combat. Il a les yeux soupçonneux de son maître Hideyori, pensa Jébu.

« Moi, capitaine Shinohata, je suis un *kenin,* vassal du seigneur shogoun, dit le commandant avec un accent révélant qu'il venait aussi des Provinces Orientales. Et toi, qui pourrais-tu être ? »

Jébu savait que les samouraïs de haut rang portant le titre de *kenin* relevaient directement de l'autorité d'Hideyori. C'étaient les piliers du Bakufu.

« Je suis Mokongo, prêtre du temple Todaïji à Nara », répondit Jébu, d'une voix énergique. Il vit du coin de l'œil que la foule s'amassait et pensa que ces soldats oisifs verraient avec plaisir rouler dans la poussière la tête rasée d'un moine.

« Prends garde au ton que tu emploies avec moi, prêtre, dit Shinohata avec mépris. Six hommes de ton espèce ont péri hier parce que leurs réponses ne m'ont pas plu.

— Tuer les serviteurs du Bouddha est un grand péché et ceux qui y participent subissent de terribles malédictions », dit Jébu d'un ton ferme. Un murmure s'éleva dans la foule des soldats autour de lui. Il ne put discerner s'il exprimait la crainte ou la colère.

« Nous avons notre consigne, répondit le capitaine. Yukio et ses séides doivent être livrés à la justice, même s'il faut pour cela abattre des milliers d'innocents. »

En dépit de ses propos impitoyables, il parlait cette fois d'une voix presque suppliante. Cet homme n'est pas à l'aise dans son rôle, pensa Jébu qui éprouva la satisfaction de celui qui, cherchant à soulever une lourde pierre, trouve le point exact où il doit appliquer son levier. Les yeux baissés, les mains pieusement jointes, il dit : « Entendre des choses pareilles m'afflige. J'ai consacré toute ma vie à l'*ahimsa :* bienveillance envers tous les êtres vivants. »

De la même voix gênée, Shinohata répondit : « Acceptez de faire demi-tour, prêtre Mokongo, et vous n'aurez rien à craindre de moi ni de mes hommes.

— C'est impossible, répondit tranquillement Jébu. Comme vous, j'obéis à ma consigne.

— Pourquoi devez-vous franchir cette barrière ? »

Se fiant simplement à l'Ame pour le guider, Jébu n'avait pas préparé de réponse. Même son faux nom et celui du temple lui étaient venus à l'esprit au moment où il les avait prononcés. A cet instant-là il se rappela que le Todaïji était un des grands temples de Nara que les Takashi avaient incendiés parce que leurs moines avaient soutenu la rébellion de Motofusa et de Mochihito. La plupart des moines avaient péri dans cette catastrophe. Pourquoi l'Ame lui avait-elle inspiré de choisir une résidence aussi invraisemblable ? L'inspiration lui vint aussitôt :

« Vous savez sans doute, capitaine Shinohata, que le temple où je servais le Bouddha fut incendié par les Takashi pendant la guerre des Dragons. Sa Majesté Impériale a ordonné de le reconstruire. Les moines survivants sillonnent toutes les régions des Iles sacrées en sollicitant des dons pour contribuer à cette œuvre pieuse. Mes compagnons et moi parcourons les provinces traversées par l'Hokurikudo et nous obtenons des promesses de contributions. Si vous nous tuez, au lieu de nous laisser passer, vous nous délivrez d'une vie de souffrances et notre martyre nous vaudra une récompense lors de notre réincarnation. »

Une voix s'éleva parmi les samouraïs. « Laissez-les passer, s'il vous plaît, seigneur Shinohata. Ce ne sont pas des moines ordinaires mais de saints hommes de l'un des plus grands temples du pays. Si vous les épargnez, vous équilibrerez peut-être le mauvais karma que nous avons attiré sur nous en tuant les moines, hier.

— Après avoir brûlé les temples de Nara, les Takashi n'ont plus remporté une seule victoire », dit un autre membre de la foule. Les samouraïs inclinent plus au respect religieux que les gens de cour ou ceux du commun, pensa Jébu ; cela s'explique par le caractère précaire de leur existence.

« J'ai envie de vous laisser passer, dit Shinohata. Si je tue tous les moines qui gravissent ce col, mon karma deviendra sûrement aussi lourd qu'une de ces montagnes. Mais je dois m'assurer que vous êtes bien ce que vous prétendez. » Il réfléchit un moment. « Si vous sollicitez vraiment des dons, prêtre Mokongo, vous avez sûrement un rouleau à lire à ceux que vous abordez. Nous allons l'écouter et nous jugerons si votre mission est vraiment celle que vous affirmez. »

Un instant, Jébu resta médusé. Puis l'Ame vint à son secours. Il se rappela le rouleau de poèmes dont avait parlé Yukio et des phrases de littérature bouddhiste affluèrent à son esprit. Sa formation de zinja l'avait amené à se familiariser avec les doctrines des principales religions du pays et il avait souvent écouté les sermons de moines bouddhistes.

Il se tourna vers Totomi qui le regardait d'un œil plein d'appréhension et lui tendit la main. « Le rouleau, s'il te plaît. »

Il fallut un moment à Totomi pour retrouver la mémoire. Il tira de sa manche les poèmes de Yukio et les remit à Jébu qui gravit les marches conduisant à la véranda du bâtiment principal et se plaça de telle sorte que personne ne pût passer derrière lui pour lire par-dessus son épaule. Il parla d'une voix retentissante.

« Rouleau de sollicitation du prêtre Mokongo, chargé de voyager dans les provinces de la Hokurikudo en priant respectueusement tous, riches et pauvres, de faire un don pour contribuer à la reconstruction du Todaïji à Nara. Comme tout le monde le sait, nous vivons le temps désigné sous le nom de Mappo : Derniers Jours de la Loi, où les hommes s'abandonnent à la passion et au vin, où la guerre civile, l'incendie, les séismes, la famine et les épidémies sévissent sur le pays. Hélas ! Quelle pitié !

« L'un des crimes les plus infâmes de ces temps obscurs et sinistres fut l'incendie sacrilège du magnifique temple Todaïji. Quatre mille moines y périrent dans les flammes avec femmes et enfants. Même les plaintes des pécheurs, livrés aux feux les plus féroces des Huit Enfers, ne furent plus affligeantes que les cris de nos martyrs. Des œuvres d'art inestimables s'en allèrent en fumée. Abomination encore plus honteuse : le grand Bouddha de bronze, la plus grande statue du sage Sakya de nos Iles sacrées, fut réduit en une masse informe de métal fondu.

« Les Takashi ont payé cher ces sacrilèges. Cette mauvaise espèce de sous-hommes qui détestait l'humanité et la loi de Bouddha expie maintenant dans les tourments d'Emma-O, roi du monde souterrain, et de ses geôliers. Telle est la destinée de ceux qui s'en prennent aux serviteurs du seigneur Bouddha. »

Jébu prononça cette dernière phrase d'une voix tonitruante, le regard fixé sur Shinohata puis sur tout le cercle des samouraïs.

« Nous ne reverrons plus le Todaïji. Nous espérons quand même bâtir un temple splendide sur ses ruines. Nous fondrons de nouveau le grand Bouddha en cuivre et en or et nous sertirons un joyau sacré sur son front.

« De même que Bouddha et ses disciples erraient chaque jour leur sébile à la main, moi, Mokongo, je me présente à vous, en larmes, pour vous demander votre contribution. Si ceux qui détruisirent le Todaïji se virent infliger un mauvais karma, à coup sûr, ceux qui aident à le reconstruire jouiront d'un bon karma, en proportion égale, selon la loi de la cause et de l'effet. Ils atteindront les côtes les plus lointaines de la parfaite connaissance. Quant à ceux qui nous nuisent, ils seront précipités dans des puits de flammes où ils gémiront pendant la durée de dizaines de milliers d'existences.

« Un don, si minine soit-il, suffit pour gagner la miséricorde infinie de Bouddha. Y en a-t-il un parmi vous qui ne donnera rien ? On dit qu'il suffit d'offrir une poignée de sable pour contribuer à la construction d'une pagode afin de mériter un bon karma. Celui qui donne quelque chose de valeur gagne évidemment beaucoup plus.

« Rédigé par moi, Mokongo, en vue d'obtenir les contributions indiquées ci-dessus. Au dixième mois de l'année du coq. »

De nouveau, le regard sévère de Jébu parcourut l'assistance. Tous ceux qui l'écoutaient reculèrent. Il enroula son document d'un geste vif et le tendit à Totomi qui le fit immédiatement disparaître.

Timidement, les samouraïs présents approchèrent en tendant de petits présents : bagues, colliers, pièces de monnaie chinoise, gravures. D'un geste hautain, Jébu fit signe à Totomi de recevoir ces offrandes.

« Je n'ai pas lu mon rouleau de sollicitation ici pour obtenir des dons mais seulement pour vous rassurer à notre sujet, dit Jébu à Shinohata. Mais puisque vos hommes paraissent enclins à nous aider, peut-être pourrez-vous nous fournir des caisses de voyage dans lesquelles nous mettrons leurs dons.

— J'ai encore une précaution à prendre, dit le capitaine. Je dois examiner un à un tous vos compagnons avant de les laisser passer. » Il descendit du perron et, en se dandinant à la manière des samouraïs, se dirigea vers l'entrée du camp retranché. Jébu le suivit sans enthousiasme et le jeune Totomi ferma la marche. Une trentaine de samouraïs suivait.

« Cette mesure m'est désagréable, dit Shinohata, dont le visage dur paraissait s'être radouci. Évidemment, le seigneur Shogoun a le droit d'ordonner ce qu'il juge utile pour assurer l'ordre dans le pays. Néanmoins je regrette amèrement les événements qui ont dressé les deux célèbres frères Muratomo l'un contre l'autre. J'eus l'honneur de servir sous les ordres du lieutenant Yukio durant la guerre des Dragons. Un chef de guerre extrêmement courageux. »

Jébu jeta un coup d'œil par-dessus son épaule vers Totomi dont les yeux semblaient jaillir des orbites de son visage devenu écarlate. Il paraissait prêt à sauter sur le dos de Shinohata. S'obligeant à parler d'un ton distrait, Jébu demanda : « Étiez-vous à la bataille du détroit de Shimonoseki, capitaine ? » En réalité cet homme n'avait peut-être jamais vu Yukio.

« Malheureusement, non. Le seigneur, sous les ordres duquel je servais, quitta l'armée de Yukio après la bataille d'Ichinotani. Nous partîmes en direction de l'ouest pour soumettre les Takashi qui y restaient. Nous combattîmes alors auprès des cavaliers barbares qui avaient accompagné le lieutenant à son retour de Chine. Mais excusez-moi, prêtre Mokongo. Ces histoires de guerre ne vous intéressent sûrement pas. »

Jébu sourit. « Le Bouddha en personne naquit dans une famille de guerriers », dit-il.

Ils avaient alors franchi la porte du camp retranché et suivaient le sentier qui sinuait à travers des pins rabougris pour atteindre le poste de garde du col. Outre les trente soldats qui les avaient suivis, il y en avait six à la barrière qui surveillaient les voyageurs accroupis par terre, patients et tranquilles, comme de véritables *yamabushi.*

« Certes, mais l'Éclairé ne resta pas guerrier, dit Shinohata. Parfois il m'arrive, à moi aussi, de songer à quitter cette existence pour partager la sérénité dont vous devez jouir. Mais actuellement je dois exécuter fidèlement les ordres du shogoun. Croyez-moi, prêtre Mokongo, il y en a autour de moi qui me surveillent. » Ce disant, il jeta un coup d'œil sur la troupe qui le suivait à flanc de montagne. « Bien que j'aie hâte de vous remettre en route, je dois me montrer sévère pour être sûr de plaire au shogoun.

— Je vous comprends, seigneur Shinohata, dit Jébu, nullement rassuré. Nous ne souhaitons que la paix et probablement ne peut-elle être assurée que par la vigilance des guerriers. »

Ils atteignaient une plate-forme rocheuse juste au-dessus de la route. Shinohata s'y planta, les jambes largement écartées. Derrière lui, les soldats formèrent un demi-cercle, arcs, sabres et *naguinatas* au poing.

« Levez la barrière, enjoignit Shinohata aux gardes barrant la route. Laissez ces moines venir à moi, un à un. »

Jébu et Totomi dévalèrent le reste de la descente pour rejoindre leurs camarades. « Emparons-nous de lui tout de suite, chuchota Totomi. Ses hommes ne nous attaqueront pas si nous le prenons en otage.

— Pas du tout, il tiendrait à mourir en bon samouraï », répondit Jébu avec une ironie qui échappa au jeune Totomi. Notre zinja ordonna aux faux moines de s'aligner. En passant auprès de Yukio il murmura : « Le chef du fort pourrait t'avoir déjà vu. Reste tête basse. » Il alla se placer au pied du rocher d'où Shinohata considérait les moines qui montaient lentement vers lui dans leurs robes loqueteuses.

« Qu'ils retirent leurs chapeaux ! », ordonna Shinohata. Jébu répéta cet ordre. Ceux qui portaient des chapeaux de paille coniques pour se protéger des éléments dénudèrent leurs têtes rases. Yukio titubait à l'arrière du défilé, courbé sous son autel portatif.

« C'est le plus petit de vos moines qui porte ce grand et lourd autel, remarqua Shinohata.

— Il n'est pas moine, dit Jébu. Rien qu'un frère lai, un porteur. »

Juste au moment où Yukio, qui s'était laissé distancer par les autres, arriva à la hauteur de Shinohata, il buta contre une pierre du sentier et tomba. L'autel passa par-dessus son épaule et atterrit à grand bruit sur le rocher. Resté à quatre pattes un instant, Yukio regarda Shinohata droit dans les yeux. Jébu vit ce dernier relever brusquement la tête en retenant son souffle. Il lut un ahurissement sans pareil dans le regard du capitaine.

A cet instant l'Ame prit Jébu en main. Il bondit sur Yukio en brandissant la perche dont il s'aidait pour marcher. Horrifié par ce qu'il faisait, il l'abattit sur le dos du prétendu porteur.

« Singe négligent ! brailla-t-il. Tu n'as pas honte de laisser tomber au sol l'autel du seigneur Bouddha ? Crevard ! Tu ne cesses de nous retarder en route et voilà maintenant que tu laisses tomber notre saint autel ! Debout et ramasse ta charge, sinon je casse une à une chacune de tes côtes trop faibles. » Il continua à frapper Yukio qui rampa jusqu'à l'autel et s'efforça de le remettre sur son dos. Avec des regards scandalisés, deux des faux moines s'approchèrent pour l'aider.

« Éloignez-vous, rugit Jébu en les menaçant à leur tour. Un simple porteur n'a pas droit à l'aide des moines. » Enfin Yukio parvint à remettre le coffre sur son dos et à l'y attacher. Courbé en avant, il reprit sa route. Shinohata restait stupéfié.

« Pendant un instant j'ai cru..., bredouilla-t-il. Mais aucun samouraï ne frapperait son seigneur comme vous avez rossé ce porteur. Pas même pour lui sauver la vie. »

Il se retourna, l'air sévère, vers ses hommes comme pour les défier. Ces derniers restèrent silencieux, étonnés par la crise de colère du prêtre géant. Les autres faux *yamabushi* étaient aussi médusés. A quelque distance de là, Shenzo Totomi paraissait fou de rage.

Shinohata se retourna vers Jébu. « Vous êtes un homme remarquable, prêtre Mokongo. Je regrette de vous avoir menacé et retardé. J'enverrai un courrier vous rattraper avec quelques jarres de saké en guise d'excuses.

— Les moines ne boivent pas de saké.

— Évidemment pas. Toutefois, il peut vous être permis d'en prendre une goutte pour chasser le froid de la montagne. »

Il abaissa son regard vers les silhouettes qui redescendaient déjà sur l'autre versant du col et parut s'intéresser particulièrement au petit homme qui titubait sous le poids de sa charge. Jébu vit des larmes perler à ses paupières. « Les montagnes sont si vastes et si dures pour l'être humain si petit et frêle », murmura le capitaine.

Les rayons du soleil filtraient entre les pics noirs à l'ouest et doraient ceux de l'est. Le fort avait disparu derrière une côte couverte de pins. Jébu se prosterna devant Yukio qui s'était débarrassé de l'autel portatif. Des larmes coulaient sur les joues du zinja.

« Pardonne-moi, Yukio-san, sanglota-t-il. Je ne comprends pas comment j'ai pu faire ça. Punis-moi comme tu le juges bon. »

Totomi bondit vers eux. « Permettez-moi de le tuer, seigneur. Il mérite de mourir pour vous avoir frappé. »

Yukio éclata de rire. « Comment t'y prendras-tu, Totomi ? Tu lui briseras la tête avec une pierre ? As-tu oublié que le moine Jébu nous a heureusement ordonné de jeter nos armes ? Peut-être méditait-il déjà de commettre un acte scandaleux ? Avoue donc, Jébu, que tu rêves depuis des années de me donner un bon coup de trique en travers des épaules. »

En hésitant d'abord, puis de plus en plus franchement au fur et à mesure qu'ils réalisaient la réussite de leur ruse, les faux moines pouffèrent de rire. Même Totomi finit par se joindre à eux. En réalité, personne n'a envie de mourir, pensa Jébu. Tous les gens courageux sont prêts à accepter la mort, aucun ne la désire vraiment.

Un bruit de bottes éveilla des échos dans le silence des montagnes. Trois soldats, vêtus de tuniques et de pantalons, couraient sur le sentier au crépuscule. Jébu frémit en soupçonnant que Shinohata voulait les faire ramener au fort. Puis il remarqua que ces hommes sans armes portaient sur leurs épaules de grandes jarres de saké.

« Avec les compliments du seigneur Shinohata à votre sainteté », dit un des soldats en offrant le breuvage à Jébu.

Quelques-uns des faux moines entassèrent des branches mortes et allumèrent un feu de camp. Jébu invita les soldats à partager leur vin. Ces derniers acceptèrent malheureusement, aussi les fugitifs ne purent-ils fêter librement leur évasion. Il leur fallut continuer à se conduire comme des moines. Yukio, dans son rôle de domestique, servit le dîner de poissons séchés et de galettes de riz.

Jébu sentit le vin rayonner au milieu de son ventre comme une joyeuse lanterne rouge. Avoir survécu à son épreuve le ravissait, bien qu'il regrettât amèrement d'avoir frappé Yukio. Des sentiments aussi contradictoires le ravageaient. Incapable de rester tranquille, il se leva d'un bond, ramassa sa houlette et la tint à l'horizontale devant lui, à bout de bras. Puis il se mit à danser, solennellement d'abord, en avançant vers la gauche puis plus vivement, vers la droite. Enfin, il tournoya. Il exécuta une danse qu'il avait apprise bien longtemps auparavant, au temple des Oiseaux aquatiques. Ses compagnons restèrent bouche bée mais les soldats rirent, enchantés, et battirent des mains. Yukio trouva dans les bagages un taïko et se mit à le battre à un rythme compliqué. La danse devint de plus en plus sauvage. Jébu y exprima tout ce qu'il ressentait : le chagrin que lui inspirait la défaite de Yukio, sa colère contre Hideyori et ses séides, le regret de Taniko, la joie de vivre et la tristesse qu'inspire le caractère tragique de toute existence. Il stupéfia ses spectateurs par une série de sauts périlleux puis termina par des pas de côté aussi lents et majestueux que ceux du début.

Brandissant des torches pour éclairer leur chemin, les soldats quittèrent à regret cette bande de moines remarquablement joyeux. Lorsqu'ils furent partis, Jébu se jeta de nouveau par terre devant Yukio et posa le front sur les pieds de son ami.

« Mon seigneur Yukio, peux-tu vraiment me pardonner ? »

Yukio sourit mélancoliquement. « Je peux te pardonner la raclée, dit-il gentiment. Ce n'est rien. Mais je ne suis pas sûr de te pardonner les efforts que tu fais constamment pour me maintenir en vie. Quand je suis tombé et que j'ai croisé le regard du commandant de ce fort, je fus certain qu'il me reconnaissait et j'en éprouvai un énorme soulagement. Tu m'as tiré d'affaire. Tu ne peux pas imaginer, Jébu-san, combien je tiens peu à la vie. » Yukio fit demi-tour et s'éloigna dans la nuit.

Tenant le joyau de Vie et de Mort dans sa main, afin que les dernières lueurs du feu de camp se réfléchissent dans les profondeurs du cristal, Jébu pleura.

22

Les courants d'air soufflaient dans le château du shogoun comme dans toutes les habitations des Iles sacrées, et il y faisait très froid l'hiver. Taniko, Hideyori, Bokuden et Ryuichi dînaient sans cérémonie dans l'appartement d'Hideyori. Chacun portait plusieurs couches de vêtements et tendait les pieds vers le feu de charbon de bois brûlant dans le kotatsu : un puits carré creusé dans le sol et couvert par une table basse.

« Taniko-san, vous avez passé bien des années chez les barbares mongols, dit Hideyori. Je viens d'apprendre qu'une ambassade de leur empereur a débarqué à Hakata sur l'île de Kiou Siou. »

Le cœur de Taniko cessa de battre un instant puis se mit à palpiter violemment. Elle ferma les yeux, porta l'extrémité de ses doigts à son front et vit alors la figure de Koubilay, énorme, autoritaire, ronde et cuivrée comme le soleil d'été. L'image lui parut aussi vivace que si elle avait quitté le palais du Grand Khan la veille. Quand elle rouvrit les yeux, Hideyori l'observait d'un regard aussi pénétrant que celui de Koubilay.

« Je ne vous ai jamais vue aussi effrayée, Taniko-san, dit-il, intrigué.

— J'ai peur en effet des souffrances atroces qui pourraient en résulter pour notre peuple, seigneur. Quel message apportent ces Mongols ?

— Ils insistent pour présenter une lettre à Sa Majesté Impériale en personne. J'ai ordonné au commissaire de la défense pour l'Ouest de les retenir à Dazaïfu, Kiou Siou, en attendant de statuer sur leur sort.

— Si l'on fait du mal à leurs ambassadeurs, je suis certaine que nous aurons la guerre. Pour les Mongols, un ambassadeur est sacré.

— Nos îles aussi sont sacrées. Si ces barbares nous envahissent, les dieux combattront avec nous.

— Ayez la bonté de m'excuser, dit Taniko. Chaque nation croit jouir de la faveur divine. Quand j'étais à la cour du Grand Khan, j'ai connu une princesse d'un pays situé loin à l'ouest, dont les habitants adorent un dieu appelé Allah. Leur chef spirituel était un saint homme qui vivait dans une puissante capitale connue sous le nom de Bagdad. Il appela tous les fidèles de sa religion à son secours. Personne ne vint. Ni dieu ni homme ne put empêcher les Mongols d'abattre les murailles de Bagdad en quelques jours. Parce qu'on avait tué leurs ambassadeurs, ils massacrèrent tous les habitants de la ville, hommes, femmes et enfants, même les nourrissons. Il en périt ainsi quatre-vingt-dix mille.

— Et qu'arriva-t-il au saint homme ? » demanda Ryuichi. L'oncle de Taniko avait engraissé au cours des dernières années. Il ne se blanchissait plus le visage à la poudre de riz mais continuait à porter des robes à traîne.

« Les Mongols entassèrent des tapis sur lui, mon oncle, puis galopèrent à cheval sur ces tapis. Les Mongols agirent ainsi parce que leur loi leur interdit de verser le sang des personnes d'un rang élevé. »

Hideyori éclata d'un rire rappelant le hennissement d'un cheval. « Voilà un peuple bien respectueux des lois. Et miséricordieux en plus.

— Seigneur, je ne vous suggère pas de céder aux Mongols. Peut-être nous faudra-t-il les combattre. Mais nous devons savoir ce qui pourrait nous arriver si nous perdions une guerre contre eux. Imaginez-vous notre belle ville d'Heian Kyo dépeuplée et notre Fils du Ciel écrasé sous des tapis. »

Hideyori la regarda d'un air sincèrement scandalisé. « Ne parlez plus jamais ainsi en ma présence, Taniko. Suggérer que des barbares étrangers pourraient mettre la main sur notre Majesté Sacrée est un blasphème. »

Taniko ne répondit rien. Hideyori prétendait apprécier son intelligence sauf quand ses réflexions se nuançaient de scepticisme.

« L'armée mongole qui se trouve actuellement sur notre sol ne pourrait-elle pas se tourner contre nous ? demanda Bokuden en passant son index sur sa moustache grise clairsemée.

« Il en reste à peine trois mille, dit Hideyori dont les traits durs se détendirent en un léger sourire. Beaucoup sont morts pendant la Guerre des Dragons. Le reste se trouve à l'autre extrémité de l'empire. Leurs ambassadeurs sont à Kiou Siou et j'ai envoyé mon armée mongole traquer mon frère sur la terre d'Oshu.

— Vous avez donc repéré le lieutenant, seigneur ? » demanda Ryuichi.

Il ne suffisait pas que je tremble en pensant à Koubilay khan, se dit Taniko. Maintenant je dois craindre aussi pour la vie de Jébu et de Yukio.

« Vous savez sûrement, Ryuichi, que ce titre de lieutenant a été aboli depuis longtemps, dit Hideyori, exaspéré. Oui, mon frère rebelle est parvenu à passer en Oshu où il a cherché refuge chez les Fujiwara du Nord. Il a franchi la barrière fortifiée à Ataka, déguisé en moine errant. J'ai enjoint au commandant du fort d'Ataka de faire hara-kiri pour expier la faute qu'il a commise en laissant passer Yukio et ses compagnons. Mon brigand de frère continue à voyager avec le moine zinja qui l'accompagne partout depuis des années. Il a quelques autres bandits avec lui. Les zinjas nous ont assistés dans la première phase de la Guerre des Dragons. Mais je leur ai ordonné de ne plus soutenir Yukio et ils n'ont pas obéi. J'entends donc agir contre cet ordre dès que Yukio sera arrêté. »

Taniko se rappela cet après-midi en Oshu, longtemps auparavant, sur une colline dominant le temple Chusonji. Elle était heureuse avec Jébu. Puis, tout à coup, quelques mots prononcés par ce dernier avaient mis fin à ce bonheur avec la soudaineté d'un séisme. En revoyant mentalement étinceler le toit et les piliers du temple, elle sentit des larmes monter à ses yeux. Je dois envoyer chercher Moko au plus tôt afin de le mettre au courant, pensa-t-elle. Nous savons au moins où se trouve Jébu et qu'il est encore vivant pour le moment.

« Que feront les Mongols quand ils rattraperont votre frère, seigneur ? demanda-t-elle.

— Ça dépend de Yukio lui-même, évidemment, Taniko-san, dit Hideyori. Je désire plus que tout mettre fin à la querelle qui a commencé lorsqu'il laissa la cour impériale lui tourner la tête. Les Mongols ont pour consigne de s'emparer de lui et de me l'amener. S'il vient pacifiquement, nous discuterons ensemble de nos différends. Si nous parvenons à nous entendre, je lui accorderai mon pardon. J'ai envoyé le prince Horigawa en Oshu avec les Mongols, en qualité de messager personnel auprès du seigneur Hidehira. Faisant appel à la vieille amitié qui unit nos deux familles, Horigawa demandera à ce vénérable vieillard de contribuer à rétablir la paix entre Yukio et moi. Quelle que soit l'issue de cette mission, Horigawa se rendra ensuite directement sur l'île de Kiou Siou pour rencontrer les ambassadeurs mongols. »

Bien qu'Hideyori parle de m'épouser dès que je serai veuve, il continue à utiliser mon époux, se dit Taniko. « Êtes-vous sûr de pouvoir vous fier au prince Horigawa pour une mission aussi importante, seigneur ? demanda-t-elle.

— Taniko ! dit Bokuden sévèrement. Ta conduite envers le prince Horigawa a déshonoré toute notre famille. Tu ne devrais jamais parler de lui.

— La question de votre fille est pourtant fort sensée, dit Hideyori avec un regard qui écrasa le père de Taniko. Voici ma réponse : comme tous ceux qui me servent, le prince Horigawa sait qu'il doit exécuter rigoureusement mes ordres s'il tient à conserver la tête sur ses épaules. »

Bokuden se fit tout petit.

Un vent froid et humide soufflait de la mer à travers la plaine grise et gonflait les robes blanches de deuil. Il invitait aussi les prêtres à ne pas trop prolonger leurs chants funéraires. La longue barbe blanche de feu Fujiwara no Hidehira, seigneur d'Oshu, flottait au sommet du bûcher élevé par ses gens afin de lui rendre les derniers honneurs. Le corps était revêtu d'une robe de brocart vert brodé au fil d'or d'un paysage représentant des pins sur une montagne. Le fils aîné du défunt, Yerubutsu, coiffé d'un haut chapeau en soie laquée fit un pas en avant et approcha une torche du bûcher. Au souffle du vent, les flammes sautèrent d'une bûche à l'autre. Leur chaleur fit éclater les récipients contenant des huiles odoriférantes dont le parfum se répandit. Le corps disparut derrière un mur rougeoyant.

Les gens d'Oshu s'étaient rassemblés dans cette plaine, à l'ouest de leur capitale, Hiraïzumi, afin de prendre congé de leur seigneur, passé dans le Vide à l'âge étonnant de quatre-vingt-seize ans. Hidehira avait régné sur Oshu pendant si longtemps que ses sujets ne se rappelaient pas un autre seigneur. Quatre mille guerriers entouraient le bûcher pour empêcher la foule d'en approcher. Ces samouraïs portaient leur armure complète avec leur casque, et les lames de leurs armes nues reflétaient la lumière du bûcher. La nombreuse famille du seigneur Hidehira se trouvait au milieu des soldats, présidée par Yerubutsu, nouveau chef des Fujiwara du Nord et seigneur d'Oshu, entouré par ses frères, fils et neveux. Tous considéraient avec une hostilité mal dissimulée leur honorable invité Muratomo no Yukio, vêtu de blanc comme tout le monde. Près de lui se dressait Jébu qui ajoutait ses prières zinja à celles des prêtres bouddhistes et shintoïstes.

Tant que le feu flamba, envoyant des bouffées de fumée parfumée que le vent dispersait, personne ne parla. Enfin, lorsqu'il ne resta plus que des charbons ardents sur le sol, Yukio s'approcha de Yerubutsu, s'inclina profondément pour manifester sa révérence envers la nouvelle distinction de son hôte. Yerubutsu lui répondit froidement d'un hochement de tête.

« Je suis désormais seul au monde, dit Yukio.

— Mon père m'a ordonné de vous protéger et de vous aider à redevenir le plus grand chef de l'empire, répondit Yerubutsu sans plus d'enthousiasme qu'il n'en avait manifesté lorsque Yukio s'était réfugié chez le seigneur Hidehira à son retour de Chine. De même que mon père fut un père pour vous, je serai votre frère.

— J'ai besoin d'un frère puisque celui que m'a donné mon père est devenu mon ennemi mortel.

— Vous serez toujours en sécurité auprès de nous », conclut Yerubutsu qui fit demi-tour et indiqua d'un geste à ses proches de le suivre.

Avant que le nouveau chef des Fujiwara du Nord se fût éloigné, Yukio demanda à haute voix : « Est-il vrai, seigneur Yerubutsu, qu'une armée envoyée par mon frère arrive à la frontière de votre fief, comme je l'ai entendu dire ? »

Yerubutsu rougit légèrement. Ces guerriers d'Oshu n'étaient pas habitués à ruser. Avec un grognement résigné, il se retourna pour faire face à Yukio.

« J'avais l'intention de vous parler de cette armée, Yukio-san. Mais j'ai répugné à vous inquiéter inutilement. Nous ne savons pas grand-chose sur elle, sinon qu'il s'agit seulement de quelque trois mille hommes alors que nous avons ici cinquante mille guerriers sous les armes. Nous ignorons d'ailleurs qui l'a dépêchée et pourquoi.

— Je n'ai aucune intention de vous critiquer, seigneur Yerubutsu, dit Yukio avec son sourire le plus aimable. Toutefois si j'étais allé aux renseignements pour vous, j'en aurais su beaucoup plus. Comme vous pouvez le constater, j'ai appris sans aucune assistance son approche, bien que vous ayez cherché par amitié à me la dissimuler pour ne pas m'inquiéter. Peut-être pourriez-vous mettre à ma disposition une petite troupe de samouraïs afin que je vous aide à rassembler plus de renseignements ? »

Yerubutsu sourit à la manière d'un démon cannibale sur un tableau représentant l'enfer bouddhiste. « Nous sommes parfaitement à même de vous protéger, Yukio-san. Vous êtes notre invité. Nous souhaitons vous épargner tout souci. »

Quand la foule nombreuse s'éloigna laissant aux prêtres du Chusonji le soin d'enterrer les cendres d'Hidehira, Yukio et Jébu s'en allèrent, seuls, vers les montagnes qui se dressaient au nord.

« Ils veulent nous débarrasser à jamais de tout souci, dit Yukio en souriant.

— Yerubutsu ne t'a jamais aimé mais il ne désobéirait pas aux dernières volontés de son père », répondit Jébu. Ces paroles sonnèrent creux à ses propres oreilles.

« Le passé est le passé, seul existe le présent, dit Yukio répétant un vieux dicton de samouraï. Je suis au bout de mon rouleau, Jébu-san. Yerubutsu s'en rend compte aussi bien que moi. Hideyori aura ma tête, même s'il lui faut renverser les montagnes pour m'atteindre. »

Jébu se rappela son père, traqué sans merci par l'agent de Gengis khan, Arghun, et il éprouva une vive bouffée d'affection pour le petit homme frêle auprès duquel il avait combattu plus de vingt ans.

« Je ne te quitterai jamais, Yukio.

— J'aurai besoin de toi à la fin, Jébu-san. »

Il se mit à neiger. Des casques blancs apparurent sur les rochers noirs qui jonchaient la plaine. Yukio serra son mince manteau autour de son corps. Ils avaient encore à marcher longtemps sous la neige et dans le vent pour atteindre le château que le seigneur Hidehira leur avait assigné comme refuge. Depuis l'arrivée de Yukio en Oshu, dix jours plus tôt, juste avant la maladie fatale du seigneur Hidehira, Yerubutsu promettait aux réfugiés de leur fournir des chevaux mais il ne les donnait pas.

Yerubutsu et sa famille regagnèrent Hiraïzumi à cheval. Jébu et Yukio durent marcher. Leur chemin avait été tracé par d'innombrables voyageurs successifs qui avaient, les uns après les autres, poli les rochers. Il conduisait à des collines nues et noires au flanc desquelles il sinuait. La neige qui tombait diminuait la visibilité. Le froid mordit les orteils de Jébu à travers ses bottes en peau de daim.

« Yerubutsu a l'intention de me trahir, dit Yukio.

— Alors, allons-nous-en. »

Yukio secoua la tête. « Les prêtres nous conseillent de vivre comme si nous étions déjà morts, dit-il. C'est ce que je fais depuis qu'Hideyori a répondu à mon offre d'allégeance en m'envoyant des assassins. Il m'aurait fallu m'envoler. Où aurais-je pu aller ? Tout au nord d'Hokkaïdo pour vivre parmi les barbares velus ? J'aurais aussi pu retourner en Chine me livrer à la miséricorde de Koubilay khan... Non Jébu, certaines manières de vivre sont tellement honteuses que la mort leur est préférable. J'ai vécu en animal traqué la plus grande partie de ma vie. Je l'acceptai quand j'étais jeune et que j'espérais un brillant avenir pour moi et pour le pays du Soleil Levant. Hideyori a anéanti tout espoir. Je suis trop vieux pour reprendre le combat.

— Tu n'as que trente-huit ans, Yukio-san.

— Pour un samouraï, c'est le commencement de la vieillesse. Mon corps ne tardera pas à me trahir. Dès maintenant j'ai une conscience de vieillard qui me démontre la folie des visions de ma jeunesse. On dit que j'ai remporté de brillantes victoires sur les Takashi. Elles n'ont servi qu'à imposer à mon pays une tyrannie pire que celle de Sogamori. J'ai combattu pour restaurer l'autorité et la gloire de l'empereur et maintenant il n'a pas plus de prestige qu'une marionnette. Quelque part, au ciel ou en enfer, Sogamori et Kiyosi se rient de moi. J'ai envie de les rejoindre pour m'amuser avec eux, Jébu-san. Nous nous moquerons ensemble des espérances humaines. »

Le vent jetait à la face de Jébu d'infimes particules de glace et de neige qui lui perçaient la peau, lui semblait-il. « Et que deviennent alors ta femme et tes enfants ? Si tu restes ici et que tu continues à combattre, ils mourront sûrement en même temps que toi. »

Le beau-père de Yukio avait envoyé Miruzu et leurs deux enfants dans un palanquin au domaine des Fujiwara du Nord. Le fils et la fille du jeune Muratomo l'avaient à peine vu jusqu'alors et, ne le reconnaissant pas, ne savaient pas qui il était.

Yukio reprit : « Rappelle-toi ce qu'il est arrivé aux femmes et aux enfants des Takashi. Je resterai auprès des miens. Je ne les abandonnerai pas. Je ne les laisserai pas enterrer vivants. »

L'étroit sentier arriva à une falaise abrupte. Les deux compagnons durent en faire l'ascension, à demi aveuglés par les flocons qui leur frappaient le visage. Ils marchèrent l'un derrière l'autre, Jébu en tête, tâtant d'une main le mur de rochers. Quand le vent faiblissait, ils apercevaient la lueur vacillante de lanternes allumées plus haut sur la montagne. Une anfractuosité leur offrit un abri. Ils s'y glissèrent pour se reposer un moment.

« Tu es un guerrier sans pareil, l'homme le plus courageux et l'âme la plus noble des Iles sacrées, dit Jébu. Tu devrais siéger aux pieds de l'empereur. C'est toi qui devrais tenir les rênes du pouvoir à la place d'Hideyori, ce capon, fourbe et imbu d'illusions. Mon ordre m'enseigna à ne rien attendre de la vie qu'une mort violente. Néanmoins je ne parviens pas à comprendre ce qui t'arrive. »

Longtemps auparavant, de pieux voyageurs avaient gravé au fond de la grotte un Bouddha debout, les mains levées pour bénir. En souriant, Yukio s'inclina devant cette image.

« Si toi, zinja, tu croyais au karma comme le font les bons bouddhistes, tu comprendrais qu'au cours d'une existence précédente j'ai dû commettre des méfaits tellement abominables que mes ennuis actuels ne sont que des expiations.

— Les gens croient au karma parce qu'ils ne trouvent aucun autre moyen de donner un sens à la vie, dit Jébu.

— La vie n'a pas de sens, répliqua Yukio en considérant d'un air impassible l'orage déchaîné à l'extérieur. Le Bouddha nous a enseigné que la vie est souffrance. Voilà la première noble vérité. Nous souffrons parce que nous ne comprenons pas la vie. Blessure et douleur tombent sur le vertueux comme sur le pervers, sans rime ni raison. Je ne suis pas le seul qui doive échouer et mourir. Hideyori finira tout aussi sûrement dans une tombe. En fin de compte, la vie ne nous frustre pas seulement, elle anéantit nos efforts pour la comprendre. Nous mourons aussi ignorants qu'à notre naissance. » Yukio donna une tape sur l'épaule de

Jébu. « En route. Mourir de froid ici ne ferait qu'ajouter à l'absurdité générale. »

Ils repartirent sur l'étroit chemin à flanc de falaise. A chaque pas ils faisaient tomber de la neige dans le vide. L'orage s'apaisait. Les lanternes devenaient plus visibles au sommet du mur de rondins entourant le fort : ensemble de bâtiments habilement situés pour être faciles à défendre. Il se trouvait sur une plate-forme de pierre dominant une gorge profonde et les falaises de l'autre versant étaient verticales. Le sentier était tellement étroit qu'une poignée d'hommes suffisait à le rendre infranchissable. Dans des temps lointains ce lieu avait servi de camp retranché à des barbares d'une race éteinte. Plus tard, avant que les Fujiwara du Nord fassent régner l'ordre sur la terre d'Oshu, un bandit avait occupé cette aire. Le seigneur Hidehira savait ce qu'il faisait lorsqu'il l'avait offert à Yukio, juste avant de tomber malade.

Quand les deux compagnons arrivèrent assez près, ils virent une silhouette au sommet de la tour de garde, proche du portail d'entrée. C'était Mirusu enveloppée dans un manteau de fourrure grise, la tête couverte d'un capuchon. Elle avait fait allumer les lanternes à cet endroit pour les guider à leur retour. Jébu avait les pieds engourdis. Son cœur lui paraissait paralysé par le froid. Un zinja se soucie peu de vivre ou de mourir, se rappela-t-il. Or, cela l'inquiétait car il n'en était plus certain. S'il acceptait la mort, désormais il entendait défendre sa vie.

23

Trois jours après les funérailles du seigneur Hidehira, Jébu terminait à l'heure du cheval son déjeuner de riz et de poisson quand il entendit la sentinelle crier du haut de la tour de garde. En se précipitant vers l'échelle, il vit Yukio et Mirusu sur le seuil du bâtiment qu'ils habitaient, le mieux construit du domaine et dont une des pièces servait de chapelle.

Arrivé sur la tour, Jébu avisa une longue file de cavaliers approchant lentement sur la plaine.

« Il y en a à peu près un millier », dit-il quand Yukio l'eut rejoint. Son cœur retentissait dans sa poitrine comme une cloche de bronze. Il ne s'était jamais vu aussi près de sa fin.

« C'est plus qu'assez pour nous exterminer », dit Yukio. La cohorte disparaissait et reparaissait suivant les détours du chemin, parmi les collines au-dessous du fort. « Ils sont plus grands que la plupart des samouraïs et ne se tiennent pas comme nous à cheval. Des Mongols, Jébu-san. »

Jébu ressentit une bouffée d'espoir. « Viendraient-ils se joindre à nous ?

— Ils chevauchent sous les ordres d'Hideyori depuis sept ans. C'est lui qui les envoie. »

Lorsque les Mongols furent assez près, Jébu remarqua, au milieu de la file, des porteurs qui peinaient sous la charge d'un palanquin entouré de rideaux. Sans doute quelque personnage de haut rang venait-il assister à l'exécution de Yukio ? Jébu détacha de son épaule son arc de zinja et se tint prêt à tirer dès que le premier Mongol serait à sa portée ; mais ils s'arrêtèrent trop loin. Deux d'entre eux continuèrent à avancer sans lance ni arc ni sabre, rien qu'avec un drapeau.

« Par la gracieuse Kwannon ! s'écria Yukio. Le porte-étendard n'est autre que Torluk et le plus grand, Arghun. »

Quand les chefs mongols arrivèrent au fort, Yukio et Jébu les attendaient, sans arme, devant le portail, sur la petite langue de roche où débouchait le sentier. Ils attachèrent leurs montures à un pin qui poussait miraculeusement au flanc de la falaise abrupte et ils poursuivirent leur chemin à pied.

Jébu n'avait pas vu Arghun depuis sept ans mais le *tarkhan* paraissait n'avoir guère changé, sauf qu'il portait désormais une armure de samouraï aux lacets cramoisis qui devait avoir été forgée spécialement pour lui. Sous son casque à cornes dorées, son visage était aussi dur et anguleux que les montagnes avoisinantes. Ses yeux bleus restaient d'une impassibilité aussi inhumaine que le Ciel éternel adoré par les Mongols. Sa moustache était devenue grise. Trapu, Torluk portait encore la lourde armure des cavaliers mongols. Il avait laissé pousser une courte barbe épaisse, qui lui donnait un aspect encore plus barbare qu'autrefois. Il considéra Yukio et Jébu avec une hostilité évidente.

« Alors *tarkhan* et *tuman-bashi,* êtes-vous satisfaits des années que vous avez passées au pays du Soleil Levant ? » demanda Yukio. Il s'exprima en mongol, lentement et avec un fort accent parce qu'il n'avait pas pratiqué cette langue depuis des années. « J'ai appris que vous avez perdu deux hommes sur trois. Vous auriez eu plus de chance sous mon commandement.

— C'est vous qui nous avez placés sous l'autorité de votre frère, dit Torluk d'un ton maussade. Il s'est mal servi de nous.

— Comme de tous ceux qui se fient à lui, répondit Yukio.

— Néanmoins vos samouraïs ont appris, sur les champs de bataille, à craindre les Mongols, dit Torluk.

— Peut-être vous plaît-il de le croire, répondit sèchement Yukio. Mais j'en doute.

— Ceux qui ont survécu ont amassé de grands biens, dit Torluk. Par comparaison à la Chine, votre pays est pauvre mais on peut y récolter du butin.

— Et maintenant vous retournez à votre pays natal après avoir rendu un dernier service à Hideyori, sans doute ? » demanda Yukio.

Arghun prit enfin la parole d'une voix aussi acérée que les rochers avoisinants. Il répondit à Yukio dans la langue des Iles sacrées. Il la parlait mieux que Yukio, le mongol.

« Rien ne vous oblige à mourir, seigneur Yukio. Vous pourriez recouvrer votre puissance et votre prestige et voir votre frère écrasé à vos pieds. Oui, vous pourriez devenir l'homme le plus puissant de ces îles. Cela ne dépend que de vous.

— Mais à une condition, n'est-ce pas, Arghun ? demanda Yukio en affectant de ne pas y attacher d'importance. En réalité, vous m'insultez. Vous me prenez pour un homme capable de trahir son pays.

— Voilà une sotte manière de présenter les choses, dit Arghun. Votre peuple ne souffrira que s'il nous résiste. Si vous lui faisiez accepter son sort paisiblement, vous seriez son bienfaiteur. » Arghun abaissa un regard perçant sur Yukio dont il scruta le visage.

Jébu avait deviné immédiatement le sens de la proposition. Il s'étonnait toutefois qu'Arghun eût aussi mal jugé Yukio. Le regard du chef mongol se tourna vers le zinja.

« Tu es son ami, fils de Jamuga. Tu es à demi Mongol aussi. Use de persuasion. Un raz de marée fonce vers ces îles. Le seigneur Yukio peut se laisser porter sur sa crête ou se dresser contre lui et être anéanti. Il ne s'offre pas d'autre possibilité.

— Pourquoi lui propose-t-on ce choix maintenant ? demanda Jébu.

— Parce que les pensées de mon maître rayonnent désormais au-delà de la Chine, dit Arghun. Il a envoyé des ambassadeurs à votre cour impériale pour inviter votre empereur à se soumettre à lui.

— Ce que la cour répondra aux ambassadeurs n'aura aucune valeur, nous le savons tous, dit Yukio. Seule la volonté d'Hideyori importe. Pourquoi ne présentez-vous pas cette offre au shogoun ?

— Il refuserait. Mais même s'il acceptait d'être roi du pays du Soleil Levant sous la protection du Grand Khan, nous ne pourrions être sûrs de lui. Parmi tous les chefs de ce pays, c'est le plus fourbe. »

Yukio rit, avec un rien d'amertume. « Vous m'insultez encore,

Arghun. Vous pensez que mon frère vous résisterait alors que moi je livrerais mon pays à Koubilay khan. Je ne vous aurais pas cru si sot.

— Moi, je ne vous crois pas sot, dit Arghun, nullement irrité. Votre pays s'est tourné contre vous. Depuis l'empereur jusqu'aux plus humbles paysans, tous acceptent votre exécution. Moi je vous offre le pouvoir. Vous et vos enfants et les enfants de vos enfants pourriez régner sur le pays du Soleil Levant jusqu'à la fin des temps sous la protection du Grand Khan.

— Vous espérez vraiment que l'empire mongol durera jusqu'à la fin des temps ? demanda Yukio. Je doute qu'il existe encore dans un siècle...

— Alors vous nous sous-estimez gravement, dit Arghun, son regard froid tourné vers l'immense plaine au-dessous d'eux. Koubilay khan est le premier empereur qui règne sur toute la Chine. Elle n'avait pas été unie depuis cent ans. Ce n'est d'ailleurs qu'une province de son empire. N'en doutez pas, Yukio. Il est capable de construire un empire qui englobera toutes les terres et tous les peuples et qui durera éternellement. Les habitants de ces îles peuvent partager la puissance, la richesse, la paix, l'ordre, les arts et la sagesse du nouvel empire mongol. Que représente l'indépendance pathétique de votre petit empire insulaire en comparaison aux biens dont vous jouiriez en qualité de sujets de Koubilay khan ?

« Vous savez que je dis la vérité, Yukio, parce que vous avez pu juger sur place de la puissance du Grand Khan. C'est d'ailleurs en partie pour cela qu'il désire vous confier le gouvernement pour son compte du pays du Soleil Levant. Il n'a pas oublié que vous l'avez bien servi et avec fidélité. Même si Hideyori vous persécute en ce moment, la population se rallierait à vous si elle espérait que vous pouvez l'emporter sur votre frère. Vous êtes un grand chef de guerre, le meilleur de votre pays. Nous ne redoutons que vous. En vous tuant, nous pouvons être sûrs de notre victoire sur votre peuple mais nous préférerions vous avoir dans notre camp. Conservez la vie pour le bien de votre pays, Yukio. Joignez-vous à nous. »

Un mouvement au-delà d'Arghun attira l'attention de Jébu. Le palanquin roulait et tanguait sur la vire au flanc de la falaise. La personne qu'il contenait devait être très paresseuse ou très faible pour voyager d'une manière aussi périlleuse sur un chemin à peine assez large pour un cheval. Jébu se demanda si des hommes en arme n'étaient pas cachés derrière les rideaux violets.

« Arghun ! dit-il. Peu importe qui se trouve dans ce palanquin, dites aux porteurs de s'arrêter immédiatement ou notre conversation est terminée. »

Le *tarkhan* éclata de rire mais sans aménité. « Ce n'est qu'un de tes vieux amis, Jébu. Un homme tout à fait inoffensif. » Il pivota sur lui-même et éleva une main gantée de fer. Les porteurs déposèrent le palanquin.

Yukio parla d'un ton paisible et réfléchi. « Vous avez vécu parmi nous pendant bien des années, Arghun, mais vous ne nous comprenez pas encore. Je ne crois pas qu'il existe un seul homme sur nos îles, quelque ignare ou fourbe qu'il soit, capable de considérer un seul instant votre proposition. Notre empereur est un dieu. Aucun simple mortel, même Koubilay khan, ne pourrait le dominer. Notre pays est la terre des dieux. Il ne pourra jamais être conquis par des étrangers.

« Vivre longtemps n'a pas d'importance. Être glorifié au-dessus des autres hommes ne compte pas davantage. La seule chose importante c'est la beauté de la vie, comme celle d'une fleur qui naît un jour et n'existe plus le lendemain. S'opposer à sa propre nature est infâme. Or la félonie est contraire à ma nature. Faites-moi tomber de l'arbre quand vous voudrez. »

Arghun se tourna vers Jébu. « Tu ne dis donc rien ? Tu ne partages pas sa dévotion aveugle pour l'empereur du pays du Soleil Levant ? Tu n'es fidèle qu'à l'ordre des zinjas et il s'étend au-delà des mers, de même que le sang qui coule dans tes veines. Fais comprendre à ton camarade combien il est insensé de s'accrocher à de vieux liens alors que le Grand Khan offre une ère nouvelle d'ordre et de prospérité. »

Jébu sourit sévèrement. « Autrefois, tu préférais les vieux liens à l'ère nouvelle du Grand Khan, dit-il.

— J'ai eu la sagesse de changer d'avis en constatant que les usages du passé sont voués à disparaître. C'est précisément parce que j'ai fait autrefois l'erreur que commet Yukio aujourd'hui que je le presse de suivre mon exemple.

— Crois-tu qu'Arghun ait raison, Jébu-san ? demanda amicalement Yukio.

— Non. J'estime que c'est toi qui as raison et qu'il ne comprend pas le pays du Soleil Levant, dit Jébu. Il ne comprend pas les zinjas non plus. Peut-être pourrions-nous lui enseigner la vérité. Dès aujourd'hui tuons assez de guerriers d'Arghun pour qu'il dise à son Grand Khan qu'il n'y a pas assez de troupes dans le monde entier pour conquérir les Iles sacrées. »

Les rideaux du palanquin s'écartèrent et un petit personnage coiffé d'un haut chapeau de soie laquée et emmitouflé dans une fourrure grise luisante en sortit. C'était un homme seul et sans arme mais Jébu sentit un frisson lui glacer les omoplates quand il reconnut Horigawa. Le prince monta vers eux à petits pas, les pieds dissimulés sous son long pardessus dont l'extrémité frôlait la neige. Son visage inexpressif était si profondément ridé qu'il paraissait couvert d'écailles comme celui d'un lézard. Ses yeux s'enfonçaient profondément dans leurs orbites. Sa barbiche et sa moustache étaient blanches. Il doit avoir près de quatre-vingts ans, pensa Jébu, étonné de constater que, s'il mourait ce jour-là, Horigawa lui survivrait. Il décida que le prince périrait aussi avant la fin de la journée.

« J'ai entendu vos propos, Muratomo no Yukio, dit Horigawa d'une voix flûtée comme celle d'un enfant. Vous dites que personne n'aiderait Koubilay khan à régner sur nos îles. Excusez-moi, mais vous vous trompez. Le vieil érudit qui se présente devant vous y est bien décidé. »

Yukio pâlit. « Je ne puis vous croire. Je n'ai jamais entendu dire du bien de Votre Altesse mais les Sasaki sont une des plus vieilles et des plus nobles familles du pays. Ils ont servi nos empereurs fidèlement pendant des centaines d'années. Aucun homme de votre lignage ne trahirait les Iles sacrées ni la couronne. »

Les lèvres d'Horigawa s'écartèrent en un sourire. On n'aurait pu dire s'il avait les dents noircies à la mode de la cour ou s'il les avait toutes perdues. Ses paroles furent du pur venin.

« Ne parlez pas de lignage, vous n'y connaissez rien, Muratomo no Yukio. Ceux de vos ancêtres qui étaient de lointains cousins de la famille impériale quittèrent la capitale il y a des siècles. Pendant des générations et des générations ils s'unirent à des brigands, des paysans et des barbares. Les quelques gouttes de sang impérial qui coulent dans vos veines ne vous rendent pas plus parent de l'empereur que quelques feuilles jetées dans l'océan ne pourraient en faire du *tch'aï*. Vous êtes un roturier. Vous et les gens de votre espèce n'êtes voués qu'aux tâches trop sanglantes et sales pour vos supérieurs. Les samouraïs comme vous ont cherché à s'élever au-dessus de leur rang. Au cours de mon existence, j'ai vu Doméi d'abord, puis Sogamori et maintenant votre frère prétendre donner des ordres à l'empereur en personne. Je ne trahis pas mon pays parce qu'il a cessé d'être mon pays quand les samouraïs s'en sont rendu maîtres.

« J'espérais qu'Hideyori et vous, vous vous massacreriez réciproquement. Mais vous vous êtes révélé trop stupide et facile à vaincre. Hideyori est donc maintenant tout-puissant. Pour l'abattre, je dois me tourner vers un étranger : le Grand Khan. Je ne suis pas venu ici assister à votre mort, Yukio, ni à celle de ce grand balourd qui est votre ami. Je viens seulement voir si vous accepteriez l'offre d'Arghun. Si vous aviez consenti à gouverner les Iles sacrées en qualité de délégué du Grand Khan, j'aurais subi un échec. Heureusement, vous restez inepte jusqu'à la fin. Je vais donc me hâter de gagner Heian Kyo pour conseiller à la cour de se soumettre au Grand Khan. L'armée mongole ne débarquera pas sur nos îles en ennemie mais à l'invitation du Fils du Ciel. Sous la conduite d'Arghun, de Torluk et de leurs hommes qui connaissent nos îles et les méthodes de combat des samouraïs, les Mongols écraseront le parvenu qui se targue du titre de shogoun, et anéantiront les samouraïs. Avec l'approbation du Grand Khan, je serai nommé régent et je gouvernerai les Iles sacrées au nom de l'empereur comme le firent jadis les Fujiwara. Le tribut qu'il nous faudra payer à Koubilay sera un bien faible prix pour la restauration d'un gouvernement correct et honorable. » Avec un petit sourire, Horigawa leva la main en parodiant la bénédiction du *bosatsu.* « Muratomo no Yukio, je vous dis adieu. »

Jébu bondit, les yeux fixés sur Horigawa qui s'éloignait déjà. La masse grise et carrée de Torluk s'interposa entre le prince et lui. Jébu chercha à le contourner. Torluk tira en souriant de sa botte le coutelas qu'il y avait caché.

« Étant donné que chaque doigt d'un zinja à main vide est un poignard, il ne m'a pas paru déshonorant d'apporter une lame à notre entretien. Vas-y, diable ! J'ai toujours espéré que ce serait moi qui te tuerais.

— Ne plaisante pas avec moi, Torluk. »

Cependant Arghun avait soulevé Horigawa comme un sac de riz et le portait au palanquin. Une file d'archers, une flèche prête, grimpait le sentier à flanc de montagne. Horigawa serait parti en un instant. Faisant passer son arme d'une main à l'autre, Torluk barrait la route à Jébu.

L'Ame intervint. Quand Torluk s'approcha de Jébu, son poignard dans la main droite, le zinja tendit sa propre main droite comme pour parer le coup et Torluk lui saisit l'avant-bras de sa main libre, afin de l'attirer vers la pointe de son arme. Jébu se retourna, il frôla le côté gauche de son adversaire en élevant et tordant son bras pour paralyser le coude de Torluk et lui faire perdre l'équilibre. S'arrachant à l'étreinte de Torluk, il heurta de l'épaule son ennemi plus petit que lui. Le choc précipita Torluk dans le vide. Il roula sur la pente abrupte de plus en plus vite, chercha à se raccrocher à de maigres buissons, se heurta à des arêtes rocheuses, rebondissant avec violence. Enfin il atteignit le fond du ravin et y resta immobile à moitié couvert de neige. Arghun referma les rideaux violets du palanquin. Quand les porteurs le soulevèrent, Arghun grogna quelques mots au prince.

« L'homme qui vient de tomber pour vous protéger vaut plus à mes yeux qu'une armée entière. S'il est mort, seule une réussite totale à Heian Kyo vaudra ce prix. »

Jébu voulut se précipiter sur le palanquin. Mais il était déjà trop tard. Six guerriers le séparaient d'Horigawa. Chacun avait bandé son arc court renforcé de corne et pointait une flèche vers la poitrine du zinja. Au-delà du palanquin d'autres archers se tenaient prêts. Son armure pourrait arrêter la plupart des flèches mais les Mongols l'abattraient sûrement avant qu'il n'atteigne Horigawa et il mourrait inutilement. Une fois de plus il lui fallait remettre sa vengeance à plus tard. Tremblant de rage frustrée, il vit le palanquin descendre en oscillant vers le ravin. Arghun ordonna à quelques-uns de ses hommes d'aller chercher Torluk. Même si le *tuman-bashi* survivait à cette chute, il ne combattrait sans doute jamais plus.

« Je pourrais vous tuer tous les deux immédiatement et sauver ainsi la vie de bien des guerriers, cria Arghun à Jébu et Yukio qui s'en allaient vers le portail. Mais je reste fidèle à ma parole. Allez vous réfugier derrière vos murs. Vous ne tarderez quand même pas à mourir. »

En franchissant le seuil de la palissade, le dos tourné aux Mongols, Yukio dit à Jébu : « Je n'ai envie de tuer personne aujourd'hui. Je ne veux pas mourir comme j'ai vécu. J'ai exercé de mon mieux le métier de guerrier. J'ai libéré les Iles sacrées des Takashi. Je crois avoir été envoyé en ce monde à cette fin. Mon karma ne m'accorde pas de jouir de richesses et d'honneurs. Il ne me reste plus qu'à quitter ce monde. Je veux que mon départ soit beau. Je veux passer un moment avec mon épouse et mes enfants afin de leur lire le soûtra du Lotus qui fut toujours mon préféré. Veux-tu m'aider, Jébu-san ? Tiendras-tu tête à l'ennemi assez longtemps pour que je meure comme je le désire ? »

De chaudes larmes emplirent les yeux de Jébu. Un poème lui vint à l'esprit, dernier cadeau de l'Ame. Il le récita à Yukio.

Le pin solitaire.
L'éclair luit.
Le sommet est nu.

« C'est toi le sommet, Jébu-san, dit Yukio en pleurant. On m'a pris pour un géant, mais j'étais toujours sur tes épaules. » Il saisit le main de Jébu, la serra vigoureusement un instant, puis s'en alla dans le tourbillon de sa robe vert foncé.

Jébu se rendit au bâtiment des samouraïs pour s'armer. Les hommes de Yukio avaient déjà revêtu leur armure et coiffé leur casque. Jébu leur révéla que leur chef venait de refuser la monarchie des Iles sacrées sous le protectorat de Koubilay kahn. Bouleversés d'admiration, plusieurs d'entre eux pleurèrent.

« Jusqu'à maintenant je regrettais de ne pas m'être suicidé en même temps que mon père, bien que je fusse heureux de servir le seigneur Yukio, dit Shenzo Totomi en essuyant son visage avec la manche de sa robe. Maintenant je me félicite de pouvoir mourir avec ce héros... ce dieu.

— Qu'aucun d'entre nous ne périsse avant d'avoir envoyé cent ennemis dans l'oubli », dit Jébu.

Ainsi les douze guerriers, dernière armée du jeune Muratomo, s'en allèrent à la rencontre des Mongols...

Seul, sans se presser, Jébu revêtit son armure noire. Il boucla d'un nœud de serpent universel la ceinture à laquelle il accrocha son court sabre de zinja. Il se rappela le chant des moines le jour où Taïtaro lui avait remis cette arme après son initiation : « Le sabre est l'Ame qui coupe à travers matière et temps, et ouvre la voie de la véritable connaissance. » Il décrocha sa *naguinata* du mur : une arme si lourde que lui seul pouvait la manœuvrer. Qui pourrait lui résister ? Un seul homme et il ne combattait pas ce jour-là. Tout en procédant à ces préparatifs, il orienta son esprit en faisant de chaque mouvement un sujet de méditation. Il répéta les formules rituelles apprises dans son enfance pour accompagner chaque geste du zinja : je vais à la bataille maintenant ; peu m'importe son issue ; je ne me soucie que de combattre avec toute mon intelligence et ma vigueur.

Soudain, une idée lui vint à l'esprit qui brisa le déroulement de ces affirmations. Bien que je sois parti pour chaque bataille en pensant que ce serait peut-être la dernière, je n'ai jamais été aussi certain qu'aujourd'hui d'y périr. Il entendait déjà les cris des guerriers et le tintement des armes mais il savait qu'il n'avait pas à se presser. Les Mongols ne pourraient pas recourir ce jour-là à leur tactique de combat en masse. Il leur faudrait venir au fort un par un et engager des combats singuliers pour la plus grande joie des samouraïs. Que les autres aient leur moment de gloire avant que je m'y mette à mon tour. Il tira le Joyau d'une poche secrète de sa robe et le fit rouler au bout de ses doigts. A sa grande surprise, au lieu de lui éclaircir les idées, le shintaï lui montra Taniko. Elle le regardait fixement, de ses yeux vifs et brillants. Le Joyau me montre ce que j'ai perdu et m'enjoint d'accepter la mort avec résignation, pensa-t-il. Taniko me reprocha la fin de ceux qu'elle aimait et elle est maintenant la compagne d'Hideyori. Yukio périra sûrement aujourd'hui, ensuite je n'aurai plus personne à qui consacrer ma vie. Mon ordre m'a lié à Yukio depuis tant d'années qu'il compte désormais plus pour moi que les zinjas eux-mêmes. Il convient donc que je meure avec lui aujourd'hui. Jébu plongea de nouveau son regard dans le cœur de la bille en cristal et n'y vit qu'un vide étincelant : le Vide d'où jaillissent toutes choses, une lumière aveuglante. L'esprit éclairé, il noua son turban, prit sa *naguinata* sur l'épaule et sortit.

En traversant la petite cour pour atteindre le portail, il entendit retentir, par-dessus le tohu-bohu de la bataille, les notes pures et douces d'une flûte venant de la maison au toit de tuile où Yukio et sa famille se préparaient à la mort. Yukio avait séduit Miruzu en jouant de la flûte sous sa fenêtre plusieurs nuits de suite. Peut-être était-ce elle qui lui avait demandé de jouer à cet instant ?

Six hommes de front barraient le seuil de la palissade. Deux autres se tenaient prêts sur la tour de garde, leur haut arc de samouraï au poing.

« Chaque fois qu'ils se ruent sur le fort, l'un de nous part en avant pour leur barrer la route, dit Kanefusa, un grand guerrier de la terre d'Oshu, cousin de Miruzu. Leurs archers ont tué trois d'entre nous mais nous en avons abattu beaucoup plus.

— Ouvrez le portail et écartez-vous ! », dit Jébu en brandissant sa *naguinata* devant lui.

Dès que le portail fut assez entrebâillé, il fonça dehors. Aucun Mongol ne se trouvait à la hauteur du fort. Ils s'étaient mis à l'abri des flèches derrière un rocher à un tournant du sentier. Jébu dévala l'étroit chemin et contourna l'abri. Un guerrier vêtu de marron se dressa devant lui, bouche bée d'étonnement. L'espace était trop réduit pour que Jébu se serve efficacement de sa *naguinata*. Il en enfonça donc simplement la pointe dans la gorge de l'ennemi. Un second Mongol fonça sur Jébu, sabre au poing, en hurlant. Le zinja abattit la lame de sa *naguinata* sur l'épaule de l'homme qui bascula et dévala jusqu'au fond du ravin comme son camarade et Torluk avant lui. Les assaillants poussèrent des cris de rage. Jébu tua chacun d'eux à l'endroit où il se trouvait. Un cavalier chargea contre lui. Jébu ouvrit le ventre de la monture qui tomba dans le ravin, en entraînant son maître. Alors les Mongols se bousculèrent, fuyant la lame étincelant au bout de sa longue hampe. Ils paraissaient terrifiés par l'homme à l'armure noire qui avançait vers eux. Puis Arghun à cheval se dressa devant lui, l'arc bandé, une flèche pointée vers la tête de Jébu qui s'arrêta, le regard fixé sur les yeux bleus sans expression du Mongol.

« Mets pied à terre, Arghun, et dégaine ton sabre, cria-t-il. Finissons-en enfin.

— C'est fini pour toi », répondit Arghun en décochant sa flèche. Un vif coup de *naguinata* la dévia. Mais à cet instant une file d'archers tira une salve sur Jébu. Plusieurs projectiles se plantèrent dans les lacets en peau de requin et les plaques de fer. La plupart rebondirent. Aucune ne manqua son but. Ces Mongols étaient experts au tir à l'arc. Grinçant des dents et brisant les flèches au vol, Jébu remonta vers le fort à pas lents. Quand il y parvint, son armure était hérissée de projectiles. L'un d'eux avait pénétré l'épaule gauche. Arrivé derrière le portail, haletant, il laissa Kanefusa délacer la manche de son armure, arracher la flèche et panser la blessure avec une bande de papier.

« Je ne veux plus vous voir ici aujourd'hui, moine Jébu, dit Shenzo Totomi en souriant. Seuls vos exploits figureront dans les chroniques et nous autres nous serons tous oubliés.

— Il faut faire mieux que moi, répondit Jébu en renfilant sa manche. Alors, on se souviendra de vous aussi. »

Pendant un certain temps ils ne subirent plus de perte. Les archers mongols ne pouvaient tirer qu'en s'exposant aux arcs des samouraïs de garde sur la tour. Ainsi protégés, les samouraïs allèrent l'un après l'autre affronter la ruée de l'ennemi. Ils abattirent les assaillants un à un. A plusieurs reprises, Jébu sortit du camp pour repousser l'assaut des adversaires, dévala le sentier et précipita des guerriers dans le ravin. A chacune de ses sorties, il fut visé par des rafales de flèches. Mais il tenait à atteindre Arghun.

Le soleil traversa l'étroite fente entre deux pics, loin au-dessus d'eux, puis ils combattirent dans l'ombre. Jébu leva la tête pour voir les rayons étincelants illuminer les sommets neigeux de l'autre côté de l'horizon. Il entendit un roulement de tonnerre au-dessus d'eux et eut à peine le temps de crier un avertissement. Déjà d'énormes rochers — masses grises aussi hautes que des maisons — roulaient vers eux. Jébu revit mentalement Yukio dévaler dans la gorge d'Ichinotani. Ici, il n'avait pas affaire à des chevaux ni à des cavaliers qui auraient foncé sur eux : c'étaient des masses de pierre insensées, capables de les écraser tous et d'oblitérer en un instant leur camp fortifié. Aucune parade possible. L'avalanche tombait sur eux avec un rugissement pareil au feu de cent *hua pao.* Ce frémissement de la terre stupéfia Jébu, ses paupières se crispèrent et il attendit, les yeux clos, d'être écrasé comme une fourmi sous une sandale. Puis vint le silence, presque aussi terrifiant que le tintamarre qui l'avait précédé. Ils restèrent tous immobiles, allongés sur le sol. Jébu comprit qu'ils avaient survécu. Il se releva. La tour de garde et les deux samouraïs archers qui s'y trouvaient avaient disparu. A leur place se dressait une énorme roche fêlée en plusieurs endroits par la violence de sa chute. La maison de Yukio et de sa famille restait intacte. Les assiégés n'étaient plus que sept. Aucun emplacement propice ne permettait de tir protecteur. La palissade elle-même était brisée en plusieurs endroits. Bref, il ne restait plus entre Yukio et un millier d'ennemis que sept êtres humains. Une pierre avait brisé le bras de l'un d'eux. En regardant vers le sommet de la montagne, Jébu vit de petites silhouettes juchées sur une plate-forme au-dessus d'eux. C'était Arghun qui avait déchaîné l'avalanche.

Jébu envoya Shenzo Totomi s'assurer que Yukio était indemne. A l'instant où le jeune homme traversa la cour jonchée de pierres, Jébu entendit les cris de guerre des assaillants. Le samouraï blessé fonça vers le sentier, tenant son sabre de la main gauche et récitant un poème. Il élimina trois ennemis avant de tomber sous une volée de flèches. Un autre samouraï sauta au sommet du rocher qui avait écrasé la tour et décocha une flèche à pointe en croissant de lune. Un archer mongol poussa un cri. La flèche lui avait sectionné le poignet. Les ennemis se retirèrent momentanément.

Mais bientôt une nouvelle file se lança à l'assaut du sentier, hurlant et agitant sabres et lances. Jébu se demanda comment Arghun parvenait à les faire foncer ainsi vers une mort certaine. Sans doute était-ce parce que chacun de ces guerriers espérait être assez chanceux pour survivre quand tous les autres tombaient autour de lui. Le courage pourrait-il n'être qu'une tendance à l'illusion ? Les samouraïs qui défendaient Yukio savaient, eux, qu'ils périraient sûrement. Ils descendaient l'un après l'autre à la rencontre de l'ennemi, tranquillement et joyeusement, résolus à combattre jusqu'à la mort. La bataille touchant presque à sa fin, l'ennemi attaqua avec un acharnement croissant.

Quand il ne resta plus que trois assiégés, Kanefusa demanda à Jébu : « Vous voulez rester le dernier, n'est-ce pas ?

— Certes.

— Vous en avez le droit puisque vous étiez auprès de lui depuis le début, dit Kanefusa en indiquant d'un signe de tête la maison de Yukio. Veillez à ce que ma cousine Miruzu ne soit pas déshonorée. » Ce disant, il franchit le seuil du portail défoncé pour faire face à l'assaut suivant.

Shenzo Totomi revint de la petite maison, aussi livide et le regard aussi égaré que la nuit où son père avait commis *seppuku* à Heian Kyo. Il tenait à la main une dague sanglante. Il abattit l'autre main sur le poignet de Jébu et le serra si vivement qu'il le blessa à travers son armure.

« Il a besoin de vous », dit-il.

Jébu regarda au fond des yeux affolés de Totomi. « Que s'est-il passé ?

— Qu'espérez-vous donc ? Il est arrivé ce qu'il devait arriver. Allez le rejoindre au nom du Bouddha. Il n'y a plus un instant à perdre. Allez et laissez-moi mourir. » Avec un cri sauvage, Totomi dégaina son sabre et fonça vers le sentier.

Jébu fit demi-tour. Sous son armure, sa robe était trempée de sueur malgré le froid qui régnait sur la montagne. Il combattait depuis des heures et ses os lui paraissaient prêts à se briser de fatigue. Il saignait de la tête aux pieds, tenaillé par la douleur de ses blessures innombrables. Sa souffrance avait quelque chose de rassurant : elle lui indiquait que son corps était encore capable de ressentir quelque chose. Les bouddhistes disaient vrai en affirmant que la vie est misère mais ils semblaient ignorer que les gens perçoivent leur propre existence du fait même de la douleur.

Yukio a raison, se dit Jébu. Nos corps commencent à vieillir. Mais dans une heure au maximum ils n'existeront plus. Je n'arrive pas à le croire. Je ne veux pas mourir, n'est-ce pas ? Après avoir, pendant tant d'années, affronté la mort et fait périr mes ennemis, je désire encore vivre ! Je ne suis donc pas un bon zinja.

Il gravit les quelques marches du perron de la maison où régnaient le silence et l'obscurité. La chapelle se trouvait à l'étage. Lorsque ses yeux s'habituèrent aux ténèbres, il vit quatre nattes enroulées avec des oreillers de bois auprès d'elles, ainsi que quelques caisses contenant le peu de vêtements et les menus biens que la famille de Yukio était parvenue à apporter à leur refuge. Sur l'une de ces caisses trônait une poupée impériale dont la robe de brocart luisait dans l'ombre.

Jébu gravit l'échelle conduisant à la chapelle. « Yukio, Yukio-san ! » cria-t-il. Quand sa tête dépassa le plancher de l'étage, il vit d'abord une petite lampe à huile dont la flamme vacillait devant une statue en porcelaine multicolore de Kwannon assise. Puis il remarqua que la déesse souriait avec bonté vers ce qui lui parut d'abord n'être que quatre tas de vêtements. Jébu se crispa lorsqu'il reconnut une des personnes gisant sur le plancher de bois ciré.

« Jébu-san ? chuchota Yukio.

— Yukio ? Tu es encore vivant ?

— Hélas, oui ! » Un petit rire. « J'ai demandé à Shenzo Totomi de m'indiquer la meilleure manière de me tuer. Il m'a dit que tous les samouraïs jusqu'à la fin des temps m'admireraient si je faisais hara-kiri comme son père. Mais il n'a pas précisé qu'on souffre tant lorsqu'on s'ouvre le ventre ni que la mort vient si lentement. A quoi cela sert-il ? Personne ne saura que je suis mort ainsi dans des souffrances abominables. Personne sauf Shenzo Totomi et toi. Sans doute est-il déjà mort et tu ne tarderas pas à périr. Alors qui subsistera pour révéler au monde ma fin glorieuse ?

— Et Miruzu... partie ? Et ton fils et ta fille ? » Jébu avait déjà pleuré en prenant congé de Yukio, désormais il avait les yeux secs. D'ailleurs le choc l'anéantissait.

« Miruzu leur a donné l'oubli à chacun d'eux. Ce fut son dernier geste d'amour. Ni Totomi ni moi n'en eûmes le courage. Puis, pour ne pas me voir mourir, elle a supplié Totomi de la poignarder au cœur. Il a fini par céder. Je tenais la main de ma femme quand il lui enfonça la lame dans le corps. Enfin je pris le *kodachi* dont Miruzu s'était servie pour trancher la gorge des enfants et je m'ouvris le ventre. »

Bien que la pièce fût trop obscure pour que Jébu vît l'horrible spectacle, il se détourna des corps allongés sur le plancher. Son esprit était partagé entre l'angoisse que lui inspirait la situation de Yukio et la colère contre cet ami qui avait provoqué la mort de sa femme et de ses enfants et s'était infligé une blessure définitive. Les codes des zinjas et des samouraïs différaient tellement ! Mais l'heure n'était pas aux reproches.

« Puis-je t'être utile, Yukio-san ? »

Yukio émit un profond grognement. Jébu n'entendait que son halètement lourd et rythmé comme le ressac de l'océan. Parler devait exiger un effort prodigieux, mais cela en valait la peine, peut-être, parce que bientôt Yukio ne pourrait plus parler du tout.

« Je mourrai lentement dans une agonie atroce ou rapidement et facilement. Ça dépend de toi, Jébu-san. »

Jébu frémit. « Tu ne peux pas me le demander !

— Alors, à qui d'autre ? Totomi l'aurait fait mais je tenais à ce que ce soit toi. Tu sais depuis toujours que tu dois me rendre ce dernier service. La règle des zinjas te permet de tuer des ennemis par centaines. Tu peux donc sûrement donner la mort, par bonté, à un ami. »

Jébu délaça son armure sur la poitrine. Il se rappelait qu'il avait dans une poche secrète la drogue de la pharmacopée zinja qui pourrait être utile à Yukio. Il s'agenouilla auprès de son ami et lui prit la main. L'odeur du sang l'écœura.

« Yukio, je peux te libérer de ta douleur en te donnant une potion qui t'endormira sur-le-champ et je resterai ici, auprès de toi, jusqu'à ton trépas. Attends un instant. Je vais chercher du vin. »

La main de Yukio serra celle de Jébu avec une vigueur surprenante. Elle lui écrasa les jointures des doigts. « Non, je refuse, Jébu. Je refuse absolument de mourir ainsi.

— Pourquoi ? demanda Jébu d'une voix rendue rauque par le chagrin. Dois-je te tuer ? Ne puis-je faire autrement ?

— Je ne veux pas mourir pendant mon sommeil. C'est une mort honteuse. Je veux savoir ce qu'il m'arrive, mourir en homme, pas comme de la viande inconsciente. » Yukio s'exprimait par saccades. « Je veux ressentir le contact du sabre. C'est la manière la plus propre de mourir. »

Jébu sentit quelque chose se briser en lui. « Bien. Ce sera le sabre, puisque tu y tiens.

— Presse-toi, s'il te plaît, Jébu-san. Ils seront là dans un instant. »

Jébu ressentit une douleur aussi aiguë que si un boulet de *hua pao* lui défonçait la poitrine. Il en était venu à aimer Yukio plus que son père adoptif, Taïtaro. Il posa la main sur la poignée de son sabre qu'il dégaina à demi.

« J'accepte seulement parce que je n'aurai pas à en souffrir longtemps. Quelle que soit la douleur que j'éprouve, elle ne durera qu'un moment. Arghun et ses hommes attendent en bas pour me donner la paix.

— Nous nous retrouverons dans une autre vie, Jébu-san, chuchota Yukio.

— Nous, zinjas, ne croyons pas qu'hommes et femmes ressuscitent après la mort. Pour nous, le nirvana c'est le néant.

— Les guerriers comme nous ne méritent pas le nirvana. Nous nous reverrons. Frappe, Jébu. Tu seras aussi miséricordieux que la déesse qui nous regarde. Ton fer mettra un terme à mon agonie. »

Une fois de plus un poème se présenta à l'esprit de Jébu : un dernier vers à partager avec Yukio. Enfin, il fut de nouveau capable de pleurer. Les larmes qui emplirent ses yeux lui brûlèrent les paupières.

Ensemble nous errâmes,
Bravant les lames rugissantes de l'océan,
Les sables brûlants du désert.

D'une voix à peine perceptible, Yukio enchaîna pour achever le poème :

Ensemble nos sabres en enfer
En feront fuir les gardiens hurlants.

Pourquoi un esprit capable de composer instantanément la fin d'un poème devait-il être anéanti ? Jébu ne pouvait pas encore faire fi de son idée selon laquelle la vie, même dans les pires conditions, vaut mieux que la mort. Mais il n'avait plus le temps de réfléchir. Il tira du fourreau son sabre court et s'agenouilla auprès de Yukio pour voir le cou de son ami sous la faible lueur de la lampe. Il évita de regarder l'épouvantable blessure de l'abdomen.

« Frappe, dit Yukio, et ensuite brûle la maison. »

Souvent, au cours de batailles, Jébu était entré en transe et avait perdu la notion de ce qu'il faisait ; plus tard il ne se rappelait plus rien. Cette grâce ne lui fut pas accordée. De même que Yukio voulait avoir conscience de son trépas, Jébu ne put écarter son esprit de sa tâche. Il n'avait jamais vécu l'instant présent aussi intensément. La pièce, le corps de son ami, son sabre, tout semblait étinceler du même feu qu'il avait souvent vu dans les profondeurs du Joyau de Vie et de Mort. Encore à genoux, Jébu éleva les bras au-dessus de sa tête et abattit son sabre. La lame du zinja trancha. Muratomo no Yukio mourut.

Jébu se leva vivement. Il éprouva un étrange soulagement, une impression de légèreté, et s'en étonna. Pendant près de vingt ans, il avait combattu auprès de son ami, craint pour lui, joui de ses victoires, pleuré avec lui, œuvré pour le rendre plus puissant, essayé de le protéger et de préparer son avenir. La vie de Yukio était terminée ; le maître congédiait donc son serviteur. Pour le meilleur ou pour le pire, la terrible tâche était finie. Cependant Jébu savait que sa vie était devenue inutile, faute de but. Il se sentait léger parce qu'il était vide intérieurement : un tronc creux, mort, prêt à tomber au premier souffle de vent.

Quels derniers mots avait prononcés Yukio ? « Frappe et brûle cette maison. » Cet ordre rappela à Jébu les vers d'un soûtra du Lotus. « Dans les Trois Mondes il n'y a pas de repos ; c'est comme une maison incendiée. » Il prit la petite lampe à huile sur la table devant la statue de Kwannon et la renversa pour faire couler une mince ligne d'huile enflammée sur le plancher ciré jusqu'aux murs de plâtre. Les flammes orange s'élevèrent en se tordant sur elles-mêmes, illuminant la chapelle. Jébu vit nettement les robes lavande et bleu clair de Yukio et de Miruzu ainsi que de leurs enfants, les huit rouleaux du soûtra du Lotus souillés de sang, le doux visage blanc et les joues roses de Kwannon qui restait seule vivante dans la chapelle. Jébu craignit qu'elle ne fût détruite et en eut honte. Il la prit dans ses bras et descendit au rez-de-chaussée en pensant : il ne me reste plus que quelques instants à vivre.

En sortant du bâtiment, il se trouva encerclé par des Mongols stupéfaits. Sans doute croyaient-ils que j'allais faire *seppuku* avec Yukio, pensa-t-il. Je dois leur paraître étrange, avec mon armure noire tachée de sang, couvert de flèches et, au lieu d'une arme, je porte la statue de la déesse de miséricorde.

La pointe d'une flèche perceuse frappa la statue. La déesse de porcelaine s'évanouit avec un tintement argentin. Les mains vides, Jébu se trouva devant les débris répandus à ses pieds. La déesse était partie aussi irrévocablement que Yukio. A cet instant encore, la perte de son ami frappa Jébu avec la brutalité d'une lance. Il recula en titubant. Dédaignant les flèches qui rebondissaient sur son armure ou s'y fichaient, se déplaçant posément, il pivota sur lui-même et retourna dans la maison en flammes. Il retrouva sa *naguinata* appuyée contre le mur où il l'avait laissée. Dès qu'il la prit en main, il éprouva une sensation de puissance formidable qui monta de ses doigts, courut dans ses bras, passa par ses épaules et se répandit dans tout son corps comme si un être supérieur prenait sa place. Pas Kwannon mais Hachiman, le dieu vénéré par tous les Muratomo. Il bondit hors de la maison. Sa *naguinata* décrivit un moulinet. Il la sentit mordre à travers les armures de cuir, la chair, les os et il entendit hurler les Mongols.

Il s'abandonna de nouveau aux mouvements de la bataille qu'il pratiquait depuis qu'il était assez grand pour tenir debout. Les guerriers qui l'entouraient reculèrent devant la lame tourbillonnante. Ils étaient assez aguerris pour comprendre l'expression du géant qui avançait vers eux car ils avaient déjà vu des hommes en proie à la folie du combat. Ils savaient qu'aucun soldat, aucune arme courante ne peut abattre un guerrier dans un tel état. Ils pouvaient se montrer prudents parce qu'il ne leur restait plus que ce seul ennemi à abattre. Aucun ne voulait mourir aussi près de la victoire.

D'un coup heureux, une hache de guerre fendit la hampe de la *naguinata.* Les Mongols vociférèrent de joie quand la lame tomba au sol. Jébu dégaina le sabre qui avait tué Yukio et fonça. Les Mongols se bousculèrent en cherchant à lui échapper. Plus d'un tomba sous la lame trop petite, semblait-il, pour les mains du géant qui la brandissait. Petit à petit, le sabre d'une main, le manche de sa *naguinata* de l'autre, Jébu repoussa ses ennemis au-delà de la palissade en ruine, jusqu'au sentier si étroit que leur nombre ne leur donnait plus l'avantage. Il leur fallut alors revenir à l'assaut l'un après l'autre et ils moururent à tour de rôle.

Jébu eut conscience que certains ennemis avaient échappé à son attention et se trouvaient derrière lui dans les ruines du fort. Il jeta un coup d'œil par-dessus son épaule et les vit entrer et sortir précipitamment de la maison en flammes où Yukio était mort. C'est sa tête qu'ils veulent, se dit-il. Il eut envie de retourner sur ses pas pour les empêcher de décapiter son ami. Mais impossible de faire demi-tour. D'ailleurs, ce qu'il adviendrait de la tête de Yukio n'importait plus. Rien ne comptait, d'ailleurs. Jébu avait dépassé le stade où l'on désire et refuse. Il se sentait au-dessus de toute volonté, toute crainte, toute colère, en proie à une paix, à une béatitude inintelligibles. Il ne régnait dans son esprit qu'une lumière de pure blancheur qui effaçait toute pensée, tout sentiment individuels. Parallèlement, le monde qui l'entourait, ses couleurs, ses bruits, ses odeurs ne s'étaient jamais révélés d'une manière aussi vivace. Au milieu des Mongols, Jébu se trouvait parfaitement heureux, incroyablement heureux. La vie ne lui offrirait plus jamais un moment aussi propice pour mourir.

Il était devenu l'Ame. Dans cette bataille il ne pouvait commettre d'erreur car il *était* à la fois ses adversaires et le sabre qu'il tenait à la main. Le temps s'étirait jusqu'à l'infini. Les Mongols l'assaillaient avec une lenteur incroyable, comme s'ils pataugeaient dans l'eau. Le sabre du zinja franchissait aisément leurs défenses maladroites. Il avait même le temps de réciter la prière pour un ennemi abattu chaque fois qu'un adversaire rejoignait le monceau de cadavres au fond du ravin. Jébu en était arrivé à l'état que les maîtres de l'ordre appellent la perspicacité ultime : une condition extatique dans laquelle l'individu réalise son union complète avec l'Ame et voit l'univers à travers Ses yeux. Un unique instant de perspicacité ultime vaut la durée de cent existences de conscience ordinaire, lui avait-on enseigné.

Les Mongols reculaient, n'attaquaient plus, seule la configuration du terrain les empêchait de fuir. Chacun savait que ce surhomme allait le tuer. Jébu atteignit presque le tournant du sentier. Le crépuscule devenait de plus en plus obscur. Sur ces montagnes, en hiver, la nuit tombait à peu près à l'heure du singe. Si Jébu tenait jusqu'à l'obscurité totale, il lui restait une chance de salut. A cette altitude, dans ce labyrinthe de pics et de ravins, il serait à peu près impossible de repérer un homme seul. Cette idée le déçut car il ne voulait plus vivre.

L'intrusion d'un désir dans son esprit effaça le sentiment de la perspicacité ultime. Alors il ne fut plus qu'un guerrier banal, triste, blessé, fatigué, qui contournait la pointe rocheuse abritant le gros des troupes d'Arghun. Au-delà, le sentier était vide. Il longeait la falaise en un long arc concave à l'autre extrémité duquel se tenait une file d'archers dressés sur leurs étriers, les paupières mi-closes, leurs flèches pointées vers lui. A leur tête, Arghun montait un poney mongol noir, trapu. Son manteau rouge foncé flottait au vent.

« Tuez-moi ! » vociféra Jébu en écartant largement les deux bras.

Le visage dur et impassible, Arghun éleva sa main gantée de fer et l'abattit d'un mouvement brusque. Les cordes des arcs vibrèrent à l'unisson d'une note musicale grave dont l'écho se répéta d'une paroi rocheuse à l'autre. Les flèches sifflèrent par-dessus le ravin. Les bras encore étendus comme pour rassembler les projectiles, Jébu ressentit leur impact sur tout son corps. Il n'en éprouva pas de douleur mais seulement une succession de chocs paralysants. Taniko le regardait de ses yeux brillants, exactement comme il l'avait déjà distinguée plus tôt, ce même jour au fond du Joyau. Telle fut sa dernière pensée : j'aurais dû jeter le Joyau ; maintenant Arghun l'aura. Puis il perdit conscience et entama une longue chute dans les ténèbres.

Deuxième partie

LE LIVRE DE TANIKO

Ceux qui gouvernent les peuples prétendent avoir reçu des dieux prestige et puissance. En réalité, ils se rendent maîtres du peuple en recourant à la force pour le soumettre et en usant de fables pour se justifier. Quiconque attribue aux divinités les privilèges de quelques-uns et l'oppression du grand nombre diffame les dieux.

Le Manuel zinja

1

Extrait du journal intime de Shima Taniko

Les fleurs de glycine rassemblées en grappes comme des nuages mauves flottent sur les branches des pins. Celles des cerisiers dans le jardin du palais shogounal sont un ravissement. Le chant des oiseaux m'enchante l'oreille. Sur les collines, les ruisseaux deviennent des rivières et leur silence glacé est rompu par le tonnerre des cascades. Les routes du nord-ouest sont redevenues accessibles. Des troupes de samouraïs sont déjà parties pour la terre d'Oshu. Tout cet hiver, j'ai dissimulé ma crainte sous une apparence de calme tandis que la neige couvrait la terre.

J'ai été assez occupée pour affecter l'impassibilité. Je ne cesse de travailler à ma kung-an ; *stimulée par la crainte des moqueries et des admonestations d'Eisen, je m'efforce de* devenir *le visage d'avant ma naissance car je redoute d'aller voir le maître sans être capable de lui présenter ma réponse. La chapelle qu'il s'est bâtie dans les bois au-dessus de Kamakura fait désormais partie du paysage. Des pousses de pins pointent des tuiles du toit et la mousse s'étend sur les murs. Sametono, devenu officiellement mon fils adoptif, m'accompagne toujours chez Eisen. Ils s'entretiennent par des procédés qui n'ont rien de commun avec le langage. Ce ne sont que clins d'œil, grognements, gesticulations et cris inintelligibles. En guise de salutation, ils s'exclament tous les deux : « Kouatz ! »*

Mon cousin Munetoki enseigne le kenjutsu *à Sametono. L'esprit suspicieux d'Hideyori est une flèche pointée en permanence sur nos cœurs, je crains pour la vie de Sametono s'il révélait qu'il a hérité de son père et de son grand-père leur habileté au sabre. Pourtant, il doit apprendre les arts guerriers s'il ne veut pas devenir moine.*

Hideyori ne m'a rien dit au sujet d'Oshu. Il se consacre intensément à ses deux occupations préférées : les affaires d'État et la religion. Le Bakufu est une organisation considérable, comptant autant de fonctionnaires que la cour de

Koubilay khan. Quand le temps l'autorise, Hideyori se rend à cheval au temple d'Hachiman Daï-Bosatsu où il fait construire une stupa : *tour sacrée dédiée à sa mère. Je n'ai jamais connu cette dame qui mourut en exil après l'insurrection de Doméi mais Hideyori affirme avec insistance qu'elle fut une sainte. La haine qu'il voue à Yukio dérive au moins en partie, j'en suis sûre, de la rivalité qui a régné entre sa mère et celle de Yukio : mon amie dame Akimi.*

Troisième mois, vingtième jour
ANNÉE DU CHIEN

Ryuichi et son fils aîné, Munetoki, rendirent visite à Taniko au bâtiment des femmes du palais shogounal. Elle leur offrit du *tch'aï* qu'ils acceptèrent avec des compliments courtois. Une expression étrange se lisait sur le visage de l'oncle : un mélange de chagrin, de honte et de regret ? Taniko en fut prise d'angoisse.

Où était Sametono ? Elle eut envie de l'avoir tout près d'elle.

« Voilà une fort belle calligraphie », dit poliment Ryuichi en désignant de la main qui tenait sa tasse l'alcôve où Taniko avait accroché une grande feuille de papier vert clair. Sametono y avait écrit, sur le conseil d'Eisen, un vers du soûtra du Diamant.

« *Bien que nous parlions de bonté, le Tathagata déclare qu'elle n'existe pas et n'est qu'un mot.* »

Taniko baissa modestement les yeux et murmura : « C'est le médiocre travail de mon indigne fils.

— En grandissant, madame, Sametono deviendra peut-être un des meilleurs sabreurs qu'on ait jamais vus au pays du Soleil Levant », dit énergiquement Munetoki.

L'élégant Ryuichi n'aurait guère pu engendrer un fils qui lui ressemblât moins. Munetoki s'exprimait en général avec la voix de stentor d'un sous-officier en manœuvres. Il paraissait furieux, même dans ses meilleurs moments. Ses yeux étincelaient, ses moustaches paraissaient se hérisser. Assis sur des coussins dans l'appartement de Taniko, il avait l'air d'un tigre aux aguets. Étant donné que Bokuden, le père de Taniko, n'avait pas de fils, Munetoki était l'héritier présomptif du clan des Shima. Sametono raffolait de lui.

« Je suis heureuse d'apprendre que les efforts de mon fils conviennent à son maître », souffla Taniko. Puis elle releva vivement la tête pour fixer son regard sur les yeux perçants de Munetoki. « Je préférerais que vous ne vantiez pas trop cet enfant surtout publiquement, Munetoki-san. Cela pourrait devenir gênant. »

Munetoki prit une expression aussi indignée que si elle avait proféré une abomination. « Madame ne réalise pas que maint samouraï des provinces de l'Est donnerait volontiers sa vie pour elle. Il y a d'ailleurs de tels hommes partout sur nos Iles sacrées. »

Taniko se rappela le vieux samouraï mort en les défendant, Atsue et elle, dans la capitale contre les serviteurs de Motofusa.

Elle baissa les yeux. « Tous les samouraïs doivent fidélité d'abord au shogoun et au Bakufu. Dans sa vigilance concernant les menaces contre la paix du pays, notre shogoun oublie difficilement que Sametono est le dernier rejeton de Sogamori ni que les Shima constituent une branche du clan Takashi. Je ne voudrais pas inquiéter inutilement le maître du pays.

— S'il s'agit de paix, le seigneur Hideyori a moins à craindre désormais », dit Ryuichi dont le visage continuait à exprimer la même tristesse. A cet instant la mémoire revint à Taniko : son oncle avait la même attitude le jour où elle avait appris la mort de Kiyosi.

« Mes honorables oncle et cousin ne me rendent pas visite seulement pour admirer la calligraphie de mon fils et vanter ses qualités de sabreur, dit-elle en sentant la crainte lui serrer le cœur de ses doigts glacials.

— Taniko-san, dit lentement Ryuichi, voilà longtemps j'ai manqué à mes devoirs envers vous en permettant que vous appreniez une nouvelle terrible des lèvres d'un étranger. Je me suis juré qu'en de telles circonstances je n'agirais plus aussi lâchement. »

Taniko porta la main à son cœur. « Parlez, mon oncle, tout de suite.

— Le moine Jébu et le lieutenant Muratomo no Yukio sont morts. »

La tasse que tenait Taniko s'écrasa sur le plancher. Déjà Munetoki lui tenait le bras pour l'empêcher de vaciller.

« Que je suis maladroite », murmura-t-elle en essuyant le liquide vert clair sur le plancher ciré. « Que disiez-vous, mon oncle ? »

Ryuichi reprit : « Je sais que vous teniez beaucoup à ces deux hommes. J'ai donc voulu vous apporter personnellement cette nouvelle.

— Dites-moi, s'il vous plaît, comment Jébu... comment ils sont morts », murmura Taniko.

Ce fut Munetoki qui répondit d'une voix moins sonore que d'habitude. « Héroïquement, d'après ce qu'on raconte. Le lieutenant et douze de ses partisans dont le gigantesque moine Jébu soutinrent pendant une demi-journée l'assaut de mille Mongols. Le zinja, en particulier, accomplit des exploits surhumains au cours de cette bataille. Enfin, Yukio et ses hommes succombèrent mais pas avant d'avoir exterminé trois cents Mongols. Yukio, sa femme et ses enfants ont péri par *seppuku*. Ces événements seront répétés jusqu'à la fin des temps. »

Je ne puis croire que Jébu soit mort, pensa Taniko qui dit à haute voix : « Malgré tant d'adversaires, un ou deux d'entre eux n'auraient-ils pu s'échapper ?

— Ils étaient pris au piège dans un fort bâti sur un éperon rocheux, à mi-hauteur d'un flanc de montagne abrupt, dit Munetoki. Endroit facile à défendre mais qu'il est impossible de quitter. Ils sont sûrement tous morts. » La voix de Munetoki exprimait la satisfaction. En vertu de ses principes militaires, si l'un des hommes de Yukio avait fui, il aurait terni la beauté de cette bataille.

« En outre, les têtes de Yukio et de Jébu ont été identifiées, ajouta tristement Ryuichi. Dès que la neige a fondu sur les cols, le seigneur Yerubutsu d'Oshu envoya une délégation de guerriers apporter ces deux têtes conservées, dans des caisses laquées emplies de saké. A leur arrivée ici, le shogoun se consacrait aux rites dédiant la nouvelle *stupa* à sa mère. S'occuper de têtes tranchées à ce moment-là eût été inconvenant. Il a chargé mon honorable frère, le seigneur Bokuden, de les recevoir. Après qu'il les eut reconnues, on les a brûlées sur la plage. » Le visage de l'oncle Ryuichi prit une expression encore plus lamentable. « Je suis désolé, Taniko-san. »

Je ne crierai pas, se dit Taniko. Je me maîtriserai. Ça m'est déjà arrivé et j'ai survécu. Je survivrai encore cette fois. Non, je ne crierai pas.

« Connaissez-vous Moko, le constructeur de bateaux, mon oncle ? Ayez la bonté de me l'envoyer. Il était dévoué à Jébu et Yukio. Je veux lui rendre le service que vous m'avez rendu. Veillez à ce qu'il n'apprenne pas cette nouvelle d'un étranger.

— Un vulgaire charpentier serait votre ami, ma cousine ? demanda Munetoki, les sourcils froncés par l'étonnement.

— Un très vieil et cher ami, dit Taniko sentant un sanglot monter dans sa poitrine. J'ai besoin de solitude. Voulez-vous m'excuser ? »

Après leur départ, elle resta immobile. Une domestique vint chercher le service à *tch'aï*. D'un geste de la main, Taniko la renvoya. Seule de nouveau, elle versa de l'eau dans le brasero pour éteindre les charbons. La vie se termine ainsi : un peu d'eau sur un petit feu et il s'éteint. Par les stores des fenêtres de la pièce orientées au sud, des rais de lumière filtraient.

Quand je voyais le soleil, il me réconfortait toujours, se dit-elle. Je pensais que partout où était Jébu, ce même soleil brillait sur lui. Il ne l'éclaire plus désormais. On lui coupe la tête, on la met dans du saké et on la brûle sur la plage ! Oh non, non ! La femme de Yukio s'est tuée pour mourir avec lui. Où est la jeune Shizumi ? Je dois la prévenir comme Moko. Sans doute voudra-t-elle se suicider aussi ? Si seulement j'avais pu mourir avec Jébu ! Et pourtant, c'est de ma faute si nous sommes séparés. Je lui ai tenu rigueur de la mort de Kiyosi et d'Atsue. Il me semblait que je ne pouvais pas vivre avec lui. J'étais sotte. Si j'étais restée près de lui, peut-être ne serait-il pas mort avec Yukio. Oh ! Jébu, Jébu ! Je n'ai jamais su jusqu'à maintenant combien je t'aimais.

Elle se leva, les poings serrés et cria le nom de Jébu si fort qu'elle en eut mal à la gorge. Puis elle tomba comme un oiseau percé d'une flèche en plein vol. Elle resta par terre et sanglota. Ses servantes accoururent. Avec de petits cris de pitié, elles lui lavèrent le visage à l'eau froide et posèrent des couvertures sur elle. Sans savoir pourquoi leur maîtresse pleurait ainsi, elles en firent autant, couvrant de l'extrémité de leurs manches leur visage.

Bien qu'elle fût incapable de leur parler, Taniko était lucide. L'acuité de sa douleur et la violence de sa réaction l'étonnaient. Elle avait cru que le zen la protégerait des souffrances de la vie. Eisen paraissait si résistant, calme et joyeux qu'elle avait espéré devenir pareille à lui. Elle se sentit trahie.

Elle resta désemparée, en proie à un tourment qui lui interdisait de manger, de dormir et même de parler à qui que ce fût. Sametono vint la voir, il s'efforça d'engager la conversation et s'enfuit en pleurant parce qu'elle ne lui répondait pas. Il ne revint plus. Devinant que même si elle ne parlait pas, Taniko entendait et comprenait, une servante lui dit que son oncle Ryuichi et sa tante Chogao avaient emmené l'enfant chez eux pour quelque temps.

Elle resta dans cet état quatre jours. Puis elle tomba dans un profond sommeil sans rêve, presque un coma. Lorsqu'elle revint à elle, ce fut pour voir le visage terrifié d'une domestique qui lui annonçait l'arrivée du seigneur Hideyori.

Elle se sentit inaccessible à la peur. Se rappelant la rage d'Hideyori lorsque la danseuse Shizumi avait publiquement avoué son amour pour Yukio, elle se demanda ce qu'il avait éprouvé en apprenant que Taniko, la femme qu'il voulait épouser, était prostrée par la douleur parce qu'elle avait appris la mort de Yukio et de Jébu. Ignorant tout des relations passées entre le zinja et elle, il attribuerait évidemment son chagrin à la perte de Yukio. Ce ne serait pas tout à fait faux. Elle s'était prise d'amitié en Chine pour Yukio auquel Jébu consacrait sa vie autant qu'à son ordre. Si Jébu avait survécu, elle aurait pu lui donner une raison de vivre après Yukio. Mais il était mort en croyant qu'elle ne l'aimait pas. Elle pleura de nouveau. Hideyori la trouva donc en larmes quand il se présenta chez elle sans avoir laissé le temps aux servantes d'annoncer son arrivée.

Malgré la soudaineté de son entrée, il parut plus malheureux que furieux lorsqu'il écarta l'écran *shoji* de sa propre main. Il portait une robe de deuil flottante et un tissu blanc, cousu à son chapeau noir, interdisait de s'approcher de lui sans motif. Il n'avait pas de sabre à la ceinture.

Taniko posa le front sur le plancher. « Excusez-moi, mon seigneur, d'être aussi mal prête à vous recevoir. »

Il s'agenouilla devant elle et lui serra les mains d'une étreinte puissante. Une flamme semblait brûler dans les profondeurs noires de ses yeux.

« Me haïssez-vous, Taniko-san ?

— Moi ? Vous haïr ? » Pendant un instant cette question prit de court Taniko. Puis elle comprit. Il était responsable de la mort de Jébu et de Yukio. Pourquoi ne le détestait-elle pas ? Parce que son chagrin ne laissait pas de place en elle à l'idée de vengeance. A ce moment-là elle saisit comment la perte de Kiyosi d'abord puis d'Atsue l'avait rendue amère au point de lui faire prendre en horreur le seul amour vrai de sa vie. Désormais elle comprenait : peu importait qui avait tué Jébu. Le karma exigeait que ses amants meurent au combat. S'en prendre aux responsables de leur mort eût été vain.

Hideyori lui dit : « C'est Yukio qui vous a sauvée des Mongols et ramenée saine et sauve au pays du Soleil Levant. Je comprends. Vous aviez contracté envers lui une grande dette de gratitude. Je lui en dois autant pour vous avoir conduite ici. Sans cela, je ne vous aurais plus revue. Il m'est arrivé de vous parler avec violence contre lui. Vous étiez la seule qui discutiez avec moi. » Il désigna sa robe blanche. « Comme vous, je porte son deuil. Je vous jure que je ne voulais pas sa mort. Ne m'en croyez pas coupable car désormais j'ai encore plus besoin de vous, Taniko-san. »

Moi aussi, j'ai sans doute besoin de vous, Hideyori, pensa-t-elle. J'ai besoin de votre bonne volonté envers Sametono car je ne vis plus que pour lui. Comme c'est curieux : Hideyori s'attendait à ce que je le déteste et je craignais qu'il ne me haïsse. Mais comment peut-il vraiment regretter Yukio ? Comment ose-t-il dire qu'il ne voulait pas sa mort ? Dans quel monde hideux vivons-nous ? Quand Sametono atteindra l'âge adulte, s'il l'atteint jamais, je mettrai fin à mes jours.

« Vraiment, regrettez-vous la mort de votre frère, seigneur ? demanda-t-elle.

— Par les Trois Bouddhas, je vous jure que j'ai donné à Arghun des ordres stricts pour qu'il ne lui soit fait aucun mal. Je voulais seulement qu'on l'arrête et que l'on me l'amène. Yukio était un bon soldat, incapable de comprendre que les courtisans se servaient de lui dans leurs intrigues contre moi.

— Je suis certaine qu'il serait venu dès que vous l'auriez convoqué en lui donnant un sauf-conduit.

— Il serait venu avec une armée, Taniko-san. Comment lui aurais-je résisté ? » Hideyori écarquilla les paupières avec un grand air de sincérité. « Vous savez que comme chef de guerre je n'ai pas la moitié de sa valeur. Il m'aurait renversé pour prendre le pouvoir et n'aurait su qu'en faire. Moi, je construis un État qui doit durer éternellement. Mais maintenant qu'il est mort, je puis avouer que, sans lui, je n'en serais pas là. Lorsqu'on apporta sa tête à Kamakura avec celle de son ami, le puissant zinja, j'ai dit que m'occuper d'elles serait un sacrilège, en raison des rites que j'accomplissais en souvenir de ma mère. J'ai appris que votre propre père, le seigneur Bokuden, fut ému jusqu'aux larmes quand il ouvrit les boîtes noires et en vit le contenu. »

Je n'en crois rien, pensa Taniko.

« Qui ne pleure pas la mort de Yukio ? poursuivit Hideyori. Mes services de renseignements m'indiquent que toute la population l'aimait. Bien que sa vie se termine par un échec, le peuple l'admire. On me prend pour un meurtrier au cœur sec alors que je cherchais à bien faire. Je dois punir Arghun et Yerubutsu pour prouver que je ne voulais pas cette mort. Je la vengerai, Taniko-san. » Une ombre passa dans son regard. « Je crains la fureur de son fantôme.

— Son fantôme ?

— Oui, le sien et celui du moine Jébu. On ne calme pas facilement des esprits aussi puissants. Je dois donc les venger pour les apaiser. »

Il serra les poings. « Je m'occuperai de Yerubutsu en temps voulu. Quant à Arghun, il faut immédiatement mettre un terme à ses déprédations. Son armée met toute la nation en danger.

— En raison des projets du Grand Khan ? »

Hideyori acquiesça d'un hochement de tête. « Immédiatement après la mort de Yukio, Arghun et ses cavaliers ont quitté en toute hâte le pays d'Oshu. Ils se trouvent actuellement quelque part dans les montagnes de la province d'Echizen à quelques jours de la capitale. Le prince Horigawa, votre mari... » Hideyori fit une grimace équivoque. « Oui, votre mari, a gagné à la hâte Heian Kyo par la Hokurikudo. Peu après son arrivée à la capitale, la cour impériale invita les ambassadeurs mongols à quitter Dazaïfu pour aller présenter la lettre du Grand Khan à l'empereur. J'avais expressément interdit de les laisser aller à la capitale. Ce ne serait pas arrivé si Go-Shirakawa vivait encore. Il n'y a désormais plus de tête solide à Heian Kyo. »

Le vieil empereur en retraite avait quitté ce monde à la fin de l'année précédente, le même mois que le seigneur Hidehira d'Oshu.

« Que dit la lettre du Grand Khan ? demanda Taniko.

— Je n'en ai même pas vu une copie jusqu'à maintenant. »

Qu'une autre préoccupation l'arrachât à sa douleur réconforta Taniko. « Sans doute exige-t-il que nous nous soumettions à son autorité ? »

Hideyori scruta le visage de Taniko. « S'il en est ainsi, quelle réponse estimez-vous que nous devons faire ?

— Peut-être n'aurez-vous jamais à prendre une décision aussi lourde de conséquences, seigneur. Comme je vous l'ai déjà dit, les nations qui ont résisté aux Mongols ont totalement disparu.

— Vous croyez donc que nous devons céder ?

— Cette solution ne nous assurerait pas non plus le salut. J'ai vu l'influence des Mongols sur les nations qu'ils ont soumises. Si nous leur cédons sans combattre, ils pilleront nos îles de fond en comble et emmèneront nos hommes combattre à leurs côtés. Ils nous imposeront leurs lois depuis la religion jusqu'à la manière de s'habiller. Nous qui nous appelons les enfants des dieux, nous cesserons d'exister en tant que nation.

— Mais si nous décidons de résister, comment répondre à la lettre du Grand Khan ? Devons-nous, par un ton conciliant, gagner du temps ?

— Je ne crois pas, seigneur. Il en résulterait conflits et confusion dans nos propres rangs. Si vous entendez combattre les Mongols, envoyez chercher leurs ambassadeurs, faites-les venir à Kamakura pour vous présenter leur lettre puis ordonnez de les décapiter publiquement. Dès lors, il ne pourra plus être question de reculer. Pour les Mongols, le meurtre de leurs ambassadeurs est impardonnable. Tout le pays le saura et s'unira derrière vous afin de combattre les envahisseurs car il n'y aura alors plus d'autre alternative que notre anéantissement. »

Hideyori prit une profonde inspiration et expira lentement. « Voilà un conseil bien hardi, Taniko-san.

— Seigneur, la plus grande puissance que le monde ait connue nous menace. Le Grand Khan dispose de centaines de milliers de guerriers et de centaines d'immenses bateaux capables de traverser l'océan. Toute la nation doit s'unir comme un seul homme, sinon nous sommes perdus.

— Je prierai assidûment Hachiman pour qu'il m'aide à prendre cette décision, murmura Hideyori.

— Selon toute évidence, le prince Horigawa est de connivence avec les Mongols, dit Taniko. Il a toujours été en relation avec eux. Il intriguera pour leur compte auprès de la cour impériale. Vous devez vous débarrasser de lui.

— Et par là même d'un époux que vous détestez farouchement, dit Hideyori avec un léger sourire. Eh bien, je ne souhaite pas non plus qu'il demeure votre époux. »

Le regard d'Hideyori s'assombrit. « Je me suis promis que vous serez ma femme. J'ai besoin de vous près de moi. Je dois prendre des décisions dont dépendra l'avenir de notre pays. Vous pouvez m'aider.

— Ce que je vous dis doit paraître évident à toute personne sensée, seigneur.

— Cette conversation m'a fait un grand bien, Taniko-san. » Hideyori se leva. « Je craignais de vous voir depuis que j'ai appris la mort de Yukio et de Jébu. Je suis heureux de constater que vous supportez votre chagrin avec sagesse et patience. »

Quand le shogoun se fut retiré, Taniko versa encore des larmes pour Jébu. Elle souffrirait de cette blessure jusqu'à la tombe et personne ne devrait le savoir. L'intriguait pourtant qu'Hideyori lui eût non seulement permis de manifester sa douleur mais portât même le deuil de Yukio. Il avait donc tellement besoin d'elle que cela le faisait passer outre à toute autre considération...

Elle eut faim, fit venir une servante et lui demanda à manger. Elle revenait à la vie. Sametono lui restait. Elle devait le conduire jusqu'à l'âge adulte. Puis, comme elle l'avait décidé, elle commettrait *seppuku.* Autre chose aussi la préoccupait : la menace mongole. Elle ne quitterait pas ce monde de son propre gré sans avoir fait le peu dont elle était capable pour la défense des Iles sacrées.

Sametono vint la voir à la fin de cette même journée. Elle s'efforça de lui expliquer, au moins en partie, la raison de son chagrin.

« Cela veut-il dire que le grand moine guerrier qui me fit échapper du Rokuhara a été tué ? » Le petit visage de Sametono se contracta et des larmes roulèrent sur ses joues rondes. « J'en ai souvent rêvé. Je veux devenir exactement comme lui quand je serai grand. »

Pour les réconforter tous les deux, Taniko alla au grand coffre de cèdre contenant ses biens les plus précieux. Les paupières du garçonnet s'écarquillèrent quand elle y prit un sabre enveloppé de soie. Elle l'en débarrassa et tira lentement la lame luisante du fourreau.

Sans le dégainer complètement, elle dit : « Ce sabre s'appelle Kogarasu. » Elle lui en raconta l'histoire. « Un jour, quand tu seras grand, tu pourras le porter à ta ceinture. Pour le moment, tu peux venir le voir de temps en temps, en secret. Il ne faut pas que le seigneur Hideyori l'apprenne. S'il te voit jamais Kogarasu entre les mains, ce sera ton dernier jour sur terre. » Elle lui tendit la poignée et il acheva de dégainer la lame à double fil. Bien qu'elle fût aussi longue qu'il était grand, l'enfant tint l'arme avec la facilité qu'il avait acquise en pratiquant le *kenjutsu.*

« Plus tard, avec ce sabre, je protégerai le pays. »

Le surlendemain, Taniko se sentit assez forte pour rendre visite à Eisen. Exceptionnellement elle y alla sans Sametono. Elle entendait se débarrasser d'un chagrin secret. Elle raconta donc au moine la mort de Jébu. Il l'écouta sans sourire.

Lorsqu'elle eut terminé, il lui demanda : « Qu'est-ce que cela vous a enseigné ?

— M'a enseigné ? Cela me laisse perplexe devant le problème que vous me faites étudier depuis des années, senséi. Je croyais que mon travail dans le zen me rendrait plus forte devant la douleur. En apprenant la mort de Jébu, j'ai hurlé et me suis évanouie. Ma décision est prise : quand j'aurai accompli mes devoirs jusqu'au bout, je mettrai fin à ma misérable existence. Pourquoi le zen ne m'assiste-t-il pas ? »

Eisen sourit. « Il y eut un abbé qui voyait la réalité plus en profondeur que quiconque en son temps. C'était un Bouddha vivant. Un jour ce saint homme faisait un pèlerinage et des brigands l'attaquèrent. Ses cris, quand ils le poignardèrent, s'entendirent à six provinces de distance. » Eisen fixa sur Taniko un regard perçant. « Comprenez-vous ?

— Non, senséi.

— Quand vous comprendrez, mon enfant, vous verrez le visage que vous aviez avant de naître. »

2

Debout sur le chemin de ronde de l'enceinte qu'Hideyori avait fait construire autour de son palais, Taniko assista à l'arrivée du cortège amenant les ambassadeurs mongols depuis la route Tokaïdo jusqu'à Kamakura. Une rangée de samouraïs se tenait derrière elle à distance respectueuse. Des larmes lui montèrent aux yeux quand elle se rappela comment Jébu et elle avaient chevauché depuis Kamakura jusqu'à la Tokaïdo. Sametono, dont les yeux arrivaient à peine à la hauteur du parapet, serrait la main de sa mère adoptive avec un intérêt passionné.

« Ce sont les soldats mongols, mère ?

— Non, Sametono-san. Les ambassadeurs ne sont pas escortés par leurs propres soldats. Ceux que tu vois sont nos samouraïs envoyés à la rencontre des émissaires. »

Des estafettes devançant les diplomates et leur escorte avaient apporté des nouvelles troublantes d'Heian Kyo. Le conseil d'État impérial avait reçu les Mongols. Même les dignitaires les plus conciliants étaient outrés par le ton méprisant, quasi sacrilège, de Koubilay khan qui prétendait avoir droit au titre de Fils du Ciel en vertu de la volonté divine. D'autre part, comme le Grand Khan l'avait certainement prévu, sa menace d'extermination en cas de résistance avait terrifié les courtisans. Pris de panique ils avaient décidé que l'empereur-enfant Kamayama reconnaîtrait l'autorité de Koubilay khan et paierait le tribut exigé. Enfin, la cour impériale permettrait à une armée mongole de débarquer et de tenir garnison près d'Heian Kyo.

Taniko devina qu'Arghun et ses hommes, qui combattaient sur les Iles sacrées depuis cinq ans, constitueraient le noyau de cette armée d'occupation. Les courtisans ignoraient que les samouraïs et les gens du peuple avaient eu vent de leur capitulation et s'en indignaient. S'ils l'avaient su du reste ils ne s'en seraient pas souciés. Une des raisons pour lesquelles Hideyori avait envoyé cinq cents cavaliers et deux mille fantassins à la rencontre des ambassadeurs et des dignitaires de la cour qui les accompagnaient, c'était qu'il craignait les réactions de la populace outragée. Il n'avait confié à personne comment il accueillerait les ambassadeurs. Il avait demandé conseil à Taniko mais ne lui avait rien dit de ses projets. Peut-être déciderait-il de ne rien faire du tout. Officiellement, cette visite au commandant suprême des forces armées impériales n'avait qu'un caractère de courtoisie. Au lieu de parler au nom du pays du Soleil Levant, comme Taniko espérait qu'il pouvait le faire, Hideyori devait tout simplement ratifier les mesures prises à Heian Kyo sans le consulter.

De la hauteur sur laquelle était bâti le château d'Hideyori, Taniko voyait le cortège sinuer sur le chemin venant de la Tokaïdo. Les roulements de tambours, l'éclat des gongs et la musique des flûtes s'amplifiaient. Les fantassins, trottant à l'unisson, franchirent le pont au-dessus de la large douve et empruntèrent le portail principal du château, ouvert seulement pour les réceptions les plus solennelles. Des rangées de drapeaux blancs des Muratomo plantés sur les murs saluaient des flammes de même couleur dont la hampe était attachée au dos des officiers de l'escorte. Le peuple, le long des rues de Kamakura, agitait de petits drapeaux identiques. Il acclamait les samouraïs au passage mais regardait dans un silence maussade les palanquins dorés aux lourds rideaux qui roulaient et tanguaient au milieu du cortège.

Quand ces palanquins eurent franchi le portail, Taniko et Sametono descendirent du parapet. Des jardins ravissants, semblables à ceux du palais impérial d'Heian Kyo, s'étendaient dans l'enceinte. Ils n'avaient pas été organisés dans un seul but décoratif mais, entourés de murs, ils constituaient un labyrinthe dans lequel se perdraient des assaillants qui pourraient alors être pris au piège. Des fonctionnaires du Bakufu précédèrent l'ambassade dans ce méandre de sentiers. Taniko, Sametono et les samouraïs de leur escorte personnelle se dirigèrent vers la salle de cérémonie par un raccourci secret. Taniko avait hâte de voir les ambassadeurs mongols et se demandait si elle en reconnaîtrait quelques-uns.

Une porte étroite lui donna accès à la cour d'honneur devant la salle d'apparat. C'est là qu'elle vit le premier dignitaire descendre d'un palanquin en posant le pied sur le dos d'un serviteur prosterné. Stupéfaite, elle reconnut Sasaki no Horigawa. Entourés par un cercle de samouraïs en armes, ils se regardèrent fixement. Les petits yeux brillèrent de malice dans le visage ridé d'Horigawa quand il la salua d'une courbette railleuse.

« Combien d'années se sont écoulées depuis que j'ai eu le bonheur de rencontrer mon estimable épouse ? demanda-t-il. Vous vieillissez gracieusement, madame. »

Quelques années plus tôt, elle aurait tenté de le tuer sur-le-champ avec la première arme qui lui serait tombée sous la main. Mais le feu de la haine s'était apaisé, comme refroidit le cratère d'un volcan. Une attitude imperturbable était la meilleure réponse à une créature aussi vile. Néanmoins, elle ne résista pas au besoin de prononcer quelques mots méprisants.

« Voilà longtemps, vous avez livré votre femme aux barbares. Maintenant il semble que vous entendez en faire autant de votre patrie. »

Horigawa sourit. « Si ces mêmes barbares traitent mon pays aussi bien qu'ils vous ont accueillie, ils feront son bonheur. Ah ! j'ai failli oublier de vous présenter mes condoléances. Le moine zinja, avec lequel vous fûtes très intime jadis, est enfin passé dans l'oubli. Je l'ai aperçu peu avant sa mort. Il a essayé de me tuer. Mon ami, le seigneur Bokuden, me dit qu'il a vu sa tête rousse conservée dans du saké. Cette fin convient bien à un individu aussi violent. »

Rien qu'en parlant de Jébu, Horigawa en souillait le souvenir. Taniko eut envie de saisir le sabre d'un samouraï de son escorte et de transpercer le ventre du prince pour venger Jébu. Mais elle s'en abstint et se força à sourire.

« Chacun d'entre nous arrive à la fin qu'il mérite, Votre Altesse. »

Horigawa parut intrigué et surtout agacé par la sérénité de sa femme. « Chacun de nous suit en effet son destin, madame, convint-il d'une voix aigrelette. Peut-être contribuerai-je à déterminer le vôtre, quand les affaires de l'empire seront réglées. » Il fit demi-tour pour gravir les marches du perron.

« Donnez-m'en l'ordre et je le coupe en deux », grogna une voix à l'oreille de Taniko. Elle pivota sur elle-même et se trouva face à face avec Munetoki.

« Merci, cousin, ce serait inutile, dit-elle. Un tel acte de violence nuirait au shogoun. » A cet instant, elle constata qu'elle tremblait et réalisa l'effort qu'elle avait dû faire pour conserver son calme.

« Qui était cet homme, mère ? demanda Sametono. Il a dit que tu es sa femme. Serait-il vraiment ton mari ? »

Taniko prit une profonde inspiration et expira lentement pour se détendre. « Il n'est rien, mon enfant. Absolument rien. »

Le soir venu, Hideyori et les samouraïs du plus haut rang s'assemblèrent dans la grande salle d'audience du château shogounal pour conférer avec la délégation mongole. L'étiquette obligeait Taniko à observer cette réunion d'une estrade protégée par un écran, proche de l'endroit où siégeait Hideyori. Cela se passait dans une pièce immense, éclairée par des centaines de lampes à huile et décorée de rangées de drapeaux du Dragon blanc accrochés aux poutres du plafond. Plus de cinq cents vassaux des Muratomo et fonctionnaires du Bakufu siégeaient sur des coussins. Quelles que fussent les intentions d'Hideyori, il tenait à ce que cette rencontre eût lieu devant de nombreux témoins.

Quand il entra, vêtu de sa robe de cérémonie en sokutaï noire, tous les samouraïs appliquèrent leur front sur le plancher. Le visage aussi fermé que celui d'une statue, il s'assit sans un mot. Ses principaux conseillers, Bokuden, Munetoki, les chefs des grands clans, les directeurs des divers services du Bakufu et du bureau des samouraïs ainsi que les principaux magistrats, siégeaient à sa droite et à sa gauche sur la même estrade. Il hocha péremptoirement la tête en direction des gardiens de la grande porte dont les deux battants glissèrent.

Trois dignitaires entrèrent dans la salle : un solide Chinois barbu, arborant une robe de brocart rouge et bleu, brodée de dragons d'or, et deux Mongols de haute taille, portant des pardessus de tissu doré ornés de fourrure avec des sabres accrochés à leur ceinture dans des fourreaux sertis de pierres précieuses. Derrière ces représentants du Grand Khan parut le prince Horigawa avec cinq autres hauts fonctionnaires de la cour impériale, en robe de soie de teintes variées allant du gris perle au vert clair et convenant à la saison printanière. L'entretien commença par un long échange de formules de courtoisie diplomatique. Le Chinois parlait au nom de la délégation entière dans la langue des Iles sacrées. Il se présenta sous le nom de Mon Lim, secrétaire adjoint du bureau des Affaires étrangères du Grand Khan. Les deux hommes vêtus de tissu doré étaient les princes Gokchu et Belguteï, petits-neveux de Gengis khan, donc membres de la famille la plus glorieuse de l'empire mongol.

« Où avez-vous appris à parler notre langue ? demanda Hideyori d'un ton rogue.

— Votre éminent prince Sasaki no Horigawa fut assez bon pour me l'enseigner, sire, répondit le Chinois en souriant.

— J'ai déjà pris connaissance de la lettre de votre Grand Khan à notre empereur, dit Hideyori. Veuillez la lire à l'intention des honorables guerriers qui m'entourent. »

Mon Lim tira un rouleau de sa manche et se mit à lire. L'insolence du Grand Khan suscita des murmures dans la salle. Ne prétendait-il pas que ses nombreuses victoires démontraient qu'il possédait « le mandat du ciel » ? Mon Lim continua à lire sans hésitation jusqu'à cette phrase : « ... union entre notre grand empire et votre petit pays. »

Hideyori s'écria alors : « Assez ! » Un murmure d'approbation s'éleva de l'assemblée qui en avait aussi entendu suffisamment.

Mon Lim releva la tête, étonné. « Il n'en reste que très peu, sire.

— Je ne désire pas en entendre plus. Cette lettre insulte Sa Majesté Impériale. Qui vous donne l'audace d'apporter un document aussi blasphématoire sur nos Iles sacrées ? Votre Grand Khan ne peut être qu'un barbare ignorant. Sa lettre ne mérite pas de réponse.

— Très bien ! » s'écria Munetoki assis à la droite d'Hideyori et qui ne pouvait plus se contenir. Il se frappa la paume du poing.

« Je ne comprends pas, sire, dit Mon Lim.

— Ça ne m'étonne pas, dit Hideyori. Le peuple chinois a capitulé devant les Mongols, vous avez personnellement choisi de les servir. Quant à nous, nous n'avons aucune intention de nous soumettre.

— Une nation vraiment civilisée ne recourt aux armes qu'en dernier ressort, dit tranquillement Mon Lim. Vous, en qualité de général en chef de ce pays, soyez sûr que mon maître manifesterait les meilleures intentions à votre égard si vous vous efforciez d'établir la paix entre nos deux nations. »

Hideyori serra les dents en un sourire de tigre. « Votre Grand Khan récompense-t-il bien vos services ? Avez-vous un beau palais dans votre propre pays ? Un vaste domaine qui produit beaucoup de riz ? Un trésor dans une chambre forte ?

— Le Grand Khan daigne me manifester une bonté que je mérite peu, dit Mon Lim avec un sourire modeste.

— J'espère que vous avez abondamment joui de ces biens, car vous ne les verrez plus », dit Hideyori qui souriait encore.

Le visage de l'ambassadeur pâlit. « Que voulez-vous dire, sire ? »

Hideyori se leva et avança jusqu'au bord de l'estrade, la main sur la poignée d'Higekiri. Sa robe noire tourbillonna autour de ses jambes. « Traduisez ce que je dis à l'usage de vos deux principicules, ordonna-t-il. En venant dans ce pays des dieux apporter un message aussi insolent, vous insultez notre patrie et la personne sacrée de notre empereur. Seule la mort peut expier un tel sacrilège. L'exécution de ses messagers sera la réponse à celui qui se proclame lui-même Grand Khan. Je vous condamne à être conduits sur la plage au nord de la ville où vous serez décapités. Cela aura lieu demain, au lever du soleil, afin qu'Amaterasu Omi Kami vous voie payer votre blasphème contre son fils. »

Mon Lim avait commencé à murmurer une traduction à l'usage des princes mongols mais quand il saisit le sens des propos d'Hideyori, il se tut, bouche bée. Enfin, il reprit la parole dans le silence tendu qui suivit la dernière phrase d'Hideyori.

« Sire, votre empereur a déjà accepté nos conditions. Ce n'est pas nous qui l'offensons. C'est vous qui lui désobéissez.

— Sa Majesté Impériale n'a rien accepté. Un accord illégal a été conclu à la cour impériale par des rebelles et des traîtres. » Ce disant, Hideyori fixa un regard furibond sur Horigawa et les autres dignitaires arrivés d'Heian Kyo, qui restaient abasourdis et médusés derrière les ambassadeurs mongols. Le diplomate chinois acheva de traduire le discours d'Hideyori pour les deux princes mongols. Celui qui s'appelait Gokchu réagit aussitôt. Son sabre étincela et il se précipita vers l'estrade en écartant brutalement Mon Lim. Hideyori resta raide et immobile comme une statue gardienne de temple. Les jointures de ses doigts blanchirent à la main qui serrait la poignée de son sabre. Le cœur de Taniko cessa de battre. Dégaine ton arme, pensa-t-elle. Dégaine !

Munetoki bondit entre le Mongol et Hideyori. Il saisit à deux mains le sabre brandi par Gokchu, et le tordit si violemment en avançant contre le Mongol qu'il le précipita au sol. Taniko entendit le claquement d'un os brisé. Un pied de chaque côté du corps de son adversaire, Munetoki dégaina son long sabre et l'éleva au-dessus de sa tête.

« Non, s'écria Hideyori. Ne verse pas de sang ici. Qu'il périsse demain matin, en public, sur le terrain d'exécution, comme je l'ai ordonné. Toutefois, pour voir tiré son sabre contre le shogoun, il ne sera pas décapité mais coupé en tranches, en commençant par les pieds. »

L'autre prince mongol parla vivement à Mon Lim qui tremblait, livide. Puis le diplomate chinois s'adressa à Hideyori : « Le prince vous avertit que si vous nous traitez ainsi, tous les hommes, femmes et enfants de vos îles seront mis à mort. Toutes les villes et les villages seront rasés. Votre pays cessera d'exister. »

Hideyori répondit d'un ton mesuré. « Si les Mongols l'emportaient, ce que nos dieux ne permettront sans doute pas, la population de nos îles mourrait volontiers. Pour nous la mort vaut mieux que la capitulation. Mais nous ne nous alignerons pas, le cou tendu, pour être égorgés comme le bétail qu'élèvent les Mongols. Nous appartenons à une race de guerriers, enfants des dieux. Avant de périr, chacun de nous emmènera bien des Mongols dans le Vide. En tout cas, vous, vous mourrez. Qu'on les emmène ! » Les gardes d'Hideyori entraînèrent les trois ambassadeurs hors de la pièce. Ils devaient attendre l'aurore dans une cave.

Munetoki sauta sur l'estrade d'un bond léger et s'inclina devant le shogoun. « Pardonnez-moi d'avoir dégainé mon sabre dans votre château, seigneur », dit-il poliment. Selon l'usage, Hideyori ne remercia pas le jeune guerrier qui lui avait sauvé la vie. Munetoki n'avait fait que son devoir de *kenin.* Le shogoun s'adressa à l'assemblée.

« Certains doutent-ils que nos guerriers valent les Mongols, homme pour homme ? demanda-t-il. Voyez avec quelle facilité Shima Munetoki a désarmé et estropié le barbare. » Des acclamations s'élevèrent partout dans la salle.

« Maintenant, poursuivit Hideyori en se rasseyant, amenez devant moi le prince Sasaki no Horigawa et les fonctionnaires qui l'accompagnent. » Taniko comprit qu'Hideyori avait préparé toute cette scène méticuleusement et probablement procédé à des répétitions. A ces mots, en effet, des gardes bondirent vers les six aristocrates. Le cœur de Taniko battit plus vite. Après avoir détesté son mari pendant tant d'années, elle allait enfin assister à sa chute.

« Prince Horigawa, avant même la défaite des Takashi, vous faisiez des ouvertures aux Mongols. Vous les encouragiez à jeter des regards de convoitise sur nos Iles sacrées. C'est vous qui avez invité ces ambassadeurs à Heian Kyo et persuadé la cour impériale de céder à leurs exigences. Nous aurions eu intérêt à atermoyer, à faire durer les négociations pendant des années pour avoir le temps de nous préparer à repousser une invasion. Je ne souhaitais pas faire périr ces hommes. Ils ne font que servir leur maître. Mais, vous qui avez incité la cour à faire preuve de faiblesse, vous qui m'obligez à prendre des mesures draconiennes pour prouver notre résolution, vous avez si mal servi votre pays et votre empereur que votre trahison saute aux yeux. »

Horigawa plissa les paupières. « Il fut un temps, Muratomo no Hideyori, où vous avez trempé vos manches de larmes de gratitude parce que je vous manifestais mon amitié. Avez-vous oublié que vous me devez la vie ?

— Ma vie ? » Le visage d'Hideyori était aussi froid qu'une tête de requin. « Oui, je vous dois la vie mais seulement parce que vous vouliez vous servir de moi comme d'une arme contre les Takashi. Je vous dois aussi la mort de mon grand-père, exécuté sur vos instances. Je vous dois la mort de mon père et de mes frères aînés poussés à la rébellion par les excès de Sogamori que vous encouragiez. Je vous dois les années d'oppression et de honte infligées aux Muratomo après que la révolte de mon père eut été vaincue. Si je vous ai quelque obligation, prince Horigawa, elle a été lavée dans le sang. »

Horigawa écarta les lèvres, ses dents brillèrent à la lumière des lampes comme de petites perles noires. « Samouraïs ! » Il cracha ce mot comme une malédiction. « Serviteurs qui usurpent la place de leur maître ! Singes se prétendant des êtres humains ! Je me suis ingénié à utiliser vos instincts sanguinaires pour vous détruire. J'ai échoué parce que, comme les poux, vous vous engraissez et vous multipliez dans le sang. Vous avez anéanti le monde que j'aimais et celui que vous avez créé ne m'offre aucun bonheur. En mettant un terme à ma vie, Muratomo no Hideyori, vous me rendez le plus grand des services. Je n'aurai qu'un regret : ne pas voir Koubilay khan vous balayer tous comme fétus au vent. »

Il avoue ce qu'il pense, se dit Taniko. Avec un tel homme il n'est pas de vengeance possible. Il transformera sa propre exécution en une espèce de triomphe.

Hideyori sourit à Horigawa. « Voilà vingt-quatre ans, mon père m'envoya vous tuer. Maintenant je puis enfin exécuter son ordre. J'ai mûrement cherché à votre intention un supplice long et horrible. Il n'y en a pas. Vous êtes vieux et vous trépasserez donc rapidement, quelque précaution que nous prenions. La décapitation convient aux seuls samouraïs et vous ne la méritez pas. J'ai donc décidé que, demain matin, on vous conduira au terrain d'exécution public pour vous noyer dans la mer. Votre corps restera exposé. Poissons et crabes vous grignoteront quand la marée vous recouvrira et vos os blanchiront au soleil quand elle se retirera. Ce sera une mort trop miséricordieuse pour vous mais je ne trouve pas un moyen de vous châtier comme vous le méritez. » Hideyori éclata d'un rire sinistre. « Je ne suis pas assez cruel. »

Cependant Taniko pensait : ce supplice lui convient mieux que vous ne le pensez, Hideyori. Il a noyé ma petite Shikibu. Pourquoi ne suis-je pas plus ravie ? Je n'éprouve qu'affliction au lieu de joie. Parce que sa mort ne me rendra pas ceux que j'aimais.

Horigawa tendit la tête en avant comme un serpent qui attaque. Il cracha aux pieds d'Hideyori. Munetoki rugit de rage. Sans se détourner, Hideyori tendit le bras pour le retenir.

« Ne souille pas ton sabre, Munetoki-san », cria Taniko de derrière son écran. Hideyori fit signe aux gardiens qui emmenèrent Horigawa.

Livides, les aristocrates bouffis qui étaient venus avec l'ambassade baissèrent les yeux quand Hideyori tourna vers eux un regard sévère. « Quant à vous, dignitaires de la cour impériale, vous êtes coupables d'avoir voulu livrer votre pays aux Mongols. Mais j'admets que vous avez agi par ignorance et lâcheté et non par malveillance délibérée comme Horigawa. Par conséquent, je vous condamne seulement à retourner à la capitale. » Les visages poudrés se rassérénèrent. Après un temps d'arrêt, Hideyori ajouta : « A pied. »

Les aristocrates poussèrent un hurlement de terreur et les samouraïs éclatèrent de rire. Un des dignitaires tomba à genoux. « Seigneur, ce voyage nous tuera.

— Allons donc ! dit Hideyori. Il vous rendra plus vigoureux et plus sages. Vous verrez une partie du pays que vous aviez tellement hâte d'abandonner à Koubilay khan. » De nouveau il se tut sous le regard effaré des courtisans. « Évidemment, reprit-il, j'exposerai respectueusement à Sa Majesté Impériale que vous êtes indignes du rang et des fonctions dont vous jouissez actuellement. Vous et les autres membres de la cour qui contribuèrent à la décision de capituler prendrez une honorable retraite. » D'un geste, Hideyori congédia les gros hommes vêtus de robes aux couleurs délicates.

Puis il s'adressa aux membres de son clan et à ses alliés. « Nous avons déjà envoyé deux armées en mission. L'une au pays d'Oshu pour punir Yerubutsu d'avoir tué mon frère Yukio, contrairement à ma volonté. L'autre à la poursuite des Mongols commandés par le *tarkhan* Arghun, qui rôdent actuellement dans la province d'Echizen et menacent la capitale. Désormais tous les Mongols sont nos ennemis. Nous devons préparer la nation à la guerre. »

Les samouraïs l'acclamèrent à perdre haleine. Ils répétèrent à n'en plus finir le vieux cri de guerre « Muratomo-o ! ». Des larmes coulèrent sur les joues de Taniko. Elle pleurait ces samouraïs et tous les autres habitants du pays du Soleil Levant. Ils ignoraient l'énormité du désastre qui les menaçait. Ils ne connaissaient pas, comme elle, les Mongols. Hideyori lui-même considérait la situation comme une opportunité de gloire, non comme un danger. Il s'en servait afin d'affirmer la suprématie du shogoun et réprimer la tentative faite par la cour pour décider une question de guerre et de paix. Il lui restait à vaincre le seigneur indépendant d'Oshu et l'armée d'Arghun. Ensuite, tous les habitants des Iles sacrées seraient soumis à sa volonté.

Hideyori se détourna de l'assemblée qui l'acclamait. Un instant plus tard il se trouva derrière l'écran de Taniko et abaissa son regard vers elle en souriant. « De tous ceux à qui j'ai demandé conseil, c'est vous qui m'avez donné l'avis le plus pertinent. Nous ferons face, ensemble, à ce que le Grand Khan peut nous envoyer de pire. Après-demain vous serez libre de m'épouser. »

Taniko ne trouva rien à répondre. Elle venait de constater la vanité de la vengeance. Désormais aucune victoire n'avait d'intérêt pour elle. En considérant le passé et l'avenir, elle ne voyait que destruction et mort. Elle ne retenait ses sanglots qu'à grand-peine. Sans savoir pourquoi, elle se rappela l'histoire que lui avait racontée Eisen au sujet d'un abbé zen mort en criant.

3

Taniko resta éveillée toute la nuit en pensant aux hommes qui attendaient la mort, quelque part, dans le palais du shogoun. Eux non plus ne dorment pas, se disait-elle. Comment pourrait-on dormir durant sa dernière nuit ? L'idée de voir les condamnés partir pour le supplice, surtout Horigawa, lui fit horreur. Pendant l'heure du bœuf, longtemps avant le lever du jour, elle appela ses servantes qui l'aidèrent à se vêtir pour un trajet sur les collines où elle désirait s'entretenir avec Eisen. Sametono refusa de se réveiller. Elle le fit envelopper dans une couverture et porter jusqu'à la cour où ses chevaux attendaient. Accompagnée d'une domestique et d'un samouraï qui tint l'enfant endormi devant lui sur sa selle, elle prit le chemin habituel conduisant aux collines couvertes de pins, situées au nord de Kamakura. Au-dessus de l'immense océan, le ciel s'éclaircissait à l'est. Lorsqu'elle arriva au monastère, de grands rubans cramoisis s'y déroulaient, pareils à des bannières de Takashi.

« Pourquoi pleurez-vous ? lui demanda Eisen. Vous regrettez Horigawa et les ambassadeurs mongols ?

— Je pleure parce que je suis en partie responsable de leur mort en raison de mes conseils à Hideyori.

— Une samouraï ne devrait jamais regretter d'avoir provoqué la mort, dit énergiquement Eisen. Tuer est le métier des samouraïs.

— Cela n'aura donc pas de fin, dit-elle en essuyant ses joues avec sa manche. Qu'avons-nous donc fait pour mériter tant de chagrins, senséi ?

— Quand un homme reçoit une flèche empoisonnée, il ne perd pas son temps à se demander s'il le mérite. Il arrache la flèche et applique l'antidote aussi vite que possible.

— Quel est l'antidote de toutes ces souffrances ?

— Montrez-moi le visage que vous aviez avant de naître », dit férocement Eisen.

L'esprit vide, Taniko haussa les épaules, désemparée. Elle n'avait toujours pas résolu sa *kung-an.* La conversation s'orienta sur son proche mariage avec Hideyori. En qualité d'épouse du shogoun, elle serait la femme la plus puissante du pays.

« Vous pourrez alors accomplir beaucoup, dit Eisen.

— Oui, par l'intermédiaire d'Hideyori. » Elle secoua la tête, mécontente. « Senséi, je veux agir par moi-même et pas seulement parce qu'un homme puissant, comme Kiyosi ou Koubilay khan ou Hideyori, a décidé de coucher avec moi. »

Eisen étouffa un petit rire. Taniko et Sametono prirent leur repas de midi avec les moines. Sentant sa tension nerveuse diminuer, Taniko se dit que les condamnés devaient être exécutés. A son retour à Kamakura, leur mort appartiendrait déjà au passé. Or d'après Eisen, le passé n'existe pas. Pendant l'après-midi, à l'heure du mouton, elle se promena avec le moine dans le jardin du temple. Un jeune samouraï interrompit leur conversation. Hors d'haleine, il s'inclina devant le moine et la dame, se présenta comme envoyé par le shogoun et déclara : « Les têtes des ambassadeurs du Grand Khan sont déjà en route vers leur maître. Quant à Horigawa, il a survécu à la marée du matin. Au moment où j'ai quitté le palais du shogoun, il vivait encore. Le seigneur Hideyori pense que vous serez heureuse d'apprendre qu'il souffre atrocement.

— Que lui fait-on ? demanda Taniko, horrifiée.

— Une falaise abrupte se dresse près de la plage qui a servi de terrain d'exécution, dit le jeune samouraï. Les bourreaux ont pendu le prince Horigawa à ce rocher par une corde nouée autour de sa poitrine. Ils le hissent ou le laissent descendre au rythme de la marée afin qu'il ait toujours la tête au ras de l'eau. Les vagues déferlent sur son visage, il subit un froid intense. A force d'être précipité contre le rocher, il a le corps couvert de sang. De temps en temps, les bourreaux larguent la corde pour qu'il coule au-dessous du niveau de l'eau et ne le remontent que lorsqu'il est sur le point de se noyer. »

Taniko tomba sur le sentier du jardin et porta ses deux mains à son visage. Le messager la considéra d'un air ahuri. Eisen le renvoya.

« Hideyori me croit heureuse d'apprendre qu'Horigawa est encore vivant et qu'il souffre, dit Taniko après le départ du messager. Au nom d'Amida Bouddha, pour qui me prend-il ?

— Une partie de votre esprit désire que votre mari soit en tourment. Voila pourquoi vous en êtes tellement affectée. »

Le soir, Hideyori envoya un samouraï annoncer qu'Horigawa vivait toujours. Affolé par la douleur, le supplicié bredouillait en trois langages, expliqua le messager. Son esprit exceptionnellement doué se détraquait.

Taniko passa la nuit au monastère pour ne pas retourner à Kamakura tant qu'Horigawa vivrait. Longtemps avant le lever du jour, elle mit un capuchon et alla s'asseoir en zazen avec les moines dans la salle de méditation.

Ce même matin, à l'heure du dragon, Hideyori arriva au monastère et envoya chercher Taniko. Il attendit avec quelques cavaliers, à califourchon sur un étalon d'une blancheur immaculée que lui avait offert Bokuden lorsqu'il avait pris le titre de shogoun. Un valet tenait le cheval par le mors et lui caressait le chanfrein pour le rassurer. Hideyori mit pied à terre dès qu'il vit Taniko. Un domestique lui tendit une caisse laquée de noir. Devinant aussitôt ce qu'elle allait voir elle eut envie de s'enfuir mais s'obligea à regarder quand Hideyori souleva le couvercle avec un sourire satisfait.

L'étalon blanc hennit, recula et faillit renverser l'homme qui le tenait. Affaissée, la mâchoire inférieure d'Horigawa révélait ses dents noircies. Son visage était encore plus ridé que de son vivant ; ses joues et son front, couverts de plaies et d'hématomes. Pensant que c'était fini, Taniko éprouva un énorme soulagement. Elle se détourna et porta une main devant ses yeux. Hideyori referma le couvercle avec un claquement et rendit la caissette au domestique. C'est dans une boîte pareille à celle-ci qu'on a apporté la tête de Jébu, pensa-t-elle.

Arborant toujours le même sourire satisfait, Hideyori dit : « Il a été plus difficile de tuer ce vieillard qu'un mille-pattes. Il a survécu jusqu'à l'approche de l'aurore, après avoir braillé toute la nuit. Je suis sorti pour aller l'écouter et je regrette que vous n'ayez pas eu le courage de venir, vous aussi. J'espère que son exécution vous est agréable. »

Taniko se sentit obligée de répondre : « Merci, seigneur, de m'avoir offert cette satisfaction, dit-elle calmement.

— Vous êtes libérée de votre vœu désormais, dit Hideyori. Quand me recevrez-vous ? »

Lui fallait-il prendre un mari une fois de plus aussi rapidement ? Elle eut peur et se sentit piégée. Mais hélas, elle n'avait pas d'autre moyen de se rendre utile au pays du Soleil Levant et surtout de protéger Sametono.

« Adopterez-vous Sametono, seigneur ?

— Oui, certainement. Il sera mon fils adoptif, traité comme un prince impérial. S'il s'en révèle capable, peut-être deviendra-t-il shogoun plus tard, ainsi que chef des Muratomo. »

Et elle, en tant que mère de l'héritier présomptif du shogounat, deviendrait le membre le plus important du clan des Shima à la place de son père.

« Quand pourrai-je vous rejoindre dans votre chambre, Taniko-san ?

— Comprenez-moi, je vous en prie, seigneur. Tous ces événements m'ont bouleversée.

— Je puis patienter un peu. Mais jusqu'à quand ?

— Venez la nuit de la pleine lune du quatrième mois. »

« Vas-tu avoir un bébé ?

— Je suis trop âgée, je crois.

— Mais n'est-ce pas ce qui arrive quand les gens se marient ? »

Comme tous les autres membres de sa famille, Sametono voyait Taniko dans la situation de première épouse du shogoun et considérait cela en fonction de ses propres préoccupations. Il craignait d'être supplanté dans le cœur de sa mère par un nouveau-né. Tout en manifestant une déférence de pure forme, Bokuden n'était nullement heureux de penser que sa fille aurait toutes les nuits l'oreille de l'homme le plus puissant du pays. Au contraire, l'oncle Ryuichi et la tante Chogao se réjouissaient. Le premier mariage de Taniko, auquel ils avaient contribué, avait tellement mal tourné que, selon une conception simpliste des règles du karma, le second devait réussir à merveille.

« Maintenant, tu auras un vrai homme, dit tante Chogao alors qu'elles prenaient ensemble un bain chaud. Tu mérites enfin d'avoir de la chance, Taniko-san. »

Ça ne me donne pas du tout l'impression d'être une promesse de bonheur, pensa Taniko plus tard, allongée sur son fouton, dans la pénombre de sa chambre en attendant la première visite nocturne d'Hideyori. J'y vois plutôt un nouveau tour de la roue de naissance et de mort.

L'écran s'écarta. Hideyori ne prenait même pas la peine de feindre la discrétion. Taniko entrevit deux gardes dans le couloir derrière lui ; ils s'efforçaient de réprimer leurs sourires. Hideyori remit l'écran en place et se tourna vers elle. Il portait un kimono prune alors qu'il s'habillait d'ordinaire de vêtements foncés. Il paraissait mal à l'aise. C'est moi qui devrais être nerveuse, pensa Taniko ; voilà des années que je n'ai pas couché avec un homme, alors qu'il passe chaque nuit avec une nouvelle courtisane, d'après ce que j'ai appris.

« Désirez-vous du saké, seigneur ? » Sans attendre la réponse, elle en emplit une tasse et la lui tendit. Il s'assit gauchement, vida la tasse d'un trait et la rendit à Taniko pour qu'elle la remplisse de nouveau. Il en but ainsi trois de suite. Elle craignit qu'il ne s'enivrât et devînt incapable de jouir de sa visite, ce qui les aurait embarrassés tous les deux. Quant à elle, elle n'aurait pas été plus troublée si elle avait discuté des textes classiques de Confucius avec quelque vieil érudit.

Il la félicita pour le bouquet de tulipes qu'elle avait placé dans un vase au coin de sa chambre. Tout à coup il tira de sa manche un rouleau de papier teinté de rose. « J'ai écrit ceci à la louange de votre grande beauté », dit-il. Un long brin d'herbe nouait le rouleau. Taniko le déroula et lut :

Les tiges de bambou
Courbent le dos sous le vent d'autan.
Mais quand le vent ne souffle pas
Elles dansent au soleil
Pointant droit vers le ciel.

Poème ravissant, pensa Taniko. Il a, évidemment, au moins deux cents ans. Elle se rappela qu'Horigawa lui avait déjà présenté un poème ancien en prétendant l'avoir écrit. Elle s'interdit fermement de penser encore à ce premier mariage. Le passé n'existait pas.

Elle dit à Hideyori le plus grand bien de son œuvre.

« Je l'ai copié dans un vieux livre, dit-il tristement. Je ne suis pas courtisan, moi.

— Je ne suis qu'une simple fille de Kamakura, seigneur, moi aussi », dit Taniko. Elle prit son *samisen* et joua *Quand se couche la lune argentée.* Puis elle éteignit la lampe et leva les stores. Une brise agréablement tiède pénétra dans la chambre. Elle s'assit auprès d'Hideyori et tous deux regardèrent la lune s'élever au-dessus des murs noirs du château. Taniko joua encore deux mélodies et offrit encore du saké. Après avoir attendu aussi longtemps pour l'épouser, il aurait dû se montrer plus ardent.

Enfin il la prit par la taille, lui caressa le visage et les mains puis entreprit d'écarter ses robes. Elle se laissa faire et ressentit enfin un commencement de désir. Après tout, elle était chaste depuis longtemps et Hideyori ne manquait pas d'un certain attrait. Ils se laissèrent tomber ensemble sur le dos. Et voilà que les mains d'un homme parcoururent le corps de Taniko en éveillant doucement des sensations. En soupirant, elle caressa la tige d'ivoire qu'il pressait contre elle et écarta les cuisses. Pendant un moment Hideyori fut au-dessus d'elle, éclipsant la lumière de la lune. Puis il haleta et se raidit comme si une flèche le transperçait. Il se laissa tomber sur le flanc en respirant péniblement. Taniko attendit qu'il la prît mais il s'éloigna d'elle et resta allongé, le visage tourné vers la lune. Elle lui caressa la nuque puis glissa une main sous le col du kimono et lui massa les épaules. Crispés, les muscles d'Hideyori ne réagirent pas.

« Je ne vous plais donc pas, seigneur ? demanda-t-elle enfin.

— Ne dites pas de sottises », dit-il durement en lui tournant le dos. Sa grossièreté vexa Taniko. Qu'est-ce qu'il lui prenait donc, à cet homme ?

« Vous êtes trop empressée », dit-il tout à coup.

Exaspérée, elle répondit : « Je ne puis croire qu'un homme aussi expérimenté que mon seigneur puisse trouver quelque chose d'anormal dans ma conduite.

— J'ai peur de m'être trompé à votre sujet », dit-il en s'asseyant sur le fouton. Elle craignit qu'il ne s'en allât. En fin de compte elle ne serait pas l'épouse du shogoun et Sametono n'hériterait pas de ce titre. Tout l'avenir des Iles sacrées serait différent de ce qu'elle avait prévu, parce que quelque chose de mystérieux avait mal tourné au tout dernier instant. Devait-elle chercher à se le concilier, l'inciter à se coucher de nouveau près d'elle ou bien était-il trop tard ?

Elle s'assit, elle aussi. A cet instant, ses doigts perçurent l'humidité visqueuse de la couverture et elle comprit tout. Mais une chose pareille ne lui était jamais arrivée auparavant. A coup sûr Hideyori avait honte. Sans doute craignait-il qu'elle doutât de sa virilité. En lui parlant brutalement, il lui avait cherché querelle afin de trouver un prétexte d'échapper à sa gêne. Les conversations qu'elle avait eues avec d'autres femmes au cours des ans lui indiquèrent ce qu'elle devait faire. Mais le lui permettrait-il ?

« Excusez-moi, seigneur, souffla-t-elle. Je ne me suis pas présentée comme vous l'espériez, je m'en rends compte. Mais si vous me quittez maintenant, tout le château le saura. Permettez-moi de vous distraire encore par quelques chansons et de vous réchauffer avec du saké. Je vous prie de feindre que vous m'avez trouvée agréable, au moins cette nuit, sinon je serai la risée du pays.

— D'accord », dit Hideyori réalisant, lui aussi, qu'on se moquerait de lui s'il la quittait aussi rapidement. Taniko ralluma la lampe et posa la cruche de saké sur le brasero. Puis elle reprit son *samisen.* Elle joua et chanta plusieurs mélodies : les premières romanesques puis d'autres de plus en plus comiques et osées. Hideyori sourit à la dernière qui était franchement salace. Chants et saké agirent. Il se détendit. Elle s'approcha de lui et le caressa. Le kimono d'Hideyori était resté ouvert. Elle lui passa la main sur sa poitrine nue, d'abord, puis sur tout le corps. Avec douceur elle le poussa à se recoucher sur la couverture tout en continuant à le provoquer. Bientôt elle s'exclama d'admiration en constatant la vigueur de son désir. Satisfait de lui-même, il sourit. Jugeant que le moment propice était venu, elle s'allongea à son tour et lui demanda en murmurant de la pénétrer. Cette fois il lui fallut plus longtemps pour atteindre la cime. Il lui fallut même si longtemps que Taniko passa par trois fois au moment sublime avant qu'il eût terminé. Elle ne manqua évidemment pas d'exprimer son humble reconnaissance de femelle. Enfin, quand il se retourna sur le dos, les yeux clos, le visage serein et détendu, elle poussa un soupir de soulagement.

« Vous êtes une femme sage et compréhensive, Taniko-san », murmura-t-il, visiblement heureux. Il tourna la tête vers elle. « Votre visage, quand vous me regardez à cet instant, me rappelle celui de Kwannon que j'ai vue dans un temple où ma mère me conduisit dans mon enfance. Il fut un temps, quand j'étais très jeune, où je croyais que les statues de Kwannon étaient celles de ma mère. J'ai donc à cet instant l'impression que je devrais vous adorer, Taniko. Pardonnez-moi, s'il vous plaît, de vous avoir parlé durement tout à l'heure. Soyez ma Kwannon, ayez pitié de moi.

— Il n'y a pas à s'apitoyer, seigneur, lui dit-elle, en le trouvant étrange.

— Je veux que vous visitiez la grande *stupa* que j'ai fait construire en l'honneur de ma mère à notre sanctuaire familial dédié à Hachiman. Je suis sûr qu'elle vous plaira. »

Au bout d'un moment il s'endormit. Taniko considéra la figure d'Hideyori au clair de la lune qui s'était élevée dans le ciel. Au repos, c'était le visage banal d'un homme ordinaire, et non celui de l'homme qui avait conquis le pays du Soleil Levant et allait se lancer dans une autre guerre contre un ennemi bien plus puissant que tous ceux qu'il avait affrontés jusqu'alors.

« Laisse-moi tranquille, Yukio », grogna-t-il dans son sommeil.

Son frère vit encore en lui, pensa-t-elle, alors qu'Hideyori remuait les bras en gémissant. On ne peut donc jamais tuer quelqu'un vraiment. Elle s'allongea pour dormir, la tête posée sur son oreiller de bois : le compagnon de toute sa vie. Ni le passé ni l'avenir n'existaient mais leurs traces dans le présent étaient éternelles.

Le lendemain matin, avant de la quitter, Hideyori lui fit promettre de dire à ses parents qu'il l'avait tenue éveillée toute la nuit. Sa lettre du lendemain arriva à l'heure du serpent. Il s'y exprimait avec une simplicité qui paraissait sincère. Pas de poème avec cette lettre. Ryuichi et Chogao n'en furent pas moins enchantés. Encore deux visites nocturnes et la bénédiction d'un saint homme et Shima, Takashi, Muratomo seraient unis dans les personnes de Taniko, Sametono et Hideyori.

4

Les murs en planches du dojo — salle d'exercice des arts martiaux — au palais du shogoun retentissaient de cris juvéniles et de chocs violents. Sept garçons, de huit à quatorze ans, et un moniteur, tous vêtus d'amples kimonos et de pantalons longs, se lançaient farouchement les uns contre les autres, exécutaient des sauts périlleux, se tordaient bras et jambes avec une telle malice qu'en appuyant un peu plus ils se seraient brisé les os. Assis à une extrémité de la longue pièce nue, Shima Munetoki observait tout sans rien dire. Invitée par lui, Taniko assistait à la classe, derrière un écran, sur un balcon. Depuis plus de six mois, Munetoki ne s'était pas rendu au dojo. Les jeunes élèves, tous fils des familles les plus éminentes de la Province Orientale, étaient prêts à s'entretuer, voire à risquer leur vie, pour montrer à leur senséi combien ils avaient fait de progrès pendant qu'il combattait les Mongols à Kiou Siou.

Munetoki avança au milieu des enfants, ses épaisses moustaches hérissées au coin de la bouche. « Attaquez-moi », ordonna-t-il. Les sept gamins et leur moniteur formèrent un demi-cercle devant lui. L'honneur de combattre le premier en sa qualité de fils adoptif du shogoun revint à Sametono. Il se lança sur Munetoki en poussant un cri sauvage. Paraissant à peine remuer, le grand samouraï Shima envoya l'enfant de neuf ans tournoyer en l'air. Il sembla à Taniko que son cœur s'arrêtait de battre. Sametono tomba sur les épaules, se retourna vivement sur la natte d'herbes tressées et se redressa en souriant. Au moins il tombe bien, pensa Taniko. Seuls ou à plusieurs, les garçons attaquèrent Munetoki qui les lança dans toutes les directions. Le jeune instructeur fut le dernier à charger. Il chercha à frapper Munetoki d'un coup de poing à la tête. Le samouraï l'expédia à l'extrémité de la pièce. Puis, sur son ordre, toute la classe se divisa en deux rangs qui s'agenouillèrent face à face. Il se tint à une extrémité de la ligne, les mains sur les fesses, le regard alerte. Ayant appris d'Eisen que ni les louanges ni les critiques ne sont utiles aux élèves, il se contenta de les regarder férocement. Enfin, il désigna Sametono du doigt. « A quoi penses-tu ? » demanda-t-il.

Le jeune garçon soutint sans crainte le regard de son vigoureux cousin. « Senséi, je me demandais si vous nous feriez l'honneur de nous raconter ce qu'il est arrivé à Kiou Siou. Soyez assez bon pour excuser mon impertinence.

— Tu es impertinent, en effet, jeune Sametono, dit durement Munetoki.

— Je vous en prie, senséi, cela nous inciterait à mieux faire », dit Sametono. Enhardis par sa franchise, les autres élèves insistèrent en chœur pour que Munetoki leur raconte sa campagne.

« Eh bien, taisez-vous et écoutez respectueusement, dit-il. Je vais vous parler du courage des guerriers des Iles sacrées lorsqu'ils affrontèrent les envahisseurs barbares. »

Il s'assit, les jambes croisées sur la natte. Taniko fut ravie. Hideyori l'avait tenue au courant du déroulement de la guerre avec les Mongols mais elle était heureuse d'en entendre parler par quelqu'un qui avait pris part en personne aux opérations.

« Nous savions que les trois mille cavaliers d'Arghun rôdaient quelque part dans les montagnes au nord de la capitale, dit-il. Au quatrième mois, le seigneur Hideyori a dépêché de Kamakura une armée de cinq mille hommes. Le commandement m'en a échu bien que je ne le mérite guère. A partir du cinquième mois, nous campions au nord de la capitale. Au même moment, le shogoun envoyait vingt mille hommes sur la terre d'Oshu, afin de punir Fujiwara no Yerubutsu d'avoir assassiné le lieutenant Yukio.

« Craignant que les Mongols ne nous surprennent si nous ne les attaquions pas, nous avons fait prudemment mouvement vers les montagnes. Il n'y restait que les cendres fumantes des villages que l'ennemi avait traversés. Pas âme qui vive. Un itinéraire tortueux nous amena de plus en plus profondément dans les montagnes. Après deux mois de poursuite, la fortune nous a souri. Notre armée revenant d'Oshu, où elle avait remporté une victoire facile, approchait, prenant l'ennemi à revers. A la mort du vieil Hidehira, quelque chose s'était détraqué au pays d'Oshu. Les guerriers ne voulaient pas combattre pour Yerubutsu. Un de ses propres hommes l'a assassiné et nous a apporté sa tête. Évidemment, le seigneur Hideyori fit décapiter ce traître car nul ne doit violer le serment fait à son seigneur.

« Le retour d'Oshu de vingt mille guerriers nous rendait dix fois plus nombreux que les Mongols. Nous les poursuivîmes dans un méandre de routes en lacets. Puis, au début de l'automne, ils cessèrent de décrire des cercles en montagne et s'orientèrent vers le sud. Nous savions où ils allaient : nous avions appris qu'une flotte d'invasion du Grand Khan avait quitté la Corée, cap sur Kiou Siou. L'armée d'Arghun entreprit une longue marche à travers nos provinces occidentales vers la mer Intérieure. Quand ils atteignirent les ports à l'extrémité ouest de cette mer, ils détruisirent tout et massacrèrent tout le monde, sauf les équipages des bateaux dont ils avaient besoin pour se rendre à Kiou Siou. Quand nous y débarquâmes à notre tour, Arghun et ses hommes avaient déjà rejoint, à la baie d'Hakata, l'armée d'invasion du Grand Khan. »

Taniko se rappela le choc qu'elle avait éprouvé en apprenant que l'armée de Koubilay khan prenait pied dans la baie d'Hakata où Kiyosi était mort, où Yukio et Jébu s'étaient embarqués pour la Chine longtemps auparavant. Peut-être l'esprit de Kiyosi y était-il encore et protégeait-il le pays du Soleil Levant ?

« En arrivant à la baie, nous vîmes la flotte du Grand Khan qui était ancrée au large. Il s'agissait de navires coréens réquisitionnés par les Mongols. Il y en avait plus de mille de toutes sortes : petites galères côtières ou grandes jonques à sept mâts capables de transporter une centaine d'hommes avec leurs chevaux. L'armée ennemie campait sur la côte. Nous y arrivâmes le soir. Les premiers combats étaient déjà finis.

D'après le nombre des feux de camp, nous évaluâmes à quelque trente mille les effectifs des envahisseurs. Les gens de Kiou Siou avaient failli être écrasés.

« Dès le lendemain, j'affrontai les Mongols pour la première fois. Ce fut un combat acharné et répugnant. L'ennemi utilisait des machines qui jetaient d'énormes pierres sur nos fortifications de fortune. Il y avait aussi des arcs géants qui tiraient des flèches grosses comme des lances. Mais le pire c'était une arme terrible : le *hua pao* qui projette des boulets sur nos guerriers ; ces boulets éclatent avec un bruit de tonnerre et crachent le feu et des morceaux de fer dans toutes les directions. Ces *hua pao* firent pleuvoir des milliers de boules de feu sur nos hommes. Nous subîmes de lourdes pertes. Nos chevaux furent pris de panique. Une fumée noire empestait comme les Huit Enfers brûlants. Ignorant tout des méthodes de combat des Mongols, nombre de nos plus nobles combattants se précipitèrent en avant pour défier l'ennemi en combat singulier. Les Mongols massacrèrent de loin ces vaillants samouraïs avec leurs flèches. Ils se servirent aussi de flèches empoisonnées qui tuèrent nos hommes par centaines. A maintes reprises, les Mongols chargèrent de-ci de-là, pour briser nos lignes. Avec les rochers de leurs machines et les boulets des *hua pao,* ils taillèrent des brèches dans nos retranchements de terre. Nous les remplîmes avec nos corps, courant follement de-ci de-là, pour repousser les envahisseurs.

« A la fin du deuxième jour de combat, nous étions épuisés. Il nous paraissait que nous devions continuer à combattre jusqu'à notre extermination, tout en espérant l'arrivée de renforts. Cette nuit-là nous priâmes. Les prêtres passèrent et repassèrent parmi nous, en portant leurs autels et en chantant. Ils chassaient aussi l'odeur des *hua pao* en faisant brûler de l'encens.

« Nous sentîmes une autre odeur cette nuit-là : celle de la pluie. L'air devint froid et humide. Nous nous enroulâmes dans nos couvertures et grelottâmes derrière nos retranchements de terre. Des éclairs sillonnèrent les nuages et le tonnerre gronda comme les boules de feu mongoles. La pluie tomba avant l'aurore, à l'heure du tigre. Elle se changea en averse, les gens de Kiou Siou l'accueillirent avec des cris de joie. Nous autres, guerriers de l'Est, ne comprenions pas pourquoi. Le vent se leva et fit plus de bruit que cent mille flèches à tête sifflante.

« Ce jour-là, il n'y eut pas d'aurore. L'obscurité de la nuit se prolongea dans la matinée et on ne vit à peu près clair qu'à l'heure du dragon. Même alors, nous ne pouvions voir bien loin au-delà de nos retranchements. Le vent souffla de plus en plus fort, déchiqueta ou arracha des arbres, jeta des hommes au sol. Les poutres des maisons de la côte passèrent au-dessus de nos têtes. J'ai vu le toit de tuile d'un temple d'Hakata s'envoler et flotter comme un cerf-volant puis se disperser en mille morceaux. La mer monta en rugissant sur la plage.

Des nuages d'écume atteignirent nos retranchements. De temps en temps, vent et pluie se calmaient suffisamment pour que nous voyions la côte et la baie. Les vagues s'élevaient aussi haut que Fuji-san et déferlaient dans toutes les directions. Tassés les uns contre les autres, en petits groupes, avec leurs chevaux, les envahisseurs s'étaient dispersés sur la plage. Leurs tentes et leurs grandes machines avaient été balayées. Plus effrayés par la tempête que par l'ennemi, nous restions tapis contre nos remparts boueux en priant pour que les dieux nous épargnent la noyade.

« L'orage cessa le lendemain matin. Les Mongols et leur flotte avaient disparu. Planches, poutres, épaves flottaient sur la baie d'Hakata. Tout le long de la plage incurvée, les coques brisées des jonques avaient été précipitées à la côte par l'ouragan. Avec des cris de joie, nous nous précipitâmes vers l'océan. Les derniers envahisseurs se cachaient dans les ruines d'Hakata et des villes entourant la baie. Avant de les passer au fil du sabre, nous les interrogeâmes. Les patrons coréens des bateaux avaient mis en garde les chefs mongols contre l'ouragan, un de ces phénomènes naturels que les Chinois appellent *taï-phun,* et leur avaient assuré qu'ils risqueraient moins en haute mer que près de la côte. Nous apprîmes plus tard que le gros de la flotte avait coulé et que treize mille Mongols avaient péri noyés. »

Munetoki cessa de parler et resta assis, les mains sur les cuisses, perdu dans le souvenir des spectacles épouvantables qu'il avait vus. Les gamins étaient immobiles, les yeux fixés sur la natte. Taniko vit des larmes couler sur leurs joues fraîches et lisses.

Sametono fut le premier à prendre la parole. « *Senséï,* croyez-vous que les Mongols reviendront ? demanda-t-il.

— Ils reviendront, répondit gravement Munetoki. Ce sera peut-être l'an prochain ou dans quelques années mais je crois qu'ils reviendront et en plus grand nombre. Nous devons nous tenir prêts. Remercions les dieux de nous avoir donné un chef grand et sage, le seigneur shogoun Muratomo no Hideyori, qui mobilisera la nation pour qu'elle se défende.

— J'espère que lorsque les Mongols reviendront, je serai assez âgé pour les combattre », dit Sametono avec enthousiasme.

Taniko en éprouva un coup au cœur, tout en sachant qu'une mère de samouraï aurait dû en être fière.

Munetoki se leva, gigantesque au-dessus du petit groupe d'élèves. Il se tourna brusquement vers le moniteur.

« Tout bien considéré, dit-il, ces enfants ne sont pas mauvais. Continuez à les entraîner. » Le visage du moniteur rayonna. Munetoki s'inclina en direction de Taniko et sortit du dojo.

5

Extrait du journal intime de Shima Taniko

Y a-t-il vraiment dix-sept ans que je n'ai plus vu Heian Kyo ? La capitale a durement souffert ces dernières années : guerre civile, incendies, séismes, épidémies, famines. Plus de la moitié des bâtiments ont été détruits et rebâtis. Ce n'est plus la ville féerique où je suis venue avec Jébu il y a si longtemps. Mais la fille qui la vit ainsi n'existe plus.

Les Mongols repoussés, Hideyori décida de rendre solennellement visite à la capitale. Nous voyageâmes sur la Tokaïdo avec trois mille samouraïs montés et le double à pied. J'aurais préféré faire le trajet à cheval, comme dans ma jeunesse, mais Hideyori fut intraitable : la femme du shogoun ne peut voyager qu'en palanquin fermé. Quant à lui, il chevaucha son étalon blanc ombrageux, Fleur de prunier. Il a du mérite car il y est aussi à l'aise que je le serais sur le dos d'un éléphant. Mais la population s'alignait sur la Tokaïdo pour voir le shogoun, et Hideyori estimait qu'il devait se montrer dans la tenue et l'attitude du guerrier. Sametono ne nous a pas accompagnés. Il nous a suppliés de le laisser à Kamakura. J'ai cédé, sachant combien le souvenir du Rokuhara le terrifiait.

La visite d'Hideyori bouleversa la cour impériale. Il révoqua de toutes les situations de prestige les membres des familles Fujiwara et Sasaki, depuis le régent jusqu'au plus humble fonctionnaire. Il les remplaça par des hommes d'un lignage moins ancien mais qu'il considérait comme plus dignes de confiance et surtout qui lui devraient tout. Il prit aussi des mesures contre les moines guerriers et persuada le Grand Conseil d'État de publier un édit interdisant aux moines bouddhistes et shintoïstes de porter des armes. Quant aux zinjas, leur ordre a été complètement dissous. Je comprends qu'il ait voyagé sous forte escorte.

Pourtant, mon seigneur paraît craindre les fantômes plus que les moines guerriers. Depuis notre mariage je n'ai guère eu de nuit paisible. Il ne cesse de se réveiller en hurlant, couvert de sueur froide. Il semble que toute sa famille le poursuive dans ses rêves : pas seulement Yukio mais son père, le capitaine Doméi, son grand-père, ses oncles et divers ancêtres illustres. Il ne croit pas qu'il s'agisse de rêves mais d'apparitions de fantômes. Je ne comprends pas pourquoi sa famille le persécuterait alors qu'il a donné au clan Muratomo plus de gloire et de puissance qu'il n'en avait jamais eu jusqu'alors. Après chacun de ces rêves, seule l'union de nos corps lui rend la paix de l'esprit. Force m'est d'ajouter, mais seulement dans ce journal intime, qu'il est trop souvent incapable de satisfaire ses désirs.

Grâce à mon réseau personnel de samouraïs et de domestiques, j'ai appris que Shizumi, la courageuse maîtresse de Yukio, s'est retirée dans un couvent à une demi-journée d'ici. Il faut que je sache pourquoi elle a si brusquement quitté Kamakura.

Autre chose : en qualité de veuve d'Horigawa, j'hérite non seulement de la plus grande partie de ses biens mais aussi de ses papiers personnels. Sa famille les a confiés au monastère Kofukuji à Nara. Je les ai envoyé chercher. L'idée de lire des documents écrits de la main de cet homme me donne la chair de poule. Mais il y a sûrement beaucoup à apprendre dans ces papiers ainsi que des histoires fascinantes, voire scandaleuses, à lire.

Troisième mois, vingtième jour
ANNÉE DU PORC

Le couvent de Jakko-in se trouvait sur les collines d'Ohara au nord d'Heian Kyo. Par souci des convenances, Taniko s'y fit conduire en chaise à porteurs fermée. Le temple lui-même était un bâtiment ancien au toit de tuile délabré, près d'un étang entouré de vieux arbres superbes. Sur les collines alentour, quelques huttes se tapissaient à l'ombre des pins et des chênes. Taniko n'y allait pas sans inquiétude. Bien des femmes qui s'y étaient cloîtrées appartenaient à la famille Takashi. Sans doute éprouveraient-elles des sentiments hostiles envers une personne favorisée par le même tour de roue karmique qui les avait abaissées.

Elle rendit d'abord hommage à la grande statue en bois d'Amida, le Bouddha de Lumière illimitée, à l'intérieur du temple. Puis elle se présenta à l'abbesse, se renseigna sur Shizumi. On l'envoya au sommet d'un escalier de pierre qui décrivait une spirale sur une pente herbeuse. Elle ne tarda pas à voir apparaître Shizumi portant un panier d'azalées sauvages.

Taniko suivit la jeune femme jusqu'à sa hutte : une pièce unique entourée de tiges de bambou. Des papiers de couleur étaient cloués sur les écrans *shoji*. Shizumi y avait calligraphié des versets de soûtra qui reflétaient son esprit de danseuse. Elle avait vieilli, et ne s'était pas encore rasé la tête. Le bas de ses robes s'effilochait. Taniko constata la présence d'un seul objet de quelque valeur dans la hutte : un *samisen* accroché au mur.

« En jouez-vous souvent ? demanda-t-elle.

— Hélas, l'humidité l'a endommagé, répondit Shizumi en souriant tristement. Mais je le garde en raison de l'amour et de l'art avec lesquels il a été fait.

— Pourquoi avez-vous quitté Kamakura sans m'en prévenir ? Vous auriez pu vivre chez moi. » A travers la brume du temps Taniko revit la belle jeune femme frêle qui avait dansé en robe blanche devant Hideyori.

« J'aurais provoqué la ruine de quiconque m'aurait protégée, répondit Shizumi. Je portais le fils de Yukio. »

L'épouvante serra le cœur de Taniko lorsqu'elle posa une question dont elle n'aurait pas voulu connaître la réponse. « Qu'est-il arrivé à votre bébé ?

— Je ne veux pas en parler, dame. Excusez-moi, je vous prie. »

Taniko serra vigoureusement les deux mains de la jeune femme dans les siennes. « Vous devez me le dire. Il le faut.

— Mon enfant ne vous était rien, dame. S'il vous plaît, ne vous en souciez pas.

— Shizumi, ma première enfant fut arrachée de mes bras et noyée. Je suis sensible au sort des nouveau-nés. »

Des sanglots secouèrent les minces épaules de Shizumi. « Quand vint le temps de le mettre au monde, je m'enfuis du palais du shogoun. Je me réfugiai dans une grotte proche de la plage. J'y vécus seule. L'accouchement fut affreusement pénible mais je mis au monde un fils vivant. Sans doute l'entendit-on crier. Des samouraïs arrivèrent à cheval à l'entrée de la grotte. Ils s'emparèrent de mon enfant. » Les sanglots étouffèrent Shizumi pendant un moment. « L'un d'eux prit mon bébé par les chevilles et lui brisa la tête contre la paroi de la caverne.

— Oh, non ! oh, non ! » Taniko étreignit Shizumi et elles pleurèrent ensemble. « Savez-vous qui a fait cela ?

— Excusez-moi, dame, je ne veux pas vous le dire.

— J'insiste pour le savoir, Shizumi-san. Quel que soit le coupable, je veillerai à ce qu'il soit châtié. Je ne suis pas impuissante, Shizumi. Je suis la femme du shogoun. »

Shizumi s'écarta d'elle et la considéra d'un regard égaré. « Excusez-moi de vous le dire, dame. Je vous suis obligée et vous insistez. C'est votre mari. Le shogoun. »

Taniko eut l'impression de recevoir un coup de poignard au cœur. « Pas Hideyori, souffla-t-elle. Il ne tue pas les nourrissons. »

Shizumi serra la main de Taniko. « Oubliez ce que je vous ai dit. Y penser ne vous fera aucun bien. Mieux vaudrait ne pas me croire. »

Taniko secoua la tête. Stupéfaite et affligée, elle était convaincue que Shizumi disait la vérité. Sogamori avait laissé vivre Hideyori et Yukio parce qu'ils étaient tout jeunes mais ces deux garçons avaient grandi et vaincu la famille Takashi. Hideyori n'était pas homme à commettre la même erreur. Taniko essuya ses larmes avec sa manche.

« Vous m'avez rendu grand service, Shizumi-san, dit-elle. On ne blesse jamais personne en lui disant la vérité. »

Elle resta à bavarder avec la pâle jeune femme jusqu'à ce que la cloche du Jakko-in annonce le coucher du soleil. Alors elle prit congé, appela ses porteurs et se fit ramener à la capitale. De retour à son appartement au Rokuhara, elle fit envoyer dix de ses robes au monastère pour Shizumi. Puis elle se dirigea vers les coffres contenant les papiers d'Horigawa.

Ces documents lui avaient été remis par un prêtre du Kofukuji, temple largement doté pendant des siècles par la famille Sasaki. Elle n'avait pas encore dit à Hideyori que ces papiers étaient entre ses mains. Après avoir entendu l'histoire de Shizumi, elle décida de n'en pas parler. Ce soir-là, il conférait avec les commandants militaires des provinces centrales afin d'organiser la défense de la capitale en cas de nouvelle attaque mongole. La réunion durerait probablement jusqu'à une heure avancée de la nuit et, à son retour, Hideyori ne la convoquerait vraisemblablement pas. Elle alluma une lampe et dit à ses servantes qu'elle ne voulait pas être dérangée.

Six coffres de cèdre, laqués de rouge et ornés de feuilles de sagittaire peintes en or, s'alignaient devant elle. A tout hasard elle décida de commencer par celui de droite. Prendre un rouleau d'Horigawa lui donna l'impression de toucher un aliment empoisonné mais l'odeur du cèdre l'aida à surmonter son horreur. Les détails de la vie du prince et de ses activités pendant plus de soixante-dix ans l'absorbèrent. Presque tous les textes étaient écrits en chinois, la langue littéraire de la vieille noblesse. Taniko trouva des notes adressées à d'autres dignitaires de la cour, des copies de poèmes, des rapports d'espions, des arbres généalogiques, des listes de fleurs et de racines qui devaient être jugées à des concours de l'aristocratie, des contrats de commerce, des inventaires de biens : terres, bijoux, vêtements. Il y avait aussi des lettres menaçantes rédigées avec la plus extrême courtoisie par d'autres aristocrates à qui Horigawa devait de grandes quantités de riz et de soie. Taniko comprit que son mari était très endetté avant leur mariage. Des terres qu'il possédait loin de la capitale avaient fourni de maigres récoltes et les réceptions qu'il donnait pour se pousser dans le monde l'avaient obligé à emprunter. Shima Bokuden, comme elle l'avait toujours soupçonné, avait tiré d'affaire le prince en échange de l'amitié des Sasaki et des Takashi ainsi que d'un époux titré pour sa troisième fille. Les lettres de son père à Horigawa lui parurent d'une obséquiosité écœurante.

Certains des papiers qu'elle trouva auraient provoqué un scandale si leur teneur avait été divulguée. Une collection de lettres révéla qu'Horigawa et Chia Ssu-tao, le chancelier de l'empire Soung, traitaient secrètement avec les Mongols, chacun trahissant son pays dans son propre intérêt. Ces lettres indiquaient qu'Horigawa s'était rendu au camp de Koubilay khan où il avait abandonné sa femme et qu'il agissait alors en tant qu'intermédiaire entre le Grand Khan et le chancelier chinois qui voulait livrer l'empire Soung aux Mongols. Une des lettres précisait que, parmi les cadeaux offerts par Horigawa au chef mongol, il y aurait « une courtisane accomplie et expérimentée de notre capitale, belle jeune femme ; elle est aussi volage et elle a mauvais caractère mais les officiers mongols se plaisent à dompter les créatures sauvages, me dit-on ». Taniko serra les poings et dut se retenir pour ne pas déchirer ce rouleau en menus morceaux.

Longtemps après minuit, elle découvrit un véritable trésor. Sur un rouleau, daté de l'année du dragon, elle lut :

Huitième mois, vingt-cinquième jour

Les dieux ont livré les Muratomo entre mes mains. Toutes les têtes étant tombées, il ne restera plus que Doméi. Sogamori sera mon arme contre lui.

Elle déroula vivement le feuillet et en parcourut les colonnes de haut en bas. Horigawa écrivait en caractères précis mais serrés. Il s'agissait d'un journal intime écrit en termes crus, en langue du pays du Soleil Levant dans laquelle il était évidemment plus facile à Horigawa d'exprimer ses pensées les plus subtiles.

Elle parcourut les rouleaux en quête des plus récents. Enfin, elle arriva à celui qu'Horigawa avait dû écrire le dernier. Il commençait cinq années auparavant. Le prince se réjouissait des compromissions maladroites de Yukio avec la cour. En acceptant l'ancien titre de lieutenant de la garde palatine, il avait suscité la rage de son frère Hideyori qu'Horigawa avait d'ailleurs prévenu personnellement. Elle s'affligea en suivant les détails de la chute de Yukio et des intrigues d'Horigawa pour aggraver l'inimitié entre les deux frères. Enfin le prince racontait que Yukio avait fui la capitale, qu'il avait cherché à s'embarquer, qu'une tempête avait détruit ses navires et qu'il avait disparu pour reparaître par la suite en Oshu. Arriva un passage remontant à l'année du coq, et Taniko en eut le souffle coupé.

Onzième mois, quatorzième jour

Rendu visite au shogoun en son palais. Il m'ordonne d'aller au pays d'Oshu pour persuader Fujiwara no Yerubutsu de laisser le général mongol Arghun franchir sa frontière afin de tuer Yukio et ses derniers partisans. « Dites à Arghun que Yukio et tous ceux qui l'accompagnent doivent être exécutés sur-le-champ et que leurs têtes me soient envoyées afin que je les identifie », m'a-t-il dit. Je lui demandai : « Ne vaudrait-il pas mieux arrêter Yukio et l'amener ici à Kamakura pour être jugé afin que tout le monde connaisse vos griefs légitimes contre lui ? » Il a repoussé cette suggestion en disant : « Yukio est sympathique à bien des gens qu'une décapitation publique indignerait. Qu'il meure obscurément dans une région lointaine du pays et on l'oubliera rapidement. » Ainsi périra le seul général capable de repousser les Mongols.

Taniko examina le rouleau à la lueur vacillante de la lampe. Hideyori lui avait affirmé qu'Arghun avait eu l'ordre d'arrêter Yukio. Il avait menti car Horigawa n'avait aucune raison de travestir la vérité dans un journal destiné à ses seuls yeux. La note suivante, rédigée à Heian Kyo, portait la date du second mois alors que Yukio et Jébu étaient déjà morts. Taniko pleura en lisant les détails de l'ultime rencontre entre Horigawa d'une part et Yukio et Jébu d'autre part, au flanc d'une montagne au pays d'Oshu :

[...] *en vérité, bien qu'Arghun ait passé des années dans notre pays, il ne comprend pas les sentiments des samouraïs envers l'empereur. Dès qu'il suggéra à Yukio qu'il pourrait supplanter Sa Majesté, il perdit la partie et je m'en réjouis. Par la suite je connus la plus grande joie de ma vie en voyant la rage frustrée du moine Jébu quand il se précipita vers moi les mains nues et fut immobilisé par Arghun et Torluk. S'il est quelqu'un au monde dont je désire la mort plus que je ne souhaite survivre, c'est bien cet abominable zinja. Au cours de mon retour à la capitale, un messager m'a rattrapé et appris sa mort. Il tomba percé d'innombrables flèches mongoles dans la gorge au-dessous du camp fortifié de Yukio. Les gens d'Oshu ramassèrent sa tête ainsi que celle de Yukio et les envoyèrent à Kamakura. Bon débarras, enfin.*

Taniko laissa tomber le rouleau et ferma les yeux, bouleversée par des bouffées de rage et de chagrin. Elle détestait déjà Hideyori parce qu'il avait tué l'enfant de Shizumi. Mais ça, c'était pire. Elle voyait combien elle s'était trompée sur celui dont elle avait fait son mari. Par souci d'assurer la sécurité de Sametono et par appétit de pouvoir, elle s'était liée aveuglément à Hideyori et l'avait cru. Elle s'en voulait surtout à elle-même. A force de sangloter, elle tomba sur le plancher et le frappa à coups de poing. Arrachée au sommeil par les gémissements de sa maîtresse, une servante aux paupières lourdes et au regard inquiet entrouvrit la porte de la chambre. Taniko la chassa à grands cris. Méditant, allongée par terre, elle vit clairement le seul moyen qui lui restait d'échapper au piège dans lequel elle s'était prise elle-même : affronter fermement Hideyori et lui révéler tout ce qu'elle avait appris. Feindre l'ignorance pour préserver son union avec le shogoun serait insupportable.

Etonnée par une résolution aussi subite, elle se demanda : comment puis-je trouver aussi facilement ce que je dois faire ? Bien que je n'aie pas atteint la lumière, des années de méditation m'ont transformée. Ma résolution me vient du visage que j'avais avant ma naissance. Pendant un moment, elle crut avoir répondu à sa *kung-an.* Mais quand elle tâtonna mentalement en quête de la perspicacité définitive, elle ne parvint pas à la saisir, encore moins à l'exprimer en paroles.

« Ce que vous m'avez dit au sujet de la manière dont mourut mon fils doit aussi être un mensonge, sans doute.

— Tout s'est passé comme je l'ai dit. J'ai seulement omis un détail. Quand Jébu eut fait Atsue prisonnier, ce dernier attaqua le moine avec son *kadochi*. Yukio a tué Atsue pour sauver Jébu. Il ne savait pas qu'il avait affaire à votre fils et il ne l'a appris que par la suite. »

Ce fut le point de non-retour, pensa Taniko. C'est à ce moment-là que dans mon cœur je rompis avec Jébu, sinon je n'aurais pas épousé Hideyori. Or c'était un mensonge. Hideyori avait donné ces précisions d'une voix tranquille, aussi distraitement que s'il racontait une anecdote anodine. Taniko se couvrit le visage des deux mains. Elle se trouvait sur un sentier pavé, au milieu d'un jardin du Rokuhara, le dos tourné à Hideyori. Ils avaient choisi de s'entretenir ainsi, en plein air, pour que personne ne surprenne leurs propos. Hideyori lui posa la main sur l'épaule. Elle fit vivement un pas en avant pour s'en débarrasser.

« Vous vous êtes servi de la mort de mon fils pour discréditer Yukio et Jébu. Vous m'avez menti en prétendant que vous n'aviez pas désiré le massacre des enfants Takashi. Vous avez tué le nouveau-né de Shizumi de vos propres mains. Vous m'avez menti en prétendant que vous aviez seulement voulu faire arrêter Yukio et Jébu. Vous aviez donné ordre de les abattre sur-le-champ. Pourquoi avez-vous agi ainsi ? » Elle pivota sur elle-même pour faire face à Hideyori, lui montrant son visage ravagé et couvert de larmes.

Le regard inexpressif, Hideyori déclara : « Vous ne m'auriez pas épousé si vous aviez su la vérité.

— Espériez-vous que je ne la découvrirais jamais ! » Elle vit sa propre image se refléter dans les yeux insondables de son mari.

« Vous êtes ma femme maintenant, dit-il. Nos destinées sont liées. Votre devoir vous impose d'assurer mon bien-être. Je n'ai rien fait d'inutile. J'entends que vous compreniez ces choses de la même manière que moi. »

Elle fut stupéfaite. « Vous pensiez que mes obligations d'épouse m'empêcheraient de vous haïr ? » Elle prononça ces mots d'une voix de plus en plus aiguë.

Il lui répondit, sans se départir de son calme. « Oui. Je pensais qu'étant mariée avec moi, vous apprendriez à me comprendre. Vous m'avez dit de tuer Horigawa et ensuite vous ne me l'avez pas reproché. Pourtant je l'ai fait périr pour la même raison que ceux dont la mort vous bouleverse : ils étaient tous mes ennemis.

— Horigawa vous a trahi. Mais quel mal vous firent Yukio et n'importe lequel des petits enfants massacrés à Heian Kyo ? »

Hideyori la prit par les épaules et la fixa droit dans les yeux : autant regarder un ciel nocturne qui a perdu toutes ses étoiles.

« Leur seule existence menaçait la sécurité de l'empire, dit-il. Voilà ce qui en faisait mes ennemis. »

Cet homme est fou, pensa Taniko. S'il ne l'est pas tout à fait, il y a sûrement une graine de démence dans les idées qui l'ont poussé à tuer des centaines d'innocents. « N'importe qui peut devenir à tout moment une menace contre l'empire », dit-elle.

Il éclata de rire. « Ne dites pas de sottise. Des millions de gens constituent la nation mais ceux qui peuvent la menacer sont comme une poignée de riz comparée à la récolte d'une année. Taniko-san, pensez aux innombrables malheureux qui périrent dans la guerre des Dragons, des plus misérables paysans aux aristocrates du rang le plus élevé. S'il faut tuer quelques personnes pour empêcher une autre guerre d'éclater, ce sacrifice n'est-il pas justifié ? »

Elle ne répondit pas. Les doigts d'Hideyori tapotèrent la poignée en argent de son long sabre. Il se retourna et plongea son regard dans un bassin où tournoyaient des poissons rouges. Ce qu'il y a de plus effrayant en lui, pensa Taniko, c'est qu'il paraît sensé. Il s'exprime avec calme comme si ses propos n'avaient rien de monstrueux. Il y a pire encore : si je l'écoutais assez longtemps, je pourrais en arriver à croire qu'il a raison.

« Je ne m'étonne pas, dit-elle enfin, que les membres de votre famille hantent vos rêves. »

Il se retourna vers elle. Son air de froide assurance fit place à l'angoisse. « Vous seule savez que je souffre chaque nuit pour avoir fait mon devoir afin de préserver la paix de l'empire. Vous seule pouvez me réconforter. J'espérais que vous comprendriez. Vous avez connu bien des gouvernants. Vous assimilez admirablement les affaires d'État. Comment se fait-il que vous me condamniez maintenant ? »

Taniko éleva les mains en un geste d'impuissance désolée. « Il y a bien des manières de gouverner, souffla-t-elle.

— Chaque fois que j'ai tué ou ordonné la mort de quelqu'un, j'étais certain d'avoir raison. Vous devez sûrement vous en rendre compte. » Son expression changea de nouveau et la colère crispa son visage. « Je sais ce qui obscurcit votre esprit contre moi. C'est le moine guerrier, Jébu, le zinja. Il a été votre amant, n'est-ce pas ? »

Taniko baissa la tête et dissimula son visage derrière ses manches en sentant des larmes monter à ses yeux. « Oui », murmura-t-elle.

Le regard d'Hideyori retourna au bassin des poissons rouges. « Même parmi les zinjas, aucun autre moine n'est devenu aussi légendaire que lui. Il aurait pu m'être précieux. Mais son ordre l'a assigné à Yukio avec qui il devait mourir. Et maintenant il vient, aussi, me hanter dans mon sommeil.

— Vous ne me l'avez jamais dit.

— Pour une bonne raison. Je vous ai toujours soupçonnée de

l'aimer encore. Je sais ce qu'il s'est passé entre vous. Horigawa me l'a raconté et m'a même parlé du nourrisson qu'il a tué. C'est pourquoi la folie vous emporte chaque fois qu'il me faut prendre la vie d'un enfant, n'est-ce pas ? De même que je ne pouvais pas vous épouser du vivant d'Horigawa, nous ne pouvions pas nous marier tant que vivrait Jébu, car je savais ce qu'il représentait pour vous. »

Jébu était donc mort à cause des soupçons, de la jalousie et de la folie de cet homme. Taniko sentit une vague de haine la submerger. Hideyori se rapprocha d'elle, lui prit le menton pour lui relever la tête afin qu'elle le regarde dans les yeux.

« Allons, Taniko-san... Près de moi vous gouvernez les Iles sacrées. Vous n'allez tout de même pas tout gâcher pour ce moine à demi barbare. »

Elle essaya de rejeter la tête en arrière mais il lui serrait le menton et amena son visage tout près d'elle ; elle sentit son haleine sur ses joues. La haine de Taniko éclata. Elle plia un genou et tendit la main pour saisir son chausson de satin. Avant qu'il eût le temps de parer, elle le frappa au visage. Il s'éloigna d'un bond et porta vivement la main à son sabre. Dans un pays où la propreté fait partie de la religion, il n'y avait pas de pire injure que de frapper quelqu'un avec une chaussure. Le sabre à demi dégainé, Hideyori se retint en tremblant.

« Si je vous tuais maintenant, je devrais en répondre à votre famille. J'ai encore besoin du soutien des Shima et il ne faut jamais aller trop loin, même avec un capon comme votre père. Je le consulterai avant de décider de votre sort. Vous êtes en état d'arrestation. Je vous interdis de quitter votre appartement. A mon retour à Kamakura, je verrai ce que j'ai à faire de vous ainsi que du rejeton des Takashi que vous m'avez persuadé d'adopter. » Il rengaina brutalement son sabre. « Si vous vouliez faire de moi votre ennemi, vous avez réussi. Nous ne vivrons plus comme mari et femme. Je n'accorde jamais de pardon à ceux qui m'insultent. Je vous croyais sage, Taniko. Or je vois que vous êtes stupide. Vous avez tout perdu. »

Elle se tint droite et le regarda fixement se frotter la joue avec la manche de sa robe noire. « Vous ne me connaissez pas du tout, Hideyori, si vous vous imaginez que je regrette ce que j'ai dit ou fait. J'aimerais mieux mourir que de vous rester soumise. »

Hideyori plissa les paupières. « Je vous interdis de vous suicider. En tant que votre seigneur, j'ai sur vous le droit de vie ou de mort. »

Elle plongea la main sous son kimono et en tira la petite dague dont elle ne se séparait jamais. « J'aurais pu vous tuer au lieu de vous gifler avec mon chausson. J'ai fait ce que je préférais. Si je ne me tue pas, c'est aussi en vertu de ma volonté. »

Hideyori blêmit d'abord puis sourit. « Si vous vous suicidez, Sametono mourra aussi... Dans les affres. »

Ébranlée, elle se tut. La satisfaction de l'emporter dans une joute verbale pourrait coûter trop de souffrances à ceux qu'elle aimait. A part cela, elle n'avait pas peur et ne se reprochait rien. Elle éprouvait au contraire une joie et une impression de liberté étonnantes. Depuis des mois elle vivait en marionnette, chacun de ses mots et de ses gestes déterminé par un autre. Désormais, sa vie lui appartenait. Elle se rappela le cri qu'Eisen et Sametono échangeaient souvent : « Kouatz ! » Elle eut l'impression d'avoir crié « kouatz » à Hideyori, à toute la puissance de son Bakufu et ses dizaines de milliers de samouraïs. En s'éloignant de lui, elle sentit le feu de sa haine se transformer en un rayonnement triomphal.

6

De retour à Kamakura, Taniko se crut près de sa fin. Un jour, elle se trouvait au sommet d'un long escalier de pierre conduisant au temple d'Hachiman, sous les branches d'un grand ginkgo qu'on disait cinq fois séculaire. Hideyori avait terminé sa visite au dieu et descendait le sentier. Vêtu en guerrier pour cette circonstance, il arborait une armure à lacets blancs et un casque d'où pendait sur une joue et sur sa nuque l'insigne du Dragon blanc. Un carquois contenant vingt-quatre flèches empennées de plumes de faucon noires et blanches était accroché à son épaule et il tenait à la main un arc de rotin. Higekiri, le précieux sabre des Muratomo, pendait à sa ceinture. Taniko se dit qu'il n'avait jamais utilisé cette arme sur un champ de bataille. En quittant le temple, il avait encore le visage blême de peur. Sa visite au sanctuaire ne lui avait servi à rien. Désormais il ne pouvait plus parler de ses rêves à personne. Au zénith de sa vie, il était encore plus tourmenté que jamais par l'angoisse.

C'était l'heure du lièvre. Une brume matinale couvrait le paysage. De l'entrée du temple Taniko vit, en bas des marches, le palanquin qui l'attendait et l'étalon blanc d'Hideyori, tenu à la bride par un valet. Une petite escorte de guerriers s'inclina respectueusement quand Hideyori arriva en bas de l'escalier. Le gros de l'armée attendait hors de l'enceinte du temple pour l'entrée triomphale à Kamakura.

Taniko prévoyait qu'après cette cérémonie, sa vie serait finie. Elle ne regrettait qu'une chose : Sametono deviendrait inévitablement la prochaine cible des soupçons et de la haine d'Hideyori. Peut-être cependant vaudrait-il mieux que la vie de l'enfant se termine dès ce moment-là : une fleur de cerisier coupée en pleine fraîcheur. Était-il possible de grandir sous l'autorité d'Hideyori ?

Elle descendit derrière Hideyori. Deux servantes tenaient sa traîne et l'extrémité de ses manches afin qu'elles ne frôlent pas les pierres humides de brume. Hideyori sauta en selle si maladroitement que deux jeunes gardes rougirent et détournèrent la tête en réprimant un sourire. Ton règne ne sera pas absolu tant que nous pourrons rire, Hideyori, pensa Taniko. Installé sur sa monture, ce dernier se retourna pour la regarder. Ses yeux exprimèrent un mélange de rancœur et de désir. Ainsi tes sentiments pour moi t'inspirent du chagrin ? Alors tu ne me laisseras pas vivre longtemps ! Le shogoun attendit en tirant nerveusement les rênes de son cheval jusqu'à ce que Taniko eût descendu les dernières marches et fût installée dans son palanquin. Il lui avait ordonné de l'accompagner en indiquant qu'il tenait à donner au public une impression de bonne entente. Quand les porteurs soulevèrent le palanquin, Hideyori leva sa main gantée et le cortège partit vers le portail de l'enceinte. Une longue avenue de platanes s'étendait devant eux. La brume flottait sur le sommet des arbres et le portail restait invisible. Le claquement des sabots et des sandales sur la terre battue en était amorti.

Taniko regardait la petite bannière au Dragon blanc dont la hampe était attachée au dos du garde le plus ancien d'Hideyori. Un mouvement imprévu sur la route attira son attention ; elle se pencha en avant et écarta le rideau pour voir de quoi il s'agissait. Un homme avait jailli de derrière un arbre pour barrer le passage à Hideyori. Taniko haleta et un frisson la parcourut. Le mot *assassin* lui vint à l'esprit. Mais l'inconnu avait les mains vides et ne portait aucune arme. Il éleva les mains en un geste à la fois impérieux et d'invocation. C'était un homme de très haute taille, mince, vêtu d'une robe grise. Avec sa longue chevelure et sa barbe blanches il donnait l'impression de s'être matérialisé à partir de la brume. Mais elle le reconnut aussitôt et en fut ébranlée jusqu'au plus profond d'elle-même.

Jébu !

Les porteurs qui s'étaient dirigés vers cette grande apparition vêtue de gris s'arrêtèrent et déposèrent le palanquin par terre si brusquement que Taniko s'affaissa sur les coussins. Un instant plus tard, elle regarda à travers les rideaux et poussa un cri. Hennissant de peur, l'étalon blanc se cabrait, dressé sur ses jambes de derrière et frappait l'air avec ses sabots de devant. Battant des bras et des jambes, Hideyori, glissa de sa selle. Jébu resta les bras dressés, le regard fixe, immobile. Hideyori glissa sur la croupe du cheval. Les gardes samouraïs qui avaient failli rire un instant plus tôt de sa maladresse se figèrent, horrifiés. Le shogoun tomba sur la nuque. Son menton se replia sur sa poitrine. Son armure tinta en heurtant le sol. Il resta inerte dans une position bizarre, pareille à celle d'un cadavre sur un champ de bataille.

Les gardes du corps qui auraient réagi immédiatement à la vue d'une arme restèrent paralysés sur leur monture. D'un geste hésitant, l'un d'eux tira son arc de sa fonte. Jébu se tourna vers Taniko. Elle regarda dans ses yeux gris mais n'y lut rien. Elle ne vit de son visage que des os et des ombres profondes comme s'il avait été privé de nourriture depuis longtemps. Malgré ce changement de physionomie et la blancheur de ses cheveux et de sa barbe, elle le reconnaissait parfaitement. Ses yeux se portèrent sur une tache bleue au milieu de la poitrine de Jébu. Une broderie représentait le saule, emblème des zinjas. Il abaissa lentement les bras, regarda un moment le corps d'Hideyori, puis, sans hâte, fit demi-tour et replongea dans la brume.

Taniko descendit de son palanquin et courut vers son époux qui restait inerte. Elle prit seulement conscience des bruits retentissant autour d'elle : les cris de ses servantes et les hurlements des samouraïs.

« Ne laissez pas échapper ce moine ! ordonna le gardien qui portait la bannière des Muratomo.

— Ne vous occupez pas de ça, rétorqua Taniko. Sa seigneurie a besoin de votre aide. »

Jébu était-il donc vivant ? Cette idée précipitait les battements de son cœur. Elle la chassa de son esprit. Avec la force de caractère qu'elle devait à sa formation zen, elle s'appliqua à ce qu'elle devait faire à cet endroit, à ce moment. Où était passé le maudit cheval ? Elle l'entendit galoper quelque part sur sa gauche. Elle s'agenouilla auprès d'Hideyori en se rappelant que déplacer un blessé à la nuque et au dos pouvait le tuer sur-le-champ. Le shogoun n'avait pas bougé. Elle appuya doucement le bout de ses doigts du côté droit de la gorge et perçut une légère pulsation. Elle approcha la paume de sa main des narines et sentit un souffle sur sa paume. Puis la respiration parut s'arrêter. Elle reprit après un long moment. Du bout de l'index, Taniko releva doucement une paupière puis l'autre. Les yeux paraissaient tournés vers l'intérieur de la tête.

« Il est vivant », dit-elle.

Effrayée, une des servantes sanglota.

« Pouvons-nous lui enlever son casque pour qu'il respire plus facilement ? demanda un samouraï.

— Le remuer pourrait le tuer », dit Taniko.

Elle se releva et parcourut le cercle des samouraïs qui l'entouraient, d'un regard autoritaire, tout au moins l'espéra-t-elle. « Je ne sais pas à quel point notre vénéré shogoun est atteint. Il s'agit d'un accident et il serait inutile de chercher des coupables. La chose la plus importante en cet instant c'est que l'affaire ne doit pas s'ébruiter. Nul ne doit entrer dans l'enceinte du temple ou la quitter sans mon autorisation. » Les guerriers s'inclinèrent en signe d'obéissance. Taniko désigna un homme du doigt. « Allez dire au supérieur du temple que notre seigneur est blessé et que nous avons besoin de prêtres experts en médecine. » Le samouraï sauta en selle et partit au galop. Taniko désigna ensuite le plus ancien des officiers, le porte-bannière des Muratomo. « Allez au portail de l'enceinte et faites venir le général Miura. Assurez-vous que personne ne vous entende lorsque vous lui expliquerez ce qui s'est passé. Indiquez-lui respectueusement que je l'invite à venir auprès du shogoun avec quelques officiers de confiance. Maintenant, rattrapez le cheval de notre seigneur. Sinon, des gens devineront ce qui est arrivé. Si vous trouvez le moine qui s'est dressé sur le chemin du shogoun, amenez-le-moi, ici, indemne, pour interrogatoire. »

En attendant l'arrivée des prêtres, elle s'agenouilla auprès d'Hideyori, les mains croisées sur les genoux dans la position de *zendo*. Elle prit une profonde inspiration et expira lentement. Tout en se sentant superficiellement calme, elle savait que de puissantes émotions tourbillonnaient au plus profond de son esprit. Autour d'elle, les servantes murmuraient et quelques samouraïs répétaient l'invocation à Amida. Taniko se félicita d'avoir donné des ordres sans hésiter et d'avoir été obéie par tous. Selon toute évidence, elle seule, parmi ceux qui avaient assisté à l'accident, avait réagi avec calme.

Quatre prêtres shintoïstes arrivèrent en trottant. Leurs amples robes blanches flottaient autour d'eux. Taniko se releva et s'écarta pour leur laisser la place. Deux d'entre eux se mirent aussitôt à chanter des prières à Hachiman et à diverses divinités, pendant que les deux autres examinaient Hideyori. Un moment plus tard, un grand panneau de bois fut posé à côté du shogoun. Avec des soins infinis, les moines glissèrent ce panneau sous le corps sans le bouger, puis ils soulevèrent cette espèce de brancard et le portèrent dans le palanquin de Taniko. Les prêtres ajustèrent les barres à leurs épaules et s'en allèrent à pas lents. Ils amenèrent Hideyori vers un grand bâtiment au toit de chaume, juste au bord du sentier. C'était la maison du prêtre le plus élevé en grade de ce sanctuaire dédié à Hachiman. Il accueillit en personne Taniko, la conduisit à la pièce où les prêtres déposaient Hideyori et lui présenta ceux qui allaient le soigner. Elle pensa qu'à coup sûr ce saint homme voyait en elle une épouse éplorée, menacée de veuvage et elle s'appliqua à jouer ce rôle. Personne ne soupçonnait que, juste avant sa chute, Hideyori entendait se débarrasser d'elle. Cela ne l'empêchait pas de faire tout ce qu'elle pouvait, si peu que ce fût, pour le garder en vie.

Quand les prêtres eurent placé le shogoun sur une plate-forme, le général Miura Zumiyoshi arriva, l'air stupéfait. Il appartenait à l'un des grands clans qui s'étaient alliés à Hideyori dès le début de la guerre des Dragons. Ce rude guerrier des provinces de l'Est, assez rustre, chef du bureau des samouraïs, était une des personnalités les plus éminentes du Bakufu. Après avoir examiné Hideyori, il conduisit Taniko dans une pièce contiguë où il lui demanda poliment ses instructions, puisqu'elle était la personne la plus proche du shogoun.

« Je vous conseille de déployer une centaine des guerriers en qui vous avez le plus confiance autour de l'enceinte du temple, dit-elle. Faites savoir que le seigneur Hideyori a décidé de passer plus de temps en prières à Hachiman et remet à plus tard son entrée solennelle à Kamakura. Faites disperser le reste des troupes. Le pire à craindre serait que de nombreux hommes en arme traînent dans les rues de Kamakura. Ensuite, rassemblez les principaux dignitaires du Bakufu, ici même, afin qu'ils décident ce qui doit être fait.

— Voilà des avis éminemment sensés, dame, dit Zumiyoshi en s'inclinant. Il nous faut en effet du temps pour mettre au point un transfert du pouvoir sans désordre.

— Transfert du pouvoir ? »

Le général baissa les yeux et parla plus solennellement qu'il ne le faisait d'habitude. « Dame Taniko, je regrette de vous dire qu'à mon avis notre shogoun honoré nous quittera avant peu. J'ai déjà vu des hommes blessés comme lui. Nous ne saurions espérer de guérison. Il ne peut pas bouger et nous ne pouvons pas le remuer. En quelques jours, des glaires envahiront ses poumons, l'étoufferont et il s'en ira au paradis. S'il était l'un de mes hommes, je l'aiderais par miséricorde à franchir le pas. Malheureusement pour lui, il est shogoun et doit donc trépasser sans assistance afin que nul ne puisse dire plus tard qu'une conspiration abrégea son existence. »

Les prêtres médecins confirmèrent le diagnostic du général Miura et dirent gravement à Taniko qu'elle devait prévoir la mort du shogoun. Elle pria le supérieur de se préparer aux allées et venues, pendant quelques jours, de nombreuses personnalités du rang le plus élevé. Puis elle s'assit près d'Hideyori et considéra son visage livide et inerte. Elle s'étonna d'éprouver une bouffée de chagrin. Assassin à l'esprit dérangé, dangereux pour ses proches, Hideyori avait aussi été un homme d'une puissance mentale comparable à celle de Koubilay khan.

Toujours avec les plus grandes précautions, les prêtres médecins débarrassèrent Hideyori de son casque et de son armure. Ils lui lavèrent le visage et le corps à l'eau froide. Ils se relayèrent à deux pour le soigner et chanter des incantations. Le supérieur assura Taniko que tous les autres prêtres du temple prononçaient les prières les plus puissantes pour la guérison du shogoun ou son heureux passage dans l'autre monde.

Assise auprès d'Hideyori, bercée par ces chants monotones, Taniko pensa que s'il existait quelque esprit assez puissant pour revenir sur terre après la mort, ce ne pouvait être que Jébu. Mais elle n'avait encore jamais vu de fantôme et il lui était difficile de croire que l'apparition qui avait terrifié le cheval d'Hideyori venait de l'au-delà. L'aspect du moine n'avait rien de surnaturel. Il paraissait solide, il respirait, il était vivant bien que vieilli et émacié. S'il s'était agi d'une apparition, n'aurait-elle pas pris l'aspect d'un Jébu plus jeune et en meilleure santé ? Plus elle réfléchissait, plus elle était convaincue que Jébu vivait. Cette idée lui donnait le vertige. Pourtant, on avait bien annoncé sa mort sur les montagnes d'Oshu. Son propre père, Bokuden, avait identifié sa tête. Alors que penser ? Ce que les autres lui avaient dit ou ce qu'elle avait vu de ses propres yeux ? Mais comment Jébu aurait-il pu survivre ?

Une seule personne le savait peut-être : Moko. Il avait disparu dès qu'il avait appris la présence de Jébu au pays d'Oshu. Quand elle s'était renseignée sur lui, sa famille lui avait dit qu'il était allé veiller à la construction de bateaux de guerre dans la province de Nagato. Il n'était revenu que longtemps après qu'on eut annoncé la mort de Jébu. Peut-être cachait-il quelque chose ? Taniko résolut de lui parler le plus tôt possible.

Ce subit renversement de la situation lui tournait la tête. Au début de la matinée, Hideyori triomphait, Jébu était mort et elle s'attendait à périr. Puis Hideyori mourait, Jébu pouvait être vivant et elle était saine et sauve. Tout confirmait ce que répétait souvent Eisen : il est vain d'être sûr de quoi que ce soit. Le mal qu'on lui avait dit de Jébu, la manière dont on lui avait présenté la mort d'Atsue s'étaient révélés fallacieux. On lui avait menti. Rien ne l'empêchait plus d'aimer Jébu. Elle abaissa son regard vers Hideyori moribond et s'excusa mentalement de la joie qu'elle commençait à éprouver.

Des questions plus urgentes exigeaient son attention. Quelle influence aurait la mort d'Hideyori sur l'avenir de sa famille ? Elle constata qu'elle n'était plus une femme banale sans prise sur sa destinée. Elle ne tarderait pas à être la veuve du shogoun et la mère adoptive de l'héritier du titre. Désormais on lui prêterait attention. D'abord elle devait assurer la succession du shogounat à Sametono. Mais il n'avait que neuf ans. De même que les empereurs avaient à Heian Kyo des régents qui gouvernaient en leur nom, il faudrait en désigner un pour diriger le Bakufu au nom de Sametono. Taniko ne pouvait jouer ce rôle elle-même. Depuis des siècles, aucune femme n'avait eu de fonction importante au pays du Soleil Levant. Alors qui ? Le choix se porterait probablement sur Shima Bokuden et elle en eut le cœur serré. Les Shima avaient compté parmi les premiers et les plus puissants alliés d'Hideyori. En qualité de parent le plus âgé de Sametono, Bokuden serait nommé tuteur. Cet homme rusé, cupide, mesquin, qu'elle méprisait depuis son enfance, deviendrait donc le maître des Îles sacrées. Mais il serait incapable de maintenir la coalition de guerriers puissants et ambitieux qu'Hideyori avait tissée pour renverser les Takashi et mettre en place le Bakufu. Bokuden avait été un bon second pour Hideyori. Mais totalement dénué de scrupules, il n'inspirerait pas assez de respect pour gouverner. Son échec déclencherait une nouvelle guerre civile. Au moment où les Mongols rassemblaient leurs armées juste au-delà de l'horizon, cela signifiait la fin du pays du Soleil Levant. Pourtant Taniko ne voyait aucun moyen d'empêcher la nomination de Bokuden comme régent. Force lui serait de l'accepter et de se tenir prête à tirer profit, le cas échéant, de la situation. Comme les événements de ce jour-là l'avaient démontré, il est impossible de faire des projets car l'avenir échappe aux humains.

Durant l'après-midi, les principaux fonctionnaires du Bakufu, solennels et émus, se réunirent au sanctuaire d'Hachiman. Chacun commença par présenter ses condoléances à Taniko en jetant un regard sur Hideyori moribond, et en évaluant mentalement quand il trépasserait. Puis ils conférèrent brièvement. Plus tard, Ryuichi révéla à Taniko ce qu'ils avaient décidé.

« Excuse-moi de te le dire, mais les choses sont plus faciles du fait que le shogoun est si proche de la mort, dit-il. Qui oserait proposer un successeur du seigneur Hideyori s'il subsistait la moindre possibilité de survie ? »

Les chefs du Bakufu avaient convenu, conformément aux espoirs de Taniko, que Sametono devait hériter du shogounat. C'était le seul candidat acceptable pour tous. Ensuite, ils étaient tombés d'accord, comme elle l'avait prévu, sur la nécessité d'une régence. Shima Bokuden leur était apparu comme le meilleur choix possible. Il présiderait donc le conseil des chefs du Bakufu.

« Hideyori s'était entouré de subordonnés intelligents, dit Taniko. D'autres se seraient chamaillés pendant un mois avant de prendre des décisions aussi importantes.

— Je ne vois pas ce que tu trouves d'intelligent dans la désignation de mon frère comme régent, dit Ryuichi. Personne ne le respecte.

— Quand des hommes puissants ne trouvent pas le chef que tous respecteraient, ils prennent un homme que personne ne respecte », dit Taniko.

Les chefs du Bakufu annoncèrent publiquement qu'Hideyori était grièvement blessé après une chute de cheval et avait perdu conscience. Ils n'allèrent pas jusqu'à dire que le shogoun se mourait. Ils envoyèrent chercher Sametono qui vint du palais shogounal dans un char, traîné par des bœufs, comme un vieil aristocrate d'Heian Kyo. La population de Kamakura s'aligna le long des rues pour voir passer ce véhicule d'apparat en sachant qu'il portait l'avenir de l'empire. Taniko n'avait pas quitté la plate-forme d'Hideyori de toute la journée. Elle y était encore quand Sametono entra. Le visage rond du garçonnet exprimait la gravité mais aussi le calme. Il considéra longuement Hideyori d'un air réfléchi puis récita l'invocation à Amida. Enfin il tira de sa manche un rouleau.

« J'ai écrit un poème pour lui, dit-il. Si je le lis, crois-tu qu'il m'entendra ?

— Peut-être, dit tristement Taniko. Nous ne savons jamais ce que les agonisants perçoivent. »

L'enfant hocha la tête et lut :

Considérant les étoiles,
Je sais qu'un jour
Elles tomberont du ciel.
Si même les étoiles doivent disparaître,
Pourquoi déplorer la brièveté de la vie ?

« Voilà un beau poème, Sametono-san. C'est bien d'avoir pensé à l'écrire. »

Sametono prit la flûte qu'il portait dans un étui de soie accroché à sa ceinture. En revoyant Petite Branche, Taniko se rappela qu'elle avait appartenu à Kiyosi et à Atsue et sentit des larmes lui monter aux paupières. Dire que s'il avait vécu, Hideyori aurait sans doute fait périr cet enfant ! Sametono s'assit sur des coussins aux pieds d'Hideyori et joua des airs doux et apaisants qui, pour la plupart, servaient à accompagner la récitation de soûtras. Les prêtres cessèrent de chanter dans un coin de la pièce et écoutèrent. Sans fatigue apparente, Sametono joua plus d'une heure.

Hideyori ouvrit les yeux. Ses paupières battirent. Ses pupilles noires se fixèrent sur Taniko. Il tordit les lèvres. Elles étaient sèches et collées l'une à l'autre. Taniko les humecta avec un linge imprégné d'eau et il se les lécha comme s'il avait soif. Elle l'aida à boire quelques gorgées. Un chuchotement crépita dans la gorge d'Hideyori. Elle se pencha en écartant sa chevelure de son oreille.

« Yukio est ici. J'entends sa flûte.

— C'est Sametono, votre fils. Il joue pour votre plaisir, seigneur.

— Je n'ai jamais eu d'enfant. Le karma. Dites aux prêtres de chasser le fantôme de Yukio. » Les paupières frémirent et se refermèrent.

« Qu'a-t-il dit, mère ?

— Il te remercie de jouer mais te demande de le laisser dormir maintenant. »

Taniko et Sametono passèrent cette nuit-là côte à côte sur des couvertures et des coussins que les prêtres disposèrent sur la plate-forme près d'Hideyori. Dans ses rêves, Taniko entendit ronronner des chants pieux et elle se réveilla à plusieurs reprises. Elle écouta la respiration pénible d'Hideyori et observa son visage inerte. Un râle s'élevait de sa gorge et de sa poitrine. Il va se noyer, pensa-t-elle, tout comme Horigawa.

Sametono resta auprès d'elle le lendemain matin à lire des poèmes dont il s'était muni. De temps en temps il en lisait un à haute voix à l'intention de sa mère et d'Hideyori qui restait inconscient. Taniko craignait que le shogoun ne se réveillât et prononçât des paroles épouvantables qui blesseraient le garçonnet. A l'heure du mouton, le gisant s'éveilla, en effet. De nouveau elle se pencha pour l'écouter.

« Que m'est-il arrivé ?

— Vous êtes tombé de votre cheval.

— Je me souviens. Un fantôme. Le zinja. » La frayeur élargit ses yeux. « Je ne peux pas bouger. »

Bien que son devoir d'épouse obligeât Taniko à l'assister, elle ne put se résoudre à prononcer les mots terribles. Mais Sametono parla.

« Père, vous êtes en train de mourir. Demandez aux dieux et aux Bouddhas d'être miséricordieux envers vous.

— Priez pour moi, murmura Hideyori dont le visage refléta alors crainte et angoisse.

— Tout le pays prie pour vous, dit Sametono.

— Je ne faisais que me défendre, souffla Hideyori. Je ne veux pas mourir. »

Cédant à un besoin impérieux de le réconforter, Taniko lui dit : « Je veillerai à ce que le grand Bouddha dont vous avez parlé soit érigé à Kamakura. Cela vous rapportera une abondance de bons karmas. »

Alors qu'il était à Heian Kyo, Hideyori avait ordonné la restauration de la grande statue de Bouddha au Todaïji de Nara, détruite lorsque les Takashi avaient incendié les temples de cette ville. Il avait aussi indiqué incidemment à Taniko qu'il souhaitait en ériger un aussi grand à Kamakura.

Les yeux noirs se fixèrent sur elle. « Aie pitié de moi, mère. J'ai peur d'eux. »

Sametono se tourna bouche bée vers sa mère. « Que veut-il dire ? »

Elle soupira. « Ton père adoptif était très attaché à sa mère. »

Ce soir-là, le supérieur des prêtres du sanctuaire leur rendit visite. « Il court des bruits étranges en ville, dame. Certains racontent que le fantôme de Muratomo no Yukio a effrayé le cheval qui renversa son maître le shogoun. »

Taniko pensa immédiatement à protéger Jébu au cas où il serait encore vivant. « J'étais trop bouleversée pour voir clairement, dit-elle. Ceux qui regrettent le lieutenant pourraient dire que son fantôme s'est vengé de mon mari. C'est peut-être vrai. Je ne sais pas. »

Taniko et Sametono s'endormirent de bonne heure ce soir-là, épuisés par les longues heures d'attente. En pleine nuit, elle sentit une main lui secouer doucement l'épaule. Elle ouvrit les yeux. Sametono était debout auprès d'elle.

« Il est parti, mère. » Des larmes coulaient sur les joues du garçon. Même un homme tel qu'Hideyori peut être pleuré par quelqu'un, pensa-t-elle.

7

Les quatre panneaux du paravent étaient peints sur les deux faces de paysages identiques représentant montagnes, cascades, bois de pins et temples. D'un côté ces tableaux baignaient dans le soleil, de l'autre ils étaient noyés sous le clair de lune. Taniko, qui se trouvait du côté nocturne, avait l'impression d'être mieux dissimulée aux regards de son père qui s'entretenait avec Ryuichi et Munetoki dans la pièce principale chez le cadet des Shima. Seul mon père est assez sot, pensa-t-elle, pour conférer en secret sans regarder d'abord derrière les écrans. Pourtant Bokuden n'avait confiance en personne. Il était presque aussi méfiant qu'Hideyori. C'est donc par une sorte d'insolence qu'il n'avait pas pris de précautions. A coup sûr, cet homme provoquerait la ruine des Îles sacrées s'il était admis à les gouverner. A ce moment-là, il se vantait de l'astuce avec laquelle il avait acheté une cargaison de pièces de monnaie de cuivre provenant de Chine.

« Mais, oncle honoré, il est interdit de faire du commerce avec la Chine maintenant qu'elle est presque totalement dans les mains des Mongols, dit Munetoki, outré.

— Puisque je préside le conseil du Bakufu, ses édits ne me contraignent pas, fit Bokuden avec désinvolture. Les renseignements que j'obtiens des négociants chinois ont assez de valeur pour que j'enfreigne la loi. »

Insupportable, comme toujours, pensa Taniko. Combien de temps les autres clans de samouraïs toléreraient-ils que Bokuden s'enrichisse en violant les règlements qu'il contribuait à édicter ?

« Les commerçants ont hâte d'échanger leurs derniers biens volumineux pour de l'or et des pierres précieuses, plus faciles à transporter, poursuivit Bokuden. Ils ont révélé à mes agents que les Mongols ne tarderont pas à s'emparer de Linan et de l'empereur Soung. Quand ils auront achevé la conquête de la Chine, Koubilay tournera de nouveau son attention vers nous. D'après les négociants, il a mis en place un Office pour le châtiment du Zipangu, dirigé par quelqu'un qui connaît bien notre pays : Arghun Baghadur.

— Nous les avons déjà vaincus et nous les vaincrons de nouveau, dit Munetoki.

— Le plus inquiétant, c'est que le shogoun, commandant en chef de nos armées, est un enfant », poursuivit Bokuden sans tenir compte de ce qu'avait dit son neveu. Taniko devina qu'il en arrivait au sujet le plus important de la réunion. Il veut se débarrasser de Sametono, pensa-t-elle.

« Mon vénéré cousin le shogoun est assisté par vous qui gouvernez pour son compte, dit Munetoki.

— Ce serait bien si je pouvais vraiment gouverner, mais je ne le peux pas, dit Bokuden. Je ne suis pas libre de donner les ordres que je crois nécessaires. Je dois les faire approuver par le conseil du Bakufu. Ma position est intenable parce que je gouverne au nom de Sametono à qui ne convient pas ce rôle de shogoun.

— C'est faux ! », s'exclama Munetoki.

Ce grand naïf de Munetoki est incapable de ruser, pensa Taniko. Ryuichi et lui s'étaient mis d'accord avant cet entretien pour feindre d'accepter tout ce que proposerait Bokuden afin de l'amener à dévoiler ses batteries. Mais Munetoki ne pouvait tenir sa langue.

« Le seigneur Hideyori n'a rien prévu quant à la manière de choisir son successeur, remarqua Bokuden. A coup sûr, il serait ridicule de prétendre que la famille d'Hideyori détient cette charge en vertu d'un décret des dieux, de même que la lignée impériale. En admettant, à la rigueur, que le shogounat appartienne aux Muratomo par droit divin, Sametono est en réalité un Takashi. Allons-nous permettre à un descendant direct de Sogamori de cueillir, comme un fruit mûr, ce pouvoir pour lequel des générations successives de Muratomo ont combattu et péri ?

— Nous, les Shima, sommes des Takashi, dit Munetoki.

— En effet, mon frère, dit Ryuichi. Je me demande si votre zèle pour la cause des Muratomo n'est pas exalté par le fait que vous vous y êtes converti récemment. »

Derrière son écran, Taniko porta sa main à sa bouche pour étouffer un ricanement.

« En outre, ce gamin de shogoun n'écoute que ma fille et jamais moi, son tuteur officiel, poursuivit Bokuden. Elle ne peut avoir qu'une mauvaise influence sur lui. »

Taniko sourit derrière son paravent.

« Notre petite Taniko est une dame intelligente qui a beaucoup voyagé et qui sait ce qu'elle veut, dit Ryuichi. En outre, elle est très pieuse.

— Elle sait ce qu'elle veut mais c'est une perverse, répondit Bokuden en colère. Elle me désobéit depuis sa petite enfance. Elle a commis maint adultères. Ses voyages ?... Oui, elle a passé des années chez les Mongols. Seuls les dieux savent quels liens secrets elle a conservés avec eux. Quant à sa religion c'est celle de cette secte étrangère du zen dont les doctrines ressemblent à des bredouillements de fou. Si elle est tellement pieuse, expédions-la dans un couvent où elle ne pourra plus faire du mal. »

La voix tremblante de colère, Munetoki s'exclama : « J'ai l'honneur d'enseigner les arts martiaux au jeune shogoun. Personne ne le connaît mieux que moi. Il est d'une nature parfaitement pure. Je ne vois aucun signe de mauvaise influence autour de lui. »

Ryuichi parla avec une sévérité qui ne lui était pas habituelle. « Tais-toi, Munetoki. Je t'interdis de contredire ton oncle qui est à la fois chef de notre clan et du Bakufu. Tu t'égares. Présente tes excuses au seigneur Bokuden. »

Un long silence suivit. Quand Munetoki reprit la parole, ce fut d'une voix ferme dans laquelle Taniko reconnut les effets d'un sang-froid recouvré.

« Veuillez accepter mes excuses, oncle vénéré, dit-il. J'ai honte de moi.

— Voilà qui est bien, dit Ryuichi. Maintenant, seigneur Bokuden, vous nous avez fait remarquer certains défauts qui rendent le petit Sametono inapte aux fonctions de shogoun. Mais à qui cette charge pourrait-elle être confiée ?

— Il y a le fils de ma fille aînée, l'épouse d'Ashikaga Fukuji. Les Ashikaga sont une branche des Muratomo. Il y a aussi le fils de ma deuxième fille, mariée au chef des Nagoya Muratomo. Depuis la mort d'Hideyori et de Yukio, les Nagoya Muratomo constituent la branche aînée du clan.

— Excuse-moi, frère honoré, dit Ryuichi, mais en quoi ces autres petits-fils de ta lignée conviendraient-ils mieux que Sametono ?

— Ils sont Muratomo par le sang et non par adoption, fit Bokuden. En outre, leur mère et eux m'obéiraient en toutes choses.

— Évidemment, dit Ryuichi. Mais il y a de sérieuses objections au sujet de ces deux jeunes gens. Par exemple, les Nagoya Muratomo combattirent dans le camp des Takashi presque jusqu'à la fin de la guerre des Dragons. Quant à choisir un shogoun chez les Ashikaga, ce serait susciter la jalousie des Wada et des Miura. Cela ne t'a sûrement pas échappé. Aurais-tu d'autres candidats en vue ?

— Si les autres soulèvent trop d'objections, je ne puis que m'offrir moi-même en toute humilité. »

Encore un long silence. Même Taniko était outrée. Elle savait la bonne opinion que son père avait de lui-même mais elle n'aurait pas imaginé que sa vanité allât jusqu'à la folie. A peine nommé régent à titre intérimaire, il visait plus haut.

« Je ne vois pas quel empêchement m'enlèverait cette charge, reprit Bokuden. Je suis même qualifié à bien des points de vue. Je suis chef de la plus puissante famille de l'empire. J'ai été le plus ancien et le plus ferme allié de feu le shogoun. Sans moi il n'aurait pu renverser les Takashi. Enfin, à mon âge, j'ai beaucoup d'expérience.

— En effet tu es qualifié, mon frère, dit Ryuichi. Je vois pourtant un obstacle. De même qu'aucune règle précise ne déterminait le choix du shogoun, aucune procédure légale ne permet de le destituer.

— Il faudra l'éliminer évidemment, répondit Bokuden sans ambages.

— Tuer Sametono ? s'écria Munetoki que l'indignation empêcha encore une fois de se taire.

— Nous ne pouvons le laisser survivre car il servirait de point de ralliement aux forces d'opposition, dit Bokuden. Bien d'autres familles jalouseront les Shima dès que nous nous mettrons en avant pour prendre le shogounat. Tous les rivaux doivent être écartés, quelles que soient leur jeunesse et leur innocence. J'y ai réfléchi, mon neveu. Étant donné que tu es le professeur de ce garçon, il t'est facile de simuler un accident. Cela vaudrait mieux qu'un assassinat.

— Munetoki, dit durement Ryuichi. Tu écouteras ton oncle et tu lui obéiras, quoi qu'il t'ordonne.

— Oui, père, bredouilla Munetoki d'une voix qui tremblait de rage.

— L'étendue de ton dévouement à la nation m'émerveille, frère honoré, dit Ryuichi. Penser que tu sacrifierais ton propre arrière-petit-fils pour la sécurité de l'empire me remplit d'admiration.

— La taille des arbres leur fait du bien, dit Bokuden d'un ton sentencieux. En outre, ce garçon n'est pas un vrai Shima. Munetoki, tu répugnes peut-être à aider le jeune Sametono à passer dans l'Au-delà. Mais n'oublie pas que tu serais mon héritier. Je n'ai pas de fils. Écoute-moi bien, Ryuichi. J'ai vu les Fujiwara, les Takashi et les Muratomo gouverner le pays à tour de rôle. Pendant tout ce temps-là, nous n'avons fait que soutenir les grandes familles. Il me semble que l'heure est venue où les Shima pourront gouverner. Pense combien cela nous enrichira. »

Taniko se leva et se montra : « Ce n'est pas le shogoun qu'il faut déposer, mais le régent », dit-elle.

Bokuden prit l'aspect d'un énorme insecte malfaisant surpris dans un grenier. Le brave Ryuichi se leva et s'écarta de son frère en grimaçant comme si Bokuden sentait mauvais. Munetoki se dressa près de son oncle avec un sourire de satisfaction. Du bout des doigts il caressa la poignée de la dague accrochée à sa ceinture.

« Que vous ourdissiez l'assassinat de votre arrière-petit-fils ne m'étonne pas, dit Taniko. Le lézard a plus d'amour que vous pour ses rejetons. Mais ce qui me stupéfie, c'est que vous vous trompiez au point de croire que les grands chefs de clan, les généraux, les érudits que mon seigneur Hideyori a rassemblés ici, à Kamakura, consentiraient à vous obéir. »

Bokuden sourit de manière effrayante. « Ainsi vous êtes de mèche, tous les trois, pour m'abattre. J'aurais dû deviner que chacun de vous ferait passer ses ambitions personnelles avant le bien-être de la famille. Vous êtes des sots. Je suis encore régent et chef du clan. » Il voulut se lever mais l'âge et la colère raidissaient ses membres. Munetoki dut l'aider à se mettre sur pied puis s'écarta vivement.

« Vous êtes régent et chef du clan jusqu'à ce que nous puissions réunir le conseil du Bakufu devant lequel nous vous accuserons d'avoir comploté le meurtre du shogoun, dit Taniko.

— Vous pensez accuser le régent? Bokuden éclata d'un rire suraigu. C'est vous qui devrez répondre d'une accusation de rébellion contre moi. Hors de ma vue! » Il clopina jusqu'à une fenêtre, écarta l'écran qui la masquait et vociféra : « Gardes! »

Aucune réponse ne vint de la cour.

Munetoki parla calmement. « Excusez-nous, mon oncle, mais nous nous sommes permis de désarmer et d'enfermer votre escorte. Hélas, aucun de vos hommes n'a revendiqué le privilège de mourir pour vous. Au cas où vous auriez quelques autres fidèles qui réagiraient autrement, sachez que cette maison est entourée de trois mille samouraïs choisis pour leur loyauté envers le shogoun et sa mère.

— La mère du shogoun! rétorqua Bokuden. C'est toi, Taniko, qui as comploté tout cela. Tu as toujours été désobéissante et ingrate. »

Taniko rit amèrement. « Toute votre vie vous m'avez considérée comme une marchandise que vous avez négociée à votre gré. Devrais-je vous en être reconnaissante? Vous devrais-je de la gratitude pour avoir désiré le meurtre de Sametono? Étant femme, je ne suis peut-être pas capable de comprendre les principes en cause.

— Tue-moi, dit Bokuden et la malédiction paternelle te suivra à travers les Neuf Mondes.

— Nous ne voulons pas vous faire proférer des malédictions mais prier, mon père, dit Taniko. Nous espérons que vous vivrez longtemps. Nous n'avons aucune envie de vous tuer. Nous ne craignons pas que vous deveniez un centre de ralliement pour nos ennemis. Vous n'êtes pas un homme autour duquel on se regroupe. Vous avez passé soixante-dix années de votre vie absorbé par les affaires du monde. Nous voudrions que maintenant vous vous retiriez dans un cloître, vous vous rasiez la tête et orientiez votre esprit vers le monde suivant. Votre éminent neveu Munetoki consent à porter la charge de régent. »

Rouge de fureur, Bokuden regarda tour à tour sa fille, son frère et son neveu. Après tant de ruses et de fourberies, il lui était insupportable de se voir arracher l'ultime butin par les siens.

« C'est grâce à moi que les Shima sont devenus la première famille de l'empire, bredouilla-t-il. Votre ingratitude vous vaudra un terrible karma.

— Excuse-moi, mon frère, mais c'est le karma, non tes œuvres, qui a mis notre famille dans cette situation, dit Ryuichi. Tu as été emporté comme une épave à la crête d'une vague. »

Quand on eut enfermé Bokuden dans une chambre bien gardée, chez Ryuichi, ce dernier dit à sa nièce en souriant : « Il a raison de te considérer comme responsable de ce que nous faisons pour le déposer, Taniko-san. Si tu n'étais pas aussi habile et résolue, j'aurais préféré t'envoyer te cacher avec Sametono en laissant mon frère se débrouiller à sa façon de la régence et du shogounat.

— Cela aurait conduit le pays au désastre, mon oncle, dit Taniko. En six mois, il aurait provoqué la colère des militaires qui se seraient mutinés. Les grandes familles se seraient sûrement senties obligées de massacrer tous les Shima. Notre solution permet aux nôtres de conserver la régence sans que mon père en abuse piteusement. »

Ryuichi éclata de rire. « Sans père ni mari pour te dominer, tu es désormais le véritable chef du clan bien que j'en aie le titre. Je demanderai au conseil du Bakufu de t'inviter à ses réunions en qualité de veuve du dernier shogoun. Cela n'aura rien d'extraordinaire. En ce moment même, l'empire Soung, ou plutôt ce qu'il en reste, est gouverné par la mère d'un empereur enfant : l'impératrice douairière. Parmi nous, les samouraïs, l'usage veut que l'épouse prenne en main les affaires et les charges de son mari s'il est tué ou trop gravement blessé pour s'en occuper lui-même. Ainsi, désormais, derrière notre petit shogoun, il y aura son cousin le régent et derrière celui-ci, l'Ama-shogoun : la shogoun nonne.

— Je suis loin du couvent, mon oncle, quoi qu'en ait dit mon père », répondit Taniko ravie mais en baissant modestement les yeux.

Elle pensa : sans des années d'études et de méditations avec Eisen, je n'aurais pas été prête à saisir l'occasion ; je n'aurais pas su comment protéger Sametono et épargner au pays du Soleil Levant le désastre qu'eût été la régence de mon père. J'ai agi juste à temps car l'Éléphant ne tardera sûrement pas à envoyer une armée nous balayer de la surface de la Terre. En outre, j'en sais plus au sujet des Mongols et de leur Grand Khan que quiconque sur les Iles sacrées.

Sauf une autre personne, rectifia-t-elle, qui connaît mieux leurs techniques de la guerre. Mais où le trouverai-je ?

8

« Vous en savez plus que vous ne l'avouez au sujet du décès du shogoun », dit Taniko.

Moko parut à la fois étonné et inquiet. « Je ne suis absolument pas mêlé à la mort de votre mari, dame. » Taniko considéra la robe chinoise lourdement brodée de fils d'or que portait Moko. Bien des histoires au sujet d'audacieuses expéditions contre les navires et les côtes de Chine et de Corée, gouvernées par les Mongols, avaient filtré de la côte ouest jusqu'à Kamakura. Si Moko n'y avait pas participé, il avait sûrement fourni les navires aux pirates et en avait été récompensé. Il arborait aussi les deux sabres, long et court, des samouraïs. Hideyori avait constamment refusé d'accorder le statut de samouraï et des noms de famille aux gens du commun quels que fussent leurs mérites. Taniko, pour sa part, estimait que la classe des samouraïs devait accueillir en ses rangs un sang nouveau et des hommes capables. Moko comptait parmi ceux qui avaient rendu de grands services au Bakufu et à qui Sametono avait accordé des noms de famille et le statut de samouraï, maintenant que Taniko et Munetoki dominaient en toute quiétude le Bakufu. Moko portait désormais un petit chignon au sommet de la tête et des sabres dont il n'aurait d'ailleurs pas su se servir. Il avait adopté comme nom de famille celui de la ville, Hayama, où se trouvait son principal chantier naval.

« Tout le monde convient que la mort du seigneur Hideyori a été provoquée par son cheval qui s'est cabré, dit Taniko. Le malheureux animal a été livré au boucher pour satisfaire ceux qui tenaient à ce que quelqu'un fût puni. Mais vous, Moko, vous avez sûrement entendu dire qu'on a vu Jébu ce jour-là.

— J'ai entendu raconter beaucoup d'histoires, dame. » Le strabisme de Moko est moins amusant qu'autrefois, remarqua Taniko ; ses yeux sont ceux d'un homme qui a beaucoup vu et réfléchi. Des rides profondes soulignaient ses lourdes paupières. Ma foi, nous vieillissons tous, pensa-t-elle. Puis-je vraiment avoir quarante-cinq ans ?

« Je l'ai vu, dit-elle. Il paraissait très âgé. Moko-san, à part Yukio et peut-être quelques zinjas, vous êtes l'ami le plus intime de Jébu. Je sais qu'il est vivant. Vous devez le savoir aussi.

— Je ne mérite pas d'être considéré comme son ami, dit Moko en regardant tristement ses larges mains usées par le travail du bois. Dame, vous avez reproché au shiké la mort de Kiyosi et celle de votre fils Atsue. Maintenant vous voulez lui reprocher aussi celle du shogoun.

— Moko-san, le shogoun avait l'intention de me faire mettre à mort. S'il n'avait pas péri, je ne vivrais plus maintenant. » Taniko exposa à Moko comment elle avait appris qu'Hideyori l'avait trompée et combien elle le haïssait depuis.

« J'ai promis au shiké de ne rien vous dire, dit Moko en hésitant.

— Il est donc vivant ! s'exclama-t-elle. Vous lui avez parlé. Moko, dites-moi tout. Je vous en supplie. »

Il soupira. « Je n'ai pas le droit de trahir ma promesse.

— Vous le devez certainement car ce sera une bonne action. Voulez-vous que je passe le reste de ma vie dans la solitude et le désespoir ? »

Moko resta muet un bon moment. Enfin il soupira de nouveau et dit : « Comprenez, je vous en prie, que je ne cherche pas à grossir mon rôle. C'est seulement par hasard que je me suis trouvé sur place. Le hasard ou ce que les prêtres appellent karma. C'est vous, dame, qui m'avez mis sur la voie. Vous m'avez dit que le seigneur Yukio et le shiké Jébu se trouvaient au pays d'Oshu, qu'Horigawa et le *tarkhan* Arghun allaient les arrêter et que Fujiwara no Yerubutsu avait secrètement promis de trahir Yukio. Je n'ai jamais cru qu'Hideyori désirait qu'on lui ramène Yukio vivant. Il n'était pas homme à laisser à ses ennemis le temps de se défendre.

— J'ai cru qu'il voulait épargner Yukio, parce que je tenais trop à ce dernier.

— Toute épouse doit croire en son mari par devoir. Je ne sais quelle folie s'est emparée de moi mais j'ai espéré pouvoir me rendre utile au shiké, au moins le mettre en garde. Je ne vous en ai rien dit pour ne pas vous compromettre. J'ai mis quelques affaires dans des caisses de voyage et j'ai embarqué un équipage sur mon *kobaya* le plus rapide, une barque non pontée à vingt rameurs. Je suis parti de Kamakura cap au nord. Quand mon *kobaya* atteignit Kesennumo, près de la capitale d'Oshu, j'appris qu'Horigawa, Arghun et ses Mongols étaient déjà arrivés à Hiraïzumi et que le seigneur Yerubutsu avait donné la permission d'attaquer Yukio. Le temps de revêtir l'armure de cavalier mongol que j'avais ramenée de Chine bien des années auparavant, d'échanger quelques pièces d'or contre un cheval, je filai les rejoindre. Les années passées chez les Mongols me permirent de me mêler à la troupe d'Arghun sans attirer l'attention. Le pire risque pour moi c'était d'être envoyé au combat où j'aurais pu être tué par un des nôtres, voire par Yukio ou le shiké. Mais aucun officier mongol ne me reconnut comme un de ses hommes, si bien qu'aucun ne me donna l'ordre d'attaquer. Voilà comment j'ai assisté à l'ultime résistance du seigneur Yukio, dame.

— Moko-san, même si je dois en souffrir, je veux apprendre ce qu'il s'est passé. Personne n'a été capable de me raconter l'histoire de cette bataille.

— Cela vous sera pénible, en effet, dame. Mais je ferai de mon mieux. »

Moko rapporta les pourparlers d'Arghun avec Yukio et Jébu, ainsi que la ruée de ce dernier contre Horigawa et la manière dont il avait jeté Torluk au fond du ravin. Il raconta la mort héroïque des partisans de Yukio, l'un après l'autre, et la dernière charge de Jébu au moment où la chapelle flambait derrière lui.

« Il s'est dressé là-bas, comme le dieu de la guerre en personne : une silhouette gigantesque en armure noire. Il a tendu les bras en criant : « Tuez-moi. » Les Mongols ont tiré des salves de flèches sur lui. Il resta debout, appuyé à la hampe brisée de sa *naguinata;* à ce moment-là aucun ennemi n'osait l'approcher. Enfin un officier fonça vers lui à cheval en brandissant un sabre. Le shiké parut plonger en avant et les Mongols hurlèrent qu'il attaquait encore. En fait seules son armure et la hampe le maintenaient debout. Il tomba donc sur le sentier puis roula au fond du ravin où il resta à demi enterré dans la neige.

« Je dévalai aussitôt la colline sans craindre d'être reconnu par les Mongols. Peu m'importait de vivre ou de mourir. Affolé, je voulais épargner au corps du shiké un traitement indigne. Les Mongols devront me tuer, moi aussi, avant de couper la tête de Jébu, me répétais-je. J'arrivai au fond de la gorge. Il s'y trouvait beaucoup de soldats mais ils ne se souciaient que de porter secours à leurs camarades blessés et de ramasser leurs morts. Au moment même où je trouvai le corps du shiké, les officiers ordonnèrent la retraite. Je traînai Jébu derrière un rocher. Il était aussi lourd qu'une montagne. Je ne sais pas d'où je tirai tant de forces. J'entendis les Mongols crier quelque chose au sujet d'une attaque lancée contre eux. Ils disaient avoir été trahis. Puis ils disparurent avec leur habituelle et étonnante promptitude. Ils laissèrent même quelques cadavres derrière eux. Je me trouvai seul à pleurer auprès du corps du shiké.

« Je pensai à rassembler du bois pour construire un bûcher quand j'entendis le bruit des sabots d'un cheval étouffés par la neige. Un cavalier gravissait le col. Je reconnus avec stupéfaction l'abbé Taïtaro.

— Taïtaro ! s'exclama Taniko. J'ignorais qu'il fût encore vivant.

— Il paraît très vieux, dame. Il donne l'impression d'être né avant la création du monde et de connaître les secrets du ciel et de la terre. Quand il vit le corps du shiké, il murmura : « Si seulement tu avais pu me survivre ! » Puis il m'explique que les zinjas sont toujours au courant des allées et venues des leurs. Du moment que le shiké Jébu était parti, le vieil abbé venait chercher son corps pour en disposer selon le rituel zinja. Ce vénérable vieillard ne pleura pas. Je m'y attendais d'ailleurs, sachant que les zinjas ne considèrent pas la mort comme un mal. Il me remercia d'avoir sauvé le corps. « Ainsi, dit-il, son urne ne sera pas vide » ; il alluma une torche de pin et resta assis à regarder le visage du shiké pendant une heure.

« Puis il sursauta et se pencha en avant. Il chuchota qu'il avait vu un rien de vapeur au-dessus des narines de Jébu. Il entreprit alors de l'examiner attentivement, le palpa ici et là, lui enleva son casque et certaines parties de son armure. Il me demanda de prendre le pouls du shiké en disant qu'il craignait de se laisser abuser par son émotion et de trouver des signes de vie même s'il n'y en avait pas. Mais je sentis une légère pulsation sous le bout de mes doigts. Quelque part, au milieu de cette grande forme immobile, sous son armure piquée de flèches, quelque chose vivait. Le vieillard m'avertit pourtant que le shiké mourrait probablement dans moins d'une heure.

« Quoi qu'il en soit, nous devons quand même tout faire pour lui », dit-il.

« L'Ame n'est pas encore prête à laisser tomber le masque qu'est Jébu », chuchota l'abbé à l'oreille du shiké. Il tira des poches de sa robe des petits flacons et des sachets de papier. Il lui souffla une poudre rosâtre dans les narines. Il fit couler goutte à goutte le contenu de petits tubes de porcelaine entre ses lèvres tout en murmurant des incantations zinjas à l'intention du blessé. Il m'a semblé entendre une fois le mot « diable ». Puis nous entreprîmes d'arracher les flèches. L'abbé me demanda de briser les tiges de celles qui n'avaient pas pénétré les zones vitales, en laissant la pointe fichée dans la chair. Il fallait enlever immédiatement celles qui étaient plantées près du cœur, des poumons et de l'estomac et qui auraient pu être fatales quand nous le déplacerions. Je tins la torche pendant que le vieil abbé ouvrait les plaies pour enlever les pointes de flèches. Il les pansa ensuite avec du papier médical et du tissu de coton. Cet homme doit avoir trois fois mon âge mais il a les mains plus sûres que les miennes ne l'ont jamais été.

« La nuit devenait plus sombre et plus froide autour de nous. L'abbé Taïtaro m'expliqua que ce froid était bénéfique car il ralentissait les fonctions vitales, si bien que le shiké avait moins besoin de forces pour survivre. En outre, le froid empêcherait ses nombreuses blessures de s'infecter. Il me dit que les zinjas apprenaient à ralentir les battements de leur cœur, leur respiration et toutes les autres activités corporelles afin de protéger leur énergie dans un corps apparemment mort, de même qu'un feu peut se dissimuler sous la cendre. Nous enveloppâmes le corps du shiké dans des robes et nous fabriquâmes une civière avec des lances et des couvertures afin de le transporter.

« Avant de quitter le ravin, nous trouvâmes le corps d'un Mongol aux cheveux roux de la taille du shiké. Nous lui mîmes son armure. L'abbé me dit que les hommes d'Hideyori tiendraient certainement à avoir une preuve de la mort de Jébu mais que, pour eux, un Mongol roux lui ressemblait suffisamment. Quand la tête arriverait au seigneur Hideyori, elle serait si décomposée que personne ne pourrait le reconnaître. Voilà pourquoi votre père identifia le shiké en voyant la tête d'un Mongol inconnu.

— L'autre tête était-elle celle de Yukio ?

— Hélas oui, dame. Avant de quitter la scène de la bataille, les Mongols parvinrent à retirer le cadavre de Yukio du bâtiment en flammes dans lequel il avait commis *seppuku.*

— Pourquoi les Mongols s'en allèrent-ils aussi hâtivement ?

— Des éclaireurs leur avaient dit que l'armée du seigneur Yerubutsu approchait et qu'elle avait déjà attaqué leur arrière-garde. Arghun n'hésita pas un instant et ils s'enfuirent sans prendre le temps de ramasser les têtes qu'ils étaient venu chercher. Le seigneur Hideyori s'est pris à son piège. Il s'était arrangé pour qu'Arghun tue Yukio puis que Yerubutsu attaque Arghun, après quoi une armée venue de Kamakura écraserait Yerubutsu. L'attaque prématurée de Yerubutsu n'a pas laissé à Arghun le temps de ramasser la tête de Jébu et nous a donné, à l'abbé et à moi-même, la possibilité de sauver le shiké. Les gens d'Oshu combattirent les Mongols et les poursuivirent toute la nuit. Quand ils revinrent sur la scène du combat, l'abbé et moi avions déjà emporté le corps. Ils envoyèrent les têtes qu'ils crurent les bonnes à Kamakura et le seigneur Hideyori les récompensa en envahissant leur pays.

« Nous fîmes un voyage épouvantable dans les montagnes d'Oshu. Nous voulions atteindre le temple zinja de l'Ours noir, près d'Oma, à la pointe septentrionale de l'île d'Honshou. Pendant des jours et des jours, nous pataugeâmes dans la neige des vallées entre des pics noirs. Il nous fallut gravir des rochers aussi hauts que le palais impérial. Nous avions attaché une extrémité de la civière au cheval de l'abbé et nous portions l'autre à tour de rôle. Le shiké a survécu tout ce temps-là. Je n'ai jamais rien vu qui ressemble autant à un miracle. Les médicaments zinjas y furent évidemment pour quelque chose. Ils maintinrent l'infime flamme de vie qui subsistait chez Maître Jébu, de même que l'huile alimente une lampe. Ces potions nous furent utiles à nous aussi. Une certaine poudre prise avec nos repas de poisson séché et de galettes de riz nous donna la force de persévérer. Cette poudre me rendait même joyeux en dépit de la tragédie à laquelle j'avais assisté et de l'épreuve que nous subissions. Si je pouvais me procurer de cette poudre pour les ouvriers de mon chantier naval, je pourrais construire en un an une flotte aussi puissante que celle du Grand Khan.

« Enfin nous arrivâmes chez une famille de bûcherons. L'abbé paya le fils aîné pour qu'il parte à cheval demander du secours au temple de l'Ours noir. Deux jours plus tard, un groupe de moines zinjas vint à notre rencontre avec des chevaux et un palanquin, si bien que nous avons atteint le temple dès le lendemain. J'étais tellement épuisé que je ne me souciais plus de savoir si Jébu vivait encore.

« Il était encore très près de périr. Notre long trajet à travers les montagnes du nord à l'approche de l'hiver avait failli l'achever. Après l'avoir mis au lit dans leur monastère, les moines retirèrent toutes les flèches qui restaient sur son corps, nettoyèrent et pansèrent ses blessures avec des poudres, des papiers, des onguents et du tissu de coton. Ils ne cessaient de murmurer des invocations. L'abbé m'expliqua que ces prières pénétreraient au plus profond de l'être de Jébu, dans la partie qui ne dort jamais et enjoindraient à ses énergies internes de hâter son retour à la vie. Ils utilisaient aussi des potions et des nourritures liquides. Mais quelques jours après son arrivée au monastère, Jébu fut pris de fièvre et nous faillîmes le perdre de nouveau. Taïtaro et moi nous relayâmes auprès de lui, nuit et jour. Je vis la fièvre lui dévorer la chair jusqu'à ce qu'il me semblât ne plus rester de lui qu'un squelette. Après avoir passé, l'abbé et moi, plusieurs jours et nuits sans sommeil, nous vîmes baisser la fièvre. Je remarquai alors que sa chevelure et sa barbe avaient blanchi.

« Jébu resta inconscient pendant plus d'un mois. La neige tomba si dru qu'elle couvrit tous les bâtiments. Quand je n'étais pas près de lui, je bavardais avec les moines zinjas. J'appris que, parmi les frères de cet ordre, bien qu'ils soient hostiles au culte des héros, notre shiké était considéré comme le plus vaillant guerrier de notre époque. »

Taniko pensa : n'est-il pas étrange qu'Hideyori périsse à la suite d'une chute de cheval alors que survive Jébu tombé d'une falaise, percé de flèches ? Il est vivant ! il est vivant ! clamaient les battements de son cœur pendant que Moko parlait.

« Un soir, après que le cuisinier du monastère fut parvenu à lui faire prendre goutte à goutte tout un bol de soupe, Jébu commença à remuer de manière désordonnée. Je l'observai passionnément. Ses yeux s'ouvrirent. Il me regarda et pleura de joie. Je voulus me lever d'un bond et appeler Taïtaro ainsi que les autres moines mais l'idée de quitter la chambre un seul instant me fut insupportable. J'agitai les mains, je sautai sur place et je bredouillai. Il me considérait d'un air intrigué. Je compris que son dernier souvenir était celui des flèches mongoles pénétrant sa chair au bord d'une falaise en Oshu. Peut-être se croyait-il au paradis et constatait-il une ressemblance extrêmement bizarre entre le Bouddha et son vieux serviteur Moko. Enfin, il prononça une seule phrase : « Trouverai-je jamais la paix ? » Sa tête retomba sur la couverture et il referma les yeux.

« Je courus chercher l'abbé. Lui et moi, nous restâmes au chevet du blessé jusqu'à l'aurore mais il ne dit plus rien. Le lendemain, il se réveilla encore, me salua ainsi que son père adoptif. Il nous demanda où il était et comment il y était arrivé. Il pleura longtemps le seigneur Yukio. Le vieil abbé lui dit que les zinjas le cacheraient parce que le shogoun voudrait certainement le faire périr. Je m'attendais à une réaction de rage lorsqu'il entendrait le nom d'Hideyori mais il dit seulement : « Muratomo no Hideyori est l'homme le plus tourmenté que j'aie jamais connu. »

Comme c'est vrai, pensa Taniko, et combien il a tourmenté son entourage ! Mais si Jébu n'éprouvait pas de haine pour Hideyori, pourquoi était-il venu au sanctuaire d'Hachiman ?

« Jébu étant en bonne voie de guérison, j'avais hâte de regagner Kamakura. Mais, à ce moment-là, la côte était prise par les glaces et la neige rendait les routes impraticables. Je restai donc au temple, je vis le shiké reprendre des forces et j'en appris plus au sujet des zinjas. L'abbé Taïtaro lui apporta un étrange cristal gravé de dessins compliqués qu'ils appellent le Joyau de Vie et de Mort. Le shiké passait des heures à le contempler, dans un silence tellement profond que même un tremblement de terre ne l'en aurait pas arraché. Il me permit de le regarder quelquefois mais cela me fit mal aux yeux. Ces choses d'un autre monde ne sont pas pour moi.

« A l'approche du printemps, Jébu était assez rétabli pour se promener dans l'enceinte du temple. Je me demandai ce qu'il allait faire désormais. Des années auparavant l'ordre des zinjas lui avait enjoint de servir le seigneur Yukio auquel il avait consacré plus de la moitié de sa vie. Qu'est-ce qui lui permettrait de survivre à une telle perte ? Je n'ai pu rester assez longtemps pour l'apprendre.

Pendant des mois, ni ma famille ni ceux qui travaillent avec moi, au chantier naval, n'avaient eu de mes nouvelles et ne savaient si je vivais encore. Il était temps de retourner auprès d'eux. Je pris donc congé du shiké, de Taïtaro et des autres moines.

« Maintenant, dame, je vous ai dit tout ce que je sais. J'ignore où se trouve le shiké actuellement. Je ne sais pas du tout comment il se trouva au sanctuaire d'Hachiman quand sa seigneurie le shogoun y rendit visite pour son plus grand malheur. Je sais que lorsque je l'ai quitté, il me paraissait assez calme. La seule chose qui m'inquiète, ce sont les mots qu'il a prononcés à son premier réveil : « Trouverai-je jamais la paix ? » Je ne cesse d'y penser. Etait-il... est-il vraiment si malheureux qu'il souhaite mourir ? J'avais toujours cru qu'il vivait à sa guise, un privilège dont jouissent bien peu d'hommes. »

Évidemment, il est malheureux, pensa Taniko. Elle eut envie de le revoir et de le serrer dans ses bras. Je sais pourquoi il est triste et peut-être suis-je la seule au monde qui puisse le rendre heureux.

« J'ai autre chose à vous demander, Moko, dit-elle en souriant. A-t-il parlé de moi ? »

Moko parut gêné. « Oui, il voulait savoir si vous alliez bien, si vous aviez gardé le petit Sametono auprès de vous.

— Ce n'est pas cela que je vous demande, Moko. Que semblait-il penser de moi ? »

Moko la regarda tristement. « Vraiment, je ne saurais le dire, dame.

— Confiez-moi au moins ce que vous supposez. »

Moko soupira. « Il a insisté pour que je ne vous dise pas qu'il est vivant.

— Pourquoi vous ferait-il promettre une chose aussi cruelle ?

— Dois-je vraiment vous le dire, dame ? » Moko avait visiblement du chagrin.

« Ne vous conduisez pas ainsi avec moi, Moko », dit Taniko d'une voix si aiguë qu'elle en cria presque, alors qu'elle n'était guère portée à élever la voix, même dans les circonstances les plus éprouvantes.

Moko ferma les yeux si énergiquement que ses paupières se plissèrent. « Voilà ce qu'il m'a dit, dame : « Elle m'a trop longtemps torturé. J'espère quitter ce monde sans la revoir. » Excusez-moi. »

Moko ne lui aurait pas fait plus mal en lui enfonçant un poignard dans le cœur. Elle couvrit son visage derrière ses manches et pleura. Moko, silencieux et affligé, était incapable de la réconforter.

Enfin, quand les sanglots s'espacèrent, il reprit : « Maintenant que vous avez entendu le pire, vous ne pourrez jamais souffrir plus. »

Elle scruta les yeux étranges qui semblaient regarder dans toutes les directions sauf vers elle. « Vous avez raison, Moko-san. Maintenant que j'ai entendu le pire, les choses ne peuvent qu'aller mieux. Et vous pouvez m'aider. Il est une chose que vous seul pouvez faire pour moi. »

9

Même du vivant de Muratomo no Hideyori, le Bakufu n'avait guère cherché à appliquer les décrets interdisant aux moines de porter des armes. Depuis sa mort, personne ne s'en souciait. Le temple zinja de la Perle prospérait à l'ouest du mont Fuji, rien qu'à quelques jours de Kamakura. Étant donné qu'il n'y avait guère de combats en cours à ce moment-là, les moines passaient leur temps à s'entraîner aux arts martiaux et à les enseigner aux jeunes samouraïs de la région. C'est là que Moko trouva Jébu après une enquête discrète. Pour s'entretenir en paix, ils montèrent sur le chemin de ronde du large mur de pierre. Le pic en forme de cône du mont Fuji, doré par le soleil de l'après-midi, dominait des chaînes de collines verdoyantes. Moko n'avait pas vu le shiké depuis un an. Il était encore affaibli mais moins squelettique. Sa barbe et ses cheveux blancs avaient poussé.

« J'ai entendu dire que vous étiez présent lors d'un certain événement tragique à Kamakura, shiké », hasarda Moko.

Le visage foncé et osseux se renfrogna. « Je ne voulais pas que meure Hideyori. Je ne suis pas allé là-bas pour le tuer.

— Vous aviez pourtant de sérieux motifs, shiké. »

A la lumière de l'après-midi, les yeux de Jébu prenaient une teinte gris perle, ils semblaient ne rien regarder. Moko se rendit compte qu'il ne connaissait pas du tout cet homme. Jébu avait perdu tout ce qui lui donnait une raison de vivre, il était mort et on l'avait ramené à la vie sous un aspect totalement différent de celui qu'il avait auparavant. Le coeur de Moko se serra. Comment pourrait-il persuader un être aussi éprouvé ?

« Je suis allé affronter Hideyori parce que mon ordre m'a envoyé, dit le shiké. Notre conseil des abbés estimait qu'il serait vain de supplier un homme comme lui d'annuler son édit supprimant les congrégations armées. Il décida donc d'agir sur son point le plus faible : la superstition. Voilà pourquoi je suis apparu devant lui au sanctuaire d'Hachiman.

— Vous avez joué un jeu dangereux, shiké. Si on vous avait reproché la mort du shogoun, les samouraïs se seraient rués sur tous les temples zinjas des Iles sacrées.

— Si l'ordre d'Hideyori était resté en vigueur, ils en auraient fait autant.

— Par bonheur pour vous et pour votre ordre, dame Taniko a fait taire ceux qui attribuaient la mort du shogoun à un moine zinja », dit Moko, faisant ainsi remarquer à Jébu qu'il devait de la reconnaissance à Taniko.

Le shiké haussa les épaules. « Elle n'avait aucune raison d'en vouloir aux zinjas. » On aurait dit qu'il parlait d'une étrangère.

Moko prit une profonde inspiration et plongea dans le vif du sujet. « Shiké, bien peu de gens vivant dans notre pays aujourd'hui savent quoi que ce soit du terrible ennemi que nous devrons sans doute affronter bientôt. Il se pourrait que la pire conséquence de la mort du seigneur Yukio soit que nous ayons perdu le seul général qui nous aurait conduits à la victoire sur les envahisseurs mongols. De tous les survivants de l'expédition en Chine, vous et dame Taniko êtes les mieux qualifiés pour conseiller nos chefs militaires. Vous ne devez donc pas vous confiner dans un monastère. Dame Taniko m'envoie vous dire qu'elle a besoin de vous à Kamakura.

— Le pire au sujet de la mort de Yukio, c'est qu'il ne lui restait plus que douze hommes prêts à combattre pour lui. » Ce disant, Jébu se détourna mais Moko eut le temps de voir des larmes perler à ses yeux gris. Le regard du shiké parcourut le domaine du temple de la Perle, fort bien nommé car il était dissimulé dans une vallée isolée comme une perle dans un écrin. Ses nombreux bâtiments étroits, longs et bas, couverts de chaume, étaient reliés les uns aux autres par des galeries couvertes. A proximité du portail se trouvaient les logements des hommes, des femmes et des invités. Un peu plus loin il y avait les salles d'entraînement aux arts martiaux et les écuries. Au-delà d'une longue mare étroite servant de piscine s'étendait le terrain de tir à l'arc et d'équitation. L'enceinte englobait aussi des collines boisées, sillonnées de ruisseaux où les élèves pouvaient parfaire leur entraînement en campagne. Le temple proprement dit se dressait au point le plus élevé. C'était une construction aussi simple que tous les autres bâtiments. Un escalier en zigzag y conduisait. Sur le côté le plus éloigné du sanctuaire, face au mont Fuji, il y avait un torii : portail symbolique consistant en deux piliers reliés par un linteau aux extrémités relevées. Moko ne vit ni bannière ni arme et il ne régnait aucune activité d'entraînement dans ce domaine rustique, fort différent du décor qu'on imaginerait en pensant que ses habitants pratiquaient avec une intensité fébrile les arts les plus mortels connus par l'homme. Moko n'en fut que plus effrayé.

« Dame Taniko a fait tout ce qu'elle a pu pour vous, shiké, dit-il. Elle n'a cessé de chercher à démontrer au seigneur Hideyori que son frère ne lui était pas hostile. Pendant longtemps elle a cru qu'il ne voulait pas vous faire tuer. Lorsqu'elle découvrit qu'il avait ordonné votre mise à mort, elle a rompu avec lui sur-le-champ. Il l'aurait probablement fait exécuter s'il n'était mort à temps. Elle ne vous a jamais abandonnés, ni vous ni le seigneur Yukio, pas un seul instant. »

Jébu secoua la tête avec colère. « Qui aurait pu croire qu'Hideyori voulait nous laisser survivre ? Quoi qu'elle soit, Taniko n'est pas sotte.

— Elle était captive d'Hideyori, shiké. Il tissa un réseau autour d'elle à travers lequel rien ne passait sans sa permission. Elle ne vous avait pas parlé et n'a reçu aucun message de vous depuis des années.

— Je lui ai envoyé une lettre après la mort d'Atsue.

— Hideyori a dû l'intercepter. Elle tient toujours à vous. C'est à cause d'elle que je suis allé vous chercher sur la terre d'Oshu. Elle m'a convoqué en secret pour me dire qu'elle vous savait encore vivant. Elle rayonnait de bonheur mais elle était aussi terrifiée par les dangers que vous couriez, le seigneur Yukio et vous. »

Jébu sourit et posa une main sur l'épaule de Moko. « Le karma s'est rarement manifesté aussi clairement, Moko-san. Voilà plus de trente ans, j'ai épargné ta vie et récemment tu as sauvé la mienne.

— C'est dame Taniko qui vous a pressé de m'épargner, shiké. Nous sommes liés tous les trois par ce qui commença sous un érable au bord de la Tokaïdo. Vous ne devez pas la fuir. »

Jébu saisit le parapet de ses grandes mains osseuses, tellement crispées que les jointures de ses phalanges blanchirent. « J'aime Taniko depuis notre voyage sur la Tokaïdo. Je l'ai toujours aimée sans espoir. Elle n'a cessé de repousser mon amour. Je suis moine et guerrier et ne puis être autre chose. Elle me le reproche et me méprise parce que je suis ce que je suis. Maintenant elle veut me revoir. Il est trop tard. Elle ne m'a jamais pardonné au sujet de Kiyosi et d'Atsue. Moi non plus je ne lui pardonne pas la mort de Yukio.

— Mais elle n'a rien fait contre le seigneur Yukio, maître Jébu !

— Elle a épousé celui qui le fit assassiner. Elle n'a jamais pensé qu'à s'unir à des hommes puissants : Horigawa, Kiyosi, Koubilay khan, Hideyori. Je n'aspire pas au pouvoir, Moko. C'est lui qui s'est toujours dressé entre elle et moi. Maintenant elle l'a. Elle a chassé Bokuden de la régence. Son oncle est chef des Shima ; son cousin, régent ; son fils adoptif, shogoun. J'ai appris que les samouraïs l'appellent Ama-Shogoun. A la réflexion, elle est la véritable impératrice des Iles sacrées, plus puissante que ne pourrait l'être actuellement n'importe quel souverain. Peut-être découvrira-t-elle qu'il est plus facile de saisir le pouvoir que de le garder. Je ne l'assisterai en rien. La veuve d'Hideyori peut demander conseil à son fantôme. Le pays qui a laissé périr Yukio ne mérite pas d'être protégé de Koubilay khan. »

Le cœur gonflé de désespoir, Moko tendit les mains vers Jébu. « Shiké, vous ne pouvez être aussi inexorable envers la femme que vous aimez ni envers votre pays. »

Jébu pivota si vivement que sa robe grise tourbillonna. Il se dirigea vers l'escalier conduisant à la cour du monastère. « Merci d'être venu, Moko, bien que je ne puisse rien t'accorder, fit-il sèchement. Il y aura au temple un service solennel après le coucher du soleil, ce soir. Les membres de notre ordre se divisent en trois catégories : moines, maîtres et abbés. Aujourd'hui un moine doit subir les épreuves donnant accès au cercle des maîtres. Ce moine, c'est moi.

— Votre ordre va vous honorer, shiké ! s'exclama Moko. C'est merveilleux !

— Nous ne considérons pas le titre de maître comme un honneur mais comme un surcroît de devoirs. Aucun moine ne cherche à quitter le premier rang. Dans les cercles les plus élevés, il est plus difficile de vivre en vrai zinja, d'acquérir la perspicacité et de rester en contact avec l'Ame. J'ai fait remarquer à mes frères que sans toi je ne serais plus vivant et je leur ai demandé de t'accorder le privilège d'assister à cette cérémonie. Je dois toutefois te mettre en garde : les rites des zinjas sont parfois terrifiants.

— N'ai-je pas dit que je vous suivrais n'importe où, shiké ? »

Moko attendit tout l'après-midi dans la maison des hôtes, au temple de la Perle. Il déplora de n'avoir pas réussi à changer les sentiments de Jébu envers Taniko et il s'inquiéta au sujet de la cérémonie. Il avait déjà vécu dans des monastères zinjas mais n'avait jamais été invité à l'un de leurs services. Tous les bruits qu'il avait entendus à leur sujet lui revinrent à l'esprit : ils adoraient des diables, exécutaient des sacrifices humains, blasphémaient contre l'empereur, pratiquaient la sodomie. Il espéra que la cérémonie de ce soir-là serait convenable et qu'on médisait à tort de ces moines.

C'était au début de l'été. Stores et rideaux de son appartement étaient ouverts. De temps en temps, un zinja en robe grise portant une corde blanche en sautoir se présentait au portail. On le conduisait solennellement au quartier des moines. C'étaient évidemment des maîtres et des abbés au visage austère et dénué d'expression. Moko prit peur. Au cours de sa vie, de ses voyages, de sa formation comme charpentier et constructeur naval, il en était venu à considérer la plupart des religions comme des histoires sans queue ni tête. Toutefois il trouvait quelque chose de terriblement convaincant chez les zinjas.

Moko pouvait observer quelques femmes de zinja lavant leur linge dans un petit ruisseau qui passait devant leur bâtiment. Ces femmes excitaient sa curiosité depuis longtemps mais il avait toujours eu trop peur des moines pour leur poser des questions à leur sujet.

L'ombre de la colline du temple s'allongea dans l'enceinte et finit par atteindre la pièce où attendait Moko. Quand le soleil se coucha, son cœur se serra comme s'il prenait congé d'un vieil ami qu'il ne reverrait plus. Un moine ouvrit une porte derrière lui. Il sursauta mais se garda de crier. Ce moine alluma une lampe à huile et lui donna sans rien dire une robe noire en coton que Moko passa par-dessus son kimono. Un ample capuchon et un lacet de soie également noir qu'il serra à sa ceinture complétèrent sa tenue. Moko s'assit de nouveau par terre. Il se dit que s'il était déjà moine, il méditerait et se demanda : comment s'y prend-on pour méditer ?

Le crépuscule s'assombrit. Un croissant de lune jaune, pareil à une défense de sanglier, monta derrière le portail du monastère. Moko en eut le souffle coupé. Il regretta de ne pas voir la lune s'élever au-dessus de Fuji-san. Ce serait un beau spectacle. Un instant de beauté fait oublier la peur. Peut-être était-ce pour cela que les samouraïs s'attachaient tellement à la peinture et à la poésie ?

Sa crainte lui revint quand un moine encapuchonné vint à la véranda et lui fit signe d'approcher. Une procession d'abbés et de maîtres, leur tête et leur visage invisibles, gravissaient lentement l'étroit escalier aux marches de pierre. Ils ne portaient pas de torches. La lueur du croissant de lune suffisait à les éclairer. Le moine conduisit Moko à une file de zinjas qui s'écartèrent pour lui faire place. Puis tous montèrent vers le temple.

Quand il y entra, Moko fut frappé par sa simplicité : une salle nue, au sol de pierre foncée et polie, aux murs et au plafond de bois grossièrement équarri. Un bloc de roche rectangulaire en contrebas servait d'autel. On y descendait par des marches peu élevées, assez larges pour qu'une rangée de moines s'assoient sur chacune. Au-delà se trouvait le grand torii orienté vers le mont Fuji. Mais il faisait trop nuit pour que l'on vît l'un ou l'autre. A un rythme lent et monotone, un moine frappait d'un lourd gourdin une grosse bûche creuse suspendue à la poutre principale du plafond. Le son grave de cette espèce de cloche résonnait dans tout le temple.

La sobriété du décor parut étrange à Moko. Dans tous les temples bouddhistes dans lesquels il était entré des colonnes dorées et des statues peintes de couleurs éblouissantes abondaient. Même les temples shintoïstes, dans leur nudité, semblaient des palais par comparaison à cette salle de cérémonie. Seule la pièce de méditation d'Eisen offrait autant de simplicité, et encore s'y trouvait-il une statue de Daruma, fondateur du zen, devant lequel se prosternaient les néophytes. Le temple de la Perle était presque entièrement occupé quand Moko entra. Les robes blanches se trouvaient en bas, à l'avant et les grises, en haut, à l'arrière. Moko s'assit parmi elles et attendit. Le grondement de la bûche creuse continuait. Moko entendait derrière lui des glissements de sandales car d'autres moines entraient encore.

Tout à coup, ce fut le silence. L'abbé Taïtaro et le shiké Jébu apparurent derrière l'autel et le contournèrent. Le shiké était nu. Des cicatrices sillonnaient son corps tout os et muscles noueux. La nudité dans un temple ? Stupéfait, Moko se rappela les rumeurs de pratiques infâmes qu'il avait entendues au sujet des zinjas. Taïtaro arborait son sautoir de corde blanche.

Père et fils firent face à l'assemblée. Taïtaro se lança dans une longue incantation que Moko ne parvint pas à suivre. Il en appelait au soleil, à la lune, aux étoiles, à la terre, aux forces de la nature pour leur demander d'être témoins de ce qu'ils faisaient cette nuit-là. Tantôt il chantait, tantôt il récitait cette invocation, d'une voix étrangement aiguë et cela n'en finissait pas. Au cours des dernières années, la voix de Taïtaro avait perdu sa résonance. Elle était devenue grêle et aigrelette.

Enfin le vieil abbé déclara : « Moine Jébu, nous regrettons profondément de t'arracher à la vie active du cercle extérieur de notre ordre. Consens-tu à enseigner aux autres, bien que cela puisse te priver d'occasions d'accomplir de plus grands exploits ? »

D'une voix claire et ferme, contrastant avec celle de son père, Jébu répondit : « Il est temps que j'essaie de réaliser ce que je peux dans un autre cercle de l'ordre. »

Moko devina que l'un et l'autre récitaient les phrases d'un rituel ancien. A l'odeur de l'encens se mêlait un parfum qu'il n'avait jamais senti jusqu'alors : quelque chose d'intermédiaire entre le cèdre et le *tch'aï.* Il se détendit.

« L'ordre t'a déjà demandé de subir une épreuve qui aurait pu te coûter la vie, dit Taïtaro. Il en exige autant aujourd'hui.

— J'y consens. »

Taïtaro leva un bras. « Qu'il soit lié et menacé. »

Menacé ? De nouveau Moko sursauta. Il vit avec horreur deux moines gris s'approcher de Jébu, le coucher sur l'autel, lui assujettir bras et jambes avec des liens qu'ils nouèrent à des anneaux scellés dans la roche. Puis l'un d'eux grimpa sur l'autel et attacha une lourde lance à une corde tombant d'une poutre du plafond, de telle sorte que la pointe était dirigée sur la poitrine de Jébu. Si la lance tombait, elle traverserait le cœur. C'est une folie, pensa Moko. Le shiké survivait-il à l'épreuve d'Oshu pour être tué par les siens ? Il eut envie de crier d'arrêter mais la peur le paralysa.

« Tu peux encore refuser cette épreuve, dit Taïtaro. Si tu préfères persévérer, cela se passera comme lors de ton initiation à l'ordre. Ou bien tu te montreras apte ou bien tu cesseras d'exister. »

Dites-leur que vous ne voulez pas, shiké Jébu, supplia silencieusement Moko. Pourquoi risquer votre vie pour ce qui n'est pas même un honneur ? Pourquoi mourir dans une cérémonie insensée ? Mais Jébu qu'il admirait plus que quiconque était un de ces insensés, se rappela-t-il.

« Je persévère, dit Jébu de sa voix puissante.

— A certains moments de la vie il faut prendre une décision capitale, dit Taïtaro. Elle déterminera le cours de l'avenir de qui la prend et peut-être celui de maintes autres vies. Nous appelons ces décisions : problèmes vitaux. Moine Jébu, nous savons que tu affrontes en ce moment un problème vital que tu dois résoudre afin d'orienter ta destinée ainsi que d'autres. Pour être admis dans le cercle des maîtres, tu dois répondre à deux questions. D'abord, quel est le problème vital qui se présente à toi en ce moment? Ensuite, qu'en feras-tu? Tes réponses doivent montrer à cette assemblée de maîtres et d'abbés de l'ordre que tu as atteint le niveau de perspicacité qui te qualifie pour devenir un maître. Nous te donnons toute cette nuit pour réfléchir. Nous t'interrogerons juste avant le lever du soleil. »

Le vieux moine se détourna de l'autel sur lequel Jébu gisait lié, nu, une lance pointée sur son cœur. Il prit place au premier rang, parmi les robes blanches. Le bourdonnement de la bûche creuse reprit. De l'assistance s'éleva un chant étrange en une langue morte depuis longtemps. Les voix graves éveillèrent des échos profonds dans la salle.

Moko se demanda : allons-nous vraiment rester assis ici jusqu'à l'aurore? Il se rappela ce qu'il avait appris en Chine au sujet des astres et que cette nuit du cinquième mois était la plus courte de l'année. Il souhaitait évidemment que le shiké eût le temps de trouver les bonnes réponses aux questions bizarres de Taïtaro, mais les marches de pierre deviendraient terriblement dures avant le matin. Rester assis lui était déjà pénible. Le chant incompréhensible continua et Moko perdit la notion du temps. Il se surprit en train de pencher en avant comme s'il allait tomber endormi. Il entendit un frou-frou de robes autour de lui, redressa la tête et vit que des moines allaient et venaient dans le temple. Certains bavardaient à voix basse, d'autres sortaient de la salle. Comment pouvaient-ils se promener ainsi et bavarder alors qu'un homme gisait lié sur l'autel, en péril de mort? Ceux qui restaient à leur place continuaient leur chant envoûtant.

Au bout d'un moment, il eut honte d'oublier Jébu mais réalisa que souffrir d'une crampe pendant toute la nuit ou s'endormir dans le temple ne ferait aucun bien au shiké. Aussi se leva-t-il et s'en alla-t-il à petits pas jusqu'à la porte. L'air frais de la nuit, après qu'il eut été étourdi par les fumées de l'encens, lui fit du bien. Il se réjouit de voir clignoter les vers luisants comme des étoiles terrestres.

« Que dites-vous de tout cela, Moko-san? » demanda une voix derrière lui. Il sursauta et se retourna. C'était Tataïro.

L'ahurissement et l'indignation montèrent aux lèvres de Moko. « Que votre sainteté me pardonne mais je ne vois dans cette cérémonie qu'une comédie saugrenue. Vous aimez votre fils. J'étais auprès de vous sur les montagnes d'Oshu quand vous avez failli périr pour lui conserver la vie. Comment pouvez-vous l'encourager à la risquer pour que les autres zinjas l'appellent maître, alors qu'apparemment cela ne signifie rien, pour autant que je le comprenne? » Un soupçon lui vint tout à coup à l'esprit. « Peut-être ne risque-t-il pas du tout sa vie? Vous ne le laisseriez pas transpercer par cette lance, n'est-ce pas?

— Certainement si, dit Taïtaro. Si ses réponses manquent d'authentique perspicacité, c'est moi qui trancherai la corde d'un coup de sabre et la lame tombera.

— Pourquoi, sainteté? Qu'est-ce qui vous pousse à faire cela?

— Je crois que seul un certain genre de vie mérite d'être vécu.

— Je ne sais pas ce que cela veut dire, sainteté.

— Ne cherchez pas à tout comprendre d'un ordre que ses membres ne comprennent pas toujours, Moko-san.

— Mais pourquoi tuer un homme parce qu'il ne répond pas bien à une question?

— En ce qui concerne Jébu, le problème qui se pose n'est pas de savoir s'il connaît la bonne réponse, mais plutôt s'il avoue la connaître. » Taïtaro donna une légère tape sur la main de Moko et disparut.

Avec un pincement d'horreur, Moko se rappela les premiers mots que Jébu avait prononcés d'une voix plaintive lors de son réveil au temple de l'Ours noir et que lui seul avait entendus. Il comprit l'épreuve que les zinjas imposaient à Jébu. Ils lui offraient ce qu'il désirait : la paix. Il lui suffisait de donner une réponse qui ferait tomber la lance. Moko pria pour que Jébu désire rester en vie.

Il retourna au temple et reprit sa place parmi les moines. En dépit de son angoisse, le chant, l'encens, le grondement de la bûche creuse le firent glisser vers le sommeil. Il ne pouvait rien faire pour le shiké, sauf rester là. Il se vit à bord d'un navire glissant sur les vagues de l'océan bleu, loin du pays du Soleil Levant. On l'emportait ainsi vers la côte de Perse. Son bâtiment plongeait dans les vagues comme un cheval sauvage, sans voile ni aviron pour le faire avancer. La proue s'écrasa contre un énorme rocher vert et transparent comme une gigantesque émeraude. Il n'y avait en Perse que des femmes nues qui vivaient dans des tours rondes de pierre blanche, polie, sans porte. D'autres foncèrent vers la côte à califourchon sur des oiseaux monstrueux en brandissant des sabres. Leurs longues jambes brillaient au soleil. Elles l'entourèrent et élevèrent leurs armes. Sans doute allaient-elles le couper en morceaux pour nourrir leurs grands oiseaux. « Au secours! » s'exclama-t-il, terrifié.

Une main réconfortante lui secoua doucement l'épaule. L'écho de son cri retentissait encore. Des moines l'observaient. Le visage brûlant de honte, il inclina la tête pour cacher sa gêne. Ils me font l'honneur de m'inviter à leur cérémonie et je m'endors et je les dérange, pensa-t-il. Jébu aura honte de moi. Si j'étais de sang noble, je commettrais *seppuku* mais je n'en suis même pas digne.

La voix grêle de Taïtaro perça à travers son tourment. « L'heure est venue de parler, moine Jébu. »

Il y eut un long silence. Moko frémit en pensant qu'il ne répondrait pas. Le shiké en était bien capable car il lui répugnerait de donner une réponse incorrecte. Il laisserait le silence annoncer qu'il avait choisi la mort. Moko s'obligea à regarder ce corps nu étendu sur l'autel de pierre et l'implora silencieusement de parler. Le ciel devenait plus clair vu par la porte ouverte du temple. La silhouette du grand torii et le cône du Fuji se dressaient, noirs, dans le ciel indigo.

« Je viens d'entendre un appel au secours. » Jébu dit cela d'une voix assez distincte pour être entendue mais d'un ton aussi désinvolte que s'il s'entretenait avec quelques amis. « Plus tôt aujourd'hui, j'ai entendu un autre appel au secours et j'ai refusé d'y répondre. L'ordre m'a appris depuis mon enfance à n'attendre que douleurs de la vie. J'ai maintenant cinquante ans. J'ai aimé et l'amour ne m'a donné que tourments. J'ai vu la femme que j'aime épouser mon ennemi. Il m'a fallu tuer de mes propres mains l'homme que j'aimais. La mort lui a donné la paix. Je me suis précipité dans l'étreinte de la mort à bras ouverts et je me suis réveillé pour découvrir plus tard que même la mort m'abandonnait.

« Rien ne m'oblige à combattre encore mais la femme qui dirige ce pays, celle que j'aimais autrefois, m'appelle. Voilà le problème vital sur lequel vous m'avez interrogé, père. Je sais qu'il n'a pas de solution correcte. Mourir sur cet autel serait correct. Rester dans ce temple et refuser de partir serait correct. Aller à Kamakura pour aider la dame qui m'envoie chercher serait correct. J'ai pris ma décision. C'est la bonne parce que je l'ai prise. » Jébu marqua un temps d'arrêt. « Je serai enseignant mais pas dans un monastère zinja. J'irai à Kamakura. »

Une lumière aveuglante apparut derrière Jébu, au-dessus de la pointe du mont Fuji, comme si un volcan entrait en éruption. C'était le bord du soleil levant. Moko retint son souffle quand Taïtaro avança son sabre levé. Il voulut crier mais la terreur lui crispa la gorge. Le sabre de Taïtaro étincela et coupa les cordes qui retenaient Jébu à l'autel. Le cri de Moko devint un soupir de soulagement. Le vieil abbé s'éloigna de Jébu à reculons, rengaina son sabre et s'agenouilla.

« Dans cette décision, l'Ame s'est manifestée », dit-il d'une voix à peine audible. Il s'inclina lentement jusqu'à appuyer son front sur le sol. Rang après rang, les moines firent de même. Moko s'inclina aussi, ravi parce que Jébu était sain et sauf mais aussi parce qu'il retournerait avec lui à Kamakura pour aider dame Taniko à combattre les envahisseurs. Moko resta ainsi longtemps prosterné, le cœur palpitant de joie. Il entendit remuer autour de lui et finit par lever la tête. Le soleil était tout à fait visible : grand disque rouge piqué sur la pointe noire de Fuji-san. Le torii encadrait l'astre et la montagne d'une manière parfaite. L'homme qui avait passé toute la nuit lié sur l'autel était debout, les bras tendus en un geste de bénédiction. Moko réalisa que le temple et le torii avaient été bâtis de telle sorte qu'à l'aurore du plus long jour de l'année le soleil y parût centré au-dessus du Fuji. Ce n'était pas par hasard que cette cérémonie avait eu lieu cette nuit-là.

Taïtaro aida Jébu à revêtir une longue robe grise. « La tenue du maître est d'un gris qui représente le vide, dit-il.

— Au sein même de la connaissance se trouve le vide », répondirent en chœur les moines.

Taïtaro passa autour du cou de Jébu une corde blanche serrée par un nœud compliqué. « L'univers est uni par une corde tenue par un seul nœud, dit-il.

— C'est la corde qui est l'Ame et elle lie l'Ame », chantèrent les moines.

Un autre zinja avança vers Jébu et lui tendit un gros livre relié entre deux plaques de bois. « Prends *Le Manuel zinja,* fit Taïtaro. Il contient la portion de notre connaissance qui peut être écrite. Lis-le chaque jour et distribue ses trésors à ceux qui le méritent. »

Les moines chantèrent en chœur : « La sagesse est une flamme qui réduit en cendres les mots écrits. »

D'une voix toujours aussi grêle mais plus solennelle Taïtaro enchaîna : « Accueillons un nouveau maître dans notre ordre. » Alors, au grand étonnement de Moko, les moines perdirent toute tenue en se redressant joyeusement. Ils riaient, chantaient, se précipitèrent vers Jébu afin de l'acclamer et de l'embrasser. Le charpentier n'avait jamais vu des moines se conduire ainsi. Mais l'euphorie du moment l'emporta et il se précipita dans le cercle qui entourait Jébu.

Quand ce dernier le vit, il tendit la main et le saisit par l'épaule. « Voilà celui qui m'a apporté mon problème vital », dit-il.

Moko baissa la tête, gêné. « Je vous en prie, shiké, ne me faites pas remarquer.

— Ce sont souvent les humbles qui déterminent de grandes destinées », dit Taïtaro.

Moko se tourna vers le vieil abbé. « La destinée s'est-elle manifestée ici, Votre Sainteté ? Ou bien les choses auraient-elles pu tourner autrement ? » Il aurait aimé croire que le shiké n'avait pas été vraiment exposé au danger, tout en désirant avoir eu de bonnes raisons de trembler.

« L'épreuve de ce soir aurait pu avoir une autre issue, dit Taïtaro. Rien ne permettait de prédire ce que déciderait Jébu. Mais je discerne un canevas passionnant dans ces événements. Si vous le voulez, vous pouvez le considérer comme le canevas de la destinée. Je vous l'expliquerai en route pour Kamakura.

— Alors vous venez avec nous, sainteté ? C'est merveilleux !

— Je ferai une partie du chemin avec vous, en effet », dit Taïtaro en souriant. Jébu pivota sur lui-même et regarda fixement le vieil abbé.

« Shiké, conclut Moko, êtes-vous content d'avoir pris cette décision ? »

Jébu garda les yeux fixés sur Taïtaro. « Je n'en attends pas de bonheur, Moko. Quelque sentier que nous choisissions, il aboutit toujours au chagrin. Le malheur viendra peut-être à notre rencontre sur cette voie. »

Alors Moko se demanda tout à coup si le shiké avait jamais connu dans sa vie un seul instant de vraie joie. Une émotion le bouleversa qui le rendit mal à l'aise. N'était-il pas honteux qu'un homme aussi humble que lui éprouvât de la pitié pour un être aussi supérieur que Jébu ?

10

Des centaines de bannières arborant l'écu de la famille Shima flottaient sous une brise venant du grand océan, tout le long d'un cortège sinuant à n'en plus finir sur la Tokaïdo. Au milieu tanguait un palanquin argenté entouré d'officiers à cheval, aux casques ornés de cornes dorées qui étincelaient sous les rayons du soleil couchant. Un cousin du régent Munetoki se rendait à Heian Kyo où il siégerait au Rokuhara en qualité de représentant du Bakufu dans la capitale. Trois piétons, des sacs de voyage sur leurs épaules, regardaient passer le défilé. Deux d'entre eux étaient des moines zinjas barbus, vêtus de longues robes grises et le troisième un homme de petite taille, atteint de strabisme, qui arborait une superbe tunique et un pantalon de brocart écarlate. De chaque côté de la route une vaste plaine, divisée en champs de riz, s'étendait jusqu'aux montagnes lointaines. Sur le plus proche de ces champs, des paysans piétinaient dans l'eau qui leur arrivait jusqu'aux genoux, pour repiquer des pousses dans la boue où elles atteindraient leur maturité. Sans se soucier du grandiose défilé, ils se hâtaient afin d'achever leur tâche avant le coucher du soleil. De même que les sandales des fantassins frappaient la route au rythme des tambours, les dos et les chapeaux coniques des cultivateurs se relevaient et s'abaissaient à l'unisson cependant qu'ils plantaient les tendres pousses de riz en chantant un air millénaire : *Yattoko totcha, untoku na !*

Moko chuchota : « Ces paysans ont de la chance de ne pas être fouettés, voire pire, parce qu'ils ne s'inclinent pas devant un grand seigneur.

— C'est le grand seigneur qui devrait descendre de son palanquin pour s'incliner devant eux, dit Taïtaro. Il y a plus de noblesse à planter du riz qu'à conduire une armée. Les vies de ces paysans sont des épopées de misère qui n'ont jamais été écrites. Leurs enfants et eux se nourrissent de racines sauvages afin qu'ils puissent payer leur taxe de riz. Des millions d'entre eux peinent pour nourrir des milliers de guerriers et de gouvernants qui se croient importants. La véritable nation, c'est les paysans. »

Il désigna une haute colline couverte de forêts à bonne distance de la route et qui dominait l'océan. « Le passage de cette armée ne nous permettra pas d'aller plus loin aujourd'hui. Cette hauteur me paraît propice pour camper cette nuit. »

Jébu n'avait pas hâte d'atteindre Kamakura.

Lorsqu'ils eurent gravi la colline, ils allumèrent un petit feu de camp pour faire chauffer leur soupe de riz. Le grondement de l'armée en direction du sud s'était éteint. Les paysans étaient retournés chez eux. Les étoiles commençaient à apparaître à l'est, au-dessus de l'océan infini. Le côté de la colline sur lequel ils s'étaient installés plongeait, abrupt vers des amoncellements de rochers couverts d'écume. Le ressac apaisant des vagues rappela à Jébu le chant des paysans.

La lumière du feu de camp faisait paraître plus profondes les rides sur le visage de Taïtaro. « Jébu, dit-il. Cette nuit je veux t'expliquer plusieurs choses ainsi qu'à notre bon ami Moko. Des choses définitives. Donne-moi le Joyau de Vie et de Mort. »

Jébu ressentit la même appréhension que lors de son initiation. A plusieurs reprises, Taïtaro avait fait allusion à une maladie grave. Pourtant, bien qu'il fût extrêmement âgé — Jébu n'était pas sûr de son âge — l'abbé paraissait en bonne santé. Son fils tira le Joyau d'une poche secrète de la manche de sa robe neuve et le lui tendit.

« Laissez votre esprit errer et détendez-vous, dit le vieil abbé. Que le sommeil s'empare de vous. Ce joyau est comme un miroir, il reflète un autre monde dans lequel vit un kami : un grand esprit. En le contemplant on peut parfois s'unir à ce kami. »

J'ai eu l'impression de ne faire qu'un seul être avec un kami quand j'étais au sommet d'une hauteur en Oshu et que je protégeais Yukio de l'assaut mongol, pensa Jébu. Cette fois, l'Arbre de Vie apparut dans les méandres de lignes gravées sur le joyau, il pénétra les yeux de Jébu et sembla se propager dans son esprit. Un entrelacement complexe de branches se constitua autour de lui.

« Écoute-moi, Jébu, mais ne m'entends pas, dit Taïtaro d'une voix douce qui se distinguait pourtant du rugissement étouffé des lames se brisant contre les rochers. Plonge dans le monde du Joyau. Va où je t'envoie. »

Jébu vit s'écarquiller les paupières de Moko qui regardait avec inquiétude à travers les branches de l'arbre. En même temps ses pupilles reflétaient la lumière du feu de camp. Puis Moko se transforma en un géant, vêtu de fourrure, aux yeux verts et aux moustaches rousses qui tombaient au-dessus des commissures de ses lèvres. Jébu avait déjà vu ce géant au cours d'une vision et ne l'avait pas reconnu. Cette fois il sut que la couleur des cheveux et des yeux était celle des Borchikoun : la lignée de Mongols, hommes et femmes, d'où était issu son propre père, Jamuga le Rusé. Et ce géant n'était autre que Gengis khan, fondateur de la Famille d'Or, grand-père de Koubilay khan, ce Gengis qui avait envoyé Arghun poursuivre son père et lui-même. Le géant eut un sourire impitoyable et tendit ses énormes bras. Ils se trouvaient au sommet d'une montagne, les pieds enfoncés dans la neige. Au-dessous d'eux, dans toutes les directions, Jébu voyait les pays et les peuples du monde aussi distinctement que s'il considérait, du sommet d'une haute colline, des paysans en train de cultiver leur riz.

Comme il les avait déjà vues une fois, des armées de cavaliers que la distance rendait aussi petits que des poupées galopèrent vers la Grande Muraille, la franchirent et ravagèrent la Chine, brûlant les villes, massacrant des troupes innombrables envoyées contre eux. En achevant leurs conquêtes, les cavaliers se transformèrent. Armes et armures prirent de l'élégance. Des centaines de milliers de fantassins chinois se joignirent à eux ainsi que des contingents de troupes spéciales qui utilisaient les *hua pao* crachant le feu, de grandes machines de siège et des éléphants. L'armée conquérante était beaucoup plus nombreuse qu'au début. Elle s'attroupa au bord de l'océan, embarqua sur des jonques chinoises et traversa la barrière d'eau entourant le pays du Soleil Levant. Jébu pleura et gémit, désespéré en voyant les samouraïs succomber, d'abord à Kiou Siou, puis dans les Provinces Centrales. Les Mongols incendièrent Heian Kyo et passèrent toute sa population par les armes. Ils chassèrent devant eux l'empereur vers l'est de même que les Takashi et leur empereur avaient naguère été chassés vers l'ouest. Le dernier combat eut lieu à Kamakura. Avec une peine infinie, Jébu vit Taniko debout sur le chemin de ronde du château shogounal. Elle tirait des flèches sur les vagues d'envahisseurs. Enfin, désespérée, elle se retourna et se jeta dans les flammes qui consumaient le bâtiment adossé à la muraille.

Le chef des conquérants, Arghun Baghadur, tourna son visage buriné vers la montagne où se trouvait Jébu et leva les bras pour lui offrir son triomphe. Jébu releva la tête et constata que le géant enveloppé de fourrure qui se trouvait près de lui n'était autre que Koubilay khan.

Le peuple vaincu du Zipangu se mit à travailler pour les Mongols. Des villes nouvelles apparurent sur les ruines de celles qui avaient été détruites. On construisit des bateaux ressemblant à ceux des Chinois mais plus grands et tenant mieux la mer. Ils quittèrent les ports des Iles sacrées, de la Chine et de la Corée. Grâce aux *hua pao* établis sur leur pont, ils étaient capables de démolir les flottes ennemies à grande distance, de même que les cavaliers mongols exterminaient des armées sous les rafales de leurs flèches. Les énormes navires neufs emportèrent les armées du Grand Khan cap au sud vers les côtes d'îles et de royaumes couverts de jungle. Lorsque les montagnes et la végétation paralysaient l'assaut de la cavalerie mongole, le Grand Khan envoyait des troupes entraînées à d'autres méthodes de combat, expérimentées pour d'autres genres de terrain. Une nouvelle génération de samouraïs combattait désormais sous les bannières du Grand Khan et semait la dévastation chez ses ennemis. Les flottes obliquèrent vers l'ouest, attaquèrent et vainquirent des pays et des peuples dont Jébu n'avait que vaguement entendu parler.

« Ma cavalerie de la mer », grogna Koubilay khan.

Émerveillé, Jébu tourna lentement sur lui-même pour regarder vers les quatre points cardinaux. Le monde n'était plus un damier de pays divers. Gouverné par le Grand Khan, le Royaume central occupait désormais le milieu d'un empire qui s'étendait d'un océan à l'autre et ses flottes croisaient sur toutes les mers du globe.

Une voix métallique retentit au-dessus de Jébu. « Tous les peuples de partout n'existent que pour servir et enrichir la Famille d'Or », clama-t-elle. Le zinja vit une gigantesque statue d'or habillée de volumineuses robes raides comme celles d'un empereur chinois, se dresser au sommet de la montagne près de lui. Ses yeux, ses lèvres et ses mains remuaient mais le reste de son corps n'était que métal inerte. Tous les peuples de la terre convergeaient à pied vers la montagne. Ils s'y agenouillaient par millions et appliquaient leurs fronts sur le sol pour adorer la chose-qui-n'était-plus-humaine.

« Et maintenant, Jébu, reviens vers nous », dit une voix qui paraissait émaner de la statue d'or. Puis son visage devint celui de Taïtaro, proche du sien. Les yeux marron brillèrent sous leurs paupières ridées, presque closes. Doucement les vieux doigts émaciés prirent de la main de Jébu le Joyau de Vie et de Mort.

« Que s'est-il passé ? demanda le vieil abbé.

— J'ai fait un rêve épouvantable. J'en avais déjà eu du même genre. Je me rappelle en avoir fait souvent quand j'étais presque mort au temple de l'Ours noir. »

Taïtaro sourit. « Les rêves nous disent ce que nous savons déjà.

Mais dans cette vision j'ai ajouté mes connaissances aux tiennes pour t'aider à voir ce qu'il adviendrait des Iles sacrées si les Mongols s'en emparaient. »

Taïtaro donna de sa main osseuse une tape sur l'épaule de Moko. « Je t'ai dit que les événements constituent un grand canevas dans lequel nous avons tous vécu. La guerre des Dragons était nécessaire. Sans les samouraïs ni le shogounat, qui pourrait faire front à l'invasion mongole ? Un empereur qui n'est qu'une sainte marionnette... un gouvernement vénal ignorant tout du monde réel... une armée de courtisans non aguerris et de conscrits effarés ? Si les Takashi régnaient encore, la situation du pays ne serait guère meilleure. Ils s'amollissaient et se corrompaient rapidement pour tomber au niveau des Sasaki et des Fujiwara. Nous, les zinjas, avons contribué à préparer la nation à une attaque mongole, d'abord en aidant Yukio à gagner la Chine où il a appris avec ses compagnons samouraïs les méthodes mongoles de combat, puis en aidant Yukio et Hideyori à gagner la guerre des Dragons.

— La mort de Yukio était-elle nécessaire, elle aussi ? demanda Jébu sans aménité.

— Pas du tout, répondit tranquillement Taïtaro. Les deux frères Muratomo ont servi à unifier le pays du Soleil Levant. Yukio était général mais pas homme d'État ; Hideyori, homme d'État mais pas général. Malheureusement ce dernier appartenait à l'espèce de politicien qui redoute son entourage et finit par exterminer tous ceux qu'il craint. Mais nous n'y pouvions rien. Force nous était de travailler avec le matériel humain dont nous disposions.

— Je n'avais jamais imaginé que ma mission faisait partie d'un projet plus vaste, dit Jébu.

— Et je n'aurais jamais cru que votre ordre soit si puissant, dit Moko.

— Nous ne sommes pas tellement puissants, Moko-san, dit Taïtaro en secouant la tête. Notre petit nombre nous rend faibles et nous continuons à nous affaiblir parce que nous avons sacrifié nos vies pour infléchir le cours des événements, de même qu'un homme courageux se jette au-devant d'un attelage emballé pour l'empêcher d'écraser des enfants. Notre seule force c'est que notre ordre remonte loin dans le temps et s'étend sur toute la surface du monde.

« Nous portons un nom différent dans chaque pays. Ici nous sommes les zinjas. En Chine, nous fûmes les *Ch'in-cha* et maintenant la société secrète du Lotus blanc qui s'oppose aux Mongols. Parmi les Mongols eux-mêmes nous fûmes autrefois des chamans. Ce furent même les chamans de notre ordre qui guidèrent et assistèrent Jamuga le Rusé dans sa rébellion contre Gengis khan. Actuellement nous sommes représentés par des lamas tibétains qui ont l'oreille du grand Koubilay et qui, en quelques générations, apaiseront les Mongols. Dans les pays de l'ouest plus lointains, nous portons des noms tels que haschischin et templiers que tu ne connais pas, Moko-san.

« Toutes les branches de notre ordre ont un trait commun. Elles s'efforcent d'amener chaque membre en contact direct avec sa propre conscience et avec l'univers entier. Nous croyons essentiellement qu'il n'est pas d'êtres supérieurs ni de puissances surnaturelles ou magiques, ni même de règles séparant le bien du mal. Nous croyons qu'un jour l'humanité s'élèvera au-dessus de la civilisation et vivra comme les premiers habitants de la terre, sans prêtres ni rois ni guerriers. Nous estimons que le mortel banal ne peut se fier qu'aux autres mortels aussi banals que lui.

— Ce que vous dites là, sainteté, ne diffère pas tellement de quelques-unes de mes propres idées, dit Moko. J'admets qu'on doive respecter les dieux mais je crois qu'il ne faille pas compter sur eux. Cependant comment pouvons-nous espérer vivre sans dirigeants, ni enseignement religieux, ni guerriers ? Sûrement vous ne nous conseillez pas de ne plus adorer notre Fils du Ciel sacré. Vous-même, vous êtes à la fois un enseignant religieux et un professeur. Maître Jébu aussi. Franchement, votre sainteté, la plupart des gens n'ont pas envie d'apprendre les arts martiaux pour assurer leur propre défense. En ce qui me concerne, je n'en ai jamais eu envie. »

Taïtaro acquiesça d'un hochement de tête que Jébu ne remarqua pas en raison de l'obscurité. « C'est exact, Moko. L'homme ordinaire se fie à la protection du guerrier qui ne tarde pas à le réduire en esclavage. La réponse de notre ordre à cette tendance consiste à entraîner des moines militaires dévoués qui n'asserviront pas leurs frères humains.

— Excusez-moi, sainteté, mais le guerrier qui ne désire pas le pouvoir est pareil à un requin qui ne mange pas.

— Nous ne désirons pas la puissance parce que nous visons un but bien plus satisfaisant : la connaissance.

— Par ce mot désignez-vous ce que les bouddhistes appellent la Lumière ? Je n'ai jamais compris ce qu'ils veulent dire.

— Connaissance équivaut à Lumière, convint Taïtaro. C'est le contact entre notre propre conscience et l'Ame, comme je l'ai dit tout à l'heure. On ne saurait le décrire exactement avec des mots. Chacun atteint cette connaissance quand il découvre ceci : tout ce qu'il a fait pendant toute sa vie était l'activité de l'Ame.

« Nous croyons que les premiers habitants de la Terre n'avaient pas besoin de règles définissant le bien et le mal. Ils estimaient que tout se passe comme il se doit, même la mort. On dit même que certains d'entre eux pouvaient choisir le moment de leur trépas. Ils prenaient congé de ceux qu'ils aimaient, s'asseyaient tranquillement et laissaient la vie s'échapper d'eux. On va jusqu'à dire que certains grands maîtres finissent ainsi parce qu'ils ont étudié les mœurs de leurs lointains ancêtres.

« Nous estimons qu'un esprit de perfection existe chez tous les êtres humains. Il se heurte à la mentalité des législateurs et des prêtres. Il incite les esclaves à se rebeller contre des maîtres trop durs et les guerriers à manifester de la compassion envers les gens sans défense.

— Mais les zinjas observent des règles très strictes, sainteté, dit Moko. Vous parlez de libérer les hommes mais je sais que vos moines exécutent les ordres de leurs supérieurs. Il me semble que vous ne vivez pas selon vos croyances. »

Le feu s'était éteint. Dans l'obscurité la voix de Taïtaro paraissait encore plus faible. « Nous suivons librement les lois de notre ordre parce qu'elles nous permettent de nous maintenir dans un état de connaissance que nous désirons cultiver. Un samouraï s'abstient de boire la nuit qui précède une bataille, non parce que la boisson est un mal mais parce qu'elle diminuerait son agilité. Nous pouvons paraître des moines militaires disciplinés mais en réalité notre ordre représente la libération totale.

« Nos membres s'efforcent de s'assimiler aux habitants des pays où ils vont, tout en conservant nos connaissances et en les partageant avec ceux qui semblent prêts à les recevoir. Nous avons découvert qu'il est efficace de nous présenter sous l'aspect de moines guerriers semblables à ceux des temples bouddhistes ou shintoïstes. L'usage nous autorise ainsi à conserver un certain degré de secret. En formant des guerriers, nous nous assurons un moyen de nous protéger contre l'interdiction de notre ordre. Nous empêchons aussi la profession des armes d'être le privilège d'une classe. N'importe qui, cultivateur, artisan, commerçant peut rallier les zinjas et s'entraîner à l'autodéfense. Force nous est de nous dissimuler quand même, parce que certaines de nos idées sont étrangères aux habitants des Iles sacrées. Des hommes ont été exécutés pour avoir exprimé ouvertement des idées que j'ai exposées ici, cette nuit. Voilà pourquoi certains considèrent les zinjas comme des diables. »

Les zinjas sont des diables. Jébu, qui somnolait dans l'obscurité sur un lit d'aiguilles de pin, s'assit en sursaut. Était-ce ce que signifiait le secret mortel que Taïtaro lui avait révélé lors de son initiation, bien longtemps auparavant ? Si les croyances et les buts ultimes des zinjas étaient connus, leur entourage les prendrait pour des diables et s'efforcerait de les supprimer.

La crainte de passer pour des démons les empêche de chercher à imposer insolemment leur doctrine à ceux qui ne sont pas encore à même de la comprendre. Telle est leur ultime protection contre la tentation du pouvoir.

Jébu s'allongea de nouveau et réfléchit à cette idée nouvelle tout en écoutant Taïtaro parler de l'ordre à Moko. La fatigue qu'il décelait dans la voix du vieillard l'inquiétait et il aurait voulu que Taïtaro se taise. Il laissa ses pensées retourner au temps passé avec Taniko, entre le moment où Koubilay khan la lui avait remise et celui où il lui avait révélé comment était mort Kiyosi. Même s'il la détestait désormais, il pouvait se permettre d'évoquer une époque plus heureuse. Très tard, au cours de la nuit, il entendit Taïtaro parler de choses dont il n'avait jamais discuté avec lui.

« Notre idéal implique un mode de vie tellement accablant qu'il ne pourra jamais y avoir beaucoup de zinjas. Ces derniers temps il semble que le karma de notre ordre en diminue le nombre. Pendant la guerre des Dragons, nos monastères furent détruits. Tant d'entre nous périrent que nous ne pouvons les remplacer. Hommes, femmes et enfants compris, nous sommes actuellement moins d'un millier. Il ne nous reste plus que six monastères sur les Iles sacrées.

« Nous avons décidé de disparaître et de donner l'impression que notre ordre s'est éteint. Nous avons déjà recouru à ce procédé dans d'autres parties du monde où notre situation nous paraissait trop précaire.

« Toi, Jébu, tu seras un des derniers zinjas connu comme tel. A l'avenir notre ordre n'existera plus qu'en secret, dissimulé dans d'autres organisations comme celle des moines zen dont les croyances sont assez semblables aux nôtres, dans les écoles d'arts martiaux et les familles qui s'appellent elles-mêmes Ninja, certaines associations de malfaiteurs que les samouraïs utilisent à l'occasion comme espions et tueurs à gages. Des membres de notre ordre ont déjà rallié ces groupements afin de préparer notre fusion avec eux. Notre tâche la plus importante portera sur les samouraïs. Nous espérons leur apprendre à devenir autre chose que des meurtriers professionnels. Nous utiliserons leur vocation comme une échelle conduisant au sublime.

« Le monde entre dans une ère au cours de laquelle de nouvelles connaissances se répandront plus vite dans les nations. Les conquêtes mongoles ont accéléré ce phénomène en brisant des frontières sur une bonne partie du continent de l'Ouest. Les barbares de l'Extrême-Ouest ont envoyé leurs armées vers l'est dans des guerres religieuses et leurs guerriers ont rapporté chez eux de nouvelles connaissances. Les gens s'agitent partout. Grâce à cet échange d'idées, un jour viendra où l'humanité comprendra mieux l'univers et sera prête à entendre l'enseignement de notre doctrine.

« Les Mongols n'achèveront pas la conquête du monde. Il arrive souvent qu'après avoir vaincu tous ses adversaires, un empire se heurte à une petite nation farouche et opiniâtre, aux confins extrêmes de ses territoires. Cette petite nation inflige à l'empire une défaite stupéfiante qui met fin à son extension. Cela peut arriver chez nous maintenant. S'il est des guerriers capables de mettre un terme à la poussée mongole, ce sont les samouraïs : les meilleurs combattants du monde. »

Jébu regarda l'océan obscur en direction de l'est. L'horizon devenait visible et les étoiles s'évanouissaient dans un ciel plus violet que noir. Taïtaro paraissait épuisé. Comme Jébu l'avait craint, il était resté éveillé pendant cette courte nuit sans cesser de parler. Il ne voulait plus que son père adoptif abuse de ses forces.

Pourtant le vieillard, assis en face de lui, continua à chuchoter. « J'ai encore une chose à te dire, mon fils. Le Joyau de Vie et de Mort n'a jamais été nécessaire. J'aurais aussi bien pu te donner à méditer sur une plume de corbeau. »

Au moment même où il croyait que plus rien ne le surprendrait, Jébu fut stupéfait. « Je ne comprends pas, senséi. Comment pouvez-vous me dire maintenant que le Joyau n'a aucune vertu particulière ?

— Il est pareil à un nuage dans lequel un homme voit l'esquisse d'un oiseau ou d'un poisson. Cette forme n'est pas dans le nuage mais dans l'esprit de l'homme. Je t'ai dit qu'en contemplant le Joyau tu pourrais entrer dans un autre monde et t'assimiler à un kami. Cet autre monde c'est ton esprit et cet être supérieur est en toi. Abandonne la contemplation du Joyau désormais, mon fils. Conserve-le en souvenir de ton père si tu veux, mais ne t'obstine pas à lui attribuer un pouvoir spirituel. La signification du Joyau de Vie et de Mort c'est que ni la vie ni la mort n'ont d'autre sens que celui que nous leur donnons d'après la manière dont nous décidons de vivre et de mourir.

— Mon père prétendrait-il que l'Arbre de Vie et toutes mes autres visions n'existaient que dans mon esprit ? » demanda Jébu, qui venait de perdre quelque chose d'infiniment précieux.

Il y eut un certain amusement dans la voix grêle émanant de la silhouette blanche. « Pourquoi *que* dans ton esprit, mon fils ? N'est-il pas merveilleux l'esprit dans lequel peuvent naître de telles visions ? »

L'aurore approchait. « Regardons se lever le soleil, dit Taïtaro, en pénétrant et en explorant les mondes merveilleux de nos esprits. »

Les nuages accumulés à l'horizon rosirent. Les premiers rayons du soleil éclairèrent la ligne d'horizon d'un océan paisible. La beauté de ce spectacle enthousiasma Jébu. Cette beauté, comprit-il, n'était pas celle du soleil levant mais était due à la manière dont il le percevait.

« Je vais mourir », dit tranquillement Taïtaro.

Ces mots foudroyèrent Jébu. « Non, père. Que se passe-t-il ? Êtes-vous malade ?

— Je vais très bien. J'ai seulement décidé que ce jour convient à ma mort.

— Non ! » s'écria Jébu. Il ne doutait pas que Taïtaro pouvait mourir à l'instant qu'il choisirait.

Moko s'était levé et se penchait vers le vieillard qui restait assis, regardant droit devant lui avec sérénité. La brise de mer soulevait sa longue barbe. Le charpentier tendit les bras vers lui comme pour le retenir au bord du vide. Mais il releva aussitôt les mains comme si Taïtaro était déjà un cadavre, donc intouchable.

« Sainteté ! s'exclama-t-il, de toutes les folies zinjas auxquelles j'ai assisté ces derniers jours, celle-ci en est bien la plus insensée. Vous ne pouvez pas nous quitter. Nous avons besoin de vous.

— J'ai le droit de mourir quand il me plaît, dit tranquillement Taïtaro. J'ai gagné mon repos. Un jour viendra où Jébu et vous éprouverez ce même besoin. Jébu-san, je t'ai légué ce que je pouvais t'enseigner. Je me suis libéré de tout attachement à ce monde. Mieux encore, je me suis dégagé des craintes ridicules qui assaillent les vieillards. Ma décision de mourir est juste, Jébu, de même que tu as raison d'aller à Kamakura auprès de dame Taniko. Tu n'as plus besoin de moi, pas plus que du Joyau. En cas de nécessité, adresse-toi à Eisen, le moine zen dont le temple est proche de Kamakura. Tu l'as déjà rencontré et il fut jadis un des nôtres. »

Taïtaro se leva en soupirant et fit quelques pas vers le sommet du rocher où ils avaient campé la nuit précédente. Il tourna son regard vers les vagues et le soleil levant. Au bout d'un moment il s'affaissa, les jambes croisées, les mains sur les cuisses. Il contemple le dernier spectacle que lui offre l'univers, pensa Jébu. C'en était trop pour lui. Il se jeta à terre. Les larmes coulèrent abondamment de ses yeux. Il ouvrit la bouche et laissa échapper un long cri de douleur et de protestation.

Taïtaro se tourna vers lui et le considéra d'un air étonné. « Allons ! Se conduit-on comme cela à cinquante ans ? Surtout un moine zinja !

— Vous êtes la dernière personne que j'aime en ce monde, sanglota Jébu. Ne m'abandonnez pas, je vous en supplie. Voilà quelques jours, vous m'avez donné le choix entre la vie et la mort et j'ai choisi la vie. Votre décès volontaire rend ma décision ridicule.

— Tu parles sottement de l'amour, mon fils. Tu aimes bien des gens. Notamment l'homme qui est à côté de toi. Quant à tourner ta décision en ridicule, je le ferais, en effet, si je refusais d'en prendre une quand j'y suis appelé. Pour un zinja, vie et mort sont identiques. Seule compte la résolution. Mon vieux corps est usé. L'Ame est prête à l'abandonner. Accepte, accepte. Tout se passe comme il se doit.

— Je ne veux pas que vous mouriez, dit Jébu d'un ton lamentable.

— Tes passions sont des bourrasques qui menacent constamment de disperser tout ce que nous t'avons appris. Se libérer de la crainte de l'homme devant la mort, voilà la clé qui débarrasse l'humanité de ses chaînes. Pourtant tu considères mon trépas comme une chose effrayante et douloureuse. Tes gémissements d'ignorant troublent le calme de cet instant. » A ce moment, la sévérité que Jébu se rappelait depuis sa petite enfance résonna de nouveau dans la voix de Taïtaro. « Tais-toi, maintenant. »

Jébu se releva et inclina la tête, honteux. L'admonition de son vieux père avait tout le poids de l'enseignement zinja. Pourtant, sous la dureté du ton il perçut une note d'amour. Taïtaro voulait qu'il restât calme, impassible, comme un vrai zinja. Il voulait aussi que Jébu fût humain car l'être humain doit souffrir.

« Excusez-moi, père », dit-il. Il entendit un bruit bizarre derrière lui et se retourna. Moko était secoué de sanglots qu'il étouffait par discrétion. Jébu lui posa la main sur l'épaule.

« Asseyez-vous et méditez tous les deux », dit le vieil abbé. Moko répondit par un grognement mais une pression amicale de Jébu sur son bras l'incita à s'asseoir. Le soleil dominait l'océan gris-bleu. Son éclat aveuglait. Jébu éprouva le besoin de consoler Moko, ce qui atténua son propre chagrin. Ils restèrent tous les trois immobiles et silencieux un long moment.

Enfin Taïtaro dit dans un souffle : « Cette brise qui vient de la mer m'emportera. Je me confondrai avec l'Ame. Plus rien ne nous séparera. Je reviendrai quand il le faudra et je rapporterai le vent avec moi. J'ai toujours adoré nos Iles sacrées, ce don que les dieux ont fait à la terre. »

Jébu oublia le temps et la mort. Le vent sécha les larmes sur ses joues. Au bout d'un certain temps, l'immobilité de Taïtaro alerta Moko et Jébu.

« Je vais voir », dit Moko dont les larmes coulaient abondamment. Jébu acquiesça d'un hochement de tête. Il savait déjà ce que verrait Moko. Ce dernier monta jusqu'au sommet où Taïtaro était assis, le dos tourné. Il se pencha pour regarder le visage de l'abbé puis se tourna vers Jébu.

« Il nous a quittés, shiké. Il nous a vraiment quittés. » Moko se laissa tomber par terre en sanglotant, auprès de Taïtaro.

Comme si son père adoptif lui avait donné le calme en cadeau d'adieu, Jébu cessa de souffrir et se sentit parfaitement serein. Pendant sa longue méditation, alors que le souffle vital s'échappait du corps de Taïtaro, la douleur s'était écoulée de Jébu comme un poison drainé d'une plaie. Il avait vécu son deuil pendant que son père vivait encore.

« Nous construirons un bûcher ici même et nous répandrons ses cendres dans l'océan », dit-il. Plus tard, une urne vide prendrait place dans un monastère zinja.

Jébu s'obligea à monter au sommet de la falaise pour regarder la figure de son père mort. Elle avait pris l'aspect de la porcelaine. Ses yeux restaient à demi ouverts et son menton s'était abattu contre sa poitrine. Il gardait les mains jointes sur ses genoux. Jébu lui toucha l'épaule avec amour et le cadavre s'affaissa en avant. Moko et Jébu le soulevèrent. Il était aussi léger qu'une poupée.

Tous deux s'engagèrent en silence sur la côte couverte d'arbres conduisant à la Tokaïdo. Comme toujours, Moko s'était muni du coffre contenant les instruments de sa profession. Même depuis qu'il portait un sabre de samouraï, il n'abandonnait jamais ces outils. Jébu et lui prirent chacun une scie et s'attaquèrent à de petits arbres. A midi, un tas de troncs entrecroisés, maintenus en place par des piquets de bambou, s'élevait. Ils y entassèrent en outre des rameaux de pin, y allongèrent le corps de Taïtaro qu'ils recouvrirent d'un dais de branchages semblable au toit pointu d'un sanctuaire.

A l'heure du singe, le soleil inclinant vers l'ouest, ils furent prêts. Avec un fragment de silex et de l'amadou, Moko enflamma une branche qu'il tendit à Jébu. Ce dernier fit le tour du bûcher et mit le feu en cinq endroits. Les flammes, presque invisibles à la lumière du soleil, sautèrent d'une bûche à l'autre et atteignirent le sommet. La sécheresse avait régné tout le printemps. Le bûcher flamba vite. Une épaisse fumée blanche s'en éleva. Le vent avait tourné avec le soleil et soufflait de terre. La fumée s'étendit comme un long panache au-dessus des vagues. Jébu et Moko restèrent légèrement à l'écart de l'air chaud qui tremblait autour du feu.

« Cette fumée me rappelle sa barbe », dit tristement Moko. Ayant pleuré toutes les larmes de son corps, il reprenait son calme.

Jébu récita lentement la *Prière pour un zinja mort* qu'il avait apprise longtemps auparavant. « Le trépas n'est pas l'ennemi de la vie. La vie est une montagne ; la mort, une vallée. De même que le flocon de neige tombé au sommet d'une montagne finit par être emporté vers la rivière, chaque âme rejoint l'Ame éternelle. Je te félicite, frère, d'une vie bien vécue. Tu as vu voler les flèches, tu as vu frapper les sabres. Tu ne te rappelleras rien et tu finiras par être oublié. Mais en se rappelant l'Ame, on se souvient de toi. L'Âme n'oublie jamais. » Pour la première fois de sa vie, Jébu comprit que cette prière, comme toutes celles que les zinjas prononçaient pour les morts, ne s'adressait pas à celui qui avait cessé d'exister, mais à celui qui la prononçait.

« Hommage à Amida Bouddha », dit Moko, comme si cette invocation concluait l'oraison d'un autre rituel.

En fin d'après-midi, quand le feu se fut éteint sur le rocher noirci, Moko utilisa ses instruments pour écraser le crâne et les débris calcinés. Il pleurait de nouveau. Puis, avec des branches de pin, ils balayèrent ces cendres vers la mer. Le vent les saisit et les emporta.

Jébu resta, debout, le regard tourné vers l'océan, comme Taïtaro l'avait fait le matin même. Il sentit le soleil couchant lui chauffer le dos. Des ombres s'allongèrent sur les eaux qui prirent une teinte violette. A cet instant, le vent rappela à Jébu la bataille du détroit de Shimonoseki, Yukio et Taïtaro, les deux hommes qui lui avaient été les plus chers... partis l'un comme l'autre. Ils s'étaient fondus dans le vent, le feu, la terre et l'eau qui composent toute chose. Pourtant, penser que leurs esprits restaient intacts quelque part, que Yukio et Taïtaro voyaient encore les Îles sacrées et continuaient à les aimer n'était pas absurde. Peut-être, comme l'avait dit Taïtaro, reviendraient-ils s'il le fallait.

Jébu considéra l'océan en pensant : nous naissons, suivons notre cours et disparaissons, comme les vagues, alors que subsiste l'océan. Il est vain d'espérer vivre à jamais. Certains atteignent un âge où l'esprit accepte la mort mais d'autres sont abattus avant d'en arriver là. Les jeunes samouraïs s'efforcent à la résignation en se comparant à des fleurs de cerisier qui durent un jour et n'en sont pas moins complètes. Yukio a vécu pleinement. Il a accompli les plus grands exploits possibles et accepté la mort quand vint son heure. Et mon père Taïtaro... si jamais une existence s'est terminée dans la plénitude, ce fut la sienne. Les hommes comme Yukio et Taïtaro ne sont pas des fleurs mais des fruits dorés qui tombent à maturité. Si toutes les séparations n'étaient pas pénibles, je pourrais presque dire que la fin de mon père fut un événement heureux car je sais qu'il la désirait. Il nous a enjoint d'éduquer les samouraïs. Je dois donc leur faire assimiler ce qu'il y a de meilleur et de plus vrai dans leur doctrine. Rien ne nous oblige à gagner des guerres, il nous suffit d'arriver à la connaissance et à la libération. Mon devoir consiste désormais à le leur faire comprendre.

Il entendit des pas lourds dans la forêt au-dessous de lui, des armes de métal luirent parmi les pins. Des soldats. Inquiet, Moko s'approcha de lui. Un moment plus tard, trois samouraïs du rang le moins élevé, des fantassins armés de lances, apparurent à l'orée du bois. Ils prirent une attitude respectueuse lorsqu'ils se virent en présence d'un moine et d'un homme qui semblait aussi bien vêtu qu'un samouraï, bien qu'il n'eût pas un comportement très militaire.

« Que se passe-t-il, shiké ? demanda l'un d'eux. Nous avons vu votre feu de loin. Il nous a paru trop grand pour un simple feu de camp.

— Mon père, l'abbé Taïtaro de l'ordre zinja, est mort ici ce matin, dit Jébu. Nous avons accompli les rites funéraires. »

Le samouraï fronça les sourcils. « Les choses ne se passent plus ainsi, shiké. On ne dispose plus des morts dans la nature. La loi vous oblige à annoncer chaque décès aux autorités compétentes. » Il se tourna vers ses camarades. « Emmenons-les au général. »

Moko prit la parole avec hauteur. « Les autorités supérieures exigent notre présence immédiate à Kamakura. Si vous nous retardez, vous le regretterez. » Bien qu'il ne fût pas samouraï de naissance et qu'il n'eût jamais dégainé le sabre accroché à sa ceinture, il se savait d'un rang plus élevé que ces trois fantassins.

« Le général Miura tirera cette affaire au clair, fit le samouraï avec une politesse forcée. Veuillez nous suivre. »

Après un dernier regard sur l'endroit où Taïtaro était mort, Jébu empoigna son sac de voyage et partit vers le bas de la colline. Moko désigna son propre bagage à un des guerriers.

« Les circonstances m'ont obligé à voyager sans serviteur mais il n'y a pas de raison pour que je porte ce coffre quand une personne d'un rang inférieur peut le faire pour moi. Vous m'empêchez de suivre mon chemin, portez ça. » Le samouraï auquel s'adressait Moko lui jeta un regard meurtrier mais, sur un geste de son supérieur, il s'exécuta.

Une petite troupe de fantassins et de cavaliers était alignée au pied de la colline. On conduisit Moko et Jébu à un général somptueusement vêtu, à la barbe noire, chevauchant un cheval pie. Sur son armure, il portait une légère cape de tissu bleu orné du disque blanc de la famille Miura.

« On m'a envoyé à votre rencontre à tous les deux », dit le général Miura Zumiyoshi, quand ils eurent décliné leur identité. Il parlait avec l'accent des guerriers de l'Est. « Pourquoi avez-vous allumé du feu au sommet des collines ? Vous savez sûrement que c'est dangereux par un temps aussi sec. »

Jébu expliqua qu'il s'agissait d'un bûcher funéraire et s'excusa de n'avoir pas respecté les règlements. « Nous autres, moines, ne sommes pas toujours au courant des nouvelles lois. La vie du monde passe à côté de nous.

— Je vous croirais si vous n'étiez pas un zinja. » Zumiyoshi éclata de rire. Ses dents blanches brillèrent dans sa barbe. « En tout cas, shiké, acceptez mes condoléances. Je sais combien il est pénible de perdre son père.

— Si l'honoré général ne désire rien d'autre, nous serions heureux de poursuivre notre chemin, dit Jébu, car on nous attend à Kamakura.

— Diable oui, on vous attend ! dit Zumiyoshi. Je suis venu à votre rencontre pour faciliter votre voyage. Ayez la bonté de monter les chevaux que nous avons amenés à votre intention. Nous finirons le trajet à la lumière des torches. Je dois vous conduire sur-le-champ à sa seigneurie, l'Ama-Shogoun. »

11

Extrait du journal intime de Shima Taniko

L'Ama-Shogoun. Ce titre me plaît et me déplaît. On me considère comme le commandant suprême des samouraïs malgré mon sexe... Quelle autre femme a jamais connu un tel honneur? Il y eut des impératrices qui gouvernèrent personnellement mais elles avaient hérité de leur rang et elles administrèrent si mal qu'aucune autre ne montera sur le trône. C'est tout au moins ce que disent les historiens. Mais ce sont tous des hommes. Nous saurons bientôt si ma famille et moi sommes capables de gouverner. La population et les samouraïs sont assez puissants. Les dieux penchent sûrement de notre côté. L'affaire se résume à ceci : nous qui dirigeons le pays en ce moment, pourrons-nous faire face à l'invasion qui approche? L'intelligence d'Hideyori dans les affaires d'État me manque par moments. J'ai peine à le croire.

Nos agents en Chine et en Corée nous font savoir que Linan, capitale des Soung du Sud, s'est rendue aux Mongols sans combat et que l'enfant, qui est actuellement Fils du Ciel, a frappé le sol de son front en hommage à Koubilay avant d'être emmené en captivité. La capitulation de Linan me convient. La destruction de cette ville magnifique et le massacre de ses milliers d'habitants auraient été une horreur dépassant l'imagination.

Néanmoins certains Chinois continuent à combattre. Le parti de la guerre a couronné le frère puîné de l'empereur captif et continue à occuper les provinces côtières. Il dispose d'une marine puissante. Plus ces Chinois tiendront, plus nous aurons le temps de nous préparer à l'épreuve. La guerre navale entre Mongols et Chinois détruira bien des navires dont Koubilay se servirait contre nous.

Mais Ama-Shogoun : la shogoun nonne? Je suis loin d'être nonne. Je le sais mieux que jamais maintenant que je tremble à la pensée de revoir Jébu. Il va arriver. J'ai envoyé Moko le chercher au temple de la Perle, puis dépêché Zumiyoshi à leur rencontre avec des soldats et des chevaux. Jébu sera ici d'un moment à l'autre. Ici. Enfin, après tant d'années, malgré les obstacles qui nous ont séparés... Mon amour pour lui a ressurgi comme un phénix et s'envole jusqu'aux cieux.

Quelqu'un frappe à ma porte. Peut-être Jébu est-il déjà au château? J'éprouve une émotion qui m'a manqué à chacune de mes nuits de noces.

Cinquième mois, vingt-cinquième jour
ANNÉE DU RAT

La soirée était déjà avancée quand elle les reçut dans sa pièce d'audiences personnelle : la salle Lilas. Elle se demanda si quelqu'un en avait dit le nom à Jébu et, dans ce cas, s'il en avait trouvé la signification. Comme l'exigeait l'étiquette, elle siégeait sur une plate-forme, derrière un paravent. Il faisait chaud cette nuit-là. Elle avait ordonné d'ouvrir les panneaux *shoji* à l'est de la pièce afin de voir la lune flotter parmi les branches de pin. Une double rangée de conseillers en kimono vert et rouge s'alignait le long des cloisons. Ils étaient assis sous des fresques représentant des buissons de lilas. Bien que personne ne dût la voir, sauf la dame d'honneur qui communiquerait ses instructions aux servantes, elle s'était vêtue avec soin. Sa tunique extérieure de soie blanche s'ornait de l'insigne rouge des Shima, avec un col et des manchettes verts. Un peigne de nacre en forme de papillon était piqué dans sa chevelure. Ce bijou porte-bonheur l'avait accompagnée en Chine. Il en était revenu par miracle. Elle indiqua d'un geste à sa dame d'honneur qu'elle était prête.

Miura entra le premier, son casque sous le bras. Puis vient Moko, engoncé dans de riches soieries. Le regard de Taniko sauta vers la haute silhouette qui le suivait. Elle éprouva un choc si violent qu'elle eut le souffle coupé. Jébu était superbe dans sa longue robe. La peau bronzée de ses mains et de son visage contrastait avec le coton gris. Il tomba à genoux auprès de ses compagnons et tous trois posèrent le front sur le plancher poli. Jébu se redressa pour s'asseoir, les yeux baissés, les mains croisées sur les genoux. Il attendit. Taniko se réjouit d'être cachée car elle pouvait le regarder avec délice sans que personne s'en aperçût. Son cœur battait furieusement, comme un prisonnier qui cherche à s'échapper. Il était si près d'elle pour la première fois après tant d'années ! Sauf lors de son étrange apparition fugace au sanctuaire d'Hachiman, c'était la première fois qu'elle le voyait depuis plus de dix ans. Il y avait beaucoup plus de rides autour de ses yeux dont elle ne distinguait pas la couleur grise parce qu'il avait le regard fixé sur le plancher. Sa chevelure était répandue sur ses épaules, ce qui lui donnait l'air d'un lion. Les extrémités de sa moustache se perdaient dans sa barbe blanche. Quiconque le verrait ne remarquerait qu'un moine entre deux âges, à l'air farouche. Mais elle retrouvait le jeune homme dont elle avait fait connaissance lors de son premier voyage sur la Tokaïdo.

Elle prit la parole, d'abord pour remercier le général Miura et Moko d'avoir ramené Jébu sain et sauf, rapidement, à Kamakura. Le regard de Moko erra nerveusement de Jébu à l'écran derrière lequel siégeait Taniko.

Enfin elle s'adressa à Jébu. L'idée de prononcer son nom en public l'intimidait. Elle espéra que sa voix ne tremblerait pas.

« Croyez à ma très profonde gratitude, maître Jébu, pour avoir accepté de quitter la paix de votre temple. Vous devez trouver cette capitale bruyante et agitée après la quiétude de la vie monastique. »

Il leva enfin les yeux et de nouveau elle eut l'impression de recevoir un choc. Il fixait son regard droit sur le paravent comme s'il voyait à travers. Pourtant elle se savait invisible. Elle faillit s'évanouir comme au sanctuaire d'Hachiman. Les yeux de Jébu étaient impénétrables comme du granit. Ils n'exprimaient aucun sentiment. En ne disant rien, ils lui disaient tout. Oh non ! pensa-t-elle. Le creux qu'elle ressentait à l'estomac se transforma en une boule de fer. Des yeux gris sans joie lui disaient qu'il n'était pas heureux d'être venu, qu'il ne l'avait pas souhaité, qu'il la détestait.

Il parla enfin, avec un mépris à peine voilé. « Dame, la convocation d'une personne aussi puissante et d'un aussi haut rang que vous fait honneur au misérable moine que je suis. » Sa voix était plus rauque que dans son souvenir et à la fois plus douce. Elle frissonna. « Je ne trouve de place nulle part en ce monde car je suis plus habitué aux tintements des lames les unes contre les autres qu'à celui des cloches de temple. J'ai passé cent fois plus de nuits à même la terre que dans les monastères. Quant à votre capitale, c'est une ville forte et farouche, digne d'un samouraï. Le plus grand de ses édifices n'est autre que votre résidence, dame, le château du shogoun. La maison de la famille Shima où je vous ai quittée, voilà longtemps, pour rejoindre le seigneur Yukio afin de combattre à ses côtés dans la guerre des Dragons était un palais admirable mais minuscule en comparaison à ce château. Dame, vous vous êtes beaucoup élevée en ce monde. »

Il ne lui avait jamais pardonné son ambition. Tous les autres hommes dans la salle fixaient leurs regards sur Jébu. Il commettait un outrage en prononçant le nom de Yukio dont le souvenir restait honni à Kamakura. Elle comprit qu'il agissait ainsi délibérément pour lui rappeler qu'il avait combattu fidèlement avec Yukio jusqu'au dernier instant.

« Dame, nous sommes épuisés après un aussi long voyage en aussi peu de temps, bredouilla Moko. Nous n'avons pas mangé de la journée. Ne serait-il pas préférable de vous revoir quand nous nous serons restaurés ? »

Ce cher Moko cherchait à excuser Jébu en attribuant son manque de courtoisie à de la fatigue. Elle eut envie de rire malgré son chagrin.

« Ne sois pas absurde, Moko. Nous avons à peine commencé cette conversation, dit-elle.

— Excusez-nous, dame Taniko, dit Jébu sans ciller. Évidemment je n'aurais pas dû prononcer le nom de Muratomo no Yukio dans ce château. » Cette phrase signifiait qu'il la soupçonnait d'avoir approuvé la persécution et l'exécution de Yukio. Elle ne put réfuter cette accusation devant ses conseillers, car cela eût impliqué une critique d'Hideyori et son devoir de veuve l'obligeait à le défendre. Toutefois, elle ne pouvait laisser passer ces propos sans répondre.

« J'accepte vos excuses, moine Jébu, dit-elle du ton le plus aimable. Votre fidélité pendant tant d'années à votre seigneur et ami mérite des louanges. » Elle pesa chaque mot de sa réponse : « La querelle entre le seigneur Hideyori, feu le shogoun, et son frère, le lieutenant Yukio, me fut un grand chagrin. Je n'en ai jamais compris la cause. Puisqu'ils nous ont quittés tous deux, que ce différend soit enterré avec les cendres de mon mari au sanctuaire d'Hachiman où le karma me l'arracha. Ne voyons plus dans ces deux seigneurs que les plus grands héros du clan Muratomo. L'écoulement du temps fait oublier les rivalités les plus sanglantes. Nous nous rappelons avec respect tous les grands guerriers des Iles sacrées, même les plus puissants membres de la famille Takashi, aussi bien que ceux qui les ont tués. Hélas ! Si tous nos héros vivaient encore aujourd'hui, nous n'aurions pas à redouter le plus terrible ennemi que notre pays ait jamais eu à affronter. » Elle estima que son message signifiait assez clairement : *ma sympathie allait aussi à Yukio ; je l'appelle publiquement lieutenant, titre qu'Hideyori lui interdisait ; oublions nos griefs ; je ne te reproche plus les morts d'Hideyori ni de Kiyosi ni d'Atsue ; j'ai besoin de ton aide.*

Avec un sourire dénué d'humour et de bonté, Jébu répondit : « Je vous approuve totalement, dame. Ennemi hier, ami aujourd'hui. » Cela signifiait : *Vous ne valez pas mieux que tous les autres samouraïs à la loyauté toujours incertaine.* Cette réponse déçut amèrement Taniko. Elle avait espéré que son amant la soutiendrait et elle voyait que, si Jébu vivait près d'elle, il lui faudrait supporter son mépris. Il lui sembla que le sol s'ouvrait sous ses pieds. Cette situation était intolérable. Il leur fallait à tout prix s'entendre, même s'il ne voulait plus l'aimer. Elle comprit l'étendue de sa dette envers lui pour les années de souffrances qu'elle lui avait infligées en le chassant après qu'il lui eut avoué le meurtre de Kiyosi. Elle devait patienter. Force lui serait de subir son dédain pendant un certain temps. Enfin, elle espéra que si elle parvenait à s'entretenir avec lui tête à tête, ils feraient la paix.

« Le zinja rend honneur aux samouraïs en citant un de nos vieux dictons, dit-elle. J'espère qu'en unissant la sagesse des zinjas à celle des samouraïs, nous gagnerons la prochaine guerre. J'aimerais m'en entretenir d'une manière plus approfondie avec le shiké Jébu. Je ne retiens pas les autres membres de l'assistance. » Après avoir salué cérémonieusement, Moko, Zumiyoshi, ses conseillers et la plupart de ses dames d'honneur évacuèrent la salle Lilas. Par souci des convenances, elle resta derrière son paravent et retint une dame d'atours âgée, d'une discrétion certaine.

« Approchez, Jébu. Maintenant que nous sommes seuls, il n'y a pas de raison pour que vous restiez loin de moi. » Il se leva avec une souplesse féline, s'approcha et tomba à genoux. Aucun autre homme n'a une telle grâce de mouvement, pensa-t-elle. Par comparaison avec Jébu, les samouraïs se déplacent avec une gaucherie de canards. Le désir physique de Taniko fut si intense qu'il devint douloureux. Ses yeux restaient fixés sur les longues mains brunes.

« Qu'est-ce que ma dame exige de moi ? » demanda-t-il de la même voix rauque.

Elle s'obligea à en rester aux affaires sérieuses. « Nous savons que les Mongols nous attaqueront quelque part sur la côte ouest. Les généraux du Bakufu préparent notre défense. Vous pouvez les aider en leur enseignant ce que vous vous rappelez des années de combat chez les Mongols. Vous pouvez leur indiquer comment entraîner nos hommes. Vous, personnellement, pouvez organiser une école dans laquelle les samouraïs apprendront de nouvelles tactiques. Il doit bien rester, épars sur les Iles sacrées, quelques survivants de ceux qui combattirent sous vos ordres et ceux de Yukio en Chine et en Mongolie. Il faut les retrouver pour qu'ils enseignent eux aussi.

— Il n'y en a pas beaucoup, dit Jébu froidement. Il n'en est revenu que trois cents avec nous de Chine. Bon nombre d'entre eux périrent pendant la guerre des Dragons. D'autres perdirent la vie lorsque votre époux poursuivit ceux qui restaient fidèles au seigneur Yukio.

— Eh bien, vous leur direz à tous que le passé est révolu et que la nation a besoin d'eux maintenant, dit Taniko, désolée, en constatant que Jébu en revenait sans cesse à Yukio. Si les règles de votre ordre le permettent, je voudrais que vous entraîniez nos soldats dans les arts de combat zinja. Vous ne vous limiteriez pas à la simple technique guerrière. Vous pourriez aussi leur enseigner votre philosophie. D'après ce que vous m'avez dit voilà bien longtemps, il me semble qu'elle serait fort utile aux samouraïs. » Elle offrit à Jébu un sourire radieux sans penser à l'écran qui les séparait et dont la présence l'exaspéra.

« Peut-être pourriez-vous participer aux études de nos généraux, poursuivit-elle. Les Mongols attaqueront n'importe où sur la côte de Kiou Siou ou d'Honshou. Cela représente une ligne de défense terriblement longue. Nos forces seront si étendues que l'attaque mongole crèvera leurs lignes aussi facilement qu'un mur de papier.

— Alors, je suggère de construire une muraille de pierre, dit Jébu.

— Tout le long de la côte des deux îles ? Impossible. »

Jébu secoua la tête. « Il suffira d'établir une ligne fortifiée autour de la baie d'Hakata. C'est là qu'attaqueront les Mongols.

— Comment pouvez-vous en être sûr ?

— Il leur faut une baie assez vaste pour abriter leur flotte et aussi proche que possible de leur port d'embarquement afin que leurs navires déjà surchargés d'hommes et de chevaux n'aient pas à transporter aussi les provisions nécessaires à un long voyage. Le point du débarquement doit aussi être près du centre de notre pays pour que les Mongols n'aient pas à traverser toute l'île de Kiou Siou et la moitié des montagnes d'Honshou afin d'atteindre la capitale. Seule la baie d'Hakata remplit ces conditions.

— Si nous y accumulons toutes nos troupes, les Mongols l'apprendront », dit Taniko. La conversation prenait une tournure plus favorable. L'amertume s'effaçait depuis qu'ils discutaient d'un problème précis et urgent.

« C'est quand même là qu'ils débarqueront, même s'ils savent que nous les y attendons. Ils seront sûrs de nous écraser. Un stratège rusé chercherait à prendre pied à un endroit non défendu. Mais l'homme qui a conquis un empire aussi vaste que celui de Koubilay khan espère l'emporter en lançant toutes ses troupes contre celles de l'ennemi en une rencontre colossale et définitive. Un tel monarque peut se leurrer au sujet de sa puissance en s'engageant dans ce genre d'aventures. »

Taniko revit mentalement le visage de Koubilay. Toutes les nations du monde tremblaient devant lui depuis sa petite enfance. Il rêvait d'élever une montagne et d'y planter un arbre de chaque essence existant au monde. Jébu avait raison, un tel individu débarquerait probablement ses troupes à Hakata parce que cela lui conviendrait, même si tous les guerriers des Iles sacrées l'y attendaient.

« Croyez-vous que nous pouvons gagner, Jébu ? demanda-t-elle, anxieuse. Parmi tous les hommes de guerre qui m'entourent, vous seul avez une idée précise de la puissance mongole.

— Ils ont toujours gagné les guerres qu'ils ont entreprises, dit Jébu. Pourtant Koubilay khan se lance dans l'opération militaire la plus difficile et la plus aléatoire qu'il ait jamais tentée : une invasion au-delà du vaste océan. Ses possibilités d'envoyer des renforts seront limitées, surtout si sa flotte est obligée de rester à l'ancre sur nos côtes. Si nous maintenons son armée au bord de l'eau, elle aura besoin de ses bateaux comme base. Elle ne pourra donc pas les renvoyer sur le continent pour ramener des renforts. Voilà pourquoi je suggère de construire un mur. Quant à savoir si nous pouvons gagner, personne ne peut le prévoir. Il y a trop de facteurs incertains. Nous, zinjas, nous nous jetons dans la bataille avec énergie sans nous soucier de savoir qui l'emportera.

— S'ils gagnent, je ne veux plus vivre.

— Je le sais, dit Jébu en souriant. Vous prendrez un arc et des flèches et vous périrez en combattant. »

Pensant au mur dont il conseillait la construction, Taniko se rappela qu'un jour ils s'étaient trouvés ensemble sur la Grande Muraille de Chine délabrée et que, du haut du chemin de ronde, face au vent, ils avaient regardé en direction du nord vers le pays d'où venaient les Mongols. Les lampes de la salle Lilas ne donnaient qu'une faible lumière et la dame d'honneur paraissait somnoler.

« Ô Jébu ! Quand tu as parlé d'un mur, je n'ai pu m'empêcher de me rappeler le jour où nous avons visité la Grande Muraille de Chine.

Nous étions réunis après des années de séparation et je n'ai jamais été aussi heureuse, ni avant, ni après. Tu dois t'en souvenir, toi aussi. Le sort nous réunit de nouveau. Nous pouvons être heureux. »

Sa voix fléchit. Pendant un long moment de silence, le regard de Jébu resta fixé sur le paravent qui la masquait. Elle perçut une flamme derrière le granit de ses yeux gris. Ses mains posées sur ses cuisses se crispèrent.

Enfin il parla. « Je suis prêt à vous servir, dame, mais seulement le temps de cette guerre. Je crois vain d'évoquer un passé dont il ne reste rien. »

Elle rejeta la tête en arrière et remercia l'écran de cacher son désarroi. « Pourquoi tant de rancune, shiké ? demanda-t-elle d'une voix suppliante. J'ai senti ta colère depuis que tu es entré dans cette salle. Je ne crois pas avoir fait quoi que ce soit qui mérite tant de haine. Quelles qu'en soient les raisons, pardonne-moi. Sinon comment pourrions-nous collaborer ? Tu ne serais pas venu si tu me détestais vraiment. »

La réponse de Jébu anéantit tout espoir. « Bien des motifs m'amènent ici. Le plus important, c'est Yukio. Il était ma raison d'être. Je fais ce qu'il ferait s'il vivait encore. C'est lui qui serait général en chef s'il n'avait pas été assassiné par ordre de l'homme que vous avez épousé... dame. » Il prononça ces derniers mots à travers ses dents serrées.

Je nc vais pas m'humilier devant qui que ce soit, pensa-t-elle, surtout pas devant ce moine. Je suis la mère du shogoun. Des dizaines de milliers de samouraïs mourraient pour moi. Le régent me demande conseil.

« Merci de vous être expliqué si clairement, shiké Jébu, dit-elle d'une voix tranchante comme une lame d'acier. Veuillez vous retirer. L'audience est terminée. »

Il se leva, s'inclina, dit d'une voix forte : « A vos ordres, dame. » Puis il traversa la salle à reculons en n'omettant aucune des courbettes exigées par l'étiquette.

Elle resta les poings serrés. Je ne permettrai pas que cet homme participe à la défense du pays, pensa-t-elle. Qu'il retourne à son monastère. Je le hais.

12

Au sommet de la plus haute tour du château, une pièce était agencée de manière à observer la lune. Taniko y méditait souvent, à n'importe quelle heure. Le lendemain de sa rencontre avec Jébu, elle s'y rendit à midi. Le soleil faisait briller les toits des bâtiments voisins. Leurs dauphins dorés réfléchissaient une lumière aveuglante. Jamais elle n'avait été aussi perplexe. Il lui fallait accepter l'aide de Jébu puisqu'elle la lui avait demandée. Son projet de construction d'une muraille autour de la baie d'Hakata démontrait à quel point il pouvait être utile. Malgré l'animosité qu'il lui avait manifestée, elle ne parvenait pas à chasser le cher visage de son esprit.

Un autre problème se posait : que faire au sujet de la présentation du sabre ? Elle gardait Higekiri, précieux trésor du patrimoine des Muratomo, depuis la mort d'Hideyori, estimant qu'il devait revenir à Sametono. Elle avait prévu de le lui remettre au cours d'une cérémonie, au coucher du soleil, ce jour même. Dans son projet initial, Jébu devait y assister afin de lier connaissance avec le jeune shogoun et le régent Munetoki. Sa présence symboliserait la réconciliation du shogounat avec les partisans de Yukio. Mais puisqu'il n'y avait pas de réconciliation entre Jébu et elle, mieux valait sans doute se passer de lui. Cependant, elle doutait : elle voulait qu'il fût là et elle ne le voulait pas. Après tant d'années de séparation, elle éprouvait un tel besoin de sa présence qu'elle aspirait à le voir malgré sa haine. Elle pensa à demander conseil à Eisen. C'est lui qui devait bénir la cérémonie. Mais Eisen ne connaissait pas Jébu aussi bien que Moko. Elle écrivit une note demandant à Moko de venir sur-le-champ au château.

Moko se présenta chez Taniko à l'heure du mouton. Il transpirait abondamment sous de nombreuses couches de kimonos lourdement brodés. En qualité de vieil ami, elle le reçut sans paravent ni dame d'honneur. Son logement personnel était d'ailleurs aussi austère que du temps d'Hideyori. Le principal ornement de la pièce était une copie d'un vers du soutra consacré au Diamant, calligraphié des années auparavant par Sametono et qu'elle avait fait encadrer pour l'accrocher au-dessus de son autel particulier. Ce jour-là, il y avait un vase de roses blanches au-dessus du cadre. Comme d'habitude, Moko prit le temps d'admirer l'art de Sametono et de lire le vers.

« Il n'existe rien de tel que la bonté, commenta-t-il. Savez-vous que le vieux sage Taïtaro a dit quelque chose de ce genre-là juste avant de mourir ?

— Il est mort ? demanda-t-elle, émue. Jébu ne m'en a pas soufflé mot. Comme c'est triste. Quel vieillard merveilleux ! » L'apparition de Taïtaro à Changtou, longtemps auparavant, lui avait apporté le premier rayon d'espoir de retour au pays. Pendant son séjour en Chine avec Jébu, elle le considérait comme un père, un vrai père, pas comme Bokuden. Les larmes lui vinrent aux yeux. Pourquoi Jébu ne lui avait-il rien dit ? La détestait-il à ce point ? « Hommage à Amida Bouddha, souffla-t-elle en l'honneur de Taïtaro. Quand et comment est-il mort, Moko ? »

Moko raconta comment Taïtaro avait quitté ce monde d'une manière presque miraculeuse.

« La Tokaïdo ! dit Taniko, en essuyant ses yeux avec la manche de son kimono vert clair. Il nous est arrivé tant de choses importantes sur cette route. Te rappelles-tu que tu as juré de nous servir à jamais de messager, Moko-san ?

— Certainement, dame, répondit Moko les yeux embués.

— Moko-san, tu as entendu comment il m'a parlé à l'audience hier soir. Je regrette de l'avoir envoyé chercher. Qu'en penses-tu ?

— Je suis certain, dame, que Jébu vous aime encore. Sa rage le prouve. Depuis son enfance, il s'est habitué à tout accepter tranquillement. Pourtant en ce qui vous concerne, il devient pareil à un tremblement de terre, un raz de marée, un *taï-phun*. Même un sot comme moi comprend qu'il vous aime. »

Reprenant courage, Taniko cessa de pleurer. « Et la cérémonie du sabre, Moko ? Dois-je l'inviter ? » C'est incroyable, pensa-t-elle ; les maîtres du pays me demandent conseil et moi je consulte un charpentier bigle.

« Permettez-moi de porter votre invitation au shiké, dame. Je le persuaderai de ne pas se conduire comme un ours au printemps.

— Ô Moko-san, comment pourrais-je te remercier ?

— J'ai une raison d'agir ainsi, dame. Etant donné que votre fils a eu la grâce d'élever ma famille au rang de samouraï, mon fils aîné doit désormais porter notre nouveau nom, Hayama, dans la bataille. Je veux qu'il soit formé par le shiké. Je ne vois pas de meilleur moyen de m'assurer qu'il en revienne vivant. »

Les bannières de toutes les grandes familles soutenant le Bakufu pendaient du plafond de la salle des grandes audiences du château construit par Hideyori. Muratomo no Sametono, le shogoun, âgé de dix ans, siégeait sur le degré le plus élevé de l'estrade, arborant une coiffure ornée de pierres précieuses et engoncé dans de nombreuses robes brodées d'or. Derrière lui, un énorme carré de soie sur lequel figurait le Dragon blanc des Muratomo. A son côté, la poignée dorée d'un sabre que bien des gens présents dans la salle reconnaissaient, certains avec respect, d'autres avec indignation. C'était Kogarasu. Sametono portait, pour la première fois en public, l'arme des Takashi. Le régent, Shima Munetoki, se trouvait à sa gauche. Les degrés inférieurs de l'estrade étaient réservés aux principaux fonctionnaires du Bakufu ainsi qu'aux chefs des grands clans. Un haut paravent pliant dissimulait Taniko. Bien qu'elle eût organisé la cérémonie jusqu'aux moindres détails, elle entendait rester invisible.

Eisen se leva et prononça une bénédiction. Munetoki parla de sa place. Il raconta l'histoire d'Higekiri et la manière tragique dont il était venu entre les mains de la veuve de feu le shogoun.

« Cette dame, la plus révérée du pays après l'impératrice elle-même, a décidé d'offrir ce trésor à son fils, notre vénéré seigneur le shogoun, Muratomo no Sametono. »

Munetoki se leva et alla jusqu'à l'écran de Taniko pour recevoir de ses mains le sabre dans son étui : œuvre d'art de laque dorée serti d'oiseaux de nacre aux ailes déployées. Le régent porta solennellement cette boîte jusqu'à Sametono, s'agenouilla, s'inclina et la lui tendit. Sametono la prit et l'ouvrit. Il en tira le sabre dans son fourreau qu'il brandit afin que chacun pût admirer la laque noire ornée de bandes d'argent et la poignée sur laquelle figurait un dragon du même métal. Il dégaina d'un tiers la lame droite de style ancien. En de telles occasions l'usage exigeait ce geste. Il considéra gravement l'acier parfaitement poli ainsi que sa sinueuse ligne de trempe.

« J'ai écrit un poème pour la circonstance », dit-il en rengainant le sabre qu'il remit dans son étui. D'une voix puérile mais ferme, il récita. Le cœur de Taniko battit d'amour et de fierté.

Deux âmes en guerre,
Combattant dans une seule poitrine
Pour en saisir le cœur.
Mais un esprit les persuadera
De se tourner contre le vrai ennemi.

Toute l'assistance poussa des cris d'admiration. Chacun comprenait que les « âmes » étaient les deux sabres, Kogarasu et Higekiri, car dans le langage traditionnel des samouraïs, ces armes représentaient l'Ame. Les deux « âmes » se disputaient le cœur de Sametono, descendant à la fois des Takashi et des Muratomo. « L'esprit » grâce auquel il mettrait fin au conflit était celui de Bouddha dont le jeune shogoun approfondissait la connaissance par son étude de la doctrine zen, comme bien d'autres rejetons de samouraïs à cette époque. Cette quête de la Lumière permettrait au pays de rejeter dans le passé les ressentiments afin de s'unir contre les envahisseurs. Taniko estima que c'était un fort beau poème pour un enfant de son âge. Elle jeta un coup d'œil vers Jébu et vit qu'il était assis, raide, et pleurait ouvertement. Si seulement nous avions pu avoir un tel fils ! pensa-t-elle. Il l'est, à un certain point. Jébu l'a sauvé de la mort et me l'a donné.

Sametono prononça un petit discours pour remercier sa mère de lui offrir Higekiri et exprimer l'espoir de se montrer digne de la longue lignée d'ancêtres qui s'en étaient servis. « Mais le temps ne tardera pas à venir où le vénéré Higekiri, comme le noble Kogarasu, figureront parmi les trésors de la nation. Le saint moine Eisen qui est avec nous aujourd'hui rassemble des souscriptions pour reconstruire le Todaïji : le grand temple bouddhiste de Nara entièrement détruit par l'incendie pendant la guerre des Dragons. »

Sametono s'abstint de rappeler que cet incendie avait été ordonné par son arrière-grand-père, Takashi no Sogamori. Tout en écoutant son fils, Taniko ne parvenait pas à détacher ses yeux de Jébu. Elle remarqua qu'à ce moment-là, il considérait l'enfant avec un sourire ironique. Elle se demanda quelle signification particulière avait le Todaïji pour lui.

Cependant, le jeune shogoun poursuivait : « Je propose qu'après notre victoire dans la prochaine guerre, ces deux sabres soient remis à Eisen Roshi afin d'être conservés avec les trésors les plus précieux du Todaïji. Je profite de la cérémonie actuelle pour demander humblement aux moines de ce temple et à tous les habitants des Iles sacrées, quel que soit leur rang, de prier sans interruption Bouddha, les saints, les dieux et les déesses afin qu'ils nous donnent la victoire. »

Cette fois encore guerriers et dignitaires rassemblés dans la salle approuvèrent à grands cris. Taniko constata que Jébu pleurait de nouveau. Il ne prenait pas la peine d'essuyer ses yeux comme le faisaient la plupart des gens, mais laissait ses larmes couler sur ses joues et tomber dans sa barbe blanche. S'il fait tellement cas de Sametono, ne trouvera-t-il pas une place dans son cœur pour la grand-mère de cet enfant ? se demanda-t-elle.

L'assistance se leva et forma un cortège afin que chacun présente ses hommages à tour de rôle au régent et au shogoun. Taniko aurait pu quitter la salle mais elle resta pour regarder Jébu qui dépassait tout le monde d'une tête et attendait patiemment son tour.

Enfin, il s'agenouilla et se prosterna devant Munetoki après avoir décliné son identité. « Soyez le bienvenu, tonna Munetoki. J'ai beaucoup entendu parler de vous, shiké, par ma cousine honorée, l'Ama-

Shogoun. » Taniko observa attentivement Jébu pour voir sa réaction. Son visage resta pareil à un masque.

Avant que Jébu ait eu le temps de s'agenouiller devant lui, Sametono s'exclama : « Shiké Jébu ! » Le shogoun enfant se leva et, en dépit des robes qui l'engonçaient, descendit deux marches d'un bond pour prendre Jébu par la taille. Cette conduite extravagante provoqua un grand étonnement dans l'assistance. Taniko remarqua qu'Eisen rayonnait de joie.

En qualité de régent, Munetoki jouait le rôle de père auprès de Sametono. « Retournez à votre place immédiatement, Votre Altesse, dit-il d'une voix pleine de reproche.

— Je suis le chef suprême des samouraïs, répondit Sametono. J'agis comme je le crois bon et non comme le dicte le cérémonial. Cousin Munetoki, ce bon moine zinja m'a sauvé d'un meurtre certain il y a quelques années. Je lui ai dit que je ne l'oublierais jamais et je tiendrai parole. Venez, shiké Jébu, asseyez-vous auprès de moi. » Qu'un simple moine fût honoré de manière aussi exceptionnelle stupéfia l'assistance et provoqua une certaine colère çà et là. On entendit même murmurer, quand Sametono ajouta : « Toi aussi, oncle Moko. » Bien peu de gens savaient que Moko était un ami intime de Taniko, que le jeune shogoun connaissait depuis des années. Jébu et Moko s'assirent, assez gênés, au-dessous de Sametono qui engagea une conversation à bâtons rompus tout en saluant les autres invités qui se présentaient devant lui. Taniko estima que cette spontanéité zen encouragée par Eisen pouvait aller trop loin mais elle se rappela que Koubilay khan faisait aussi ce qui lui passait par la tête sans se soucier de ce qu'en pensaient ses sujets. Si un souverain obéissait aux mêmes règles que le commun des mortels, comment pourrait-il commander ?

« Je ne vous dois pas seulement la vie, shiké, dit Sametono mais aussi ces deux sabres. »

Un nuage passa sur le visage de Jébu. « Je devrais demander pardon à Votre Altesse pour la manière dont ces sabres sont venus entre mes mains.

— Ma mère vénérée m'a raconté la mort de Takashi no Atsue. Je sais très bien, maître Jébu, que la guerre oppose parfois des gens qui devraient être amis.

— Votre mère est extrêmement bonne », dit Jébu en jetant un coup d'œil vers le paravent de Taniko dont le cœur s'envola en tourbillonnant comme une feuille emportée par le vent d'automne.

Sametono reprit : « Il est vrai que le sang de trois grands gentilshommes Takashi coule dans mes veines. Mais en mon humble personne des clans rivaux sont unis. Qu'en dites-vous ?

— Bosh », dit Eisen avec un regard malicieux. Il avait gravi les degrés pour s'approcher du shogoun. « Sametono est Sametono. Takashi et Muratomo ne sont que des noms et rien de plus. »

Sametono éclata d'un rire clair. « Si haut que je m'élève sur l'échelle de la vérité, Eisen senséi est toujours au-dessus de moi.

— Alors regarde ma croupe et tu verras le visage de Bouddha », dit Eisen qui se tourna tranquillement vers Jébu sans se soucier des regards ahuris de Munetoki et de Moko. « Nous nous retrouvons enfin, moine Jébu.

— Mon père m'a recommandé de vous voir, senséi, dit Jébu.

— Comment va le vieil et vénéré Taïtaro ?

— Il est mort », dit sèchement Jébu.

Eisen sourit. « La marée monte, la marée baisse. Nous en reparlerons quans nous aurons plus de temps, moine Jébu. » Il lui donna une tape sur la main, s'inclina devant Sametono et s'éloigna.

« J'ai toujours eu envie de poser une question à un moine zinja, dit Sametono. J'ai entendu dire que vous pouvez tuer à distance rien qu'en pointant un doigt sur un ennemi ou en poussant un cri. Est-ce vrai ? Pourriez-vous m'apprendre à le faire ?

— Ce sont de vieilles histoires des anciennes écoles d'arts martiaux de Chine, Votre Altesse, répliqua Jébu, en souriant. Certes nous subissons un entraînement très poussé mais nous ne pouvons pas tuer par magie. »

Pourtant Hideyori est tombé de son cheval et a péri quand Jébu l'a regardé, pensa Taniko. Elle eut une bouffée d'espérance. Jébu était redevenu comme autrefois, bon et intelligent. La veille, en entrant dans le château du shogoun pour la première fois depuis la mort de Yukio, il devait avoir l'impression de se livrer à des ennemis. Désormais, il savait que tous étaient ses amis, soucieux de s'assurer son aide. Peut-être par la suite se décrisperait-il aussi envers elle.

Essayons encore, se dit-elle. Elle l'inviterait à prendre le *tch'aï* dans son appartement le soir même. Une conversation ne suffirait pas à réveiller l'amour qu'il avait éprouvé pour elle mais parviendrait au moins à effacer sa haine. Ce serait un début. Avec son invitation, elle devait évidemment lui envoyer un poème. Tout en le regardant, éperdue d'amour, elle le composa dans son esprit :

L'oiseau aquatique solitaire
La branche de lilas sans fleur,
Ensemble de nouveau.

Il arriva chez elle juste avant minuit, introduit par une servante qui ricanait. En revoyant sa figure, Taniko eut le cœur serré : il avait les yeux aussi froids et durs que la veille. Après l'avoir regardée un instant, il baissa la tête et s'assit comme s'il était seul dans la pièce. Le silence parut sans fin. Elle le fixa avec avidité en pensant que s'il refusait de lui parler, il ne pouvait l'empêcher de le dévisager.

Elle ne put se contenir : « Jébu, pourquoi es-tu venu à Kamakura si tu me détestes tant ? »

Les yeux gris restèrent attentifs et dénués d'aménité. « Je ne désire haïr personne, dit-il. Ce serait contraire aux commandements de mon ordre. Je suis venu à Kamakura parce que refuser mon assistance dans cette guerre serait trahir Yukio. »

Elle ne sut que répondre. Le silence retomba. Elle prépara le *tch'aï*. En lui tendant sa tasse, elle s'en voulut car sa main tremblait. Elle vit qu'il le remarquait lorsqu'il accepta poliment la tasse. Il s'appuya à son accoudoir et but.

Bien qu'il parût parfaitement à l'aise, l'intimité de la pièce, qui aurait dû les rapprocher, mit Taniko mal à l'aise, comme si elle se dévêtait pour le séduire. Elle regarda le vers calligraphié par Sametono sur du papier vert des années auparavant. « Bien que nous parlions de bonté, le Tathagata déclare qu'elle n'existe pas et n'est qu'un mot. »

Que penserait Jébu s'il lisait cette phrase ? Qu'elle était méchante et inaccessible à la bonté ? Sans doute était-ce exactement ce qu'il pensait déjà. Taniko ne désirait qu'une chose au monde : qu'il l'aimât et la respectât. Et le voici dans cette pièce, tout près d'elle, qui la méprisait. Le désir de Taniko devint intolérable et d'autant plus pénible qu'elle se sentit frustrée. Si seulement il expliquait sa haine au lieu de rester assis, silencieux !

« Tu crois que j'ai trahi Yukio, n'est-ce pas ? », fit-elle enfin.

Il redressa la tête et la regarda férocement. « Est-il besoin d'en parler ? Je suis ici. Je consens à vous aider. Oublions le reste. Ne m'écrivez plus de poèmes. »

Il se leva brusquement. « Cette conversation doit cesser immédiatement. La poursuivre ne nous donnerait qu'un grand chagrin à l'un comme à l'autre et il me serait peut-être impossible de vous servir ensuite. »

Elle tendit une main vers lui. « Attends. Accorde-moi au moins d'entendre de ta bouche ce que tu me reproches. Donne-moi l'occasion de me défendre. »

Il se rassit. « Très bien. Quand vous m'aurez entendu, peut-être comprendrez-vous qu'il faut me laisser tranquille. Je vous dirai ce que vous m'avez fait puis vous m'enverrez à Kiou Siou, nous ne nous reverrons plus jamais et vous ne commettrez plus la sottise de me parler d'amour. Amour ? De toute évidence, vous avez oublié cet amour pendant dix ans. »

Il marqua un temps d'arrêt comme pour se donner le temps de mettre de l'ordre dans ses idées. Il prit une profonde inspiration puis se mit à parler, d'une voix neutre, comme s'il racontait une histoire du temps passé qui ne les concernerait pas. Il commença par la séparation qu'elle avait exigée. Il passa en revue ce qu'il s'était passé depuis, tout au moins sa version personnelle. Enfin il conclut : « Ce que vous aimez, en réalité, c'est le prestige et la puissance. Dès que vous avez aperçu une occasion de les saisir, vous nous avez oubliés, Yukio et moi. Vous n'avez rien fait pour nous. Quand Hideyori a commencé à tendre son filet autour de Yukio, vous n'avez rien tenté pour nous mettre en garde, ni pour nous confirmer votre amitié. Qu'apprenions-nous à cette époque-là ? Chaque fois qu'Hideyori apparaissait en public, vous étiez près de lui. Enfin aveuglée par l'ambition, vous avez épousé l'assassin de Yukio qui avait donné l'ordre de me tuer. Comprenez-vous pourquoi il m'est pénible de me trouver auprès de vous ? Si vous avez besoin de mon assistance, je vous prie respectueusement de m'envoyer n'importe où mais loin de vous. »

Quand il eut fini de parler, des sanglots secouaient Taniko. Elle pleurait autant sur lui, pour ce qu'il avait enduré, que sur elle-même. L'étonnait surtout qu'il comprît les événements d'une manière aussi différente. Il semblait surtout croire qu'elle aurait pu quitter Hideyori, à son gré, dès qu'elle l'aurait souhaité.

« Tu n'as aucune idée de la vie d'une femme, dit-elle en pleurant. On ne nous permet d'aller nulle part, de ne rencontrer quiconque, d'apprendre quoi que ce soit. Quand tu m'as laissée ici, je me suis trouvée prisonnière de mon père et d'Hideyori. Oui, il est vrai que j'ai cultivé l'intérêt que j'inspirais à ce dernier qui, seul, pouvait me protéger de mon père. A partir du moment où je tombai en son pouvoir, j'ai été forcée de voir le monde à travers ses yeux. Il m'entoura d'espions. Quand Moko m'apporta Sametono, j'éprouvai une telle gratitude pour toi que je serais allée d'un bout à l'autre de la Tokaïdo à pied pour te le dire. Mais je ne pus même pas t'envoyer un message. Je n'osai pas. A partir de ce moment-là, Sametono devint ma raison de vivre. Le seul moyen de le protéger était de céder à Hideyori et croire, ou essayer de croire, ce qu'il me disait. Oui, je l'ai épousé parce que j'étais isolée, parce qu'il consentait à adopter Sametono et parce qu'il fit tuer Horigawa afin de me rendre veuve. Juge-moi, si tu crois en avoir le droit, Jébu, mais pas avant d'avoir essayé de comprendre ce que j'éprouvais alors, combien je voulais sauver mon petit-fils.

« J'ai toujours senti qu'Hideyori me mentait mais je n'avais pas de preuves. C'est seulement quand nous allâmes ensemble à Heian Kyo que j'ai appris la vérité. Il m'avait trompée sur tout ce qui m'importait. Je le lui ai dit. Il l'avoua en souriant et répliqua que je ne devais plus m'en soucier puisque j'étais devenue grâce à lui la femme la plus puissante des Iles sacrées. Tu vois, il avait de moi une aussi piètre opinion que toi en ce moment. Pendant cette explication, il a voulu m'embrasser. Sachant ce que je savais alors, j'ai saisi ma pantoufle et l'ai frappé en pleine face. »

Jébu parut stupéfait. « Votre pantoufle ? Vous avez frappé Hideyori à la figure avec votre pantoufle ? »

Taniko sourit amèrement. « Qui a plus le droit que sa femme de frapper le shogoun ? Il m'aurait découpée en morceaux sur-le-champ s'il avait eu moins de sang-froid.

— Vous l'avez frappé avec votre pantoufle, répéta Jébu comme s'il n'avait rien entendu de plus stupéfiant. Quel courage il a fallu ! Vous êtes une vraie samouraï.

— Je n'ai pas eu besoin de courage, dit-elle sèchement. J'étais hors de moi et j'ai agi sans réfléchir.

— Rien n'est comme je le croyais », conclut Jébu. Un trouble apparut dans ses yeux gris.

Elle reprit d'un ton plus animé. « La vérité au sujet de ce que vous avez fait vous-même après notre séparation diffère beaucoup de ce que je pensais. J'en conviens. Ô Jébu ! Pourquoi avons-nous tellement perdu confiance l'un dans l'autre ?

— Parce que nous avons trop souffert pour penser sagement », dit-il.

Perdu dans ses pensées, il laissa son regard errer autour de la pièce, passer sur la calligraphie de Sametono sans s'y arrêter, puis y revenir. Elle l'observa avec curiosité quand il lut le verset en remuant les lèvres, les sourcils froncés. Soudain un soleil parut se lever sur son visage. Cette transformation fit frémir Taniko.

« Oui, dit-il. Oui. La bonté n'existe pas. Exactement. » Elle eut envie de lui demander pourquoi ce texte l'affectait ainsi mais elle tint sa langue. De toute évidence, une transformation s'opérait au plus profond de Jébu. Peut-être en était-il arrivé au moment de la découverte, de ce qu'Eisen appelait *satori.* Elle en fut sûre quand il éclata de rire. « C'est d'une vérité tellement frappante », murmura-t-il. Il se tourna brusquement vers elle, le visage rayonnant. « D'où cela vient-il ?

— Sametono l'a calligraphié. Eisen, le moine zen, le lui a suggéré en guise d'exercice.

— Eisen, dit-il pensif. Bien sûr, bien sûr. Qui d'autre aurait choisi un vers dans lequel Bouddha lui-même nie l'existence de la bonté ? Alors, si la bonté n'existe pas, nous sommes tous des diables, n'est-ce pas ?

— Je ne comprends pas, dit-elle, stupéfaite par cette joie. Qu'as-tu appris ?

— Rien de nouveau. Je viens seulement de redécouvrir ce que je savais déjà. Ainsi Sametono suit les leçons d'Eisen ?

— Oui, lui et moi, dit-elle. Tu connais déjà Eisen, n'est-ce pas ? »

Jébu lui raconta sa première rencontre avec ce moine au temple de la Fleur de teck. « Et puis, peu avant de mourir, mon père m'a dit quelque chose au sujet d'Eisen, ajouta-t-il.

— Quoi ?

— Je me contenterai de dire que je ne suis pas étonné de voir qu'Eisen indiqua à son élève ce vers comme exercice de calligraphie. Maintenant que je vous sais disciple d'Eisen, je comprends mieux que vous ayez frappé Hideyori avec votre pantoufle... Sans y réfléchir, dites-vous. »

Jébu ayant parlé de son père, Taniko lui dit : « La mort de ton père m'a désolée, Jébu. C'était un homme sage et bon, fait pour être père, pas comme le mien.

— Il n'y a pas de raison de pleurer Taïtaro, dit Jébu. Il a voulu mourir.

— Oui, Moko m'a raconté sa fin. Comme elle est étrange et belle. Quel homme merveilleux il fut ! Tu ne pourrais imaginer combien je fus heureuse de le voir à Changtou la nuit où Koubilay se fit proclamer Grand Khan. Il m'apporta la première lueur d'espoir depuis qu'Horigawa m'avait emmenée en Chine. Le seul autre moment de bonheur que j'eus dans ce pays, ce fut le jour de nos retrouvailles. »

Jébu hocha la tête. « N'est-il pas étrange que j'aie connu un des moments les plus heureux de ma vie dans un pays étranger ? Nous avions tous deux subi de terribles épreuves. Nous ignorions que pire nous attendait. Mais nous vécûmes dans notre yourte et nous y fûmes heureux.

— Heureux, en effet. Je l'étais plus quand j'y faisais la cuisine et que j'y lavais le linge que je ne le suis aujourd'hui dans ce château entourée par des centaines de domestiques. »

Le cœur de Taniko battit plus vite. La colère de Jébu s'était évanouie et son humeur, visiblement plus chaleureuse. Enfin, elle pouvait espérer.

« Quand tu as parlé de la Grande Muraille, hier soir, tous mes souvenirs de ce temps-là me sont revenus à l'esprit, dit-il. Nos excursions dans la campagne chinoise. Le temple en ruine où j'ai voulu t'enseigner la sainteté de l'amour charnel. Je pensais alors qu'un jour nous pourrions nous marier et vivre ensemble retirés dans un monastère zinja. Mon père m'a même dit qu'il en serait ravi, je m'en souviens. »

Elle fut émerveillée de voir des larmes couler sur les joues sculptées comme du bois dur.

Le voir pleurer ainsi lui fit monter les larmes aux yeux et brouilla sa vue. « Jébu, Jébu ! C'est moi la coupable, sanglota-t-elle. Nous aurions dû rester ensemble. Mais je n'ai pu te pardonner la mort de Kiyosi. Comme les choses se seraient passées différemment si je ne t'avais pas quitté pour venir à Kamakura. Ô Jébu, ma folie nous a fait perdre dix ans. » Elle s'abattit sur un coussin, la tête sur ses bras.

« Ne t'en prends pas à toi, dit Jébu. Taïtaro nous a montré, à Moko et à moi, le canevas de ces événements. C'est ainsi qu'ils devaient se dérouler.

— Le karma ?

— Non, pas le karma. Cela n'avait aucun rapport avec la punition des méfaits et la récompense de la vertu. C'est seulement un canevas. En outre, tu te serais beaucoup ennuyée dans un monastère. Je suis sûre que tu as été plus heureuse comme femme de shogoun. »

Elle rit malgré ses larmes. « J'avais l'impression d'être mariée à un mamoushi : un serpent venimeux. C'est affreux à dire, Jébu-san, mais je suis plus heureuse veuve. D'après ce que j'ai entendu dire des moines et de leurs femmes dans les monastères zinjas, je ne crois pas que je m'y serais ennuyée. Ah ! mon cher oiseau aquatique sauvage, si tout devait arriver ainsi, cesse de me juger, je te prie. Cesse de me haïr.

— *La bonté n'existe pas, ce n'est qu'un mot.* Nous sommes deux visages de la même Ame. Je te l'ai dit il y a longtemps. Comment pourrais-je te juger ? Ce serait me juger moi-même. J'ai commis des actions condamnables. Taniko, quand je te regarde dans les yeux, je voudrais que nous ne fassions qu'un seul être. Voilà pourquoi j'ai été tellement furieux. Vivre séparé de toi m'était trop pénible : aussi douloureux que d'être coupé en deux. Oui je t'ai haïe, Taniko, et tu dois me pardonner. Je te haïssais parce que je t'aime. Je ne t'accepte pas, je t'adore. »

A ces mots, Taniko sentit une chaleur se répandre dans tout son corps et elle se dit : je n'aurais pas cru éprouver encore de telles sensations à mon âge. J'ai le même désir de lui, aussi neuf, étrange et merveilleux que lorsque j'avais treize ans et lui dix-sept et que nous étions allongés sur le mont Higashi au-dessus d'Heian Kyo. Ô Jébu ! Allons-nous redevenir amant et maîtresse cette nuit même ? Prends-moi dans tes bras, Jébu, écrase-moi du poids de ton corps. Mais pourquoi me voudrait-il maintenant que je suis devenue une vieille taupe au visage ridé, à l'abdomen distendu, aux seins tombants, aux mains tavelées ? Si j'éteignais la lampe à temps, peut-être ne remarquerait-il pas combien le temps a ruiné mon corps. Elle tendit la main vers le petit carcel de bronze qui brûlait près d'eux.

A cet instant, il lui saisit le poignet. Un frisson monta le long du bras de Taniko et lui traversa le corps. La peau de Jébu, tellement foncée, sur la sienne, si blanche... Admirable !

« Il nous faut cette lumière, n'est-ce pas ? » demanda-t-il tout bas. Elle soupira en anticipant des délices. Oui, il voulait coucher avec elle.

« L'obscurité donne l'illusion de la beauté, dit-elle, les yeux baissés.

— Je refuse l'illusion, je te veux telle que tu es. » Leurs visages s'étaient rapprochés. Elle leva la main pour caresser du bout des doigts les poils raides de la barbe blanche. « Nous sommes au-delà de tout jugement, n'est-ce pas, l'un comme l'autre ? dit-elle. Le bien et le mal, le beau et le laid, le jeune et le vieux, tout est loin derrière nous. Seuls les adolescents s'en soucient. »

Elle se détendit et s'allongea sur le dos, cédant sa bouche aux lèvres qui se pressaient contre elle. Les mains rugueuses de Jébu lui serrèrent les seins. Peu lui importait leur manque de fermeté. Ils étaient encore capables de donner du plaisir, comme le prouvaient les mouvements doux et lents des mains de Jébu. Ils étaient aussi capables d'en éprouver, pensa-t-elle mentalement en prenant une profonde inspiration. C'étaient ses seins et c'est pourquoi il les désirait. Il voulait posséder son corps et non celui d'une autre femme. Désormais elle en était sûre.

Leur étreinte se poursuivant, elle fit une autre découverte délicieuse. A un certain moment, entre sa treizième et sa quarante-cinquième année, elle avait perdu toute pudeur. Même la nuit merveilleuse sur le mont Higashi avait comporté une part de crainte au sujet de ce qu'on pourrait penser si on les surprenait. Cette nuit-là, même si tout Kamakura entrait dans la pièce et les trouvait enlacés, leurs corps en contact de la tête aux pieds, elle se laisserait volontiers regarder et peut-être cela lui ferait-il plaisir. Pouvoir exciter cet homme, ce guerrier, me donne de l'orgueil. Je veux attiser sa passion pour moi. Les années d'amour avec Kiyosi, avec Koubilay khan, en Chine avec Jébu, même avec Hideyori qu'il fallait tellement solliciter, toutes ces expériences lui avaient beaucoup appris. Je suis aussi habile dans ce combat amoureux que Jébu est maître du sabre et je voudrais que le monde entier nous voie.

Elle se leva en lui tenant la main et l'attira vers la plate-forme de sommeil ; elle laissa tomber sa robe en soie mauve. Elle se retourna pour l'attirer derrière les rideaux et admira son corps que la robe grise ouverte ne dissimulait plus. Le nombre et la taille des cicatrices lui coupèrent le souffle. Le cou et la poitrine étaient couverts de balafres, grandes et petites, légèrement plus claires que la peau bronzée. Elle acheva de lui retirer sa robe et vit encore des traces sur ses épaules. Elle caressa ces marques du bout de ses doigts puis elle appuya son front contre la poitrine de Jébu et pleura.

« Mon amour, que t'a-t-on fait ? Comme tu as dû souffrir !

— Je n'ai même pas senti la plupart de ces blessures, souffla-t-il. Tu m'as fait beaucoup plus de mal.

— Non, ne dis pas cela.

— Tu ne m'aurais pas blessé si je ne t'avais pas aimée.

— Je te donnerai assez de plaisir pour compenser ces douleurs.

— Tu peux me donner plus que le plaisir : le bonheur.

— Tu as tant souffert, murmura-t-elle. Ton corps est tellement ravagé. Est-ce que tu sens encore mon contact ?

— Je peux te regarder comme un vieux hibou à la fin de l'hiver, murmura-t-il en riant doucement. Mais, si miraculeux que ce soit, je sens une houle de vie en moi. »

Elle l'attira près d'elle. Leurs mouvements devinrent pareils à ceux de nageurs, gracieux et rythmés. Ils flottèrent ainsi sur une mer tiède, sans côtes, dont les vagues s'élevaient et retombaient. Elle oublia où elle était, elle oublia le temps et l'âge, elle oublia qu'elle était l'Ama-shogoun et lui un moine guerrier. Elle n'était qu'une femme jouissant du corps d'un homme. Rien de plus.

Quand enfin ils se trouvèrent allongés côte à côte, épuisés, elle tapota son vieil oreiller de bois. « J'aurai une bonne histoire à écrire dans mon journal demain.

— Tu tiens un journal ? Tu ne me l'avais jamais dit.

— C'est mon secret le plus intime. Je ne l'ai jamais révélé avant cet instant. Peut-être te le lirai-je si tu restes toujours avec moi. » Ces paroles lui rappelèrent la dure réalité. « Jébu-san, qu'allons-nous faire ? Comment vivrons-nous ? »

Jébu pinça les lèvres. « Il fut un temps où nous aurions pu tout simplement nous enfuir sans nous soucier de nos actes. Mais c'est impossible maintenant. Tu te dois au pays du Soleil Levant. Si l'on savait ce que nous sommes l'un pour l'autre, ton prestige serait atteint. Nous ne pouvons nous rencontrer qu'en secret.

— Je ne demandais rien de plus quand j'ai envoyé Moko te chercher. Je n'ai jamais réfléchi au-delà de l'instant où nous serions unis, corps et âme, après notre longue séparation. Je ne me suis jamais souciée de ce qui pourrait en résulter pour ma situation. Je ne me suis jamais demandé comment nous pourrions vivre en amants. » Elle lui prit les deux mains et le regarda au fond des yeux. « Jébu, je te jure... si tu le désires, j'abandonne tout. J'irai avec toi partout où tu voudras. Je ne laisserai rien se glisser entre nous. Quittons ce château, cette nuit même, si tu veux. Je serai ta femme ou ta compagne. Je vivrai avec toi dans un temple, une hutte, un ermitage de montagne. Il te suffit de parler. »

Il posa le coude sur l'oreiller, la tempe sur sa paume et la regarda longtemps dans les yeux... « Je voudrais... », dit-il. Puis : « Non, ce n'est pas possible.

— Pourquoi, Jébu ? Le pays du Soleil Levant peut livrer cette guerre sans nous. Il nous reste peu d'années. Vivons-les heureux.

— Ce n'est pas là la voie de la connaissance mais celle qui nous la ferait perdre.

— Je ne comprends pas.

— Tu dis que tu irais n'importe où avec moi. Alors, je te demande de rester ici et nous nous arrangerons pour nous retrouver aussi souvent que possible, en poursuivant la tâche que nous impose notre devoir. » Il sourit. « D'innombrables grandes dames et de pauvres moines ont sûrement dû résoudre ce problème dans le passé. Tu te rappelles l'histoire de l'impératrice Koken et du prêtre Dokyo ? Elle le prit pour amant, voulut l'épouser et le faire empereur. Mais le dieu Hachiman intervint en personne et déclara : « L'usurpateur doit être chassé. » Ainsi mit-il une fin à cette folie. Nous devons être discrets, Ama-shogoun. Je n'accepterai ni titre ni fonction. Je ne dois être que l'un des nombreux conseillers militaires attachés à la cour du shogoun. Chaque fois que tu me convoqueras, je viendrai à toi. Moko sera très heureux d'apprendre que sa mission au temple de la Perle a si bien réussi. Il faut trouver un moyen de le lui faire savoir sans que personne d'autre ne l'apprenne. »

Taniko éclata de rire. « Tout le monde sera au courant, Jébu-san. Il est impossible de garder un secret dans ces pièces aux cloisons de papier, où il y a une servante derrière chaque *shoji*. Comme tu le dis, nous devons être discrets pour éviter le scandale. Dans ce château tout le monde m'est fidèle. Peut-être parlera-t-on de nous mais on ne nuira pas à ma réputation.

— Bien. Alors nous pouvons le dire immédiatement à Moko. Il est très malheureux depuis notre querelle de la nuit dernière.

— Pas du tout, dit Taniko en lui caressant la barbe. Moko a toujours été sûr de notre réconciliation. Pas plus tard que ce matin, il m'a dit que tu m'aimes, sinon tu n'aurais pas été aussi furieux contre moi.

— Ce type-là me connaît trop bien et révèle mes secrets !... J'aurais dû lui couper la tête dès notre rencontre. Tu m'en as empêché.

— Tu voulais que je t'en empêche.

— En effet et mon instinct ne me trompait pas. Écoute, Taniko-san, qu'il est doux d'être allongé ici près de toi et d'évoquer ensemble le passé ! C'est presque aussi agréable que ce que nous faisions il y a un instant...

« Inutile de nous soucier de la discrétion, reprit-il. Désormais je viendrai te voir dans ta chambre en présence de tes dames d'honneur et nous nous contenterons de bavarder. Pourquoi ne pas nous rhabiller et les appeler sur-le-champ ?

— Je suis sûre qu'il y en a déjà plusieurs derrière ma porte qui se moquent de nous », dit-elle.

Elle se pencha sur lui et, de sa petite main blanche, caressa ses cicatrices. Il lui était difficile de croire qu'elle ne rêvait pas. Ils se retrouvaient enlacés, après dix ans de séparation. Elle se rappelait à peine ce qui les avait séparés si longtemps et n'était même pas sûre de cette séparation. Du moment qu'ils étaient réunis, elle ne le laisserait plus échapper. Il resta dans sa chambre jusqu'au lever du jour.

13

Extrait du journal intime de Shima Taniko

Notre propre grande muraille est enfin construite. Il nous a fallu près de cinq ans, bien des échecs, bien des obstacles, y compris des tremblements de terre et de terribles tempêtes. Enfin un message de Jébu m'annonce que c'est fait et que l'heure est venue pour moi d'y aller en inspection. Le trajet est long de Kamakura à Hakata. Mais je prévoyais cette nouvelle et je fais mes bagages depuis la dernière pleine lune. Je n'ai pas vu Jébu de six mois. Si cela devait durer, je perdrais le goût de vivre. J'ai quarante-neuf ans depuis le mois dernier. L'an prochain, j'aurai un demi-siècle. Qu'une femme de mon âge se conduise comme je le fais avec un moine guerrier est absolument scandaleux.

A la baie d'Hakata, je verrai aussi ce cher vieux Moko. Il a contribué à la conception et à la construction d'une flotte de kobayas : *petites galères de combat qui transportent de quinze à cinquante hommes. Elles partiront à la rencontre des navires Mongols pour essayer de les couler avant qu'ils ne débarquent leurs troupes. Nombre de ces* kobayas *seront commandées par des hommes qui combattirent avec Yukio à Shimonoseki.*

L'esprit qui règne maintenant sur les Iles sacrées m'enchante. Je n'ai jamais vu notre peuple aussi enthousiaste et prêt à travailler à l'unisson. Il paie même joyeusement ses impôts ! Chacun prend sa part des travaux de défense et en fait plus qu'on ne lui demande. Les samouraïs se portent volontaires pour le service à Hakata. Chacun espère être le premier à ramener une tête de Mongol. Querelles particulières et même vieilles haines sont oubliées. N'est-il pas dommage que nous ne soyons unis ainsi que par la menace d'une destruction complète ?

Huitième mois, sixième jour
ANNÉE DU DRAGON

Ce matin-là, un orage d'automne trempa l'herbe jaunie aux flancs des collines près d'Hakata. Une centaine d'officiers vêtus de simples kimonos considéraient du haut d'un piton la grande muraille de pierre. Jébu était parmi eux. Cette construction dessinait un cercle le long de la côte de l'immense baie d'Hakata. Il fallait une journée à cheval pour aller d'un bout à l'autre. Des tours de guet se dressaient à espaces réguliers et des fortifications avancées séparaient la muraille de la mer. De ce côté-là, elle offrait une surface lisse de deux fois la hauteur d'un homme. A l'intérieur, des rampes inclinées permettaient aux samouraïs d'atteindre à cheval le chemin de ronde.

Près de l'endroit où se trouvaient Jébu et les officiers, plusieurs centaines de samouraïs s'alignaient, portant des tuniques blanches par-dessus leur armure, la moitié montée et l'autre moitié à pied. Loin, sur la plage, face à ce même point, un nombre égal de soldats, tous à cheval, arboraient des tuniques écarlates. Ils attendaient le signal de Jébu. A cette distance, ils donnaient l'impression d'une tache de sang sur le sable. Sur la hauteur, avec Jébu et les officiers, un homme brandissait un grand drapeau jaune portant en noir les caractères : « L'entraînement ne finit jamais. » Jébu avait choisi cette devise pour rappeler à ses officiers qu'ils ne savaient pas tout en fait de techniques militaires.

Il fit signe au porte-drapeau qui agita son emblème lentement d'avant en arrière. Les cavaliers rouges chargèrent sur la plage en poussant de longs hululements. Ils se conduisaient exactement comme des Mongols, ainsi qu'il le fallait. Nombre d'entre eux avaient combattu en Mongolie et en Chine et devaient se rappeler jusqu'à leur mort les terrifiants cris de guerre des hommes de la steppe. Dès le début de la charge, les samouraïs qui se trouvaient derrière la muraille gravirent à cheval les rampes les plus proches d'eux. Les fantassins leur emboîtèrent le pas. Des rampes mobiles disposées de l'autre côté du mur permirent aux défenseurs de lancer une sortie sur la plage.

Les samouraïs blancs se précipitèrent à la rencontre de l'ennemi en agitant leurs sabres et en hurlant. Un petit groupe de chefs distança bientôt les autres. Les samouraïs rouges ralentirent pendant que les blancs poursuivaient leur chevauchée en les défiant d'envoyer leurs meilleurs guerriers participer à des combats singuliers. Les rouges répondirent par une volée de flèches. Ceux qui s'étaient permis de les défier tombèrent sur le sable, tous morts.

Le gros des cavaliers blancs, indignés par un massacre dénué d'élégance, foncèrent sur l'ennemi en vociférant. Les rouges firent demi-tour et s'enfuirent. Quand ils eurent entraîné à leur suite l'adversaire sur quelque deux cents pas, ils se dressèrent en chœur sur leurs étriers et décochèrent leurs flèches par-dessus la croupe de leurs chevaux. La moitié des samouraïs blancs vida ses étriers. Les faux Mongols firent demi-tour et revinrent à l'assaut au sabre et à la lance. En peu de temps, tous les cavaliers blancs étaient étendus sur la plage. Quelques rouges rassemblaient les chevaux sans cavalier. Les fantassins blancs qui n'avaient pu suivre le train de la cavalerie se trouvèrent à mi-chemin sans protection entre la muraille et les rouges. Ils se mirent en position de résister à la charge. Mais les assaillants se tinrent à distance et firent pleuvoir des flèches sur les fantassins. Les archers blancs abattirent quelques ennemis, mais pas assez pour que cela importât. Enfin les survivants s'enfuirent en débandade. Les cavaliers à tuniques rouges les rattrapèrent et les massacrèrent avant qu'ils n'atteignent la protection du mur.

« Très bien », dit Jébu et l'homme qui se trouvait auprès de lui renouvela ses signaux avec la bannière jaune. Les victimes éparses sur la plage et les dunes se relevèrent. Les fantassins récupérèrent les flèches, toutes emboulées de cuir empli de coton. Jébu espéra qu'aucun de ces hommes n'était sérieusement blessé. Au cours des trois années pendant lesquelles il avait dirigé de telles manœuvres on avait compté un mort, six grands blessés, plus quelques jambes et bras cassés dans des chutes malencontreuses. Jébu se retourna pour s'adresser aux officiers qui avaient observé l'exercice.

« Voilà ce qui arrive quand les samouraïs combattent à leur façon contre les Mongols. J'ai vu cela se reproduire bien des fois jusqu'à ce que nous apprenions à utiliser contre eux leurs propres méthodes. Les samouraïs aiment le combat individuel, chacun en quête de gloire pour soi-même. Les Mongols ne s'intéressent qu'à gagner la bataille aussi rapidement que possible, afin de jouir ensuite des fruits de leur victoire. Ils sont organisés et entraînés à combattre en masse, et non individuellement. Si vous foncez vers eux à la recherche d'un adversaire digne d'un combat singulier, vous serez accueillis par un nuage de projectiles. »

Jébu analysa l'exercice en détails, souligna comment dans chaque cas le comportement traditionnel des samouraïs se révélait moins efficace que la tactique correspondante des Mongols. Il remarqua que nombre des officiers auxquels il s'adressait paraissaient agacés et s'en réjouit.

Un guerrier des provinces de l'Est, au visage balafré, prit soudain la parole. « Puis-je dire quelque chose, shiké ? »

Jébu reconnut le vétéran Nagamori Ikyu qui commandait la garde du Rokuhara le jour où il avait fait échapper Sametono. « Certainement, capitaine Nagamori.

— Excusez-moi, shiké, dit le samouraï balafré avec un sourire en biais, lieutenant Nagamori, s'il vous plaît. J'ai laissé un détenu échapper à ma garde voilà bien des années, ce qui m'a valu d'être rétrogradé.

— J'en suis désolé, lieutenant. Que vouliez-vous dire ?

— Ne regrettez rien, shiké. Je suis très heureux d'avoir laissé s'évader ce prisonnier-là. Au moins je n'ai pas dû faire hara-kiri comme nombre d'autres officiers victimes de vos ruses. » Les samouraïs entourant Nagamori le regardaient, étonnés. « Voici ce que je voulais dire : quand on organise un simulacre de bataille pour soutenir une thèse, on peut s'arranger pour prouver n'importe quoi. Il serait possible de faire jouer les vaincus à ceux qui représentent les Mongols et de faire paraître victorieux les samouraïs.

— Tout à fait exact, dit Jébu. Je ne cherchais pas à vous démontrer quoi que ce soit. Vous avez vu la répétition de ce qu'il advint ici même, il y a six ans, quand les Mongols nous attaquèrent pour la première fois, ainsi qu'en maintes batailles auxquelles j'ai assisté en Chine entre nos samouraïs et les Mongols.

— Comment voulez-vous que nous les combattions, shiké, sinon à notre façon ? demanda un autre officier.

— Notre stratégie doit éviter le choc frontal. Quand ils débarqueront, nous resterons derrière la muraille et nos archers les désarçonneront. Quand ils avanceront, nous reculerons pour les attirer dans nos pièges. Nous ne les assaillerons pas. Nous chercherons simplement à les contenir sur la plage jusqu'à ce qu'ils jugent trop coûteux d'y rester. S'ils perdent assez d'hommes, de chevaux et de navires, ils se retireront. Telle sera la victoire.

— Une victoire minable, dit Nagamori. Tout vrai samouraï aura honte de combattre en feignant la retraite et en se cachant derrière des murs. »

Plusieurs autres officiers exprimèrent leur accord en grognant.

Jébu sourit et reprit : « Je vous comprends. Il est toujours désagréable de s'entendre dire que sa méthode préférée de combat n'est pas efficace. » Son visage durcit et il regarda droit dans les yeux chaque officier à tour de rôle, particulièrement Nagamori Ikyu. « Vous jouissez des privilèges de samouraï parce que vous assumez le devoir de défendre notre pays et notre peuple. Au moment décisif, refuser d'employer les moyens qui s'imposent équivaudrait à provoquer le désastre. Ce serait trahir ceux que vous vous êtes engagés à protéger. »

Les samouraïs burent ses paroles et leur visage prit une expression solennelle. « Veuillez me comprendre, mes seigneurs. Je ne suis pas en train de vous donner des ordres. Mes supérieurs... nos supérieurs m'ont demandé de vous enseigner certaines tactiques de combat différentes de celles auxquelles vous êtes habitués. Le shogoun, le régent, le Bakufu et les généraux décideront en dernier ressort. Je ne suis pas général. »

Il constata que sa franchise et sa simplicité les impressionnaient. L'opposition manifestée par Ikyu et ceux qui l'approuvaient était un phénomène typique qui se renouvelait chaque fois avec un groupe nouveau. Il entraînait les officiers de samouraïs aux tactiques mongoles et aux méthodes de combat zinja depuis cinq ans et il se sentait capable de surmonter cette résistance. Il avait mis en place neuf écoles en différents points des Iles sacrées. Des maîtres d'arts martiaux zinjas et des vétérans de l'expédition conduite par Yukio en Chine y enseignaient. Dans chacune, une centaine d'élèves suivait un entraînement épuisant du réveil au coucher, chaque jour, et parfois pendant une nuit. La plupart des samouraïs répugnaient à subir cette formation, simplement parce que leurs seigneurs l'exigeaient d'eux. Jébu était parvenu à faire suivre des cours de deux mois à vingt mille hommes. Les gradés les plus élevés et les guerriers les plus doués étudiaient sous sa direction personnelle à la baie d'Hakata.

S'étant assuré l'attention respectueuse de ce groupe, il put pousser l'enseignement plus loin. Il ouvrit son cœur et confia à ses élèves certains des principes zinjas qui avaient régi son existence depuis son plus jeune âge.

« Débarrassez-vous de la crainte de la mort. Celle-ci n'assurera pas votre survie au cours de la bataille. Elle peut même au contraire vous tuer.

« Les guerriers qui s'élèvent jusqu'à des grades éminents, comme vous, peuvent estimer qu'ils ont acquis le droit au confort. Cette tentation peut faire votre malheur. Les épreuves et le danger fortifient les guerriers. Le confort et la sécurité les démoralisent. Dans mon ordre, les moines les plus âgés sont traités plus durement que les plus jeunes. Si vous désirez être de bons officiers, vous devez vous imposer une discipline plus rigoureuse que celle des recrues.

« Entraînez-vous, pratiquez constamment toutes les armes. Exercez-vous au sabre jusqu'à ce qu'il fasse partie de votre bras. Confondez-vous avec votre arc et vos flèches mais aussi avec votre cible. Apprenez à réagir instantanément avec chaque arme sans prendre le temps de réfléchir.

« Rappelez-vous que n'importe quoi peut servir à tuer. Nous, les zinjas, nous nous entraînons à combattre et tuer quand il le faut avec tout ce qui nous tombe sous la main : la canne d'un moine, une ombrelle, un éventail et même une théière.

« Comme vous êtes officiers, l'unité que vous commandez est votre arme essentielle. Exercez-vous de longues heures, chaque jour, avec vos hommes, rompez-les aux tactiques que vous utiliserez.

« Rappelez-vous Muratomo no Yukio. Non ses malheureux derniers jours mais ses grandes victoires : Tonamiyama, Ichinotani, Shimonoseki. En Chine, Yukio a dirigé la défense de Kouélin contre une force mongole plus nombreuse. Nous tînmes six mois et les Mongols finirent par se retirer sans conquérir cette grande ville.

« Yukio était maître en toutes armes. J'ai l'honneur de dire que lors de notre première rencontre, il me rossa. Il n'avait alors que quinze ans.

« C'était un homme joyeux et vaillant, miséricordieux et juste. En toute chose, Yukio fut un modèle que vous pouvez citer à vos fils. Ne l'oubliez jamais. Il nous observe quand nous combattons. » Jébu sentit des larmes lui monter aux yeux et en vit couler sur les joues de bien des guerriers.

« Assez parlé, dit-il. Maintenant nos samouraïs et nos Mongols nous montreront comment vaincre les guerriers de Koubilay khan. »

L'Ama-Shogoun et Jébu se promenaient ensemble en pleine nuit dans le jardin du gouverneur militaire de Kiou Siou à Dazaïfu. Elle portait une ombrelle de papier huilé pour dissimuler son visage au cas où quelqu'un l'aurait espionnée.

L'air brumeux laissait présager la pluie. Ils suivirent un sentier sinueux entre des bosquets de bambou noir où grouillaient les vers luisants et chantaient les grillons. Au nord du jardin, un étang affectait la forme du lac Biwa. Un ancien gouverneur de Kiou Siou avait fait aménager cette miniature en souvenir des Provinces Centrales. Une maisonnette bâtie sur un îlot représentait le sanctuaire de la déesse Chikubushima au milieu de ce même lac. Jébu prit Taniko dans ses bras. Elle se sentit légère et toute petite. Il la porta jusqu'à l'îlot par la chaussée de pierre.

La lumière des lanternes réparties avec art dans le jardin filtrait à travers les fenêtres du pavillon. Jébu abaissa son regard vers le visage de Taniko levé vers lui. Il adora ses pommettes délicates, sa jolie peau, ses grands yeux. Il passa légèrement le bout des doigts sur une joue puis se pencha pour la dévorer de baisers avec l'avidité d'un guerrier qui étanche sa soif pendant une pause au cours d'une bataille. Ils tombèrent sur le plancher. Il l'attira sur ses genoux. Ils échangèrent des baisers pendant un temps dont la durée leur échappa. Ils s'étaient déjà aimés ainsi bien des fois.

Il passa les bras derrière elle pour dénouer son *obi* et écarter les pans de la robe. Compte tenu des nombreuses couches de tissus que portaient les femmes, il s'émerveilla de constater combien il était facile de passer à travers les vêtements de celles qui y consentaient. Sa propre robe d'une simplicité extrême et son *fundoshi* — son pagne — ne constituaient jamais un obstacle. Leurs corps s'unirent. Ils remarquèrent à peine le clapotis de la pluie sur le toit de lattes de bois dur. Comme au cours d'une méditation, le monde extérieur s'évanouit. Durant cette union, ils n'aspirèrent pas à l'orgasme ; l'état d'excitation et l'extase qui en résultait suffisaient à combler leurs désirs.

Quand elle se trouva de nouveau en mesure de parler, Taniko demanda : « Viendras-tu avec moi quand j'inspecterai la muraille, demain ?

— Je serai auprès de toi. » Restant assis il s'adossa au mur. Elle appliqua son front sur la poitrine balafrée.

« Jébu, dit-elle soudain. L'idée d'être portée en chaise sur le chemin de ronde me déplaît. Je préférerais y aller à cheval et je crois que cela plairait aux samouraïs.

— Je n'ai pas à donner mon avis, dit Jébu.

— Malheureusement, Munetoki, qui suit mes conseils en toute chose, insiste pour que je me cache comme une lépreuse. C'est insensé. Sur nos îles, nous sommes prisonnières de tels usages. Pas seulement les femmes, d'ailleurs ; les hommes aussi sont captifs, y compris l'empereur.

J'ai donc peur pour nous. Les Mongols ne pensent qu'à gagner alors que chez nous on se soucie d'honneurs et d'étiquette.

— Parfaitement, dit Jébu. C'est ce que je m'efforce d'enseigner aux officiers qui me sont confiés.

— Quand viendront les Mongols, j'entends me montrer aux troupes en qualité d'Ama-Shogoun. Je ne me cacherai pas. Jébu, combien de temps faudra-t-il attendre l'arrivée de la flotte ennemie ?

— Elle se présentera l'an prochain », répondit-il avec assurance.

L'année précédente, celle du lièvre, les Mongols avaient achevé la conquête de la Chine en détruisant la flotte du dernier Soung dans une grande bataille sur la côte méridionale. Le dernier souverain de la dynastie, un enfant, avait disparu sous les vagues comme le jeune empereur Antoku à Shimonoseki. Jébu pensa avec appréhension : ainsi l'empire mongol est devenu une puissance maritime. Les agents du Bakufu dispersés sur le continent signalaient que les Mongols entraînaient avec une rigueur implacable Coréens et Chinois pour les préparer à l'invasion. Les soldats et les navires chinois qu'ils avaient combattus peu auparavant étaient mobilisés dans leurs rangs. Arghun Baghadur, chef du Bureau pour le châtiment du Zipangu, avait quitté Cambaluc pour circuler pendant un mois en Corée d'où il s'était embarqué pour Linan, la dernière capitale des Soung et le plus grand port de Chine. Arghun ne perdrait pas de temps. L'invasion se produirait donc au printemps suivant ou au début de l'été, afin de briser les défenses côtières avant les tempêtes de l'équinoxe d'automne.

Les ongles de Taniko s'enfoncèrent cruellement dans la poitrine balafrée. « Qu'y a-t-il, mon amour ? demanda Jébu.

— Je redoute les Mongols. Ils ont si souvent failli te tuer ! Je ne veux pas te perdre.

— Tu ne dois pas penser à l'avenir. Il n'existe pas. » Cependant il lui caressa ses longs cheveux noirs. Tu pourrais fort bien me perdre encore, pensa-t-il. J'ai tant à faire et toi aussi, d'ailleurs.

14

Lettre de Koubilay khan à Shima Taniko

Étant donné que tu manifestes une tendance à couper la tête de mes ambassadeurs, je t'envoie cette lettre par un moyen moins direct. Quand tu la recevras, le lama qui l'aura glissée dans la main d'une de tes dames d'honneur se sera éclipsé. Si le sceau de la lettre est brisé, je te conseille de faire décapiter cette dame car elle en aura trop appris à ton sujet. Afin que tu ne doutes pas de l'authenticité de ma missive, je te rappelle le nom que nous étions seuls à connaître tous deux : « Éléphant ».

Que l'échec de ma dernière expédition vers vos îles n'éveille pas chez vous de vains espoirs. Elle aurait fort bien pu réussir sans la tempête. J'ajoute que nous n'avions dépêché qu'une petite armée parce que le gros de nos troupes s'occupait de mettre un terme à la résistance des Soung du sud. Cette fois, nous engagerons toute notre puissance avec celle de la Chine et de la Corée qui sont désormais sous ma souveraineté.

Je me rappelle bien ta sagacité et ta force de caractère. Elles m'ont incité à te rendre la liberté voilà bien des années. Je savais que, bien que femme, tu t'élèverais politiquement dans ton pays. Tu es même montée plus haut que je ne le prévoyais. Tu peux dire à tes compatriotes ce que tu as vu chez moi et tu ne dois rien leur cacher de ma puissance. Avertis-les que me résister les mènerait à leur perte alors que ta petite nation peut récolter des bénéfices incalculables en devenant partie d'un plus grand ensemble. Je suis même prêt à passer outre à l'exécution de mes ambassadeurs, étant donné que celui qui l'a ordonnée est mort. Je ne comprends pas qu'un peuple ait pu tourner le dos à son meilleur général, Muratomo no Yukio, qui fut un de mes officiers, et se soit soumis au gouvernement d'un homme qui s'est tué en tombant de cheval...

Je sais que les gens de vos îles sont fiers. Toutes les nations se croient issues des dieux mais vous en êtes plus passionnément convaincus que les autres. Ne laissez pas votre orgueil vous conduire à l'anéantissement.

Tu me connais bien, dame Taniko. Peut-être te plairait-il de renouer connaissance avec les splendeurs de Cambaluc et de retrouver la compagnie du Grand Khan ? Rien ne me serait plus agréable que de t'accueillir de nouveau. Ce sera possible quand tes compatriotes se seront laissé persuader qu'une soumission honorable est la sagesse.

Tu sais que j'ai la volonté et la puissance de faire tout ce que je veux. Je suis capable de déplacer des montagnes et de changer le cours des fleuves. Imagines-tu que je laisserai un petit peuple du bout du monde résister à mon autorité ? Vous vous targuez de vivre à l'endroit où se lève le soleil. Je te dis que du levant au couchant, toutes les nations doivent s'incliner devant un seul Grand Khan. Telle est la volonté du Ciel éternel.

Écrit et scellé à Cambaluc
Premier mois, quatorzième jour
ANNÉE DU SERPENT

En se mordant les lèvres de colère, Taniko froissa la lettre et l'approcha du brasero qui chauffait sa chambre. En la croyant capable de trahir son pays pour retourner au harem de Cambaluc, l'Éléphant l'insultait. Le souvenir de leurs amours sur l'énorme lit traversa malgré elle son esprit et elle en fut émue. Cela ne fit qu'augmenter sa fureur. Elle posa d'un geste rageur la lettre sur le feu et faillit se brûler le bout des doigts. Il ne l'avait pas vue depuis des années et des années. Il ne la voudrait plus dans son lit désormais. La croyait-il incapable de s'en rendre compte ? Ignorait-il qu'elle avait encore Jébu ? Oui, je le connais mais il ne me connaît pas. Il ignore tout de mon peuple. Quoi que nous soyons, enfants des dieux ou banals êtres humains, nous ne pouvons pas nous soumettre à une autre nation. Nous devons nous gouverner nous-mêmes ou cesser d'exister.

A la fin du quatrième mois, on aperçut une petite jonque à misaine rouge dans la baie d'Hakata, venant du nord-ouest. On l'attendait depuis longtemps. Un messager fut immédiatement dépêché au quartier général de la défense dans la ville de Dazaïfu, en retrait d'Hakata. Il annonçait simplement que la flotte mongole avait quitté la Corée.

Jébu ordonna au commandant d'une *kobaya* de quinze hommes de le conduire au-devant de la jonque à voile rouge. En passant au large de Shiga, à l'entrée de la baie d'Hakata, il se rappela le jour où Yukio et lui avaient vu la ligne de bataille des navires arborant les bannières rouge sang des Takashi contourner ce même haut-fond.

Quand le petit bâtiment de Jébu dépassa le centre de la baie, la jonque fut en vue. Une heure plus tard, Jébu y montait et embrassait Moko.

« Vous vous conduisez comme si mon arrivée vous soulageait, shiké, dit Moko en souriant. Vous savez pourtant que je ne me serais pas mis en danger. Nous avons simplement croisé devant l'entrée du port de Pusan, avec les mouettes, en pêchant, cabotant et prétendant être des marins chinois. Dès que nous avons vu les Mongols embarquer sur les navires coréens, nous avons pris le large pour revenir.

— Qu'est-ce qu'ils nous envoient ? » demanda Jébu.

Moko cessa de sourire. « Deux flottes viennent vers nous. Neuf cents navires transportant cinquante mille Mongols et Coréens avec leurs chevaux et leurs machines de siège ont quitté la Corée.

— A peu près les mêmes effectifs que la dernière fois, dit Jébu.

— Oui, répondit Moko. Mais avant que cette flotte n'arrive elle sera rejointe en mer par une autre, la Flotte du sud du Yang-tsé. Celle-là se compose de quatre mille navires. Elle transporte cent mille guerriers et encore plus de machines et d'engins qui crachent le feu. Si je croyais que les dieux nous assisteront, j'aurais quelque espoir. Mais si nous ne devons compter que sur les exploits de simples mortels, nous serons certainement écrasés. » Il scruta le visage de Jébu, comme s'il espérait y déceler un signe réconfortant.

« Rappelle-toi ce que de simples mortels ont fait à Kouélin.

— En effet, shiké. Ayez la bonté d'excuser ma couardise. » L'anxiété s'atténua dans les yeux de Moko. Cet homme se croit lâche, pensa Jébu ; pourtant, il a navigué jusque dans la mâchoire de l'ennemi pour nous apporter le renseignement dont nous avions besoin.

Jébu chercha à imaginer ce convoi de quatre mille navires sur l'océan. Il se demanda comment les guerriers des Iles sacrées pourraient résister. Mais il chassa cette pensée de son esprit. Je n'ai pas à me poser de questions. Je dois m'efforcer d'amener ceux qui combattent auprès de moi à éprouver le même sentiment.

« Senséi, je n'ai tué personne. » Ils étaient assis face à face comme cela leur arrivait souvent, les jambes croisées sur la natte d'herbes tissées dans la cellule d'Eisen. Comme toujours, Sametono se sentait en paix sous le regard sévère et pourtant bienveillant du moine. Il ne pouvait confier ses craintes qu'à lui seul.

« Redoutes-tu de ne pas en être capable, mon fils ? demanda Eisen en souriant.

— Non, senséi. Je crains plutôt de pouvoir le faire trop facilement. Le Bouddha enseigne que nous ne devons pas faire de mal à ce qui vit. Comment pourrais-je lui rester fidèle en accomplissant mon devoir de guerrier ? »

Le lendemain, Taniko, Munetoki et lui devaient aller prier au sanctuaire d'Hachiman. De là, ils se rendraient à la voile jusqu'à Ise où ils arriveraient quelques jours plus tard au grand sanctuaire de la déesse du soleil et lui demanderaient de les assister contre les Mongols. Ensuite ils poursuivraient par voie de terre leur voyage jusqu'à la baie d'Hakata, parce que la côte ouest de Kiou Siou était déjà attaquée par les navires du Grand Khan. Enfin Sametono irait à la guerre. La vérité oblige à dire que son inquiétude n'était pas due au seul enseignement de Bouddha. L'horreur que lui inspirait l'idée de tuer dépassait de beaucoup sa foi. Le souvenir des flèches qui avaient frappé sa mère lorsqu'elle s'efforçait de le protéger des samouraïs lancés à leur poursuite par Horigawa le hantait. Pour Sametono, tuer c'était ça et il répugnait à en faire autant. Il lui semblait que l'horreur de tuer était aussi naturelle chez l'être humain que son désir récemment éprouvé de prendre une femme dans ses bras. Néanmoins son devoir l'obligeait à conduire son peuple à la guerre.

« Tu es samouraï, dit Eisen en fronçant sévèrement les sourcils. Cela t'oblige à faire face à la mort. Quelle que soit la tâche que nous assigne le karma, l'accomplir nous conduit à la lumière. Nous devons faire notre travail correctement, au mieux de nos possibilités, que nous soyons shogoun ou paysan. Faillir à ton devoir te priverait d'une occasion de connaître ta nature bouddhique. Cependant, consentir à tuer n'implique pas que tu doives aimer le faire. En fidèle de Bouddha, tu dois détester cet acte et ne l'accomplir que par devoir comme toutes les opérations de guerre. »

L'odeur d'encens de la salle de méditation pénétra dans la chambre d'Eisen. Sametono, en sueur, s'essuya le front. La tête d'Eisen en forme de dôme paraissait fraîche et il ne transpirait pas.

« Si j'abandonnais le shogounat pour devenir prêtre comme vous, mon devoir ne m'obligerait pas à tuer, senséi ? »

Eisen hocha la tête. « Oui. Mais l'homme ne peut s'engager dans une nouvelle existence que s'il a achevé la tâche de sa première phase de vie. Bien sûr, toi seul peux en prendre la décision. Le prince Siddhartha a abandonné sa situation et sa famille alors qu'il était jeune homme pour chercher la lumière dans la forêt et c'est ainsi qu'il devint le Bouddha. Chaque homme est différent des autres et doit trouver sa propre voie. Nous agissons selon notre jugement pour découvrir notre nature bouddhique. »

Sametono comprit que la moiteur de son front n'était pas due à la chaleur humide de cet après-midi de printemps mais à son combat intérieur pour résoudre le problème le plus épineux qu'il eût rencontré jusque-là.

« J'étais en contact avec ma nature bouddhique avant d'avoir entendu le mot « Bouddha », dit-il. Ce que je crains, c'est d'en perdre conscience si je prends la vie d'une autre personne. »

Eisen se pencha en avant, les yeux étincelants. « Voici ce que tu veux savoir : un samouraï peut-il avoir une nature bouddhique ? Il y a longtemps on demanda à Joshu, le grand maître chinois du zen, si le chien a une nature bouddhique. Que crois-tu qu'il répondit ? »

Sametono resta muet. Sans être de simples ruses, les questions d'Eisen impliquaient toujours des réponses inattendues. Le shogoun-enfant désirait plaire à son maître en trouvant la bonne solution. Il songea à plusieurs réponses possibles. Puis, frustré, il abandonna. Peut-être fallait-il opter pour la plus simple ?

« Tout être possède une nature bouddhique, senséi. Le chien doit donc aussi en avoir une. »

Eisen éclata de rire. « La réponse de Joshu fut : « Mu » : non. A ton avis, pourquoi ce non ? »

Sametono commença à perdre patience. Il proposait à Eisen une question dont dépendait tout son avenir, et ce moine répondait par des jeux de mots ! Alors lui aussi, il savait plaisanter.

« Kouatz ! », s'exclama-t-il en s'adossant à la cloison de la pièce et en souriant au moine chauve. Il se sentit mieux.

Eisen rit aussi. « Alors c'est kouatz ? Rugis-tu comme un lion ? Et ton lion dévorera-t-il le chien de Joshu ? Eh bien sois lion et accueille les Mongols avec ton rugissement, tes crocs et tes griffes. »

Sametono comprit clairement. Je dois être ce que je suis. Puisque je suis lion, je dois dévorer de la chair. Il en éprouva un énorme soulagement : son problème était résolu.

« Mais », dit Eisen en levant l'index. Sametono en fut déconfit. Ceux qui étudiaient sous la direction d'un maître tel qu'Eisen ne trouvaient jamais la vraie solution des problèmes. Il arrachait une pelure du mystère qui, comme celle d'un oignon, révélait le mystère d'une autre pelure.

« Oui, senséi ? dit-il en soupirant.

— Si tu étais vraiment éclairé, Sametono-chan, tu pourrais me dire pourquoi Joshu déclara que le chien ne possède pas la nature bouddhique. Chaque fois que tu auras un instant à perdre, interroge-toi au sujet de la réponse négative de Joshu. Que signifie pour toi ce « non » ? Efforce-toi de le retenir constamment dans un coin de ton esprit. Aime « non ». Deviens « non ». Quand tu comprendras pourquoi Joshu dit que le chien, ou le lion, n'ont pas la nature bouddhique, tu sauras que faire de ta vie. »

L'impression de soulagement disparut. Eisen la lui avait donnée et la lui reprenait. Sametono appuya son front sur la natte pour prendre congé. Lorsqu'il apparut sur le seuil de la porte, les samouraïs de son escorte se mirent au garde-à-vous, les moines s'inclinèrent mais, perdu dans ses pensées, Sametono ne les remarqua pas. Il sauta machinalement en selle et s'engagea le premier sur le chemin qui descendait vers le château à Kamakura. Puis une idée lui vint à l'esprit : en se rendant chez Eisen ce jour-là, il avait peur, désormais il n'était qu'intrigué. C'était un progrès. Non, non, non. Que signifiait ce « non » de Joshu ?

15

Le shogoun Sametono, sa famille et ses généraux arrivaient à peine à Hakata que les sentinelles annoncèrent la présence d'une grande flotte au large de Kiou Siou. Munetoki convoqua une réunion d'officiers au lever du soleil, six jours après la pleine lune du cinquième mois. Devant le camp, à Hakozaki, la plus septentrionale des trois villes au bord de la baie, on avait construit un pavillon sur la plage. Plus de trois cents samouraïs du plus haut rang s'y trouvaient en tenue de combat. Ils commanderaient les forces de défense. Dans le pavillon, Munetoki, Sametono et Miura Zumiyoshi conféraient avec les généraux en chef. Jébu se tenait au premier rang des guerriers assis à l'extérieur.

On avait repéré une partie de la flotte ennemie approchant de la côte d'Honshou. Mais les chefs samouraïs ne voyaient là qu'une diversion et restaient convaincus que le gros des assaillants mongols débarquerait dans la baie d'Hakata. Vêtu d'une armure de général lacée de blanc, Sametono prononça un bref discours. Les officiers s'inclinèrent profondément devant leur shogoun puis l'acclamèrent. Munetoki parla encore plus succinctement dans le style terre à terre des provinces de l'est : il promit des récompenses à tous, particulièrement à ceux qui se distingueraient au combat. Jébu gardait les yeux fixés sur la lointaine ligne grise où le ciel et la mer se retrouvaient, sachant qu'à tout moment la première voile ennemie y surgirait.

Une voiture entourée de cavaliers en armure, arborant les bannières des Muratomo et des Shima, roula sur le sable compact de la plage jusqu'à l'espace libre devant le pavillon. Des gardiens avancèrent vers la porte arrière de la voiture et y disposèrent un petit escabeau.

Éblouissante, Taniko sortit du véhicule. Le soleil venait de se lever au-dessus des collines entourant la baie et des rayons étincelaient sur sa coiffure en filigrane d'or sertie de pierres précieuses, de perles et de corail. Elle arborait des colliers d'or et une robe lavande. Elle tenait un grand éventail fait de minces lames d'ivoire ciselé. Bien qu'il eût passé une partie de la nuit avec elle, Jébu fut aussi émerveillé que les autres. Elle l'avait congédié sans explication à l'heure du bœuf. Sans doute avait-elle passé le reste de la nuit à s'apprêter. A en juger d'après l'expression de Munetoki de Sametono et des autres, personne ne savait ce qu'elle allait faire. Le zinja regretta que Moko ne pût la voir telle qu'elle était ce jour-là. Mais il avait pris la mer sur un bateau de reconnaissance afin de surveiller la flotte du Grand Khan.

Avec un port d'une dignité incroyable pour une femme d'aussi petite taille, Taniko monta sur la plate-forme sous le toit du pavillon. Les seigneurs se hâtèrent de lui faire place et elle prit un siège entre Sametono et Munetoki. Jébu entendit des chuchotements se propager parmi les samouraïs agenouillés autour de lui : « L'Ama-Shogoun. » Un par un, ces guerriers émerveillés se penchèrent pour appliquer leur front et leurs deux paumes sur le sable. Jébu comprit alors pourquoi Taniko était venue. Jusqu'alors il ne s'agissait que d'une assemblée de militaires inquiets qui conféraient à la veille d'une bataille au sujet d'un ennemi inconnu. La présence de l'Ama-Shogoun élevait cette réunion au niveau d'une cérémonie rituelle, le pavillon devenait un sanctuaire.

Mais cela ne plaisait pas à tout le monde. « Il n'est guère convenable, dame, que vous vous présentiez devant tant d'hommes, grogna Munetoki. Pensez à votre réputation. » Bien qu'il s'efforçât de parler doucement, sa voix atteignit les premiers rangs de samouraïs.

« Ma réputation n'est pas en cause aujourd'hui, seigneur régent, dit Taniko d'une voix claire et parfaitement audible. Nous nous engageons dans un combat pour la vie même de la nation. J'estime que j'ai des choses importantes à dire à nos guerriers et si je ne suis pas en parfaite sécurité parmi mes samouraïs, mieux vaudrait que je sois morte. Si je n'interromps pas quelqu'un, je demande la parole.

— C'est tout à fait contraire aux règles », bougonna Munetoki.

A quinze ans, Sametono parlait d'une voix qui restait juvénile. « L'invasion des Iles sacrées par des barbares étrangers est un fait sans précédent. En de telles circonstances, chacun doit apporter sa contribution. Bien sûr, ma mère peut parler. »

Taniko s'inclina et les diamants de sa coiffure étincelèrent. « Merci, mon fils. »

Il régna sur la plage le même silence que dans un temple. On n'entendit que le ressac à l'extrémité de la plage, le murmure d'une brise légère et le claquement des drapeaux. Comme toujours un tintement métallique se faisait entendre dans la voix de Taniko. Elle parla avec une énergie nouvelle. Ses propos atteignirent facilement les samouraïs du dernier rang. Jébu se dit qu'elle n'avait encore jamais rien fait de tel. Comment et quand avait-elle pu s'y préparer ? Quelle femme stupéfiante ! L'amour gonfla son cœur.

« Nobles seigneurs et guerriers du Pays du Soleil levant, excusez la témérité de ma présence. Comme sa seigneurie le shogoun l'a si bien dit, les circonstances sont inhabituelles et impliquent des actes exceptionnels. Bien que femme, je suis aussi samouraï. Alors considérez que je me présente devant vous aujourd'hui en samouraï et excusez ma hardiesse.

« Permettez-moi de vous rappeler que je fus l'épouse du grand seigneur, Muratomo no Hideyori dont la sagesse et la vigueur d'esprit nous donnèrent le système de gouvernement qui convient le mieux pour faire face au péril national d'aujourd'hui. Comme vous le savez, je suis aussi mère de Muratomo no Sametono, le shogoun actuel que nous adorons tous pour sa beauté et sa brillante intelligence. Au nom de feu mon époux et de mon fils, je fais appel à votre loyauté et je demande votre indulgence.

« Les guerriers laissent leur femme chez eux quand ils partent pour la guerre. A leur retour, ils comptent être accueillis par cette formule simple et modeste : « Bienvenue à la maison. » Dans les familles de samouraïs, un couple ne manifeste pas son affection en public. Nous le savons tous. Mais nous savons aussi que nos guerriers aiment profondément leur épouse, leur mère, leurs filles et leurs sœurs. Je me présente devant vous au nom de toutes ces femmes. Leur esprit sera à vos côtés. Vous combattez pour défendre l'empereur et la nation, vous combattez pour la gloire, mais vous combattez aussi pour celles qui vous sont chères. Qu'adviendra-t-il de nous si vous tombez dans la bataille et que nous soyons captives des barbares ? Soyez sûrs que nous ferons tout pour nous tuer plutôt que de tomber en leur pouvoir. Et nous entraînerons avec nous dans le Vide le plus grand nombre d'ennemis possible. Si les envahisseurs viennent dans nos villes, nos châteaux, nos maisons, nous leur couperons la tête. Nous y serons prêtes. » Elle marqua un temps d'arrêt en souriant gravement. « Amaterasu Omi Kami, la déesse suprême de nos Iles sacrées, n'est-elle pas femme, elle aussi ? »

Dans ces paroles, Jébu perçut la rage d'une femme qui avait été captive des Mongols. Koubilay khan en personne l'avait traitée comme son bien et s'était servi d'elle. Aurait-elle pu refuser de coucher avec le Grand Khan ?

« Si je n'étais pas femme, je rivaliserais avec vous pour prendre la première tête d'envahisseur mongol, poursuivit Taniko. Je vous envie d'avoir cette occasion d'acquérir la gloire. Tous ceux qui participeront à la victoire et sauveront la nation seront des héros immortels.

« Dans le monde entier, il n'y a pas de peuple comme le nôtre. Nulle nation n'entreprend toutes ses tâches avec autant d'enthousiasme, qu'il s'agisse de combattre, de semer un champ ou d'écrire un poème. Notre amour de la beauté, nous l'appliquons aux objets les plus humbles. Notre langue, notre poésie, nos temples, nos maisons, nos tableaux, et même notre pensée et notre vie privée, tout cela nous est particulier.

« Notre peuple vit sur ces belles îles, protégées par la mer, depuis des siècles et il est resté libre et paisible. Ceux d'entre nous qui sont allés dans des pays lointains n'y ont jamais connu un jour de paix et de bonheur jusqu'à leur retour dans ce pays des dieux. » Taniko se tut un moment.

Puis elle enchaîna : « Un prêtre vous parlerait des dieux mieux que moi. Par bonheur, il en est venu un grand nombre prier pour la victoire dans cette guerre. Néanmoins je sais ceci : chaque rocher, chaque cours d'eau, chaque arbre de nos îles est le foyer d'un kami : un dieu. Notre empereur lui-même est un dieu descendant de la déesse du soleil. Notre terre fut créée par les dieux Izanami et Izanagi. L'étranger qui ose envahir notre sol sacré commet un sacrilège qui doit être lavé dans le sang. »

Elle n'avait pas élevé la voix mais son propos final fut accueilli par les acclamations farouches des samouraïs qui se dressèrent d'un bond, et brandirent leurs poings. Sametono avait les yeux brillants en regardant sa mère alors que Munetoki était plongé dans l'émerveillement. Entre les deux chefs de sa famille, Taniko tourna son visage vers le soleil. Les samouraïs se turent et retombèrent à genoux, le front sur le sable.

Taniko se leva et fit un signe. Aussitôt, un de ses serviteurs lui amena un étalon blanc. Jébu pensa à la monture d'Hideyori. Mais ce cheval-là était calme et majestueux. Une domestique apporta à Taniko une cape de soie blanche brodée de dragons d'or volant dans des nuages d'argent. Un garde s'agenouilla et l'aida à prendre place sur la selle d'amazone. Un autre lui tendit un grand arc de samouraï et un carquois de flèches empennées de plumes d'une blancheur immaculée. Elle fit un signe à Jébu. Il se leva dans son armure à lacets noirs et avança. Elle lui remit ses rênes à lourds glands d'or. C'est lui qui devait conduire le cheval. Ils échangèrent un sourire à peine perceptible.

« Mon fils honoré et mon cousin estimé, voulez-vous vous joindre à moi pour passer en revue nos guerriers ? demanda-t-elle.

— Vous entendez vous montrer à toute la troupe, dame ? » demanda Munetoki. Son visage s'assombrit et ses moustaches se hérissèrent.

« Ça les soutiendra, j'en suis sûr, dit Sametono. Ma mère nous donne une leçon capitale, seigneur régent. Accompagnons-la. »

Une certaine confusion régna lorsqu'on amena les chevaux du shogoun et de son escorte. Les cavaliers ne prirent position dans le cortège qu'au prix d'une bousculade. On envoya des coureurs annoncer aux troupes l'approche des personnalités les plus éclatantes de l'empire. Enfin ils partirent, Taniko en tête, suivie par Sametono et Munetoki.

16

Cette chevauchée de Taniko galvanisera la troupe et la population, pensa Jébu. Tout autour de la baie d'Hakata, les samouraïs, venus des soixante-six provinces, formèrent les rangs devant la haute muraille protectrice. Quand le détachement du shogoun approcha des premières formations, il fut accueilli par des acclamations chaleureuses. Quand les guerriers virent Taniko, ils se turent, s'agenouillèrent et se prosternèrent.

A Hakozaki, l'agglomération la plus septentrionale de la baie, les équipages des kobayas s'alignèrent sur les quais près de leurs bâtiments et s'inclinèrent devant l'Ama-Shogoun. Il y avait des centaines de ces petites galères à Hakozaki. De ce port, le plus proche de l'embouchure, les défenseurs pouvaient assaillir la flotte mongole avant qu'elle n'entre dans la rade. Le mur ancien qui entourait la ville, construit contre les pirates, avait été remis en état et s'intégrait à la nouvelle ligne de fortifications. Les habitants et des samouraïs s'alignèrent sur le chemin de ronde et au pied du mur pour voir passer Taniko.

Juste devant Hakozaki, un homme au crâne rasé, vêtu d'une robe safran de moine bouddhiste, jaillit de la foule en agitant les bras et en vociférant : « Hommage à Amida Bouddha ! Hommage à Amida Bouddha ! » Jébu se tint prêt à tirer son sabre. Arghun était capable de recourir à des assassins déguisés en moine. En vérité, pensa-t-il, les assassins pourraient *être* des moines. Puis il se rappela avoir déjà vu cet homme : le célèbre prêtre Noshin.

En ces temps de troubles que bien des gens appelaient Les Derniers Jours de la loi, quand le pays était ravagé par la guerre civile d'abord puis menacé par une invasion, bien des gens, surtout des samouraïs de rang inférieur et le menu peuple, cherchaient le réconfort dans de nouvelles croyances. Noshin enseignait, comme bien d'autres, qu'en répétant certains versets, on atteint la lumière et le salut. Il parcourait le pays en exhortant les foules angoissées à adopter sa version simplifiée du bouddhisme. Les souffrances du Pays du Soleil levant, déclarait-il, étaient le châtiment de ses péchés surtout ceux de la noblesse, du clergé et des samouraïs. Seule sa doctrine était bonne et les autres sectes ne prêchaient qu'erreur et corruption. Il fallait les chasser, au besoin par la force. Quand la population tourna son attention vers la baie d'Hakata, Noshin s'y rendit évidemment. Il endoctrinait les troupes, leur faisait chanter des litanies et les pressait de vaincre l'ennemi par la pureté de leur vie et la récitation continuelle de ses prières. Certains samouraïs voyaient en lui un charlatan tapageur mais beaucoup se convertissaient.

Noshin s'arrêta devant Taniko et se mit à le haranguer. « Priez, dame, priez constamment le Bouddha. Demandez-lui de vous pardonner vos péchés. Renoncez aux erreurs des vieilles sectes bouddhistes et du nouveau charabia zen. Abjurez la superstition du shinto. Il n'y a qu'une seule religion. Priez pour connaître la lumière, dame, vous serez sauvée et le pays sera sauvé.

— Merci, bon prêtre Noshin, pour vos prières et vos conseils, dit Taniko d'une voix ferme et autoritaire, comme si Noshin disait exactement ce qu'elle désirait entendre. Veuillez demander à Bouddha de nous accorder la victoire. »

Elle frappa du talon le flanc de son cheval et Jébu, comprenant son intention, avança, implacable, vers le moine en tenant le mors du cheval.

Je te marche dessus si tu restes là, dit-il mentalement. Noshin comprit qu'en ralentissant la marche de Taniko, il se rendrait ridicule. Aussi, se retira-t-il. Un groupe de ses partisans chantait à l'unisson avec lui. Taniko et sa suite s'éloignèrent.

« Vous voyez, dame ? demanda Munetoki d'une voix grondeuse. Voilà ce qu'il peut arriver quand on se présente en public. J'aurais donné n'importe quoi pour dégainer mon sabre et couper en deux ce prêcheur fou.

— Je vous en prie, cousin, dit Taniko en souriant. Vous parlez d'un saint homme.

— Les saints hommes ne dénigrent pas les croyances d'autrui, dit Munetoki encore en colère. Ils ne font pas non plus la leçon à la mère du shogoun. Les autorités ont déjà exilé cet agitateur.

— Et l'ont rappelé en raison de l'indignation publique, dit Taniko. »

Il faudrait toute la journée pour faire le tour de la baie d'Hakata. Selon toute apparence, Taniko n'avait pas l'intention de s'arrêter avant d'atteindre l'extrémité sud de la muraille. Jébu s'inquiéta pour elle.

Espérant que Sametono et Munetoki l'entendraient, il dit : « Peut-être pourrions-nous nous arrêter pour que vous vous reposiez à Hakata, dame. Nous reprendrions la chevauchée demain. »

Taniko lui adressa un sourire ironique. « Souffrez-vous des pieds, Jébu ? Dans ce cas, prenez ma monture et je la conduirai un moment, si vous le désirez.

— Vous ne pouvez chevaucher du lever au coucher du soleil, dit Munetoki. »

Taniko tourna vers lui un regard d'acier. « La flotte ennemie sera sans doute ici demain. Je dois donc terminer cette inspection, Munetoki-san. » Le régent ouvrait la bouche mais elle lui coupa la parole. « J'insiste. »

Elle ne se permit que quelques brefs arrêts. Personne n'osa se plaindre. Du moment que la frêle Ama-Shogoun s'imposait cette épreuve, aucun samouraï n'aurait osé la trouver trop pénible.

De temps en temps, Jébu se tournait vers elle. La tête haute, elle se tenait raide sur sa selle. Lui qui passait des journées entières à s'entraîner, il imaginait aisément ce qu'elle éprouvait dans tout son corps. Le seul signe de douleur qu'il constatait chez elle, c'était la crispation de ses mains sur la selle, comme si elle craignait de s'évanouir et de tomber.

Le soleil traversait le ciel au-dessus de la baie. Tout le long du parcours, les troupes acclamèrent et s'inclinèrent. Leurs visages reflétaient l'émerveillement, la joie de voir la célèbre Ama-Shogoun passer devant eux. Elle a raison, cela en vaut la peine, pensa Jébu devant leur expression extatique. Il avait envie de la prendre dans ses bras pour le lui dire.

L'inspection se poursuivit jusqu'après le coucher du soleil. Taniko refusa de s'arrêter avant d'avoir atteint l'extrémité de la muraille. On avait déjà réquisitionné des logements pour le shogoun et son entourage dans le petit château d'un kenin dont le domaine se trouvait à la pointe sud de la baie. Le seigneur attendait devant son portail, les yeux exorbités d'orgueil à l'idée d'accueillir les plus hauts dignitaires de l'empire. Quelques servantes de Taniko avaient été dépêchées en voiture pour préparer sa chambre. Elles accoururent en gazouillant comme des oiseaux dès que leur maîtresse fut en vue. Dans la cour, Jébu se tourna vers Taniko qui ferma les yeux et glissa de sa selle pour lui tomber dans les bras. Il la porta sur l'escalier de la tour, le cœur gonflé d'amour et de fierté. Il suivit les servantes dans une chambre bien aérée au sommet de la tour où il déposa doucement Taniko sur une pile de coussins et de couvertures. Cette nuit-là, il ne coucherait pas avec elle. Il y avait trop de monde autour d'eux. Il dormirait comme un gardien sur le seuil de sa porte.

Après l'avoir allongée, il murmura : « Je n'ai vu personne faire quelque chose d'aussi magnifique. Tu mérites d'être adorée comme une déesse. »

Elle ouvrit les yeux et lui dit avec un sourire narquois. « Ne blasphème pas.

— Je n'ai dit ça que pour t'honorer, mon amour.

— Je ne mérite pas plus d'honneur que ces hommes alignés devant la muraille, Jébu-san. Demain, ils combattront de toutes leurs forces et beaucoup mourront. Je voulais leur offrir la vision de tout ce qu'ils défendront au prix de leur vie. » Elle soupira. « Quelle présomption ! »

Sa voix s'affaiblit et ses yeux se fermèrent. Jébu fit un pas en arrière et l'admira. Quand il redressa la tête, il vit Munetoki et Sametono encore en armure qui la regardaient aussi.

« Si elle était un homme, quel shogoun nous aurions ! dit Munetoki. Excusez-moi, votre seigneurie. »

Sametono répondit : « Il n'y a pas à vous excuser, cousin. Vous avez raison. Il est regrettable qu'elle soit femme et par conséquent sujette à la faiblesse. » Il considéra Jébu, le regard troublé. Il parut avoir envie d'en dire plus mais secoua la tête et s'en alla avec Munetoki. En sortant, ils refermèrent le shoji derrière eux.

Jébu se déshabilla et disposa soigneusement ses armes et son armure dans un coin de la chambre. Il déroula un fouton en travers du seuil, posa son sabre zinja à côté de lui et s'allongea. Avant de sombrer dans le sommeil, il eut juste le temps de se réjouir parce que la longue marche d'Hakozaki à Imazu l'avait tant épuisé qu'il dormirait profondément sans penser à la bataille du lendemain.

« Shiké Jébu, debout. Debout ! » Il lui sembla n'avoir pas dormi. Son corps entier restait douloureux. Que lui arrivait-il ? Quand il dormait, personne n'avait pu s'approcher de lui sans le réveiller. Je me fais vieux, pensa-t-il. Qui est là ? Il ouvrit les yeux et vit Sametono. L'excitation brillait dans le regard de l'adolescent. Les rayons du soleil levant entraient à flots dans la pièce.

« Ils sont là, shiké. Les Mongols. Ils sont arrivés. »

Ils avaient passé la nuit dans ce château parce que, construit sur une haute colline, il constituait peut-être le meilleur poste de guet sur ce côté de la baie. Munetoki avait déjà pris position à la fenêtre du côté nord, au dernier étage. Jébu et Sametono le rejoignirent. « Là-bas », dit-il. Au-delà de l'île Shiga, sur la ligne grise de l'horizon, apparaissaient des points de couleur claire qui devinrent plus nombreux et s'étendirent lentement du nord au sud. D'abord il y eut des espaces entre eux mais il en vint de plus en plus jusqu'à ce que tout l'horizon se couvrît de petits carrés blancs : les voiles des navires mongols. Quel spectacle paisible et trompeur, pensa Jébu. Ce qu'ils voyaient au loin sur l'eau n'était qu'une partie de la flotte de neuf cents navires partis de Corée. Bientôt les rejoindraient les quatre mille jonques de la Flotte du sud du Yang-tsé parties de Linan.

Jébu imagina la frénésie qui devait régner sur ces bateaux à la vue de la côte : tambours de guerre roulant, chevaux hennissant et s'agitant dans l'entrepont, officiers criant des ordres. Seuls les soldats sans grade se taisaient, sans doute considérant la côte lointaine et se demandant quel destin les y attendait. A terre aussi, chacun était étreint par la peur. Sur les quais des trois villes, tout au long de la muraille qui s'incurvait autour de la baie, les hommes s'apprêtaient à l'effort suprême de leur vie.

« Dommage que je ne sois pas à bord d'un de nos navires, grogna Munetoki.

— Votre tâche consiste à rester au château et à donner des ordres sans vous exposer, Munetoki-san », dit Taniko. Les trois hommes se retournèrent. Elle semblait étonnamment rafraîchie et reposée, dans une robe d'été bleu clair imprimée de fleurs orange, rouges et jaunes. Ils lui laissèrent la meilleure place à la fenêtre.

« J'ai bien peu d'ordres à donner en ce moment, cousine, dit Munetoki. J'ai déjà réparti les tâches et désormais la défense est entre les mains de nos bons généraux. »

Étant donné qu'il leur avait fallu une journée pour parcourir à cheval la distance d'Hakozaki à Imazu, un ordre de Munetoki à la flotte restée à Hakozaki ne signifierait plus rien. Même limitée à la baie d'Hakata, la ligne de défense était trop longue pour des communications faciles. Les généraux avaient envisagé toutes les éventualités et mis en place un système de signalisation par drapeaux et lanternes, semblable à celui des Mongols, décrit par Jébu. Il permettrait d'envoyer à distance des messages succincts. A part cela, chaque commandant de secteur était seul responsable de ses décisions.

« Voilà nos navires ! » s'exclama Munetoki en pointant l'index dans la direction d'Hakozaki. Le cœur de Jébu battit plus vite lorsqu'il vit les longues silhouettes des petites galères basses sur l'eau foncer à la rencontre de l'ennemi. Il les évalua à une centaine et se rappela que Moko avait contribué à les concevoir. Il frissonna en se demandant où était son vieil et fidèle ami. S'il s'était trouvé au large cette nuit-là, peut-être son bâtiment avait-il été coulé par l'ennemi. Comment un navire aurait-il pu échapper à une flotte aussi immense ?

L'océan était couvert de voiles jusqu'à l'entrée de la baie. Il ne cessait d'en apparaître à l'horizon. La proximité permit de distinguer certains de ces navires. Jébu reconnut la forme des jonques qu'il avait vues en Chine. Les Mongols devaient avoir réquisitionné tous les bâtiments de Corée et de Chine. Il y avait de gigantesques jonques de haute mer à sept mâts qui d'ordinaire servaient au commerce avec les îles du sud, et des jonques de cabotage, aux grosses coques à forme de baril, à haute poupe. Il y en avait de larges et lourdes, d'autres étroites et longues, de légères à proue effilée et d'autres à proue largement débordante ; des jonques à poupe carrée ou ovale, d'autres à fond plat et d'autres à quille profonde. Elles avaient un, deux, trois, voire sept mâts. Il y avait des bâtiments aux ponts à deux hauteurs conçus par Koubilay khan lui-même pour la navigation sur les canaux intérieurs de la Chine. On distinguait aussi d'innombrables embarcations de petite taille : sampans, radeaux, canoës, et même des sacs de cuir gonflés.

« Si seulement je pouvais aller là-bas dans une de nos kobayas, fit tout à coup Sametono les poings serrés.

— N'y pense même pas, dit Taniko, la frayeur aux yeux. Ta place est à Kamakura, pas ici, encore moins sur mer.

— Excusez-moi, mère, dit Sametono en soutenant son regard. Je ne retourne pas à Kamakura.

— Nous en avons déjà parlé, dit Taniko en colère. On n'a pas besoin de toi. Tu ne serais qu'un sujet de souci pour nos samouraïs : une personne de plus à protéger.

— Excusez-moi, mère, mais je suis le shogoun, dit tranquillement Sametono. Munetoki m'a rasé la tête et noué le chignon. Je suis prêt à prendre place parmi les guerriers. Je suivrai toujours vos conseils en toute chose, mère, sauf dans le cas présent parce que vous parlez selon votre cœur, comme le ferait n'importe quelle mère et non avec l'esprit de l'Ama-Shogoun.

— Ce n'est pas vrai, Sametono. Toute femme de samouraï envoie son fils à la bataille en souriant. Mais toi tu es le shogoun. On a besoin de toi pour gouverner le pays.

— Devrais-je, moi aussi, retourner à Kamakura ? » demanda indigné le régent Munetoki.

Jebu se retint de sourire.

« Cousin, dit Sametono, je n'oublierai jamais votre retour après la dernière attaque contre notre pays. Vous nous avez raconté comment vous avez vaincu les Mongols. Permettez-moi, je vous prie, de vous présenter à mon tour un rapport après cette guerre. »

Munetoki tourna vers Taniko un regard résigné. « Ce garçon doit gagner le respect des samouraïs. Il ne peut donc pas rester à Kamakura, loin du combat, comme un empereur enfant. Il faut quelqu'un de notre famille pour inspirer confiance à nos hommes. Nous retournerons tous deux à Kamakura mais j'entends auparavant pousser une pointe contre l'ennemi sur un de nos petits bateaux.

— Très bien, Munetoki, dit Taniko. Vous retournerez donc à Kamakura mais du moment que Sametono reste ici, j'en ferai autant et s'il commet quelque folie, il devra m'en répondre.

— Mère, vous me faites honte, bougonna le jeune shogoun.

— Je ne te ferai pas honte, tant que tu te tiendras à ta place. Reste à la côte. Observe le déroulement de la bataille. Il faut que les samouraïs voient leur chef suprême, mais hors du danger. Si tu mets pied sur un de nos petits bateaux, prépare-toi à avoir honte à ton retour, parce que je t'attendrai sur la plage. » Les yeux de Taniko étincelèrent d'une colère qui amusa Jébu mais terrifia sans doute Sametono.

Le zinja regarda par la fenêtre : « Regardez ! » s'exclama-t-il. Des flammes rampaient au flanc de quelques jonques ennemies dont les voiles noircissaient ; des colonnes de fumée lourde et noire s'élevaient, de-ci, de-là. Jébu et ses proches poussèrent des cris de joie en voyant des navires mongols donner de la gîte. A cette distance, on ne distinguait pas les kobayas en raison de leur faible dimension. Mais à l'évidence, elles se trouvaient parmi les navires ennemis, les attaquaient à l'abordage, y mettaient le feu. Des éclairs jaillirent des grands navires mongols et il sembla que le tonnerre roulait au loin. L'ennemi utilisait ses *hua-pao* contre les petites embarcations. Néanmoins des incendies continuaient à éclater dans sa flotte.

La bataille à l'entrée de la baie fit rage pendant plus d'une heure. Jébu ne cessait de se demander : où est Moko? Bientôt la fumée obscurcit l'océan et il devint impossible de distinguer la flotte qui continuait à franchir la ligne d'horizon. Enfin Jébu avisa de petites embarcations, basses sur l'eau, qui fendaient les vagues en direction d'Hakozaki. Il chercha à les compter. Ce fut difficile à une telle distance mais il les estima à une trentaine. Son cœur devint de plomb. Il en était parti plus d'une centaine. Les jonques en flammes coulaient. La flotte mongole redevenait visible sur toute l'étendue de l'océan jusqu'à perte de vue. Jébu s'attendit à voir les envahisseurs pénétrer dans la baie mais les navires les plus proches obliquèrent vers l'île de Shiga.

« Ils essaient de débarquer sur ce banc de sable pour contourner la muraille, dit Munetoki.

— Je dois y aller », déclara Jébu. Il s'inclina profondément devant Sametono et Taniko.

« Le combat pour l'île de Shiga sera terminé quand vous arriverez, dit Taniko.

— Il peut durer des journées entières, dame », répondit Jébu en se dirigeant vers l'escalier. D'une voix assez basse pour que les autres ne l'entendent pas, il ajouta : « Cesse de protéger l'homme que tu aimes.

— Rester auprès de Sametono me permet d'être près de toi aussi, chuchota Taniko. Promets de ne pas laisser mon fils s'engager dans la bataille et promets de me revenir.

— C'est promis », chuchota Jébu. Il lui serra la main et dévala l'escalier.

17

Des lumières rouges et jaunes, aussi nombreuses que les étoiles, se balançaient dans l'obscurité. Une voix de ténor flotta au-dessus de l'eau. Elle chantait en mongol l'histoire d'un jeune homme qui avait chevauché quatre-vingt-dix jours et quatre-vingt-dix nuits pour rejoindre sa bien-aimée et n'avait trouvé en arrivant que des fleurs sauvages poussant sur sa tombe. Jébu avait souvent entendu cette complainte autour des feux de camp, aux confins du désert de Gobi. Il lui sembla étrange de la retrouver sur la baie d'Hakata, alors que leur galère de trente hommes, *La Plume au vent,* glissait discrètement vers la flotte mongole. Faute de vent, les rameurs étaient à l'œuvre. Jébu se trouvait au milieu du bâtiment, un bras entourant le mât, une main sur sa naguinata.

C'était vers la fin du mois et le mince croissant de lune apparaissait à peine après minuit. Ils approchèrent des jonques. Chacune avait une lanterne jaune à la proue et une rouge à la poupe. Elles se dressaient haut sur l'eau. *La Plume au vent* atteignit la barrière : une ligne de filets tendus d'un bateau à l'autre. Des cloches attachées à ces filets auraient annoncé l'approche d'un bâtiment ennemi. Hayama Sakagura, le fils de Moko, debout à la proue de la galère, tenait à deux mains une naguinata à longue lame, admirablement affûtée, d'un acier de la plus haute qualité. Sakagura balança trois fois son arme. Les rameurs, tous des samouraïs, retinrent la petite galère. Une grande pièce du filet tomba sans bruit. *La Plume au vent* franchit la barrière. Munetoki, debout derrière Jébu, poussa un soupir de soulagement. On entendit un cri lointain. Des flèches incendiaires traversèrent la nuit à distance. Une kobaya s'enflamma auprès du filet, loin au nord. Ils ont dû faire tinter les cloches, pensa Jébu. Des silhouettes d'hommes se détachant sur la lueur de l'incendie plongèrent dans l'eau. Cette diversion permettrait aux autres assaillants de passer plus facilement.

C'était une nuit chaude et humide, l'air paraissait épais, même sur l'eau. Quand *La Plume au vent* se glissa parmi les navires mongols, ses occupants sentirent une odeur écœurante : urine, sueur de cheval, corps malpropres, ordures, viandes en putréfaction, excréments humains. L'immense flotte empoisonnait la baie. « Ces buveurs de lait ! » grogna Munetoki. La kobaya s'approcha du flanc d'une jonque à deux mâts. Elle glissa jusqu'au milieu du navire. Jébu entendit parler sur le pont une langue inconnue et jugea que c'était probablement du coréen. Il perçut aussi le choc de sabots de chevaux de l'autre côté de la coque et un hennissement. Il était temps d'agir car ces animaux pourraient les sentir, ce qui donnerait l'alerte. Jébu fit place au pied du mât à deux samouraïs qui se mirent au travail avec la rapidité d'hommes bien entraînés. Ils déroulèrent un cordage et arrachèrent des tenons à leurs mortaises. Par des drisses accrochées au sommet du mât, d'autres hommes d'équipage en guidèrent la chute. Un grappin s'accrocha au bord de la coque de la jonque. Un cri d'alerte retentit.

C'était la troisième nuit après l'arrivée de la flotte mongole. Les kobayas profitaient de l'obscurité pour engager le combat. Elles s'infiltraient parmi les navires ennemis et utilisaient leur mât basculant pour prendre les jonques à l'abordage. Grâce à cette invention de Moko, les samouraïs massacraient autant de guerriers et de matelots qu'ils en voyaient, mettaient le feu et s'échappaient... ou essayaient de le faire. Chaque nuit, près de la moitié des petites galères ne revenait pas. »

« Quand les samouraïs qui ne sont pas capables de réussir auront tous été tués, nous perdrons moins de galères », dit distraitement Sakagura alors que Jébu et Munetoki se préparaient à partir sur *La Plume au vent.* Cette réflexion déplut à Jébu mais il n'en dit rien. Sakagura avait la réputation d'être le meilleur commandant de kobaya et probablement ramènerait-il Munetoki sain et sauf. Cela seul importait.

Jébu n'avait pas vu Moko jusqu'à ce jour-là. Il apprit alors qu'à l'arrivée de la flotte mongole, des jonques avaient poursuivi le bâtiment de reconnaissance de Moko et l'avaient chassé jusqu'à la côte rocheuse, à une journée au nord de la baie d'Hakata. Quant à Jébu, il avait participé jusqu'à ce matin-là à la bataille furieuse qui se terminait par l'expulsion des Mongols de l'île Shiga. Moko vit *La Plume au vent* s'éloigner cette nuit-là d'Hakozaki et ses yeux brillèrent d'orgueil en pensant à son fils.

Sakagura avait promis à Jébu et Munetoki de monter les premiers à l'abordage du navire ennemi. Jébu affermit sa prise sur la hampe de sa naguinata et posa son pied nu sur le mât incliné quand un coup de coude inattendu dans les côtes le rejeta de côté. Munetoki monta avant lui sur le mât. Comme le plus jeune des samouraïs du dernier rang, le régent des Îles sacrées ne résistait pas au besoin d'être le premier à attaquer. Étouffant sa colère, Jébu le suivit. Son devoir l'obligeait à protéger le régent au cours de ce raid.

Il vit le sabre de Munetoki s'abattre sur le dos d'un matelot coréen qui hurla. Faisant décrire à sa naguinata un grand arc de cercle, Jébu fonça vers une petite lanterne accrochée à la porte du gaillard d'arrière.

Il s'en empara et répandit l'huile enflammée sur le pont. Les soldats mongols se bousculèrent aux écoutilles en brandissant sabres, lances, arcs et flèches. Mais les samouraïs étaient déjà maîtres du pont et coupaient les têtes ou les torses dès qu'ils apparaissaient. Un autre incendie éclata à la proue du navire. Si cette jonque transporte de la poudre noire, nous allons tous nous envoler, pensa Jébu.

Comprenant que leur navire était perdu, les matelots coréens sautaient par-dessus bord. Plus opiniâtres, ou désespérés car aucun ne savait nager, les Mongols continuèrent le combat. Une vingtaine d'entre eux s'aligna en travers du pont et tira à l'arc contre les assaillants avec une remarquable précision. Jébu sauta vers la rambarde, saisit un cordage, l'enroula autour de son bras gauche, se hissa et, se balançant les pieds en avant, renversa l'archer le plus proche, tua ou dispersa les autres avec sa naguinata. Les samouraïs assaillirent les Mongols. Leurs longs sabres brillèrent à la lueur de l'incendie. Un énorme Mongol se dressa, lance au poing, devant Munetoki. Jébu fonça en faisant tourner sa naguinata au-dessus de sa tête et l'abattit sur son cou. La tête s'envola dans l'obscurité et tomba à l'eau. Munetoki prit le temps de s'incliner en signe de remerciement, avant de décapiter un autre Mongol avec son sabre empoigné à deux mains.

Les Mongols ne sont pas habitués à combattre à pied, au corps à corps, pensa Jébu. Sakagura brailla : « Moineau ! moineau ! » signal de l'abandon du navire. Les samouraïs plongèrent à l'eau ou dévalèrent le long du mât de *La Plume au vent.* En un rien de temps, les survivants furent à bord de la kobaya. On sauva même le mât que quatre hommes redressèrent. Les rameurs se mirent à l'œuvre et *La Plume au vent* s'enfuit vers Hakozaki.

Les navires en flammes éclairaient la vaste étendue de la flotte ennemie. Au loin, une jonque explosa avec un bruit terrible. Encore un équipage de kobaya qui disparaît, pensa tristement Jébu alors que son entourage poussait des cris de victoire. Les *hua pao* assujettis sur les ponts des jonques tonnèrent. Les flèches incendiaires filèrent à travers la nuit. La lueur de l'incendie révéla un navire gigantesque aux mâts si nombreux qu'on les comptait difficilement. Ils portaient d'innombrables bannières. Une tête de tigre, gueule ouverte, était peinte sur la misaine. Toute la coque était d'un vermillon aussi vif que du sang. C'était le navire amiral d'Arghun Baghadur : *Le Tigre rouge.* Sait-il que j'ai survécu aux flèches de ses hommes ? songea Jébu. Des jonques de guerre plus petites entouraient *Le Tigre rouge.* Impossible de l'atteindre.

Jébu se demanda s'il détestait encore Arghun. Est-ce que je désire me venger du mal qu'il m'a fait ? Il fut soulagé de n'éprouver plus de haine et de considérer Arghun comme un redoutable prédateur — tel le tigre peint sur sa voile — qu'on tue par devoir alors qu'il était possible d'exécrer un être aussi vil qu'Horigawa. Il lui semblait même permis d'admirer le tarkhan comme on admire un félin. L'aversion de Jébu pour Arghun s'intégrait dans le canevas inéluctable des événements dont Taïtaro lui avait parlé.

Une déflagration et une lumière aveuglante jaillirent d'une jonque proche. Un objet rond et noir suivi par une traînée d'étincelles traversa la nuit. Jébu retint son souffle : le projectile tomberait-il sur *La Plume au vent ?* L'explosion fit jaillir un énorme geyser. Un homme proche de Jébu poussa un cri et tomba, une main sur son oreille ensanglantée. Les éclats de métal étaient ce qu'il y avait de plus terrible dans les boules de feu mongoles. Mais les *hua pao* montés sur les navires manquaient de précision. Ils pouvaient ravager des troupes massées ou détruire des fortifications mais ne servaient pas à grand-chose sur l'eau.

« Celui que nous avons assailli coule ! » s'écria Munetoki en donnant une tape sur l'épaule de Jébu. Ils virent en effet la jonque incendiée se coucher sur tribord. Pauvres chevaux, pensa Jébu alors que la joie inondait Munetoki. Depuis qu'ils étaient hors de portée des projectiles mongols, les gens de *La Plume au vent* bavardaient avec le soulagement enivrant qui étreint les survivants à un danger mortel.

Sakagura s'approcha de Jébu en brandissant par ses tresses noires une tête d'ennemi. Dans l'autre main il portait une tablette rectangulaire en bronze attachée à une chaîne d'or.

« J'ai enfin eu un général, s'écria-t-il en riant. Cette plaque est l'insigne de ce grade, n'est-ce pas ?

— Non, du commandant de cent hommes », dit Jébu en examinant la tablette. Par égard pour la fierté de Sakagura, il ajouta : « Il n'y avait sûrement pas d'officier de plus haut grade à ce bord.

— Tant pis, j'aurai quand même un général, dit Sakagura plein d'enthousiasme. Je veux la tête d'Arghun Baghadur en personne, un de ces jours. » Il glissa la chaîne dans sa ceinture puis s'inclina devant Munetoki. « Ce raid a-t-il plu à votre Seigneurie ? demanda-t-il.

— Je regrette seulement qu'il soit fini, répondit le régent. Je voudrais sortir tous les soirs et je vous suis fort obligé, capitaine. »

Sakagura s'inclina de nouveau. « Pardonnez ma présomption, mais j'espère que votre seigneurie ne m'oubliera pas. Je suis venu dès l'appel aux armes, j'ai vaillamment combattu, risqué bien des fois ma vie et tué maint ennemi. J'espère combattre encore longtemps.

— Vos exploits sont bien connus, capitaine », répondit Munetoki plus sèchement.

Sakagura ne parut pas déçu. Il ressemblait à son père mais ne louchait pas, avait de bonnes dents et des traits réguliers. Né l'année où Yukio et Jébu étaient partis pour la Chine en emmenant Moko avec eux, il avait vingt-trois ans et n'avait fait connaissance avec son père qu'à sept ans. Jébu lui reconnaissait la franchise et l'intelligence de Moko, mais aussi certaines caractéristiques des samouraïs de la première génération : intrépidité, ambition et attitudes de bravache.

« Que votre seigneurie m'excuse, reprit Sakagura. Nous autres, les gars qui sortons toutes les nuits comme vous voudriez le faire, espérons qu'à la fin de cette guerre, le Bakufu sera généreux en terres à riz, fonctions et rangs. »

La galère approchait des quais d'Hakozaki. La foule s'y était amassée. Debout à la proue, Sakagura brandit la tête du Mongol. On l'acclama. Munetoki le considéra, les sourcils froncés par l'inquiétude.

« A qui pourrons-nous prendre terres à riz, fonctions et titres pour les donner à ce gaillard et à ses semblables ? demanda-t-il à Jébu. Gagner cette guerre signifie chasser les Mongols et non s'assurer des richesses. Je crains que bien d'autres nourrissent les mêmes folles ambitions. »

Il serait largement temps d'y réfléchir, pensa Jébu. Après la guerre il sera trop tard. Il dit à haute voix : « Les hostilités terminées, il ne restera pas beaucoup de samouraïs à récompenser, votre Seigneurie. » D'un geste large il désigna l'étendue de la baie où pointaient de-ci, de-là, les flammes des jonques incendiées. « Vingt kobayas ont quitté le port cette nuit, je n'en compte que douze au retour. Sur notre *Plume au vent* nous étions trente, nous ne sommes plus que vingt-trois.

— Les Mongols subissent des pertes terribles, convint Munetoki. Mais nous aussi. » La Kobaya heurta le quai et les samouraïs sautèrent vivement à terre. Jébu se dit : le Grand Khan règne sur un immense continent peuplé d'innombrables guerriers. Chez nous, la plupart des hommes aptes au combat sont rassemblés ici. Combien de temps pourrons-nous tenir ?

18

Après la sortie en kobaya, alors qu'il retournait au camp au nord d'Hakozaki, Jébu s'arrêta. Il avait repéré deux silhouettes accroupies à l'entrée de sa tente. Se glissant dans un bosquet de bambous, il fit un détour pour approcher sans bruit. L'acuité zinja de ses sens lui indiqua que ces deux hommes étaient détendus, immobiles et qu'ils respiraient régulièrement comme au cours d'une méditation. Le camp était d'ailleurs étroitement gardé contre toute infiltration ennemie. Jébu émergea donc du bosquet et poussa un cri de bienvenue.

« Bonsoir, maître Jébu. » Le zinja vit qu'il avait affaire au moine Eisen. « Bonsoir, bien que vous soyons près du matin. J'ai appris que vous avez coulé des bateaux mongols.

— Senséi, dit Jébu en s'inclinant. J'ignorais que vous aviez quitté Kamakura. » Il s'approcha et sourit à Eisen, visible au faible clair de lune. L'accompagnait un moine émacié, à la tête rase, vêtu de la robe noire des zens.

« Je ne suis ici que pour peu de temps, dit Eisen, afin d'aider mon confrère le prêtre Kagyo. » Jébu et Kagyo s'inclinèrent l'un devant l'autre. Eisen poursuivit : « Je passe la plupart de mon temps à veiller sur la reconstruction du Todaïji à Nara, étant donné que vous paraissez négliger cette tâche. » Les yeux d'Eisen brillèrent de malice. Jébu lui avait raconté qu'il s'était fait passer pour un moine sollicitant des aumônes pour le Todaïji. « Pourrions-nous parler dans votre tente ? » demanda Eisen. Jébu les fit entrer et alluma une chandelle. Il lui sembla reconnaître Kagyo mais il ne se rappelait pas où il l'avait vu. Probablement lors d'une de ses visites au temple d'Eisen.

« J'ai des nouvelles de l'ordre », dit tout de go Eisen. Jébu fut stupéfait. Certes Taïtaro lui avait dit que ce moine zen était un zinja mais ils n'en avaient jamais parlé ouvertement.

« Elles sont affligeantes, poursuivit Eisen. Mais rappelez-vous que tout se passe comme il se doit. Notre ordre n'existe plus. Alors que l'attention de tout le pays se tournait vers la baie d'Hakata, les moines, leurs épouses et leurs enfants ont tout simplement déserté les monastères. Nos temples sont vides et leurs portails ouverts. Quand les gens des environs se rendront compte de ces événements, il se précipiteront et démoliront les bâtiments, en quête de nos fabuleux trésors. »

Taïtaro avait averti Jébu, mais apprendre que c'était arrivé le bouleversa. Il n'avait jamais connu d'autre foyer que les monastères zinjas et il lui semblait perdre de nouveau Taïtaro.

« Excusez-moi, senséi, dit-il enfin. Quand l'ordre prend une telle mesure, comment se fait-il que je pleure ? Je crains de ne pas être un bon zinja.

— Peu importe d'atteindre l'idéal », dit Kagyo. Il avait observé Jébu avec un sourire de compassion. « Ce qui compte c'est l'intensité de tes efforts et l'énormité des obstacles que tu rencontres. Selon cette norme, tu es un très grand zinja. » Il s'exprimait comme s'il connaissait Jébu.

« Il y a beaucoup à faire, dit sèchement Eisen. Nombre d'anciens zinjas viennent ici, à Hakata, pour participer au combat contre les Mongols. Nous vous demandons de leur trouver des rôles conformes à leurs aptitudes. Kagyo vous y aidera. »

Jébu scruta le visage de Kagyo avec insistance. « Je te connais », dit-il.

Kagyo acquiesça d'un hochement de tête. « Nous ne nous sommes pas vus depuis près de quarante ans, Jébu-san. J'ai assisté à ton initiation. Tu me connaissais alors sous le nom de Fudo. »

Jébu en eut le souffle coupé et brandit la chandelle entre leurs visages. « Oui. Je me souviens. Fudo, le grand maigre. Tu m'as terrifié cette nuit-là. Voilà longtemps, alors que le temple de la Fleur de teck se dressait encore sur les collines au-dessus d'Hakata, ton ami Weicho en était l'abbé. Je lui ai demandé de tes nouvelles. Il m'a dit que tu avais rompu avec l'ordre, dégoûté par le rôle que tu jouais dans les initiations de novices, et que tu étais allé t'instruire dans un temple zen.

— En effet, notre rôle dans les initiations nous était pénible à Weicho et à moi, dit Kagyo. Il fut heureux d'être nommé abbé et moi d'être détaché à un temple zen. Je fus l'un des premiers qui pénétra cet ordre. Pauvre Weicho. Les Takashi l'ont tué lorsqu'il détruisirent le temple de la Fleur de teck.

— Ils y firent aussi périr ma mère, dit tristement Jébu. Sogamori se vengea parce que j'avais tué Kiyosi.

— Vous traînez donc encore le cadavre de Kiyosi derrière vous ? demanda Eisen. Vous auriez dû le laisser au fond du port. »

Jébu secoua la tête. « Tout ce que je vois ici, sur la baie d'Hakata, me rappelle ce jour-là et les événements qui s'ensuivirent : la destruction du temple de la Fleur de teck, ma mère brûlée vive, les années de souffrance de Taniko. »

Eisen considéra Jébu d'un air sévère. « Vous aviez raison tout à l'heure lorsque vous disiez que vous n'êtes pas un très bon zinja. Faible perspicacité. Vous ne comprenez donc pas encore qu'agir sans ce soucier des conséquences implique l'absence de remords dû aux résultats. Vous devez vivre comme si les conséquences de chacun de vos actes étaient parfaites. »

Accroupi sur les talons Jébu se balança d'arrière en avant, bouche bée. Il se sentit alors léger comme un nuage. Eisen le soulageait d'une peine de vingt ans. Il s'inclina et posa le front sur la natte d'herbes tressées qui couvrait le sol de sa tente.

« Je suis vraiment sot, senséi, dit-il. Merci d'avoir effacé ma souffrance.

— Elle reviendra, répondit Eisen avec une assurance tranquille. Nous ne devons jamais cesser de cultiver notre perspicacité.

— Je suis encore très naïf.

— Pas du tout. Vous êtes un des membres les plus accomplis de notre ordre. Vous ne vous rendez pas compte de l'importance que vous avez prise pour nous. Nul sur les Iles sacrées ne jouit d'une expérience aussi étendue en ce qui concerne les pays situés au-delà de l'océan occidental. »

Jébu frémit en devinant où voulait en venir Eisen. « Excusez-moi, senséi, mais vous aussi avez étudié en Chine. »

Eisen écarta une mouche en prenant soin de ne pas la blesser. « J'ai passé cinq ans dans un monastère *ch'an* mais j'ai peu voyagé. Je crains que ce soit inévitable, Jébu. Depuis la mort de l'abbé Taïtaro, vous êtes devenu le plus qualifié de nous tous.

— Qualifié pour quoi, senséi ?

— Voyager selon les nécessités de notre ordre, comme Taïtaro. »

Jébu fut atterré. « Mais on a besoin de moi ici.

— Certes votre tâche vous retient ici jusqu'à la fin de la guerre. Nous sommes venus vous annoncer ce que l'ordre suggère pour votre avenir, afin que vous vous y prépariez. Comme toujours l'ordre entend que vous acceptiez librement vos responsabilités.

— Pourquoi faut-il m'envoyer au loin, senséi ? Qu'espère-t-on de moi ?

— Nous en parlerons à loisir une autre fois. Disons succinctement, au risque de ne pas être convaincant : la circulation des idées et de la connaissance représente le sang de l'ordre. Nous sommes une force de vie, de croissance et de libération parce que notre conception de l'humanité transcende les connaissances limitées de chaque nation prise séparément. Dans ce but des missionnaires de notre ordre doivent voyager jusqu'aux extrémités du monde et entretenir le contact entre nos diverses branches. »

Jébu regarda hors de sa tente. Les mouettes lançaient leurs appels. L'eau de la baie commençait à miroiter. Les silhouettes obscures des navires mongols se balançaient à l'ancre au milieu de la rade. Jébu décida d'exposer les motifs pour lesquels il entendait refuser la proposition d'Eisen.

« L'ordre n'a pas de meilleur agent que moi auprès du Bakufu, dit-il. De ce point de vue, je suis plus utile que si je voyageais dans des pays lointains.

— Ce que vous faites est capital, en effet, convint Eisen. Mais la tâche que nous entendons vous confier le sera plus encore. »

Jébu soupira. « Senséi, j'ai plus de cinquante ans. Rares sont ceux qui atteignent cet âge. J'ai donc déjà donné la durée d'une vie à l'ordre. Durant les quelques dernières années, j'ai connu le bonheur d'être uni à la seule femme que j'aie jamais aimée. Vous la connaissez. Je puis être tué d'un jour à l'autre. Mais je veux passer le reste de ma vie avec elle. Je vous en supplie, ne nous séparez pas. »

Jébu avait cru qu'Eisen écarterait avec mépris l'idée qu'un homme puisse faire passer l'amour avant le devoir. Au contraire, le moine hocha la tête et son regard exprima la sympathie.

« Je connais fort bien cette femme. Mieux que je ne vous connais. J'admire ses qualités. Chacun de vous a atteint un haut degré de perspicacité. Or l'amour entre un homme et une femme peut les conduire ensemble à la plus profonde connaissance de l'Ame. Dans l'étreinte, chaque membre d'un couple échappe à l'illusion de la solitude. Oui, Jébu, je sais ce que je vous demande d'abandonner. »

Kagyo intervint. « Chacun d'entre nous trouve en général l'objet de son amour dans notre ordre. Toi tu as passé une partie exceptionnellement longue de ta vie hors des monastères et cela complique les choses.

— En effet, dit Eisen. Cette femme doit accomplir sa propre destinée. Vous représentez un obstacle, de même qu'elle en est un pour vous. Les circonstances de sa vie, les puissants qu'elle a connus, son voyage en Chine, sa connaissance intime du Grand Khan des Mongols, ainsi que ses dons innés, en font une personne irremplaçable. Le Bakufu ne fonctionnerait certes pas aussi bien sans elle. Je crains pourtant que votre liaison ne porte atteinte au prestige dont elle jouit et dont elle a besoin pour être efficace. »

En écoutant Eisen, Jébu avait l'impression d'être déchiré. « Senséi, je vous en supplie de nouveau... »

Eisen éleva la main pour lui imposer le silence. « Ne vous engagez pas immédiatement, dit-il. Donnez à votre perspicacité le temps d'élucider ce problème. »

Jébu éclata d'un rire amer. « Senséi, il y a cinq ans, l'ordre me permit de voir que je devais céder à son appel à l'aide et retourner à Kamakura. Je croyais alors que notre amour était mort, il a ressuscité. Maintenant l'ordre me dit de l'abandonner. Croyez-vous que cinq ans auprès d'elle me suffisent ? Une vie entière ne serait pas assez. Non, senséi, je refuse. Dites à ceux qui vous envoient que je n'ai pas besoin de délai de réflexion. »

Eisen haussa les épaules et tapota le genou de Jébu. « La décision dépend de vous seul. Toute la philosophie de notre ordre repose sur la liberté individuelle de ses membres. » Il se leva. Kagyo fit de même et ils se dirigèrent tous les deux vers la sortie de la tente.

« Je ne la quitterai jamais, dit Jébu.

— Il va pleuvoir aujourd'hui. Les nuages dissimulent déjà la lune. Bonjour, Jébu-san. »

Après leur départ, Jébu alla s'asseoir au sommet d'une colline pour voir la brume matinale s'étendre sur la baie. Les samouraïs allaient et venaient, inquiets, sur le chemin de ronde de la muraille incurvée le long de la plage. Jébu se demanda sur quel point porterait ce jour-là l'attaque de l'ennemi. Avec un grognement de colère, il écarta de son esprit le message que lui avait apporté Eisen. S'ils croient que je l'abandonnerai après tant de temps perdu, ce sont des sots, se dit-il. Hélas ! il savait que les maîtres de l'ordre n'étaient pas sots. La désertion de tous les temples des Iles sacrées le désolait. Les maîtres étaient les hommes les plus sages et les plus dévoués qu'il eût connus. N'était-il pas l'un d'eux, lui-même ? Par habitude, il plongea la main sous sa robe et en tira le Joyau de Vie et de Mort. Mais il secoua la tête tristement et le remit en place. Ce shintaï n'avait pas plus de valeur désormais qu'un morceau de verre. Tout se terminait : les zinjas, le joyau, Yukio, Taïtaro. Et maintenant on voulait le priver de Taniko. On s'ingéniait systématiquement à priver chacun de ce qui lui tenait le plus à cœur. Mais n'était-ce pas normal, puisque le zinja devait être libre de toute attache. Il s'était engagé dans la vie en le sachant. Comment se faisait-il qu'il eût noué tant de liens ?

19

Longtemps retardée, la Flotte du sud du Yang-Tsé arriva à la baie d'Hakata au milieu du septième mois. Quatre mille navires transportant cent mille guerriers chinois ! Le lendemain de son apparition, les généraux tinrent conseil avant le lever du jour dans le pavillon au nord d'Hakozaki. Ils étaient dix et représentaient chaque région des Iles sacrées. Ils portaient une armure d'un style particulier et s'exprimaient avec un accent différent mais tous avaient le même air de gravité calme qui dissimulait leur profonde anxiété. Le jeune shogoun, Sametono, siégeait à la place d'honneur sur une plate-forme à l'intérieur du pavillon. Ses yeux brillaient d'enthousiasme et d'intérêt. Jébu faisait partie d'un groupe d'officiers de grades inférieurs et de kenins, convoqués pour donner éventuellement des conseils et recevoir des ordres. Il remarqua avec une pointe d'inquiétude que Sametono portait une armure et arborait Higekiri à sa ceinture.

Le shogoun n'eut pas grand-chose à dire, tant que les généraux mirent au point leur plan, puis il prit la parole. Ses mains tremblaient.

« Généraux honorés et braves officiers, la journée qui commence et les quelques jours suivants décideront du destin de notre pays. Jusqu'à maintenant je n'ai pas participé au combat, parce que je croyais qu'il ne faut pas risquer la vie du shogoun. Mais désormais, si nous perdons, peu importe que le shogoun vive ou meure. Je vais donc à la bataille aujourd'hui et je vous demande, honorés généraux, de m'indiquer à quelle place y participer. »

Bon nombre d'officiers l'acclamèrent. Jébu fut ému. Il lui répugnait de le décevoir mais il avait promis à Taniko de tout faire pour le tenir à l'écart des combats. En cela il ne tenait pas seulement compte des craintes maternelles de Taniko, il avait d'autres bonnes raisons. La mort de Sametono serait un désastre dont l'armée des Iles sacrées ne se relèverait jamais. Il demanda donc la permission de parler.

« J'ai participé à maintes batailles, généraux honorés, dit-il. Je vous demande d'imaginer ce qu'éprouveraient nos guerriers, si braves soient-ils, s'ils apprenaient en ce moment de crise que le shogoun a péri. Précisément parce qu'il sera difficile de repousser l'ennemi maintenant que ses effectifs ont triplé, il importe encore plus que rien n'arrive de fâcheux à notre shogoun. Je prie sa seigneurie de nous épargner toute crainte au sujet de sa sécurité et je vous prie, généraux honorés, d'intervenir auprès de lui pour qu'il n'expose pas au danger sa prestigieuse personne. »

Un murmure d'approbation s'éleva quand Jébu reprit sa place. L'aurore commençait à se lever sur la baie. En regardant vers la plage, Jébu vit les énormes bûchers sur lesquels brûlaient les cadavres des ennemis. On avait emporté à l'intérieur les corps des samouraïs pour des incinérations plus solennelles. Des charpentiers disloquaient les machines de siège mongoles endommagées, afin d'en récupérer le bois. De-ci de-là, on remettait à flot des bâtiments échoués. On laissait sur place les coques des jonques coulées qui constituaient une barrière contre les débarquements. Au milieu de la baie, les voiles s'élevaient sur de nombreux navires qui commençaient à approcher. Des voix aiguës poussaient des cris de guerre et le roulement du tambour avait repris son rythme inexorable sur les navires. Jébu ramena son regard vers les généraux. Sametono fixait sur lui un regard furibond.

Miura Zumiyoshi, le général le plus ancien dans le grade, s'adressa au shogoun. « Votre seigneurie, nous estimons que le moine a parlé sagement. Votre perte pourrait être un choc qui affaiblirait suffisamment le moral de nos hommes pour que les Mongols percent nos lignes. Nous vous suggérons humblement de vous abstenir d'entrer dans la bataille. »

Le visage de Sametono vira au rouge foncé. N'était-il pas le chef suprême de ces généraux, de tous les samouraïs du Pays du Soleil levant ? Mais aux Iles sacrées, le commandement n'était jamais conféré sans réserve à un homme. Selon la tradition, les chefs qui dédaignaient l'opinion de leurs subordonnés ne tardaient pas à perdre leur confiance. Il hocha vivement la tête et accepta à voix basse la « suggestion » des généraux.

La réunion prit fin peu après. Jébu sentit quelqu'un lui tirer la manche et se retourna pour voir Sakagura qui sourit et s'inclina. Après avoir pendant deux mois conduit les raids contre la flotte mongole presque chaque nuit, le fils de Moko avait maigri et son visage avait pris l'aspect d'une tête de loup affamé.

« Maître Jébu, dit-il, je voudrais vous demander une faveur. Je n'ai encore jamais eu l'occasion de rencontrer sa seigneurie le shogoun. Voudriez-vous me présenter alors qu'il est encore parmi nous ?

— Je crains que notre shogoun vénéré n'ait pas envie de me parler en ce moment.

— Shiké, je puis mourir aujourd'hui et je n'aurai peut-être jamais une autre occasion. » En donnant à Jébu le titre dont s'était toujours servi Moko, Sakagura ressemblait tant à son père que Jébu fit signe au jeune homme de le suivre ; il s'approcha de Sametono qui s'en allait, raide et furieux, entre des rangs d'officiers qui s'inclinaient.

« Que votre seigneurie veuille bien m'excuser, dit Jébu. Puis-je me permettre de lui présenter le capitaine Hayama Sakagura. C'est lui qui organise et conduit les attaques nocturnes tellement efficaces de nos kobayas. »

Sametono considéra Jébu d'un regard plein de colère et parut sur le point de le réprimander pour avoir osé lui adresser la parole. Mais son expression changea quand il se tourna vers Sakagura. Les deux jeunes gens avaient dix ans d'écart et à peu près la même taille. Jébu les dominait d'une bonne tête. Sakagura s'inclina profondément devant le shogoun.

« Votre père est un vieil ami de ma famille, capitaine, dit Sametono en souriant. Vos exploits nous émerveillent. Combien de têtes de généraux mongols avez-vous ramenées jusqu'à présent ?

— Dix-sept, votre seigneurie, dit Sakagura avec un large sourire.

— Je suis fier de faire connaissance avec vous, dit solennellement Sametono. Je considérerais comme un privilège l'honneur de ramer sur une de vos kobayas. » Sakagura s'inclina puis appela d'un signe un serviteur dont Jébu n'avait pas encore remarqué la présence. Ce dernier remit à son maître un sac de soie cramoisie. En s'inclinant encore plus profondément, Sakagura le tendit à Sametono. « Puis-je me permettre d'offrir à votre seigneurie un modeste témoignage de ma vénération ? »

Sametono ouvrit le sac avec curiosité et en tira une statuette en bois représentant un homme à tête rase, assis, qui tenait d'une main un bumgaï — espèce d'éventail de guerre porté par les généraux — et de l'autre un rosaire bouddhiste. La sculpture délicate faisait apparaître nettement un visage sévère et indomptable. La position traditionnelle du sujet n'avait rien de remarquable mais la vigueur des traits ne pouvait être due qu'à la main d'un artiste de talent. L'éventail étant son attribut, le sujet ne pouvait être qu'Hachiman, dieu de la guerre et patron des Muratomo. La statuette n'était pas peinte, le sculpteur ayant eu le bon goût de s'en tenir aux tons naturels du bois de teck.

« Voilà un bel objet d'art, dit Sametono. Je vous en suis très reconnaissant. Qui l'a sculpté ? »

Sakagura s'inclina. « L'indigne serviteur de votre seigneurie.

— Vous n'êtes pas seulement un grand capitaine de galère mais aussi un sculpteur émérite.

— J'ai hérité un peu de l'habileté de mon père qui était charpentier, comme votre seigneurie se le rappelle sans doute, avant d'être élevé par Sa grâce au rang de samouraï.

— Votre père construit des bateaux et vous faites honneur à votre famille de samouraï par la manière dont vous les commandez, dit Sametono. Je vous remercie pour votre présent et je voudrais maintenant dire quelques mots en particulier à ce moine zinja. »

Jébu perçut la colère contenue dans la voix de Sametono. Sakagura s'éloigna à reculons en s'inclinant. Sametono remit la statue dans le sac qu'il tendit à un homme proche de lui. Puis il tourna vers Jébu un visage aussi sombre que s'il était possédé par le dieu de la guerre.

« Je ne pourrai jamais vous pardonner ce que vous avez fait aujourd'hui, maître Jébu. Ma rencontre avec Sakagura me rend jaloux des exploits accomplis par des hommes jeunes pendant que je reste aussi incapable d'agir que cette statue de bois. »

Jébu s'agenouilla devant Sametono pour éviter de discuter avec lui en le regardant de haut.

« Puis-je vous suggérer que la statue de ce dieu assis contient une leçon ? Le symbole le plus élevé de notre religion et de notre nation ne doit pas plonger dans la bataille. »

Selon toute évidence, Sametono paraissait sur le point d'éclater en sanglots. « Je ne suis pas une statue mais un être humain qui veut combattre pour le salut de son pays. Les généraux ne me laissent pas participer à leur stratégie et m'interdisent aussi de combattre. Je ne sers donc à rien.

— Il se peut que vous ne puissiez combattre à l'endroit et de la manière que vous désirez, dit Jébu d'une voix douce en s'asseyant sur ses talons et en levant la tête vers Sametono. Ce n'est permis à personne. Un peuple dont les combattants n'obéissent pas aux ordres perd toutes ses guerres. Estimez-vous que le shogoun échappe à cette règle ? Vous devez accomplir le devoir qu'impose votre situation, comme tout le monde. Eisen et votre mère m'assurent que vous étiez un enfant exceptionnellement éclairé. Mais lorsqu'on allume une lampe, on ne la laisse brûler indéfiniment. Il faut la regarnir d'huile. Comprenez-vous ce que je vous dis ?

— Je comprends que vous prêchez comme n'importe quel autre moine, dit Sametono dont le regard restait hostile. Mais vous n'êtes pas comme les autres moines. Vous n'adorez ni dieux ni bouddhas. Vous n'êtes qu'un aventurier en robe de moine. Amant de ma mère, vous transmettez ses messages aux généraux. Oui, je vois très bien que vous voulez me rendre aussi impuissant qu'une statue de bois, que vous posez où il vous plaît. Vous avez tué mon grand-père et été mêlé au meurtre de mon père, ainsi que de mon père adoptif. Pourtant ma mère couche avec vous. Quel pouvoir exercez-vous sur elle ? Que la mère du shogoun accepte dans son lit un moine dans les veines duquel coule le sang de nos ennemis devient un scandale national. D'une part je vous suis obligé parce que vous m'avez sauvé la vie. D'autre part il est dit qu'aucun homme ne peut vivre sous le même ciel que l'assassin de son père. »

Jébu leva une main suppliante. « Sametono, je comprends le sentiment que vous éprouvez.

— Adressez-vous à moi correctement.

— Votre seigneurie, j'ai connu la haine. J'ai désiré me venger. J'ai été déchiré par le besoin de combattre et de tuer quand mon devoir m'obligeait à m'en abstenir. Je vous supplie de ne pas perdre ce que vous avez toujours possédé. Que les passions soulevées par cette guerre n'obscurcissent pas votre esprit.

— C'est vous qui avez obscurci l'esprit de ma mère. N'approchez jamais de moi. Je ne veux plus vous voir. Vous êtes congédié. »

Jébu comprit que s'il disait un mot de plus, Sametono dégainerait Higekiri. Il se leva à regret, s'inclina profondément et s'éloigna à reculons. Sametono tourna les talons et s'en alla d'un pas raide vers son cheval, suivi par le serviteur qui portait la statue. En le regardant s'éloigner, Jébu pleura. Jusqu'alors ils étaient unis tous les deux par un amour presque aussi profond que celui d'un père et d'un fils. Il pleurait la fin de cet amour et encore plus l'aveuglement du jeune homme.

20

Jébu talonna le flanc de son cheval qui galopa le long de la rampe conduisant au chemin de ronde. Les milliers de navires mongols dispersés convergeaient lentement sur la côte sous un ciel gris fer. Les cinquante cavaliers qui suivaient Jébu tenaient tous de courts sabres zinjas et portaient une armure à lacets noirs. Entre eux, ils s'appelaient anciens zinjas. Ils dévalèrent les rampes mobiles en bois pour atteindre la plage.

Une jonque à trois mâts dont la proue s'ornait d'yeux malveillants atteignit la côte et son fond plat gratta le sable. Par centaines, les fantassins chinois armés de piques sautèrent du pont et avancèrent dans l'eau jusqu'à mi-corps. Ils arboraient de légères cottes de mailles ainsi que des capes rouges et vertes et des turbans en guise de casque. Des bêtes féroces — dragons, tigres, aigles — figuraient sur leurs boucliers. De plus haute taille que les hommes des Iles sacrées, experts au combat à l'arme blanche, ils avançaient en formation serrée hérissée de lances et protégée par les boucliers.

Les anciens zinjas restèrent en selle à la manière mongole et accueillirent les Chinois par des volées de flèches. Les lanciers du premier rang tombèrent, ce qui ralentit l'avance des envahisseurs. Les anciens zinjas foncèrent au milieu de leurs adversaires, se frayant une voie à coups de sabre. Un grand diable à la longue moustache noire pointa son arme sur Jébu qui lui tira une flèche en plein visage. La pointe de la lance effleura la cuisse de Jébu et se planta dans sa selle. Une autre pique l'atteignit au bras mais dévia sur la manche de l'armure. Jébu se retourna et arracha l'arme du fantassin qu'il frappa avec la pointe de la hampe. L'homme tomba à la renverse. Jébu passa dessus à cheval.

Quelque chose le heurta à la nuque et l'assomma. Il tomba de sa monture. Pendant un moment il se crut aveugle et sourd. Mais il se redressa. La forte odeur de la poudre à feu lui emplit les narines. Couché sur le flanc, son cheval agitait les pattes. L'une d'elles était réduite à un moignon. Jébu plongea son court sabre zinja dans l'œil jusqu'au cerveau. Accroupi derrière le cadavre de sa monture, il regarda autour de lui et ne vit d'abord que des cadavres d'anciens zinjas, de Chinois et de chevaux. Hors de portée des *hua pao,* les cavaliers zinjas décrivaient des cercles et les fantassins chinois se regroupaient.

Jébu courut vers la muraille. Quelques-uns de ses camarades, démontés, le suivirent. Les cavaliers prirent position entre eux et les Chinois pour couvrir leur retraite en faisant pleuvoir des flèches sur l'ennemi. La muraille semblait inaccessible depuis que Jébu était à pied. Il saisit avec joie l'échelle de corde que les samouraïs lui jetèrent du haut du mur. Il se hissa vivement. Les arbalétriers mongols tirant du pont de leur navire firent jaillir des fragments de pierre autour de lui. Arrivé sur le chemin de ronde il s'accroupit. D'autres compagnies de Chinois pataugeaient pour atteindre la côte. Le reste des cavaliers qui l'avaient suivi allait et venait au pied de la muraille en tirant sur les envahisseurs.

Les Mongols n'hésitaient pas à envoyer les boulets de leurs *hua pao* dans la mêlée et à tuer de nombreux Chinois rien que pour abattre quelques-uns de leurs ennemis. Ils se servaient des soldats du pays conquis comme ils l'avaient fait des civils à Kouélin : une espèce d'écran de protection sans valeur. Si courageux et habiles au combat qu'ils fussent, les Chinois s'engageaient sans entrain dans cette bataille. Quelques années plus tôt, ils guerroyaient contre les Mongols. Désormais leurs vainqueurs traitaient en esclaves même les Chinois du plus haut rang. Par des envahisseurs capturés la veille, les samouraïs avaient appris qu'à l'arrivée de la Flotte du sud du Yang-Tsé, Arghun avait convoqué son amiral et l'avait fait décapiter sur le pont du *Tigre rouge* pour avoir été trop lent. Il avait placé navires et armée chinois sous les ordres de son second, Torluk, promu *tarkhan,* lui aussi. Malgré leur état d'esprit la seule arrivée des Chinois pouvait suffire à vaincre les samouraïs. Leur flotte n'amenait pas seulement cent mille guerriers mais des milliers de chevaux et des cargaisons de machines de siège : catapultes, balistes, arbalètes gigantesques et des terribles *hua pao.*

Quand la flotte d'invasion du Grand Khan était arrivée à la baie d'Hakata deux mois auparavant, soixante-quinze mille samouraïs l'attendaient. On n'avait jamais rassemblé armée aussi nombreuse sur les Iles sacrées. Depuis lors, des renforts arrivaient par petits groupes des régions les plus lointaines du pays. Dès que les samouraïs adolescents atteignaient l'âge de combattre, leur famille les envoyait au front. Mais lors des batailles qui faisaient rage, des milliers d'hommes tombaient de chaque côté. Après certains engagements, il ne restait plus qu'un combattant sur cinq. Les samouraïs ne pouvaient tenir la muraille encore longtemps. Leurs effectifs diminuaient et les chevaux devenaient encore plus rares.

D'autre part les Mongols n'étaient pas encore parvenus à établir une tête de pont sur la côte. D'après les captifs, la dysenterie avait sévi sur les navires bondés où l'on ignorait toute hygiène. Plus de trois mille Mongols avaient péri. Des centaines d'autres succombaient à la chaleur insupportable pour ces fils des déserts du nord. Des rixes avaient coûté la vie à plusieurs dizaines d'hommes affolés par la promiscuité.

Capitaines et matelots coréens étaient constamment à la limite de la mutinerie et il fallait sévir férocement pour les tenir en main. A la fin du sixième mois, Arghun quitta la baie sous le couvert de la nuit afin de tenter un débarquement plus au sud, sur l'île d'Hirado. Les samouraïs s'y précipitèrent à cheval par milliers et chassèrent les Mongols avant qu'ils aient eu le temps de se retrancher. Comme l'avait dit Taïtaro des années auparavant, les samouraïs étaient les meilleurs combattants du monde. Depuis qu'ils s'étaient adaptés aux tactiques mongoles et que leurs aptitudes avaient été développées par la diffusion des arts et des attitudes zinjas, ils étaient devenus encore plus formidables.

Une boule de feu passa par-dessus le mur et éclata à terre. Bientôt il en plut par centaines. Jébu s'accroupit derrière le parapet. En regardant à travers la fumée, il distingua un mouvement parmi les bateaux. Une longue ligne de jonques approchait, toutes voiles gonflées comme des ailes de chauve-souris. Il lui sembla que les Mongols disposaient d'assez de bâtiments à fond plat pour débarquer le long de la côte depuis le nord jusqu'au sud de la muraille. Sur nombre de ces jonques, il y avait des mangonneaux, des catapultes et des arbalètes géantes. Un orage meurtrier de pierres, de flèches longues comme des lances s'abattit sur la côte. Des boules à feu crachèrent leurs éclats dans toutes les directions avec un bruit assourdissant. Les fantassins chinois se mirent à grouiller sur toute la longueur de la plage. Puis arrivèrent galères et radeaux transportant la cavalerie mongole.

« Restez à l'abri et visez les Mongols ! » cria Jébu à sa petite troupe d'anciens zinjas encore en selle et qui s'aligna au pied de la muraille en tirant sans charger contre les assaillants.

« Que chaque flèche compte ! » ordonna-t-il en se rappelant la formule de sa lointaine initiation.

Les rangs des fantassins chinois s'ouvrirent dès que les premiers cavaliers mongols prirent pied sur la plage. Avec des cris sauvages, ces derniers galopèrent vers la muraille. Tout en chevauchant, ils décochaient des volées de flèches avec leurs terribles arcs à double courbure. Jébu tirait aussi vite qu'il le pouvait sans se soucier de compter les Mongols qui tombaient au sol. Il ne cessait de répéter la prière pour un ennemi abattu. Cet exercice mental libérait son esprit de l'anxiété et permettait à son corps de fonctionner d'instinct.

La chaleur augmenta sur la plage. C'était une journée de brume. Le soleil apparaissait comme un disque blanc au milieu de nuages transparents. A midi, le sable était couvert d'ennemis. Les jonques à fond plat faisaient la navette entre la flotte et la côte, ramenant des guerriers à chaque trajet. Certains installaient des machines de siège sur le sable, d'autres assemblaient des tours d'assaut préfabriquées. De-ci, de-là, une jonque, atteinte par les flèches incendiaires, flambait au bord de l'eau.

Un samouraï monté arriva de l'intérieur : « Ils percent à Hakata. Que tout le monde y aille ! » Les cavaliers galopèrent et les fantassins coururent à toutes jambes. Jébu remarqua que les ennemis se précipitaient sur la plage dans la même direction.

Il se débrouilla pour trouver un cheval et fila vers le sud sur le chemin de ronde avec quelques-uns de ses anciens zinjas. Avant d'arriver aux quais, il vit de loin les combats corps à corps qui s'y livraient. Toutes les constructions proches de la côte flambaient.

L'énorme *Tigre rouge* tirait sur son ancre à la limite des eaux profondes comme pour signaler aux envahisseurs de la plage le lieu de l'assaut. Un énorme *hua pao* de bronze monté sur son pont supérieur ne cessait de tonner, envoyant régulièrement des projectiles sur le port incendié. Si Arghun apparaît, je pourrai l'atteindre d'une flèche, pensa Jébu.

Les tours de siège se dressaient déjà au centre d'Hakata. Elles avaient défoncé la muraille. La chaleur de l'incendie surprit Jébu quand il approcha. Le chemin de ronde au sommet du mur conduisait directement dans la ville dont les rues étaient désertes. Les habitants s'étaient enfuis dans la campagne depuis longtemps. Jébu arriva au galop suivi par sa petite troupe d'anciens zinjas, une nuée de Mongols montés sur des poneys de la steppe déboucha d'un carrefour et chargea en poussant leurs sauvages cris de guerre. Mais la rue était trop étroite pour leur donner l'avantage du nombre. Jébu dégaîna son sabre zinja et fonça sus à l'ennemi, penché sur l'encolure de son cheval. Un Mongol à barbe rousse se dressa sur ses étriers et abattit son sabre sur la tête de Jébu. La lame du zinja était mieux trempée que celle du Mongol. Jébu para et l'arme de l'ennemi se brisa en deux. Le Mongol sacrait encore quand Jébu le fit taire en lui enfonçant son sabre dans la gorge.

Les anciens zinjas se frayèrent une voie à travers la troupe ennemie. Les tours de siège brûlaient. Enfin Jébu et ses hommes atteignirent la seconde muraille d'Hakata et y prirent position.

Un combat meurtrier, corps à corps, dura tout le reste de la journée et se poursuivit fort avant dans la nuit. Chinois et Mongols affluaient par vagues successives. A la tombée du jour, Jébu blessé s'épuisait. La plupart de ses camarades avaient péri. Enfin les samouraïs durent se retrancher derrière le mur qu'ils avaient défendu. Désormais c'est eux qui assiégeaient la ville qu'occupait l'ennemi. Après en avoir été empêchés pendant deux mois, les envahisseurs établissaient enfin une tête de pont.

De la ville il ne restait guère que les vestiges du mur d'enceinte. La plupart des bâtiments avaient brûlé pendant la bataille. Les flammes de l'incendie teintaient de rouge les nuages bas. Les Mongols passeraient la nuit à entasser le maximum de guerriers dans les ruines. Les bateaux coréens et chinois feraient la navette pour en amener toujours plus. Le lendemain matin, l'envahisseur tenterait une sortie. Cette nuit-là, les kobayas dont il ne restait plus qu'un petit nombre sortiraient pour couler le maximum de navires ennemis. Dans Hakata, l'intensité du combat diminuait lentement comme celle d'un feu qui a épuisé son combustible. Les samouraïs étaient trop las pour pousser des pointes dans les décombres. Mongols et Chinois se retranchaient.

Les samouraïs se retirèrent sur les collines alentour et y dressèrent leur camp. Il pleuvait. Jébu se monta une espèce de tente avec sa cape de cavalier et un bâton. Il s'assit dessous, les jambes croisées, pour nettoyer et polir les lames de son sabre et de sa naguinata et panser ses blessures. Il étendit un morceau de papier médical sur une plaie profonde à sa main et acheva le pansement avec un morceau de coton. Puis la tête et l'armure abritées par sa cape, il chercha le sommeil. Il ressentit des picotements au sommet du crâne et les attribua à l'étrange tension qui régnait dans l'atmosphère. La pluie tombait plus dru. Il le regretta car il serait plus difficile aux équipages de kobayas d'incendier les bateaux mongols. Or les défenseurs mettaient tous leurs espoirs dans ces petites embarcations rapides et faciles à construire et remplacer. Hélas plus faciles à remplacer que les guerriers qui les montaient. Pensant à ces petites galères, conçues par Moko, Jébu s'endormit.

21

Un bruit de pas réveilla Jébu. Les yeux rougis par les larmes, Moko se tenait près de sa tente de fortune. Jébu pensa aussitôt à Sakagura. Mais quand il s'assit, il avisa le fils derrière son père. Sous la pluie, les deux hommes étaient à peine visibles. Il sembla pourtant à Jébu que l'aurore approchait. Un silence total régnait sur la colline. On n'entendait même pas bourdonner un insecte ou chanter un oiseau. Jébu sortit la tête de son abri, la lune et les étoiles étaient invisibles. Sakagura n'avait d'autre vêtement que son *fundoshi*. L'eau coulait sur son corps maigre et il grelottait malgré la chaleur moite. Peut-être sa galère avait-elle coulé ? Mais, du moment qu'il était vivant, pourquoi

Moko se montrait-il tellement bouleversé et pourquoi Sakagura lui-même semblait atteint d'une blessure mortelle et ne tenir debout que par la force de sa volonté ? La tension dans l'atmosphère que Jébu avait remarquée avant de s'endormir régnait encore, bien que la pluie eût cessé. Il entendit les voix des samouraïs qui se rassemblaient dans l'obscurité pour combattre au pied des murailles de la ville. Ils ne s'éclairaient pas afin de ne pas attirer les flèches ennemies. Enfin Jébu se leva, serra les lacets de son armure et vérifia l'état de ses armes.

« Je pensais à vous deux avant de m'endormir, dit-il. Qu'est-ce qui ne va pas ?

— Sakagura ! dit Moko. Si seulement il était mort hier ! S'il n'était jamais né ! » Il se retourna et gifla son fils de toute sa force. Jébu fut stupéfait car il n'avait jamais vu son vieil ami frapper qui que ce fût. Plus étonnant encore, Sakagura accepta cette correction sans broncher. Alors une vague de froid se répandit dans les os de Jébu. Il devina ce qu'il s'était passé.

« Il est arrivé malheur à Sametono », affirma-t-il sèchement. Tout son corps grelottait. « Dis-moi exactement quoi, cria-t-il à Sakagura.

— Permettez-moi de me tuer, shiké, bredouilla Sakagura à voix basse.

— Ne fais pas l'idiot, rétorqua Jébu. A quoi cela servirait-il ? » Lui aussi, il avait envie de gifler le misérable marin nu qui se tenait devant lui. Ces diables de samouraïs ! Ils ne connaissaient d'autre solution que la mort à tout problème. C'était leur manière d'échapper à la conséquence de leurs sottises. Surmontant sa colère, Jébu fut envahi de désespoir. Comment révélerait-il le désastre à Taniko ? comment oserait-il l'affronter ?

« Il est mort ? demanda-t-il.

— Si j'en étais sûr, je me serais déjà tué, murmura Sakagura.

— Je devine qu'il t'a rejoint hier et t'a demandé de l'emmener à l'assaut des bateaux mongols la nuit dernière. Tu as consenti. » Jébu ne put empêcher sa fureur et son mépris de tinter dans sa voix.

« Il est shogoun, shiké. Comment aurais-je pu lui désobéir ? N'ai-je pas déjà emmené le seigneur Munetoki lors d'un de nos raids ? Me l'a-t-on reproché ? Alors pourquoi pas le shogoun.

— N'essaie pas de te faire passer pour plus stupide que tu ne l'es, Sakagura. Dis-moi tout. »

Sakagura éclata en sanglots et bredouilla son histoire. « Dès qu'il fit assez nuit, nous partîmes. Tous les navires ennemis étaient groupés autour d'Hakata. J'entendais chercher à incendier quelques-unes des jonques ancrées plus au large dans la baie et qui n'avaient pas encore déchargé leurs troupes. Sa seigneurie insista pour que nous attaquions *Le Tigre rouge.*

— Ô Bouddha plein de compassion ! s'écria Moko qui, apparemment, ne savait pas encore tout.

— Sa seigneurie disait que tuer Arghun Baghadur vaudrait mieux que couler mille jonques parce que ça briserait le moral des Mongols. Nous naviguâmes donc parmi les bâtiments ennemis. On s'y affairait tant à débarquer des troupes à Hakata que les équipages n'avaient même pas tendu de filets. Nous approchâmes du *Tigre rouge.* Pensez, shiké, à ce qu'il serait arrivé si nous avions réussi.

— Vous étiez trente contre quatre cents guerriers ou plus. Une folie ! Alors, que s'est-il passé ?

— Ils ont dû nous voir. Nous arrivions presque au but quand une boule de feu a explosé au milieu de notre galère. La plupart de nos hommes périrent instantanément. Sa seigneurie et moi qui nous tenions à la proue, fûmes précipités dans l'eau. Aussitôt les Mongols cherchèrent à nous repêcher en manœuvrant des grappins et des gaffes par les sabords et du haut du pont. Les équipages des bateaux avoisinants en firent autant. J'ai vu sa seigneurie hissée à bord du *Tigre rouge.* Il me sembla que mon devoir m'obligeait à vous apporter la nouvelle, du moment que notre shogoun pourrait être encore vivant. J'ai dû nager presque toute la nuit pour atteindre Hakozaki. Comprenant que la capture de notre seigneur pouvait déchaîner la panique dans la troupe, je ne savais à qui m'adresser. J'ai parlé d'abord à mon père. Depuis nous vous cherchions.

— Nager pour nous apporter la nouvelle fut la seule chose intelligente que tu as faite, dit Jébu. Évidemment depuis lors les Mongols peuvent avoir torturé notre shogoun, ou l'avoir décapité sur-le-champ. Mais peuvent-ils savoir de qui il s'agit ? Il s'efforce sûrement de le leur cacher.

— Il portait une banale armure de samouraï du dernier rang mais il avait emporté Higekiri, le sabre de sa famille.

— S'il ne l'a pas perdu dans l'eau, Arghun le reconnaîtra. Nous devons donc nous attendre au pire. S'ils savent qui il est, ils chercheront à l'utiliser contre nous. » Même dans son angoisse, Jébu comprit ce que devait éprouver Moko. Il se tourna vers lui et lui posa la main sur l'épaule.

« Qu'allons-nous faire, shiké ? Sakagura et moi devons commettre seppuku sur-le-champ, n'est-ce pas ?

— Que je n'entende plus parler de suicide, dit Jébu. Nous ferons notre possible pour sauver Sametono. Ce sera assez périlleux pour satisfaire votre besoin d'expier. » Il réalisa que l'Ame parlait par sa voix. Cette seule idée lui suggéra immédiatement l'esquisse d'un projet.

Moko et Sakagura restaient muets, attendant des ordres. Jébu leur dit enfin : « Prenez bien garde de ne pas ébruiter ce malheur. Je n'en parlerai qu'à ceux qui doivent le savoir. Toi Moko, tu vas immédiatement filer à cheval jusqu'au château du gouverneur, à Dazaïfu, prévenir dame Taniko. C'est moi qui devrais lui apporter cette nouvelle mais j'ai trop affaire ici et nous n'avons pas de temps à perdre. Dis-lui que j'ai mon plan. J'espère qu'elle me confiera le salut de son fils. Évidemment si elle veut donner des ordres, je lui obéirai.

— Non, shiké. Ne me demandez pas de lui annoncer ça, gémit Moko. Je n'en aurai pas le courage.

— Voilà un instant, tu te disais prêt à t'ouvrir le ventre. Dis à dame Taniko que, si elle accepte mon projet, elle doit rassembler tout ce qu'elle trouvera de plus élégant dans les coffres au palais du gouverneur : tenues de cour, robes, chapeaux, bijoux, toute sorte de choses comme ça, et qu'elle l'envoie par voiture aussi rapidement que possible à Hokazaki.

« Sakagura, procure-moi un bateau, de préférence pas un bâtiment de guerre mais un grand navire élégamment décoré, un gozabune, une galère du gouverneur, quelque chose de ce genre-là. Tu es assez connu dans la marine pour pouvoir le réquisitionner.

— Un mot, shiké, dit Moko.

— Quoi ?

— Je vous dois déjà tant que je ne trouve pas de mots pour vous remercier. Crier vos louanges pendant mille existences ne suffirait pas. Mais j'ai une dernière faveur à vous demander. Quoi que vous fassiez, laissez-moi aller avec vous dans votre tentative de sauvetage.

— Moko, tu n'as rien à te reprocher en ce qui concerne Sametono. Le raid auquel je pense n'est pas fait pour toi et tu n'as pas besoin de risquer ta vie pour expier une faute que tu n'as pas commise.

— Les pères sont toujours responsables des actes de leurs fils. Tout le monde le dit. Quant à ne pas être à ma place au combat, je vous prie respectueusement, shiké, de vous rappeler ce que j'ai réussi en Oshu. En outre je connais les bateaux et cette baie et j'en sais assez long sur les Mongols. Si vous ne m'emmenez pas avec vous, vous me trouverez mort à votre retour. »

Jébu secoua amicalement l'épaule de Moko. « Toujours prêt à me suivre n'importe où ? Eh bien, d'accord. »

22

Taniko insista pour se rendre de Dazaïfu à Hakozaki dans la voiture transportant les vêtements de cour demandés par Jébu. Pendant qu'on les chargeait sur le bateau, Jébu s'assit avec elle dans le véhicule. Rien n'indiquait qu'elle eût pleuré. Elle avait tant connu de crises, de terreur et de chagrin qu'il ne lui restait peut-être plus de larmes à verser.

« Je ne crois pas qu'il soit encore vivant, souffla-t-elle. J'espère même qu'il ne l'est plus. L'idée de ce qu'ils pourraient lui faire m'est intolérable. Je ne veux pas que tu risques ta vie pour le sauver. Il ne me reste plus que toi. Une tempête approche. Si tu pars sur l'eau, tu ne reviendras jamais.

— Oui, il est peut-être mort et peut-être ne reviendrai-je pas, dit Jébu. Mais il n'est pas exact que tu resteras seule. J'ai dit cette même sottise à mon père, Taniko, quand il se préparait à mourir. Il ne me laissait pourtant pas seul. Toi tu as tout le monde. Tu es la mère de la nation, l'Ama-Shogoun. Ne crains rien, mon amour. Nous ne serons jamais séparés, parce que nous sommes tous les deux l'Ame. » Il la prit dans ses bras, et ses larmes coulèrent sur les joues sèches de Taniko. Puis il s'écarta d'elle vivement et sauta à bas de la voiture.

Le général Miura Zumiyoshi se tenait à proximité, regardant tristement le bateau de Jébu qui lui avait fait part secrètement de la catastrophe, et il avait transmis la nouvelle aux autres généraux.

« Je ne sais pas ce que je peux vous souhaiter, dit-il. Vous tentez l'impossible mais c'est une noble tentative. Je souhaite que vous renaissiez dans le paradis occidental d'Amida. »

Jébu s'inclina, le remercia, traversa le quai en courant pour atteindre la galère d'apparat pavoisée de fanions et de rubans.

Le bateau tanguait et roulait, les aussières gémissant quand les grandes vagues donnaient l'assaut au quai d'Hakozaki. Le vent fouettait les rubans rouges et blancs et les bannières ornant le flanc du bâtiment et sa coque somptueusement sculptée et peinte de dragons rouge et or. La gozabune, *La Lumière chatoyante,* était une galère d'apparat à haut pont, propulsée par soixante rameurs. Elle servait en temps normal au transport des gouverneurs provinciaux et des dignitaires de haut grade. Jébu bondit et passa hardiment du quai au pont. Kagyo, Moko et Sakagura l'attendaient à bord.

« As-tu pu rassembler ce qu'il nous faut ? demanda Jébu à Kagyo.

— Nos hommes n'avaient qu'à fouiller leurs paquetages, dit Kagyo en riant. Chacun conserve des petits souvenirs de l'armurerie du monastère. Mais circuler dans ces prisons de draperie ne sera pas facile. »

Kagyo et les autres anciens zinjas avaient déjà revêtu les costumes envoyés par Taniko. Kagyo portait ce que les courtisans appelaient une tenue de chasse et qui n'avait aucun rapport avec ce sport : un haut chapeau noir brillant, symbole de dignitaire, une tunique gorge-de-pigeon, couverte de broderies, aux manches traînantes et des pantalons bouffants couleur d'abricot qui donnaient à ses jambes la rondeur de lanternes en papier. Il portait un éventail et un parasol de papier huilé. Les quarante anciens zinjas réunis sur le pont de *La Lumière chatoyante* arboraient des tenues du même genre. On les aurait pris pour une délégation de courtisans bons à rien arrivés d'Heian Kyo, avec leurs jaquettes roses, vertes, bleu lavande, et leurs pantalons brodés. Tous étaient munis de parasols et d'éventails.

Jébu se tourna vers Sakagura. « Tu as parfaitement réussi.

— Et si Sametono n'est plus vivant, shiké ? demanda Sakagura le regard douloureux.

— Nous le vengerons en réussissant ce qu'il entendait faire hier soir : l'exécution d'Arghun Baghadur, dit Jébu tranquillement. Maintenant prenons le large, Sakagura-san. Ces vagues finiraient par briser la coque contre le quai si nous restions trop longtemps. » Il pleuvait de nouveau.

Sakagura cria des ordres. Les matelots larguèrent les amarres et sautèrent à bord. Ils se servirent de longues gaffes pour éloigner le bâtiment du quai. Sur un autre ordre, un tambour battit dans l'entrepont où se trouvaient les rameurs.

Il était déjà midi et sans doute Sametono avait-il cessé de vivre. Comme les samouraïs, les Mongols ne faisaient de prisonniers que pour recueillir des renseignements sur le camp adverse. On interrogeait les captifs, parfois on les torturait et finalement on les tuait. Jébu se tourna vers l'immense baie. De farouches combats continuaient sur la courbe de la côte proche d'Hakata. La ville n'était plus que ruines fumantes. Seules ses murailles subsistaient protégeant la tête de pont des Mongols. Les samouraïs attaquaient cette fortification, avec autant de violence que les vagues déferlaient sur la plage. Il y avait le feu partout. Des jonques brûlaient sur l'eau. A terre, arbres, maisons, machines de guerre flambaient. La fumée s'allongeait sur terre et sur l'eau du sud-ouest au nord-est, poussée par un vent rugissant. Les nuages bas avaient la blancheur d'un ventre de poisson. Ils devenaient plus sombres en direction du sud et noirs à l'horizon.

Jébu descendit par l'échelle d'écoutille jusqu'à l'entrepont des rameurs. Ces soixante hommes ne portaient que leur fundoshi. C'étaient des guerriers sans armes, comme tous ceux qui se trouvaient sur le gozabune. Jébu alla jusqu'à l'avant du bateau afin de leur faire face.

« Nous avons gardé le secret jusqu'à maintenant, parce que nous redoutions de semer la panique parmi nos troupes, dit-il d'une voix puissante pour être entendu malgré le battement du tambour qui rythmait les mouvements. Les Mongols ont fait prisonnier sa seigneurie notre shogoun Muratomo no Sametono. » On perçut des halètements et des cris de stupéfaction. Les rameurs perdirent la cadence. Le maître de nage dut les faire arrêter puis reprendre le rythme. Jébu esquissa rapidement son plan d'action.

« Si les Mongols montent à bord avant que nous arrivions au *Tigre rouge,* efforcez-vous d'avoir l'air d'esclaves, conclut-il. On vous a choisis en raison de votre adresse au combat à main nue. Mais je suis sûr qu'arrivés à bord du *Tigre rouge,* vous ne resterez pas longtemps sans armes. »

Les rameurs éclatèrent de rire. « Merci de nous inviter à participer à votre exploit, shiké », s'écria l'un d'eux et les autres de l'approuver.

Remonté sur le pont, Jébu rassembla les passagers pour leur annoncer la capture de Sametono. Ils furent aussi choqués que l'avaient été les rameurs. Seul parmi les anciens zinjas, Kagyo connaissait le secret. Jébu exposa son projet comme il l'avait fait dans l'entrepont.

« Feignez d'être terrifiés, leur dit Jébu. Ne laissez pas le vent arracher vos parasols qui joueront un rôle important. »

Il fit aligner les anciens zinjas le long de la rambarde afin qu'on les distinguât nettement du pont des navires mongols dont ils approchaient. Ces travestis tournèrent dos et parasols au vent et à la pluie. Jébu s'installa à la proue, les mains sur la rambarde. Pluie et embruns lui fouettèrent le visage. Les vagues dans la baie étaient aussi hautes que les montagnes de Kaga. Moko le rejoignit.

« Je suis l'homme le plus infortuné du monde, avec un fils pareil », dit-il.

Le chagrin de ce fidèle compagnon rappela à Jébu ses années de remords au sujet du meurtre de Kiyosi. « Ton fils a fait ce qu'il croyait devoir faire. Il ne pouvait pas désobéir au shogoun. »

Moko écarquilla les paupières. « Mais shiké, les conséquences pourraient...

— Les conséquences sont regrettables mais tu n'as pas à avoir honte. Oublie le passé, ne pense pas à l'avenir, seul compte l'instant présent. »

Après un moment de silence, Moko souffla : « Merci, shiké. Je me sens mieux. »

Dans le creux des vagues, il semblait que *La Lumière chatoyante* était seule sur un océan désert mais quand elle remontait sur une crête, on voyait toute la baie et la flotte mongole. La plupart des jonques étaient alignées en bon ordre. A quelque distance de la côte, *Le Tigre rouge* tirait sur son ancre. C'était un bâtiment quatre fois plus long et beaucoup plus haut que les autres navires. Le tangage empêcha Jébu de compter ses mâts, il en avait sûrement plus de douze, peut-être seize. Ceux d'artimon s'inclinaient vers la poupe. Ce monstrueux dragon de mer comme tous les dragons crachait le feu. L'énorme *hua pao,* tube de bronze d'une longueur égale à trois fois la taille d'un homme, ajusté sur le gaillard d'avant, rugissait à un rythme régulier. Ses projectiles décrivaient un arc dans le ciel pour atteindre des distances incroyables au-delà de la plage. Ils tombaient sur les samouraïs donnant l'assaut à la tête de pont d'Hakata. Des éruptions de sable signalaient le point de chute. En dépit du tintamarre des *hua pao,* Jébu entendit un autre bruit, plus terrible et plus gros d'espérance : le tonnerre. Bien des orages avaient évidemment balayé la rade depuis le début de l'été mais aucun n'avait gravement nui à la flotte ennemie. Toutefois on arrivait à la saison des grandes tempêtes.

La Lumière chatoyante dut passer devant un alignement de jonques qui tanguaient violemment en tirant sur leur ancre, toutes voiles carguées. Une flèche siffla et se planta dans le pont en face de Jébu. Bon tir, pensa-t-il, si l'ennemi voulait seulement m'alerter. Il fit signe à Sakagura de faire arrêter la nage. De la jonque la plus proche on les interpella dans la langue des Iles sacrées mais avec un fort accent.

Jébu cria sa réponse en mongol : « Ce bateau transporte les ambassadeurs de Sa Majesté l'empereur du pays du Soleil Levant. Nous sollicitons un entretien avec votre grand chef le *tarkhan* Arghun Baghadur. »

Malgré le vent et la pluie, les quarante anciens zinjas réussirent une belle exhibition de jeux de parasols, de manches traînantes et d'éventails. Les Mongols alignés à la rambarde de la jonque les huèrent en riant. Suivit une longue attente. Le vent fraîchit et le ciel s'assombrit pendant que les commandants des navires ennemis transmettaient la demande de Jébu d'un bord à l'autre jusqu'au *Tigre rouge.* Enfin on leur cria de poursuivre la route.

Le navire amiral se trouvait droit au sud. Sakagura ordonna à ses barreurs d'orienter la proue au sud-est afin de fendre les vagues par le travers pour ne pas exposer la galère à un roulis excessif. Complètement imprégnée d'eau, la robe de Jébu lui collait à la peau. *La Lumière chatoyante* passa devant les proues d'une longue ligne de navires ennemis, sous les rires, les railleries, les insultes et les jurons clamés en mongol, chinois et coréen. On ne lui jeta pas d'ordures, sans doute parce qu'après deux mois à l'ancre, il ne restait plus grand-chose sur les jonques. Jébu comptait sur le caractère sacré que les Mongols attribuaient aux ambassadeurs pour éviter des violences excessives.

La coque écarlate du *Tigre rouge* se dressa devant la galère, plus haute qu'un mur. Des guerriers mongols sautèrent dans un canot amarré au navire amiral et ramèrent vers *La Lumière chatoyante.* A cet instant, Jébu éprouva une angoisse intense. Il se trouvait en plein milieu de la flotte d'invasion et les ennemis prenaient pied sur son bateau. Comment avait-il pu imaginer qu'un projet aussi saugrenu réussirait? L'équipage lança des filets vers le canot et aida deux officiers mongols à passer par-dessus la rambarde. Ces derniers portaient des casques de métal poli surmontés de cornes en argent, et d'admirables cottes de mailles recouvertes de robes en soie légère cramoisie. Jébu se dit que leurs grands-pères vêtus de fourrure les reconnaîtraient avec peine. Ils interrogèrent Jébu : qui était-il? qui étaient ces aristocrates et que désiraient-ils?

Jébu avoua son nom en pensant susciter l'intérêt d'Arghun et se présenta comme un simple interprète. Il énuméra ensuite titres et fonctions des prétendus ambassadeurs.

« En ce qui concerne le motif de notre présence ici, dit-il, nous supposons que vous détenez à bord du *Tigre rouge* un prisonnier extrêmement distingué. S'il en est bien ainsi, les ambassadeurs de Sa Majesté ont hâte de discuter des conditions de sa libération. Ils désirent aussi s'entretenir ouvertement avec votre *tarkhan* au sujet de la guerre en général, si cela l'intéresse. »

Les deux officiers mongols parurent étonnés et satisfaits. Sans répondre, ils tâtèrent la robe trempée de Jébu pour s'assurer qu'il n'était pas armé. Il s'était évidemment débarrassé des redoutables instruments de guerre qu'il portait d'ordinaire. Ensuite les Mongols palpèrent les robes de soie et de brocart des anciens zinjas. Ils examinèrent les parasols pour s'assurer que les manches ne dissimulaient pas de lames. Les prétendus courtisans frémirent au contact des barbares en poussant de petits cris de terreur. L'expression de mépris des ennemis se précisait d'instant en instant. Ils parcoururent le pont et descendirent dans l'entrepont où ils examinèrent attentivement les rameurs assis, l'air las, sur leurs bancs de nage. Enfin, sans mot dire, ils retournèrent à leur canot.

La proue gigantesque du *Tigre rouge* s'élevait à l'arrivée de chaque vague comme si elle s'apprêtait à retomber sur le petit gozabune qu'elle aurait écrasé. Jébu aperçut, loin au-dessus de lui, appuyé à la rambarde, le visage barbu d'Arghun qui l'observait. Il eut la chair de poule à la vue de son plus vieil ennemi.

Peut-être Arghun et son entourage ne se laissaient-ils pas prendre au spectacle ridicule qu'on leur offrait et entendaient-ils les massacrer tous. D'autre part, même s'ils parvenaient à monter sains et saufs à bord du *Tigre rouge,* ils pouvaient s'attendre à y trouver le corps mutilé de Sametono ou simplement sa tête séparée du corps.

Un cri retentit sur *Le Tigre rouge* et l'ordre tomba d'approcher bord à bord. Les marins du navire amiral mongol abaissèrent une passerelle. Quand les anciens zinjas y montèrent à la file, elle se redressa pour les amener plus rapidement sur le pont supérieur. En écoutant leurs cris de terreur, Jébu sourit car ces hommes auraient facilement grimpé le long de la coque. Il attendit que tous fussent montés pour prendre pied sur la passerelle. Il chercha Moko du regard et constata que le petit bonhomme était passé avant lui. Jébu n'avait jamais eu l'intention d'engager son vieux fidèle aussi loin dans cette aventure.

Avant de monter, il se tourna vers Sakagura et lui dit : « Tu restes là. Sois prêt à faire ramer quand j'en donnerai le signal. » Visiblement déçu d'être laissé derrière, le fils de Moko pinça les lèvres mais acquiesça d'un hochement de tête.

La passerelle mobile hissa Jébu à bord. Les nombreux mâts du navire se dressaient sur le pont comme l'alignement des colonnes d'un temple. Le gaillard d'arrière était construit à la manière d'un petit palais chinois. Un officier mongol en armure aux ornements d'argent rutilant fit signe à Jébu d'avancer. Ce dernier regarda en direction du sud où le ciel était aussi noir qu'en pleine nuit. Le fond de la baie disparaissait dans l'obscurité. Un hangar de bois occupait presque toute la proue au-delà du mât de misaine. Des fanions de couleurs vives claquaient au vent et sous la pluie au bord de son toit. A l'intérieur, drapé de soie écarlate, Arghun prenait ses aises dans un grand fauteuil d'osier. L'entouraient des officiers : *tuman-bashis* mongols, généraux chinois et amiraux coréens. Le toit du hangar protégeait de la pluie la culasse d'un énorme *hua pao.* L'âcre odeur de la poudre noire assaillit les narines des nouveaux venus et la fumée leur brûla les yeux mais Arghun paraissait immunisé. Il se dressa afin que deux de ses gardes tournent son siège dans la direction des ambassadeurs et fit signe aux artilleurs chinois de suspendre leur tir.

Contrairement aux autres Mongols, Arghun portait encore la simple armure de cuir et de fer qui lui avait servi autrefois aux confins du désert de Gobi. Sa barbe jadis rousse tournait au gris, de même que celle de Jébu était devenue blanche. J'ai cinquante-quatre ans, pensa le zinja, il doit donc en avoir plus de soixante-dix. Pourtant Arghun semblait n'avoir pas d'âge ; son corps avait toujours le même aspect de vigueur et de puissance ; sur son visage dur, ses yeux bleus restaient insondables.

« Tu es beaucoup plus difficile à tuer que le fut ton père. » Tels furent les premiers mots du tarkhan. « Ton ordre possède peut-être des pouvoirs magiques, après tout. J'étais sûr de t'avoir tué en Oshu. Puis j'ai appris que tu survivais et que tu enseignais tes ruses de zinja à une nouvelle génération de samouraïs. Tu as hérité de l'endurance mongole, fils de Jamuga. »

Jébu s'inclina poliment mais ne répondit pas. Son regard inventoriait le contenu du hangar : cordages, râteliers de lances, d'arcs et de carquois, barriques de poudre noire pour le *hua pao.*

« Es-tu venu chercher le gamin ? demanda Arghun. Il est là. » Il désigna le mât de misaine. Pendu à la vergue par une corde qui lui passait sous les aisselles, Sametono se balançait au vent, fouetté par la pluie. Les hommes de Jébu haletèrent d'horreur, tant en raison de l'injure faite à une personne quasi sacrée qu'à sa souffrance probable. Jébu sortit de la baraque pour le regarder de plus près. Les yeux ouverts de Sametono exprimèrent la souffrance et la honte. On l'avait privé de son armure et il ne portait plus que sa robe de dessous, cramoisie et en loques. Ses ravisseurs lui avaient laissé son *hashimaki* sur la tête : turban orné du disque solaire rouge, emblème du Bakufu. La corde qui le retenait passait par-dessus la vergue et était nouée au pied du mât de misaine. Jébu éprouva alors un sentiment mitigé : soulagement de constater que le jeune homme vivait encore et ne paraissait pas blessé ; angoisse à l'idée de la douleur et de l'affront qu'il endurait.

« Veuillez remarquer que des archers sont en position sur le pont, dit Arghun. Il me suffit d'un signe pour que le corps de ce garçon soit percé de flèches. » Des guerriers rangés en demi-cercle autour du mât pointaient en effet les projectiles de leurs arcs sur Sametono. « Alors êtes-vous venus capituler ? poursuivit Arghun.

— Non. Seulement pour demander ce que vous désirez en échange de ce jeune homme. » Jébu avait hâte d'en finir avec la comédie et d'attaquer aussitôt que possible, mais il lui fallait prolonger l'entretien pour distraire l'attention d'Arghun. Si seulement la tempête éclatait !

Arghun éclata d'un rire dur. « Est-il vraiment votre shogoun ? Je n'en étais pas certain et il le niait évidemment mais j'ai reconnu son sabre. » Il caressa le dragon d'argent enroulé à la poignée d'Higekiri posé en travers des cuisses. « Je l'ai laissé vivre dans l'espoir qu'il nous servira à quelque chose. Fils de Jamuga, parles-tu au nom de ces dignitaires ou bien dois-je négocier directement avec eux ? » Il désigna d'un geste méprisant les guignols en robes de soie trempées qui reculèrent et se dispersèrent effarés sur le pont... afin d'occuper les positions prévues par Jébu. Les officiers qui entouraient Arghun se moquèrent d'eux.

« Vos samouraïs méritent de meilleurs maîtres que ces hommes-femmes, dit Arghun. Quand je serai vice-roi des Iles sacrées, je leur donnerai des gouvernants qu'ils respecteront. »

La nuée venant du sud arrivait presque au-dessus d'eux. Une énorme lame frappa *Le Tigre rouge* par tribord et lui imprima un roulis effrayant. Arghun se leva et son fauteuil d'osier se renversa. Anciens zinjas et Mongols glissèrent sur le pont mouillé jusqu'à la rambarde de bâbord. Le *hua pao* assujetti à une plaque de fer boulonnée au pont fit grincer le plancher et les artilleurs chinois échangèrent des propos dénotant leur inquiétude. Jébu leva les yeux et vit que Sametono s'était balancé à deux reprises au-dessus de l'eau au rythme du roulis. Les archers mongols s'efforçaient de maintenir leurs flèches pointées sur lui avec autant de précision que possible mais ces cavaliers de la steppe n'avaient pas le pied marin.

« Indiquez à ces ambassadeurs les concessions que vous demandez en échange de Sametono, dit Jébu. Je traduirai à leur intention.

— Je connais le langage de ce pays aussi bien que tu parles le mien, dit Arghun. Mais tu peux t'exprimer en mon nom. Dis-leur que notre grand khan n'autorise qu'un seul accord : la reddition sans condition. »

Jébu traduisit dans la langue des Iles sacrées. Les émissaires manifestèrent une grande horreur, ce qui leur servit de prétexte pour s'éloigner encore de quelques pas. Ils arrivèrent ainsi tout près des archers menaçant Sametono.

« *Tarkhan,* ces hommes ne sont pas habilités à livrer tout notre pays, dit Jébu. Ils n'y consentiraient d'ailleurs pas en échange d'une seule vie, même celle de Sametono. Je vous conseille donc d'exiger seulement quelque avantage stratégique : une chose que nos forces consentiraient raisonnablement à céder sans avoir l'impression de tout perdre. »

Arghun se tourna vers le côté ouvert du baraquement afin d'observer la pluie et l'obscurité qui devenaient de plus en plus denses sur la rade. Les nuages noirs roulaient dans le ciel, poussés par le vent, comme une armée de cavaliers mongols. Il faisait tellement nuit que les matelots allumaient des lanternes pour éclairer le pont.

Arghun se retourna vers Jébu. « Alors qu'on nous laisse débarquer. Accordez-nous le reste de la journée afin que toutes nos troupes prennent pied sur la plage et que nos navires quittent la rade pour étaler cette tempête au large. »

Jébu lut de l'inquiétude dans les yeux bleus d'Arghun. Cet homme sait que le vent, la pluie et les vagues peuvent balayer tout ce qui fait sa raison de vivre, pensa Jébu, qui traduisit à loisir, ajoutant détails et commentaires pour gagner du temps.

Ce qu'il attendait se produisit. Une muraille d'eau heurta *Le Tigre rouge,* faisant perdre l'équilibre à ceux qui se trouvaient sur le pont et envoyant Sametono se balancer loin au-dessus de l'eau.

« Le *tarkhan* n'est pas plus capable qu'un requin de négocier honnêtement », conclut Jébu.

Le mot « requin » était le signal convenu. Vingt anciens zinjas arrachèrent l'extrémité de leur parasol dont ils portèrent le manche à leur bouche en prenant une profonde inspiration. Deux flèches empoisonnées se fichèrent dans le cou de chaque archer mongol. Quelques-uns seulement eurent le temps de bander leur arc et de tirer avant de mourir mais aucune flèche n'atteignit son but. Tous les faux ambassadeurs se précipitèrent sur les officiers et les gardes du corps d'Arghun. Repliés, les éventails joliment peints se transformèrent en matraques qui leur permirent de parer les coups de sabre, d'assommer leurs ennemis ou de leur écraser la trachée-artère. En un clin d'œil, ils s'armèrent d'arcs et de flèches. Seul parmi les envahisseurs, Arghun restait vivant sur le pont. Il rugit un appel à l'aide.

« Occupez-vous de lui », s'écria Jébu. Le *tarkhan* se tut car deux anciens zinjas lui appliquèrent la pointe de leur sabre sur la gorge. Jébu se pencha par-dessus la rambarde pour appeler les samouraïs de *La Lumière chatoyante.* Il leur jeta des cordages et ses compagnons en firent autant. Sakagura et les samouraïs vêtus d'un pagne se précipitèrent à l'assaut. Aussitôt sur le pont, ils s'emparèrent des armes qui le jonchaient et s'apprêtèrent à accueillir le reste des ennemis.

Jébu estimait à quelque trois ou quatre cents les soldats mongols et les hommes d'équipage coréens du bateau. Ils apparurent à la porte du gaillard d'arrière et se mirent en ligne sabre et hache de guerre au poing puis chargèrent aussitôt vers l'avant. D'autres montèrent par les écoutilles. Les anciens zinjas les accueillirent par un tir nourri de flèches. Les corps des victimes accrochés aux échelles empêchèrent leurs compagnons de passer. Les faux ambassadeurs se débarrassèrent de leur robe de soie et de leur pantalon bouffant pour apparaître dans leur simple tunique grise de moine guerrier. Ils arrachèrent baleines et papier huilé des parasols qui se transformèrent en armes redoutables. Le combat ne tarda pas à faire rage. Les sabres mongols, d'un acier de qualité inférieure, se brisèrent sous les coups précis des triques en bois. Quelques crânes ennemis éclatèrent aussi. Sur l'espace restreint du pont, l'art martial des zinjas l'emportait aisément sur celui de cavaliers habitués aux vastes plaines. En peu de temps, Jébu et ses hommes se rendirent maîtres du pont supérieur.

Jébu se précipita vers le *hua pao* dont les artilleurs chinois étaient étalés par terre. Il prit la torche servant à déclencher le feu de l'engin, enflamma une robe de soie et l'enfonça dans l'écoutille la plus proche. D'autres zinjas l'imitèrent. Quand les flammes jaillirent d'une écoutille, Moko s'y précipita, portant un baril de poudre noire. Il le jeta dans l'entrepont. Jébu et lui sautèrent en arrière. Un instant plus tard, une déflagration étouffée retentit et une volute de fumée noire sortit. On entendit des cris. Des flammes pointaient dans la fumée. Moko, Jébu et d'autres zinjas jetèrent de la poudre dans toutes les écoutilles. Des explosions secouèrent *Le Tigre rouge* de la proue à la poupe, comme un chien qui s'ébroue pour se débarrasser de ses puces. Le seigneur guerrier mongol considérait, impuissant, les cadavres et les incendies autour de lui. La fureur étincelait dans son regard.

Le Tigre rouge roulait, tanguait, la pluie tombait presque à l'horizontale, au souffle du vent. Seules les flammes montant de l'entrepont éclairaient le navire. Jébu se réjouit d'avoir utilisé la poudre noire juste à temps car la pluie aurait éteint tous les feux. Une lueur sinistre rayonnait des entrailles du *Tigre rouge.* Remarquerait-on sur les jonques avoisinantes qu'il se passait quelque chose d'inattendu sur le navire amiral et enverrait-on des secours ? Jébu se débarrassa de ses sandales. Les pieds nus adhéraient mieux au pont mouillé. Il courut au bastingage. La flotte mongole avait abandonné *Le Tigre rouge.* Jébu ne vit pas de navires à proximité. A peine aperçut-il une jonque qui s'enfonçait dans l'obscurité de la tempête. Elle semblait se diriger vers l'entrée de la rade. Mais il ne savait plus dans quelle direction se trouvait l'océan.

L'enfilade des mâts du *Tigre rouge* craquait de manière effrayante chaque fois que l'énorme navire blessé roulait d'un côté puis de l'autre. Il semblait que le gréement allait se briser et s'effondrer sur le pont d'un instant à l'autre. Les explosions dans l'entrepont avaient sans doute détruit les bases de plusieurs mâts et les avaient arrachés à leurs mortaises.

Jébu entendit des cris et des appels au-dessous de lui. Il courut à la rambarde et vit flotter au gré des vagues les Mongols et les Coréens survivants. Jébu prit peur lorsqu'il aperçut certains de ces fuyards monter à bord de *La Lumière chatoyante,* couper les amarres qui la retenaient au *Tigre rouge* et prendre les avirons. Désormais si le navire amiral coulait, Jébu et ses compagnons ne pouvaient plus fuir. La galère s'éloigna paresseusement avec un équipage trop réduit. Elle tourna sur elle-même sur la crête écumante d'une lame puis glissa de côté dans un gouffre marin. Une vague déferla, l'inonda et la retourna. Les hurlements des hommes qui se noyaient s'entendaient à peine dans le tintamarre des éléments. Le fond plat de *La Lumière chatoyante* flotta un moment sur la mer gonflée. A la lueur fugace des éclairs, Jébu vit d'autres bateaux couler sous l'assaut des vagues qui venaient de toutes les directions à la fois.

Le Tigre rouge ne pouvait flotter encore longtemps. Le mât auquel pendait Sametono risquait de se briser. A chaque coup de roulis, le jeune homme s'éloignait de plus en plus de la coque. Si la corde qui le retenait cédait, il serait précipité à la mer. Ses bras liés lui interdiraient de nager. La corde était nouée au pied du mât. Jébu n'avait pas de lame pour la couper. Il remarqua un éventail de guerre apporté à bord par un ancien zinja et abandonné. Il se précipita vers le pied du mât de misaine, convaincu qu'il pourrait dénouer la corde. Mais l'horreur le paralysa. Arghun s'y trouvait, une hache de guerre à la main, prêt à la trancher. Un seul coup et Sametono s'envolerait vers l'eau. Jébu avança vers Arghun.

« N'approche pas, vociféra le Mongol d'une voix assez puissante pour dominer la tempête. Je fus sot de me laisser prendre à ta ruse, fils de Jamuga. Aucun autre peuple au monde ne peut transformer parasols et éventails en armes.

— Que veux-tu ? cria Jébu.

— Tu marchandes encore ? Je ne veux plus rien. J'ai perdu ma flotte. Il ne me reste plus qu'à tuer ton shogoun. Je n'ai aucun autre moyen de vous nuire. »

Jébu fit appel à la pitié. « A quoi bon tuer un garçon courageux ? » Arghun répondit par un rire sauvage.

« Nous te laisserons la vie sauve, cria Jébu. Nous te renverrons à Koubilay khan. Je le jure sur l'honneur de mon ordre.

— J'aime mieux périr qu'affronter Koubilay. J'avais votre pays entre les mains et je l'ai laissé échapper par ta faute. » Une lueur de malice parut sur son visage. « J'accepte un troc.

— Tout ce que tu voudras, s'écria Jébu frénétique.

— Toi, plus que quiconque, m'empêchas de conquérir ce pays. Je terminerai ma vie sur une victoire si je tue le dernier rejeton de Jamuga, comme me l'ordonna Gengis khan. » La rage étincela dans les yeux bleus. « Tends ton cou sous ma hache et je laisse vivre le gamin.

— D'accord », répondit Jébu sans hésiter. Il avança vers Arghun.

« Non ! » vociféra Moko, les mains tendues vers la hache du géant mongol.

A son tour, Jébu cria : « Non ! » A cet instant, la lame de la hache frappa Moko entre le cou et l'épaule.

Surpris par l'assaut inattendu du brave charpentier, Arghun s'était défendu au lieu de couper la corde retenant Sametono. Le sacrifice de Moko ne fut pas vain. Sans autre arme que son éventail, Jébu se précipita sur Arghun. La hache s'abattit de nouveau. Jébu esquiva et frappa le poignet d'Arghun. Le Mongol grimaça de douleur mais ne lâcha pas son arme. Jébu pivota sur lui-même et courut vers la proue exposant son dos à l'ennemi pour l'écarter du mât. Le navire vacilla. Jébu glissa vers la rambarde. La hache se planta dans le pont juste derrière lui. Jébu jeta un coup d'œil vers le mât de misaine. Sakagura et d'autres samouraïs coupaient la corde retenant Sametono. Sakagura en noua l'autre extrémité à sa taille. Agenouillé auprès de Moko, Kagyo le retenait pour l'empêcher d'être balayé par-dessus bord. Une tache de sang s'étalait sur la tunique grise du moine.

Le navire roula sur tribord. Arghun recula vers le hangar de la proue. Sa hache de guerre d'une main et dans l'autre une longue dague qu'il avait tirée de sa ceinture, il attendit que Jébu glisse jusqu'à sa portée. Pour assurer son équilibre, il s'adossa à la culasse du *hua pao* dont les écrous faisaient craquer les planches du pont. Jébu s'accrocha à la rambarde de bâbord pour rester hors de portée d'Arghun.

Sametono se balançait au-dessus de l'eau. La corde attachée à la ceinture, Sakagura grimpa le long du mât. S'il glisse, ils se noient tous les deux, pensa Jébu. Plus Sakagura s'élevait, plus la corde tenant Sametono s'allongeait. Enfin Sakagura s'arrêta, le mât entre ses bras et ses cuisses. Il attendit. Le navire entama une gîte à bâbord. A cet instant, un des hommes qui se trouvaient au pied du mât de misaine se retourna et vit Arghun avancer vers Jébu. Visant avec précision, il lui lança sa pique. La violence du vent dévia l'arme qui se planta dans le pont devant le Mongol. Le navire était alors au milieu du roulis. Arghun saisit la hampe de la lance pour assurer son équilibre et s'éloigna du *hua pao*.

Le navire poursuivant son mouvement, Sametono arriva au-dessus du pont. La corde fut assez longue pour qu'il tombe dans les bras d'un des quatre samouraïs qui l'attendaient. Ils coupèrent la corde d'un coup de sabre. Jébu vit avec soulagement que Sakagura redescendait le long du mât. Puis Arghun arriva sur lui.

Le géant était armé de la lance et de sa hache. « Exterminez Jamuga et toute sa lignée ! » vociféra-t-il.

A chaque coup de roulis, on aurait cru que le bastingage passerait sous l'eau et que l'immense navire chavirerait comme *La lumière chatoyante*. Un bâtiment aussi énorme ne pouvait survivre dans une telle tempête sans manœuvrer. A l'ancre, sans commandant ni équipage pour lui faire esquiver vent et vagues, il était perdu. Ce n'était qu'une question de temps. A coup sûr, le *taï-phun* coulerait *Le Tigre rouge* et ceux qui se trouvaient à bord. Le reste de la flotte mongole subirait le même sort. Au milieu de l'après-midi, le ciel était aussi noir qu'en pleine nuit. La plupart des voiles lattées s'étaient déferlées et claquaient furieusement au vent. Les mâts s'incurvaient comme des arbres sous la tempête. Les deux misaines étaient déjà tombées sur le pont. Quelques samouraïs s'employaient à abattre les mâts restants. Le bois du navire craquait plus fort que le vent, le tonnerre, le déferlement des vagues et le clapotis de la pluie. A la lueur brève d'un éclair, Jébu vit des épaves charriées par des vagues noires. Des espars emportés par le vent volaient au-dessus de l'eau.

Arghun avança vers Jébu un coude passé par-dessus la rambarde de bâbord pour ne pas être précipité sur le pont car *Le Tigre rouge* donnait alors de la gîte sur tribord. La hache s'éleva au-dessus de Jébu qui, sans réfléchir, sauta, pieds nus, sur le bastingage. La lame s'enfonça dans le pont au-dessous de lui. Il abaissa le regard vers Arghun qui écumait de rage, et il éclata de rire. Arghun l'attaqua à la lance. Jébu para avec son éventail replié.

A la lueur d'un éclair, il crut revoir Yukio qui tenait, comme lui, un éventail et se trouvait aussi debout, pieds nus, sur la rambarde. Il riait. Yukio avait quinze ans comme lors de leur première rencontre.

« Je savais que tu combattais à mes côtés », lui dit Jébu. Il jeta un coup d'œil vers Arghun pour voir si ce dernier avait repéré Yukio. Apparemment, les yeux bleus du Mongol ne voyaient que lui. Arghun piqua de la lance. Jébu sauta en l'air exactement comme Yukio l'aurait fait en son adolescence. La lance passa au-dessous de lui. Il ne s'en aperçut même pas parce qu'il avait les yeux fermés. Il avait calculé son saut pour retomber sur la rambarde glissante, à laquelle les plantes de ses pieds adhéraient à peine.

« Que le ciel éternel combatte avec moi ! » rugit Arghun qui balança sa hache de guerre. Jébu sauta de nouveau. Cette fois il tituba, faillit passer par-dessus bord mais rétablit son équilibre à temps. Le flanc bâbord était au sommet de son roulis et s'affaissait sous ses pieds. Il accrocha ses orteils à la lisse, prêt à bondir de nouveau. Arghun éleva sa hache à deux mains.

Un craquement monstrueux retentit. L'énorme tube de bronze du *hua pao* arraché du pont écrasa un côté du hangar et glissa vers eux. Toujours debout sur le bastingage, Jébu s'écarta en plusieurs sauts. Comme un éléphant qui tombe, l'énorme masse de métal frappa Arghun qui passa à travers la rambarde. A peine Jébu aperçut-il bras et jambes qui s'agitaient puis Arghun disparut. La masse luisante de l'arme infernale plongea vers le fond de la baie. Jébu chuchota alors la prière pour un ennemi abattu.

23

Quelqu'un le saisit et le ramena sur le pont. Kagyo. Jébu sentit la mer s'écarter sous le navire géant quand il recommença à pencher vers tribord. Il se releva. Les survivants de son expédition s'étaient rassemblés et s'accrochaient en se retenant les uns les autres.

« Où est Moko ? s'écria Jébu.

— Nous l'avons porté dans la cabine du commandant », répondit Kagyo. Il conduisit Jébu le long du pont en courant, en s'accroupissant, en saisissant de-ci, de-là, un mât, un cordage, chaque fois que l'ouragan menaçait de les souffler par-dessus bord ou que le déferlement des vagues transformait le pont en lit de torrent. Quand ils arrivèrent à la cabine, dans le gaillard d'arrière de la jonque, une lame formidable passa par-dessus la rambarde de bâbord. Des cataractes s'écoulèrent dans les écoutilles ouvertes. Deux ou trois vagues aussi puissantes couleraient le navire...

Moko était allongé sur des coussins. Les anciens zinjas avaient fait de leur mieux avec des bandages et des aiguilles chinoises pour diminuer l'écoulement du sang. Mais la hache d'Arghun avait pénétré trop profondément. Le sang de Moko s'écoulait sur le plancher. Impossible d'arrêter l'hémorragie. Le bras et l'épaule du charpentier étaient presque séparés du tronc. Agenouillé auprès de lui, Sametono pleurait sans bruit et Sakagura sanglotait debout, penché vers son père.

« Ne meurs pas, oncle Moko, dit tout bas le jeune shogoun. J'ai besoin de toi. »

Moko répondit d'une voix si faible que Jébu dut se pencher pour l'entendre dans le tintamarre de la tempête. « En effet, votre seigneurie. Si nous ne manœuvrons pas ce navire, il va couler et nous noyer tous. Alors à quoi aura servi de venir à votre secours ?

— Peux-tu nous dire quoi faire, Moko ? demanda Jébu.

— Oui, shiké. Sakagura, rassemble autant d'hommes que tu pourras à la barre pour immobiliser le gouvernail. Que les autres ferlent ou arrachent tout ce qu'ils pourront trouver de voiles aux mâts. Le navire prête le flanc au vent. C'est miracle si nous n'avons pas encore chaviré. Hissez une seule voile à l'avant et laissez la tempête nous pousser droit sur la côte. Une vague finira par précipiter *Le Tigre rouge* à terre où il se plantera comme un drapeau. » Moko essaya de rire mais haleta de douleur.

« Nous échouer ? demanda Sakagura, tellement stupéfait qu'il oublia momentanément son chagrin.

— Évidemment. Nous ne voulons pas conserver ce navire mais seulement nous sauver. N'oublie surtout pas de hisser les ancres. Il y en a deux. Une à la proue, une à la poupe. Leurs chaînes sont amarrées aux cabestans. Faites vite. »

Jébu se dit que Moko ne vivrait pas assez longtemps pour voir *Le Tigre rouge* sur la plage. Sakagura sortit en trombe pour crier des ordres à ses hommes. Une autre lame assaillit le navire et jeta tout le monde contre la cloison bâbord de la cabine.

« Je suis heureux de vous voir encore vivant, shiké, dit Moko. Qu'est devenu le Mongol ?

— Il est mort. » Jébu raconta à Moko comment le *hua pao* avait entraîné Arghun sous les vagues.

« Quand les puissants périssent, ils ne valent pas plus que poussière au vent, dit Moko, citant un poème populaire. Nous en sommes d'ailleurs tous là. Mais il me plaît de savoir que je survis à

Arghun et surtout que vous lui survivez, shiké. Voilà une joie merveilleuse pour moi. »

Jébu tomba à genoux en pleurant. Il prit la main déjà presque froide de Moko et la pressa contre son visage afin que ses larmes s'écoulent sur les gros doigts calleux.

« Je te dois tant, Moko, que je ne trouve pas mes mots. Moko, mon vieil ami. Je voudrais mourir pour que tu survives. Toi seul peux nous sauver maintenant. Que faire pour toi ?

— Vous avez déjà tout fait, shiké. Vous m'êtes apparu sur la Tokaïdo et depuis j'ai mené une vie magnifique. Vous m'avez donné la Chine, des navires, la Guerre des dragons, un nom de famille. Grâce à vous, mes fils sont des samouraïs. Grâce à vous, je connais dame Taniko. Saluez-la pour moi, shiké. Présentez-lui mes excuses de ne pas prendre congé d'elle en personne. Enfin si vous désirez encore me rendre un dernier service, veillez sur mon fils insensé.

— Je ne peux pas même évaluer tout ce que je te dois, dit Jébu. Consacrer toute ma vie à veiller sur ta famille n'y suffirait pas. »

Moko sourit. « Si vous vous sentez tellement obligé envers moi, rappelez-vous qui je suis. Rappelez-vous ce que vous enseigna votre père avant de plonger dans le Vide. N'oubliez pas qui je suis vraiment. Si vous voulez me rendre le peu de bien que je vous ai fait, restez fidèle à l'Ame. » L'épouvantable roulis cessa. Il semblait que le navire s'était redressé et plongeait à travers les vagues comme une baleine. Jébu regarda au-delà de la porte ouverte. Il ne vit que la nuit noire et la pluie qui pénétrait par rafales. Il allait fermer la porte quand Sakagura apparut sur le seuil. Il entra. Jébu fit glisser la porte.

« Ô père, cria Sakagura, vis-tu encore ?

— Sakagura-chan, murmura Moko. Viens près de moi. » En pleurant, Sakagura s'agenouilla près de la tête de Moko. « J'ai été la honte de notre famille, père. J'ai déshonoré le nom que tu nous as gagné.

— Écoute-moi, Sakagura, dit Moko d'une voix plus ferme. Je t'interdis de commettre hara-kiri.

— Mais père...

— Telle est ma dernière volonté. Tu dois vivre. »

Émerveillé, Jébu se rappela que sa mère, Nyosan, lui avait dit presque la même chose bien des années auparavant : *Vis, Jébu.*

Cependant Moko poursuivait : « Tu vivras afin que ne s'éteigne pas notre famille. Veille à ce que ton père bénéficie de rites convenables. Donne du prestige à notre nom.

— J'ai des frères, bredouilla Sakagura.

— Ils sont trop jeunes pour participer à cette guerre. Seuls tes exploits font la gloire de notre nom de famille. Tu dois vivre pour qu'on ne les oublie pas. »

Sametono intervint : « Oncle Moko, ton fils n'a commis aucune action honteuse. Je lui ai ordonné de m'embarquer avec lui sur sa kobaya. » Le jeune shogoun tourna des yeux anxieux vers Jébu. « Je suis seul coupable. Si Sakagura commet hara-kiri, je dois en faire autant.

— Alors la question est réglée, dit Moko avec un sourire paisible. Ni l'un ni l'autre ne se tuera. Shiké Jébu, j'ai traversé l'existence en redoutant la mort et comprends enfin combien je fus sot. Je ne ressens ni douleur ni crainte. Je regrette de ne pas avoir toujours été capable de contempler le Vide en souriant, comme le fit votre père, le saint abbé. A coup sûr, j'ai accompli le plus grand exploit de ma vie. N'est-ce pas le meilleur jour possible pour mourir ? »

Il ferma les yeux et sa tête retomba en arrière. Sakagura lui tenait une main, Jébu l'autre. La respiration de Moko ralentit. Puis elle cessa complètement. Il gisait sur les coussins, les yeux clos. Son visage exprimait le bonheur. Jébu comprit qu'il ne croiserait plus jamais son regard bigle.

Comme si une lance lui traversait le corps, Jébu tomba en avant auprès de Moko. Au bout d'un moment, il sentit des mains vigoureuses le redresser. Il ouvrit les yeux et entrevit confusément Sametono qui lui passait l'épaule sous l'aisselle. Oui, pensa-t-il, je veux sortir de cette cabine. Sametono et Kagyo entraînèrent Jébu sous la pluie et le vent, dans la nuit, laissant Sakagura prosterné près de son père. Les trois hommes s'accrochèrent aux murs sculptés du gaillard d'arrière. L'air vif et les embruns aidèrent Jébu à reprendre ses esprits. Il regarda en avant, dans l'espoir de repérer la côte. Les rideaux de la pluie étaient opaques. Un éclair révéla une portion de la plage sur laquelle ne subsistait ni bâtiment ni être vivant. Ils se précipitaient vers la terre à une vitesse incroyable. Mâts et voiles hurlaient tant la force du vent atteignait une puissance inconcevable.

« C'était mon plus vieil ami, sanglota Jébu.

— Je le sais, lui dit Sametono à l'oreille.

— Il avait tant de raisons de vivre et tant à faire encore. Il s'instruisait, il travaillait, il veillait sur sa famille. »

Jébu se rappela la terrible douleur que lui avait infligée la mort de Yukio. Mais, à ce moment-là, il s'attendait à mourir aussi. Yukio savait d'ailleurs qu'il n'avait plus d'avenir sur les Iles sacrées, que même sa femme et ses enfants ne pourraient y survivre. La vie de Yukio s'était donc terminée faute d'avenir. Sa mort mettait un terme à ses souffrances. Quant à Moko, il lui restait encore de bonnes années à vivre.

Kagyo approcha sa tête de celle de Jébu et dit : « Ne pleure pas un homme qui périt dans la force de l'âge et qui a déjà accompli le gros de sa tâche. »

Bien sûr, pensa Jébu. C'est pourquoi, nous autres, zinjas, ne nous regrettons jamais les uns les autres. L'image de la fleur de cerisier lui vint à l'esprit et il se dit que les samouraïs avaient raison.

Les vagues noires secouaient le navire. Elles étaient le tombeau d'Arghun qui l'avait traqué pendant toute son existence. Il ne se rappelait pas quand Taïtaro lui avait parlé pour la première fois de l'assassin de son père. Avant de périr, ce monstre avait tué Moko. La mort du *tarkhan* ne réjouit même pas Jébu. Il ne l'avait pas tué. Arghun était mort victime d'une de ses armes. Moko apprenait et construisait. Arghun n'apportait que mort et destruction partout où il allait. La fin de Moko était une calamité. Moko a sacrifié sa vie pour moi, pensa Jébu. Pour lui prouver ma reconnaissance et payer les quelques années de supplément qu'il m'assure, je dois m'efforcer d'accomplir encore plus sincèrement mon devoir de zinja.

Soyez fidèle à l'Ame. Jébu comprit ce que serait son avenir, avec autant de certitude qu'il devina la destinée du *Tigre rouge* qui allait se disloquer sur la côte de la baie d'Hakata. Les buts que l'Ame cherchait à atteindre par son intermédiaire lui apparurent clairement. Seul son ordre lui offrait l'espoir. A la lueur d'un éclair, il lui sembla que les vagues déchaînées par le *taï-phun* devenaient cramoisies. Il crut entrevoir tout le sang déjà versé et celui qui le serait encore par les crimes, les meurtres, les vols, les oppressions et les guerres de l'humanité. Un océan de sang ! Le sang de millions d'hommes, de femmes, d'enfants. C'était intolérable. Il cria à pleine voix.

Puis un autre éclair lui fit voir un grand arbre qui se dressait devant *Le Tigre rouge,* les racines profondément enfoncées dans le sang mais des êtres vivants apparaissant dans son branchage. Un arbre qui brillait aussi intensément qu'un éclair éternel et répandait sur le froid de l'océan la chaleur du soleil. Il brillait d'une blancheur immaculée sur la mer rouge. L'Arbre de Vie. Je le vois sans l'aide du Joyau, se dit-il. Taïtaro disait vrai. La magie n'est que dans mon esprit. De même que toutes les choses vivantes faisaient partie du grand arbre, toute la conscience appartenait à une seule Ame et personne n'était perdu. Ni Moko, ni Taïtaro, pas même Arghun. Il y avait bien des branches et bien des feuilles mais l'Arbre était unique.

Une vague déferla en avalanche sur la poupe. Jébu entendit crier sur le pont. Il gravit l'échelle, suivi par Sametono et Kagyo. Des quatre hommes qui avaient maintenu la barre du gouvernail, deux étaient passés par-dessus bord, un autre gisait inconscient et le dernier se cramponnait au timon qui le traînait de bâbord à tribord en lui écorchant les jambes sur le plancher du pont. Jébu et Kagyo se jetèrent sur la barre. Sametono emporta l'homme évanoui dans la cabine. Le navire avait commencé à se coucher sur les vagues et les mâts oscillaient. La barre se défendit contre les trois hommes.

Sametono revint un instant plus tard avec Sakagura, deux autres hommes et un rouleau de cordage. A la lueur d'un éclair, Jébu distingua la côte rocheuse entre Hakata et Hakozaki, droit devant eux. *Le Tigre rouge* faisait son dernier parcours. Il s'écraserait sur les rochers ou coulerait en eau profonde, les entraînant tous avec lui. Les six hommes s'attachèrent à la barre. La coque faisait eau et s'enfonçait. Les explosions de poudre noire l'avaient crevé en maint endroit. D'autre part l'eau lestait le navire, lui permettant d'étaler les vagues et les coups de vent et de mieux tenir son erre.

Par moments, la jongue s'élevait sur la crête d'une vague, proue, poupe et gouvernail hors de l'eau, Jébu chercha à évaluer la puissance d'une vague capable de soulever ainsi un navire aussi énorme. Il n'avait jamais entendu parler de lames aussi monstrueuses ni de vents aussi puissants. Cela s'explique aisément, pensa-t-il : ceux qui les avaient subis n'avaient pas vécu assez longtemps pour en parler. L'eau passa par-dessus la poupe, les jambes leur manquèrent. Les cordes retenaient les six hommes à la barre qui menaçait de leur briser les côtes. Les mains de Jébu se crispaient sur le bois comme des serres. Chaque éclair révélait que la côte approchait. A un moment où une vague se retirait, un éclair montra à Jébu les contreforts des grands rochers noirs. Un amas de bois, peut-être les vestiges d'un bateau, s'accrochait à un étoc. Le vent emportait des touffes d'algues. Sous un autre éclair, tout disparut : une vague couvrit d'écume les rochers. Par moments, la muraille elle-même paraissait immergée; à peine distinguait-on le sommet des tours de guet. Jébu se rappela qu'il y avait auparavant une forêt de grands arbres derrière ce secteur. Il n'en restait plus. Le vent avait tout déraciné. Et qu'était devenue la ville? Où étaient les samouraïs ? Cette prodigieuse tempête avait-elle tout anéanti sur terre ?

Un bruit aussi violent qu'un coup de *hua pao* retentit et le mât d'artimon se brisa devant eux. A la grande stupéfaction de Jébu, il ne tomba pas. Le vent se glissa sous la voile ferlée, la tendit et elle s'éleva comme un cerf-volant pour piquer dans une vague. Encore un craquement assourdissant et un autre mât s'envola à son tour. Les mâts partirent l'un après l'autre comme fétus de paille. A chaque craquement, à chaque envol d'une voile lattée comme une aile de chauve-souris, le navire perdait de la vitesse dans sa course vers la côte. Il ne restait plus que trois mâts : leur seul espoir de s'échouer avant que le bateau ne coule ou ne s'écrase sur les rochers.

Sakagura vociféra : « Tout le monde à la proue! Il faudra sauter dès que la navire talonnera. » Jébu, Sametono et les autres dénouèrent la corde qui les retenait à la barre. Avec Sakagura, ils rassemblèrent les survivants dispersés sur le pont et tous se précipitèrent vers l'avant. Un autre craquement assourdissant abattit les derniers mâts qui tombèrent sur le pont. Jébu se retourna. Trois hommes gisaient écrasés. Un seul survivait, retenu par une jambe. Jébu frémit. C'était Sametono. Leurs regards se croisèrent. Le jeune homme secoua la tête et fit signe à Jébu de poursuivre sa course. Incapable de se faire comprendre dans le tintamarre de la tempête, Jébu saisit Sakagura et Kagyo par le bras et les ramena vers Sametono. D'autres hommes se joignirent à eux. Tous glissèrent leurs mains sous le mât pour le soulever.

« Sauvez-vous ! C'est un ordre, cria Sametono.

— Non ! » hurla Jébu. Sametono parut médusé, comme s'il venait de faire subitement une découverte bouleversante.

Le navire heurta le fond. Le mât qui immobilisait Sametono tressauta, roula et tomba de la jonque. Pas de sang, pas d'écorchure. Un os cassé. Mais Sametono pourrait sautiller de son mieux, soutenu par Jébu et Sakagura. Ils repartirent vers la proue. Ils eurent à peine le temps de sauter à terre avant qu'une autre vague ne soulève de nouveau le navire. Les deux derniers mâts s'étaient brisés sur l'avant. *Le Tigre rouge* s'était abattu sur la plage. La mer déchaînée l'avait fait sauter par-dessus les récifs et il s'était écrasé sur le sable. Les hommes se précipitèrent vers les mâts brisés qui leur servirent de passerelle. Comme les mâts basculants inventés par Moko, pensa Jébu. Moko !

« Ton père, cria-t-il à Sakagura. Nous ne pouvons pas laisser la mer le remporter. »

Laissant Sametono aux soins de Kagyo et d'un autre ancien zinja, Jébu et Sakagura remontèrent à bord et traversèrent le pont pour atteindre la cabine où gisait Moko. Les secousses du navire avaient précipité le petit corps dans un coin de la pièce. Jébu le prit dans ses bras et remercia mentalement ceux qui avaient pansé sa blessure. La tête du charpentier dodelina, aussi livide qu'une feuille de papier et sa bouche s'ouvrit. Il était si léger que Jébu aurait presque pu l'emporter tout seul. Pourtant il prit la tête et Sakagura les pieds, puis ils trottèrent vers la proue. Jébu regarda par-dessus son épaule. Une vague aussi haute que le mont Fuji semblait tomber du ciel. Le gaillard d'arrière disparut sous l'eau et le navire se leva sous eux. L'avalanche faillit emporter Jébu et son fardeau. Sakagura et lui se relevèrent. En approchant de la proue, ils virent avec horreur la côte reculer et les pointes de récifs repasser le long de la coque du navire qui repartait vers le large. Puis une autre vague saisit *Le Tigre rouge* et le projeta comme un javelot sur la côte. Quand il frappa la plage avec un bruit mou, Sakagura et Jébu atteignirent la proue en portant Moko. Force leur fut d'élever le corps au-dessus de la rambarde et de le laisser tomber sur le sable. Puis ils sautèrent. Grâce au sable mouillé et à leur entraînement ils ne se blessèrent pas à l'atterrissage. Une autre vague approcha. Elle saisit le navire, le tira vers la mer et faillit les emporter. En se débattant fiévreusement, chacun serrant un bras de Moko, ils rampèrent vers la sécurité de la muraille qui leur parut alors à une distance infinie. Enfin la mer les lâcha, à regret sembla-t-il, et retourna vers la baie. La proue écarlate du *Tigre rouge* disparut derrière un mur plus noir que vert.

Mais *Le Tigre rouge* revenait vers eux sur la crête d'une nouvelle vague. La proue s'éleva, gigantesque, menaçant à nouveau de les écraser. Juste derrière eux, *Le Tigre rouge* donna dans le sable avec un craquement tonitruant. La tempête traitait l'énorme jonque comme un jouet. En titubant vers la muraille, Jébu se dit que la mer le réduirait en pièces lentement comme un chat déchiquette une souris.

Ils n'osèrent pas s'arrêter pour se reposer. L'une après l'autre les vagues se lançaient à l'assaut de la plage, les saisissaient et les entraînaient. Certaines, plus hautes que les autres, allaient s'écraser au pied de la muraille. Celles-là renversaient Jébu et Sakagura. Quand ils arrivèrent au but, il étaient épuisés. Des hommes vêtus seulement d'un pagne abaissèrent une rampe de bois et les aidèrent à monter. Ils donnèrent leur nom aux samouraïs qui pointaient leurs sabres sur eux, ignorant tout de ce qu'étaient devenus les Mongols et leur flotte. Ensuite on leur permit de se réfugier à l'abri de l'autre côté du mur. Ils déposèrent affectueusement le corps de Moko puis s'évanouirent de fatigue.

Une voix retentit auprès d'eux. « Je craignais de ne plus te revoir, shiké Jébu. » C'était Sametono, la jambe liée sur un espar par une bande de soie qui en faisait plusieurs fois le tour. Il avait rampé jusqu'à Jébu, sur les mains et un genou, traînant son membre brisé derrière lui.

Jébu ferma les yeux et laissa sa nuque retomber contre la muraille à laquelle il s'était adossé. « Je suis heureux de revoir votre seigneurie. Excusez-moi, je vous prie, d'avoir permis que votre jambe fût brisée.

— Ne dis pas de sottise, Jébu. » Le zinja rouvrit les yeux et vit ceux de Sametono briller. Il ressemblait beaucoup à Taniko. « As-tu jamais entendu parler du « non » de Joshu ?

— Non... cela signifie que je n'en ai jamais entendu parler.

— C'est une *kung-an* que m'a posée Eisen. » Sametono expliqua l'histoire de ce *non.* « J'y travaille depuis lors. Je n'ai cessé d'y penser, suspendu à la vergue du mât d'Arghun. Je me répétais sans cesse non, non non. Sans ça, je serais devenu fou. Aujourd'hui j'ai appris que non peut affirmer autant que nier. Merci d'avoir amélioré mon entendement.

— Je suis le serviteur de votre seigneurie », dit Jébu péniblement. Il avait plus envie de dormir que de philosopher.

« Si je n'avais pas bénéficié de ce petit satori, il me serait affreusement difficile de supporter mes obligations envers toi, maître Jébu. J'ai été sot. Bien des hommes vaillants ont péri par ma faute. La mort de l'oncle Moko pèse sur ma conscience. » La voix de Sametono se brisa. « Je suis coupable de ce qui est arrivé. »

Jébu se résigna à rouvrir les yeux. L'opération de sauvetage n'était pas terminée car il fallait encore sauver l'esprit du jeune shogoun.

« Quand vous avez pris la mer avec Sakagura, la nuit dernière, vous estimiez avoir raison. Éprouver du remords parce que votre acte n'a pas eu les résultats espérés serait perdre votre temps. Vous pouvez tout juste vous dire qu'à l'avenir vous agirez autrement. Il n'y a ni bien ni mal.

— Ni bien ni mal ? demanda Sametono visiblement surexcité. Alors il n'y a ni Oui ni Non. Oui et Non sont tous deux Oui. Je vois, je vois ! » Il éclata de rire et s'éloigna en rampant. Jébu le regarda grimper jusqu'au chemin de ronde où il se redressa, sa jambe cassée repliée au-dessous de lui. Sametono agita les bras en criant quelque chose vers l'œil du typhon.

C'était un seul mot ou un son que Jébu comprit mal mais, connaissant bien Sametono, il devina que c'était : « Kouatz ! Kouatz ! Kouatz ! »

24

Jébu sentait que la matinée était avancée, bien qu'il fît aussi noir qu'à minuit dans la chambre de Taniko. Elle était éveillée et sanglotait sans bruit auprès de lui. Le vieux manoir de Dazaïfu grinçait sous les assauts du vent. Le tambour de la pluie sur le toit retentissait depuis si longtemps que Jébu ne l'entendait plus. De-ci, de-là une goutte d'eau tombait d'une des nombreuses fuites du toit. Elle claquait dans une petite mare : son étrangement perceptible dans les rugissements du *taïphun.*

« Pleures-tu Moko ? demanda Jébu.

— Hélas, hélas ! pourquoi a-t-il fallu qu'il meure ? Il n'avait pas même besoin d'aller avec toi. Ce n'était pas un guerrier.

— Il a menacé de se suicider si nous le laissions à terre et je crois qu'il l'aurait fait. Bien qu'il ne fût pas guerrier, il a attaqué Arghun les mains nues. Sans lui, Sametono et moi serions probablement morts.

— J'ai perdu tant d'êtres chers, dit Taniko. Pourquoi les hommes ne cessent-ils pas de tuer ? » En l'entendant, Jébu revit en pensée l'océan de sang.

« Mon ordre existe en partie pour répondre à cette question, dit-il. Si je pouvais contribuer si peu que ce soit à l'y aider, j'estimerais avoir bien employé mon existence. »

La fureur du typhon avait rasé la plupart des bâtiments d'Hakozaki. L'entourage de Taniko avait insisté pour qu'elle retourne à l'intérieur des terres, au palais du gouverneur, à Dazaïfu. Dès que Jébu eut repris des forces, il y amena Sametono en voiture. Ils arrivèrent au milieu de la nuit, le jeune shogoun si profondément endormi qu'on ne put le réveiller. Taniko confia son fils adoptif aux prêtres et prit Jébu dans sa chambre à coucher où il s'endormit immédiatement, épuisé. Taniko resta éveillée toute la nuit en pleurant la mort de Moko.

Enfin elle l'entoura de ses bras et pressa son visage humide contre celui de Jébu. « Tu as ramené Sametono du cœur même de l'enfer. Tu m'as rendu la vie. Je ne croyais pas pouvoir t'aimer plus mais je constate que mon amour s'approfondit, comme une révélation.

— Et chaque jour, chaque nuit je t'aime encore plus », répondit Jébu en l'étreignant.

Une servante frappa à la porte de la chambre. « Ma dame, un messager vient d'arriver d'Hakata pour le shiké Jébu.

— Ils ne feignent même plus d'ignorer ta présence ici, dit Taniko. Je crains que notre amour ne soit un secret pour personne. »

Le général Miura Zumiyoshi avait envoyé cette estafette. Bien que la tempête fît encore rage sur la baie d'Hakata, les samouraïs avaient décidé de lancer un assaut contre la tête de pont ennemie. La veille, ils avaient vu d'innombrables Mongols et Chinois rallier à la nage ou en canots leurs jonques par crainte d'être abandonnés si leur flotte gagnait le large pour étaler le *taï-phun.* Des embarcations surchargées avaient chaviré. Sur d'autres, on s'était battu : les hommes à bord repoussaient ceux qui cherchaient à monter. Ceux restés à terre tiraient des flèches et même des projectiles d'engins de siège contre leurs camarades fuyards. Le compte rendu du messager rappela à Jébu la déroute des Takashi à Ichinotani. Tenue désormais par des effectifs réduits, la tête de pont était vulnérable. Personne ne savait ce qu'il était advenu de la flotte mongole. Peut-être avait-elle pris le large et reviendrait-elle quand la tempête serait apaisée. Il fallait donc saisir l'occasion pour anéantir le contingent débarqué. Peut-être même pourrait-on persuader les Mongols de se rendre. Le général Miura avait besoin de Jébu car il était un des rares guerriers parlant mongol.

Son armure avait probablement disparu dans la destruction du camp à proximité d'Hakozaki. Taniko l'aida à trouver un vieux corselet et des épaulières dans l'armurerie du gouverneur de Daïzafu ainsi qu'une naguinata en bon état. Jébu mit un chapeau et un imperméable en paille. Il prit congé de Taniko et partit en direction de l'ouest avec le messager.

Au début de l'après-midi, à l'heure du cheval, les samouraïs appliquèrent leurs échelles à la muraille luisante de pluie entourant Hakata et montèrent à l'assaut. Les Mongols leur opposèrent tardivement une faible défense : ils jetèrent des pierres et des lances aux assaillants. Jébu entrevit des mêlées sur le chemin de ronde. Peu après, une porte s'ouvrit, plusieurs milliers des samouraïs rassemblés par Zumiyoshi foncèrent dans la boue pour reprendre la ville en ruine.

A l'intérieur de l'enceinte, tout n'était que cendres. Le feu avait rasé les bâtiments. Des vestiges de murs, quelques statues de pierre noircies s'élevaient sur une étendue de ruines brûlées. Le premier groupe de Mongols que les samouraïs rencontrèrent mit bas les armes et s'agenouilla sous la pluie à leur approche. Sabres au poing les soldats du pays attendirent l'ordre de cueillir les têtes. Jébu interrogea un homme entre deux âges dont la robe trempée de pluie avait dû être auparavant un splendide uniforme d'officier. Ceux qui capitulaient étaient des Chinois, dit-il à notre zinja. On les avait obligés à envahir les Iles sacrées sous menace de mort pour eux et leur famille mais ils n'avaient aucun différend avec les nobles guerriers du Pays du Soleil levant et ils demandaient grâce. Jébu plaida leur cause.

« Nous exterminons toujours nos prisonniers, dit Zumiyoshi.

— Mais ceux-là ont pris les armes contre leur gré, répondit Jébu. Le vrai samouraï a pitié des infortunés et ces gens-là ne sont ici qu'en raison d'un sort malheureux. Ce sont des gens habiles, durs à la tâche et civilisés. Les massacrer serait un gâchis sanglant.

— Bref, dit Zumiyoshi, ils feraient de bons esclaves. Le Bakufu n'aura guère de terres à distribuer en récompense aux guerriers vainqueurs. A la place il pourra leur offrir de la main-d'œuvre gratuite. Bon ! rassemblez-les et emmenez-les à Hakozaki. »

Jébu fut déçu. Il avait espéré mieux pour les vaincus mais, de toute façon, mieux valait survivre que la mort.

Les cendres boueuses étaient jonchées de cadavres méconnaissables. Il n'y avait guère de civils parmi eux parce qu'on avait évacué la population des villes portuaires avant l'arrivée de la flotte. On trouva bien des corps de samouraïs sans armure, les mains liées derrière le dos et percés de flèches que les Mongols avaient d'ailleurs récupérées. Que leurs camarades sans défense aient été massacrés ainsi indigna les samouraïs bien qu'ils en eussent fait autant aux Mongols s'ils les avaient capturés.

Plusieurs centaines de Coréens se rendirent. Ils dénonçaient leurs conquérants mongols avec plus de véhémence que les Chinois. Ils indiquèrent aussi que les envahisseurs se proposaient de tenir le quartier ouest de la ville détruite, c'est-à-dire le plus proche de la côte pour le cas où leur flotte reviendrait.

« Ces Coréens nous auraient volontiers conquis, dit amèrement Zumiyoshi. Ils ont fourni navires et marins de deux flottes d'invasion. Ils nous ont toujours haïs. » Pourtant cette fois encore, les arguments de Jébu sauvèrent les prisonniers qui se révéleraient plus utiles vivants que morts.

Quand les samouraïs parvinrent au contact des Mongols, ils les trouvèrent accroupis sous la pluie, lances et sabres au poing, profitant du moindre couvert qu'offraient les vestiges d'un temple en ruine. Impossible de savoir si ce millier d'hommes était resté sur place délibérément ou bien si la flotte les avait abandonnés dans sa fuite.

« Il nous faudra perdre bien des guerriers pour en venir à bout, dit Jébu.

— Nos samouraïs tiennent à faire couler le sang aujourd'hui, grogna Zumiyoshi. Ils sont furieux, ils sont venus malgré la tempête pour combattre et ils tiennent à massacrer des Mongols.

— Moi aussi je suis venu malgré la tempête parce que je sais parler mongol et que je pourrais les persuader de capituler, dit Jébu. Général, un des plus vieux principes militaires déconseille de forcer un ennemi acculé. C'est trop coûteux.

— Alors, à votre gré », dit Zumiyoshi qui s'en alla, dégoûté.

Jébu choisit un point à mi-chemin entre les samouraïs et les Mongols. Il planta sa naguinata dans le sol et débita les arguments qui pourraient émouvoir les envahisseurs.

« Nous savons rendre honneur aux ennemis courageux, dit-il. Continuer le combat serait sacrifier inutilement vos vies. La tempête a détruit votre flotte. Vous êtes les derniers soldats de votre armée laissés à la côte. Nous sommes prêts à vous accorder une capitulation honorable. Elle n'implique aucune honte. Il est sot de répandre le sang inutilement. »

Une voix répondit : « Vous nous réduirez en esclavage. Nous préférons mourir. » Un javelot lancé vigoureusement et avec précision siffla. Jébu l'écarta avec sa naguinata. Il en vint d'autres. Jébu entendit les samouraïs pousser leur cri de guerre derrière lui. Ils le dépassèrent en pataugeant dans les cendres bourbeuses et foncèrent par rangs successifs en brandissant leurs armes.

Dans le combat corps à corps, les samouraïs l'emportaient nettement. Sans chevaux, leurs arcs et leurs flèches rendus inutiles par le vent et la pluie, les Mongols n'avaient rien à espérer. Ils étaient inférieurs en nombre. Les armes des samouraïs s'élevèrent et s'abattirent comme les faux des paysans sur un champ mûr pour la moisson.

Jébu n'avait pas le cœur à combattre ce jour-là, écœuré à l'idée du massacre, il resta sur place et observa.

La silhouette d'un grand Mongol à barbe grise qui ne lui était pas inconnue se dressait sur un tas de déblais au centre du dernier carré mongol. C'était Torluk qui criait ordres et encouragements. Jébu se rappela avoir appris qu'Arghun lui avait confié le commandement des troupes chinoises et de la Flotte du sud du Yang-Tsé. Au cours du débarquement, il avait dû prendre la direction des combats sur la tête de pont et il entendait la défendre jusqu'au bout. Retournant sa naguinata pour se servir de la hampe comme d'un fléau, Jébu plongea dans la mêlée, repoussa des hommes de droite et de gauche pour arriver au premier rang des samouraïs.

« Torluk ! cria-t-il. Torluk viens vers moi. »

Quand le regard du *tarkhan* croisa le sien, il exprima la stupéfaction. En rugissant, le vieux Mongol sauta à bas du monticule et fonça sur Jébu, sabre au clair. Le zinja jeta sa naguinata à un samouraï qui n'en crut pas ses yeux et attendit l'assaut les mains nues.

Soupçonnant une ruse, Torluk ralentit et se mit à tourner lentement autour de Jébu. Il était plus atteint qu'Arghun par l'âge, constata le zinja : mouvements plus lents, moins décidés qu'auparavant. Un voile de crainte superstitieuse passa sur son visage.

« Ainsi tu es encore vivant, dit Torluk. Je l'avais entendu dire mais je n'y croyais pas.

— Oui, je vis encore et ton maître Arghun est mort », dit Jébu. Crainte ou chagrin paralysèrent momentanément Torluk mais cela ne dura guère et son regard redevint celui du professionnel résolu et sûr de lui.

« Et maintenant tu espères me tuer pour achever ta vengeance ? » demanda-t-il.

Jébu éclata de rire. « Tu souhaites mourir en combattant, bien sûr, dit-il. Mais je te réserve un sort plus cruel. »

A ces mots, Torluk fonça, éleva son sabre et le rabattit sur le cou de Jébu qui pivota sur lui-même afin de passer à sa droite de telle sorte que le Mongol le frôla. Jébu saisit le bras tenant le sabre et le tordit de plus en plus cruellement pour obliger le Mongol à lâcher son arme. Torluk pivota sous l'étreinte de Jébu derrière lequel il passa. Par-dessus son épaule, il aperçut une dague dans sa main gauche, juste avant que la lame ne frappe son corselet sans pénétrer jusqu'à la chair. Jébu passa son épaule sous l'aisselle de Torluk et le lança en l'air. Le Mongol tomba sur le dos et resta assommé. Jébu en profita pour lui arracher ses armes et lui lier rapidement les poignets avec sa ceinture de cuir.

Samouraïs et Mongols combattaient autour d'eux. Jébu constata avec chagrin que tout se passait comme il l'avait indiqué à Zumiyoshi : le massacre des derniers Mongols coûtait cher. Certes les samouraïs l'emportaient par le nombre et par l'habileté au combat d'homme à homme mais chaque Mongol qui mourait tuait au moins un ennemi. Les envahisseurs se battaient avec l'énergie du désespoir. La mêlée rétrécit, entourée par un cercle de cadavres. Samouraïs et Mongols gisaient côte à côte dans la mort comme ils ne l'auraient jamais fait dans la vie. Des océans de sang, pensa Jébu. Des océans de sang.

Quand Jébu lui amena Torluk captif, Zumiyoshi déclara : « Je comprends maintenant pourquoi ces barbares issus du désert ont conquis la moitié du monde. Ils ont la guerre dans le sang. On ne peut dire cela d'un homme avant de l'avoir vu le dos au mur. Qui m'amenez-vous là ?

— Le commandant de la tête de pont, le *tarkhan* Torluk, dit Jébu. Maintenant que nous avons leur chef, peut-être les autres capituleront-ils. »

Torluk comprenait le langage des Iles sacrées et le parlait, bien qu'avec un fort accent. « Par malheur, je suis prisonnier mais j'aurais préféré périr. Mes hommes ne se rendront jamais et notre désert produira encore des guerriers par dizaines de milliers. N'imaginez pas que vos samouraïs remportent une victoire définitive aujourd'hui. Quand Koubilay khan apprendra notre défaite, sa rage sera aussi terrible que le *taï-phun.* Une autre armée arrivera. Nous continuerons à attaquer jusqu'à la victoire.

— Nous non plus, nous ne capitulons jamais, mon ami, dit Miura Zumiyoshi en dégainant son long sabre.

— Attendez, mon général », dit vivement Jébu.

Zumiyoshi tourna vers lui un visage exprimant la stupéfaction outragée. « Vous n'espérez tout de même pas que je laisserai vivre celui-là. Il fut un des responsables de cette guerre. D'ailleurs il ne désire même pas survivre. » Le général en bafouillait.

« Je le sais, dit Jébu. Mais je vous conseille instamment de le renvoyer à son Grand Khan avec quelques autres Mongols captifs. Je veux que Koubilay sache exactement ce qu'il est advenu de sa flotte et de son armée. Il saura ainsi que nous ne capitulerons jamais et que nous balaierons toutes les autres invasions. Que croyez-vous qu'éprouvera le *tarkhan* Torluk en se présentant, seul général survivant, devant son Grand Khan ? Sa honte suffira comme châtiment pour sa complicité dans le déclenchement de cette guerre. Évidemment il veut périr. La mort lui serait moins pénible que d'apporter personnellement à son maître la nouvelle de sa défaite.

— Ça ne me plaît pas, dit Miura Zumiyoshi. Pourtant vous dites vrai. » Il se tourna vers Torluk. « J'ordonne votre retour auprès de votre Grand Khan. Vous lui direz combien sa défaite fut complète. Assurez-lui aussi que les samouraïs ne capituleront jamais.

— Inutile de lui donner des ordres, dit Jébu. Il rendra compte au Grand Khan parce que c'est son devoir de Mongol. »

La bataille continuait. Sous la pluie torrentielle, une nuée de samouraïs cernait un petit cercle de Mongols résolus. Jébu interrogea du regard le général qui acquiesça d'un signe de tête. Il trotta vers le premier rang des combattants en criant aux samouraïs de cesser le combat. Le sol sous ses pieds était tellement imprégné de sang que même la pluie diluvienne ne parvenait pas à le laver. Enfin il fut face à face avec les quelques Mongols furieux, effarés mais prêts à mourir.

« Ça suffit ! vociféra-t-il en mongol, plus fort que le vent et la pluie. Cette bataille a assez duré. Votre *tarkhan* est prisonnier. Il retourne chez vous et vous partirez avec lui. » Un Mongol laissa tomber sa lance puis un autre jeta son sabre dessus. Toutes les armes s'entassèrent dans une succession de claquements métalliques. Les samouraïs livrèrent passage aux vaincus que Jébu emmena.

25

Les Mongols n'y avaient pas pris pied, pourtant Hakozaki était presque aussi complètement rasée qu'Hakata. Ce n'était pas le feu mais l'eau qui l'avait détruite. Au plus fort du *taï-phun,* des vagues déferlantes avaient réduit les bâtiments en ruine et emporté la plupart des maisons. Il ne restait que des amoncellements de poutres brisées, de pierres, de débris de navires. En marchant péniblement sur la plage dans les ruines, Jébu voyait des cadavres de noyés, hommes et chevaux, jetés sur le sable par les vagues. La tempête avait aussi ravagé le fond de la baie : poissons, crabes, tas d'algues jonchaient le sable. Les mouches commençaient à grouiller.

Quelques taches bleues, entre les nuages, annonçaient le retour du soleil. La tempête avait fait rage deux jours et deux nuits et, ce matin-là, la pluie avait cessé, le vent faiblissait. Encore abasourdis, les habitants de la côte commençaient à faire l'inventaire des désastres. De nouveau la chaleur devenait étouffante. Au-delà d'Hakozaki, la foule s'accumulait autour d'une montagne de bois : vestiges du *Tigre rouge* disloqué. Ce navire était tellement énorme et le typhon l'avait projeté si haut sur la plage qu'il avait résisté aux lames suivantes et à la fureur du vent. Sakagura et ses hommes le dépeçaient, débitant poutres et planches pour construire un bûcher cubique.

Jébu venait de prendre place au premier rang de l'assistance quand la voiture de Taniko arriva. Elle en descendit en s'appuyant au bras de Sametono. Les larmes avaient rougi ses paupières. Jébu s'approcha d'elle discrètement. Une procession de prêtres arriva, suivie par des samouraïs qui portaient une kobaya de quinze hommes. Moko était assis au milieu en kimono blanc. Tambours, cloches et gongs brisèrent le silence et les prêtres chantèrent des soutras de deuil. Chant et musique durèrent longtemps. Jébu se surprit à se demander ce que Moko aurait dit d'une cérémonie aussi fastidieuse. Enfin le rituel toucha à sa fin. Sakagura s'adressa à Jébu.

« Votre ordre a-t-il un chant ou une prière pour l'âme de mon père ?

— Je parlerai », dit Jébu. Il s'approcha du bûcher, face à la foule assemblée en l'honneur de Moko. Une brise légère fit flotter sa robe blanche.

« Voilà plus de trois cycles, en l'année du dragon, j'ai fait connaissance avec cet homme sur la Tokaïdo. Depuis ce jour-là, il fut mon ami. Lors de notre rencontre, il était simple charpentier d'un petit village. Le métier qu'il exerçait avec habileté fut la voie qui lui permit de pénétrer les mystères de la vie. Il découvrit des endroits lointains de notre terre et rapporta des découvertes pour le plus grand bien de son peuple. Il conçut et construisit les navires qui nous permirent de nous défendre contre les Mongols. Son sens du devoir l'incita à se porter volontaire pour un raid au milieu même de la flotte mongole et il y périt. Il est mort en sauvant ma vie. » Jébu se tut par crainte de sangloter s'il disait un mot de plus.

Le soleil s'était enfin levé et l'éblouit. Il regarda Taniko. Des larmes coulaient de nouveau sur son visage, aussi abondantes que la pluie de la veille. Enfin Jébu se sentit à même de poursuivre.

« Pourtant en disant tout cela d'Hayama Moko, je n'en ai pas dit assez. Quel fut le sens de sa vie ? Lorsque Moko mourut de sa blessure, un sage, frère de mon ordre, me dit qu'il faut moins regretter ceux qui périssent en pleine vigueur. Pourtant même s'il avait vécu un millier d'années, la vie de Moko aurait été trop courte. Il mourut sans armes à la main, se sacrifiant pour sauver les autres, sans frapper un seul coup. Il n'avait prononcé aucun vœu monacal, pourtant il ne fit jamais le moindre mal à un autre être. Il consacrait sa vie à la création. Pourquoi périt-il des mains d'un autre homme ? Nous ne devons jamais nous lasser de poser cette question. Par sa mort il nous oblige à en chercher la réponse. Pourquoi les hommes s'entretuent-ils ? Cette interrogation elle-même résume le sens de la vie et de la mort de Moko. »

Un long silence. Puis Sakagura approcha du bûcher, une torche enflammée à la main.

Après la cérémonie funéraire, Sakagura et Jébu embarquèrent sur une des dernières kobayas qui avaient résisté à la tempête afin d'aller voir s'il restait quelque chose de la flotte ennemie. C'était une galère de quinze hommes, comme celle qui avait brûlé avec Moko. Il faisait chaud, le soleil rayonnait au zénith. La mer étincelait, apaisée. Jébu et Sakagura n'eurent pas grand-chose à se dire en se rendant à l'entrée de la baie. Chacun était noyé dans son chagrin.

Leur bâtiment flottait si bas sur l'eau qu'ils faillirent donner contre une épave. Lorsqu'ils arrivèrent en face de l'île Shiga, ils naviguèrent parmi des planches, des débris de coques renversées, des mâts, des espars. Il fallut qu'un homme à la proue s'arme d'une gaffe pour les écarter. Ils ne purent aller au-delà. Une barrière de bois flottant, imprégné d'eau, se balançait au gré des vagues jusqu'à perte de vue. Il s'y trouvait aussi bien des cadavres d'hommes en tenue de guerriers ou de marins isolés ou accrochés à une épave. Voilà ce qu'il restait de la flotte du Grand Khan. Les nageoires dorsales des requins tranchaient l'eau tout autour des débris.

« Un véritable mur depuis ici jusqu'à la pointe de Shiga », dit Sakagura, debout à la proue de la kobaya.

Ils ramèrent lentement, cap au sud, le long de cette barrière, en quête d'une ouverture sur l'océan. Mais partout ils se heurtèrent au même obstacle trop solide pour que leur petit bateau pût s'y frayer une voie sans dommage.

« Personne n'a jamais rien vu de tel, dit Jébu et peut-être cela n'arrivera-t-il plus jamais. » Il pensa : ça, c'est pour toi, Yukio ; si tu existes encore sous une forme quelconque, si tu t'es vraiment dressé auprès de moi sur la rambarde du navire d'Arghun, alors regarde. Ton peuple, inspiré par ton esprit, a triomphé des Mongols qui avaient causé ta mort.

« Ils ont dû se heurter les uns aux autres à l'entrée de la rade en cherchant à fuir, dit Sakagura. Trop proches les uns des autres, ces bateaux se sont heurtés et brisés.

— Peut-être ont-ils perdu la moitié de leur flotte ici, dit Jébu et bien d'autres ont probablement coulé au large. Il nous faudra évidemment envoyer des bateaux de reconnaissance mais je crois qu'ils ne reviendront pas avant longtemps. Cette expédition au moins est terminée. »

Des dizaines de milliers de noyés, des armées entières ! Il était difficile de concevoir quelque chose de plus terrifiant et pitoyable. Tout s'était passé comme l'avait prophétisé Taïtaro à Yukio et à Jébu des années auparavant, en Chine. « Les bijoux créés par Izanami et Izanagi seront protégés par l'ouragan du Kami. » Jébu s'assit les jambes croisées à la proue de la kobaya, sa tête abaissée vers sa poitrine. Il poussa un profond soupir.

« Bouddha plein de compassion », dit Sakagura en considérant les restes de la flotte mongole. Il ordonna à ses rameurs de retourner à Hakosaki puis se laissa tomber auprès de Jébu.

« Shiké, je vous remercie d'avoir si bien parlé ce matin aux funérailles de mon père. Mais vos paroles me parurent étranges, venant d'un moine guerrier. Que vouliez-vous dire en demandant pourquoi les hommes s'entretuent ?

— L'ordre des zinjas fut fondé dans le but de protéger le peuple des guerres et des massacres. Mes propos sont donc conformes à son esprit. Après mainte génération nous sommes forcés de nous avouer notre échec. Voilà pourquoi l'ordre s'est dissous.

— Une fraternité d'hommes aussi convaincus que les zinjas ne saurait disparaître, shiké, dit Sakagura avec un sourire entendu. Vous ne me dites pas tout. Mon père m'a laissé entendre que votre ordre a seulement résolu de se rendre invisible.

— Et pourquoi cela t'intéresserait-il ? » demanda Jébu. La ressemblance de Sakagura avec Moko l'impressionna.

« Shiké, je suis arrivé à un carrefour de ma vie », dit le jeune homme. Des larmes apparurent aux paupières de ses grands yeux marron. « Je me suis pris pour un héros. Les louanges des autres samouraïs m'ont inspiré trop d'orgueil. Puis j'ai commis une terrible erreur qui coûta bien des vies, y compris celle de mon père. Tout cela par soif de gloire. Toute ma vie j'ai rêvé de terres, de puissance, de hauts grades, de privilèges. J'y aspirais autant par amour pour mon père que pour moi-même, shiké. Je le respectais et je l'aimais. Je sais quel homme sage et bon il fut. Et vaillant. Oui, il était courageux tout en répétant qu'il ne l'était pas. » Sakagura marqua un temps d'arrêt, faute de pouvoir en dire plus immédiatement.

« Il était brave, en effet, mais jamais intrépide, dit Jébu.

— A Kamakura, certains se moquaient de lui. Je voulais que ma famille s'élève suffisamment pour que l'on ne raille plus mon père mais j'ai provoqué sa mort. Un autre commandant de kobaya va demander à un artiste de peindre un tableau représentant ses exploits héroïques. Cette œuvre sera présentée au Bakufu avec une demande de récompenses. Voilà quelques jours, j'aurais pensé en faire autant. Maintenant cela me paraît ridicule. Ce matin, vous avez dit que la mort de mon père nous incite à chercher pourquoi les hommes s'entretuent. En vous entendant, je me suis dit que si un moine guerrier peut poser cette question, un samouraï aussi a le droit de le faire. Shiké, je voudrais vous suivre dans cette quête de vérité, partout où elle vous conduira. »

Le bon maître commence par décourager ceux qui désirent apprendre, pensa Jébu. « Je ne recrute pas de disciples, dit-il sèchement. Je n'ai aucune idée moi-même de ce que je vais faire désormais. En tout cas, l'impression que la vie de samouraï ne te convient pas n'est que le fait d'une dépression passagère. Ton chagrin après la mort de ton père s'atténuera avec le temps et la vie de samouraï te semblera bonne de nouveau.

— Vous ne comprenez pas, shiké... », commença Sakagura.

Jébu tourna vers lui un visage d'orage. « Laisse-moi tranquille, dit-il. Je médite. » Il joignit ses mains sur ses cuisses et ferma à demi les yeux.

Sakagura soupira et n'en dit pas plus. Aux battements rythmés des avirons, la kobaya glissa sur les vagues dansantes de la baie. Le temps passa. Jébu pensa qu'il avait dit à peu près vrai à Sakagura. Il n'était en effet pas sûr de son avenir et en souffrait beaucoup.

Sakagura resta muet jusqu'à ce qu'on amarre la kobaya à un quai de fortune. Puis, quand ils eurent débarqué, il fit de nouveau face à Jébu.

« Excusez-moi, shiké. Vous ne comprenez pas que je suis semblable à mon père. Il m'a raconté comment il vous promit naguère de vous suivre n'importe où, même en Chine, et comment il tint cette promesse. Étant donné que mon père m'a ordonné de vivre, je veux prendre la place qu'il laisse vacante. Moi aussi, je vous suivrai. N'importe où. » Sans donner à Jébu le temps de répondre, le fils de Moko pivota sur ses talons et entra dans la ville. Jébu le regarda s'éloigner en espérant que sa barbe dissimulait son sourire.

26

Dans la vieille ville de Nara, Taniko et Eisen se promenaient au crépuscule, entre une mare paisible où évoluaient des carpes et l'enceinte extérieure du temple Todaïji. Tout autour d'eux rappelait l'écoulement du temps et la tragédie. Le Todaïji avait été construit sur l'ordre des empereurs cinq cents ans plus tôt, quand Nara était la capitale du pays. Des milliers de ses habitants avaient péri par le feu et le sabre durant la Guerre des dragons lorsque les Takashi en leur fureur s'abattirent sur le temple. On construisait de nouveaux bâtiments sur le domaine. Sous la direction d'Eisen dont l'autorité avait grandi parmi les prêtres bouddhistes en raison de ses liens avec le gouvernement de Kamakura, moines et laïcs de Nara rebâtissaient le temple. En voyage officiel avec Sametono, de la baie d'Hakata jusqu'à Kamakura, Taniko s'était arrêtée quelque temps au Rokuhara à Heian Kyo. Dès qu'elle en eut l'occasion, elle consacra deux jours à une visite à Nara pour voir Einsen et se rendre compte des progrès de la reconstruction. Les cérémonies terminées, ils s'en allèrent au jardin pour s'entretenir confidentiellement.

« Je suis désolé de vous dire, dame, que votre père est passé dans le Vide. Je viens de recevoir un message du grand prêtre du temple Rikyu-in. » Il s'agissait d'un petit sanctuaire habité par les disciples d'Eisen près d'Edo, un lointain village de pêcheurs au nord de Kamakura. C'est là que Shima Bokuden avait terminé son existence dans l'oisiveté, la tête rasée, en rêvant au temps de sa puissance, sous le regard attentif des moines zen qui avaient appartenu auparavant à l'ordre des zinjas.

« De quoi est-il mort ? » Cette nouvelle étonnait Taniko mais ne la peinait guère. La froideur de sa réaction lui fit honte un instant. Pis encore, elle réalisa qu'elle éprouvait même du soulagement. Son père ne l'inquiéterait plus.

« Congestion pulmonaire, dit Eisen. Il a bénéficié des meilleurs soins possibles. Il mourut peu après qu'on apprit à son temple la destruction de la flotte mongole. Il paraissait en être satisfait.

— Il aurait pu prononcer quelques bonnes paroles pour sa famille, souffla Taniko tristement. Peu importe. Dites des prières pour son âme. » Le visage que j'avais avant de naître était-il celui de mon père ? se demanda-t-elle. Mais cela ne lui suggéra aucune révélation.

« Dès mon retour à Kamakura, poursuivit-elle, je ferai augmenter la subvention du Todaïji. Toutes nos richesses ont été absorbées par la guerre. Je veux que vous acheviez la fonte de la statue géante du Bouddha pour remplacer celle qui fut détruite ici par les Takashi. Plus tard, je veux qu'on érige un bouddha aussi grand à Kamakura, en souvenir de feu mon époux le shogoun. Je le lui ai promis alors qu'il se mourait. Sans lui, nous n'aurions pas eu les armées qui nous permirent de tenir tête aux Mongols. »

Eisen leva un doigt sévère. « Voilà de louables projets, dame. Mais veuillez vous rappeler que de son vivant le Bouddha ne demandait aux gens que leur superflu. Bien des familles sont démunies, sans foyer, on compte aussi de nombreux orphelins. Je vous prie d'utiliser la richesse du Bakufu pour soulager les souffrances avant de fondre des statues. D'après une vieille légende, un moine qui s'était réfugié dans un temple une nuit d'hiver brûla une statue du Bouddha pour se réchauffer. Telle est la véritable attitude du zen. »

Taniko rit sans joie. « Apparemment vous êtes le seul prêtre qui pense ainsi. Il n'y a pas un seul temple, petit ou grand, dans notre pays dont les prêtres ne prétendent s'attribuer le mérite de la défaite mongole. Ce furent leurs prières, disent-ils, qui déchaînèrent le *taï-phun.* Ils l'appellent tous le Kamikaze : l'Ouragan des dieux. Noshin est le plus acharné de tous. Il assure que le jour de la tempête, toutes les bannières de son temple pointaient droit vers la baie d'Hakata. Il exige... il ne demande pas, il exige que le Bakufu accorde à son temple plus de terres à riz que n'en possèdent actuellement les sanctuaires les plus anciens.

— Kamikaze, murmura Eisen rêveusement. Ce *taï-phun* n'a pas suffi pour sauver nos Iles sacrées. Ce sont nos samouraïs qui empêchèrent pendant deux mois l'énorme armée mongole de débarquer. Si l'ennemi avait pris pied et s'était retranché, la tempête ne l'aurait pas vaincu. Le véritable ouragan des dieux, c'est l'esprit de notre peuple.

— Oui, mais il a perdu l'esprit de sacrifice, dit tristement Taniko. Voilà à peine un mois que nous avons chassé les Mongols et le merveilleux enthousiasme du pays est déjà tombé. Chacun réclame des récompenses, harcèle le Bakufu pour recevoir terres, titres, fonctions. Or le gouvernement n'a rien à donner. A vrai dire, il est obligé de demander de nouveaux sacrifices aux samouraïs. Koubilay kahn attaquera de nouveau. Nous ne serons pas en sécurité tant qu'il vivra. Il nous faut maintenir nos fortifications en état, construire de nouvelles murailles et plus de navires, maintenant une armée en permanence le long des côtes menacées. Cela absorbera toutes nos ressources pendant bien des années encore.

— Et vous voulez élever de gigantesques statues du Bouddha ? demanda Eisen en souriant.

— J'espérais enseigner ainsi à la population à ne pas se montrer aussi égoïste.

— Les maîtres du pays n'ont qu'un seul moyen d'inspirer le peuple : l'exemple, dit Eisen. Dame, vous jouissez des privilèges d'un chef. Cessez de vous attendrir sur vous-même parce que vos sujets vous présentent des exigences. Rappelez-vous que les dieux ne garantissent pas à votre famille le pouvoir à perpétuité. Nous vivons un temps dangereux pour ceux qui gouvernent, dame. Outre les bandes de samouraïs appauvris et déçus qui ravagent le pays, vous devez craindre les prédicateurs qui excitent le peuple, comme Noshin par exemple. Ils prétendent que les souffrances de la population sont dues aux péchés de ses maîtres. Dans une telle situation, il suffirait d'un rien pour susciter une rébellion généralisée. Si vous voulez que votre régime subsiste, l'existence de ceux qui gouvernent doit être au-dessus de tout reproche. » Eisen s'arrêta de marcher, le dos tourné à la mare, et considéra Taniko d'un regard entendu.

« Que suggérez-vous, senséi ? »

Il hésita un instant puis son visage prit une expression décidée. Ce changement brusque de physionomie étonna Taniko : même le grand maître Eisen pouvait répugner à dire quelque chose de désagréable.

« Dame, j'estime que Jébu devrait quitter le pays pour un certain temps. »

Taniko resta muette. La direction dans laquelle Eisen orientait subitement leur entretien la choquait et l'indignait. Comment osait-il lui parler de Jébu ? Cet Eisen ou n'importe qui ? Pourquoi Jébu devrait-il quitter les Iles sacrées ?... Outre la joie que lui donnait la victoire sur les Mongols, Taniko se réjouissait depuis un mois de pouvoir enfin garder Jébu auprès d'elle. Il lui semblait que rien ne devait les séparer jusqu'à la fin de leurs jours. Elle n'en croyait pas ses oreilles.

« Excusez-moi, je vous prie, dame, de troubler l'harmonie de votre cœur, dit Eisen. Il se trouve simplement qu'on a suggéré ce voyage au moine Jébu.

— Qui le lui a suggéré ? » La colère de Taniko enfla. Quelqu'un voulait chasser Jébu du pays. Elle trouverait qui et déchaînerait ses samouraïs contre le coupable.

« Ceux qu'on appelait autrefois les zinjas, dame.

— Êtes-vous l'un d'eux ?

— Avec d'autres membres de l'ordre j'ai fait de mon mieux pour assurer votre bien-être et celui de votre famille pendant bien des années.

— Pourquoi voulez-vous me séparer de Jébu ? demanda-t-elle, au bord des larmes.

— Seul de tous les habitants des Iles sacrées, Jébu est capable d'accomplir une certaine mission : un grand voyage vers l'ouest. Il parlera en notre nom à nos frères des pays lointains et nous représentera aux conseils de l'ordre. Il apprendra ce qui se passe dans le reste du monde et reviendra avec de précieuses connaissances. Vous ne pouvez vous imaginer, dame, l'importance capitale de cette mission. Un homme circulant à travers le monde d'est en ouest et d'ouest en est peut actuellement modifier le cours de l'histoire humaine. »

Eisen poursuivit, en faisant quelques révélations sur l'ordre, ses buts, ses relations avec des sociétés lointaines, son besoin constant de maintenir des relations avec elles. Taniko fut bouleversée et même assez effrayée en constatant que tout cela existait depuis longtemps à son insu. Même au lit, Jébu avait gardé le secret de son ordre.

« Des mutations douloureuses se produisent actuellement en maint pays de la terre, dit Eisen. Il en résultera de grands biens ou des souffrances à une échelle encore inconnue. Ceux qui firent partie de notre ordre et qui restent fidèles à son idéal doivent répandre des idées constructrices afin d'influencer les peuples. Le père adoptif de Jébu, feu le vénérable abbé Taïtaro, était chargé avant lui de ces responsabilités pour notre ordre. Il abandonna même la mère de Jébu pendant des années afin de méditer et voyager.

— Vous me demandez de permettre à une société secrète de me priver de mon bonheur pour le bien de gens dont j'ignore tout.

— Et pour celui de notre peuple, dame. Si la mission de Jébu pouvait contribuer à nous assurer que les Mongols ne menaceront plus nos Iles sacrées, admettriez-vous son départ ? »

Taniko réfléchit longtemps. Puis elle dit d'une voix où perçait l'incertitude : « Vous vous servez de mon amour du pays pour me faire sacrifier l'homme qui me donne une raison de vivre.

— Les premières branches de l'ordre que visitera Jébu seront celles de Chine et de Mongolie. Il s'entretiendra avec ceux qui s'y efforcent d'agir sur le cours des événements.

— Vous ne pouvez cependant me promettre que le départ de Jébu accomplira de telles merveilles, évidemment ?

— En effet, je ne peux rien garantir, dit Eisen. Mais on n'arrive à la lumière qu'à condition d'agir comme on le doit, sans se soucier des résultats de nos actes.

— Ne cherchez pas à me leurrer avec des promesses de clairvoyance, dit-elle d'une voix devenue dure. Je veux garder Jébu.

— Comme je vous l'ai dit lors de notre première rencontre, l'intensité de votre amour indique que vous êtes déjà très éclairée. Mais un des fondements les plus importants de la vigueur du Bakufu, c'est l'estime, sinon l'adoration, de la plupart des samouraïs pour l'Ama-shogoun. Malheureusement le bruit court que le véritable pouvoir n'appartient pas au Bakufu mais à votre amant : un moine de l'ordre zinja d'une réputation controversée et, pire encore, un demi-Mongol. »

Taniko en fut outragée. « J'ai le droit de mener une vie privée. De l'empereur jusqu'au dernier des hobereaux, il n'est pas un seul aristocrate de notre pays qui ne couche avec plusieurs femmes et tout un assortiment de courtisanes. En outre Jébu est un héros aux exploits légendaires. Comment pourrait-on médire de lui ? »

Eisen secoua la tête. « Nos seigneurs peuvent se conduire à leur guise, nos dames sont tenues à la chasteté. Je réprouve cet état de choses tout autant que vous, mais nous n'y pouvons rien. Quant à l'héroïsme de Jébu, il suscite bien des jalousies et même des haines. Yukio aussi fut un héros et pourtant la population s'est détournée de lui. »

Taniko ne put retenir ses larmes. « Je refuse. Je ne céderai pas. C'est trop injuste. J'aime Jébu depuis mon adolescence et je n'ai jamais pu passer que quelques mois avec lui, de temps à autre. Même au cours des six dernières années, nous n'avons été ensemble que lors de ses brèves visites. Maintenant, pour la première fois depuis que nous sommes au monde, nous pourrions vivre unis comme nous l'avons toujours souhaité. Il nous reste si peu de temps à vivre, senséi. » Elle faisait appel à sa compréhension. « A peine quelques années. Nous avons certainement le droit de les vivre heureux. »

De nouveau Eisen secoua la tête. « Cette vie ne promet que souffrances. »

La colère bouillonna en Taniko. Elle prit une profonde inspiration et ouvrit la bouche pour crier sa protestation : affirmer que la vie offre autre chose que la douleur, refuser le sacrifice qu'il exigeait, toute souffrance, la ruine de sa vie, encore des années de séparation. Mais au moment où elle aspirait, il sembla qu'une puissance formidable attirait l'air en elle, comme l'eau près de la côte est absorbée par la vague ascendante. Ses poumons furent sur le point d'éclater. Puis la tempête se déchaîna.

Elle exhala un terrible hurlement, un long cri de rage et d'agonie venu du centre même de son être. Les muscles de son abdomen se nouèrent, sa gorge brûla et les tendons de son cou devinrent douloureux. Elle continua à crier ainsi jusqu'à ce qui ne lui restât plus d'air dans la poitrine.

Elle ouvrit les yeux et constata avec stupéfaction qu'Eisen était assis dans la mare et la regardait avec autant de surprise qu'elle en éprouvait elle-même. Un instant plus tard il éclata de rire.

Un cliquetis d'armes retentit. Les gardiens samouraïs de Taniko avaient entendu son cri et accouraient à son secours. Les moines guerriers du Todaïji virent Eisen dans la mare et s'empressèrent de lui venir en aide. Se défiant du regard, crispés et prêts à combattre, les deux groupes d'hommes armés formèrent un cercle autour d'Eisen et de Taniko qui les renvoyèrent en leur assurant que tout allait pour le mieux. Avant que quiconque ait pu lui tendre la main, Eisen sauta, la robe trempée d'eau, comme pour démontrer par sa seule agilité que ni l'un ni l'autre n'avait besoin d'assistance.

« Que s'est-il passé, senséi ? demanda Taniko à voix basse quand ils furent seuls de nouveau.

— Un phénomène qui fut mis au point jadis par les maîtres du *Ch'an* en Chine et que les fidèles du zen introduisent chez nous dans les arts martiaux, dit Eisen. On l'appelle *kiaï :* le cri. Après bien des années d'entraînement, ceux qui apprennent cet art poussent un hurlement qui stupéfie et peut même tuer. Dans votre cas, les contraintes de votre situation vous ont amenée à vociférer spontanément un tel *kiaï.*

— Oui, mais que m'est-il arrivé, à moi, senséi ? »

Eisen scruta le visage de Taniko. Le soleil était couché depuis longtemps. Des lanternes de bronze et de pierre éclairant les jardins du Todaïji se reflétaient dans la mare. La pleine lune d'un jaune orangé pointait au sommet du mur d'enceinte.

« Ah ! » dit Eisen en continuant à observer le visage de Taniko. Son petit soupir de satisfaction et son attitude confirmèrent Taniko dans son soupçon. Au moment même où la lune s'élevait, elle sentit une clarté monter en elle. La souffrance de l'instant précédent faisait place à une joie pure et infinie. Elle avait franchi le pas. Ce *kiaï* était le cri de sa vie elle-même, de la vie qui avait résidé en ses parents et qu'ils lui avaient transmise, qui était passée auparavant d'une génération à l'autre de ses ancêtres. Cette vie était la même que celle d'Eisen, celle des carpes dans la mare et des arbres autour d'elle. Vivre, c'est souffrir. Le cri de douleur et de protestation contre la douleur n'est autre que le cri originel de la vie. La première manifestation de chacun des enfants qu'elle avait mis au monde n'avait été qu'un tel cri. C'était le cri du *yang :* le principe créateur, provoqué par la souffrance pour surmonter les afflictions afin de devenir plus fort et plus sage. Taniko eut conscience du rapport entre toute chose. Ce fut une extase comme elle n'en avait connu qu'au moment de ses plus grandes exaltations avec Jébu.

« Ce cri, senséi, c'est le visage que j'avais avant de naître. »

Eisen s'agenouilla, appuya ses paumes et son front sur la terre pour reconnaître la clarté découverte par Taniko. Elle était tellement absorbée par ses nouvelles idées et ses sentiments nouveaux qu'elle remarqua à peine ce qu'il faisait.

« Il ne me semble pas avoir fait une découverte, dit-elle quand il se redressa. Je crois plutôt me rappeler quelque chose que j'ai toujours su.

— Savoir que le feu brûle la chair est une chose, dit Eisen. Apprendre cette vérité en mettant sa main sur une torche enflammée en est une autre. Maintenant il me faut trouver une nouvelle *kung-an* sur laquelle vous travaillerez.

— Dois-je passer le reste de ma vie à résoudre des *kung-an ?* »

Eisen éclata de rire. « Arrive-t-il jamais à celui qui s'entraîne dans les arts martiaux de dire : « Mon instruction est terminée, je n'ai plus besoin d'exercice » ? » demanda-t-il. Puis son visage rond devint grave et affligé. « Parfois c'est la vie qui nous propose des *kung-an* à résoudre. Maintenant que vous avez trouvé le visage que vous aviez avant votre naissance, peut-être aurez-vous la sagesse de décider ce que Jébu et vous devriez faire. »

Taniko prit un instant de réflexion pour chercher si ses sentiments envers Jébu avaient changé. Il n'en était rien. Elle voulait encore le garder auprès d'elle pour le reste de sa vie et haïssait tout autant qu'avant l'ordre qui cherchait à les séparer.

« Les zinjas n'ont pas le droit de m'arracher Jébu, fit-elle fermement. Je ferai tout pour le garder. Après tant d'années de séparation, nous méritons de vivre ensemble. »

Eisen hocha la tête. « Faites ce que vous croyez bon. Telle est l'essence même de la lumière. Quant à Jébu, il a eu le temps de réfléchir à ce voyage. J'ignore ce qu'il décidera. Peut-être vous le dira-t-il. Quand le reverrez-vous ?

— Après-demain, à Heian Kyo, pour la première fois depuis un mois. Il est resté à Hakata pour aider à la reconstruction et assister les victimes.

— Saluez-le de ma part, s'il vous plaît. Dites aussi à sa seigneurie le shogoun Sametono que je compte le revoir à sa convenance. J'ai hâte de savoir quel progrès il a fait au sujet du « Non » de Joshu. »

27

Le cœur de Taniko battait rapidement, de joie et de crainte, tandis qu'elle chevauchait devant Jébu sur le sentier au flanc du mont Higashi. Elle était parvenue à échapper à son entourage : dames d'honneur, servantes, courtisans, gardes du corps. Au Rokuhara, on la croyait au palais où elle aurait rendu visite au jeune empereur et à la famille impériale. Ceux qui vivaient dans le palais récemment rebâti la croyaient au Rokuhara. Jébu et elle avaient quelque temps à passer ensemble afin de fêter la nouvelle lune du huitième mois dans les bras l'un de l'autre à l'endroit même où leur amour était né bien des années auparavant.

Ils attachèrent les rênes de leurs chevaux à la vieille statue du Tenno Jimmu. Le premier empereur du pays du Soleil Levant avait l'air aussi farouche qu'autrefois mais un peu plus atteint par les intempéries. Taniko resta un moment devant la statue afin de rendre compte mentalement au fondateur de la nation de la victoire sur les barbares. Puis Jébu et elle partirent la main dans la main jusqu'au point où ils s'étaient allongés côte à côte et avaient échangé leurs premiers serments d'amour. Les vieux pins rabougris de la colline n'étaient peut-être que des arbrisseaux lors de leur premier passage. Jébu se rappelle-t-il sa promesse et désire-t-il encore la tenir ? se demanda-t-elle. En ce qui la concernait, elle se la récitait mot à mot : « Je vous appartiens pour le reste de ma vie et de la vôtre. »

Au coucher du soleil, Heian Kyo paraissait émerger de la brume automnale violette venue des deux cours d'eau qui la cernaient, et se mêlait aux fumées des foyers. La capitale ressemblait à ce qu'elle était l'autre nuit. Rares étaient les bâtiments qu'incendies et tremblements de terre n'avaient pas rasés au cours des trente-sept dernières années mais la population reconstruisait inlassablement. Taniko retira le chapeau en paille de riz et le voile qui dissimulait ses traits. Elle s'assit sur la natte d'herbes tressées que Jébu déroula. Ils parlèrent de la guerre.

« Un de nos agents nous a envoyé un rapport de Corée, dit Jébu. Le Grand Khan a perdu trois mille navires et quatre-vingt mille hommes. Depuis Gengis khan, les Mongols n'ont pas subi une défaite de cette amplitude. En apprenant l'issue de l'expédition, Koubilay fut pris de rage et parcourut son palais en hurlant : « Arghun ! Arghun ! Qu'as-tu fait de ma flotte ? » On a dû le piquer avec des aiguilles chinoises et le mettre au lit. Maintenant il prétend tenter une nouvelle invasion.

— Oh non ! s'exclama Taniko dont le cœur battit à tout rompre. Nous ne pourrions supporter de nouveau une telle épreuve.

— Les Mongols non plus. Cette défaite affaiblit l'autorité de Koubilay sur les rois ses vassaux et sur les aristocrates de son peuple. Je ne crois pas qu'il puisse lever une nouvelle armée et réquisitionner une flotte. Évidemment, nous ne sommes sûrs de rien. Il faudra rester prêts à la guerre pendant bien des années encore. »

Taniko se représenta avec plaisir la fureur barbare de Koubilay. Que penses-tu de nous maintenant, Éléphant ? lui demanda-t-elle mentalement. Toi qui méprisais notre petit pays, voudrais-tu encore que je retourne dans ton harem ?

« Il a soixante-cinq ans, dit Jébu. Pour les membres de sa famille, c'est un âge très avancé. Quand il mourra, je doute que son successeur désire conquérir nos îles. D'ailleurs l'empire mongol se disloquera. Son déclin a déjà commencé.

— La tempête a convaincu les prêtres et la population que nous sommes invincibles, dit Taniko. Ils disent que les dieux nous ont assistés. Certains samouraïs pensent que l'esprit de Yukio a déchaîné la tempête. Ils assurent même qu'il combattait auprès d'eux afin de se venger d'Arghun et de ses Mongols.

— J'ai, en effet, vu Yukio, dit Jébu d'une voix qui trahissait l'émerveillement.

— Tu as vu Yukio ?

— Il était debout près de moi sur la rambarde du *Tigre rouge*. Il riait pendant que je me battais avec Arghun.

— Crois-tu que ce fut une vision ou une simple illusion de ton esprit ? lui demanda Taniko. Tu devais être dans un état d'exaltation terrible à ce moment-là.

— Juste avant de mourir, mon père Taïtaro m'enseigna que l'esprit capable de susciter des visions est miraculeux. La perspicacité peut venir en plein combat et provoquer de tels fantasmes. »

Taniko posa ses petits doigts blancs sur la longue main brune de Jébu. « J'ai eu un satori, une véritable illumination, en parlant à Eisen hier soir. J'ai éprouvé une des joies les plus profondes de ma vie. »

Il sourit et ses dents blanches étincelèrent dans sa barbe. « Alors tu comprends un peu mieux ce que je cherche depuis le début de ma vie.

— Jébu, mon satori s'est produit lorsque Eisen m'annonça que ton ordre veut t'envoyer en mission à l'ouest du monde. »

Jébu resta un moment silencieux. Enfin il leva vers elle un regard plein de tristesse. « Je vais partir, mon amour. Il le faut. »

Elle frémit comme sous l'effet d'un choc physique. Elle se balança d'avant en arrière en pleurant, les mains sur son visage. Il lui prit le bras. Elle s'écarta de lui. Comment osait-il chercher à la consoler par un geste aussi banal ? Elle le regarda et vit qu'il pleurait, lui aussi. Un instant, elle eut pitié de lui.

« Ne me dis pas qu'il le faut. Eisen m'a assuré que tu es libre de ta décision.

— Si les zinjas m'ordonnaient de partir, je me sentirais plus libre de refuser. C'est d'ailleurs ce que j'ai fait d'abord. Au cours du dernier mois, depuis ton départ de la baie d'Hakata, j'ai souffert à ce sujet les tourments d'une existence entière. Je t'aime, Taniko. Je ne veux pas te quitter. Pourtant je peux faire tant de choses au cours de cette mission. Eisen doit t'avoir expliqué son importance pour l'ordre. Je serai le premier habitant du pays du Soleil Levant qui se rendra à l'autre bout du monde, aux pays des barbares blancs. Voyager et apprendre, telle est la tâche de ma vie. S'il ne m'était pas intolérable de te quitter, j'entreprendrais ce voyage avec joie. J'aurais hâte de partir.

— Je regrette que notre amour te soit un tel fardeau, Jébu. Tu dois le porter aisément puisque tu es assez fort pour te séparer de moi. » Il avait l'audace de lui laisser entendre qu'il souffrait autant qu'elle à l'idée de leur séparation. C'était impossible.

« Refuser cette responsabilité obscurcirait mon esprit et romprait mon contact avec l'Ame, dit-il.

— Et moi ?... et notre amour ? Tu les sacrifies allégrement à ta plénitude spirituelle. Voilà ce qui me déplaît dans la quête de la clarté, si c'est ainsi que l'on peut appeler ce que tu recherches. Ce n'est qu'un égoïsme spirituel. »

Si étonnant que cela puisse paraître, Jébu acquiesça d'un hochement de tête. « Voilà longtemps, Taïtaro abandonna ma mère, Nyosan. Elle périt dans l'incendie du temple de la Fleur de teck. Quand il me raconta comment elle était morte, je l'ai détesté parce qu'il l'avait quittée, de la même manière que tu dois me détester à cet instant. Mais tu as eu un satori. Tu dois donc savoir ce que nous révèle une telle illumination : l'individu n'est qu'illusion. Nous ne sommes que des parties de l'Ame. »

Elle pleurait de nouveau, frustrée de ne pas l'émouvoir par sa colère. Son expérience lui permettait de comprendre de quoi il lui parlait. Néanmoins, elle ne pouvait pas, elle ne voulait pas céder.

« Comment peux-tu être sûr que renier notre amour ne nuira pas à ta précieuse clarté ? demanda-t-elle. Comment peux-tu être tellement sûr d'avoir pris la bonne décision ?

— Je n'en suis pas sûr, dit-il. Il suffit d'être certain d'avoir pris le bon chemin pour se perdre. Les zinjas ont certains moyens de se rappeler à tout instant qu'ils se trompent peut-être. Pourtant je sais que je dois accepter cette mission, de même qu'il y a six ans je fus certain que je devais répondre à ton appel et venir à Kamakura. Plus ma perspicacité grandit, plus l'Ame décide pour moi. »

« Quand on pose une question épineuse à un moine, répliqua-t-elle, il se retranche infailliblement derrière des mots inintelligibles, comme derrière un nuage de fumée. »

Elle s'étonna de le voir pleurer encore. Il s'essuya même les yeux avec la manche de Taniko. « Ce que tu dis me rappelle ce que ma mère me déclara un jour où je cherchais à l'endoctriner. « Des propos qui retentissent comme la bûche creuse d'un temple. » Voilà comment elle qualifia mes paroles. Je comprends ce que tu ressens. Néanmoins tu sais qu'au fond de mes idées, si creuses soient-elles, réside une vérité.

— La réalité, c'est que tu vas me quitter, souffla-t-elle.

— Je ne pars pas aujourd'hui ni demain, mon amour, dit Jébu. Je ne quitterai ce pays qu'au printemps. Sakagura et moi gréerons un petit bâtiment et nous prendrons la mer pour la Chine. Il ignore que j'ai décidé de l'emmener. Mais il désire suivre mon enseignement et j'ai besoin d'un compagnon pour traverser l'océan et m'accompagner ensuite. Je reviendrai, Taniko. Sois-en sûre. La raison essentielle de ce voyage, c'est qu'à mon retour j'apporterai à l'ordre des trésors de nouvelles connaissances. Oui je reviendrai et ensuite nous vivrons toujours ensemble. Ça, je te le promets. »

Le chagrin et la rage de Taniko éclatèrent. Ce ne fut pas un cri comme le soir précédent, mais une cataracte de paroles entrecoupée de sanglots. « Et moi, je te promets que pendant mon sommeil, mon esprit vengeur quittera mon corps pour te suivre partout, pour te persécuter, te tourmenter, te rendre fou. D'ailleurs moi aussi, je perdrai la raison si tu me quittes. Je crois d'ailleurs que tu es déjà dément. Alors que la destinée nous a séparés une si grande partie de nos vies, comment peux-tu me tourner le dos de ton propre gré ? Même si tu reviens, ce sera sûrement au bout de dix ans ou plus. Je serai peut-être morte. Je serai sûrement morte. Oublies-tu qu'ici même, voilà longtemps, dans notre adolescence, tu as juré de m'appartenir à jamais ? En réalité tu ne m'aimes pas. Tu ne m'as jamais aimée. Je ne fus que celle auprès de qui tu revenais après chacun de tes exploits légendaires. Si tu me quittes maintenant, Jébu, je te haïrai toujours. Toujours. »

Jébu lui passa un bras autour de la taille. Elle chercha à le repousser d'abord mais il la tint ferme et, malgré sa colère, elle en éprouva du réconfort. Une douleur la déchirait comme un crabe monstrueux qui, né en elle, chercherait à s'échapper. Du bout de son index, Jébu effaça les larmes de sa joue. Des cigales chantèrent dans la forêt. Taniko l'imaginait-elle ou bien leurs chants annonçaient-ils l'approche de l'hiver et la mort prochaine de ces petits insectes ? Lui et moi périrons bientôt, pensa-t-elle, et notre amour sera anéanti à jamais.

« J'ai une autre raison de partir maintenant, dit-il à voix basse. Sametono t'a-t-il parlé de l'algarade que nous eûmes avant son embarquement sur la kobaya de Sakagura ?

— Il m'a avoué s'être mis en colère parce que tu as persuadé les généraux de ne pas le laisser participer au combat.

— Il a dit que notre amour devenait un scandale national, que les temples, les familles de guerriers et la population perdent leur respect pour toi. Certes il a parlé ainsi sous l'effet de la colère mais il disait vrai.

— C'est ridicule.

— Tu as avoué toi-même que notre amour n'est plus un secret. Munetoki et Sametono ont besoin de toi. Tu leur seras indispensable jusqu'à ce que ton fils adoptif soit assez âgé. Accomplir son devoir conduit presque toujours à la lumière. Chacun doit le remplir à sa place. Toi, ton devoir t'oblige à accepter mon départ et à œuvrer pour fortifier le Bakufu. Oui, ton devoir consiste à donner de l'Ama-Shogoun une image immaculée et brillante. »

Il l'étreignait encore. Elle avait envie de relever la tête et de baiser ses lèvres. D'autre part elle voulait le repousser, fuir ce sommet de cette colline dont il trahissait le souvenir, et ne plus jamais le revoir. Mais elle était prise au piège. Elle ne pouvait renoncer à sa situation. Et pourtant... s'il savait qu'elle était prête à tout abandonner pour lui, il consentirait à tourner le dos à son ordre afin de rester auprès d'elle.

« Alors très bien, dit-elle. Si tu ne veux pas rester ici, je pars avec toi. »

Les yeux gris de Jébu s'élargirent d'étonnement. « Tu quitterais ta situation, ta famille, ton foyer pour aller jusqu'au bout du monde avec moi ?

— Y consens-tu ? »

Après un long silence, il dit : « Le voyage serait plus difficile évidemment. Tu es très vigoureuse mais l'ordre n'y consentira pas volontiers. Il aura raison. On dira que ta présence ralentira mon voyage. Peu importe. J'ai résolu d'accomplir cette mission en dépit du chagrin qu'elle nous impose à tous deux. Les maîtres de l'ordre devront accepter mes conditions. Au nom de notre amour, si tu crois devoir agir ainsi, je ne peux pas te le refuser. »

Elle fut aussi décontenancée qu'un guerrier tombant en avant quand son adversaire recule de manière inopinée. Elle avait cru qu'il n'accepterait pas de l'emmener parce qu'elle le soupçonnait de partir pour se débarrasser d'elle.

« Tu consentirais vraiment à ce que je t'accompagne ?

— Taniko, je dois faire ce voyage. Il me semblait jusqu'à cet instant que cela m'obligeait à te quitter. Je n'aurais jamais supposé que tu consentirais à venir avec moi. »

Elle vit trop tard le piège. Ce n'était pas Jébu qui le lui tendait, mais le karma, la vie elle-même. Parfois, comme l'avait dit Eisen, l'existence joue le rôle de senséi et nous pose des *kung-an* à résoudre.

« Je ne peux partir, dit-elle. Je croyais que tu n'accepterais pas. »

Il lui offrit un admirable sourire de tristesse. Elle caressa sa barbe.

« Tu m'as donné de l'espoir un moment, dit-il. Ce fut cruel. Je t'en ai beaucoup voulu, sais-tu, Taniko-san, de vouloir toujours te trouver au centre des événements, des affaires d'État, de la cour. J'ai toujours détesté ton ambition. Mais désormais je sais qu'il ne s'agit pas d'ambition. C'est devenu autre chose. Tu restes parce que la clarté le décide pour toi. Tu ne peux cesser d'être l'Ama-Shogoun, même pour notre amour, parce que l'Ame t'indique ton devoir. »

Taniko interrogea son cœur. Jébu disait vrai. Bien que son amour fût l'élément le plus puissant de sa vie, elle ne pouvait quitter son poste mais ce n'était plus par ambition. Son immense tâche n'était pas terminée. Elle se sentait tenue par un lien aussi solide que celui du commandant d'un navire qui reste à bord dans le danger, du chef qui maintient les samouraïs sur une position menacée. On avait besoin d'elle à Kamakura et elle ne pouvait s'en aller.

« J'ai contribué à établir ce gouvernement, souffla-t-elle, et il n'est pas encore assez stable. Je ne peux déserter maintenant. »

Il lui serra les deux mains entre les siennes. « Sois la chaste déesse et les samouraïs ne se rebelleront jamais contre le Bakufu. Mais désormais tu sais pourquoi je dois partir bien que ce départ me déchire. Quand nous serons très vieux, nous passerons les dernières années de notre vie ensemble, puis nous quitterons ce monde, ensemble aussi. Si tu crois à la réincarnation, espère que nous serons dans une autre vie un couple de paysans qui élèvera vingt enfants et vivra en paix pendant quatre-vingt-dix ans. Nous avons sûrement accumulé assez de bon karma au cours de cette vie pour le mériter. Crois ce que tu peux croire, ma chérie, mais surtout sois sûre que nous ne pourrons jamais être séparés.

— Rien ne peut détruire notre amour, dit-elle. Oui, je le crois.

— Taniko, la plupart des gens sont trop aveugles pour réaliser que nous faisons tous partie d'un seul être. Les hommes s'assemblent derrière leurs frontières, leurs murailles, leurs cours d'eau, leurs mers et se font la guerre. L'ordre a fait de moi un guerrier et j'ai passé la plus grande partie de ma vie à combattre. J'ai fait mon devoir à l'endroit où je me trouvais mais j'espère poursuivre mon existence sans jamais tuer un seul être humain. Taniko, quand j'étais en plein chaos sur la rade d'Hakata, j'ai eu d'autres visions que celle de Yukio. J'ai vu un océan de sang, le sang déjà répandu et celui qui le sera encore parce que les hommes s'entre-tuent. J'ai vu l'Arbre de Vie qui révèle l'unicité de tous les êtres. Je veux que grandisse cet Arbre de Vie. Je veux que les hommes cessent de répandre le sang dans cet océan. Comment continueraient-ils à se faire la guerre lorsqu'ils comprendront qu'ils font tous partie de la même Ame ? Nous devons perdre l'illusion d'être des individus distincts. Les gens peuvent effacer les frontières en les traversant, délibérément, pour partager avec les autres peuples ce qu'ils possèdent. Un jour viendra où disparaîtront toutes les frontières et où nous saurons que nous devons mettre un terme au meurtre de l'homme par l'homme. Voilà à quoi travaille mon ordre et c'est aussi ma tâche. Je dois donc m'en aller.

— Je comprends.

— C'est aussi pour Moko que je m'en vais. Cet homme franchissait les frontières et s'instruisait. Pourquoi doit-il y avoir des individus comme Arghun, Koubilay khan, Sogamori, Hideyori, qui provoquent la mort de leurs frères humains sans jamais s'interroger sur ce qu'ils font ? Je vais savoir pourquoi Moko est mort.

— Quelle question ! Crois-tu vraiment que tu trouveras la réponse ?

— J'amènerai peut-être l'ordre et les peuples plus près de la solution. D'après le peu que j'en sais les pays de l'extrême ouest sont étranges. Peut-être y fait-on la guerre pour d'autres raisons que chez nous ? En découvrant ce qui est semblable et ce qui est différent, peut-être en saurai-je plus quant à la nature de la guerre.

— Je peux te parler un peu de l'ouest. Quand je vivais chez Koubilay khan, je me suis liée d'amitié avec une princesse d'un pays qui s'appelle la Perse. » Elle prit Jébu par le cou. Il se laissa aller contre elle, tout en l'étreignant. La nuit était tombée pendant leur entretien.

Il lui caressa la joue. « Nous passerons l'hiver ensemble et tu me raconteras des histoires sur le harem de Koubilay khan. »

Elle éclata de rire. « Certaines ne sont pas faites pour les oreilles d'un moine.

— Même un moine comme moi ? Sametono m'a dit que je suis un aventurier déguisé en moine.

— Tu n'es pas autre chose. Vois comme tu acceptes facilement de me quitter. » Elle paraissait proche de la réconciliation puisqu'elle plaisantait.

Mais Jébu ne partagea pas sa bonne humeur. « M'aimes-tu encore ? lui demanda-t-il en la regardant intensément de ses yeux gris. Puis-je emporter cette assurance à travers le monde ? Puis-je espérer revenir à toi pour que nous nous aidions l'un l'autre à vivre ? »

Des larmes coulèrent sur les joues de Taniko, elle posa son front sur la poitrine de Jébu et murmura : « Oui. » Mais combien je serai esseulée, pensa-t-elle. Comme je souhaite qu'il ne parte pas !

Il glissa la main dans l'encolure de sa robe et en tira une bille qui étincela à la lumière de la pleine lune. Il la posa sur la paume de Taniko. D'abord la surface en parut rugueuse mais, quand elle l'éleva devant son visage, elle remarqua les gravures sinueuses : un méandre de lignes ténues, trop complexes pour que l'esprit humain en saisisse l'ensemble. Elle s'efforça pourtant de les suivre mais bientôt elle eut mal aux yeux. Dans la profondeur de cette bille brillaient des feux infimes aussi étincelants qu'un satori.

« D'où vient cette belle chose ? demanda-t-elle.

— Un cadeau du pays des Mongols. » Il raconta l'histoire du Joyau. « Taïtaro s'en est servi comme talisman pour ma formation spirituelle mais il finit par me révéler que ce joyau n'a rien de magique. Néanmoins l'Arbre de Vie est dessiné à sa surface. Peut-être te permettra-t-il de concentrer ton esprit quand tu méditeras. Contemple-le chaque jour et pense à moi. Alors tu découvriras peut-être que nous constituons un seul être comme je te l'ai déjà dit et que nous ne sommes pas vraiment séparés.

— Cet objet possède un grand pouvoir », chuchota-t-elle. Taniko mit le Joyau dans une poche de sa manche puis s'appuya à Jébu. Elle glissa les mains sous sa robe et caressa le canevas de balafres de même qu'elle avait essayé de déchiffrer avec les yeux celui du Joyau. Les doigts de Jébu se glissèrent sous les nombreuses couches de soie qui la couvraient et frôlèrent légèrement la surface lisse de sa peau. Les rayons brillants de la pleine lune du huitième mois, la plus belle de l'année, se répandaient sur le sol autour d'eux, sur leurs vêtements et leurs corps. Des guirlandes de lanternes étincelaient dans la ville en dessous. Tout était pareil à ce qu'ils avaient vu des années auparavant mais, eux, avaient changé.

« Ô Jébu, souffla-t-elle. Que nous nous soyons rencontrés et tant aimés, bien que tout s'opposât à notre amour, voilà la plus grande des bénédictions. »

Cette nuit-là, sous la pleine lune et les pins du mont Higashi, leurs corps et leurs esprits fusionnèrent. Ce qu'ils avaient souffert auparavant, la solitude qu'ils endureraient n'importaient plus. Ils devinrent un être unique au cours d'un instant éternel.

Extrait du journal intime de Shima Taniko

J'ai décidé que je ne lui permettrai pas de lire mon journal maintenant mais seulement quand il me reviendra. Ainsi je le punirai de me quitter.

Nous passerons cet hiver ensemble, puis je deviendrai vraiment nonne et shogoun. Après le départ de Jébu, je dormirai seule et je me consacrerai au Bakufu. Je serai un esprit et une voix mais ni femme ni homme.

D'où me vient cette aspiration à me mêler aux affaires de l'État depuis le début de ma vie ? Bien qu'Eisen en ait rejeté l'idée, cette passion dérive du visage que j'avais avant de naître. Quand j'étais dans le sein de ma mère, personne ne savait si j'étais mâle ou femelle. Et si j'échappe à ma condition de femme ainsi qu'à tout ce qu'elle m'impose, je deviens simplement un être vivant qui refuse la condition d'objet sans volonté appartenant à quelqu'un d'autre mais qui désire vivre et accomplir sa vie. Tels sont les besoins de mon être le plus profond. Cela ne signifie pas que je désire cesser d'être femme. Je me réjouis d'éprouver des sentiments tendres et de les manifester ouvertement alors qu'aucun homme ne l'ose. Le désir que j'inspire aux hommes m'enchante et je raffole du plaisir qu'ils me donnent. Bien que j'aie perdu mes deux enfants, les temps où un autre être humain se développait en moi furent les plus merveilleuses expériences de ma vie. Mais je ne veux pas payer ma féminité en refusant de satisfaire mes besoins innés.

Ainsi, parce que je suis poussée à agir en raison du karma ou du hasard, je suis devenue l'Ama-Shogoun. Il me semble qu'aucune femme ne s'est élevée aussi haut. Quand j'étais toute jeune et que la cour d'Heian Kyo gouvernait le pays du Soleil Levant, des femmes exerçaient une forte influence. Mais maintenant les samouraïs gouvernent le pays. Les femmes ne peuvent rivaliser au combat avec les hommes. Tant que les guerriers seront maîtres de la nation, ils les réduiront de plus en plus à la servitude. Peut-être puis-je me servir de ma situation pour leur venir en aide. Mais les forces agissant contre nous sont puissantes.

Notre plus grand espoir réside dans la fin des guerres, parce qu'elle supprimera la suprématie des samouraïs. La paix : la chose dont rêve Jébu. Les femmes peuvent se libérer elles-mêmes en œuvrant pour la paix. Si je pouvais communiquer mes pensées aux autres femmes, je le leur dirais.

Jébu rapportera peut-être aux Iles sacrées le secret de la paix. Je me suis habituée à l'idée de son départ mais, de même que j'ai hurlé devant Eisen, je crie en moi-même chaque fois que j'y pense. Je me rappelle l'histoire que me raconta Eisen au sujet d'un moine qui vociféra pendant qu'on l'assassinait. Je comprends beaucoup mieux désormais le sens de cette allégorie.

Si je n'avais pas Sametono à aimer et si je ne devais pas veiller sur lui, je crois que je ne pourrais pas retenir mes hurlements. Après le départ de Jébu, j'aiderai Sametono à mûrir et à acquérir la sagacité d'un homme d'État. Dans quelques années, des arrière-petits-enfants me prendront mon temps. Taniko arrière-grand-mère ! Peut-être ai-je atteint cette phase heureuse de l'existence où l'on progresse simplement en aimant, agissant et donnant sans avoir envie de rien recevoir ?

Mais cet homme — si différent de tous les autres habitants des Iles sacrées, si merveilleux comme amant — qui entra dans ma vie alors que j'émergeais à peine de l'enfance... représente toute mon existence. Quand il prendra la mer au printemps, il emportera ma vie avec lui.

Il reviendra. Dans cinq ans peut-être ou dix ans, mais il reviendra. Alors je me retirerai de la vie publique. Nous trouverons une maisonnette au flanc d'une montagne et nous y vivrons paisibles. Je préparerai le tch'aï *et je cultiverai des fleurs. Assis, le pinceau à la main auprès de moi, il écrira ce qu'il aura fait et appris. Nous ne nous séparerons jamais.*

Tant que je serai seule, je resterai moi-même et je l'aimerai toujours. Comme il le dit, nos êtres ne sont qu'un seul Être. Je l'ai donc en moi et nous serons toujours ensemble dans cette vie. Puis nous siégerons ensemble sur la même fleur de lotus, dans la prochaine.

Huitième mois, dix-septième jour
ANNÉE DU SERPENT

Achevé d'imprimer le 11 juin 1982 sur presse CAMERON dans les ateliers de la S.E.P.C. à Saint-Amand-Montrond (Cher) pour les éditions Robert Laffont.

Dépôt légal : juin 1982. — N° d'Édition : M 757. — N° d'Impression : 1128-701.